HEYNE <

KARINA HALLE

The Play

SPIEL NICHT MIT MIR ...

ROMAN

Aus dem Amerikanischen
von Sabine Schilasky

WILHELM HEYNE VERLAG
MÜNCHEN

Die Originalausgabe *The Play* erschien bei
CreateSpace Independent Publishing Platform.

MIX
Papier aus verantwortungsvollen Quellen
FSC® C083411
FSC www.fsc.org

Verlagsgruppe Random House FSC® N001967

Deutsche Erstausgabe 04/2019

Redaktion: Catherine Beck
Printed in the Czech Republic
Umschlaggestaltung: UNO Werbeagentur, München,
unter Verwendung eines Umschlags von Hang Le
Umschlagabbildung: © AdobeStock (alpegor, andpar),
Depositphotos (nelka7812)
Satz: KompetenzCenter, Mönchengladbach
Druck und Bindung: CPI books GmbH, Leck
ISBN: 978-3-453-42275-9
www.heyne.de

Für Bruce, Pitbulls und andere missverstandene Wesen, die im Leben selten eine zweite Chance bekommen.

»I'll awake you from this living sleep«
– Matador, Faith No More

Prolog

Edinburgh, Schottland

1987

In der Nacht zuvor hatte es zu schneien begonnen. Der Junge wachte auf dem Fußboden am Feuer auf, wie er es manchmal tat, wenn der Wind zu kalt blies und Mum die Stromrechnung nicht bezahlt hatte. Doch bis zum Morgen war das Feuer aus, nur noch glimmende Asche, und er konnte weder seine Finger noch seine Nase fühlen: Die einzigen Teile, die aus der kratzigen Wolldecke hervorlugten.

Trotz der feuchten Kälte, die in dem kleinen, dunklen Wohnzimmer herrschte, war der Junge froh, als er aufwachte. Heute war sein besonderer Tag. Er wurde fünf, und letztes Jahr an seinem Geburtstag, als er keine Geschenke bekommen hatte, hatte seine Mutter ihm versprochen, *fest* versprochen, wenn er fünf und ein großer Junge wäre, dürfte er zum Spielzeugladen gehen und sich etwas aussuchen.

Deshalb hatte er während des letzten Jahrs viel in weggeworfenen Katalogen geblättert, die er im Müll der Siedlung fand. (Manchmal musste er am Rand warten, während einige grobe, unberechenbare Gestalten nach Essen oder etwas

Verpfändbarem wühlten.) In den Katalogen hatte er nach Spielsachen gesucht, die ihm gefallen würden. Wenn er welche entdeckte, riss er die Seiten raus und nahm sie mit ins Schlafzimmer, das er sich mit seiner Mutter teilte. Dort versteckte er die Blätter in der Innentasche seiner einzigen Jacke.

Hatte er bei den Katalogen kein Glück, blätterte er in den Zeitschriften in der Bücherei. Dort verbrachte er die meiste Zeit. Er ging nicht zur Schule, was er eigentlich sollte, damit seine Mutter ihrer Arbeit nachgehen konnte. Die Bücherei war ihm der liebste Ort. In den chaotischen Slums von Muirhouse fiel niemandem ein kleiner Junge auf, der in zu engen und fadenscheinigen Sachen stundenlang auf dem Fußboden in der Bücherei hockte, sich Zeitschriften ansah und von einem anderen Leben träumte.

Als sein Geburtstag näher rückte, war ihm eigentlich nicht mehr wichtig, was für ein Spielzeug er am Ende bekam. Er wollte einfach etwas, das ihm gehörte. Und obwohl er wusste, dass sich Jungen wie er Spielzeugsoldaten oder Autos wünschen sollten, wollte er einfach etwas Tröstliches. Ein Stofftier zum Beispiel, einen Bären vielleicht oder einen Hund. Er mochte Hunde, sogar die von seinem Nachbarn, die nachts immerzu bellten und beißen wollten, wenn man ihnen zu nahe kam. Auch diese Hunde mochte er.

Der Junge stand auf, fröstelte sogar mit der umgehängten Decke und ging ans Fenster. Seine großen, graugrünen Augen weiteten sich vor Staunen. Aller Dreck und Unrat auf den gottverlassenen Straßen war unter einer weißen Schneedecke verschwunden. Es war der erste Schnee dieses Jahr in Edinburgh, und der Junge konnte nicht umhin zu denken, dass er für ihn war, für seinen besonderen Tag. Mit kalten, ungelenken

Fingern zog er sein Kreuz an der Kette unter dem Hemd hervor und küsste es, um Gott zu danken.

Er wollte seiner Mutter von dem Schnee erzählen, deshalb lief er über den dünnen Teppich, der voller Risse und Brandlöcher von Zigaretten war, und zum Schlafzimmer.

Er hätte wirklich anklopfen sollen. In seiner Aufregung vergaß er eine der wenigen Regeln, die seine Mutter ihm auferlegt hatte: »Wenn ich einen Freund hier habe, musst du im Wohnzimmer schlafen« und »Wenn meine Tür zu ist, mach sie niemals auf«.

Doch er öffnete sie.

Das Fenster hatte einen Sprung, durch den der Wind eindrang und die verblichenen Vorhänge bauschte. Unter dem Fenster stand das Bett, in dem seine Mutter in einem fleckigen Nachthemd auf dem Bauch lag und schlief.

Ein nackter Mann stand über ihr und rauchte Pfeife.

Der Junge erstarrte, doch es war zu spät. Der Mann sah ihn, schleuderte wütend die Pfeife weg und war in Sekunden quer durchs Zimmer geeilt, um den Jungen an der Gurgel zu packen.

»Glaubst du, dass du über mich urteilen kannst?«, fauchte der Mann ihm ins Gesicht. Sein Atem roch nach Zwiebeln und Blut.

Der Junge schloss die Augen und schüttelte ängstlich den Kopf.

Er hatte den Mann schon einige Male gesehen – seine Mutter hatte so viele Freunde. Sie alle verschwanden immer im Schlafzimmer, manchmal für Stunden, manchmal für Minuten. Dann hörte er sie husten, lachen und an guten Tagen freudige Rufe ausstoßen. An schlechten Tagen hörte er Gebrüll, das Weinen seiner Mutter und das Poltern von Sachen, die herumgeworfen wurden. An solchen schlechten Tagen hatte seine Mutter hinterher blaue Flecken und Wunden. Dann redete sie nicht mit ihm, ging nicht raus. Er blieb einfach bei ihr und brachte ihr dünnen Tee aus Beuteln, die schon mehrfach benutzt worden waren, weil nichts anderes da war.

»Glaubst du das?«, schrie ihn der Mann wieder an und drückte ihm den Hals zu.

Der Junge konnte nicht atmen. Er dachte, dass ihn dieser schreckliche Mann mit der lila Knollennase und den fiesen Augen umbringen würde.

Und ein bisschen wünschte er es sich sogar.

»Hey«, sagte seine Mutter vom Bett aus, während sie sich langsam regte. »Was ist los?« Ihre Stimme war matt, und sie lallte, als sie sich aufsetzte. »Lass meinen Sohn in Ruhe.«

Der Mann ließ ihn los und drehte sich wütend zu der Frau um. Keuchend griff sich der Junge an den wunden Hals, versuchte zu sagen, dass es ihm leidtat, aber es kam nichts heraus.

Es spielte sowieso keine Rolle. Plötzlich drehte sich der Mann wieder zurück und hieb ihm mit der Rückhand ins Gesicht, sodass abertausend Scherben in seinem Kopf zu explodieren schienen und er rückwärts flog.

Er knallte gegen den Türrahmen und landete mit einem dumpfen Aufprall auf dem Boden. Dort betete er stumm zu demselben Gott, dem er für den Schnee gedankt hatte, dass er nie wieder solchen Schmerz spüren würde.

Doch es war natürlich nicht vorbei. Vorher hatte er noch ein ganzes Leben voller Schmerz durchzustehen.

»Du hältst die Klappe«, brüllte der Mann seine Mutter an.

Sie sah zu Tode verängstigt aus, schaffte es aber trotzdem,

ihrem Sohn zu sagen, dass er aufstehen, ins Bad gehen und die Tür verriegeln solle.

Der Junge konnte sich kaum rühren, doch irgendwie bekam er es hin. Er rappelte sich mit pochendem Schädel auf, hustete würgend und ging ins Bad. Der Fußboden war nass von Urin. Linkisch schob er den Riegel vor, setzte sich auf die Toilette und wartete.

Es gab Geschrei, dann noch mehr Geschrei, schließlich knallte eine Tür zu.

Sanftes Klopfen verriet ihm, dass mit seiner Mum alles okay war.

»Mach dich lieber fertig«, sagte sie, als er die Tür einen Spalt öffnete. Bei ihrem Lächeln sah er ihre schiefen, gelben Zähne, und sie zog den Bademantel über ihrem hageren Körper zusammen. Ihre Brustknochen standen vor wie Gitterstäbe. »Heute ist dein Geburtstag, und ich habe nicht vergessen, was ich dir versprochen hatte.«

Bei den letzten Worten kippte ihre Stimme, und sie ging hastig weg, die Schultern eingefallen und den Kopf gesenkt.

Bald waren sie beide angezogen. Sie stapften durch den Schnee zur Bushaltestelle. Der Junge konnte nicht anders, als jedem und allem zuzulächeln, an dem sie vorbeikamen: den unheimlichen Leuten, die auf der Straße schliefen und mit sich selbst redeten, den Hunden, die zitterten und wegliefen, den Ratten, die Aas am Straßenrand fraßen. Nichts davon störte ihn, denn ihm kam die Welt hell und rein vor. Er kickte den Schnee auf und beobachtete, wie er langsam zu Boden rieselte. Und er sagte seiner Mum, so müsste es im Himmel sein, wenn man den ganzen Tag in den Wolken wanderte.

Sie wischte sich eine schwarze Mascara-Träne weg und stimmte ihm zu.

Die Busfahrt dauerte lange, doch am Ende waren sie in einem der riesigen Einkaufszentren. Das war der große Moment, auf den sich der Junge seit einem Jahr freute.

Er bemerkte nicht mal die komischen Blicke, mit denen manche Leute sie beide ansahen. Viel zu sehr war er auf sein Spielzeug konzentriert, und darüber schien ihm die Welt zu entgleiten. Trotz der Beule an seinem Hinterkopf und der geschwollenen Wange, die sich allmählich violett färbte, war dies der glücklichste Tag seines Lebens.

»Also, wir haben nicht viel Zeit«, sagte seine Mutter. »Such dir bitte schnell dein Geschenk aus, und ich bezahle es.«

Der Junge hörte das Drängen in ihrer Stimme, und auf einmal war das alles zu viel für ihn. Hier gab es Action-Figuren, Superhelden, Autos und Lastwagen, Pferde, Puppen, Stofftiere, Baukästen, Malsachen, Lego und eine Million andere Dinge, die er sich wünschte. Vollkommen überwältigt stand er da und blickte sich immer wieder um. Sein Herz pochte wie wild.

»Bitte«, sagte seine Mutter. Sie stand schon an der Kasse, bereit zu bezahlen. Und der Junge bekam solche Angst, dass er gar nichts kriegen würde, wenn er sich nicht das Richtige aussuchte. Gleichzeitig war er alt genug, um zu wissen, dass sie nicht viel Geld hatten, weshalb alles Ausgefallene und Teure nicht infrage kam.

Panisch bewegte er sich auf die Stofftiere zu. Sie steckten alle in einem Karton – Giraffen, Bären, Hunde, Katzen. Alle sahen aus, als bräuchten sie ein neues Zuhause, und es brach ihm das Herz, dass er nur eins mitnehmen konnte.

Aber er musste sich entscheiden. Er wollte schon nach einem Stoffwelpen greifen, als ihm ein Löwe auffiel, der halb in dem Haufen vergraben war, sodass nur seine Katzenaugen und die flauschige gelbe Mähne herausschauten. Dies war kein Ort für solch ein majestätisches Tier.

Der Junge zog den Löwen heraus. Er fühlte sich so weich und kuschelig in seinen Armen an. Mit dem Löwen rannte er zu seiner Mutter und hoffte, dass sie es sich nicht anders überlegt hatte.

Sie sah den Löwen an und lächelte. Er hatte es gut gemacht.

Nachdem sie bezahlt hatte, umfing er den Löwen mit aller Kraft. Es fühlte sich so gut an, etwas festzuhalten, und ihm war, als würde der Löwe auch ihn halten, ihm für die Rettung danken.

»Wie heißt der Löwe denn?«, fragte seine Mutter leise. Es lag so viel Traurigkeit in ihrer Stimme, dass sie beinahe den Zauber brach, der den Jungen bannte, diesen schwindelerregenden Zauber der Liebe.

»Lionel«, sagte er nach kurzem Überlegen. »Lionel der Löwe. Und ich hab ihn lieb.«

»Und du weißt, dass er dich auch liebhat, nicht?«, fragte sie und wischte sich die Nase mit dem Ärmel ihres falschen Pelzes ab. Dabei verschmierte sie ihren roten Lippenstift. »Genauso wie ich dich liebhabe.«

Seine Mutter sagte ihm nicht oft, dass sie ihn liebhatte, daher überraschte es ihn. Es machte seinen Geburtstag noch viel schöner.

Bald saßen sie wieder im Bus, doch sie fuhren nicht zurück nach Hause. Die Straßen waren ganz fremd, und nach und nach ließen sie die Stadt hinter sich. Die Höfe um sie herum wurden größer, der Schnee tiefer.

»Wo wollen wir denn hin?«, fragte er. »Hier geht es nicht nach Hause.«

»Wir fahren Freunde von mir besuchen«, antwortete sie.

Das gefiel dem Jungen nicht. Er umklammerte seinen Löwen noch fester. Er mochte die Freunde seiner Mutter nicht.

Sie legte eine Hand auf seine Schulter, sah ihn jedoch nicht an. Sie waren die Einzigen in dem Bus, und der Junge fühlte sich noch einsamer.

»Keine Angst«, sagte sie schließlich. »Da gibt es auch Jungen in deinem Alter.«

Das machte es für ihn nicht besser. Er verstand sich nicht mit anderen Kindern, ob sie in seinem Alter waren oder nicht. Er war schüchtern und wurde oft getriezt, weil er so still war. Folglich zog er sich noch mehr in sich selbst zurück.

Schließlich hielt der Bus vor einer hohen Mauer mit einem gewaltigen Eisentor. Die Mutter nahm seine Hand und hielt ihre Handtasche dicht vor sich, während sie in den Schnee ausstiegen. Der Bus fuhr weg, und der Junge wünschte, er hätte drinnen bleiben können. Sie waren in den Bergen, mitten in der Einöde, und auch wenn sein Zuhause kalt und schmutzig war, war es doch sein *Zuhause*.

Der Junge konnte das Schild an der Mauer nicht lesen, deshalb fragte er seine Mutter, was dort stand.

»Da steht, dass wir willkommen sind«, antwortete sie und scheuchte ihn weiter, bis sie vor dem Tor standen. Dort drückte sie auf den Klingelknopf.

Der Junge starrte durch die Eisenstäbe zu dem riesigen Herrenhaus auf dem Hügel. Es gefiel ihm nicht. Irgendwas daran machte ihm Angst – vielleicht die Gitter vor den Fenstern, der Efeu an den Mauern oder wie riesig alles aussah. Es ähnelte einem lauernden, gefährlichen Monster. In diesem Moment war er froh, dass er einen Löwen wie Lionel hatte, was ihn jedoch nicht davon abhielt, die Fersen tief in den Schnee zu graben.

»Komm schon«, zischte seine Mutter und zerrte ihn mit, bis sie die Stufen hinaufstiegen.

Die Haustür ging auf. Ein großer, dünner Mann mit einer Hakennase und nach hinten gekämmtem Haar erschien und blickte auf sie herab.

»Herzlich willkommen, Miss Lockhart«, sagte er und bedeutete ihnen, ins Haus zu kommen.

Der Mann redete mit ihnen, während sie hineingingen, aber der Junge hörte nicht zu. Ihn erschreckte die Kälte hier überall. Angefangen bei den eklig gelben Lichtern bis hin zu dem seltsamen Gefühl, dass hier alles wie in einer Fabrik wirkte – geradezu feindselig. Hier gab es ganz üble Schwingungen, wie an einem Ort, an dem nur Schlimmes lauerte.

Doch seine Mutter zog ihn weiter einen leeren Flur entlang, bis sie in ein Büro kamen. Dort setzten sie sich beide auf ledrige Stühle dem Mann gegenüber, und seine Mutter reichte ihm einen Umschlag aus ihrer Handtasche.

»Ich gehe davon aus, dass alles in Ordnung ist«, sagte der Mann mit tiefer, gefühlloser Stimme.

Seine Mutter nickte. »Ist es.« Sie stockte und sah ihren Jungen mit unendlichem Bedauern an, bevor sie sich wieder dem Mann zuwandte. »Ich hoffe, dass Sie gut für ihn sorgen. Es ist nicht seine Schuld, sondern meine.«

Der Mann nickte bloß und sah die Papiere durch.

»Wovon redest du?«, fragte der Junge sie. »Wann fahren wir nach Hause?«

»Mein Junge«, sagte der Mann und sah ihn mit seinen kleinen Augen an.

Der Junge spürte förmlich, wie sie ihm Löcher in die Seele bohrten.

»Dies ist dein neues Zuhause.«

Er verstand das nicht, schüttelte den Kopf und sah zu seiner Mutter, doch die weinte und stand von ihrem Stuhl auf.

»Mum!«, schrie er. Er ließ seinen Löwen fallen, damit er mit beiden Händen ihren Mantel packen konnte. Sie zog ihn beinahe von seinem Stuhl. Er sprang auf, als sie zur Tür ging, wollte ihr nach, wurde jedoch vom unbarmherzigen Griff des Mannes zurückgehalten. »Mum!«, schrie er wieder, beide Arme nach vorn gestreckt.

An der Tür blieb sie kurz stehen. Die Wimperntusche rann ihr über die Wangen.

»Es tut mir so leid, Lachlan«, schluchzte sie. Ihre Hand umfing den Türrahmen so fest, dass die Fingerknöchel weiß wurden. »Ich liebe dich. Aber ich kann dich einfach nicht bei mir behalten. Es tut mir so leid.«

»Aber Mum!« Lachlan schrie, als würde seine Stimme aus ihm hinausbersten. »Ich bin auch ganz artig, versprochen! Du kannst Lionel zurück zu dem Laden bringen, aber nimm mich mit nach Hause, bitte!«

Seine Mutter schüttelte bloß den Kopf und flüsterte: »Lebwohl.«

Lachlan weinte weiter, heulte, versuchte, sich dem Mann zu entwinden, während er zusah, wie seine Mutter wegging, bis sie schließlich verschwunden war.

»Bitte!«, brüllte er, und für einen so kleinen Jungen war er sehr laut. Er merkte, wie seine Beine nachgaben, und nun hielt der Mann ihn aufrecht, sodass seine Füße unter ihm in der Luft baumelten. »Bitte, komm zurück, Mum, bitte! Nimm mich mit nach Hause! Ich will nach Hause!«

»Dies ist dein Zuhause«, wiederholte der Mann. Er bog Lachlans Kopf zurück, bis sein Mund an Lachlans Ohr war, und flüsterte: »Und wenn du nicht aufhörst, zu schreien und

Laute von dir zu geben wie ein kleiner Blödmann, kriegst du zwanzig Schläge mit meinem Gürtel. Ist es das, was du an deinem ersten Tag im Hillside Orphanage willst? Ja?«

Doch Lachlan konnte nicht aufhören zu schreien. Ihm war völlig egal, ob er geschlagen würde. Das war erst heute Morgen passiert und auch schon viele Male vorher. Der wahre Schmerz war der, den er in sich spürte, der in ihm wütete, ihn zerriss. Er hatte das Gefühl, in Eiswasser zu ertrinken, und die Flut begann in seiner Seele.

»Na gut«, sagte der Mann und warf Lachlan auf den Boden. Er hob Lionel auf und hielt den Stofflöwen in die Höhe. »Wenn du dein verdammtes Maul nicht hältst, wirst du den nie wiedersehen. Ich schenke ihn einem anderen Jungen.«

Er war alles, was Lachlan noch hatte. Also war er still. Wimmernd presste er die Lippen zusammen, während sein Kinn bebte. Der Mann gab ihm den Löwen, und er hielt ihn ganz fest, bis das Stofffell nass von seinen Tränen war.

Sein fünfter Geburtstag war der letzte, den er für sehr lange Zeit feierte.

Lachlan sah seine Mutter nie wieder.

Er kam nie wieder nach Hause.

Und die Flut in seiner Seele ebbte nie richtig ab.

Kapitel 1

San Francisco – heute

Kayla

»Wie lange muss man schwanzlos sein, um wieder als Jungfrau zu gelten?«

Steph und Nicola sehen mich an, als hätte ich sie mit meiner Frage restlos überfordert.

»Kayla«, ermahnt Nicola mich.

»Was?« Ich zucke mit den Schultern und sehe sie fragend an. »Von uns dreien hier solltest du es doch am besten wissen. Wir mussten dir praktisch die Schwänze ins Gesicht drücken, bis du mit Bram losgelegt hast. Also, gilt man wieder als Jungfrau oder nicht?«

»Ich hatte einen Vibrator, Idiotin«, erwidert Nicola, lehnt sich in der Sitznische zurück und sieht mich mit diesem Blick an, den ich nur zu gut kenne. Es ist der »Was ist eigentlich mit dir los, und wieso sind wir immer noch befreundet?«-Blick.

»Vibrator zählt nicht«, erkläre ich ihr. »Ich rede von einem echten Penis. War es wie ein zweites erstes Mal, als Bram es dir besorgt hat? Der Brammer-Hammer? Rein, raus, danke Bram?«

Sie verdreht die Augen und wechselt einen Blick mit Steph. Nicola ist erst seit wenigen Wochen wieder mit Bram zusammen und mit ihrer Tochter Ava bei mir ausgezogen und bei ihm ein. Und obwohl ich Bram manchmal nicht ganz traue, weil man meiner Meinung nach scharfen Schotten grundsätzlich nicht trauen sollte, muss ich vor allem zugeben, dass ich es vermisse, Nicola und Ava bei mir zu haben. Ohne sie ist es irgendwie einsam, und ich neige dazu, dann abends herumzusitzen, Fertiggerichte in mich hineinzustopfen und Wiederholungen von *The Vampire Diaries* zu sehen.

Natürlich ist ein Grund, weshalb ich ganz allein bin und mich von Konserven ernähre, der, dass ich mich vor Wochen zum Zölibat entschlossen habe. Und das heißt nicht nur keinen Sex, sondern kein Flirten, keine Dates, kein Tinder, nichts. Ich werfe nicht mal einen zweiten Blick auf Jungs oder Männer. Und ich darf sagen, dass es klappt.

So ist es viel einfacher. Weniger stressig.

»Ist alles in Ordnung, Kayla?«, fragt Steph.

»Ja, warum?«

»Weil du die Tischkante umklammerst, als würdest du gleich zum Hulk werden.«

Ich blicke auf meine Hände und stelle fest, dass meine Fingerknöchel noch bleicher sind als sonst schon. Langsam lasse ich los. Vielleicht bin ich doch ein bisschen gestresst.

»Bist du sicher, dass diese Keine-Männer-Nummer gut ist?«, fragt sie und trinkt einen Schluck Bier.

Ehrlich gesagt, ist ihre Skepsis genau das, was ich hören will. Eine Ausrede, die ganze Geschichte über den Haufen zu werfen. Aber wenn ich eines bin, dann ist es entschlossen.

»Sie ist gut«, antworte ich, hebe den Kopf und zwinge mich zur Entspannung. Ich greife nach meinem Weinglas, obwohl es schon das zweite ist und ich leicht beschwipst bin. »Es geht nur so«, ergänze ich ernst.

»Und warum genau machst du das noch mal?«, fragt Nicola.

Ich sehe erst in ihre dunkelbraunen Augen, dann in Stephs babyblaue. Meine beiden besten Freundinnen, lässig elegant in ausländischen Designersachen. Sie beide sind der Grund dafür, sie mit ihren glücklichen Strahlegesichtern und ihren Beziehungen mit diesen verfluchten McGregor-Brüdern. Nicola hat sich nach ihrem Riesenkrach gerade wieder fröhlich mit Bram versöhnt, und Stephanie ist mit seinem Bruder Linden verheiratet. Es hilft auch nicht, dass ich vor ewiger Zeit was mit Linden hatte, lange bevor er und Steph zusammenkamen. Nicht dass er mir mein Grinch-Herz (drei Nummern zu klein) gebrochen hätte, aber manchmal erinnert es mich daran, was ich hätte haben können und nicht habe.

Genau genommen bin ich neidisch. Und wenn ich neidisch bin, sogar auf meine Freundinnen, verwandle ich mich schon mal in eine fiese kleine Ninja. Ich will aber keine fiese kleine Ninja sein, sondern nur eine ganz normale (auch wenn es mir fehlt, eine Sex-Ninja zu sein). Also heißt Männern abzuschwören Enttäuschungen abzuschwören.

Heute Abend haben mich Steph und Nicola praktisch aus dem Haus gezerrt und auf einen Mädelsabend in unseren Pub, The Burgundy Lion in Haight, geschleppt. Von Alkohol und Männern umgeben zu sein ist nie eine gute Idee, wenn man schwanzabstinent ist. Zum Glück bin ich ungeschminkt, in Yoga-Hose und einem weiten T-Shirt mit der Aufschrift »No Pants Party« unterwegs, also reißen sich die Jungs nicht direkt darum, mit mir zu reden. Es sei denn, sie halten »No Pants« für eine Aufforderung.

»Ich mache das, weil ich es gründlich satt habe, mich in dieser blöden Stadt zu verabreden. Es ist pure Zeitverschwendung, und ich schwöre, dass die Männer immer blöder werden. Ich kann mich nicht mal mehr anständig flachlegen lassen. Es ist, als wären sämtliche Männer in San Francisco entweder vergeben, schwul oder hätten Angst vor gierigen Vaginen.«

Die beiden wechseln noch einen Blick. Neuerdings scheint sich diese geheime Kommunikation bei ihnen durchzusetzen.

»Was?«, frage ich. »Es ist wahr. Und ihr würdet mir beide zustimmen, wären eure Vaginen nicht von diesen Kilt-Lüpfern eingenommen.«

»Kannst du bitte aufhören, Vagina oder Vaginen zu sagen?«, bittet Nicola. »Das Wort verliert allmählich an Bedeutung.«

Ihr Handy vibriert auf dem Tisch, und sie sieht aufs Display. »Bram ist unterwegs.«

Stöhnend stütze ich mein Kinn auf die Hand und streiche mir übers Gesicht. »Ach, wieso das denn? Ich dachte, das soll ein Mädelsabend sein? Das Letzte, was ich sehen will, seid ihr zwei, wie ihr euch anhimmelt und doofe Anspielungen macht.«

»Linden kommt auch«, sagt Steph verlegen.

Ich sehe sie streng an.

»Tut mir leid.« Sie wirkt kein bisschen bedauernd. »Aber falls es dich tröstet, Linden und ich sind langweilig und verheiratet, also ist der ganze Anhimmelkram vorbei.«

»O bitte!«, sage ich, während Nicola einen ähnlich ungläubigen Laut von sich gibt. »Ihr seid noch schlimmer als Bram und Nicola, weil ihr pathologisch glücklich verheiratet seid. Erinnerst du dich an Bridget Jones? Ich bin Bridget. Und ihr … seid die anderen.«

Nicola nickt. »Das stimmt.« Dann strahlt sie mich an. »Also musst du bloß deinen Hugh Grant treffen.«

Ich funkle sie an. »Sie kommt am Ende nicht mit Hugh Grant zusammen!«

Nicola runzelt verwirrt die Stirn.

»Ach, als würdest du einen Mark Darcy wollen«, springt Steph ein. »Außerdem kommen Linden und Bram nicht allein.«

O Gott! Mich überläuft ein kalter Schauer.

»Was? Mit wem kommen sie denn?«, frage ich matt. Wenn es ein Typ ist, werde ich sehr sauer, erst recht, wenn er Single ist.

Noch ein Blick. Ich kann sie regelrecht im Geiste kichern hören.

»Mit ihrem Cousin Lachlan«, antwortet Steph.

Lachlan McGregor. Als gäbe es nicht schon genug verdammte McGregors in der Stadt, von der Welt ganz zu schweigen. Ich kenne Lachlan nicht persönlich, was zusätzlich dafür spräche, zu Hause zu bleiben, aber Steph und Nicola haben die wenigen Male, die sie ihn gesehen hatten, hinterher von nichts anderem geredet. Er ist Rugbyspieler, so geheimnisvoll, so toll gebaut, bla, bla und noch mal bla. All der Kram, den ich nie wissen wollte, weil die Sorte mein sexuelles Kryptonit ist, besonders in dieser Stadt, wo ein herber, wilder Mann eine Nadel im metrosexuellen Heuhaufen darstellt.

»Warum tut ihr mir das an?«, rufe ich aus und greife nach meinem unordentlichen Haarknoten. »Ich bin im Pyjama hier! Ich bin ungeschminkt, und mein Haar ist nicht gebürstet. Gott, sind meine Zähne überhaupt geputzt? Stinke ich?« Rasch schnuppere ich unter meinen Achseln und atme mir in die Hand. Mmm, Eau de Alki.

»Dir das antun?«, wiederholt Steph. »Bis vor einer Stunde wusste ich gar nicht, dass er kommt. Quatsch, ich wusste nicht, dass sie überhaupt vorbeikommen wollen.«

»Ach«, sage ich und streiche unter meinen Augen entlang, um nach möglichen Schwellungen zu tasten. »Ich hätte es wissen müssen. Sie wohnen praktisch hier.«

»Na ja, ich arbeite hier«, erinnert mich Nicola. »Und Lindens bester Freund James führt den Laden. Aber was macht es schon, wenn Lachlan hier ist? Du musst ja nicht mit ihm schlafen.«

Ich greife nach Stephs fliederfarbener Balenciaga-Tasche – ein Geschenk von Linden, das ich ihr immer schon klauen wollte – und wühle darin nach einem Spiegel und Make-up, weil ich nichts dabeihabe, nicht einmal Geld, da wir im Lion gewöhnlich umsonst trinken.

»Natürlich muss ich nicht mit ihm schlafen. Trotzdem brauche ich keine Versuchung. Und was ist, wenn er noch da ist, wenn mein Eid schwächelt? Ich könnte meinen eigenen schottischen Schwanz haben, bevor er wieder in die Heimat jettet.«

»Ich dachte, du bist gegen schottische Schwänze«, sagt Steph.

»Ich bin gegen McGregor-Schwänze. Und hattest du nicht gesagt, dass Lachlan sowieso nicht sein richtiger Cousin ist? Dass er adoptiert wurde?«

Sie nickt. »Tja, ich mach es dir mal leicht, Süße. Selbst wenn du dein normales, schwanzverschlingendes Ich wärst, glaube ich nicht, dass er Interesse hätte.«

Ich stocke. »Hey, schwanzverschlingend ist *mein* Wort! Stiehl mir nicht meinen Mist. Und außerdem, warum nicht? Ist er schwul?« Einer meiner Brüder, Toshio, ist schwul, und ich frage mich, ob ich die zwei verkuppeln kann.

»Ich glaube nicht«, antwortet Steph und sieht Nicola an. »Ich glaube, Bram hat gesagt, dass er was mit irgendeiner Justine hatte.«

Nicola runzelt die Stirn. »Ja, dieselbe Justine, mit der Bram unterwegs war, weißt du noch?«

»Du hattest gesagt, das war kein richtiges Date – dass sein Dad sie verkuppelt hatte«, erinnere ich sie.

»Ja.« Sie schmollt die Erinnerung weg. Der Auftakt zwischen ihr und Bram war ziemlich chaotisch. Tatsächlich haben sie sich gegenseitig gehasst. Und dann wurde Nicola auf einmal ganz kitschig und verliebte sich.

»Okay, also hat er eine Freundin«, sage ich zu Steph. »Das hättest du auch gleich sagen können.«

»Ich glaube, es waren nur ein oder zwei Dates, genau weiß ich es nicht. So oder so ist er irgendwie unnahbar.«

»Ja, stimmt«, pflichtet Nicola ihr energisch nickend bei. »Ich glaube, mit mir hatte er gerade mal zwei Wörter gewechselt, und er ist *oft* bei uns.«

Ich schnaube, nehme Stephs Taschenspiegel und betrachte mein Gesicht. Mir ist bewusst, dass ich auch ohne Make-up nicht *so* schlecht aussehe. Von meiner Mutter habe ich die hohen Wangenknochen, die dunklen Augen und die langen schwarzen Wimpern, die ohne Mascara auskommen. Von meinem Vater habe ich die vollen Lippen und die Sommersprossen. Dennoch könnte ich sehr viel besser aussehen. Meine Wangen sind fleckig vom Alkohol, mein dichtes Haar ist eine Katastrophe, und ich bin angezogen wie eine Pennerin.

Und das ist ein Glück für dich, ermahne ich mich.

»Ja, du hast recht«, sage ich.

»Hä?«

Ich sehe Steph verwundert an. »Oh, entschuldige. Ich habe mit mir selbst gesprochen. Du weißt doch, dass ich das tue.«

»Da sind sie«, sagt Nicola. Ich kann das blöde Grinsen in ihrer Stimme hören.

Seufzend drehe ich mich zur Tür um. Unter dem gedämpften Licht, inmitten der Holzvertäfelung mit grünen und messingfarbenen Akzenten und der manipulierten Jukebox, die ausschließlich James' Musik spielt, erscheinen Bram, Linden und Lachlan McGregor. Das Dreiergespann scharfer Schotten.

Doch noch während dieser Gedanke in meinem Verstand aufleuchtet, blinzle ich, den Blick auf Lachlan gerichtet, den ich endlich zum ersten Mal sehe. Mir wird klar, dass »scharf« eine Untertreibung ist. Während Linden und Bram auf ihre charmante, ansprechende Art idiotisch gut aussehen, ist Lachlan ein völlig anderes Wesen.

Ja, im Grunde ist er ein Tier.

Lachlan ist gut einen halben Kopf größer als Bram – und das will einiges heißen, denn Bram ist schon ziemlich groß – und fast doppelt so breit. Wie ein Mammutbaum ragt er unsagbar weit auf, fest und wahrscheinlich unbeweglich, und ich verspüre jetzt schon den Drang, quer durch die Bar zu ihm zu rennen, um aus der Nähe zu sehen, wie riesig er ist. Ich habe allerdings das Gefühl, dass ich direkt von ihm abprallen würde. Im Ernst, seine Statur scheint von einem Comic-Superhelden abgekupfert zu sein, von den dicken Armen, auf denen lauter dunkle Tattoos prangen, über seine breite harte Brust bis hin zu den gewaltigen Schultern und dem V-förmigen Oberkörper. Selbst in dem schlichten, dunkelgrünen T-Shirt und der dunklen Jeans wirkt er überwältigend.

Und ich kann nicht aufhören zu starren. Mich kümmert es

nicht mal, weil auch alle anderen in der Bar das schottische Dreiergespann angaffen. Allerdings fahre ich mir mit den Fingern über den Mund, um mich zu vergewissern, dass ich nicht sabbere. Er dürfte der umwerfendste Mann sein, den ich je gesehen habe.

Während Bram uns zunickt und Linden winkt, blickt sich Lachlan aufmerksam in dem Pub um, beinahe, als sei er ein Cop, der den Laden nach Verdächtigen absucht. Oder ein Verbrecher auf der Suche nach einer Gelegenheit zum Klauen. Da ist ein Anflug von elektrisierender Gefahr in seinem prüfenden Blick, und für einen Moment frage ich mich, wie es wäre, genauso angesehen zu werden. Vermutlich würde ich in Flammen aufgehen.

Doch als sie näher kommen und Lachlans Blick endlich meinem begegnet, erkenne ich nichts als Gleichgültigkeit in seinen Augen.

Rasch sehe ich weg, da mir auf einmal bewusst wird, wie ich wirken muss, und verfluche mich erneut, weil ich mich von meinen Freundinnen herschleppen ließ, statt zu Hause Damon Salvatore zu sehen. Bei dem ist mir wenigstens egal, dass er mich im Pyjama sieht.

»Hey, Süßer«, sagt Steph zu Linden und grinst ihn idiotisch an, wie bereits erwähnt. Ich ignoriere die Nettigkeiten der Paare und blicke stattdessen auf meinen Wein, während ich auf das schreckliche Vorstellen warte. Mein Blick wandert zum Fußboden und ihren Schuhen – blanke Budapester bei Bram, Keds bei Linden und Wanderstiefel bei Lachlan.

»Kayla«, sagt Bram fast behutsam. Ich liebe es, dass sie mich behandeln wie eine scharfe Bombe, die jederzeit hochgehen könnte.

Langsam blicke ich zu seinen dunklen Augen auf.

»Das ist unser Cousin Lachlan.« Er tritt zur Seite und zeigt auf das Tier von einem Mann. »Lachlan, das ist Kayla.«

Ich gebe mich cool, nicke und sage: »Freut mich.«

Er runzelt die Stirn, als überlegte er, warum ihn interessieren sollte, wer ich bin. Dabei bildet sich eine steile Falte zwischen seinen Augenbrauen, und ich würde gern mit dem Finger über sie streichen. Seine Augen sind von diesem lebendigen Haselnussbraun, das ins Grüne tendiert. Sein kantiges Kinn ist von einem perfekten Dreitagebart bedeckt, sein Haar ist dicht, braun und sieht zum Fingereintauchen aus. Und dann seine Lippen – die verschlagen mir die Sprache.

»Kayla«, sagt er. Seine Stimme ist sehr tief und sehr rauchig, als gehörte er in einen Film Noir aus den Vierzigern, und sein schottischer Akzent ist millionenmal stärker als der von Linden oder Bram. Mein Name hört sich aus seinem Mund an wie ein gälisches Dessert.

O Mann, ich brauche eine kalte Dusche, sofort!

»Wir brauchen eine größere Sitznische«, holt mich Nicola in die Wirklichkeit zurück. Obwohl ich den Blick nicht von Lachlan und all seiner Pracht abwenden will, ist dies der ideale Zeitpunkt, klug zu sein und sofort zu verschwinden.

Hastig trinke ich meinen Wein aus, bevor ich aufstehe. Ich bewege mich weg von Lachlan, weil ich fürchte, dass seine Nähe wie die Umkreisung eines schwarzen Lochs wirkt. Also bereite ich schon meine Ausrede vor, als Bram eine Hand ausstreckt und meinen Arm berührt.

»Kayla, kann ich dich mal kurz sprechen?«, fragt er, und ich sehe ihn verwundert an. Er wirkt ausnahmsweise ernst, und aus irgendeinem unerfindlichen Grund fühle ich mich wie ein kleines Mädchen, das sich Ärger eingehandelt hat. Wahrscheinlich, weil ich mich oft in Schwierigkeiten bringe.

»Okay«, sage ich rasch und werfe Nicola einen besorgten Blick zu. Sie zuckt nur mit den Schultern, wirkt selbst überrascht, und die anderen gehen in eine größere Sitznische.

Bram tippt auf den Tisch. »Setz dich. Ich muss dich etwas fragen.«

»Falls du mich bitten willst, bei dir einzuziehen, ist die Antwort Nein«, sage ich und setze mich zögernd.

»Haha. Eigentlich wollte ich dich um einen Gefallen bitten.« Er stockt und zieht die dunklen Brauen zusammen. »Du arbeitest doch bei *The Bay Weekly*, nicht?«

»Ja«, antworte ich gedehnt. Ich überlege täglich, meinen Job aufzugeben, aber das erzähle ich ihm nicht.

»Wie du weißt, suche ich noch nach Kapital für den Apartment-Komplex. Lachlan ist hier, um zu helfen. Er hat im Laufe der Jahre einige sehr gute Investitionen gemacht, also hat er Geld, und wie sich herausstellt, liegt ihm viel an Wohltätigkeit. Aber wir brauchen mehr Investoren, und wir haben schon alles versucht, um sie zu bekommen.«

Ich nicke, auch wenn ich keine Ahnung habe, wie ich ihm dabei helfen kann. Bram mag mich schon mehrfach rasend wütend gemacht haben, aber der Kerl besitzt ein Herz aus Gold und versucht, die Mittel für seine Wohnanlage in der Stadt zusammenzubekommen. Gekauft hat er sie mit seinem eigenen Geld, und er stellt die Wohnungen Familien mit niedrigem Einkommen, Kranken, Alten und anderen Menschen in Not zur Verfügung. Wie Nicola mir erzählte, kann er das allein nur begrenzte Zeit durchhalten, ehe ihm das Geld ausgeht, und bisher zeigt sich die Stadt San Francisco nicht besonders spendabel, dabei braucht sie solche Wohnungen dringend.

»Deshalb habe ich gedacht«, fährt Bram fort, »dass du vielleicht bei der Zeitschrift ein gutes Wort für uns einlegen kannst. Wir brauchen alle Publicity, die wir kriegen können.«

Enttäuscht verziehe ich das Gesicht. »Tut mir leid. Ich würde helfen, wenn ich könnte, aber ich arbeite in der Werbung. Ich bin für die Einzelhändler zuständig, die bei uns ihre Werbung schalten. Vielleicht könnte ich eine Anzeige unterbringen oder so …«

Bram schüttelt den Kopf. »Danke, aber Werbeanzeigen kann ich selbst aufgeben. Es geht mir eher um … einen Artikel, ein Editorial, irgendwas in der Richtung wäre nützlich.«

Meine Chefin Lucy ist nicht das Problem, aber Joe, der Herausgeber, ist ein richtiges Arschloch. Und wenn ich das erreichen wollte, was Bram sich vorstellt, müsste ich mich an ihn wenden.

Dennoch ist Nicola meine Freundin, und Bram hat das Herz am rechten Fleck. Ich seufze. »Okay, ich rede morgen mal mit dem Herausgeber und sehe, was ich tun kann. Ich könnte den Artikel nicht schreiben, aber sicher kann es jemand anders. *Falls* sie interessiert sind.«

»Nicola hat erzählt, dass du Journalismus studiert hast. Warum könntest du nichts schreiben? Es würde dem Ganzen eine persönlichere Note geben, meinst du nicht?«

In meinem Bauch regt sich das übliche hohle Gefühl. »Ich habe Kommunikationswissenschaften studiert«, korrigiere ich. »Und dann hat es mich in die Werbung verschlagen. Ich kann schreiben, aber … sie würden mich nicht lassen, selbst wenn ich es versuche. So einen Beitrag würden sie an einen der Redakteure geben. Und die sind alle gut. Ich sehe, was ich tun kann, okay?«

Er lächelt mich an. Hübscher Teufel! »Danke, Kayla. Deine Seele ist gar nicht so schwarz, wie immer gesagt wird.«

Ich ziehe die Augenbrauen hoch. »Ich muss doch sehr bitten! Schließlich bin ich in der Werbung!«

Zwar wollte ich eigentlich gehen, doch irgendwas treibt mich an, mich zu den anderen zu setzen. Linden, Steph und Lachlan sind auf einer Seite der Nische, also setzen Bram und ich uns neben Nicola, als eine Kellnerin mit weiteren Getränken kommt. Mir wird ein Weinglas hingerückt, und ich stöhne innerlich, weil mir klar wird, dass es unhöflich wäre, jetzt zu gehen.

»Worum ging es?«, fragt Steph uns.

»Ich wollte bloß sehen, ob Kayla beim *Weekly* einige Strippen ziehen kann«, erklärt Bram und sieht hinüber zu Lachlan.

Sein Cousin nickt einmal kurz. Sein Blick huscht zu mir und zurück zu Bram. Ich habe kaum Eindruck auf ihn gemacht, und dabei heißt es sonst, ich sei unvergesslich (nicht ausnahmslos auf die schmeichelhafte Art, aber immerhin).

»Es wäre super, wenn du das könntest«, sagt Nicola vom anderen Tischende her. »Das würde Lachlan ein weiteres Date mit Justine ersparen.«

Darüber lacht Bram, und Lachlan lehnt sich zurück, eine Hand an seinem Light Beer. Auch du Schande. Seine Hände! Ich stehe total auf Männerhände, und seine sind groß, breit und stark.

Lachlan bedenkt Bram mit einem strengen Blick, und ich bemerke eine zarte Vernarbung auf seiner Stirn und den Wangenknochen sowie eine winzige Krümmung in der Nasenmitte. Er sieht aus wie ein Schläger, ein Kämpfer, Spieler.

»Was tue ich nicht alles für meinen Cousin«, sagt Lachlan, und ich versinke in seinem Akzent. Sein Ton ist beinahe amüsiert, auch wenn seine Miene versteinert bleibt.

»Du meinst, mit wem tust du es nicht für deinen Cousin«, scherzt Linden. Dazu sagt Lachlan nichts.

Ah, also ist er ein Weiberheld, so wie die anderen McGregors. Dachte ich mir doch. Ich meine, wie kann man so aussehen, so männlich, ursprünglich, verwegen, mit solchen Lippen und Augen, ohne dass einem die Frauen zu Füßen liegen?

Ich seufze innerlich. Mir macht es nichts aus, dass er ein Spieler ist, weil ich selbst eine Spielerin bin. Oder früher war. Also schätze ich, *das* ist es, was mich stört. Ich könnte niemals die Ware testen. Obwohl Abstinenz das Beste ist, muss ich dringend flachgelegt werden, und Lachlan McGregor wäre der Mann dafür. Wieder und wieder.

Vorausgesetzt natürlich, dass er mich überhaupt attraktiv findet. Oder irgendwas. Und so, wie ich es hin und wieder an seinem Blick sehe, in diesen harten, moosgrünen, unlesbaren Augen, weiß ich, dass es nicht dazu kommen wird. Vielleicht steht er wirklich auf diese Justine, auch wenn Nicola es wie einen Witz dargestellt hat.

Zum Glück kommt James herüber und fragt, ob wir noch was trinken möchten, und ich nutze die Gelegenheit zur Flucht. Steph und Nicola protestieren und sagen, sie wollen sich später ein Taxi mit mir teilen, aber ich halte es keine Sekunde länger mit dem schottischen Tier mir gegenüber aus.

Ich winke eilig zum Abschied, sehe Lachlan kaum an und verschwinde aus dem Laden.

Kapitel 2

Kayla

Am nächsten Morgen wache ich ein bisschen angeschlagen auf. Das ist die Strafe für die drei Gläser Wein gestern Abend. Es bedarf nicht viel, mich betrunken zu machen, und leider bedeutet das auch, dass nicht viel nötig ist, damit ich mich am nächsten Tag beschissen fühle.

Irgendwie schaffe ich es aufzustehen, bevor der letzte Schlummeralarm schrillt, und dusche kalt. Wirklich kalt. An manchen Tagen ist das die einzige Methode für mich, um richtig wach zu werden und halbwegs zur Besinnung zu kommen.

Hinterher beschließe ich, mir extra viel Mühe mit meinem Aussehen zu geben, um wieder wettzumachen, dass ich gestern Abend unterirdisch ausgesehen habe. Anschließend fahre ich gerade noch rechtzeitig ins Büro, ehe mir ein Donnerwetter fürs Zuspätkommen blüht.

Nicht dass mich meine Vorgesetzte Lucy jemals anschreien würde, obwohl ich dauernd zu spät komme. Die meiste Zeit sagt sie eigentlich gar nichts, was sowohl gut als auch schlecht ist. Es gibt keine Kritik, aber auch kein Lob.

Als ich frisch von der Universität kam, hatte ich jede Menge hohe Ziele. Wer hatte die nicht? Ich dachte, ich würde aus der Uni spazieren und geradewegs eine fantastische Karriere starten. Bram hatte mit seiner Vermutung, dass ich schreiben könne, nicht allzu weit danebengelegen. Ich habe Journalismus im Hauptfach und Werbung im Nebenfach studiert. Die Fächer schienen die beiden unterschiedlichen Seiten von mir anzusprechen – die visuelle wie die introvertierte. Und beides war kreativ.

Doch der Arbeitsmarkt war überflutet von lauter naiven Träumern wie mir. Ich hatte höllisches Glück, dass sich nach meinem Praktikum in der Herstellung des *Bay Area Weekly* eine offene Stelle auftat. Ich war Assistentin in der Werbung für Einzelhandel und Kleinanzeigen. Drei lange Jahre arbeitete ich unter zwei verschiedenen Chefs, machte alle Schichten, die ich konnte, bis ich schließlich aufsteigen durfte. Ich übernahm zunächst die Kleinanzeigen, dann die Einzelhändler.

Der Job ist okay. Kein bisschen aufregend, was ihn vermutlich nicht ganz so okay macht, doch aus der Warte von jemandem, der nur um des Jobs willen einen Job braucht, ist es ganz in Ordnung. Und da ich schon so lange dabei bin, habe ich die vollen Vergütungen, drei Wochen Urlaub im Jahr und ein Gehalt, das mir erlaubt, eine Miete in San Francisco zu bezahlen, was an sich schon an ein Wunder grenzt.

Dennoch ist es nicht das, was ich mit meinem Leben anfangen will, obwohl ich mir eigentlich nicht erlaube, von etwas anderem zu träumen. Ich meine, ich bin dreißig. Ich *weiß*, dass ich sagenhaft unreif bin, trotzdem hätte ich diese Frage allmählich mal klären müssen. Verdammt, ich müsste mir inzwischen über eine Menge Sachen im Klaren sein.

Steph und Nicola hatten es in gewisser Weise leichter. Beide wussten, dass sie in die Modebranche wollten, und auch wenn sie einige Hürden zu nehmen hatten, bis sie da ankamen, wo sie heute sind, haben sie es geschafft.

Und dann bin da ich, die helfen, kreativ sein und sich ausdrücken will, aber nicht genau weiß, wie. Ich weiß nur, dass von neun bis fünf eine Arbeit zu machen, die mich nicht interessiert, eine noch größere Leere in meinem Herzen hinterlässt. Wenn ich mich bei meinen Freundinnen darüber beklage, sagen beide, ich solle den Sprung ins kalte Wasser wagen und herausfinden, was ich machen will. Wenn ich mich bei meiner Mutter oder meinen Brüdern beklage, erzählen sie mir, ich solle dankbar sein, dass ich den Job habe, meine Miete bezahlen und mir Essen leisten kann. Das Problem ist, dass sie alle recht haben.

Ich muss allerdings zugeben, seit Bram mit der Artikel-Idee kam, regt sich etwas in mir, ähnlich einem schlummernden Vulkan. Zuerst dachte ich, es läge daran, dass ich mir dauernd erotische Szenen mit Lachlan ausmale; doch jetzt ist mir klar, dass ich vielmehr daran denke, wie es wäre, selbst zu schreiben. Meinen Namen gedruckt zu sehen. *Meine* Worte öffentlich zu machen. Auf die eine oder andere Art das Leben anderer zu verändern.

Während ich also an meinem Schreibtisch sitze und mit dem Stift meinen Pferdeschwanz aufwickle, wobei ich vorgebe, E-Mails zu lesen, frage ich mich, wie es wäre, in dem Großraumbüro gegenüber zwischen all den Redakteuren zu sitzen und eine Sache mit Leidenschaft zu verfolgen.

Ich sehe Candace an, meine ehrgeizige Kollegin in der Anzeigenabteilung, und sage ihr, dass ich gleich wieder da bin. Dann raffe ich meinen Mut zusammen und mache mich auf den Weg den Korridor hinunter zum Büro meiner Chefin. Meinen Mut brauche ich nicht für sie, sondern für denjenigen, mit dem ich danach reden muss.

Ihre Glastür steht offen, weshalb ich nur leicht anklopfe.

»Lucy?«, frage ich und sehe hinein. Sie blickt über ihren Computerbildschirm hinweg und durch große Brillengläser zu mir auf.

»Hi, Kayla«, sagt sie. »Was gibt's? Wie war der Margarita-Montag?«

»Ist ausgefallen«, antworte ich. »Ich war nur kurz in der üblichen Bar.« Irgendwie bin ich für Margarita-Montage berühmt. Dabei mag ich Tequila gar nicht so gern, aber ich liebe fruchtige Cocktails und mexikanisches Essen, weshalb ich seit ein paar Jahren jeden Montag in ein mexikanisches Restaurant gehe. Manchmal kommen Steph und Nicola mit, manchmal Leute von der Arbeit.

»Hör mal, ich habe einen Freund, der eine Wohnanlage in SOMA hat und Wohnungen an Leute in Not vermittelt, du weißt schon, bezahlbarer Wohnraum. Bisher finanziert er das alles allein, weil er keine Investoren findet. Ich glaube, er braucht nur ein bisschen Hilfe, und da habe ich mich gefragt, ob einer der Redakteure etwas über das Projekt schreiben könnte. Es ein bisschen bekannter machen. Es ist eine gute Sache, und ich glaube, die Stadt braucht solche Projekte dringend.«

Lucy zuckt mit den Schultern. »Ich würde helfen, wenn ich könnte, aber wenn er keine Anzeige schalten will, musst du Joe fragen. Vielleicht findet er jemanden.« Sie lächelt mir zu. »Es ist richtig nett von dir, dass du das Projekt unterstützen willst.«

Ich nicke und verdrehe die Augen, bevor ich ihr Büro verlasse und weiter den Korridor hinuntergehe. Warum sind alle so verblüfft, wenn ich mal etwas Nettes tun will? Es ist ja nicht so, als wäre ich die reine Bosheit. Nur zu ungefähr vierzig Prozent. Das ist nicht mal die Hälfte.

Nachdem ich tief Luft geholt habe, steuere ich Joes Büro am Ende des Flurs an. Ich bin erst wenige Male hier gewesen, und Joe entspricht dem Klischee vom mürrischen, schlecht gelaunten Herausgeber.

Seine Tür ist geschlossen, und ich höre, dass er drinnen jemanden anschreit, also warte ich. Dabei beobachte ich einige meiner Kollegen in ihren Arbeitsnischen. Manche tippen hektisch und tragen gigantische Kopfhörer, andere sind an ihren Handys, reden und machen sich Notizen; wieder andere starren bloß mit leerem Blick auf ihre Bildschirme. Und dann ist da mein Freund Neil, der sich die Nägel feilt, wobei er vor Konzentration die Augenbrauen zusammenzieht.

Alle Redakteure – Neil ausgenommen – sehen eifrig, geschäftig und leidenschaftlich aus. Es schmerzt ein bisschen, dass ich das nicht habe.

Schließlich geht die Tür auf, und Mia, eine Journalistin, die ich kenne, kommt mit gesenktem Blick heraus, einige Blätter in ihrer Hand und vor Wut oder Scham gerötete Wangen.

Na super. Er hat also auch noch schlechte Laune.

Ehe ich es mir anders überlegen an, klopfe ich an die Tür und rufe: »Sir?«

»Was?«, kläfft er, und ich nehme es als Aufforderung, reinzukommen.

Joe sitzt an seinem Schreibtisch, die Hemdsärmel bis zu den Ellbogen aufgekrempelt, sodass man seine Affenunterarme sieht.

»Ah, Sie«, sagt er abfällig und sieht mich kaum an. »Sie arbeiten bei den Anzeigen. Warum sind Sie hier?«

Ich trete nur einen Schritt weit ins Zimmer und antworte: »Ich habe eine Idee für eine Story, und Lucy hat mir gesagt, dass ich sie Ihnen mal vorstellen könnte.«

Das macht ihn stutzig. »Eine Story? Sie? Lassen Sie mich raten: Sie wollen eine Kolumne über Ihre Margarita-Montage schreiben.«

Woher zum Teufel weiß er davon?

»Nein, warten Sie«, fährt er fort. »Etwas über Dating in der Stadt und wie öde es ist.«

Ich runzle die Stirn. Ich habe keine Ahnung, wie er auch von meinem Dating-Elend wissen kann.

»Nein«, sage ich langsam und verschränke meine Arme. »Es geht eigentlich um eine Wohltätigkeitsorganisation.« Ich erkläre ihm Brams Projekt und hoffe, dass er am Ende ein wenig beeindruckt ist.

Aber nein. Seine Augen sind richtig glasig geworden. Als ich fertig bin, reibt er sie sich und seufzt.

»Ich sehe mal, ob jemand darüber schreiben will. Falls nicht, haben Sie Pech.«

»Und was wäre, wenn ich den Beitrag selbst schreibe?«, frage ich.

»Sie? O nein. Man mag hin und wieder über uns lachen, aber wir bemühen uns, unser ernsthaftes Image zu heben, nicht, es zu torpedieren. Schreiben ist nicht Ihre Stärke.«

»Woher wissen Sie das?«, platze ich heraus.

Er sieht mich streng an. »Ich würde Sie ja bitten, mir das Gegenteil zu beweisen, aber dazu fehlt mir die Zeit.« Wieder seufzt er und blickt auf die Ausgabe der letzten Woche, die er in der Hand hält. »Die Story passt zu unserer neuen Agenda. Gehen Sie und suchen Sie sich jemanden, der sie für Sie schreibt.«

In diesem Moment möchte ich Bram umbringen, weil er mich in diese Lage gebracht hat. Trotzdem danke ich Joe und verlasse das Büro. Ich marschiere direkt auf Neil zu.

»Neil«, sage ich süßlich, lege die Hände auf seine Schultern und massiere sie ihm.

»Was habe ich dir über sexuelle Belästigung am Arbeitsplatz gesagt?«, kontert er.

»Du hast mir gesagt, sie zählt nur, wenn ich einen Schwanz habe.«

Er gibt einen zustimmenden Laut von sich. »Und hättest du einen, würde ich dich immerzu anfallen. Erklär mir noch mal, warum du mich nicht mit deinem Bruder verkuppelst.«

Ich drücke seine Schultern extra fest und hoffe, dass es ihm wehtut. »Weil du eine männliche Schlampe bist und ich Toshio wie verrückt liebe. Ich will nicht, dass sein Herz zertrampelt wird.«

»Erstens«, sagt er und jault leise, »ist das nicht wahr. Und zweitens würde er sofort jemand Neues finden. Ich habe gesehen, wie niedlich er ist. Genau wie du. Und übrigens kann ich das mit der Schlampe direkt zurückgeben.«

Ich verdrehe die Augen. »Hör mal, ehe wir jetzt ganz grob werden. Ich muss dich um einen Gefallen bitten. Eigentlich ist es ein Gefallen für einen Freund, aber ich habe Schwierigkeiten, ähm, ihm den zu tun.«

»Iiih, Gefälligkeiten«, sagt er.

Ich nehme meine Hände weg.

»Nicht aufhören«, befiehlt er sofort und tippt sich auf die Schulter.

Ich massiere ihn weiter. »Es ist eine gute Tat.«

»Doppel-Iiih. Und warum willst du eine gute Tat tun?«

Ich zucke mit den Achseln. »Weiß ich nicht. Will ich eben. Aber ich brauche deine Hilfe.« Zum dritten Mal heute erkläre ich Brams Situation.

»Das ist nicht mal der Typ, den du vögelst. Hältst du dich

immer noch an diesen dämlichen Eid, schwanzlos zu bleiben?«

»Ja, tue ich, und, nein, ich vögle ihn nicht, aber er ist der Freund meiner Freundin.«

»Das kaufe ich dir nicht ab. Warum interessiert dich das wirklich?«

Weil er mich gebeten hat, möchte ich sagen. Weil es nett ist, sich gebraucht zu fühlen, als könnte ich irgendwas bewirken. Und weil, nun ja, vielleicht, weil an dem Deal noch ein heißer Rugbyspieler-Arsch hängt.

»Weil es mich interessiert«, sage ich. »Kannst du was schreiben?«

»Nein.«

Laut stöhnend trete ich einen Schritt zurück und werfe dramatisch die Hände in die Luft. »Wieso nicht? *Bitte?*«

»Kayla, Schätzchen, ich bin sowieso schon völlig überlastet. Warum fragst du nicht jemand anderen?«

Ich blicke mich um. Obwohl die Hälfte der Leute große Fans von Margarita-Montagen zu sein scheinen und es genießen, wenn ich zu viele Tequila Sunrise trinke und am Ende auf wackligen Tischen tanze, glaube ich nicht, dass sie mich genug mögen, um etwas zu schreiben, das ich vorgeschlagen habe.

»Oder schreib es selbst«, schlägt Neil vor.

Ich sehe ihn verwundert an. »Im Ernst? Das hatte ich Joe vorgeschlagen, und der hat mich ausgelacht.«

»Joe lacht jeden aus. So ist er eben. Und ein mürrischer alter Mann, der entweder dringend vögeln oder gevögelt werden muss, da bin ich mir nicht sicher.«

Ich verziehe das Gesicht.

»Ich sage dir, schreib trotzdem und reich es ein. Ich helfe

dir sogar dabei, redigiere es und so. Putz es aus. Hast du nicht gesagt, dass du Journalismus studiert hast?«

»Kommunikation«, murmle ich. »Hauptfach Journalismus.«

»Das reicht. Die Hälfte der Leute hier hat nicht mal einen Uni-Abschluss. Ich zum Beispiel. Blanken Dusel und ein hübsches Gesicht.«

»Na gut.« Ich lehne mich an seinen Schreibtisch und sehe ihn flehend an. »Kannst du mir ein paar Tipps geben?«

Neil dreht sich auf seinem Stuhl um, faltet die Hände vor seinem Bauch auf dem makellosen violetten Hemd. Seine Lippen formen ein amüsiertes Lächeln, das mich an Filmbösewichte erinnert. »Als Erstes, Süße, brauchst du einen Ansatzpunkt.«

»Den habe ich dir doch eben erklärt. Reicher Bursche tut Gutes.«

Er stößt einen angewiderten Laut aus und wirft den Kopf in den Nacken. »Langweilig!«, brüllt er. Jemand im Hintergrund ranzt ihn an, leise zu sein, doch er winkt bloß ab. Dann stützt er die Ellbogen auf die Knie und deutet auf mich. »Nein. Kein reicher Bursche tut Gutes. Niemand interessiert sich für reiche Idioten, und falls es sich nicht um Oscar-Gewinnerinnen wie Susan Sarandon handelt, schert es die Leute im Allgemeinen auch nicht, was reiche Leute tun, ob gut oder schlecht.«

»Stimmt nicht«, widerspreche ich. »Die ganzen Klatschblätter berichten nur über die Reichen und alles, was sie Schlimmes machen.«

»Finde einen anderen Ansatz«, sagt er.

Ich zermartere mir das Hirn. »Die Stadt braucht solche Projekte. Jeder jammert, dass es keine bezahlbaren Wohnungen gibt. Die ganze Welt macht sich über uns lustig, weil wir absurd viele Obdachlose haben. Das ist eine Lösung. Es ist etwas Gutes, egal, wer es tut.«

»Kindchen, es gibt tonnenweise Leute, die jeden Tag Gutes tun. Die meisten interessiert es nicht, es sei denn, man bringt sie dazu, sich zu interessieren. Wir sind alle zu sehr darauf gedrillt, all die beschissenen Details des Lebens auszublenden, ebenso wie die Milliarden, die vom Leben verarscht werden. Wir sind allesamt egoistisch und selbstverliebt, fixiert auf unsere eigenen Bedürfnisse, bis jemand dafür sorgt, dass wir uns persönlich betroffen fühlen. Also, wie kannst du das schaffen?«

Heiliger Bimbam. Seit Jahren arbeite ich mit Neil zusammen, habe mit ihm in Clubs gefeiert, seine Hand gehalten, wenn er wegen eines Kerls mit Schnurrbart heulte, aber so klug wie jetzt ist er mir noch nie vorgekommen.

»Tja, Bram ist scharf.«

»Das hilft«, sagt er und merkt sichtlich auf.

»Und sein Partner noch viel mehr«, ergänze ich und stelle fest, dass ich verträumt lächle, als ein Bild von Lachlan meinen Kopf ausfüllt. »Ein Rugbyspieler aus Schottland.«

Neil setzt sich auf. »Ist er groß?«

»O ja, er ist groß«, antworte ich grinsend.

»Weißt du das aus Erfahrung? Was ist mit deinem Eid?«

Ich atme übertrieben laut aus. »Nein, das weiß ich nicht aus Erfahrung. Ich habe ihn nur gestern Abend in der Bar gesehen. Und er … er ist … einfach so ein *Mann*. Ich kann das nicht erklären, aber er dürfte wohl der heißeste Typ sein, den ich je gesehen habe. Und gebaut wie ein Mammutbaum.«

»Wie ein North-Cali-Mammutbaum?«, fragt er aufgeregt.

»Genau so«, sage ich. Mich freut, dass ich jemanden habe,

mit dem ich meine plötzliche Obsession teilen kann. »Er ist mit Tattoos bedeckt, hat Geld und Lippen, an denen man dringend saugen will.«

»Unter anderem.«

»Und ich glaube, jemand erwähnte, dass er gut ist in dem, was er tut. Ich glaube, er hat einige Male für Schottland im World Cup gespielt.«

»*Scheiiiiße*«, sagt Neil grinsend und schwenkt eine Hand durch die Luft, als würde er mich mit Feenstaub bestreuen. »Kayla, das ist dein Ansatz. Das Scharfe. Und die Berühmtheit.«

»Du hast eben gesagt, es interessiert keinen, wenn Berühmtheiten Gutes tun. Und ich bin nicht sicher, dass er berühmt ist, nur weil er beim World Cup im Rugby dabei war. Das sieht sich keiner an.«

»Tja, dann ist er vielleicht zu Hause berühmt. Und falls nicht, schreibst du ihn zum Promi hoch. Das ist sowieso spannender. Außerdem kennst du unsere Leser – Frauen und Schwule.«

Ich ziehe eine Grimasse. »Hat dir schon mal jemand gesagt, dass du, wenn du nicht so schwul und niedlich wärst, total unmöglich wärst?«

»Ja, so komme ich damit durch«, sagt er und lässt seine Augenbrauen tanzen. »Also, geh und mach das. Interviewe ihn. Vergiss den anderen Typen. Und sieh zu, ob du einige Fotos von Mr. Mammutbaum bekommst. Vorzugsweise nackt. Du weißt ja, dass viele Rugbyspieler für Nacktkalender posieren. Ist irgendwie ihr Ding.«

Schlagartig schwindet mein Lächeln. Lachlan interviewen? »Kann ich nicht, na ja, über ihn schreiben, ohne direkt mit ihm zu reden?«

Neil sieht mich an, als sei ich ein Schwachkopf. »Woher willst du wissen, was du schreiben sollst, wenn du ihn überhaupt nicht kennst?«

»Ich könnte Bram fragen«, schlage ich hoffnungsvoll vor.

»Nein, du musst den Kerl interviewen. Wieso ist das ein Problem? Eigentlich solltest du sofort darauf anspringen. Und danach ihn.«

Ich zupfe nervös an meinem Haar. »Na, es ist nur … er ist nicht direkt superfreundlich. Oder gesprächig. Und ich glaube nicht, dass er mich mag.«

»Heißt das, er ist noch nicht deinem Charme verfallen?«, fragt er hämisch.

Ich sehe ihn so wütend an, wie ich kann. »Noch nicht. Und es ist nicht so, als hätte ich es gestern Abend überhaupt versucht.«

Er zuckt mit den Schultern. »Dann probier's jetzt. Du willst diese Story, erarbeite sie dir.« Er wippt auf seinem Stuhl, völlig selbstsicher und anscheinend froh, dass ich mal erlebe, wie schwer sein Job tatsächlich ist.

»Schön, ich mach's«, sage ich und stolziere zu meinem Tisch zurück. Ich höre ihn noch »Viel Spaß!« hinter mir herrufen.

Erst als ich wieder an meinem Schreibtisch bin, heben die Schmetterlinge in meinem Bauch ab, und die sind nicht von der netten Sorte. Ich werde wahnsinnig nervös.

Ehe ich ins Grübeln komme, wähle ich Brams Nummer und bete, dass ich ihn nicht bei irgendwas erwische, das er gerade mit Nicola tut.

»Kayla?«, fragt er überrascht.

»Ja, hi, Bram.«

»Hast du mit deinem Chef geredet?«

»Habe ich, aber hör zu … Ich werde den Artikel schreiben.«

»Das ist doch genial!«

»Aber ich soll Lachlan interviewen, nicht dich.«

Er stockt. »Lachlan? Warum? Was ist mit mir verkehrt?«

»Du bist nicht nachrichtenwürdig.«

»Und mein Cousin ist es?«

»Ja, schon. Ich meine, hast du ihn dir mal angesehen?«

»Hast du dir *mich* mal angesehen?«

»Habe ich, Bram. Bedaure. Du bist nicht mein Typ.«

Er schnaubt ungläubig.

»Ich sage es dir, wie es ist. Jetzt gib mit Lachlans Nummer, oder es wird überhaupt keine Story über dein Wohnprojekt erscheinen.«

»Okay, ja, gut«, sagt er rasch.

»Und du deine«, kontere ich. Er gibt mir die Nummer, ich notiere sie. Natürlich ist es eine internationale.

»Kann ich ihm schreiben, denn das ist sonst ein Ferngespräch?«, frage ich.

»Klar«, sagt Bram. »Ich glaube allerdings, dass du mehr aus ihm rausbekommst, wenn du persönlich mit ihm redest. Am Telefon ist er nicht sehr gesprächig.«

»Was du nicht sagst.«

»Eben. Aber pass auf, worüber ihr auch redet, stell Lachlan keine persönlichen Fragen, okay.«

Ich setze mich auf, denn jetzt wird es spannend. »Warum nicht?«

Er seufzt sehr laut und sehr gedehnt. »Tu es einfach nicht, Kayla. Ich kenne dich. Du willst von jedem alles über das Privatleben wissen, und wir alle finden das witzig, aber er ist anders. Wenn du du selbst bist, schreckst du ihn nur ab. Er ist sehr verschlossen. Er hat … na ja, sei einfach professionell. Wenn du zu tief gräbst, wird er wahrscheinlich nur um sich schnappen, und du kriegst gar nichts.«

»Schnappen? Ist er ein Hund?«

Oder ein Tier?

»Na, er ist eben verschlossen, und er hält nichts von Blödsinn. Also konzentrier dich auf das Wesentliche.«

»Aha.«

»Als da wäre …«

Diese Lippen. Diese Hände. Diese Augen. Aber ich sage: »Das Wohnprojekt.«

»Richtig. Hey, habe ich mich eigentlich schon dafür bedankt, dass du das machst?«

»Nein, hast du nicht.«

Dann lege ich auf, bevor er eine Chance hat, mehr zu sagen.

Ehe ich wieder die Nerven verliere, tippe ich die ewig lange Nummer in mein iPhone ein und schreibe ihm. Na ja, eigentlich starre ich erst mal minutenlang aufs Display, tippe dann verschiedene Sätze ein und lösche sie wieder, ehe ich noch mehr aufs Display glotze. Was Bram über ihn sagte, macht mich nur noch nervöser, als ich sowieso schon war. Ich meine, mit Leuten kann ich umgehen. Ehrlich. Ich bin nicht ängstlich. Aber hier bewege ich mich auf unbekanntem Terrain. Ich bin keine Journalistin, auch wenn ich das studiert habe, und auf einmal fühle ich enormen Druck auf meinen Schultern.

Endlich! Ich schreibe ihm: *Hi, hier ist Kayla, die Freundin von Nicola. Wir sind uns gestern Abend in der Bar begegnet. Bram möchte, dass meine Wochenzeitschrift etwas über das Wohnprojekt bringt, und mein Redakteur meint, ein Interview mit dir wäre eine gute Idee. Wäre das okay für dich?*

Und dann warte ich.

Und warte.

Stunden vergehen.

Inzwischen ist es halb fünf, und ich habe eben bloß zum millionsten Mal auf mein Handy geblickt. Ich habe auch die Telefonnummer noch mal überprüft.

Da piept mein Telefon.

Eine Antwort von Lachlan: *Einverstanden.*

Echt jetzt? Einverstanden?

Ich schreibe sofort zurück: *Okay, super, danke. Wann würde es dir passen? Und wo?*

Dann drücke ich auf »Senden« und bete, dass er nicht wieder sechs Stunden zum Antworten braucht.

Braucht er nicht. *Du kennst die Stadt besser als ich. Ich kann jederzeit.*

Okay, wir machen also Fortschritte.

Bin ich euphorisch? Ich bin euphorisch.

Mein Büro ist in der Nähe des Fährterminals, daher bitte ich ihn, mich mittags im Blue Bottle Coffee zu treffen. Dann haben wir nicht alle Zeit der Welt, was gleichermaßen gut wie schlecht ist. Gut, weil ich wahrscheinlich direkt zum Wesentlichen komme und nicht tue, was Bram annimmt(sprich: alles verpatzen). Schlecht, weil es bedeutet, dass ich nur eine Stunde habe, um ihn anzustarren.

Aber ich nehme, was ich kriegen kann.

Kapitel 3

Kayla

Nach der Arbeit fahre ich bei meiner Mutter vorbei. Sie wohnt noch in dem Haus, in dem ich aufgewachsen bin, über die Bay auf Alameda Island, gleich außerhalb von Oakland. Es ist ein traumhafter, schmaler viktorianischer Bau mit spitzen Giebeln und schmiedeeisernen Akzenten. Nach vorn raus und zu der Straße hin, auf der an warmen Tagen Einheimische und Touristen entlangradeln, befindet sich ein kleiner Rosengarten. Hier riecht es nach Kindheit, Sonnenschein und Frieden.

Vieles an dem Haus verfällt langsam. Meine Mom ist nicht mehr jung und gesundheitlich angeschlagen. Sie ist dieses Jahr einundsiebzig geworden, worüber ich sehr ungern nachdenke. Meine Eltern waren schon älter, als ich geboren wurde; mein ältester Bruder Brian ist fünfzehn Jahre älter als ich und mein jüngster, Toshio, sechs Jahre. Eigentlich war ich gar nicht mehr vorgesehen. Meine Mutter beschreibt mich gern als überraschendes Wunder: das Mädchen, das sie sich immer gewünscht hatte.

Und ich bin froh, dass ich dieses Wunder war. Meine Eltern haben mir früher so viel Liebe geschenkt, dass ich richtig verwöhnt war, und meine Brüder beschützten mich, als gäbe es kein Morgen. Aber es ist verflucht hart, alte Eltern zu haben, erst recht, wenn man selbst erst dreißig geworden ist und sich immer noch wie eine Jugendliche fühlt – sie also eigentlich immer noch braucht.

Mein Vater starb an Prostatakrebs, als ich gerade dreiundzwanzig war. Das verfolgt mich täglich. Er war lange krank und hatte starke Schmerzen, weshalb wir erleichtert waren, als sein Leiden ein Ende hatte, und dennoch … nichts kann diesen Verlust wettmachen. Bei all seinen Fehlern war er jemand, den ich bedingungslos liebte und idealisierte, solange ich denken kann. Ich glaube nicht, dass ich *jemals* über seinen Tod hinwegkommen werde, doch nach und nach, Jahr für Jahr, versuche ich, nach vorn zu sehen. Das muss ich.

Meine Mutter kann es nicht. Ihre Gesundheit plagt sie seither sehr. Es ist, als hätte sie mit seinem Tod einen Teil von sich verloren, sie ist einfach nicht mehr dieselbe. Heute sorge ich mich immerzu um sie und versuche, so oft wie möglich zu ihr zu fahren, was erheblich mehr ist, als meine Brüder tun. Sie besuchen sie nur, wenn ich sie dazu zwinge, um kurz Hallo zu sagen, ihr Geld zu geben oder kleine Reparaturen am Haus vorzunehmen. Ich weiß, was sie sich für sie wünschen – dass sie in eine kleine Wohnung oder sogar ein Pflegeheim zieht. Aber meine Mom hängt zu sehr an dem Haus. Sie würde es niemals verlassen.

Und ich weiß, dass wir sie, sollte sie in ein Heim ziehen, für immer verloren hätten. Das Haus ist alles, was ihr noch geblieben ist.

Also fahre ich zu ihr, auch wenn es weit ist. Sie ist einsam *und* allein, und das ist etwas, das ich ein bisschen zu gut nachvollziehen kann.

Es ist Anfang August, und obwohl der Sommer in der Stadt

wechselhaft ist, ist es auf Alameda wärmer. Ich wässere ihre Rosen, gehe beim Laden in der Nähe einkaufen, räume auf und setze mich hinterher mit ihrem weißen Fellknäuel von Katze, Mew Mew, auf ihre Couch, um ihr die guten Neuigkeiten zu berichten.

»Stell dir mal vor«, eröffne ich.

Sie blickt von ihrem Strickzeug auf und betrachtet mich mit solcher … Hingabe … dass ich mich auf einmal, ich weiß nicht, unwürdig fühle. Verrückt, wie die eigene Mom das immer hinbekommt.

»Was denn, Schätzchen?«, fragt sie mit ihrem sanften, melodischen Akzent.

»Tja, ich steige langsam bei der Arbeit auf. Ich schreibe einen Artikel, und wenn alles gut geht, drucken sie ihn.«

Sie lächelt strahlend, und ich staune, wie makellos ihre Haut noch im Alter aussieht. Trotz ihrer angeschlagenen Gesundheit sieht sie um Jahrzehnte jünger aus, als sie ist. Ich hoffe, diese japanischen Gene haben sich auf mich übertragen.

»Das ist wunderbar. Ach, Kayla, ich freue mich so für dich!«

»Ja?«

»O ja. Sieh dich doch an. Du leuchtest förmlich. Ich hatte mich schon gefragt, ob du diese Leidenschaft wiederfindest.«

Ich schürze die Lippen. Ich hatte mich immer für einen sehr lebendigen, leidenschaftlichen Menschen gehalten. Ist mir das wirklich abhandengekommen?

»Nun ja«, bemühe ich mich, es herunterzuspielen, »es hängt natürlich ganz davon ab, wie gut ich schreibe. Normalerweise bringen sie keine Artikel von Leuten, die keine Hausjournalisten sind … oder überhaupt Journalisten. So allgemein, meine ich.«

»Schon, aber ich erinnere mich an die Geschichten, die du früher für die Schülerzeitung geschrieben hast.«

»Sicher, aber es waren eher so Filmkritiken oder welche Band am Wochenende in der Stadt gespielt hatte.«

Sie schüttelt den Kopf, immer noch elegant lächelnd, und widmet sich wieder ihrem Strickzeug. »Das spielt keine Rolle, Schätzchen. Ich habe jeden Artikel gelesen und wusste, dass du Talent hast. Ich wusste, dass du wieder darauf zurückkommen würdest.«

»Obwohl ich jetzt alt bin.«

Sie wirkt ein wenig enttäuscht. »Du bist nicht alt, Kayla. *Ich* bin alt.«

Ich seufze. »Entschuldige … so habe ich es nicht gemeint. Ich habe nur das Gefühl, dass ich in meinem Alter meinen Sch… mein Leben in der Spur haben sollte.«

»Dein Leben folgt dem Gleis, dem es folgen soll. Das hier ist kein Wettbewerb oder Rennen. Vergleich dich nicht mit anderen, sondern mit dem Menschen, der du gestern warst.«

Schon klar, doch wie erkläre ich ihr, dass ich manchmal das Gefühl habe, ein schlechterer Mensch als gestern zu sein? Als würde ich meine Zeit verplempern, um mich dann rückwärts zu bewegen? An Charakter zu verlieren, statt ihn zu entwickeln?

Aber damit will ich meine Mutter nicht belasten. Ich versuche, auch mich selbst nicht mit solchen Gedanken zu belasten, nur schleichen sie sich bisweilen in meinen Kopf.

»Weiß ich«, sage ich. »Ich schätze, es ist nie zu spät.«

»Nein, ist es nicht«, bestätigt sie. »Denk einfach daran, dich für Dinge offen zu halten, Chancen zu nutzen.«

Ich ringe mir ein Lächeln ab. »Oh, ich glaube, das tue ich.«

Sie betrachtet mich einen Moment lang, sieht irgendwas in mir, auch wenn ich nicht genau weiß, was.

»Ich habe deinen Vater sehr geliebt«, sagt sie zum Klackern ihrer Stricknadeln. Die Bemerkung kommt aus dem Nichts. »Sehr, sehr geliebt.«

»Weiß ich. Und er liebte dich.«

»Das tut er noch.« Ein süßes, trauriges Lächeln tritt auf ihre Züge. »Auch wenn er jetzt im Himmel ist, höre ich hin und wieder von ihm. Ich weiß, dass es ihm gut geht und dass er auf mich wartet.«

Ich bekomme feuchte Augen. Wir sprechen nicht oft über Dad, wohl weil dann jedes Mal Tränen fließen. Allerdings weint meine Mutter nicht. Sie nimmt alles gefasst hin, obwohl ich weiß, wie traurig sie ist und dass ihr die Hälfte ihrer Seele fehlt.

»Weine nicht, Schätzchen«, sagt sie sanft, beugt sich vor und legt ihre Hand auf meine. »Es ist okay, ehrlich. Ich sage es dir nur, weil ich nicht möchte, dass du Angst vor der Liebe hast.«

»Ich habe keine Angst vor der Liebe«, erwidere ich trotzig und wische mir mit der Handfläche eine Träne ab.

Sie lächelt verhalten. »Seit Kyle sind einige Jahre vergangen.«

Verfluchter Kyle. Warum fängt sie jetzt von ihm an? Kyle ist mein Ex. Ex-Verlobter. Wir kamen am College zusammen und blieben es noch lange danach. Aber es funktionierte einfach nicht. Nicht dass mit Kyle etwas nicht stimmte, es war lediglich … ich weiß nicht. Ich schätze, ich bekam kalte Füße. Aber nicht, weil ich Angst vor der Liebe hatte. Er war schlicht nicht das, was ich mir vom Leben erwartet hatte.

»Ich bin glücklich, Mom«, versichere ich ihr. »Ich habe Kyle auch geliebt. Er war nur nicht der Richtige.«

»Oh, ich weiß, dass er es nicht war. Es war richtig von dir, das zu beenden. Aber wenn du den Richtigen triffst, möchte ich nicht, dass du davonläufst. Ich möchte nicht, dass du Angst hast. Die Liebe ist etwas, um das man kämpfen muss.«

Ich verdrehe die Augen. »Noch mal, Mom, ich habe keine Angst vor der Liebe. Ich *liebe* die Liebe!«

Es ist purer Zufall, dass ich Spaß und Sex noch mehr liebe.

Sie beobachtet mich aufmerksam. »Schön. Ich will ja nur sagen, dass, obwohl ich deinen Vater liebe und ohne ihn nie mehr dieselbe sein werde, das Gute alles Schlechte überwiegt. Selbst wenn ich gewusst hätte, dass ich ihn verlieren würde, hätte ich mich trotzdem in ihn verliebt. Ich bereue nichts. Du sollst nur wissen und erkennen, dass, sogar wenn du die Liebe verlierst, sie nie wirklich fort sein wird. Sie bleibt für immer. Und sie ist immer die Risiken wert.«

Ich seufze und habe das Gefühl, mir liegt ein Ziegelstein auf der Brust. »Okay, okay«, antworte ich, bin jedoch nicht sicher, was ich noch sagen soll. Ich weiß, wie es für meine Mutter aussehen muss, dass ich seit Kyle Single bin. Aber ich schwöre, dass ich mich nicht vor der Liebe fürchte. Es gibt nur keinen für mich da draußen, und ich habe meinen Frieden damit gemacht.

In der Nacht schlafe ich so gut wie gar nicht. Es liegt nicht bloß an dem, was meine Mutter gesagt hatte. Meine Nerven sind schuld. Blöde Nerven. Ich denke an das Interview morgen und empfinde einen Druck, der vorher nicht da war.

Beim Aufwachen am nächsten Morgen bin ich immer noch nervös. Auf dem Weg zur Arbeit ist mir, als hätte ich ein Wespennest verschluckt. So bin ich durchgehend bis zur Mittagspause, dann wird es noch schlimmer, und ich fahre beinahe aus der Haut.

Ich muss zugeben, dass diese Aufregung berauschend ist. Also beschließe ich, sie einfach auf mich wirken zu lassen und zuversichtlich zu bleiben. Ich werde diesen Mann für mich gewinnen und das beste Interview meines Lebens bekommen. Nun ja, oder erst mal das einzige Interview meines Lebens.

Ich schnappe mir meine Tasche und eile in den Waschraum, um mich zu vergewissern, dass ich gut aussehe. Heute trage ich eine enge schwarze Caprihose zu Schuhen mit Zebramuster und einer eierschalfarbenenen Seidenbluse, die nur eine Andeutung von meinem eher kleinen Dekolleté zeigt. Mein Haar ist offen, lang, wellig und glänzend wie eine Öllache (weil ich es morgens mit dem Hair-Gloss übertrieben habe). Mein Dad stammt aus Island (wo sich meine Eltern übrigens kennenlernten), und während ich das dichte, schwarze Haar von meiner Mutter habe, bekam ich die Locken von ihm. Bei Feuchtigkeit spielen sie komplett verrückt.

Ich sehe … passabel aus. Vielleicht sogar scharf, vor allem, wenn ich mein Haar über die Schulter werfe und ein bisschen farblosen Lipgloss auflege.

Nach einigen letzten Korrekturen und ignorierten Textnachrichten von Nicola, Stephanie *und* Bram, die mir alle Glück wünschen (mit anderen Worten: ein Riesending aus der Sache machen), begebe ich mich auf den Weg über die Straßenbahngleise zum Fährterminal.

Das Blue Bottle Coffee ist eine Institution in San Francisco, eine Art Hipster-Mekka, und wie ich bereits vermutet hatte, reicht die Schlange bis in die luftige Eingangshalle des Gebäudes. Das Café bietet nur begrenzte Sitzplätze, aber ich hatte gehofft, dass wir uns unsere Kaffees holen und draußen hinsetzen könnten, mit Blick auf die Fähren und die Bay Bridge. Ich meine, ich werde so *tun*, als würde ich die Fähren und die Bay Bridge anstarren, während ich seinen Arsch abchecke. Dem Himmel sei Dank für dunkle Sonnenbrillen!

Doch leider kann ich Lachlan nirgends entdecken.

Lässig hole ich mein Handy hervor, um nachzusehen, doch auf dem Display ist nichts außer meinem Orphan-Black-Bildschirmhintergrund. Also stelle ich mich schon mal für den Kaffee an und hoffe, dass ich nicht versetzt werde.

Ich bin fast an der Kasse – fünf Minuten sind kriechend vergangen, und ich will jeden in der Schlange mit einem dieser Rührstäbchen erstechen – als ich eine Präsenz neben mir spüre. Es ist mehr als eine Präsenz. Ich werde regelrecht *verdunkelt*.

»Kayla?« Nur ein raues, schottisch getränktes Wort, und ich bin wieder Wackelpudding.

Bleib cool, bleib cool.

Ich drehe mich zu ihm und blicke auf. Und weiter auf. Und dann schenke ich ihm das breiteste Grinsen aller Zeiten.

»Oh, hi!«, sage ich entschieden zu enthusiastisch. »Lachlan, richtig?«

Er runzelt die Stirn. Offensichtlich bezaubert ihn meine rasende Unbeholfenheit nicht.

»Ah, ja. Entschuldige, dass ich zu spät bin. Ich kenne mich noch nicht so gut in der Stadt aus.«

Ich weiß, dass ich wegsehen sollte. Aber ich kann nicht. Der Mann macht mich sprachlos. Ich bin Wackelpudding, Knete und sämtliche anderen weichen, formbaren Substanzen gleichzeitig. In Lachlan McGregors Gegenwart bin ich alles andere als Kayla Moore.

Also starre ich ihn an. Schwarze Jeans, die gut sitzen, ein

dunkelgraues Flanellhemd, das gemütlich genug aussieht, um darin zu schlafen, und seine breiten Schultern und den enormen Brustkorb betont. Im natürlichen Licht des Fährterminals sind seine Augen heller, eher graugrün wie das Wasser in der San Francisco Bay. Je länger er mich fragend ansieht und je mehr sich seine leicht gebräunte Stirn in tiefe Falten legt, desto besser gefällt es mir. Ich habe das Gefühl, geprüft zu werden. Gemustert. Und er sieht grob aus. Gefährlich. Ich will, dass er all seine Geheimnisse ausspuckt.

»Miss?«

Ich höre kaum, dass ich von hinten angesprochen werde. Lachlan blickt über meine Schulter und neigt dann den Kopf zu mir.

»Man verlangt nach dir«, sagt er mit seinem irren Akzent.

»Ach ja?«, frage ich geziert.

Er nickt zu dem Barista am Tresen. »Du bist dran.«

Richtig. Das. Wieder lächle ich und weiß, dass es komplett idiotisch aussieht. So viel zum sexy sein. Oder auch nur annehmbar.

Ich drehe mich um und bestelle hastig eine Latte mit Mandelmilch für mich.

»Was möchtest du?«, frage ich Lachlan.

»Tee, schwarz«, antwortet er.

»Uuuh, schwarzer Tee. Man lebt gefährlich!«, spotte ich.

Er erwidert mein Lächeln nicht, sieht mich einfach nur stirnrunzelnd an, als sei ich zu blöd für diese Welt.

Na, läuft das nicht großartig? Ich erinnere mich daran, dass ich nicht hier bin, um Lachlan zu erobern oder sexy zu sein. Ich bin hier, um über Brams blöde Wohltätigkeit zu schreiben. Wieder mal ertappe ich mich dabei, wie ich den Schotten verfluche.

Ich bezahle und trete beiseite, um auf unsere Getränke zu warten.

Lachlan greift in seine Jeans, zieht zwei verknitterte Dollarscheine heraus und hält sie mir hin.

»Was soll das?«, frage ich.

»Für den Tee«, sagt er mürrisch und wedelt mit den Scheinen vor mir herum.

»Danke, aber der geht auf mich. Keine Sorge.«

Er grummelt etwas, greift über den Tresen und steckt das Geld in das Trinkgeldglas, was ihm ein herzliches Dankeschön von dem überarbeiteten Barista einträgt.

Den ganzen Vormittag war ich die Fragen durchgegangen, die ich ihm stellen wollte, doch nun, da er hier ist und vor mir steht, weiß ich kaum noch, wo ich arbeite.

»Also«, sage ich und wünschte, ich hätte mir meine Fragen im Handy notiert statt auf dem Notizblock. Den ich im Büro vergessen habe. War ja klar. »Wollen wir draußen ein bisschen gehen?«

Er nickt, nimmt einen Schluck von seinem Tee und sieht überall hin, außer zu mir.

Ich räuspere mich, und wir gehen aus dem Café und an den Läden vorbei. Es ist tatsächlich eine gute Gegend, um sich mit jemandem zu treffen, den man nicht kennt – hier gibt es eine Menge anzusehen.

Aber selbstverständlich will ich bloß ihn anglotzen, obwohl ich das Gefühl bekomme, dass mein dauerndes Mustern nicht gut aufgenommen wird.

»Hast du schon mal Interviews gemacht?«, frage ich.

Er wirft mir einen Seitenblick zu. »Hast du?«

Verlegen ziehe ich eine Grimasse. »Ähm, eigentlich nicht. Dies ist mein erstes. Ich meine, offiziell. An der Uni habe ich für die Studentenzeitung geschrieben, aber das ist verflucht lange her.«

Er nickt, trinkt noch einen Schluck Tee. »Bram erwähnte es.«

»Was hat er noch erwähnt?«

»Dass es ihm helfen könnte, die Leute auf ihn aufmerksam zu machen?«

»Ihn?«, wiederhole ich. »Steckst du da nicht genauso drin wie er?«

Lachlan zuckt mit den Schultern. »Eher nicht. Ich habe bloß ausgeholfen, soweit ich konnte.«

Wir gelangen zu den Türen, die hinaus zu den Docks führen, und er hält mir eine auf. Na, zumindest hat er seine Manieren nicht vergessen.

»Danke«, sage ich, und er gibt einen unverbindlichen Laut von sich. Draußen ist die Luft herrlich frisch und scheint meinen Kopf ein wenig zu klären.

»Also zurück zu dir«, sage ich. »Hast du schon viele Interviews gegeben? Ich meine, ich weiß nicht, aber beim Rugby musst du daran gewöhnt sein. Sind Rugbyspieler drüben nicht Berühmtheiten?«

Noch ein Nicken. »Ich habe einige gegeben.«

Wir bleiben an der Brüstung mit Blick auf die Fähren stehen, beobachten die Möwen, die über uns hinwegsegeln, und ich frage mich, ob ich anfangen sollte, mir Notizen zu machen. Andererseits hat er mir bisher keine Informationen gegeben.

»Und für welches Rugbyteam in Schottland spielst du? Ich habe gehört, dass du schon in der Nationalmannschaft im World Cup gespielt hast.«

»Ich spiele für Edinburgh. Und ich war bei den letzten beiden World Cups dabei.«

»Habt ihr gewonnen?«, frage ich hoffnungsvoll.

Er dreht den Kopf zu mir und schüttelt ihn kaum merklich. Ich könnte schwören, dass er beinahe amüsiert aussieht. »Nein.«

»Och, wie doof«, sage ich, weil ich eigentlich nicht weiß, was die richtige Reaktion wäre.

Er zuckt mit den Schultern, lehnt sich an die Brüstung und blickt in die Ferne. Der Wind zerzaust sein Haar ein wenig, und die Sonne zaubert goldblonde Strähnen hinein.

Ich lehne mich neben ihm an und stelle fest, dass meine Arme neben seinen wie Zahnstocher wirken. Seine Ärmel sind aufgekrempelt, sodass seine massigen Unterarme entblößt sind. Ich betrachte die Tattoos, Wörter und Bilder, und als ich wieder aufblicke, starrt er mich an. Ich bin nicht sicher, ob ihm bewusst ist, wie intensiv sein Blick sein kann. Auf jeden Fall kostet es mich einige Kraft, wieder wegzusehen.

»Erzählen deine Tattoos eine Geschichte?«, bringe ich mühsam heraus.

Er sieht mich weiter an, und ich kann das nicht deuten. Dann blickt er nach unten auf seinen Arm, wo sich die Muskeln sehr hübsch wölben. »Alles erzählt eine Geschichte.«

Nun sehe ich ihn doch wieder direkt an. »Könntest du das näher ausführen?«

»Helfen meine Tattoos bei dem Artikel?«

»Könnte sein«, sage ich und bin ein bisschen frustriert, weil er so wenig kooperativ ist.

Dennoch erklärt er es nicht.

»Und wie war die No Pants Party?«, fragt er und dreht mir seine Vorderseite zu.

Ich blinzle. »Was?«

Er mustert mich von oben bis unten. »Als ich dich zum

ersten Mal gesehen habe, hattest du ein Shirt mit der Aufschrift ›No Pants Party‹ an.«

Das ist ein Scherz, oder? Ich ertappe mich dabei, wie ich ihn genauso mustere. Und dann biegt sich sein Mund, dieser umwerfende, wohlgeformte Mund, ein klein wenig nach oben. Fast unmerklich, doch es kommt einem Lächeln eindeutig nahe.

»Die Dinger sind normalerweise Zeitverschwendung«, antworte ich. »Der einzige Grund, weshalb ich jetzt eine trage, ist, dass ich bei der Arbeit ›professionell‹ aussehen muss«, ergänze ich und male dabei Anführungszeichen in die Luft.

»Woher wissen die, ob du welche trägst oder nicht?«, fragt er und reckt den Hals, um zu meinem Hintern zu sehen.

Ich fühle mich geschmeichelt, dass er hinsieht, zugleich wundere ich mich, warum. »Wie bitte?«

»Oh«, sagt er und sieht mich wieder direkt an. »In Großbritannien ist ›pants‹ das Wort für Unterwäsche. Daher dachte ich, dass du gern ohne gehst.«

Ich lache. »Nein! Na ja, doch. Ich meine, Unterwäsche ist tatsächlich Zeitverschwendung. Aber nein, das Shirt bedeutet … ach, ist egal.«

»Stimmt«, sagt er.

»Was?«

»Unterwäsche ist Zeitverschwendung.«

Meine Fantasie schnappt über. Ich versuche, den Blick auf seinen Oberkörper zu konzentrieren, statt nach einer Wölbung zu sehen, um eine Vorstellung zu bekommen, wie der nackte Lachlan aussieht.

»Natürlich«, fährt er fort, »ist es klug, sie während eines Spiels zu tragen. Du würdest staunen, wie oft einem bei einem Tackling die Shorts nach unten gezogen werden.«

Jetzt läuft meine Fantasie Amok. »Die anderen ziehen dir die Shorts runter?«

Er sieht mich fragend an. »Hast du schon mal ein Rugbyspiel gesehen?«

»Nein, aber wenn du Shorts trägst, die dir andere Männer dauernd runterziehen, sollte ich vielleicht damit anfangen.«

»Siehst du dir überhaupt Sport an?«

Ich überlege. »Ich schaue Baseball, aber nur wenn die Giants spielen. Im Allgemeinen aber nein. Ich glaube nicht, dass es gut für mein Herz wäre. Ich neige dazu, ein bisschen zu sehr mitzufiebern. Und ich bin bekannt dafür, mit Sachen zu werfen.«

»Dann würdest du gut nach Schottland passen. Wir sind ein sehr leidenschaftlicher Haufen, wenn es um unsere Teams geht. Leidenschaftlich und ein bisschen irre.«

»Würdest du dich als ein bisschen irre bezeichnen?«

»Ja, natürlich. Ist das nicht jeder?«

Ich nicke, denn er hat recht. »Ja. Ich bin definitiv nicht normal.«

»Nein, bist du nicht.«

Streng sehe ich ihn an und bin nicht sicher, ob ich beleidigt sein soll. »Hey!«

Er bleibt völlig gelassen. »Bram hat gesagt, dass du anstrengend bist.«

Ich verdrehe die Augen und gebe einen angewiderten Laut von mir. »Klar sagt Bram das. Aber dein Cousin redet immerzu Mist.«

»Er beschreibt dich als Dreizehnjährige, die auf die dreißig zugeht.« Wieder formen seine Lippen dieses Beinahe-Lächeln. Tja, ich bin froh, dass er das so witzig findet.

»Ich *bin* dreißig«, sage ich verbittert. »Und er ist derjenige, der sich wie ein Teenager benimmt. Dasselbe gilt für Linden. Deine Cousins sind alle beide zurückgeblieben.«

»Da kann ich nur zustimmen.«

»Aber sie sind nicht deine richtigen Cousins, oder? Deshalb bist du wohl so anders.«

Die Luft um uns herum scheint schlagartig abzukühlen. Die steile Falte zwischen seinen Brauen wird tiefer, sein Blick hart. »Sie sind nicht meine richtigen Cousins?« Seine Stimme ist frostig.

O Mist. Offensichtlich habe ich das Falsche gesagt.

»Ähm, du bist doch adoptiert, oder?«

Seine Miene ist wie versteinert, und ich werde total panisch, weil ich denke, dass er es vielleicht nicht wusste. O Gott, habe ich gerade alles für immer versaut?

Eine Million Herzschläge vergehen, und ich habe das Gefühl, dass eine Ewigkeit vorüberzieht. Dieses Schweigen ist tödlich.

Dann sagt er: »Ja, ich bin adoptiert.«

Wie biege ich das wieder hin? Was sage ich?

»Tut mir leid«, entschuldige ich mich. Ich lege eine Hand auf seinen Unterarm und spüre die Wärme seiner Haut. Doch er sieht auf meine Hand, und ich ziehe sie rasch wieder weg. »Ich wollte dir nicht zu nahetreten.«

»Mhm«, murmelt er und sieht weg. Seine Haltung ist steif, die Muskeln sind angespannt. Ich habe ihn verärgert, das ist klar. Warum muss ich immer so gut darin sein, Leute wütend zu machen?

»Entschuldige«, sage ich wieder, fast hilflos.

Er räuspert sich und trinkt den Rest von seinem Tee. Der muss noch kochend heiß sein, aber Lachlan verzieht nicht mal das Gesicht. »Hör mal, ich gehe lieber. Du hast hoffentlich alles, was du wolltest. Und sicher würde Bram gern noch mehr über das Projekt reden.«

Scheiße. Scheiße, Scheiße, Scheiße. Er darf jetzt nicht gehen! Wir haben überhaupt noch nicht über das Projekt gesprochen! Worüber soll ich denn da schreiben?

»Ähm, äh«, stammle ich. »Vielleicht können wir uns noch mal treffen, wenn du mehr Zeit hast? Ich fühle mich mies, weil ich bisher noch nichts Wichtiges gefragt habe.«

Er richtet sich auf, nickt, sieht mich aber nicht an. »Ja, man sieht sich.« Und dann ist er weg.

»Kayla, du bist eine beschissene Idiotin«, sage ich laut, was mir einen ängstlichen Blick von einem Passanten einträgt. Seufzend lehne ich mich an die Brüstung und starre hinunter in das unruhige Wasser. Bram hatte nicht gescherzt, als er sagte, dass ich keine zu persönlichen Fragen stellen soll. Und ich nehme an, dass eine Adoption immer etwas Persönliches ist. Es nervt mich, weil ich das Gefühl hatte, wir würden endlich einen Draht zueinander finden.

Und natürlich musste ich alles vermasseln, weil ich das eben immer tue. Vielleicht wäre es leichter gewesen, würde er nicht so verflucht gut aussehen. Dann hätte ich unter Umständen klarer denken können.

Ich hole mein Handy hervor und schreibe Bram.

Ist nicht so toll gelaufen, tippe ich und schicke es ab.

Er antwortet fast sofort: *Hatte ich schon befürchtet. Was ist passiert?*

Ich habe die falsche Frage gestellt, und er hat dichtgemacht.

Was hast du ihn gefragt?

Ich stöhne, während ich tippe: *Ich habe erwähnt, dass er adoptiert ist. Hat ihm wohl nicht gefallen.*

Es dauert ein wenig, bis Brams Antwort kommt. Die Punkte fliegen, während er am anderen Ende schreibt, und ich weiß, dass er gerade ausflippt. Schließlich lese ich: *Das war blöd.* Ich schätze, er hat gelöscht, was immer er zuerst schreiben wollte. Wahrscheinlich besser so. Normalerweise bin ich nicht empfindlich, aber nach dieser Geschichte fühle ich mich seltsam zerbrechlich.

Ja, ich hab's versaut, sorry. Aber ich werde schreiben, was ich kann. Vielleicht habe ich noch ein paar Fragen an dich, wenn das okay ist.

Keine Sorge.

Doch auch wenn Bram es sagt, heißt das nicht, dass ich mir keine Sorgen mache.

Ich atme tief durch und mache mich auf den Weg zurück ins Büro, wo ich mich hinsetze und für den Rest des Tages so tue, als würde ich meinen *richtigen* Job erledigen.

Kapitel 4

Lachlan

Ich hasse Interviews.

Und damit meine ich, dass ich sie wirklich *richtig* verabscheue. Als also Bram mir erzählte, dass seine Freundin mich kontaktieren würde, um mich für irgendeine Wochenzeitschrift zu interviewen, habe ich sofort abgelehnt. Ich will ihm durchaus helfen. Schließlich bin ich hier, oder etwa nicht? Ich unterstütze ihn, so gut ich kann, stecke Geld in sein Projekt. Bei Wohltätigkeit werde ich immer weich, und obwohl ich meinen Cousin seit Jahren nicht gesehen habe, geht es mir in puncto Verwandtschaft genauso.

Interviews hingegen sind etwas völlig anderes. Nichts ist schlimmer, als über sich selbst reden zu müssen, vor allem mit jemandem, der einem die Worte im Mund verdreht. Unzählige Male wurde ich schon in Zeitungsartikeln als »schwierig« oder »launisch« beschrieben; oft genug, dass ich ganz aufgehört habe, Interviews zu geben. Es ging immer weniger um das Spiel und immer mehr um alle möglichen schlüpfrigen Sachen, die sie über mich ausgraben konnten, und dabei mache ich schlicht nicht mit.

Das Hauptproblem ist, dass sie eine Menge über mich ans Licht zerren könnten. Nicht unbedingt Sachen, für die ich mich schäme. Sie gehen nur niemanden etwas an. Dann spiele ich eben für Edinburgh, na und? Heißt das automatisch, dass die Öffentlichkeit alles über mein Privatleben wissen darf?

Bram kann allerdings sehr überzeugend sein. Er sagte, der Artikel könnte uns helfen, die Finanzierung zu bekommen, die er braucht. Dann erwähnte er, dass diese Kayla gerade erst versucht zu schreiben, also wäre sie nicht wie die Journalisten, denen ich bisher ausgesetzt war.

Da hatte er recht. Die Frau ist ein wandelndes Chaos. Scharf ist sie auch, obwohl sie bei unserer ersten Begegnung aussah, als käme sie frisch aus dem Bett. Vor allem aber macht sie auf mich den Eindruck eines entgleisenden Zugs, der jeden Augenblick in die Luft fliegt – nicht den einer professionellen Journalistin. Und mit diesem Gedanken habe ich Ja gesagt. Soll sie mich doch interviewen, wenn Bram glaubt, dass es hilft.

Natürlich musste er mich in Bezug auf Kayla vor ein paar Dingen warnen. Eines war, dass sie für ihre Männergeschichten berüchtigt ist und mich, würde ich nicht aufpassen, besteigen würde wie einen verdammten Baum. Und das zweite war, dass sie keinen Filter besitzt, weshalb sie garantiert das Falsche sagen würde, was ich bitte gelassen nehmen möge.

Tja, sie hat mich nicht wie einen Baum bestiegen. Ich kann nicht sagen, dass ich deswegen enttäuscht war, denn wenn sich einem jahrelang Frauen an den Hals werfen, verliert es ziemlich schnell seinen Reiz. Doch obwohl sie nicht »handgreiflich« wurde, hat sie mich angestarrt, als würde sie einen neuen Planeten erkunden.

Was sie sehr wohl getan hat, war, etwas unfassbar Bescheuertes zu sagen. Ich nehme an, das ist ein harsches Wort, aber die Erwähnung meiner Adoption kam aus dem Nichts. Ich merkte, dass sie es sofort bereute – sie wurde knallrot, und in ihren Augen spiegelte sich Verlegenheit. Wahrscheinlich hätte ich es gelassen nehmen sollen.

Aber ich konnte nicht. Die Tatsache, dass mich Brams und Lindens Onkel und Tante als Teenie adoptiert haben, ist nichts, wofür ich mich schäme. Mir gefällt nur nicht, dass irgendeine Frau, die ich kaum kenne, das über mich weiß. Es ist ja nicht so, als würde ich herumlaufen und es überall ausposaunen, und ich fragte mich, was sie sonst noch weiß. Anscheinend ist es egal, wo ich hingehe, meine Vergangenheit lässt mich nie los.

Darum habe ich sie angefahren. Mich würde nicht wundern, sollte sie mich in ihrem Artikel als »schwierig« beschreiben, sofern sie ihn überhaupt noch schreibt. Ich bin nicht direkt der Typ, dem man Geld spenden will, ganz gleich, wie sehr ich zu Hause daran gearbeitet habe, es zu ändern.

Nachdem ich das Fährterminal verlassen hatte, zog ich mir sofort Shorts und Laufschuhe an und bin lange am Central Basin entlanggelaufen, bis der Sprühnebel des Meers und die Erschöpfung meine Nerven beruhigt hatten.

Wieder in der Wohnung zu sein, diesem kleinen, kalten Loch, das so weit weg ist von meinem richtigen Zuhause, zieht mich wieder runter. Jetzt fühle ich mich wirklich mies. Immer wieder sehe ich Kaylas dunkle Augen vor mir, in denen sich blanke Scham spiegelt, und wie ihre Schultern eingesunken sind, als ich ihr zum Abschied zunickte. Ich kenne die Frau gar nicht, doch irgendwas an ihr – ihre Unverblümtheit vielleicht oder ihr Enthusiasmus – bewirkt, dass mir nicht egal ist, ein richtiger Arsch gewesen zu sein.

Ich sehe auf mein Handy und überlege, ihr zu schreiben,

mich zu entschuldigen. Es würde zumindest meine Schuldgefühle lindern. Aber wenn ich eins bin, dann stolz.

Stattdessen schreibe ich Bram.

Ich glaube, ich war echt übel zu deiner Freundin.

Er antwortet: *Keine Sorge, sie ist tougher, als sie aussieht.*

Hat sie was gesagt?

Sie sagt dauernd was. Willst du heute Abend in den Lion kommen?

Ein Teil von mir will Ja sagen. Vor allem, wenn Kayla da ist und ich mich persönlich entschuldigen kann. Andererseits ist meine Stimmung mies, und ich kenne mich, wenn ich so drauf bin. Dann sollte ich nicht in einer Bar sein, wo ich dazu neige, zu viel zu trinken und eine Schlägerei anzufangen. Das wäre wirklich das Letzte, was ich jetzt gebrauchen kann.

Die Wahrheit ist, dass ich die Tage zähle, bis ich wieder nach Hause fliege: alle vierzehn. Die Verletzung meiner Achillessehne ist vollständig verheilt, und ich muss Mitte August wieder in Edinburgh zum Training mit meinem Team sein. Ich werde nicht gleich wieder voll dabei sein – dafür habe ich auf der Ersatzbank zu viel verpasst –, aber es ist ein Anfang. Im Grunde ist es schon erbärmlich, wie sehr das Spiel mein Leben beherrscht, wie viel Leidenschaft es mir gibt und wie verloren ich ohne es bin. Dass sich meine Karriere dem Ende zuneigt, versuche ich möglichst auszublenden.

Und dann ist da natürlich Lionel, den ich teuflisch vermisse. Und jeden, mit dem ich bei der Organisation arbeite: mein Bruder Brigs, meine gute Freundin Amara, mein Teamkollege Thierry. Obwohl sich mein Leben zu Hause schon seit einer Weile wie im Stillstand anfühlte, so als würde etwas fehlen, hat mir die Reise hierher klargemacht, dass ich einfach nach Schottland gehöre. Vielleicht fühle ich mich immer noch unvollständig, wenn ich zurückkomme, spüre diese Leere, die einen einholt, wenn man nachts im Dunkeln im Bett liegt und sich wünscht, man würde sich nicht nach *mehr* sehnen, aber wenigstens weiß ich, dass dort mein Zuhause ist.

Ich schreibe Bram, dass ich ihn ein anderes Mal treffe, und setze mich vor den Fernseher. Dort schaffe ich es durch einige blöde amerikanische Serien und die Hälfte eines Baseballspiels, bis mich die Neugier packt. Ich ertappe mich dabei, wie ich nach meinem iPad greife und auf Facebook nach Kayla suche. Ich selbst habe nur einen mageren Facebook-Account, und was da überhaupt steht, ist gesichert. Dennoch kann ich nicht widerstehen, mehr über sie herauszufinden. Mir ist bewusst, dass ich ein kleines bisschen stalke, und ich kann nicht mal erklären, warum.

Bevor ich Kayla als Freundin hinzufüge, was schräg und unnötig ist, gehe ich auf Nicolas Facebook-Seite und suche ihre Fotos durch, bis ich welche mit Kayla drauf finde.

Ich muss zugeben, dass Kayla trotz ihres krassen Auftretens eigentlich eine sehr schöne Frau ist. Dunkle, verwegene Augen, langes Haar und gerade genug Sommersprossen, dass sie jung und unschuldig wirkt, obwohl sie alles andere ist. Sie besitzt ein eigenartiges Selbstvertrauen, was immer ein Bonus ist. Man erkennt es an der Art, wie sie lacht, vollkommen frei und wild. Ungehemmt. Und dieser perfekte Körper schadet auch nicht.

Aber ich spioniere sie nur aus reiner Neugier aus – eigentlich ist sie nicht mein Typ. Sicher, schöne Frauen können toll für eine schnelle Nummer sein, doch alles, was darüber hinausgeht, kann man vergessen. Sie sind zu oberflächlich, zu eitel, zu fade. Und haben sie erst mal mitbekommen, dass ich nicht bloß ein Rugbyspieler bin, sondern merken, wer ich wirklich bin, wie ich bin … laufen sie weg.

Sie laufen *immer* weg.

Ich habe sie alle erlebt, war mit ihnen allen zusammen. Aber ich bin nicht wie Bram. Ich bin nicht stolz darauf. Die Wahrheit ist, dass es nach einer Weile ermüdend wird, ein Spieler zu sein. Ich bin zweiunddreißig, und die Zeiten, in denen ich mit jeder geschlafen habe, die sich mir an den Hals geworfen hat, sind endgültig vorbei. Was Beziehungen angeht, tja, die hatte ich bisher nicht mal ansatzweise. Ich bin eben nicht dafür gemacht. Allein zu sein ist mir mein Leben lang gut bekommen, und ich wüsste nicht, warum sich das in naher Zukunft ändern soll.

Weshalb es so anstrengend ist, dass ich mehrmals mit Justine ausgehen musste. Sie ist in Ordnung – oder zumindest nett anzusehen. Unsere Unterhaltungen sind angenehm, und sie scheint mit einem simplen Gutenachtkuss zufrieden zu sein. Aber ich fühle mich ziemlich mies, weil ich ihr was vormache.

Wieder mal war alles Brams Idee. Justines Vater ist stinkreich und bekannt dafür, überall in der Stadt zu investieren. Daher hofft Bram, wenn wir uns bei Justine beliebt machen, legt sie ein gutes Wort für uns ein, und schwupps, haben wir genug, um das Projekt zu erhalten.

Doch weil Bram jetzt glücklich mit Nicola zusammen ist, hängt es an mir. Ich hatte nicht geahnt, was mich hier erwartet, als ich herkam.

Und ich weiß, dass Justine alles durchschaut. Oder wenigstens hoffe ich es. Ich umwerbe sie ja nicht direkt, und es ist lange her, seit ich das überhaupt bei irgendwem getan habe.

Als könnte sie Gedanken spüren, leuchtet auf einmal eine Textnachricht von Justine auf meinem Handy auf.

Was machst du heute Abend?, fragt sie.

Seufzend fahre ich mir mit den Fingern durchs Haar. Vermutlich wäre alles besser, als Bilder von Kayla zu suchen und von zu Hause zu träumen. Vielleicht tut es mir gut, aus der Wohnung und auf andere Gedanken zu kommen.

Nicht viel, antworte ich. *Und du?*

Ihre Antwort kommt sofort, als hätte sie die schon vorher eingetippt gehabt. *In der Grant hat ein neues Restaurant eröffnet. Hast du Lust, da mal hinzugehen und es auszutesten?*

Ich lehne mich auf der Couch zurück und blicke für eine Weile auf das Handy. In gewisser Weise ist das nicht anders, als zu einem Interview zu gehen. Dieses Projekt ist nicht mal mein Baby, sondern Brams. Ich habe zu Hause meine eigenen Projekte, an denen ich unermüdlich arbeite. Ich weiß, was zu tun ist.

Ich verabrede mich mit Justine und ziehe mich um – schwarzes Hemd und graue Hose statt meiner üblichen Kluft aus Jeans und T-Shirt.

Eine Viertelstunde später steige ich vor einem Restaurant namens »Salt Air« aus einem Taxi. Draußen ist eine Schlange von übertrieben modisch gekleideten Menschen, und es ist genau die Sorte Leute, die ich nicht leiden kann. Unter solchen Leuten fühle ich mich unwohl. All die Vorurteile. All die Ignoranz. Man gebe mir einen beschissenen Pub, der nach kaltem Rauch stinkt. Der ist mir allemal lieber als dieser Schickimicki-Instagram-Mist.

»Lachlan.« Ich drehe mich um und sehe Justine auf mich zukommen. Wie immer ist sie eindrucksvoll angezogen. Ihr schlichtes rotes Kleid schmiegt sich an die langen, schmalen Kurven. Ihr schokoladenbraunes Haar hat sie hoch aufgesteckt, um die verblüffenden Wangenknochen zu betonen.

Ganz Gentleman, biete ich ihr meinen Arm an. »Du siehst fantastisch aus«, sage ich ehrlich.

Sie hakt sich bei mir ein und wirft mir ein scheues Lächeln zu. »Dies ist unser drittes Date, und ich glaube, es ist das Netteste, was du bisher zu mir gesagt hast.«

Ich nicke und presse die Lippen zusammen, ehe ich entgegne: »Ich sage es nur so, wie ich es sehe.«

Wir gehen an der Schlange vorbei zur Empfangskellnerin, die uns direkt zu unserem Platz führt. Ich schätze, dass Justine in dieser Stadt wirklich eine Menge Macht hat. Unser Tisch steht in einer abgeschiedenen Ecke, und im dämmrigen Licht brennen Kerzen. Obwohl das Restaurant diesen kargen Industrielook hat, lässt sich nicht leugnen, dass es romantisch ist.

Oder zumindest soll es romantisch sein. Und als wir den Wein bestellen und in die Speisekarten sehen, ist mir bewusst, dass das alles ist, woran Justine denkt. Sie wirft mir über ihre Karte hinweg flirtende Blicke zu, und ihr Fuß streift mein Bein mehr als einmal. Auch wenn sie bei allem sehr zurückhaltend vorgeht, ist klar, was sie will.

»Und wie war dein Tag?«, fragt sie. Ohne Frage will sie nur Konversation machen.

»Gut«, antworte ich und beschließe, das Ribeye-Steak zu nehmen, selbst wenn es mit irgendeiner komischen grünen Soße aus Südamerika serviert wird.

»Weißt du was, Lachlan?«, fragt sie und schwenkt ihr Shiraz-Glas, »ich glaube, ich weiß überhaupt nichts über dich. Immer noch nicht.«

Ich sehe sie fragend an. »Da gibt es nicht viel zu wissen.«

»Ach nein? Das lässt sich schwer sagen. Du redest nicht viel, bist sehr schweigsam.«

Nichts hasse ich mehr, als das zu hören. Ich lehne mich zurück und starre sie für einen Moment an. »Ich rede nur, wenn ich etwas zu sagen habe.«

Sie erwidert meinen Blick, bis ihr sichtlich unbehaglich wird. Dann sieht sie weg, bevor sie mir ihr strahlend weißes Lächeln schenkt. »Zum Glück mag ich den starken, schweigsamen Typ.«

Auch das habe ich schon gehört. Sie sagen es alle, und keine meint es ernst.

»Aber«, fährt sie fort, »du weißt eine Menge über mich.«

Weil du nie die Klappe hältst, denke ich.

»Erzähl mir von deiner Kindheit«, sagt sie unbedarft. »Von deiner Vergangenheit.«

Ein saurer Geschmack füllt meine Mundhöhle. Ich trinke einen Schluck Wein und atme tief durch, kann aber nichts gegen den strengen Blick tun, mit dem ich sie bedenke. »Meine Vergangenheit gehört mir und niemandem sonst«, sage ich schroffer als beabsichtigt.

Sie erschrickt. »Oh.« Schnell blickt sie auf ihre Hände.

»Das sage ich immer«, ergänze ich schnell, weil mir wieder einfällt, was für ein Arsch ich heute bei Kayla war, die mir auch nichts tun wollte. »Die Zukunft ist ein interessanteres Thema, findest du nicht?«

Nun grinst sie verschämt und streicht sich eine kurze Haarsträhne aus dem Gesicht. Selbstverständlich denkt sie, dass ich von ihr und unserer gemeinsamen Zukunft rede, und nichts könnte weiter von der Realität entfernt sein. Also nutze ich die Gelegenheit, um über Bram und sein Wohnprojekt zu sprechen sowie meine Hoffnung, dass wir die Zukunft für viele Menschen besser machen können.

Es scheint zu funktionieren. Ausnahmsweise scheint sie zuzuhören, was vielleicht daran liegt, dass ich ausnahmsweise mal wirklich rede.

»Weißt du was?«, fragt Justine, während wir unser Dessert

aufessen, »am nächsten Montag ist eine Veranstaltung, eine Cocktailparty. Daddy wird dort sein. Ich könnte euch bekannt machen, und vielleicht kann er bei dem Wohnprojekt helfen. Manchmal ist er … wie heißt das noch?«

»Philanthrop?«, schlage ich vor.

»Genau.« Doch bei ihrem Blick frage ich mich, ob sie weiß, was das Wort bedeutet. »Bist du interessiert?«

Ich lächle träge. »Unbedingt.«

Obgleich sich mir bei der Vorstellung von einer Cocktailparty mit der Elite die Nackenhaare sträuben, wäre es idiotisch, so kurz vor dem Ziel abzulehnen.

An dem Abend setzt sie ein Town Car vor ihrem Apartment mit Blick auf die Bay ab. Und wie sie sich auf der Rückbank zu mir lehnt und mit der Hand über meinen Oberschenkel streicht, überrascht es mich nicht, dass sie mich auf einen Cocktail zu sich einlädt. Ich bin sogar fast in Versuchung, denn ich wurde schon lange nicht mehr flachgelegt und müsste dringend etwas Dampf ablassen.

Doch meine Prinzipien sind stärker. Und da für nächsten Montag alles abgemacht ist und die Chance besteht, hoffentlich den Investor für das Projekt zu gewinnen, ist es unnötig, einen Schritt weiter zu gehen.

Beim Einschlafen denke ich allerdings nicht an Justine. Ausgerechnet Kayla geht mir durch den Kopf. Und etwas offener zu sein, mal von meinem mürrischen hohen Ross zu steigen und mich ein klein wenig umgänglich zu zeigen, hat mir zu dem verholfen, was ich von Anfang an wollte.

Wenn ich Kayla wiedersehe, werde ich versuchen, es besser zu machen.

Kapitel 5

Kayla

Die nächsten zwei Tage verbringe ich mit dem Versuch, den Artikel zu schreiben. Es ist absurd schwierig. Zwischen den Besuchen bei meiner Mutter, einem Abendessen mit meinem Bruder Toshio und seinem Freund Sean sowie meinem wöchentlichen Fechtunterricht, nicht zu vergessen meinem Job, bleibt mir kaum Zeit. Gott sei Dank date ich momentan nicht, denn Sex sticht die Arbeit immer aus. Kein Wunder, dass alle Journalisten, die ich kenne, Single sind.

Der Artikel taugt sowieso nichts. Das weiß ich jetzt schon. Und ich weiß, könnte ich besser schreiben, würde ich vielleicht noch irgendwas gezaubert bekommen. Aber ich habe keine Ahnung von dem, was ich da tue, bin ungeübt und unerfahren, und Lachlan hat mir nichts geliefert.

Natürlich war ich es, die zu viel Zeit damit verplempert hatte, ihn anzugaffen, und zu wenig damit, ihm die entscheidenden Fragen zu stellen. Nicola hatte erwähnt, dass der *San Francisco Chronicle* vor einem Monat einen Beitrag über sie gebracht hatte, der jedoch kein echtes Interesse geweckt hatte. Deshalb wollte Bram, dass ich etwas für *The Bay Weekly* schreibe. Es braucht einen menschlichen Aspekt, nichts sachlich Trockenes.

Doch da ich kaum ein echtes Gespräch mit Lachlan geführt habe, glaube ich eher nicht, dass ich den menschlichen Aspekt rüberbringe. Ich will schon alles löschen und neu anfangen, als sich Neil in meine Ecke des Büros wagt.

»Und, Zuckerschnute«, sagt er und beugt sich über meinen Schreibtisch. »Wo ist der Artikel? Lass den alten Neil mal einen Blick drauf werfen.«

»O nein«, sage ich. »Das Interview war furchtbar.«

»Ach, ich wette, so schlimm war es gar nicht«, widerspricht er und schubst mich aus dem Weg, damit er auf meinen Bildschirm sehen kann. Während er den Text überfliegt, bewegen sich seine Lippen.

Als er fertig ist, sieht er mich erwartungsvoll an.

»Was?«, frage ich.

»Kayla, das ist Müll.«

»Was?«, kreische ich, dabei weiß ich doch, dass es stimmt. »Es ist kein Müll.«

»Das kannst du besser.« Er zeigt mit dem Finger auf meinen Monitor. »Du hast da nichts als langweiligen Laberscheiß über Wohltätigkeit. Ist das alles?«

Ich sehe ihn wütend an und schubse ihn weg. »Na, ich habe dir ja gesagt, dass es nicht gut lief!«

»Aber Joe wird das nicht bringen. Ich kann das nicht mal redigieren. Es ist langweilig, Kayla, und du, meine Teure, bist das Gegenteil von langweilig. Geh noch mal zu ihm, besorg dir ein zweites Interview und bring mehr von deiner Persönlichkeit in den Text.«

»Meine Persönlichkeit ist der Grund, weshalb es überhaupt so beschissen wurde!«

Er legt eine Hand auf meine Schulter und sagt: »Kayla, sei ein großes Mädchen und probier es noch mal.«

Ich hasse es, dass er recht hat. Als Neil wieder geht, hole ich mein Handy hervor, schlucke meinen Stolz herunter und schreibe an Lachlan.

Hi, hier ist Kayla. Ich möchte mich für neulich entschuldigen. Es tut mir ehrlich leid, dass ich das Falsche gesagt habe. Ich wollte dich nicht vor den Kopf stoßen.

Ich tippe hier quasi mit Samthandschuhen, weil ich das Gefühl habe, die Situation nur so retten zu können.

Dann warte ich, und zum Glück dauert es nicht lange, bis er antwortet.

Ist schon gut. Es ist ein heikles Thema, und ich hätte nicht so ein Depp sein sollen.

Dass er das schreibt, muss heißen, dass er nicht wahnsinnig wütend und angewidert von mir ist.

Ich ergreife die Gelegenheit und schreibe: *Ich verstehe vollkommen, wenn du Nein sagst, aber wäre es okay, wenn wir es noch mal versuchen? Ich verspreche auch, nicht idiotisch zu sein.*

Klar. Können wir uns heute Abend um sechs treffen? Auf dem Sportplatz an der Ecke Avenue D und 9th?

Heute Abend? Ich hatte nicht erwartet, dass er zusagt, geschweige denn so bald. Diesmal werde ich vorbereitet sein.

Als es um fünf Uhr Zeit zum Aufbruch ist, bricht der Himmel auf und überschüttet die Innenstadt mit einem gewaltigen Regenguss. Ich schnappe mir den Regenschirm, der unter meinem Schreibtisch liegt.

Treasure Island ist in der Nähe, aber ich muss immer noch mit allen anderen aus der Innenstadt über die halbe Bay Bridge, und bis ich tatsächlich da bin, ist es fast sechs. Der Regen hat glücklicherweise nachgelassen, und ich krieche die Straßen entlang, bis ich den Platz entdecke.

Zu meiner Verwunderung findet tatsächlich irgendein Spiel

statt. Als ich den Wagen am Straßenrand parke, erkenne ich, dass Rugby gespielt wird. Ich schalte den Motor aus und sehe durchs Fenster zu, während der Regen herabrieselt. In dem Durcheinander aus Männern kann ich Lachlan nicht ausmachen, und auch nicht unter den Leuten, die in Regenjacken und mit Regenschirmen über sich zusehen.

Eine Weile bleibe ich im Wagen sitzen, bis die Fenster beschlagen. Dann greife ich mir meinen Schirm und steige aus. Inzwischen nieselt es nur noch leicht, doch das Spielfeld ist bereits matschig. Die Leute am Spielfeldrand unterhalten sich und klopfen den Spielern auf den Rücken, als sie vom Feld kommen. Einige kehren zu den parkenden Autos zurück. Ich vermute, das Spiel ist vorbei.

Und dann sehe ich ihn: Er kommt als Letzter vom Feld und hält den Ball in der Hand. Das Ding heißt doch Ball, oder?

Letztlich spielt es keine Rolle, wie es heißt, denn mich macht der Anblick sprachlos. Nein, er haut mich geradezu aus den Socken. Meine Knie werden weich, und ich grabe die Fersen fest ins Gras, um mich aufrecht zu halten.

Lachlan ist von Kopf bis Fuß klatschnass, glänzt vom Wasser und ist über und über mit Matsch besprüht. Er trägt Stollenschuhe und schwarze Shorts, die auch unter normalen Umständen eng anliegen dürften, sowie ein graues T-Shirt, das aussieht wie angeklebt. Es bleibt rein gar nichts der Fantasie überlassen, und ich versuche, mir jeden seiner Schritte einzuprägen, damit ich die Bilder später aus meinem Gedächtnis abrufen kann. Selbst wenn ich für den Rest meines Lebens keinen Mann mehr sehen sollte, wäre es egal, weil diese Vision so oder so alle anderen übertrifft.

Und er weiß, dass ich gaffe. Es stört ihn nicht. Als er näher kommt und ich meinen Blick von seinen unglaublichen Schenkeln, dem definierten Sixpack und den Tattoos löse – diese verfluchten Tattoos! –, sehe ich etwas in diesem umwerfenden Gesicht, das ich nur als selbstgefälliges Grinsen beschreiben kann.

»Hallo«, sagt er, bleibt wenige Schritte vor mir stehen und klemmt sich den Ball unter den Arm. Dabei wölbt sich sein Bizeps.

Ich neige meinen Schirm nach hinten, um zu ihm aufblicken zu können. Eine nasse Locke haftet an seiner Stirn, und Regentropfen rinnen ihm über die Nase, die vollen Lippen und den Hals hinunter.

»H-hi«, sage ich, bevor ich mich fange und lächle. »Ich hatte ehrlich nicht erwartet, dich Rugby spielen zu sehen.«

Er streicht sich mit dem Handrücken über die Stirn, um den Regen abzuwischen, und blickt zur Seitenlinie, wo der Rest des Teams im Aufbruch ist. Wasser tropft ihm von den Wimpern. »Ja«, er nickt. »Es ist nur ein zusammengewürfeltes Team.«

Ich möchte seinem Blick folgen, kann es aber nicht. Ich will diesen Anblick nicht aufgeben.

»Na, dann verschaffst du einer Seite sicher einen unfairen Vorteil«, sage ich. »Mussten die sich um dich prügeln?«

Er sieht mich an, legt den Kopf ein wenig schräg, und auch wenn er nicht lächelt, scheinen seine Augen es zu tun. »Sie wissen nicht, wer ich bin.«

Ich muss beinahe lachen. »Wie können die nicht wissen, wer du bist?«

Er zuckt mit den Schultern, nimmt den Ball unter seinem Arm hervor und beginnt, ihn in den Händen zu drehen. Stirnrunzelnd sieht er überall hin. Mir war schon aufgefallen, dass es ihm manchmal schwerfällt, mich anzublicken. »Ich habe es ihnen nicht erzählt.«

»Ha, tja, ich habe keine Ahnung von dem Spiel, aber ich bin ziemlich sicher, die haben inzwischen mitbekommen, dass du nicht irgendein Schotte bist, der hin und wieder bei einem Spiel mitmacht.«

Lachlan nickt nachdenklich. »Kann sein.« Endlich sieht er mich wieder an. »Und hast du beim Spiel zugesehen?«

»Nur am Ende«, gestehe ich. »Hattest du mich hergebeten, damit du angeben kannst?«

Ein kurzes Lächeln. Na ja, mehr ein Grinsen mit geschlossenem Mund, doch es verwandelt sein Gesicht vollkommen. Seine Augen wirken weich und sinnlich, die Lippen bezaubernd schelmisch. Unwillkürlich muss ich das Grinsen erwidern.

»Kann sein«, sagt er wieder, und eine köstliche Sekunde lang beißt er sich auf die Unterlippe. »Hat dir gefallen, was du gesehen hast?«

Ich reiße die Augen weit auf. Flirtet er mit mir? War das ein Flirt?

O mein Gott.

»Entspann dich«, sagt er und stellt die Beine etwas weiter auseinander. »War nur ein Scherz.«

»Ich hätte nicht gedacht, dass du scherzen kannst«, sage ich und ignoriere meine zerplatzten Hoffnungen.

»Die meisten meiner Scherze sind in meinem Kopf«, sagt er versöhnlich. »Aber ganz ehrlich, ich dachte, wenn du ein bisschen mehr über Rugby erfährst, könnte es dem Artikel nicht schaden.« Er stockt. »Du weißt schon, ihm einen Rahmen und ein bisschen Action verleihen.«

Hmm. Da hat er tatsächlich recht. Es würde den Artikel vom Passiven zum Aktivn bewegen. Ich würde mit einer Beschreibung von ihm auf dem Spielfeld beginnen, vollständig durchnässt, wie seine Sachen überall an ihm kleben, sämtliche Muskelwölbungen hervorheben, und wie seine großen, starken Hände den Ball umfangen, als wäre er der Hintern einer Frau. Mein Hintern.

Mist, mein Artikel driftet gleich in die Erotikabteilung ab!

Mir wird bewusst, dass er auf eine Reaktion wartet, und ich habe noch nichts gesagt. Dieses Grinsen ist noch da, und seine Augenbrauen sind erwartungsvoll hochgezogen.

Ich sehe ihn an und zucke mit den Schultern. »Entschuldige, aber wenn du im Regen Rugby spielst und so aussiehst, kannst du einer Frau nicht verübeln, dass sie glotzt.«

Seine rosa Zunge schnellt ein wenig vor und benetzt seine Lippen. »Ist schon okay. Ich bin das gewohnt.«

Das möchte ich wetten.

»Und, willst du etwas über Rugby lernen?«, fragt er. Seine Stirn ist erneut gerunzelt.

»Natürlich«, antworte ich. »Darf ich spielen?«

Das trifft ihn unerwartet. »Was, jetzt?«

»Warum nicht?«, antworte ich achselzuckend.

Er zeigt mit dem Ball auf mich. »Weil du das da anhast.«

Ich sehe an mir hinab. Ich trage eine enge graue Jeans, die ich bei Steph gekauft habe, einen schwarzen Blazer und ein schlichtes weißes T-Shirt. Meine Schuhe haben Leo-Muster und Pfennigabsätze.

»Und es regnet. Und ist matschig«, ergänzt er.

»Mir macht es nichts aus, mich schmutzig zu machen«, sage ich absichtlich frech. »Gib mir eine Minute.«

Ich lasse ihn staunend stehen und laufe zum Wagen zurück, wobei ich den Schirm zuklappe. Dort öffne ich die hintere Tür, ziehe meinen Blazer und die Schuhe aus und werfe sie auf die Rückbank. Hastig binde ich mir das Haar zu einem

Pferdeschwanz und laufe barfuß zu ihm zurück. Mehrmals rutsche ich aus und fliege fast hin.

Wenn er mir Rugby beibringen will, dann richtig.

»Okay, ich bin bereit«, sage ich, als ich wieder neben ihm stehe. Der Regen durchnässt mich recht schnell, doch glücklicherweise ist es warm.

Für einen Sekundenbruchteil verharrt sein Blick auf meiner Brust. Es ist auch ein Glück, dass ich einen BH trage. Zumindest glaube ich, dass es ein Glück ist.

»Ich glaube, du bist ein bisschen verrückt«, sagt er und kratzt sich mit einem Finger an der Wange.

»Rein technisch habe ich mehr an als du«, erwidere ich. »Und was soll's? Matsch geht beim Waschen leicht raus.«

»Es gibt einen Grund, warum wir Stollenstiefel anziehen.«

Ich betrachte seine Schuhe, die eher wie Laufschuhe als wie Stiefel aussehen. Dann blicke ich auf meine nassen, grasbefleckten nackten Füßen mit dem Nagellack in grellem Orange. »Wenn ich ausrutsche, rutsche ich eben. Vielleicht reiße ich dich ja mit um.«

Nun sieht er mich stirnrunzelnd an, als gehörte ich eingeliefert. »Wie du meinst«, sagt er kopfschüttelnd. Er dreht sich weg und geht in die Mitte des Spielfelds. Ich stehe da und beobachte ihn, bevor er über die Schulter zu mir sieht und mir mit einem Kopfschwenken bedeutet, ihm zu folgen.

Ich gehe – vorsichtig – über das nasse Gras in den matschigeren Bereich. Ich spüre, wie mich ein aufgeregtes Kribbeln durchfährt und mein Herz hämmert, als ich bei ihm bin.

Er zeigt mit dem Ball über das Feld. »Das ist dein Ende.« Er zeigt zur anderen Seite. »Das ist meins. Laienhaft ausgedrückt ist das Ziel des Spiels, die meisten Punkte zu bekommen, indem man die meisten Torversuche schafft und/oder richtigen Tore schießt. Also, du kannst entweder Punkte für einen Versuch bekommen oder für ein geschossenes Tor. Aber du darfst den Ball nicht das ganze Spiel über nur herumschießen. So funktioniert es nicht. Dein Ziel ist in erster Linie, mit einem Versuch zu punkten, und das bedeutet, über diese Linien da drüben zu kommen.«

Durch den Regen kann ich sie kaum erkennen, nicke aber.

»Und das macht man, indem man entweder schießt oder mit dem Ball läuft.«

»Also ist es wie Football«, sage ich.

»Nein, Liebes«, sagt er, und ich kann nichts dagegen tun, dass mir ganz warm wird bei dem Wort. »Es ist völlig anders. Zum einen darfst du keine Vorwärtspässe machen. Du darfst nur zur Seite oder nach hinten abgeben. Zum anderen tragen Rugbyspieler keine Polster. Wir verlassen uns auf brutale Kraft und Stärke, um es durch ein Tackling zu schaffen.«

Mein Blick landet auf seiner breiten Brust und den gewaltigen Schultern. Kein Wunder, dass er wie ein beknackter Panzer gebaut ist.

»Ich habe vorhin aber einen Typen mit so einem komischen Helm gesehen«, wende ich ein.

»Das war ein Scrum-Helm.«

»Scrum-Helm«, wiederhole ich.

Er zupft an seinem Ohr. »Um die hier beim Scrum, also dem Gedränge, oder allgemein zu schützen.«

»Beißt ihr euch gegenseitig die Ohren ab?«, rufe ich entsetzt aus. »Das ist ja schlimmer als beim Boxen!«

Er sieht mich beruhigend an. »Nein. Jedenfalls nicht mit Absicht. Aber ohne die Dinger kann man am Ende ein Blumenkohlohr haben.«

Ich verziehe das Gesicht. »Iiih, was ist das denn? Nein,

stopp, ich will es nicht wissen.« Ich kann es mir schon vorstellen.

Er zuckt mit den Schultern. »Ich hatte bisher Glück, und es wäre mir auch egal.« Mit einem Finger streicht er über die Narbe an seiner Augenbraue, die an seiner Stirn, seiner Wange und auf dem Nasenrücken. »Irgendwann im Spiel erwischt es einen immer im Gesicht. Wir sind nicht gerade die hübschesten Kerle, und die meisten von uns sind stolz darauf.«

»Ich muss doch sehr bitten«, platze ich heraus. »Ich meine, ich finde dich hübsch. Also, na ja, vielleicht ist das nicht das richtige Adjektiv.«

Er bedenkt mich mit einem ironischen Blick. »Es ist *definitiv* nicht das richtige Adjektiv.«

Aber deine Augen sind wie Gewitterwolken und Sonnenschein, umrahmt von nassem Farn, denke ich verträumt. Ich bin verdammt froh, dass er diesen Bullshit in meinem Kopf nicht hören kann.

»Zurück zum Spiel«, sagt er.

»Genau!« Ich klatsche in die Hände. »Machen wir uns schmutzig.«

»Ein paar Regeln gibt es allerdings noch«, entgegnet er geduldig. »Wenn derjenige mit dem Ball getacklet wird, muss er den Ball entweder loslassen oder an einen anderen Spieler weitergeben.«

»Tja, wenn du mich tacklest, bin ich praktisch tot«, sage ich.

»Ich werde vorsichtig sein.«

»Oh, das musst du nicht.«

»Wieso habe ich das Gefühl, dass du bei mir keinerlei Rücksicht nehmen wirst?« Er sagt das sehr langsam, sodass ich gezwungen bin, auf diese Lippen mit dem angedeuteten Lächeln zu sehen.

»Garantiert nicht«, gestehe ich. Inzwischen bin ich richtig in Fahrt. »Ich werde dich in die Knie zwingen.«

Einen Moment lang betrachtet er mich aufmerksam, als würde er meine Worte ernst nehmen. Dann sagt er: »Das werden wir ja sehen.«

Er kehrt mir den Rücken zu und legt den Ball auf den Boden, anscheinend genau in der Mitte zwischen den beiden Toren.

»Wie lautet die andere Regel?«, frage ich und wische mir Regenwasser von der Stirn.

»Normalerweise darf man um den Hals oder den Kopf tacklen. Aber für dich lassen wir die Regel weg.«

»Was ist mit deinem Schritt?«

Er sieht sich stirnrunzelnd zu mir um. »Der ist tabu.«

»Nur im Spiel oder immer?«

Er lacht. Ja, es ist ein richtiges Lachen, und es klingt wundervoll. »Denk einfach daran, dass wir beim Rugby keinen Schutz tragen.«

Mir steht der Mund offen. »Nie?«

Er schüttelt den Kopf, nimmt den Ball auf und hält ihn vor sich. »Ich hatte schon mehrere Nasenbeinbrüche, ein eingeschlagenes Gesicht, eine ausgekugelte Schulter, gebrochene Rippen und einen Riss der Achillessehne. Ich habe eine Million Prellungen und Schnittwunden kassiert, aber meine Kronjuwelen wurden noch nie verletzt.«

»Schön zu wissen.«

Noch ein Lachen. »Ach ja?« Plötzlich legt er los, lässt den Ball fallen und tritt ihn mit einem Beinschwung, bei dem seine Schenkelmuskeln unter den winzigen Shorts anschwellen.

Der Ball fliegt über das Spielfeld und landet kurz vorm Tor.

»Och, echt jetzt?«, frage ich und stehe da, als er losrennt.

Er bleibt nicht stehen, sondern winkt mir im Laufen zu, ihm zu folgen. »Willst du jetzt spielen oder nicht, du Pussy?«

Pussy? Wohl kaum. Und obwohl es extrem unfair ist, dass eine winzige Asiatin barfuß einen schottischen Profi-Rugbyspieler über ein nasses Spielfeld jagen muss, tue ich es trotzdem.

Denn, im Ernst, als würde ich diesen Mann entkommen lassen!

Ich sprinte so schnell, wie es der glitschige Matsch, die enge Jeans und meine kurzen Beine erlauben. Mir ist klar, dass schon der Versuch sinnlos ist, doch Lachlan wird langsamer.

»Willst du, dass ich dich einhole?«, brülle ich ihm zu und fliege fast hin.

Er stoppt nah am Ball. »Ich stelle fest, dass mir die Stollen einen Vorteil verschaffen.«

»Oh, ja sicher, die *Stollen.*«

Er stürzt in Richtung Ball, und ich bin nah genug für ein Tackling.

»Na, worauf wartest du?«, fragt er mich und beugt sich mit dem Ball in den Händen vor. »Dies ist der Moment, um mich anzugreifen, damit ich entweder den Ball loslasse, damit du ihn dir schnappen kannst, oder an einen anderen Spieler weitergebe. Auf jeden Fall musst du verhindern, dass ich einen Torwurf versuche.«

Er gibt mir die Erlaubnis, ihn überall anzufassen. Diese Chance kann ich unmöglich sausen lassen.

Ich renne auf ihn zu, stoße eine Art Kriegerschrei aus und werfe mich an seinen Oberkörper. Es fühlt sich an, als würde ich mich an eine Mauer schmeißen. Ich pralle ab, meine Füße glitschen in den Schlamm, und ich klammere mich im Sturz an sein Shirt, als ginge es um mein Leben.

Natürlich kann ich ihn nicht mit mir nach unten ziehen. Ich schaffe es höchstens, seinen Shirtkragen auszuleiern, indem ich mich affengleich hineinkralle. Aber ich weigere mich loszulassen.

»Du reißt mir gleich das Hemd runter«, sagt er und blickt auf mich herab. Regen rinnt ihm übers Gesicht.

»Das ist doch der Sinn und Zweck, oder?«, brülle ich zurück. »Irgendwas musst du mir jetzt geben.«

Er sinkt neben mir im Matsch auf die Knie, sodass sein Oberschenkel an meinen gepresst ist. Durch die Jeans kann ich die Wärme seiner Haut spüren, was ein Inferno zwischen meinen Beinen auslöst. So nah war ich ihm noch nie. All diese nasse, glänzende Haut. Ich schlucke, und mir fällt das Atmen schwer. Er sieht mich durch seine nassen Wimpern an, und in diesen Augen liegt eine Intensität, die bis in mein Innerstes wirkt.

Ich muss professionell sein, mich zusammenreißen. *Und der Eid, denk an den blöden Eid.* Aber, verdammt, würde er mich küssen, gäbe es nichts mehr, was das Tier in mir zurückhält.

»Hier«, sagt Lachlan leicht mürrisch. Ich schlage die Augen auf, als er den Ball ein Stück vor uns wirft. »Das war dein Tackling, und ich gebe den Ball frei.«

Nein, nein, nein. Vergiss den Ball. Spiel mit *mir.*

Aber Lachlan hat das Spiel nicht vergessen. Er knufft mich mit dem Ellbogen. »Geh und hol ihn dir.«

Ich schiebe meine Hormone für einen Moment beiseite, nicke ihm tapfer zu und greife nach dem Ball.

In dem Augenblick, als ich ihn in der Hand halte, fühlt er sich so groß und schwer an, dass mir prompt eine Million anzügliche Bemerkungen einfallen. Aber da schreit Lachlan mir schon zu: »Jetzt lauf!«

Mann, ist das mal eine Lunge! Ich rapple mich auf und fange sofort an, das Feld zum Tor hinunterzulaufen. Einige Male rutsche ich weg, meine Füße schlittern auf dem Matsch, doch im Grunde ist es, wie auf Eis zu laufen.

Unelegant lande ich auf meinem Hintern.

Matsch sprüht in alle Richtungen.

»Alles okay?«, höre ich Lachlan aus der Ferne rufen.

Obwohl mir für einen Moment die Puste ausgegangen ist, hole ich tief Luft und springe schnell wieder auf. Jetzt gebe ich auf keinen Fall auf, auch wenn ich ihn kommen höre.

Ich renne wieder los, und meine Muskeln kreischen, während ich versuche, so schnell wie möglich zu rennen, ohne der Länge nach im Schlamm zu landen. Mir ist egal, dass ich total verdreckt bin, dass ich herumstakse wie ein Fohlen und durch den Regen kaum etwas sehe. Ich setze auf den Torversuch, und den werde ich kriegen!

Mich trennen nur noch Meter vom Feldende, und ich weiß, dass Lachlan langsamer läuft, mich gewinnen lässt, aber das macht nichts, weil …

Ich schlage der Länge nach hin, lande mit dem Gesicht im Matsch. Sofort versuche ich, wieder auf die Beine zu kommen, fühle jedoch Lachlan über mir wie eine Unwetterwolke. Er stellt seine Füße zu beiden Seiten von mir auf, hebt mich hoch und geht selbst auf die Knie, sodass ich zwischen seinen Beinen sitze.

»Netter Versuch«, sagt er heiser.

»Ist das ein Wortspiel?«, frage ich, wobei ich Gras ausspucke. Ich versuche, mich zu drehen, aber seine Baumstammschenkel halten mich fest. Ich beklage mich nicht.

»Es wäre ein Wortspiel, hättest du den Versuch geschafft«, sagt er. »Hast du nicht. Ich habe dich gestoppt.«

»Ich bin hingefallen«, erwidere ich zähneknirschend. »Ich war schon am Boden.«

Ich höre ihn hinter mir stöhnen. »Und ich wollte dich nicht tacklen. Tun wir einfach so, als wärst du nicht gefallen, und ich hätte dich zu Boden gebracht wie in einem normalen Spiel. Jetzt rück den Ball raus.«

»Von wegen!«, murmle ich und halte den Ball fest umklammert.

»Das sind die Regeln«, sagt er und neigt sich über mich, bis seine Lippen an meinem Ohr sind. Ich bin mir nicht sicher, glaube aber fast, dass er eine Erektion hat, die oben an meinen Hintern drückt. Er sagte, dass er keinen Schutz trägt, also muss das alles er sein.

»Zur Hölle mit deinen Regeln«, bringe ich heraus.

Er stockt. »Also keine Regel? Na gut.«

Ich spüre, wie er sich zurücklehnt, etwas weg von mir.

Dann wandern seine Hände an meinen Schultern nach unten, unter meine Arme, und seine Finger spielen verrückt.

Ich quietsche vor Schreck. Mein Gott, *kitzelt* er mich?

»Was?«, schreie ich, bevor ich in nervöses Kichern ausbreche. »Du darfst mich nicht kitzeln!«

»Keine Regeln«, erwidert er hörbar amüsiert.

»Aufhören!«, schreie ich und lache wieder. »Bitte, das ist Folter!«

»Lass den Ball los.«

Aber ich kann nicht. Ich lache zu sehr. Mein Körper will sich zu einer Kugel zusammenrollen, doch ich bin von seinen Schenkeln eingeklemmt wie in einer Schraubzwinge.

»Ich beiß dir ins Bein«, warne ich ihn und versuche, mich so zu drehen, dass ich sein grasfleckiges Knie erreiche. Ja, ich bin gelenkig, aber so gelenkig dann doch wieder nicht.

»Lass den Ball los.«

»Schön!«, rufe ich, aber weil ich mich nicht bewegen kann, bekomme ich den Ball nicht unter mir heraus. »Na gut, du gewinnst. Du kannst den Ball haben.«

Plötzlich steht er auf, und ich bin frei. Ich rolle mich auf den Rücken, sehe Lachlan an und halte ihm den Ball hin.

Er blickt zu mir herab. Zwar lächelt er nicht, aber da ist ein Anflug von Triumph in seinen ausdrucksstarken Augen.

Ich schwenke den Ball. »Willst du ihn nicht nehmen?«

Er starrt mich weiter an. Ich kann unmöglich erraten, was er denken mag, doch es wirkt, als wollte er sich dieses Bild einprägen.

Nach einigen Momenten und während der Regen weiter auf uns herabfällt, nimmt er mit einer Hand den Ball und ergreift meine mit der anderen.

»Komm«, sagt er. »Ich glaube, wir haben genug für heute.«

Mühelos zieht er mich nach oben, bis ich nur noch Zentimeter von ihm entfernt stehe. Wir atmen beide schwer, als hätten wir gerade sagenhaften Sex gehabt.

»Ich hoffe, das hat dir ein paar Ideen für den Artikel gegeben«, sagt er zu mir. Seine Stimme ist leise, und er fixiert mich mit seinem Blick.

Ich beobachte, wie das Wasser über sein Gesicht läuft. Die Kälte, die langsam in meine Knochen sickert, registriere ich kaum, genauso wenig wie das Ziehen in meinen Gliedern, das mir für morgen einen höllischen Muskelkater ankündigt.

Ich nicke und benetze meine Lippen, wobei ich Wasser und Salz schmecke. »Ja, das glaube ich schon.«

Er sieht zu meinem Wagen in der Ferne und runzelt die Stirn. »Wir sollten wohl lieber sehen, dass wir sauber und trocken werden.«

»Klar«, sage ich in der Hoffnung, dass er meint, wir sollten uns *gemeinsam* sauber und trocken machen. »Kann ich dich nach Hause fahren? Wie bist du hergekommen?«

»Mit dem Taxi«, antwortet er, tritt einen Schritt weg und klemmt sich den Ball unter den Arm.

Ich mustere ihn nur kurz. »Du bist so mit einem Taxi gefahren?«

»Da war ich noch trocken. Und in San Francisco ist doch alles erlaubt, oder nicht?«

Ich grinse. »Sicher. Wie ist es in Edinburgh?«

Achselzuckend sieht er zur Seite. »Auch beinahe.« Dann nickt er zu meinem Wagen. »Wie wäre es, wenn wir uns auf den Weg machen? Du fängst dir sonst noch eine Erkältung ein.«

Er geht auf mein Auto zu, und ich warte noch einen Moment, um seinen Hintern zu betrachten, bevor ich ihm nacheile.

Kapitel 6

Lachlan

Ich weiß nicht genau, was ich erwartet hatte, als ich Kayla gesagt habe, sie soll mich beim Rugby treffen. Eigentlich dachte ich nur, wenn sie das Spiel sähe, würde es ihr vielleicht bei ihrem Artikel helfen. Damit hätte sie mehr Material, als ich ihr bisher gegeben habe … was nichts war.

Das einzige Problem war, dass das Spiel wegen des Wetters eine halbe Stunde früher als sonst endete, sodass sie kaum was gesehen hatte, bevor mir die Aufgabe zufiel, ihr alles zu erklären. Ich weiß, dass sie dachte, ich hätte es so arrangiert, um vor ihr anzugeben, auch wenn mir nichts ferner läge.

Na schön, vielleicht ein kleines bisschen. Aber ich hatte keine Ahnung, dass sie tatsächlich mit mir spielen würde. Sie zog ihre schicken Schuhe und den Arbeitsblazer aus und machte sich ohne zu zögern mit mir im Schlamm schmutzig.

Was nur bestätigt, dass die Frau irre ist. Eindeutig. Aber irgendwas an ihrer Verrücktheit reizt mich, und das womöglich mehr, als es sollte. Genug jedenfalls, damit ich, als sie vor meiner angemieteten Wohnung nahe dem AT&T Park hält, etwas tue, mit dem ich nie gerechnet hätte.

Ich lade sie nach drinnen ein.

Es ist schon lange her, seit ich eine Frau bei mir zu Hause

hatte – ob in Edinburgh oder San Francisco –, und ich hätte nicht gedacht, dass ich jetzt damit anfange, zumal ich bald nach Schottland zurückreise. Und obwohl es reine Höflichkeit ist, damit sie nicht bibbernd vor Kälte und klatschnass nach Hause fahren musste, überrascht es mich.

»Möchtest du mit raufkommen?«

Sie sieht mich unverwandt an. Ihre Wimperntusche beginnt, sich unter ihre Augen zu sammeln. Wir sind beide vollkommen verdreckt, und mir ist unangenehm, dass ihr Wagen innen auch einiges abbekommen hat.

Ich versuche zu lächeln, damit sie nicht auf falsche Gedanken kommt. »Es erscheint mir nicht richtig, dass du so nach Hause fährst.«

»Hast du zufällig einen Vorrat an Frauenkleidung oben?«

»Nein, aber ich habe ein paar trockene, saubere Sachen, die du anziehen kannst. Nur bis du zu Hause bist.« Ich blicke auf ihre Schenkel und die schmale Taille. In meinen Sachen wird sie komplett versinken, aber dennoch.

»Okay«, sagt sie lächelnd.

Hätte ich doch nur ein bisschen aufgeräumt! »Äh, entschuldige, dass hier so ein Saustall herrscht«, sage ich, als wir die Wohnung betreten.

Sie blickt sich um und zuckt mit den Schultern. »Es sieht aus, als würde hier ein Mann wohnen. Das ist okay.«

Ich mustere sie flüchtig. Ihre Jeans klebt an ihren Beinen und dem strammen Hintern, ihr Haar auf ihrem Rücken. Sie ist ziemlich gut gebaut und hat heute bewiesen, dass sie superfit ist. Ich muss trotzdem aufhören, sie abzuchecken.

»Ich hole dir was. Bin gleich zurück«, sage ich, ehe ich im Schlafzimmer verschwinde. Dort nehme ich ein sauberes Handtuch aus dem Wäscheschrank und krame das kleinste

T-Shirt hervor, das ich besitze und das ihr immer noch viel zu groß sein wird, sowie saubere Laufshorts mit Zugband.

Als ich zurückkomme, betrachtet sie die komische Kunst an den Wänden. »Sind die von dir?«, fragt sie, während ich ihr die Sachen und das Handtuch reiche.

Ich schüttle den Kopf. »Nee, die gehören zur Wohnung. Ich bin nicht lange genug hier, um mich einzurichten und allem einen persönlichen Touch zu geben.«

Sie bedankt sich und fängt an, sich das Haar mit dem Handtuch trocken zu rubbeln. »Wann reist du wieder ab?«

»In zwei Wochen. Nicht mal ganz.« Ich zeige zum Bad. »Möchtest du duschen?«

Ein scheues Lächeln tritt auf ihre Züge. »Ist das eine Einladung?«

Ich starre sie an und bin nicht sicher, was ich sagen soll.

Sie lacht. »War nur ein Scherz. Geh du ruhig, mir genügt das hier.«

Ich schlucke, nicke ihr zu und dusche schnell, obwohl mich das heiße Wasser anfleht, länger zu bleiben. Anschließend wickle ich das Handtuch um meine Hüften und sehe in den Spiegel. Ohne Shirt sind sämtliche Tattoos auf meinen Schultern, den Armen und dem Oberkörper zu sehen, und ich hoffe, dass sie mich nicht wieder danach fragt. Sie stehen alle für einen Teil meines Lebens, und manche davon würde eine Frau wie sie schlicht nicht verstehen.

Als ich aus dem Bad komme, stelle ich verwundert fest, dass sie mit einem Notizblock am Tisch sitzt, einen Stift in der Hand und ihr Handy neben sich. Sie hat meine Sachen an, die ihr verblüffend gut stehen. Es sieht irgendwie … richtig aus.

Sie blickt zu mir auf, und ihre Augen werden größer. Ich muss ihr zugutehalten, dass sie sofort wieder zurück auf ihrem Block schaut. Rasch gehe ich ins Schlafzimmer und streife mir eine Jeans und ein T-Shirt über, bevor ich ins Wohnzimmer zurückgehe.

»Also«, sagt sie, und ich merke, dass sie es vermeidet, mir in die Augen zu sehen.

Ich setze mich ihr gegenüber und betrachte sie. Mit ihrem Stift tippt sie auf dem Tisch, während sie die notierten Fragen liest, und nagt an ihrer Unterlippe. Die Wimperntusche ist immer noch unter ihren Augen verschmiert, doch ansonsten sieht sie frisch aus. Ihre Haut ist wie Sahne. Ich schätze, sie spürt meinen Blick, denn schließlich sieht sie auf. »Also«, sage ich und zeige auf die Arbeitssachen vor ihr. »Was ist das?«

Unsicher verzieht sie den Mund. »Ich stelle fest, dass ich dich nach wie vor nicht richtig interviewt habe.«

»Du bist keine eingefleischte Journalistin, stimmt's?«, frage ich. Ich weiß, dass es nicht wie ein Scherz klingt, es ist aber einer. Doch Kaylas Mundwinkel wandern nach unten, und mir wird klar, dass sie bei diesem Thema viel sensibler ist, als ich gedacht hatte.

»Nein«, antwortet sie nach kurzem Zögern. »Ich versuche es nur.«

Mir gefällt dieser melancholische Unterton nicht. Er passt nicht zu der scheuen, flirtenden Frau von vorher. »Du machst das prima«, versichere ich ihr.

»Macht es dir etwas aus?«

Ich schüttle den Kopf. »Frag los.« Dann ergänze ich: »Ich verspreche auch, diesmal ein Gentleman zu sein.«

»Versteh mich nicht falsch, ich mag es, wenn Leute offen sagen, was sie denken«, sagt sie. »Ich bin auch nicht so anders.«

»Nein, bist du definitiv nicht.«

Sie sieht mich an, und ihr Blick ist so sanft, dass ich nicht anders kann, als ihn zu erwidern. In diesen Augen könnte man sich verlieren.

Ich räuspere mich, als mir klar wird, dass ich sie anstarre, und sie setzt sich gerader hin, wobei sie ein wenig errötet. »Okay«, sagt sie. »Also, was ich wissen möchte ... warum liegt dir dieses Projekt so sehr am Herzen?«

»Brams Wohnungsinitiative?«

»Ja.« Sie tippt sich mit dem Stift an die Lippen. »Was hat dich bewegt, in einen Flieger zu springen und aus Schottland herzukommen, um ihm zu helfen? Steht ihr beide euch so nah?«

Ich beobachte sie einen Moment lang, doch ihre Miene ist hoffnungsvoll, unschuldig. Ihr ist nicht bewusst, dass sie schon wieder beinahe zu persönlich wird. »Wir sind uns nicht so nah, aber ich nehme die Familie sehr ernst. Um ehrlich zu sein, hatte ich Bram missverstanden. Den sozialen Medien nach und dem, was meine Eltern über ihn sagen würden, hatte ich einfach unterstellt, der er ein Playboy sei, der nicht erwachsen werden will. Was stimmen mag, aber ich hatte nicht gedacht, dass er der Typ ist, der sich für wohltätige Zwecke engagiert. Was er tut, und es beweist, dass der Mann wirklich etwas verändern will. Er will mehr aus seinem Leben machen, mit anderen Augen gesehen werden. Und das ist etwas, das ich nachvollziehen kann.«

»Jetzt wird es ja fast zu einer Bromance«, sagt sie leise.

»Außerdem«, füge ich vorsichtig hinzu, »glaube ich an seine Vision. Die Verlierer werden nicht wahrgenommen. Sie sind es, die kämpfen müssen, wie es sich niemand vorstellen kann. Er gibt diesen Leuten, die ausgestoßen wurden, ein Zuhause. Den Streunern, den Verwundeten, den Ruinierten und Verlorenen. Die Gesellschaft versteht ihre Probleme überhaupt nicht, und sie bietet nur selten Lösungen an. Brams Wohnanlage mag klein sein, aber sie ist ein Anfang. Große Dinge müssen irgendwo anfangen. Und das hier kann etwas Großes werden.«

Sie macht sich eifrig Notizen.

»Wäre es nicht einfacher, wenn du das alles mit deinem Handy aufnimmst?«

Sie lächelt, sieht jedoch nicht auf. »Nein, so wird es authentischer.« Sie geht ihre Notizen durch und bewegt dabei die Lippen. Dann zieht sie die Augenbrauen hoch. »Denkst du, dass du mit dieser Anregung nach Schottland zurückfliegst und dort etwas Ähnliches aufziehst? In seine Fußstapfen trittst?«

Unweigerlich muss ich grinsen. »Kann sein.«

Sie runzelt die Stirn, sieht mich prüfend an, um zu erkennen, was ich meine. Aber ich werde einen Teufel tun, sie vom Thema abzubringen. Hier geht es um Bram, nicht um mich.

Wir reden noch ein bisschen über die nächsten Schritte bei dem Projekt, meine Rugby-Karriere und auch über Schottland. Ich muss gestehen, dass es ihr gelingt, die Fragen oberflächlich zu halten, auch wenn ich nach einer Weile den Spieß umdrehen und ihr Fragen stellen möchte. Nicht, um quitt zu sein, sondern weil ich einfach neugierig bin. So ungern ich es zugebe, möchte ich mehr über sie wissen – über diese verrückte, flirtende, kecke, ehrgeizige und zugleich sensible Frau. Vergleiche ich das, was ich von Bram über sie gehört habe, mit dem, was ich sehe, glaube ich allmählich, dass sie ebenfalls ein bisschen missverstanden wird.

Aber ich frage sie nicht. Deshalb bin ich nicht hier, und deshalb ist sie nicht hier, egal, wie oft ich sie dabei ertappe, wie sie mich ansieht. Komischerweise nervt es mich, wenn Justine mich verstohlen mustert, doch wenn Kayla es macht, ist es … schmeichelhaft.

Es ist natürlich mein Ego, das da spricht. Manchmal kann es so groß sein wie der Mond. An anderen Tagen wiederum hat es kaum die Größe eines Sandkorns.

Als wir fertig sind, stehe ich auf und sage: »Das lief gut. Ich hoffe, du hast alles, was du brauchst.«

Sie sieht mich für einen Moment an. »Oh«, sagt sie, steht auf und beginnt, ihre Sachen in die Tasche zu packen. »Ja, danke. Das sollte alles sein. Ich glaube, ich habe schon einen Ansatz und so.«

»Gut.« Ich komme mir eigenartig linkisch vor. »Falls du sonst noch was braucht, frag nur.« Ich glaube, so viel habe schon sehr lange nicht mehr geredet, und obwohl der Abschied unkompliziert sein sollte, kommt er mir nicht so vor.

Ich beobachte, wie sie ihre Schuhe anzieht, und muss mir ein Grinsen verkneifen, weil die Leopardenmuster-Schuhe überhaupt nicht zu meinen weiten Sportsachen passen.

Sie blickt auf und grinst. »Vielleicht starte ich gerade einen neuen Trend.«

»Du kannst das tragen«, gebe ich zu und verschränke die Arme vor der Brust.

Ihr Blick verharrt kurz auf meinen Unterarmen, ehe sie wegsieht, sich ihre Tasche über die Schulter hängt und zur Tür geht.

»Oh, warte«, sage ich, gehe in die Küche und hole eine Plastiktüte. In die stecke ich ihre nasse Jeans, das T-Shirt und die winzige pinke Unterwäsche, die neben dem Spülbecken liegen. Dann kehre ich zu Kayla zurück und reiche ihr die Tüte. »Vergiss deine Sachen nicht.«

Sie zupft an dem T-Shirt, das sie trägt. »Was ist mit deinen Sachen? Sehe ich dich noch mal, bevor du abreist?«

Ich zucke mit den Schultern. »Vielleicht. Wenn nicht, behalte sie.«

Sie runzelt die Stirn, bevor sie das Kinn reckt. »Ich sorge dafür, sie bald zu Bram zu bringen. Tja … noch mal danke, dass du dich mit mir getroffen hast.«

»Danke, dass du so gut mitgespielt hast.«

»Ha«, sagt sie, während sie die Tür öffnet. »Ich habe das Gefühl, dass ich dich morgen verfluchen werde, wenn ich meine Waden nicht mehr spüre.«

Sie winkt mir zu und geht. Ich stehe da und beobachte, wie sie den Korridor hinunterschlendert, ihr knackiger, kleiner Hintern von meinen Shorts verhüllt.

Dann gehe ich in meine Wohnung zurück und schließe die Tür. Ich lehne mich von innen dagegen, schließe die Augen und atme aus. Im Geiste kann ich sie immer noch weggehen sehen.

Kapitel 7

Kayla

Ich bin so eine Idiotin!

Im Ernst. Ich dachte wirklich, dass ich, wenn ich praktischerweise meine nassen Sachen bei ihm vergesse, einen Vorwand hätte, wieder hinzufahren und sie zu holen. Aber dieser Kerl ist nicht wie die anderen. Es ist, als würde ich mit einem Eisklotz flirten. Und ich konnte sehen, wie er langsam zu schmelzen begann – ich meine, ich bin immer noch überzeugt, dass er eine Erektion hatte, als er mich auf den Boden gedrückt hat. Aber Lachlan bleibt hier nicht mehr viel Zeit. Was bedeutet, dass *mir* nicht mehr viel Zeit bleibt.

»Was ist mit deinem Eid?«, fragt Nicola, während Ava laut ihren Smoothie schlürft. Es ist Samstagnachmittag, und wir drei sind in einem Coffeeshop, wo wir feiern, dass ich gestern meinen Artikel fertig hatte und ihn Neil gab, damit er ihn überarbeitet und Joe einreicht. Drei Tage habe ich geschrieben und umgeschrieben, bis ich endlich zufrieden war.

Natürlich schwenkt das Gespräch auf Lachlan um. Genau genommen auf mein Schimpfen über Lachlan, dieses Tier von einem Mann, weil er für immer tabu scheint.

»Mein Eid?«, wiederhole ich. Ich verstehe nicht, was der mit irgendwas zu tun haben soll.

Ich sehe hinüber zu Ava, die in ihrem Malbuch malt und vor Konzentration die Zunge herausstreckt. Dann halte ich meine Hände über ihre Ohren und sage: »Scheiß auf meinen Eid.«

Als ich Ava wieder loslasse, blickt sie von mir zu ihrer Mom und sagt: »Tante Kayla hat schon wieder ein schlimmes Wort gesagt.«

Nicola lächelt sie voller Bewunderung an und wirft mir einen übertrieben strengen Blick zu. Nachdem die beiden so lange bei mir gewohnt haben, kennt Ava diese Übung sehr gut.

»Ich wusste, dass du nicht sehr lange bei deiner … Dürre bleibst«, sagt Nicola – ziemlich selbstzufrieden, wie ich anmerken darf.

»Hey, noch halte ich durch«, entgegne ich. »Aber für Lachlan würde ich eine Ausnahme machen. Ja, wenn ich ihm durch irgendeine göttliche Gnade an die Wäsche könnte, schwöre ich, dass ich nie wieder einen anderen Mann anfasse.«

Jetzt sieht Nicola erschrocken aus. »O Mann. Sei bloß vorsichtig mit deinen Wünschen, Kayla.«

Ich winke ab, bevor ich von meinem Eiskaffee trinke. »Ist egal. Dazu wird es nicht kommen. Er ist völlig immun gegen meinen Charme. Ich meine, ich bin im Schlamm herumgelaufen, *klatschnass* in einem weißen T-Shirt. Ich habe mich unter ihm gewunden. Es war praktisch wie Sex. Und … nichts. Später bei ihm wollte er duschen, und ich habe einen Scherz gemacht, dass ich mitkomme. Da hättest du sein Gesicht sehen sollen!«

»Sah er angewidert aus?«, fragt Nicola mitfühlend.

»Nein. Aber danke, dass du das denkst. Er sah nur … ich weiß nicht. Ich werde nicht aus ihm schlau. Überhaupt nicht. Es war, als hätte er mich nicht mal gehört.«

»Hat er vielleicht auch nicht«, sagt sie.

»Doch, hat er.« Ich lehne mich zurück und verschränke die Arme. »Er hat bloß kein Interesse.«

»Tja, du kannst nicht jedermanns Typ sein.« Sie nimmt einen von Avas Buntstiften und malt ein Viereck aus, bevor Ava ihre Hand wegschiebt.

»Ich weigere mich, das zu glauben.«

Seufzend sieht sie mich an. »Ich muss allerdings sagen, ich hätte nicht gedacht, dass er dir so viel geben würde.« Sie nickt zu dem Artikel auf dem Tisch. »Ich meine, wenn ich mit ihm rede, antwortet er grundsätzlich nur mit Neandertaler-Grunzern.«

Ganz falsch liegt sie nicht. Die Hälfte seiner Reaktionen mir gegenüber war auch Grunzen und andere maskuline Laute, aber ich bin wohl besser darin, sie zu deuten. »Ihn zum Reden zu bringen, ist ein bisschen wie Zähneziehen. Die ganze Zeit hatte ich panische Angst, dass ich wieder etwas Falsches sage und er hochgeht wie eine Rakete.«

»Ich frage mich, was mit ihm los ist«, sagt Nicola nachdenklich.

»Ja!«, rufe ich aus und klatsche die flachen Hände auf den Tisch.

Ava und Nicola zucken zusammen.

»Was *ist* mit ihm? Kannst du das für mich herausfinden?«

Nicola verzieht das Gesicht. »Ich habe dir doch gesagt, dass er so gut wie nicht mit mir redet.«

»Ja, aber Bram müsste es wissen.«

Sie schüttelt den Kopf. »Das glaube ich nicht. Bram sagt, dass er mit ihm auch kaum redet, und wenn, dann garantiert nicht über Persönliches.«

»Ich muss mit Bram sprechen«, sage ich und nicke.

»Tja, dann komm heute Abend in den Lion. Ich arbeite eine kurze Schicht, und Bram holt mich da ab. Sicher würde er auch gerne deinen Artikel lesen.« Sie sieht auf ihrem Handy nach der Uhrzeit. »Apropos, ich bringe Ava lieber zu meiner Mom und mache mich fertig.«

Ich umarme die beiden zum Abschied und bestelle mir einen koffeinfreien Kaffee. Mehr Koffein brauche ich wahrlich nicht, denn ich habe bereits das Gefühl, dass ich fliege. Dieser Artikel hat mich total aufgepeppt, was irgendwie seltsam ist. Und beängstigend. Denn was ist, wenn es nicht so kommt, wie ich es mir wünsche?

Natürlich driften meine Gedanken wieder zu Lachlan ab. Ich muss diesen Mann wirklich aus dem Kopf bekommen, aber jedes Mal, wenn ich mir sein Gesicht, diesen Körper, diese raspelnde, Millionen Geheimnisse bergende Stimme vorstelle, spüre ich ein Kribbeln, als würden in mir lauter Vögel aus einem Käfig freigelassen. Das zusammen mit dem Artikel, und ich habe das Gefühl, dass ich langsam ein bisschen durchdrehe. Vielleicht muss ich mich einfach nur konzentrieren, mein schwarzes, verschrumpeltes Herz heraufbeschwören, das wegen nichts aus dem Häuschen gerät.

Aber die Neugier ist der Kayla Tod, und so finde ich mich abends im Lion wieder.

Als ich reingehe, werde ich von grölenden Betrunkenen und James' zorniger Musik begrüßt – Faith No More, *schon wieder*. Es ist Samstagabend, und jeder in der Stadt scheint hier vorzuglühen, bevor es in die Clubs weitergeht. Ich blicke mich rasch an der Bar um, suche nach Bram, doch immer wieder habe ich Blickkontakt mit einigen Typen, mit denen ich wahrlich keinen haben sollte. Ich muss zugeben, dass es nett wäre, einen niedlichen Kerl zu finden und mit ihm eine unverbindliche Nummer durchzuziehen. Vielleicht ist es der Sexmangel, der mich zu einer Irren werden lässt. Tatsächlich bin ich sogar ziemlich sicher, dass es genau daran liegt. So viel sexuelle Frustration, und ich kann sie nirgends ablassen.

Doch um ehrlich zu sein, obwohl es kurzfristig helfen würde, sich flachlegen zu lassen, ist es langfristig Mist. Ich würde mich nur leer fühlen, denn letztlich ist eine willkürliche Nummer mit einem willkürlichen Typen nicht das, was ich will. Ich weiß genau, was ich will, und das kann ich nicht haben.

Ich entdecke Nicola an der Bar, wo sie am laufenden Band Drinks über den Tresen reicht. Sie sieht erledigt aus, doch als ich hinüberkomme, bemerkt sie mich und zeigt zu der Sitznische bei den Toiletten. Da ist etwas Warnendes in ihrem Blick, das mich stocken lässt, aber sie kann jetzt nichts erklären. Die Leute beschmeißen sie praktisch mit Geld. James nickt mir vom anderen Ecke der Bar zu, ist allerdings genauso beschäftigt.

Ich drängle mich durch die Menge auf die andere Seite und sehe endlich Bram in der Nische vor wenigen Fingerbreit Scotch sitzen.

Ihm gegenüber ist Lachlan, dessen große Hand um etwas geschlungen ist, das wie ein Glas Wasser aussieht.

So ungern ich das Wort »zusammenkrampfen« benutze, passiert genau das mit meinem Innern, als ich ihn sehe.

Für einen Moment stehe ich da und frage mich, ob ich einfach kehrtmachen und gehen soll. Ich bin nur hier, weil ich mit Bram über Lachlan reden will, nicht Lachlan sehen, und dass er hier ist, macht mich gleichzeitig scharf und panisch.

Dann jedoch blickt Lachlan unter seiner Baseballkappe auf und sieht mich. Er lächelt nicht. Das wäre wohl zu viel verlangt. Aber für einen Moment ist das Stirnrunzeln weg, als er mich von oben bis unten mustert, also nehme ich, was ich kriegen kann.

Ich schlucke den Kloß in meinem Hals herunter, straffe meine Schultern und gehe hinüber zu ihnen. Dabei wandert mein Blick von Lachlan zu Bram und zurück zu Lachlan.

»Hi«, sage ich zu ihnen, als ich am Ende des Tisches stehe.

»Da ist ja die Frau der Stunde«, sagt Bram, doch zu meinem Erstaunen ist es Lachlan, der zur Seite rutscht, um mir Platz zu machen.

Ich lächle ihm dankbar zu und setze mich neben ihn. Heute Abend trage ich einen Fransenrock und keine Strumpfhose, und als er kurz zu meinen Beinen hinabschaut, die seinen Schenkeln so nah sind, hoffe ich, dass sie ihm gefallen.

Falls ja, lässt er es sich nicht anmerken. Er sagt überhaupt nichts, trinkt nur einen Schluck von seinem Wasser. Ich beobachte seinen Hals, als er schluckt, bis ich spüre, dass Bram mich anstarrt.

Sofort löse ich den Blick von Lachlan, um Bram wütend anzufunkeln, doch er schüttelt bereits den Kopf, als wäre ich blöd. Ich ignoriere ihn, hole den Artikel aus der Tasche, falte ihn auseinander und halte ihn Bram hin.

»Habt ihr den Artikel gelesen?«, frage ich, und Bram reißt ihn mir direkt aus der Hand.

Ich sehe Lachlan an. »Es geht um dich. Eigentlich solltest du ihn zuerst lesen.«

Er schenkt mir ein flüchtiges Lächeln und kratzt sich den Bart. »Ich lese ihn, wenn er gedruckt ist. Dann ist es etwas Besonderes.«

Bram sieht ihn kurz stirnrunzelnd über den Blattrand hinweg an, bevor er weiterliest. Ich trommle nervös mit den Fingern auf der Tischkante und warte auf sein Urteil.

»Also, also, also«, sagt er schließlich. Er gibt mir das Blatt zurück und grinst charmant. »Ich bin beeindruckt.«

»Ehrlich?«

»Ja. Es liest sich sehr überzeugend. Danke«, ergänzt er ausdrücklich. »Ich glaube, das könnte wirklich helfen.«

»Das will ich verdammt noch mal hoffen. Immerhin habe ich mir bei dem Ding irre Mühe gegeben.«

»Hast du. Und du hast Mr. Rugby hier wie einen Engel dargestellt.« Bram nimmt sein Glas auf und prostet Lachlan übertrieben zu.

Lachlan grummelt nur, bevor er sich entschuldigt. Ich springe schnell auf, und als er aufsteht, streift sein Arm meinen.

Er geht zu den Toiletten, und ich sehe seinem Hintern in der Jeans nach, so lange ich kann. Es wird schon zu einer Gewohnheit. Der besten Gewohnheit überhaupt.

»Sieh sich einer dich an«, scherzt Bram.

Ich drehe mich wütend um. »Was soll das heißen?«

»Du«, sagt er und nickt zu den Toiletten. »Ihn. Du bist so ein verknalltes Kätzchen.«

»Verknalltes Kätzchen?«, wiederhole ich und setze mich wieder. »Du bist zu viel mit Nicola zusammen.«

»Ich glaube, ich habe dich noch nie so hingerissen von jemandem erlebt«, fügt er hinzu.

»Was?«, rufe ich aus. »Das ist lächerlich! Ich bin dauernd von irgendwem hin und weg.«

Kopfschüttelnd presst er die Lippen zusammen. »Nein. Nicht so. Ich kenne deine Blicke. Du sabberst praktisch.«

»Schwachsinn«, sage ich, lehne mich über den Tisch und sehe ihm in die Augen. »Du magst glauben, dass du mich kennst, Bram, aber das tust du nicht. Dann finde ich deinen Cousin eben scharf, na und?«

»Bloß scharf?«, fragt er, schwenkt den Scotch in seinem Glas und grinst ihn an. »Na gut. Zu schade, dass das verknallte Kätzchen den falschen Baum hinaufklettert.«

Ich ziehe eine verwirrte Grimasse. »Hä? Wieso redest du immer noch von Katzen?«

Er zuckt mit den Schultern. »Ich will nur nicht, dass du dir Hoffnungen machst. Als hättest du es nicht schon kapiert. Er ist nicht so leicht … herumzukriegen.«

Ich verdrehe die Augen. »Glaub mir, das habe ich kapiert.«

Und dennoch, als Lachlan zurückkommt und fragt, ob ich etwas trinken möchte, beginnt mein Herz, nach einer hoffnungsfrohen Melodie zu tanzen.

»Hm«, macht Bram, während er ihm nachblickt.

»Lass mich raten. Normalerweise gibt er Frauen nie Drinks aus.«

»Hab ich noch nicht gesehen«, sagt er. »Andererseits trinkt er sowieso nicht viel.«

Ich möchte nachhaken, herausfinden, warum. Mit dieser Schlägerpersönlichkeit scheint Lachlan mir nicht der Abstinenzler-Typ zu sein. Aber wenn es etwas Persönliches ist, wird Bram mich so oder so abblitzen lassen.

Bald ist Lachlan mit einem Glas Wasser für sich und einem Bellini für mich zurück. Er schiebt ihn mir über den Tisch zu und sagt: »Als Dankeschön für den Artikel.«

Ah, also spendiert er mir den Drink nicht, weil er endlich erkannt hat, dass ich unglaublich heiß bin. Verdammt.

»Hat James dich für die bezahlen lassen?«, fragt Bram.

Lachlan nickt. »Ich schätze, seine Großzügigkeit erstreckt sich nicht auf die weitere Verwandtschaft. Und ich glaube, er mag mich nicht besonders.«

»James mag keine Kerle, die größer sind als er«, erklärt Bram.

»Ausgenommen Linden«, sage ich. »Aber da ist so eine schräge Bromance in Gang.« Ich lächle Lachlan dankbar zu und rücke weiter, damit er sich neben mich setzen kann. »Tja, danke für den Drink. Und du warst derjenige, der seine Zeit drangegeben und meine wirren Fragen ertragen hat.«

Nickend zieht er den Schirm der Baseballkappe etwas tiefer, ein bisschen unruhig. Nach einer kurzen Pause sagt er: »Übrigens wollte ich dich fragen, was für einen Sport du machst.«

Ich sehe ihn fragend an, worauf er rasch fortfährt: »Du hast richtig gut gespielt auf dem Feld. Ich meine, du hattest eine beachtliche Kondition.«

»Oh«, sage ich und wechsle einen Blick mit Bram. »Danke. Normalerweise gehe ich nur morgens ins Fitnesscenter, aber einmal die Woche habe ich Fechtunterricht.«

»Fechten?«, wiederholt er. »Das ist … selten.«

Ich lächle süßlich. »Ich bin eine Seltenheit.« Dabei sehe ich Bram nicht an, denn ich weiß auch so, dass er nicht allzu beeindruckt ist von meinen Flirtkünsten. »Es hilft mir, diszipliniert zu bleiben und gleichzeitig meine Wut rauszulassen.«

»Hast du ein Problem mit Disziplin?«, fragt er, und ich erkenne nicht, ob er scherzt.

»Ist das nicht offensichtlich?«, antworte ich und ertappe mich dabei, wie ich näher zu ihm rücke.

Er überlegt. Sein Blick wird weicher, während er mich ansieht.

»Außerdem«, ergänze ich, »bekomme ich davon einen richtigen Hintern, keinen so flachen.«

»Eindeutig«, bestätigt er, und ich kann nicht anders, als zu strahlen. Meine Nerven kribbeln schon wieder.

Bram räuspert sich. Laut. Ich sehe ihn streng an, weil er das stört, was auch immer hier mit Lachlan gerade stattfindet. Begreift er nicht, was für eine Riesensache das ist? Mit Lachlan zu flirten, das ist, als würde man auf ein neues Level im Spiel aufsteigen. *Und* er hat mir eben ein Kompliment zu meinem verdammten Hintern gemacht!

Doch ehe wir darauf zurückkommen können, betritt Linden den Pub und kommt mit einem breiten Grinsen auf uns zu.

»Hallo, hallo«, sagt er, während er sich neben Bram auf die Bank fallen lässt.

»O super, das schottische Dreigespann«, murmle ich.

»Du wirst gleich ganz andere Flötentöne anschlagen, Fräulein«, erwidert Linden. »Weil ich nämlich verflucht gute Neuigkeiten habe.«

Wir sehen ihn alle drei erwartungsvoll an. Linden benetzt sich die Lippen und grinst triumphierend. »Einer meiner Klienten gehört zu den Sponsoren des Outside Lands Festivals. Heute war er offenbar in Spendierlaune, denn er hat mir fünf VIP-Ausweise für das Festival am nächsten Wochenende geschenkt.«

»Netter Zug«, bemerkt Bram.

»Natürlich gebe ich die euch«, sagt Linden.

»Aber mit Steph und Nicola sind wir sechs«, erwähne ich. »Also können wir nicht alle hin.«

»Ist schon gut«, sagt Lachlan. »Ich komme nicht mit.«

Ich bin maßlos enttäuscht. »Sei nicht albern. Du bist hier der Gast, und du gehst selbstverständlich. Es ist eine Institution in San Francisco. *Ich* verzichte. Sicher wollte Linden mich sowieso nicht einladen.«

Lindens verschämter Blick bestätigt mir, dass ich recht habe. Wenn er irgendwas plant, lässt er mich gern mal zufällig aus, bis Steph sauer wird. Allerdings kann ich auch nicht von mir behaupten, dass ich es nicht genauso mache.

»Ach, meine Fresse noch mal«, sagt Bram. »Ich kaufe mir meinen eigenen VIP-Ausweis. So, Problem gelöst.«

Lachlan schüttelt den Kopf. »Lass es gut sein, Alter. Ich bin eh kein Fan von Musikfestivals.«

»Magst du keine Musik?«, frage ich.

Er runzelt die Stirn. »Musik schon, Menschen weniger.«

Unwillkürlich muss ich schmunzeln. »Vielleicht sind wir uns ähnlicher, als ich dachte.«

Ich könnte schwören, dass ich die Andeutung eines Lächelns bei ihm sehe.

»Aber beim Outside Lands sind lauter spärlich bekleidete Mädchen, die literweise Wein trinken und in Bikinis zur Musik tanzen, wenn sie noch nicht mal spielt«, sagt Linden. »Da kann man leicht ein paar Frauen aufreißen, meinst du nicht?«

Echt jetzt? Ich funkle Linden wütend an. Natürlich sagt er diesen Mist nur, um mich auf die Palme zu bringen.

»Nee«, winkt Lachlan sofort ab. »Ist nicht meine Szene.«

»Elton John ist der Haupt-Act am Sonntag«, ergänzt Bram. Er muss Linden unter dem Tisch getreten haben, denn der sieht ihn mit einem »Was habe ich getan?«-Blick an. »So eine Legende darfst du nicht verpassen.«

Lachlan reagiert mit einem Grunzlaut. Ich denke, der heißt »mal sehen.«

Den Rest des Abends wird über Musikfestivals und Bands geredet. So viele schottische Akzente auf einmal. Lachlan trägt nicht viel zur Unterhaltung bei, und ich ebenso wenig. Wir sitzen einfach nur da und hören Linden und Bram zu, die sich streiten, welche Band besser ist, Massive Attack oder Portishead. Irgendwie ist es ganz nett. Ihr ununterbrochenes

Gejammer liefert ein Hintergrundrauschen und sorgt dafür, dass sie beide fest in ihrer komischen Brüderwelt gefangen sind. Was bedeutet, dass Lachlan und ich in unserer eigenen sein können.

Nicht dass wir miteinander reden würden oder ihm überhaupt bewusst ist, mit mir in dieser privaten Welt zu sein. Es ist bloß nett, neben ihm zu sitzen, seine Nähe zu genießen, seine Wärme zu fühlen und den Duft seiner Haut zu riechen. Mich hat es schlimm erwischt. Richtig heftig schlimm. Ich bin ein beknacktes verknalltes Kätzchen. Und möglicherweise ist es nicht nur rein körperlich. Dabei kenne ich den Mann überhaupt nicht – und anscheinend tut das niemand. Trotzdem zieht es mich zu ihm, als wäre unser Blut magnetisch.

Das Traurige ist, dass all diese verrückten Gefühle nur in meinem Kopf sind. Und dort werden sie wohl auch bleiben.

Später liege ich im Bett, sehe durchs Fenster hinaus auf die Straßenlaternen, und mir wird klar, dass sich mein Bett zum ersten Mal leer anfühlt. Als würde jemand fehlen. Und zwar nicht jemand, der mitten in der Nacht oder gleich am nächsten Morgen wieder verschwindet. Jemand, der bleibt.

Die Wahrheit sickert in meinen Kopf wie Öl aus einem Leck.

Ich, Kayla Moore, bin eine sehr einsame Frau.

Bei meiner Ankunft im Büro am Montagmorgen lässt sich nicht leugnen, dass ich ein bisschen beschwingter gehe als sonst. Obwohl mein Beitrag nicht vor Freitag erscheinen wird, fühle ich mich gut. Sogar fantastisch. Das ist es. Dies ist mein neues Leben. Ich schiebe all mein Selbstmitleid vom Wochenende weit von mir und konzentriere mich auf das Positive.

Doch mittags auf dem Weg in die Pause begegne ich Neil auf dem Flur, und er wirkt wie der Unglücksbote schlechthin.

»Kayla«, sagt er und zieht mich beiseite. »Ich muss mit dir reden.«

So ernst habe ich ihn noch nie erlebt. »Was?«, frage ich und ringe die Hände. »Alles okay?«

»Sozusagen«, antwortet er. Für einen Moment studiert er seine Fingernägel, dann sieht er mich an, seufzt und setzt eine sehr bedauernde Miene auf. »Es gab eine Änderung bei dem Artikel.«

Ich mache mich gerader. »Was für eine Änderung?«

»Er wird immer noch gedruckt, keine Bange«, sagt er hastig. »Es ist, ähm, na ja, Süße, Joe will ihn nicht unter deinem Namen rausbringen. Unter der Überschrift steht meiner.«

»Was?«, rufe ich laut genug, dass andere zu uns sehen.

»Entschuldige!«, flüstert er laut. »Ich wollte das nicht, aber Joe sagt, dass keiner weiß, wer du bist. Die gute Nachricht ist, dass er ihn bringt. Yeah.« Er vollführt einen winzigen, verzweifelt anmutenden Freudensprung. »Stimmt's?«

Ich kann nicht mal mehr mit ihm sprechen. Stattdessen stoße ich ihn weg, wirble herum und marschiere zu Joes Büro. Hinter mir brüllt Neil: »Tu das nicht! Das ist es nicht wert!« Doch ich pfeife darauf. Es ist *mein* Artikel. Meine Chance. Die ist es wert.

Joes Tür ist geschlossen, also klopfe ich fest an. Ich versuche durchzuatmen, meinen Zorn zu bändigen, der vollkommen außer Kontrolle ist.

»Was?«, ertönt seine schroffe Stimme von drinnen.

Ich öffne, gehe hinein und knalle die Tür hinter mir zu. Verwundert blickt er auf, ehe er den Kopf ein wenig neigt und ihn schüttelt.

»Ja, ich bin's«, sage ich verbittert. »Sie wissen, warum ich hier bin.«

Er sieht wieder zu den Papieren vor sich. Immerzu guckt er verfluchte Papiere an. Benutz einen verdammten Computer wie wir alle!

»Sie sollten etwas mehr Respekt beweisen, wenn Sie mit dem verdammten Herausgeber sprechen«, sagt er mürrisch. Aber ich habe die letzte Woche genug Mürrisches von Lachlan eingesteckt, sodass es mich kein bisschen mehr einschüchtert.

»Sie bringen meinen Namen nicht über dem Artikel!«, schimpfe ich und schwenke wild die Hände. »Ich habe ihn geschrieben. Das ist nicht fair. Es ist, als wenn ... als wenn ...«

»Es ist ein Geschäft«, sagt er seufzend und reibt sich die Nasenwurzel. »Der Artikel ist gut, Sie sollten stolz auf sich sein. Und er könnte einige Aufmerksamkeit erregen, was *Sie* sich für diesen gottverdammten Wohltätigkeitsunsinn gewünscht haben. Aber er wird nichts bringen, wenn er von jemandem kommt, der in der Anzeigenabteilung arbeitet. Da wäre sämtliche Glaubwürdigkeit flöten.«

»Dann ... dann lassen Sie mich *hier* arbeiten. Sie haben gesagt, dass ich schreiben kann. Sie haben gesagt, dass er gut ist. Dann machen Sie mich zur Journalistin.«

Wieder schüttelt er den Kopf. »Kayla, Sie sind prima in dem, was Sie tun. Ohne Anzeigen können wir keine Wochenzeitung rausbringen. Lassen Sie die Journalisten ihren Job machen. Die sind seit Jahren dabei. Sie haben einen«, hier reckt er einen Finger in die Höhe, »Beitrag verfasst.«

»Dann lassen Sie meinen Namen unter dem Artikel und mich mehr schreiben«, flehe ich. »Lassen Sie es mich noch mal versuchen. Ich kann mich beweisen, das weiß ich. Ich kann mehr tun, als blöde Anzeigen zu buchen!«

Nun blähen sich seine zu großen, haarigen Nasenlöcher. Sorgfältig faltet er seine Hände vor sich. »Hören Sie, ursprünglich wollten Sie den nicht mal schreiben. Genießen Sie die Erfahrung und seien Sie stolz, dass er gut genug ist, um gedruckt zu werden, obwohl ich sicher bin, dass Neil weit mehr getan hat, als er müsste, um ihn in Form zu bringen. Wenn man es so betrachtet, verdient er es sicher genauso wie Sie, seinen Namen dort stehen zu haben.« Er räuspert sich und beginnt in dem Chaos aus Pappbechern und klebrigen Notizen auf seinem Schreibtisch zu kramen. »Wenn Sie mich jetzt entschuldigen. Ich werde so tun, als wären Sie hier nicht mit dieser furchtbar selbstgerechten Haltung hereingestürmt, und Sie können sich wieder Ihrer üblichen Arbeit widmen. Haben Sie mich verstanden?«

Ich presse die Lippen zusammen, bis sie wehtun. Zu gern möchte ich brüllen, schreien, ihn mit Sachen bewerfen. Aber das würde mich keinen Schritt weiterbringen. Ich hasse, hasse, *hasse* es, eine Niederlage einzugestehen, doch genau das ist es: eine katastrophale Niederlage.

Ich verlasse das Büro, sehe niemanden an, der meinen Ausbruch gehört haben könnte, und laufe direkt zum Waschraum. Zum Glück ist dort niemand. Ich renne in eine Kabine, klappe den Toilettendeckel hinunter und setze mich drauf. Den Kopf in die Hände gestützt, atme ich angestrengt und bemühe mich, die Fassung zu wahren.

Zusammenbrüche sind mir eigentlich fremd. Jedenfalls solche, die einen von innen zerreißen, so wie der es jetzt androht. Und ich weiß, dass es bescheuert ist, denn ich hätte es kommen sehen müssen. Es ist nur ein Artikel. Ein Beitrag, den ich geschrieben habe. Und ich war so blöd zu glauben, dass er irgendwo hinführen, gar mein Leben verändern würde.

Aber ich kann meine Enttäuschung nicht ignorieren. Sie tut weh. Und vor allem ist es peinlich. Ich habe jedem, den ich kenne, davon erzählt, und so viele Leute werden ihn am Wochenende sehen. Ja, ich habe es gut gemacht … doch es ist nicht mehr dasselbe.

Ich bleibe die gesamte Mittagspause über in der Kabine, kämpfe mit den Tränen und meiner Wut. Nach einer Weile verdränge ich mein Selbstmitleid und richte meine Wut gegen mich selbst, mein zweitliebstes Ziel. Ich mache mir Vorwürfe, weil ich Joe gegenüber so ausgetickt bin. Er ist ein Arsch und eindeutig im Unrecht, aber ich hätte meinen Job verlieren können – meinen richtigen Job. Das war höllisch riskant, und ich hatte nicht nachgedacht. Obwohl die ganze Sache einfach nur schrecklich ist, sollte ich eigentlich zurückgehen und mich bei Joe entschuldigen.

Leider kann mein Stolz eine Löwin sein, und als ich mich endlich wieder beruhigt und gefangen habe, kehre ich in mein Büro zurück, setze mich und widme mich meiner wahren Arbeit – für die ich bezahlt werde. Die einzige Arbeit, die ich beherrsche.

Montage sind zum Kotzen.

Kapitel 8

Kayla

Natürlich fällt es mir schwer, alles von mir abzuschütteln. Die ganze Woche igle ich mich ein, verstecke mich vor der Welt. Der einzige Mensch, den ich sehe, ist meine Mom, und ich hatte nicht mal vor, zu ihr zu fahren, weil sie bloß nach dem Artikel fragen würde und ich sie nicht enttäuschen will. Doch sie klingt so traurig und hilflos am Telefon, womöglich schwächer als sonst, dass ich nicht Nein sagen kann.

»Möchtest du darüber reden?«, fragt sie von ihrem Sessel aus, wo sie Wiederholungen von »Die Nanny« sieht, während ich Abendessen für uns koche. Am Ende hatte ich ihr erzählt, dass es Änderungen bei dem Artikel gab, ohne Details zu erwähnen.

»Lieber nicht«, antworte ich.

»Das ist okay. Rede, wenn du so weit bist. Aber vergiss nicht, was ich dir letztes Mal gesagt habe – du bewegst dich auf deinem eigenen Gleis.«

Ja, nur führt das offiziell nirgends hin.

Auch am Wochenende sperre ich mich ein, esse Unmengen Karamell-Waffeleiskrem und gucke endlos Netflix. Ich weiß, dass das Outside Lands Festival läuft und Steph und Nicola allmählich sauer werden, weil ich nicht ans Telefon gehe oder auf ihre Textnachrichten reagiere. Ich hatte am Freitag sogar eine Nachricht von Bram – »Kayla, was ist los?« Vermutlich hat er den Artikel gelesen, den *Neil* geschrieben hat. Dennoch tue ich so, als existierte er nicht.

Als ich am Sonntagmorgen aufwache, ist es jedoch nicht der Wecker, der in meinem Kopf zu schrillen scheint, sondern die Türklingel.

Stöhnend streife ich meinen Leopardenmuster-Morgenmantel über und tapse zur Gegensprechanlage.

»Was?«, frage ich verärgert und blicke zur Uhr an der Mikrowelle. Es ist neun Uhr morgens, und ich hatte vor, den ganzen Tag zu schlafen.

»Hey!«, schreit Stephs knacksende Stimme. »Wenn du uns nicht nach oben lässt, rufe ich deine Mutter an.«

O Mann, das würde sie glatt tun.

»Na gut«, sage ich und öffne. Dann gehe ich in die Küche, um mir eine Kanne Kaffee zu machen.

Kurz darauf stürmen Steph und Nicola in die Wohnung.

»Was zum Teufel ist los, Kayla?«, ruft Steph und wirft ihre Handtasche auf mein Sofa. »Wo bist du gewesen?«

»Ich war hier«, antworte ich müde, öffne die Kaffeetüte und inhaliere den Geruch.

Steph kommt zu mir und mustert mich von oben bis unten, als suche sie nach Verletzungen oder Spuren einer brutalen Entführung. »Du reagierst nicht auf unsere Anrufe, unsere Nachrichten …«

Ich zucke mit den Schultern. »Mir war diese Woche nicht nach Gesellschaft, tut mir leid.«

»Bram hat uns von dem Artikel erzählt«, sagt Nicola ruhig. »Wir haben ihn gelesen. Er ist hervorragend, Kayla, ehrlich. Er ist *so* froh darüber … aber … was ist passiert?«

Ich seufze tief, drehe mich zu ihnen und verschränke die Arme. »Meint ihr, warum mein Name nicht dasteht?«

»Ja«, sagt Steph. »Wer ist Neil? Ist das der Neil, den wir kennen?«

Ich nicke. Wir haben schon alle zusammen gefeiert.

»Ja, genau der. Er hat den Artikel redigiert, und Joe fand es besser, wenn sein Name drunter steht, weil ich eigentlich keine Journalistin bin.«

»Was für ein Schwachsinn.« Nicola runzelt die Stirn. »Wir verarschen dich nicht, wenn wir sagen, dass er super ist. Ich meine, du solltest wirklich stolz auf dich sein.«

Bin ich stolz auf mich? Ich weiß nicht.

Ich wende mich ab. »Tja, es ist, wie es ist. Ich bin drüber weg.«

»Wenn du drüber weg wärst, würdest du nicht deine besten Freundinnen meiden«, widerspricht Steph und legt eine Hand auf meine Schulter. »Musst du mal gedrückt werden?«

Ich schlage ihre Hand weg und weiche zurück. »Ganz sicher nicht.« Dann sehe ich beide an. »Wieso seid ihr überhaupt zu so einer unchristlichen Zeit hier? Wer steht denn am Sonntag um acht Uhr auf?«

»Deine Freundinnen«, antwortet Steph, »die dafür sorgen wollen, dass du bereit bist, heute zum Festival zu gehen.«

»O nein, garantiert nicht.« Energisch schüttle ich den Kopf. »Da gehe ich nicht hin. Ich habe schon zwei Tage verpasst. Was bringt es da, am dritten hinzugehen?«

»Zwei Tage, die sehr viel Spaß gemacht haben«, sagt Steph. »Verpass den letzten nicht. Es bringt dich auf andere Gedanken, und ich glaube, du musst aus der Wohnung.«

»Bitte, sogar Ava kommt mit«, sagt Nicola. »Sie ist schon ganz aufgeregt.«

»Willst du sie als kleine Hipster-Elfe verkleiden?«, frage ich und stelle mir ihre Tochter mit den vielen Federn und Kopfbändern vor, wie die anderen Mädchen, die in Schwärmen auf Festivals strömen.

»Kann sein.«

»Tja, ich muss euch leider enttäuschen«, erkläre ich den beiden. »Heute ist Sockensonntag, und ich muss jede Menge lesen und schlafen.«

»Scheiß auf den Sockensonntag«, sagt Steph. »Weißt du, wer noch mitkommt?«, fragt sie verschwörerisch.

Ich schlucke, denn in meinem Bauch wird es bereits heiß. »Wer?«

»Lachlan«, antwortet sie mit einem vielsagenden Grinsen.

»Na und?« Ich ignoriere das Flattern in meinem Brustkorb.

»Ach, komm schon«, sagt Nicola. »Tu nicht so, als wärst du immer noch nicht ...«

»Noch nicht was?«, frage ich.

»Liebestrunken.«

Lachend verdrehe ich die Augen. »Liebestrunken? O bitte! Wir reden hier über mich, Kayla Moore, die Männerverschlingerin erster Güte.« Obwohl diese Bezeichnung irgendwie an Glanz eingebüßt hat.

»Okay, nicht liebestrunken«, korrigiert sich Nicola. »Verliebt.«

»Geil«, ergänzt Steph. »Kayla ist bloß ein geiles Monster mit einem rasenden Weibersteifen.«

Ich ziehe eine Grimasse. »Es klingt nicht gut, wenn *du* das sagst.«

»Tja, und wenn schon. Auf jeden Fall musst du dringend flachgelegt werden«, erklärt sie. »Dieser Zölibatquatsch bekommt dir nicht.«

»Das mag stimmen oder nicht, aber wir alle wissen, dass es nicht mit ihm passieren wird«, sage ich. »Und ich dachte, er wollte nicht hin. Mir hat er erzählt, dass er keine Menschenmengen mag und es nicht seine Szene ist.«

»Bram hat ihm für heute eine VIP-Karte besorgt und ihn irgendwie überredet«, entgegnet Nicola.

Ich sehe sie an, und sie lächelt mir optimistisch zu.

»Er fliegt nämlich nächsten Sonntag zurück nach Schottland. Es könnte das letzte Mal sein, dass du ihn siehst.«

Nervös kaue ich auf meiner Unterlippe.

»Stimmt«, sagt Steph. »Du solltest dich verabschieden.«

Wieder sehe ich die beiden an. »Ich weiß nicht«, antworte ich widerwillig, obwohl ich es im Grunde meines Herzens weiß. Ich will ihn wiedersehen. Noch ein Mal. Auch wenn mir klar ist, dass nichts dabei herauskommen wird. Vielleicht bin ich nicht liebestrunken, aber irgendwas daran, sich wieder wie ein total verknallter Teenager zu fühlen, ist so ... erfrischend. Und ich glaube, das wissen Steph und Nicola auch.

»Na gut«, sage ich. »Ich mache mich fertig. Wann müssen wir da sein?«

»Ich hole dich heute Mittag ab«, verspricht Steph und grinst siegesgewiss, als sie mir beide zuwinken und aus der Wohnung tänzeln.

Gegen Mittag muss ich zugeben, dass ich mich tatsächlich freue. Es tut gut, an andere Dinge zu denken. Heute geht es nur um heute und sonst nichts.

Natürlich geht es auch darum, dass ich möglichst gut aussehe. Zugleich möchte ich nicht zu einer Parodie meiner selbst werden wie so viele Tussen auf Festivals. Ich entscheide mich für Wildlederstiefel, weil ich weiß, wie viel Staub und

Sand im Golden Gate Park aufgewirbelt werden, Ledershorts für die scharfe Note und ein langes Karohemd über einem tief ausgeschnittenen Trägertop. Heute ist einer der wenigen Tage, an denen ich keinen BH tragen muss (immerhin werden die meisten Frauen im Bikini da sein), also nutze ich es. Das Ganze ergänze ich mit einer Crossbody-Tasche, und schon bin ich bereit.

Bald fährt Lindens Jeep vor. Steph sitzt auf der Beifahrerseite.

»Ihr zwei«, sagt Steph und beäugt mich im Rückspiegel, während wir den Geary Boulevard in Richtung Park fahren. »Ich wollte nur sagen, ich weiß, dass ihr früher eure Differenzen hattet, aber allmählich müsst ihr euch wirklich angewöhnen, nett zueinander zu sein.«

Linden und ich wechseln einen Blick.

»Ich bin nett«, sage ich.

»Wann bin ich nicht nett?«, fragt Linden gleichzeitig.

Steph schnaubt uns beide an. »Ich bin doch nicht blöd. Ihr zwei seid manchmal wie Hund und Katze. Hört mal, mir ist klar, dass es komisch ist, weil ihr früher mal miteinander geschlafen habt, aber …«

»Deshalb ist es nicht komisch«, unterbreche ich rasch und lehne mich zwischen die beiden Sitze vor. »Sondern weil er hinterher so ein Arsch war.« Ich boxe Linden gegen die Schulter.

»Hey!« Er reibt sich den Oberarm und wirft mir einen verärgerten Blick zu, ehe er wieder auf die Straße sieht. »Wie oft muss ich mich denn noch dafür entschuldigen, dass ich ein dämlicher Depp war?«

»Wie oft sagt ihr eigentlich Depp? Kennt ihr Schotten keinen anderen Ausdruck?«

»Schwachsinn«, antwortet Linden.

»Er *hat* sich schon sehr oft entschuldigt, Kayla«, sagt Steph. »Und wir alle wissen, dass er damals ein anderer war. Menschen machen Fehler.«

»Du hast mit James geschlafen«, erinnere ich sie. Steph und Linden hatten sehr lange Zeit eine komplizierte Beziehung, bevor sie endlich einsahen, dass sie sich liebten. »Mit Fehlern kennst du dich auch aus.«

Linden erstarrt, weil das immer noch ein heikles Thema in ihrer Ehe ist.

»Wie dem auch sei«, sagt Steph, legt ihre Hand auf Lindens und drückt sie. »Trotz all der gescheiterten Sachen, die wir getan haben, möchte ich, dass ihr zwei euch versteht. Kayla, wenn du aufhörst, es Linden so schwer zu machen, hört er auch auf, ein Arsch zu sein, okay?«

Ich lehne mich zurück und verschränke die Arme. »Wieso habe ich den ganzen Druck?«

»Weil du hier die Reifere bist«, sagt Steph, und Linden lacht. Sie klatscht ihm auf dieselbe Stelle, an die ich ihn eben geboxt hatte, und er schreit auf.

»Was soll das, Steph? Könnt ihr vielleicht mal aufhören, mich zu schlagen?«

»Ich meine es ernst«, sagt Steph. »Kayla, verzeihst du ihm?«

»Natürlich«, seufze ich. »Schwamm drüber und der ganze Mist.«

»Gut. Und du, Cowboy, hör auf, ein Arsch zu ihr zu sein.«

»Bin ich nicht.«

»Hör trotzdem auf.«

»Schön.«

Sie sieht uns beide an und nickt. Offenbar ist sie zufrieden. »Gut«, sagt sie zu Linden. »Da ich noch nie erlebt habe, dass sich Kayla wegen irgendeinem Typen benommen hat wie eine stammelnde Schwachsinnige, möchte ich, dass alle sich anstrengen, damit das mit den zweien klappt.«

»Was?«, rufe ich aus.

»Mit den zweien?«, fragt Linden. »Wovon redest du?«

»Lachlan«, antwortet Steph.

Linden neigt seinen Kopf und sieht mich im Rückspiegel an. »Du magst Lachlan?«

Stöhnend vergrabe ich das Gesicht in den Händen. »Wo sind wir hier? In der vierten Klasse?« Ich hebe den Kopf und sehe ihn an. »Ich finde deinen Cousin blödsinnig gut aussehend, okay?«

»Hör nicht auf sie«, flüstert Steph. »Es hat sie schlimm erwischt.«

Das kann ich nicht leugnen, also tue ich es auch nicht. Stattdessen sage ich zu Linden: »Ich dachte, das wusstest du. Hast du nicht deshalb mit Lachlan darüber geredet, dass er beim Festival halb nackte Hühner aufreißen kann?«

Verwirrt schüttelt er den Kopf. »Hat Bram mich darum getreten? Das wusste ich nicht. Ich wollte bloß, dass er ein bisschen Spaß hat. Der Mann könnte ein bisschen Spaß im Leben gebrauchen.«

»Dem stimme ich zu«, murmle ich.

Eine Weile sagen wir nichts, bis ich bemerke, dass Linden mich mit einem dümmlichen Grinsen ansieht.

»Was?«, frage ich.

»Ich hatte keine Ahnung, dass du auf den stillen Typ stehst.« Er lässt die Augenbrauen tanzen. »Ich dachte, dir sind die Großmäuler lieber.«

»Ach, wie du? Ich bitte dich! Und nur weil ich selbst eine große Klappe habe, muss ich ja nicht grundsätzlich Leute mögen, die genauso sind. Außerdem ist es egal. Bram hat mir schon gesagt, dass ich den falschen Baum ankläffe, als hätte ich es nicht längst gemerkt.«

Linden scheint zu überlegen. »Ich weiß nicht. Er ist eindeutig kein Typ für eine Beziehung, zumal er in einer Woche abreist. Aber ich glaube nicht, dass er dich aus dem Bett werfen würde.«

»Na ja, er hat mich irgendwie schon aus seiner Wohnung geworfen.«

Er zuckt mit den Schultern. »Ich meine ja nur. Es ist schwer, zu ihm durchzudringen, und er ist nicht leicht zu überzeugen, wie dir sicher schon aufgefallen ist, aber er ist immer noch ein Kerl mit Schwanz. Ich würde sagen, versuch es. Noch mal. Lass es ihn richtig wissen.«

Ich seufze. »Er weiß es.«

»Tut er? Dann versuch, es ihm zu sagen.«

»Er wird mich abblitzen lassen.«

»Und das wirst du ihm garantiert noch jahrelang vorhalten«, sagt er trocken. »Aber wenn er dich nicht abblitzen lässt … ist es das nicht wert?«

Steph grinst Linden an und streicht ihm mit der Hand durchs Haar. »Seht ihr? Seht ihr, welche Harmonie und Einigkeit es geben kann, wenn ihr nett zueinander seid?«

Ich verdränge, dass sie recht hat, und versuche, nicht daran zu denken, dass dasselbe für Linden gilt.

Nachdem wir zwanzig Minuten durch Richmond gefahren sind, finden wir endlich einen Parkplatz und schließen uns dem Strom von Festivalbesuchern an, die zum Park streben.

Wir schlüpfen durch die Menge, was mit den VIP-Armbändern leicht ist, und gehen zu den Bier- und Weinzelten. Gedämpfte Musik hallt durch die Eukalyptusbäume von unsichtbaren Bühnen herbei, getragen vom allgegenwärtigen Dunst.

Mir ist bewusst, dass ich erst etwas essen sollte, doch mein erster Impuls ist, mich in eine der ewig langen Schlangen zu stellen, um Wein in winzigen Plastikbechern zu kaufen. Steph wartet mit mir, während Linden sein Handy hervorholt und Bram und die anderen anfunkt.

Wir haben schon jeder einen Rotweinbecher in den Händen und kämpfen uns aus der wachsenden Menge weindurstiger Musikfans, als wir Linden mit Nicola und Bram entdecken. Ava hockt oben auf Brams Schultern und blickt sich ehrfürchtig um.

Ich will nicht, dass meine ersten Worte »Wo ist Lachlan?« sind, doch genau die kommen mir über die Lippen.

Nicola zeigt zum Haupttor. »Hier ist Rauchverbot, und er wollte seine Zigarre noch aufrauchen.«

Zigarre, hm? Ich bin noch nie mit einem Mann zusammen gewesen, der Zigarre raucht. Nicht dass ich jemals mit Lachlan zusammen sein würde, aber ich muss zugeben, dass mir Lindens Worte immer noch durch den Kopf geistern. Soll ich ihn wirklich anmachen? Aber was kann ich schon sagen außer: »Hey, also ich finde dich richtig heiß. Willst du vögeln?« Das würde es einfach nicht bringen. Es ist nicht genug.

»Ich habe Hunger«, beklagt sich Ava, während ich meinen Wein trinke und nachdenke.

Bram klopft auf ihr Beine an seinen Schultern. »Du hast eben erst gegessen, kleiner Knirps. Wo lässt du das alles?«

»Ich will Tacos«, sagt sie und zeigt auf zwei tanzende Hippies, die Biere und Tacos in den Händen halten.

Mir entgeht nicht, dass Nicola hart zu bleiben versucht,

doch sie knickt ein, weil sie auch Tacos will. Ich meine, Tacos. Wer will die nicht? Während sich alle auf den Weg zu einem der fünfzig Millionen Taco-Stände entlang des Zauns machen, knufft Steph mich leicht und nickt zum Tor.

Ich drehe mich um und sehe Lachlan auf uns zugeschlendert kommen. Sogar seine Art zu gehen ist ganz klar und hundertprozentig Mann.

Er trägt Wanderstiefel, grüne Cargohose und ein graues, langärmliges Henley-Shirt, das sich an jeden seiner Muskeln schmiegt. Seit einer Woche habe ich ihn nicht gesehen, und sein Bart ist dichter geworden.

Ja. Wie auch immer mein Angriffsplan ausgesehen haben mag, er ist verpufft. Ich kann von Glück reden, wenn ich ihm gegenüber mehr als Blödsinn über die Lippen bekomme.

»Hi«, sagt er, als er näher ist. Er spricht uns beide an, allerdings wird die steile Falte zwischen seinen Brauen tiefer, als er mich ansieht.

»Hi«, erwidert Steph. »Schön, dass du gekommen bist. Wenn ihr mich jetzt entschuldigt, ich muss aufpassen, dass Linden mir extra Guacamole bestellt.« Sie läuft zu den Taco-Ständen, sodass wir beide allein zurückbleiben. Nicht schlecht, Steph.

Doch Lachlan scheint es nicht zu bemerken. Er starrt mich aufmerksam an, die Hände in den Taschen vergraben.

»Ich habe den Artikel gesehen«, sagt er.

Für einen Moment beiße ich mir auf die Lippe und nicke. »Ja. Hat er dir gefallen?«

Die Frage scheint ihn zu verwirren. »Natürlich hat er«, sagt er mit seinem starken Akzent. »Aber warum stand da, dass er von jemand anderem geschrieben wurde?«

Ich seufze und hebe übertrieben die Schultern. »Weiß ich

nicht. Mein Chefredakteur fand es besser, wenn er unter dem Namen eines bekannten Journalisten erscheint.«

»Und das wäre dieser Neil?« Seine Stimme klingt so rau, als wollte er losziehen, Neil suchen und ihm die Lichter ausknipsen.

»Ich arbeite mit ihm zusammen«, erkläre ich, wobei ich mich bemühe, vollkommen ungerührt zu wirken. »Er hat redigiert. Und ich schätze, mein Name unter der Überschrift hätte die Glaubwürdigkeit gemindert oder so. Ich weiß nicht. Aber falls ja, ist es so besser. Ich will eurer Sache ja nicht schaden.«

Er stößt einen zustimmenden Laut aus, nickt kurz, doch seine Miene entspannt sich nicht, und auch seine Haltung ist immer noch verkrampft. »Ich hätte es ehrlich besser gefunden. Ich habe das Interview nicht mit irgendeinem Arsch namens Neil gemacht.« Er senkt die Stimme. »Ich habe mit dir geredet, und du hättest auch die Anerkennung verdient.«

Mein Herz flattert. Ich weiß nicht, ob es daran liegt, dass er wütend wird, weil ich nicht als Autorin genannt wurde, oder weil seine Augen nicht sofort wieder von meinem Gesicht weichen.

»Ja, klar«, sage ich langsam. »Aber dagegen kann ich nicht viel machen.«

»Ich könnte mit dem Herausgeber reden. Er klingt wie eine echte Hackfresse. Ich könnte ihn zur Besinnung bringen.«

Zur Besinnung bringen? Seine Züge sind verhärtet, unberechenbar. Wider besseres Wissen strecke ich eine Hand aus und berühre seinen Arm. Nur ganz kurz sind meine Fingerspitzen an seinem Handgelenk. »Ist schon gut. Ich hätte damit rechnen müssen. Schließlich bin ich aus der Werbeabteilung. Das ist mein Job. Und wird es auch bleiben.«

Er kommt einen Schritt näher, sodass sein Gesicht ganz nah an meinem ist, und für einen Moment blinzelt er. »Aber ich sehe, dass das für dich nicht okay ist. Stimmt's?«

Wir starren einander an, und ich habe keine Ahnung, was los ist, aber ich glaube nicht, dass ich mich im Leben schon mal so gefühlt habe.

Ich blinzle, und er weicht zurück. »Der Artikel ist, was er ist, und das, weil du ihn dazu gemacht hast.« Endlich sieht er weg.

Ich lächle spöttisch. »Du hörst dich an wie meine Mom.«

»Dann ist deine Mutter sehr weise«, sagt er deutlich ruhiger. Seine Augen leuchten. »Möchtest du einen Taco?«

Ich strahle ihn an. »Ja, gern.«

Wir gehen zu den anderen, die noch anstehen, und Steph zieht mich kurz zur Seite.

»Worüber habt ihr geredet?«, flüstert sie aufgeregt.

»Nur den Artikel«, sage ich und beobachtete Lachlan. »Warum?«

Sie zupft an meinem Ärmel und grinst mich an. »Weil er total dicht war. Ich dachte, er will dich küssen.«

Ich sehe sie streng an. »Noch mal, wie alt sind wir?«

»Na gut«, sagt sie, lehnt sich zurück und verschränkt die Arme, wozu sie ihr »Wag es ja nicht«-Gesicht zieht. »Wie kommt es, dass Carrie und Samantha bei *Sex and the City* über Männer kichern konnten und wir nicht? Wir sind im selben Alter, haben dieselben Probleme.«

Nachdem Lachlan mir einen Taco gekauft hat und ich vornehm auf jedwede Scherze über pinke oder Fisch-Tacos verzichtet habe, machen wir uns auf den Weg zur Hauptbühne, wo der VIP-Bereich ist.

In diesen weißen Zelten ist man in einer völlig anderen Welt. Nicht nur gibt es weiche Sitze und eine Schar von Kellnern, die servieren, was immer man trinken möchte (allerdings nicht umsonst, was irgendwie Abzocke ist), aber man schaut sich dauernd um und hofft, einen Star zu entdecken.

Natürlich sind die meisten Leute hier welche, die anlässlich des Festivals mit Geld um sich werfen oder die Pässe geschenkt bekommen haben, also besteht wenig Hoffnung, dass wir jemanden wie Sam Smith oder Elton John sehen. Wir nehmen uns mehr Drinks – Lachlan wählt eine Flasche Wasser – und gehen hinunter zur Tribüne unterhalb der Zelte, von wo man über die weite Fläche und die Hauptbühne sieht.

Ich sitze am Ende der Reihe neben Lachlan, was von mir aus kein Zufall war. Spielerisch trete ich ihn, und als er sich zu mir dreht, bin ich vorübergehend sprachlos, weil sein Gesicht so nah ist.

Ich lächle, bevor ich sprechen kann, und versuche, nicht seine Lippen zu fixieren. »Du hast gesagt, dass du Musik magst«, sage ich, wobei ich sehr auf meine Mundbewegungen achte. »Was für Musik?«

Er zieht die Augenbrauen hoch, und jetzt erkenne ich den Grund, warum sein Blick immer so intensiv wirkt. Seine Pupillen scheinen dauernd vergrößert, dunkel und riesig. Sie verleihen seinem Blick eine zusätzliche Intensität.

»Ach, alles Mögliche«, sagt er mit seiner Raspelstimme. Aus dieser Nähe kann ich sie bis in meine Knochen fühlen. »Ich mag Leute, die mit viel Seele spielen. Die Künstler, die Geschichten erzählen, selbst wenn es nicht ihre eigenen sind.« Er stockt, blickt zur Menge und streicht mit der Hand über seinen Bart. »Tom Waits zum Beispiel. Nick Cave. Sogar Jack White. Und auch viele der Klassiker, die alten Soulsänger mit diesen Stimmen, die dich direkt hier treffen.« Er klopft sich mit der Hand auf die Brust. »Was ist mit dir?«

»Ich bin so eine Art Nerd«, sage ich.

Er runzelt die Stirn. »Was meinst du?«

»Na ja, ich habe es nicht so sehr mit Rock, Pop oder so. Ich liebe einfach Klassik. Komponisten. Eigentlich alles mit Geigen und Klavier.«

»Das macht dich nicht zum Nerd«, sagt er kopfschüttelnd.

»Nicht? Tja, ich kann dir jedenfalls nicht sagen, was im Radio läuft«, gestehe ich. »Aber ich weiß, welche Musik Gefühle in mir auslöst.«

Er beugt sich näher zu mir, lehnt die Ellbogen auf die Knie, die Wasserflasche in den Händen. Sein Oberschenkel tippt gegen meinen. »Kennst du Ryuichi Sakamoto?«

»Ach, na hör mal, meine Mutter ist Japanerin! Natürlich weiß ich, wer das ist. Und selbst wenn sie es nicht wäre und nicht wieder und wieder den Soundtrack von *Der letzte Kaiser* gespielt hätte, als ich klein war, würde ich es immer noch wissen.«

Er nickt beeindruckt. »Ich habe ihn vor einigen Jahren in Edinburgh gesehen. Kleiner Konzertsaal, fantastischer Auftritt.«

»Lass die Angeberei«, scherze ich.

Er wirft mir ein Lächeln zu, und wir sehen wieder nach vorn.

Es ist dunkel, als Elton John auf die Bühne kommt und mit »Benny and the Jets« eröffnet. Die Menge dreht durch. Ich drehe durch. Es ist unmöglich, nicht jeden Song mitzusingen, und anscheinend singen auch um uns herum alle mit, umarmen sich – betrunken, glücklich und vereint durch Elton.

Wahrscheinlich ist es der Wein, der mich mutig macht, jedenfalls lehne ich mich bei »Your Song« an Lachlan und lege den Kopf an seine Schulter. Für einen Moment verspannt er sich, und ich höre, wie er nach Luft ringt. Ich bete, dass er sich nicht bewegt, mich nicht abschüttelt.

Dann atmet er aus und entspannt sich. Ich spüre, wie sein Bart mein Haar streift, als er den Kopf zu mir dreht, um mich anzusehen. Ich schließe die Augen und denke, dass ich hier einschlafen könnte – zu diesem Song, mit meinem Kopf an seiner Schulter.

Es fühlt sich mehr als richtig an. Mir kommt es vor wie die Antwort auf eine Frage, von der ich gar nicht wusste, dass ich sie gestellt hatte.

Er bewegt sich kaum merklich, legt seinen Arm um meine Taille und hält mich.

Mein Herz macht einen Hüpfer, und mein ganzer Körper prickelt. Noch nie hat mich eine solch simple Geste so hingerissen. Der Song soll ewig weitergehen, das Konzert nie enden.

Und aus irgendeinem Grund scheint die Zeit stillzustehen. Im Dunkeln mit den bunten Bühnenlichtern, dieser Melodie und diesem Mann dehnt sich die Zeit. Was für Sorgen und Nöte ich auch vorher gehabt haben mag, in diesem Moment sind sie fort.

Ich bin das Gegenteil von allein.

Wir bleiben auch bei »Daniel« so, obwohl ich bei dem Stück immer etwas weinerlich werde, weil ich an meine Brüder denken muss. Ich fühle, wie Lachlan mit dem Daumen meine Seite reibt, vor und zurück auf meinem Hemd. Es ist eine langsame, neckende Bewegung, die einiges von dem Feuer in mir mit sanftem Frieden bekannt macht.

Sieh ihn an, sage ich mir. *Küss ihn jetzt. Die Chance bekommst du vielleicht nie wieder.*

Aber ich habe zu große Angst, um etwas anderes zu tun,

als mich noch dichter an ihn zu schmiegen. Es ist komisch, dass ich fest entschlossen war, etwas zu tun, und jetzt, da ich das hier habe, stelle ich fest, dass es perfekt ist.

Der Song endet und »Someone Saved My Life Tonight« beginnt.

Etwas in der Atmosphäre verändert sich. Lachlan wird angespannt, als würde er gerade aufwachen. Ich höre, wie er tiefer atmet und angestrengt schluckt.

Abrupt zieht er seinen Arm weg und steht auf, sodass er hoch neben mir aufragt.

»Was ist?«, frage ich und rücke zurück, aus dem Weg, als er um mich herum und von der Tribüne geht. Leute stehen auf und heben ihre Taschen hoch, um ihm den Weg freizumachen, doch er sieht sie nicht mal an, wird langsamer.

Ich sehe mich zu Bram um. Er blickt Lachlan verwundert nach.

»Was war das denn?«, frage ich Bram.

Er schüttelt bloß den Kopf. »Weiß ich nicht. Manchmal kippt seine Stimmung.«

»Was du nicht sagst.« Ich recke den Hals und blicke ihm nach. »Ich sehe mal nach.« Ich stehe auf.

»Hey.« Bram greift nach meinem Arm und hält mich fest. »Lass ihn. Wenn er so drauf ist, beachte ich ihn einfach gar nicht.«

Tja, vielleicht sollte aber mal jemand was sagen, denke ich.

»Wird schon gut gehen«, sage ich.

Ich presche durch das VIP-Tor und in den Rest der Menge. Viele Leute verlassen das Festival bereits, und ich werde panisch, weil ich Lachlan nirgends entdecken kann.

Dann sehe ich ihn, nah dem Zaun, wo er mit dem Menschenstrom auf das Haupttor zusteuert. Ich drängle mich weiter, bis ich draußen auf der Hauptstraße bin und ihn die Straße entlanggehen sehe. Er eilt Richtung Meer, anders als die meisten anderen, und mir fällt ein, dass er diese Gegend gar nicht kennt.

»Lachlan!«, rufe ich und laufe ihm nach.

Er bleibt nicht stehen, geht immer weiter, die Schultern leicht angehoben.

»Lachlan«, wiederhole ich, als ich hinter ihm bin. »Hey.« Ich packe seinen Arm. Ruckartig bleibt er stehen und dreht sich zu mir um. Sein Blick ist von einer solch seltsamen Dunkelheit, dass ich ihn loslasse.

Er atmet tief durch die Nase ein, sagt aber nichts. Dieses Wilde in seinem Blick verrät genug.

»Was ist passiert?«, frage ich vorsichtig.

Er zieht die Schultern zurück, sodass seine Brust vorgestreckt ist, und antwortet kopfschüttelnd: »Nichts.«

Da ich mich mutig fühle, ergreife ich seine Hand und drücke sie. Er sieht nach unten, wo seine warme große Hand in meiner kleinen kalten ist – zieht sie jedoch nicht weg.

Er schluckt erneut. »Tut mir leid«, sagt er schließlich mit einer Stimme wie Sandpapier. »Ich ... habe solche Momente.«

»Haben wir die nicht alle?«, frage ich sanft.

Er neigt den Kopf und schürzt die Lippen. »Nicht so wie meine.«

Ich lächle verhalten. Ein bisschen komme ich mir vor wie eine Prinzessin, die eine Bestie beschwichtigen will und sich jede Bewegung sorgfältig überlegen muss. »Lass es drauf ankommen.«

Anscheinend überlegt er. Schließlich sagt er: »Es lag an dem Song.«

Ich blinzle ihn an. »Someone Saved My Life Tonight?«

Er kratzt sich am Bart und sieht weg. »Ja.«

Wieder drücke ich seine Hand und mache einen Schritt auf ihn zu, sodass ich seine Körperwärme spüre. »Hast du jemandem das Leben gerettet?«, frage ich leise.

Sein Blick wandert zu mir, und seine Augen leuchten wie grünes Glas. Er schüttelt den Kopf. »Nein«, antwortet er mit einem verbitterten Lächeln. »Habe ich nicht.«

Ich atme tief ein und bin nicht so dumm nachzuhaken.

In den Büschen hinter uns bewegt sich etwas, und Lachlan sieht sich um. Ich sehe ebenfalls hin, rechne mit einem Betrunkenen, der aus den Sträuchern getorkelt kommt. Doch sie erbeben nur, und plötzlich schnellen zwei Hunde heraus.

Beide sehen abgemagert und räudig aus. Der eine wirkt wie ein Pitbull, was mir ehrlich gesagt etwas Angst macht, der andere ist ein struppiger Mischling mit langem, verfilztem Fell. Sie blicken ängstlich zu uns und laufen die Straße hinunter in die Bäume. Der Pitbull hinkt.

Lachlan sieht wieder zu mir. »Ich muss los«, sagt er.

»Wohin?«

Er nickt in die Richtung, in die die Hunde gelaufen sind. »Dahin. Der eine Hund ist verletzt.« Er zieht seine Hand aus meiner und beginnt, die Straße entlangzujoggen.

Ich weiß nicht, was ich sagen soll. Mir ist klar, dass ich die Wahl habe – entweder zurück zur Gruppe zu gehen und den Rest des Konzerts sehen, auch wenn das wahrscheinlich schon vorbei ist, ehe ich wieder dort bin.

Oder ich eile Lachlan nach, der nicht nur irgendwas durchzumachen scheint, sondern auch noch zwei streunenden Hunden nachgelaufen ist.

Ich wähle die spannendere Variante.

Kapitel 9

Kayla

Ich renne hinter Lachlan her. Bei jedem Schritt schlagen meine Stiefel schwer auf den Asphalt. Zum Glück sieht Lachlan sich um und entdeckt mich. Er bleibt stehen.

»Ich komme mit dir«, sage ich.

»Echt?« Er betrachtet mich nachdenklich. »Ich laufe denen nach. Da durch.« Er zeigt zu hohen Eukalyptusbäumen und Pinien, die wie Speere in den von der Großstadt erleuchteten Nachthimmel aufragen.

»Dann los«, sage ich.

Immer noch beobachtet er mich und presst die Lippen zusammen. Schließlich zuckt er mit den Schultern, seine Augen blitzen auf. »In Ordnung.«

Er dreht sich um und joggt in den Wald des Golden Gate Parks. Ich bin ihm dicht auf den Fersen. Gleichzeitig hole ich mein Handy hervor, der Akku ist fast leer, und stelle die Taschenlampe ein, damit ich nicht der Länge nach hinfliege.

»Ich wusste gar nicht, dass du so ein Hundefreund bist«, sage ich, während ich über einen umgekippten Stamm springe. Andererseits weiß ich vieles nicht von ihm

»Damit habe ich nun mal zu tun«, erklärt er über die Schulter hinweg.

»Wie ein Hobby?«, frage ich und ducke mich unter einem Ast durch.

»Wie ein Job«, antwortet er.

Ich beschwöre meine Beine, größere Schritte zu machen und mitzuhalten. »Ich dachte, du spielst Rugby.«

»Man sollte immer mehr als eine Sache tun«, sagt er. Lachlan bleibt stehen und blickt sich in der Dunkelheit um. Das einzige Licht kommt vom fahlen Nachthimmel und von meiner Taschenlampe.

Er atmet laut aus und sieht mich an. »Ich leite eine Organisation in Edinburgh, die Hunde rettet, Pitbulls und andere Kampfhunderassen. Aber ich würde keinen Streuner abweisen, egal, welche Rasse oder Charakter.«

Das macht mich sprachlos. »Du leitest eine Wohltätigkeitsorganisation?«

»Ja.« Er nickt, wobei er sich weiter umsieht. »Inzwischen seit einigen Jahren. Seit ich die Mittel und das Geld dazu habe.«

Ich kann es nicht glauben. »Warum hast du das bei dem Interview nicht gesagt? Das passt doch hervorragend zu dem, was Bram tut.«

»Weil es um Bram ging. Das war für seine Initiative, nicht meine.« Plötzlich bedeutet er mir, still zu sein.

Ich halte den Atem an und werde stocksteif. Etwas entfernt ist ein Rascheln zu hören, aber ich wage nicht, meine Taschenlampe anzuheben. Zwei Augenpaare funkeln in der Finsternis.

»Da drüben«, flüstert er. »Sie werden nicht leicht zu fangen sein, weil sie Angst haben.«

Langsam bewegt er sich in ihre Richtung, und ich folge ihm zögernd.

»Sind die nicht gefährlich?«

»Wir sind die Gefährlichen«, erwidert er. »Bis wir ihnen das Gegenteil beweisen.«

»Und wie stellen wir das an?«

»Mit einem Riesenhaufen Geduld, Liebes«, antwortet er.

Ich grinse. »Habe ich dir schon mal gesagt, wie sehr ich es mag, wenn du mich so nennst?«, frage ich, weil ich nicht anders kann. »*Liebes*. Das ist so ... liebevoll.«

Er sieht mich verwundert an. »Habe ich dich schon mal so genannt?«

Ich nicke.

Lachlan runzelt die Stirn. »Interessant.«

Mehr sagt er nicht und bewegt sich weiter durch die Dunkelheit. Ich folge ihm, passe meine Bewegungen seinen an, obwohl ich mich frage, wie wir diese Hunde einfangen wollen. Sie werden bloß immer weiter weglaufen, es ist spätabends, und der Park ist total riesig. Falls wir sie nicht irgendwie in eine Ecke drängen können, laufen wir womöglich bis zum Morgengrauen herum.

Nicht dass ich mich beschwere. Obwohl der Park nachts ein bisschen unheimlich ist und Lachlan sagt, dass die Hunde wild sein könnten, fühle ich mich vollkommen sicher bei ihm.

»Warte hier«, sagt er zu mir. »Mach das Licht aus.«

Ich hebe mein Handy an, um es zu tun, da geht es von allein aus. Der Akku ist leer. »Ach, jetzt geht es sowieso nicht mehr an. Hast du dein Handy dabei?«

Er antwortet nicht. Ich blinzle mehrmals, um meine Augen an die Dunkelheit anzupassen. Dank der Luftverschmutzung dauert es nicht lange, und ich kann Lachlan sehen, der weiter nach vorn geht. Die Hundeaugen in der Ferne sind verblasst, und ich bin nicht mehr sicher, ob ich die oder etwas anderes sehe.

Lachlan bleibt stehen und schlurft ein wenig, sodass Laub unter seinen Füßen raschelt. Ich kann ihn nicht mehr sehen, höre allerdings eine Art Knistern, als würde er etwas aus seiner Tasche holen. Er beginnt zu murmeln, aber ich verstehe nicht, was er sagt.

Am liebsten würde ich nach ihm rufen, traue mich aber nicht. Anscheinend ist er so was wie ein Hundeflüsterer, und ich muss mich so still verhalten, wie ich kann. Also stehe ich eine gefühlte Stunde da, die vermutlich nur Minuten dauert, während er sein Ding macht.

Endlich höre ich ihn zurückkommen. Er bleibt wenige Schritte vor mir stehen.

»Jetzt warten wir«, flüstert er.

Ich will fragen, worauf, da nimmt er meine Hand und führt mich zu einem Eukalyptus in der Nähe.

Dort setzt er sich unten an den Stamm und zieht mich neben sich. Für einen Moment denke ich, dass er den Arm um mich legt, was er aber nicht tut.

»Und wir sitzen nur hier?«, frage ich. Meine Schulter ist an seine gedrückt. Es wird kühl, und mein Flanellhemd hält mich nicht besonders warm. Trotzdem beklage ich mich nicht. Er soll nicht denken, ich sei nicht tough.

»Ja«, sagt er leise. »Sie werden kommen. Irgendwann.«

»Was hast du gemacht?«

Er dreht mir den Kopf zu. »In Hundesprache mit ihnen geredet.«

Ich weiß nicht, ob ich lachen soll oder nicht. Meint er das ernst? Im Dunkeln lässt es sich nicht sagen – oder überhaupt. Und dass er dem nichts hinzufügt, hilft mir kein Stück weiter.

Zunächst schweigen wir beide. Das Konzert muss vorbei sein, denn zwar sieht man von hier noch schwach das Bühnenlicht, aber die Musik ist verstummt. Ich muss dringend Steph und Nicola schreiben, dass alles okay ist. Wahrscheinlich flippen sie schon aus.

»Darf ich mal dein Handy benutzen?«, flüstere ich.

»Das habe ich vergessen«, sagt er.

»Mist. Meins ist tot, und die anderen sorgen sich eventuell um mich.«

»Bist du einfach weggegangen?«

»Ja. Na ja, Bram wusste, dass ich dir nachgehen wollte. Er hat gesagt, dass ich mir das sparen soll.«

Eine Pause. »Verstehe.«

»Offensichtlich habe ich nicht auf ihn gehört.«

Sein Gesicht nähert sich meinem, und ich kann seinen Blick auf meinem fühlen. »Und warum nicht?«, murmelt er.

»Weiß ich nicht. Ich bin eben dickköpfig.« Ich verschränke die Hände im Schoß. »Und ich höre ungern auf Bram.«

»Geht mir genauso«, sagt Lachlan unbekümmert. »Womit wir schon zwei wären.«

»Und ich habe mich um dich gesorgt.«

»Um mich?«, wiederholt er. »Warum das denn?«

Mit einem Achselzucken überspiele ich die Sekunde, in der ich überlege, wie viel ich verraten darf. »Weiß ich nicht. Ich … ich wollte einfach nur nachsehen, ob alles okay ist.«

»Tja«, sagt er nach kurzem Zögern. »Es ist alles okay.«

»Wirklich?«, frage ich.

»Ja, im Moment ist alles okay. Ich werde mich besser fühlen, wenn ich diese Hunde habe. Und morgen, wer weiß? Ich gehe es einen Tag nach dem anderen an. Mehr kann man nicht tun.«

Was ist mit dir geschehen, möchte ich fragen. *Was hat dich so werden lassen?*

Kann ich das richten?

»Ist mit dir alles okay?«, fragt er.

»Mit mir? Klar.«

»Wegen des Artikels und so?«

Ich lehne mich an den Baumstamm und widerstehe dem Drang, mir die Arme zu rubbeln, um warm zu bleiben. Doch auch ohne dass ich etwas sage, legt Lachlan den Arm um mich.

»Ist dir kalt?«, fragt er leise. Sein Atem weht süß über meine Wange, und seine Umarmung ist fest.

»Ja«, gestehe ich, gleichfalls leise, um den Zauber nicht zu brechen. »Und, nein, für mich ist das mit dem Artikel nicht okay. Ganz und gar nicht.«

Und schon verfalle ich in ein langes, wortreiches Geständnis meiner zerstörten Hoffnungen und Träume, packe all die unschönen Dinge aus, ohne im Geringsten zu fürchten, dass über mich geurteilt oder ich angezweifelt würde. Es ist erfrischend.

Als ich fertig bin, sagt Lachlan nichts. Er hält mich immer noch fest. Ich drehe mich ein wenig zu ihm, inhaliere seinen pfeffrig-holzigen Duft, lege behutsam eine Hand auf seinen Bauch und gleite damit bis in seine Taille, sodass ich ihn festhalte. Seine Bauchmuskeln sind hart und straff. Vor Verlangen beiße ich mir auf die Unterlippe.

»Und warum suchst du dir keinen anderen Job?«, fragt er vorsichtig. »Bemühst dich um das, was du wirklich willst? Es ist zwecklos, seine Tage mit etwas zu vergeuden, das einen nicht begeistert. Man hat nur das eine Leben.«

»Stimmt.«

»Und warum tust du es nicht?«, fragt er wieder.

»Du bist hartnäckig«, sage ich und greife in den weichen Stoff seines Shirts.

»Es ist nur fair. Du durftest mir schon so viele Fragen stellen. Jetzt bin ich dran. Ich möchte mehr über dich wissen.« Die letzten Worte betont er, als wäre es ihm unglaublich wichtig.

Mein Herz benimmt sich eigenartig, schlägt auf einmal warm und prickelnd. »Okay«, sage ich langsam. »Nun, die Wahrheit ist, dass ich Angst habe. Ich habe Angst, dass ich etwas Verlässliches und Normales aufgebe und es gegen etwas eintausche, bei dem ich versagen könnte. Verstehst du, was ich meine?«

Er nickt. »Ja, das verstehe ich. Aber wenn du es nicht versuchst ... Kannst du dir den Rest deines Lebens ohne diese ... Leidenschaft vorstellen? Ohne diese Zugkraft? Nie das Gefühl zu haben, dass das, was du bist und was du zu bieten hast, so genutzt wird, wie es sollte? Du hast Talent, daran besteht kein Zweifel. Und wenn du daran glaubst und es nie mit der Welt teilen kannst ... das wäre eine verdammte Schande.«

Er hat dieses unheimliche Talent, klar zu erkennen, was ich denke und empfinde. Als würde ich selbst nicht dauernd darüber nachdenken, wie sehr ich es bereuen werde, wenn ich so weitermache wie bisher.

»So einfach ist das nicht«, sage ich und klammere mich fester in sein Shirt.

»Ist es jemals einfach?«

»Nein. Es ist nur ... ich will nicht, dass sich meine Mutter um mich sorgt.«

»Deine Mutter?«

Ich nicke und hole tief Luft, um meine Kräfte zu sammeln. »Ja. Sie ist in den Siebzigern, und es geht ihr nicht gut. Schon nicht mehr, seit mein Vater gestorben ist. Das war vor sieben

Jahren. Anscheinend bin ich die Einzige in der Familie, die sich Sorgen um sie macht. Die sich um sie kümmert. Meine Brüder sind alle älter und haben ihr eigenes Leben – die meisten ihre eigenen Familien. Ich tue es, weil ich meine Mom mehr als alles auf der Welt liebe – und weil sie sich um uns gekümmert hat. Ich tue es, weil sie so viel mehr verdient, als eine Witwe zu sein, die allein in unserem Elternhaus hockt.« Ich unterbreche mich, weil mir einfällt, dass ich atmen sollte. »Sie ist glücklich mit dem, wie es im Moment ist, mit meinem guten, verlässlichen Job. Und ich möchte so verlässlich für sie sein, wie ich kann. Ich weiß nicht, wie viel Zeit ihr noch bleibt, und der Gedanke, sie zu verlieren … macht es schlimmer. Das bringt mich um.«

Eine Weile lang sagt Lachlan nichts. Aus der Ferne ist trunkenes Lachen zu hören und verstummt wieder. Die Nacht ist still.

»Das ist lobenswert«, sagt er schließlich. »Du bist eine gute Tochter, Kayla, und das weiß sie. Aber sicher will deine Mutter das Beste für dich. Was *dich* glücklich macht.«

Mir brennt eine Frage auf der Zunge, und ich muss mich anstrengen, sie zurückzuhalten.

Doch er scheint es zu spüren, denn er sieht zu mir hinunter. »Was?«

»Nichts«, antworte ich.

»Du kannst ruhig fragen.«

Ich schlucke. »Hast du deine Mutter gekannt?«, frage ich leise, halte den Atem an und rechne damit, dass er in die Luft geht.

Lachlan blickt mir in die Augen und ich in seine, die im schwachen Licht kaum zu erkennen sind. Er benetzt seine Lippen und nickt. »Meine Mutter gab mich weg, als ich fünf war. Sie war alles, was ich hatte. Ich rede mir gern ein, dass sie das Beste für mich wollte. Und ich glaube nicht, dass ihr klar war, was er mir antat. Was aus mir werden würde.«

Was aus mir werden würde.

Die Worte hallen durch meinen Kopf, scharf und mächtig in dieser dunklen Abgeschiedenheit.

Wer war er geworden?

Nichts möchte ich dringender, als das herauszufinden.

Ich blicke zu ihm auf, sehne mich nach so viel mehr, als er mir gibt. Er sieht weg, runzelt die Stirn fast wie unter Schmerzen und lässt den Kopf hängen.

»Übrigens habe ich noch nie jemandem so viel von dem erzählt, was damals war«, sagt er grimmig, und seine tiefe Stimme lässt die Haut auf meinen Armen kribbeln.

Ich drücke meine Finger in seine Haut, koste das Gefühl aus. »Danke, dass du es mir erzählst. Ich werde es keiner Seele weitersagen.«

Langsam dreht er den Kopf zu mir. Seine Augen sind wie tiefe Seen, die mich zu sich ziehen. Sie laden mich ein, in ihnen zu ertrinken, bedeuten mir, dass ich es sogar genießen könnte.

Ich bin so was von geliefert.

War es vom ersten Tag an.

»Das weiß ich«, murmelt er. »Du bist nicht wie die anderen. Ich glaube, du bist überhaupt anders als jeder, den ich bisher kenne.«

Ich bin verwundert. »Soll das heißen, dass du zu Hause keine schlampige, unreife, laute Freundin hast?«

Es ist ein Scherz, doch er grinst nicht.

Stattdessen hebt er mein Kinn mit einer Hand an. »So bist du nicht. Jedenfalls sehe ich dich nicht so.«

Ich will widersprechen und ihm sagen, dass mich genauso jeder sonst sieht.

Doch ausnahmsweise halte ich die Klappe.

Lachlan streicht mit dem Daumen über meine Unterlippe.

»Ich werde dich jetzt küssen«, sagt er.

»Bitte sag mir, dass das kein Witz ist«, flüstere ich.

Seine Finger umfangen mein Kinn fester, und er senkt seine atemberaubenden Lippen auf meine. Dabei runzelt er immer noch die Stirn, als könne er es selbst nicht recht glauben.

»Ich habe es noch nie ernster gemeint«, sagt er.

Und ich weiß, dass es aus dem Mund eines Mannes wie ihm eine Menge heißt.

Ich schließe die Augen, und da ist diese köstliche, schmerzliche Sekunde, bevor seine Lippen auf meine treffen. Sie sind unerträglich weich, und ich lasse mich in sie hineinfallen.

Der Kuss ist süß, langsam, sanft. Er ist, als würde man sich auf Satinlaken rekeln und die Sonne auf die Haut scheinen lassen. Er ist beruhigend, nur beruhigt er mich kein bisschen. Er bewirkt, dass ich meinen Mund öffne, weil ich auf einmal unersättlich bin, gierig, verzweifelt nach allem verlange, was er mir geben kann.

Lachlan reagiert ähnlich. Er stöhnt in meinen Mund hinein, was einen Feuerschwall meinen Rücken hinunterjagt und sämtliche Nerven entfacht. Seine Lippen sind feucht und fordernd, umhüllen meine mit einer sanften Wildheit und einem Verlangen, das ich schmecken kann.

Er vergräbt die Hände in meinem Haar, hält mich und dreht seinen Körper dichter zu mir. Ich packe ihn fester, ziehe ihn zu mir und lasse meine Hände über seine Rippen wandern, fühle die angespannten Muskeln. Ich gleite mit den Fingern unter sein Shirt, streichle seine glatte, warme Haut.

Seine Zungenspitze berührt meine, und ich bin verloren. Welchen Schutzwall ich auch um mein schwarzes, verbittertes Herz errichtet haben mochte, wird mit jedem leidenschaftlichen Kuss, jeder tiefen, langsamen Anziehung seines Mundes weggebrochen.

Ich habe das Gefühl, zum ersten Mal geküsst zu werden. Dieser Kuss löscht jeden Mann aus, der je meinen Weg gekreuzt hat. Es ist der beste Kuss aller Zeiten.

Und es scheint unfair, dass die besten Lippen, die jemals meine streiften, in einer Woche verschwinden.

Für einen winzigen Moment weicht er zurück, ehe er seine Lippen von meinem offenen Mund zu meinem Kinn wandern lässt, knabbert, saugt, schmeckt. Sein rauer Bart kitzelt mich, befeuert mein Verlangen. Er hält meinen Kopf fester, sodass ich mich nicht rühren kann, und sein Mund ist heiß auf meinem Hals, als er ausatmet.

Ich stöhne, kann nicht anders, will, dass er mich verschlingt. Da ist so viel Hitze, so viel aufgestaute Anspannung zwischen uns, dass ich nicht weiß, ob ich mich je von ihm lösen kann. Ich will ihn so dringend, und jetzt, da seine Lippen meinen Hals küssen und er mich so festhält, da ich seine Lust spüre, bin ich unsicher, ob ich jemals aufhören kann.

Ein Rascheln im Gebüsch neben uns holt mich zurück in eine verschwommene Realität.

Lachlan weicht erneut zurück, atmet schwer, hält mein Gesicht mit seinen Händen umfangen, und seine Augen blicken suchend in meine. Langsam dreht er den Kopf und sieht zur Seite. Ich ringe nach Luft. Meine Lippen pochen noch von seinem Kuss, während ich seinem Blick folge.

Aus dem Gebüsch starren uns Augen an. Ich erstarre, doch Lachlan flüstert heiser: »Schh, schhh, ist okay.« Behutsam hockt er sich hin, und ich rücke zur Seite, um ihm Platz zu machen. Er dreht sich zu den Augen zwischen den Sträuchern – von denen ich hoffe, dass sie den Hunden gehören – und holt etwas aus seiner Tasche.

»Hat euch das geschmeckt?«, fragt er leise. »Hier.«

Er wirft etwas in die Büsche.

Die Augen kommen näher; das feuchte Schnappen von Mäulern ist zu hören, die was auch immer fressen.

»Hast du immer Hundefutter bei dir?«, flüstere ich, doch Lachlan antwortet nicht.

Er lockt die Hunde, wirft ihnen mehr zu und bewegt sich dabei kaum merklich in ihre Richtung, wobei er sich so niedrig wie möglich hält.

Blinzelnd bemühe ich mich, ihn im Dunkeln zu beobachten. Ein bisschen sorge ich mich, dass die Hunde ihn angreifen könnten.

»Ganz ruhig«, sagt er und nimmt seinen Gürtel ab. »Ruhig.«

Will er seinen Gürtel als Leine benutzen? Was für ein Hunde-Superheld ist dieser Mann?

Es folgen einige scharrende Geräusche, dann noch mehr beruhigende Worte von Lachlan, bis er sich schließlich langsam aufrichtet.

»Okay«, sagt er zu mir. »Ich habe einen von ihnen.«

Ich stehe auf, klopfe mir den Schmutz vom Hintern und sehe ihn an. Neben ihm ist der Schatten eines Hundes mit Lachlans Gürtel um seinen Hals. Obwohl der Hund angespannt ist und leicht an der improvisierten Leine zieht, erstaunt mich, dass er sich nicht mehr sträubt, nicht wegzulaufen versucht.

»Wie hast du das gemacht?«, frage ich voller Ehrfurcht.

»Ich habe meinen Gürtel genommen. Der ist mir sowieso etwas zu weit.«

»Nein, ich meine das alles. Wie hast du sie hergelockt?«

Er tippt an die Tasche seiner Cargohose, und prompt sieht der Hund hin. Jetzt bemerke ich, dass der andere Streuner zögerlich näher kommt, angelockt von dem Geräusch.

Lachlan greift in die Tasche und zieht etwas heraus, das wie Beef Jerky aussieht. »Ich habe immer irgendwas zu futtern dabei, für alle Fälle.«

»Egal, wohin du gehst? Nur falls du einen streunenden Hund triffst?«

»Ja«, antwortet er gelassen, als wäre das vollkommen normal.

Ich zeige auf den anderen Hund. »Was ist mit dem?«

Er sieht den zotteligen Mischling an, der nun neben dem angeleinten Pitbull steht, und gibt beiden mehr Jerky. Sie nehmen die Happen gierig und misstrauisch zugleich. »Der wird dem Alpha folgen.«

»Bist du nicht der Alpha?«, frage ich.

»Werde ich sein, wenn die Nacht vorbei ist.«

O Gott, bei mir dürfte er jederzeit der Alpha sein! Sogar mit den Hunden hier fällt es mir schwer zu vergessen, dass nur Momente zuvor meine Lippen mit seinen vereint waren und ich mich in allem verloren habe, was er mir gab. Ich brauche mehr. Jener Kuss darf nicht alles gewesen sein.

Doch jetzt ist er abgelenkt. Eine kalte, feuchte Brise, benetzt mit Dunst, streicht über mich hinweg, und ich verschränkte die Arme vor der Brust. »Der Nebel kommt.«

»Wir machen uns auf den Weg«, sagt er.

»Wohin? Zum Tierheim?«

»Ganz sicher nicht«, erwidert er scharf. »Die würden diese Hunde in wenigen Tagen einschläfern.«

Offensichtlich muss ich noch eine Menge lernen. »Im Ernst? Warum?«

»Weil sie dort schon viel zu viele Hunde haben, wie die meisten städtischen Tierheime. Es ist kein Platz mehr, und diese zwei sind zu scheu. Noch dazu ist er ein Pit, die werden nicht adoptiert, erst recht nicht vermittelt, sondern getötet.«

Ich schlucke. »Das ist furchtbar. Entschuldige, ich hatte keine Ahnung.«

»Haben die wenigsten«, sagt er und sieht die Hunde an. »Also nehme ich sie mit nach Hause.«

»Nach Hause? Nach Schottland?«

»Erst mal in meine Wohnung hier. Ich kann die Woche versuchen, ein neues Zuhause für sie zu finden. Falls nicht, fliegen sie mit mir zurück.«

O Mann. Mich haut um, was für ein großes Herz der Mann hat.

»Wer bist du?«, flüstere ich unwillkürlich.

»Nur ein Mann«, antwortet er. »Komm.«

Er dreht sich um und geht in die Dunkelheit. Der Pitbull zurrt ein bisschen an dem Gürtel, humpelt aber widerwillig mit. Und der Zottelhund ist direkt hinter ihm.

»Wird er wieder?«, frage ich.

Lachlan betrachtet den Hund. »Die Verletzung scheint nicht so schlimm zu sein. Ich bringe ihn morgen zum Tierarzt.«

Ich gehe an Lachlans anderer Seite, achte darauf, nicht die Schwingungen zwischen ihm und den Hunden zu stören. Sie scheinen ihn zu mögen. Was ich ihnen nicht verdenken kann.

Er spricht weiter leise mit den Hunden, und mein Verstand spielt verrückt. Es ist schwierig zu sagen, wie spät es sein mag oder in welche Richtung wir eigentlich gehen. Ich frage mich, wie zur Hölle Lachlan nach Hause kommen will – von mir selbst ganz zu schweigen. Und ich bin unsicher, ob ich das Knutschen gerade ansprechen sollte, nur für den Fall, dass er es schon vergessen hat. Denn ich habe es nicht.

Endlich sehen wir die Bäume ausdünnen und hinter ihnen aufragende Gebäude und Lichter. Die Straße, Lincoln Way, führt am Rand des Parks vorbei, und noch sind eine Handvoll Konzertbesucher unterwegs.

»Hier scheint es recht belebt zu sein«, sagt Lachlan, als wir wenige Meter von der Straße entfernt stehen bleiben. »Du kannst dir ein Taxi ranwinken. Brauchst du Geld?«

Ich sehe ihn verständnislos an. »Nein. Wo willst du hin?«

Er nickt die Straße hinunter, die am Ende im Stadtzentrum verschwindet. »Taxis nehmen keine Hunde mit.«

»Ein Uber vielleicht.«

Er zieht eine Braue hoch. »Braucht man für diese Uber-Sache nicht ein Handy?«

»Dann willst du zu Fuß gehen?«, frage ich ungläubig. »Das ist meilenweit von hier, quer durch die ganze Stadt. Da brauchst du Stunden!«

Er zuckt mit den Schultern. »Ist okay. So habe ich Zeit, die Hunde besser kennenzulernen. Sollte das Bein des Pits schlimmer werden, trage ich ihn. Wenn er mich lässt.«

Mir ist bewusst, dass ich ihn anstarre, als wäre er nicht ganz dicht. »Es ist nicht sicher, so spät durch die Straßen zu wandern.«

Er reibt sich den Bart und lächelt mir verhalten zu. »Hör mal, Liebes, ich komme klar.« Dann sieht er wieder zu den Hunden. »Außerdem habe ich einen Pitbull bei mir. Sicher werden alle einen großen Bogen um uns machen.«

»Ich komme mit«, sage ich.

Er schüttelt den Kopf. »Du hast eben selbst gesagt, dass es ein langer Marsch ist.«

Ich verschränke die Arme und versuche, eine kampfbereite Haltung einzunehmen. »Stimmt, aber so leicht wirst du mich nicht los.«

In der Ferne heulen Sirenen. Lachlan sieht zur Seite und beißt sich auf die Unterlippe, an der ich so gern wieder knabbern würde. Schließlich sieht er zurück zu mir, und seine Augen wirken amüsiert und freundlich. »Na gut. Wenn du unbedingt willst.«

»Will ich.«

»Du bist wirklich eine Marke.« Er tritt einen Schritt näher zu mir. »Stur wie sonst was.«

Ich grinse, und das noch breiter, als er meine Hand ergreift und sie drückt.

»Wollen wir?«, fragt er.

Ich erwidere den Händedruck, sodass meine Handfläche an seiner ist, Haut an Haut, und ein elektrisches Kribbeln meinen Arm hinaufsurrt. Ich weiß nicht, wann ausgerechnet ich angefangen habe, Küssen und Händchenhalten für sagenhaft erotisch zu halten, aber das tue ich. Alles seinetwegen.

Hand in Hand machen wir uns auf den Weg quer durch die Stadt.

Ich rede die ganze Zeit. Über meine Mutter. Über meine Brüder. Über meinen Job. Aufmerksam lauscht er jedem Wort. Es ist ein fantastisches Gefühl, tatsächlich angehört zu werden. Und vor allem scheint er mich zu *verstehen*.

Die Hunde bleiben treu an unserer Seite, und Lachlan füttert sie aus einer neuen Tüte Beef Jerky, die ich in einem durchgehend geöffneten Supermarkt gekauft habe. Sie scheinen sich wohler zu fühlen, und Lachlan erzählt mir, dass sie beide schon mal ein Zuhause gehabt haben müssen, was es leichter machen wird, wieder eines für sie zu finden.

Als wir sein Gebäude erreichen, brennen meine Füße, und im Osten scheint der Himmel heller zu werden. Ich hoffe allerdings, dass mich meine Augen trügen, denn morgens muss ich immer noch zur Arbeit.

Ja, ich hoffe, der Tag bricht überhaupt nie an.

Diese Nacht soll nicht enden.

Es ist ein kleiner Kampf, den Zottelhund nach drinnen zu bekommen, zumal wir bemüht sind, keine Aufmerksamkeit auf uns zu lenken – Lachlan weiß nicht, ob hier Haustiere erlaubt sind. Schließlich zieht er sein Henley-Shirt aus und wickelt einen langen Ärmel um den Hals des Hundes, sodass wir ihn nach drinnen ziehen können.

Irgendwann gelangen wir in den Fahrstuhl, in dem die Hunde ausflippen, und in seine Wohnung. Er macht ihnen sofort eine Schale Wasser bereit, während sie herumlaufen und alles beschnüffeln.

»Kann ich irgendwie helfen?«, frage ich.

Er schüttelt den Kopf und nimmt etwas Hackfleisch aus dem Kühlschrank. »Zum Glück esse ich eine Menge Proteine«, sagt er, verteilt das Fleisch auf zwei Schalen und stellt sie auf den Boden. »Das sollte gehen.«

Die Hunde schnuppern misstrauisch, ehe sie sich auf die Brocken stürzen und sie rasch verschlingen.

Ich beobachte Lachlan, während er die beiden ansieht. Er hat die Arme vor der Brust verschränkt, und ein ruhiges Lächeln umspielt seine Lippen. Seine Augen leuchten, und in den Augenwinkeln bilden sich winzige Falten. Die Hunde sieht er vollkommen anders an als jeden sonst, mich eingeschlossen. In diesem Blick ist wahre Liebe.

Und ich würde für so einen Blick sterben. Ich muss mich nicht mal daran erinnern, dass er nächste Woche abreist.

Als hätte er gespürt, dass es hier endet, blickt Lachlan zu mir. »Ich sollte dir ein Taxi rufen.«

»Ah, okay.« Ich schaue mich nach einer Uhr um und entdecke eine an der Wand. Es ist fünf Minuten nach vier. »Ach du Scheiße. Ich muss in *drei* Stunden aufstehen und zur Arbeit.«

Er setzt eine bedauernde Miene auf und zieht sein Handy aus der Ladestation an der Wand. »Die Zeit vergeht wie im Flug, wenn man durch San Francisco spaziert.«

Er ruft an und sagt, das Taxi sei unterwegs.

Ich zeige zu den Hunden, die in der Küche herumschnüffeln. »Kommst du klar mit den beiden?«

»Ja, alles prima. Komm, ich bringe dich nach unten.«

Er öffnet mir die Tür, und wir gehen den Korridor hinunter. In dem Fahrstuhl ist es komisch ohne die Hunde. Wir reden nicht, und ich bin nicht sicher, was wir sagen sollten.

Als wir draußen vor dem Gebäude sind, halte ich nach dem Taxi Ausschau. Ich würde ihn gern ansehen, ihn in mich aufsaugen wie ein Glas kühles Wasser. Nur bin ich so müde und aufgekratzt, dass ich fürchte, ich könnte etwas Blödes tun.

»Danke«, sagt er zu mir, und endlich sehe ich ihn an.

»Wofür?«

»Dass du da warst heute Nacht. Es war schön, das nicht allein tun zu müssen.« Er stockt und benetzt seine Lippen. »Manchmal … kann einen Einsamkeit blind machen.«

Gott, wem sagt er das! Ich empfinde diese Worte tief in mir. Meine Kehle wird eng, weil mich ein seltsames Gefühl beschleicht.

Er legt beide Hände seitlich an meinen Kopf und streicht mit seinen rauen Fingern über meine Wangenknochen. Seine Brauen ziehen sich leicht zusammen, und er öffnet den Mund, als wollte er etwas sagen. Ich halte die Luft an, warte und sehne mich.

Das Taxi fährt vor und hupt, sodass ich heftig zusammenzucke. Lachlan nimmt seine Hände herunter.

Ich bedenke den Taxifahrer mit einem vernichtenden Blick und stöhne frustriert.

Dann sehe ich wieder Lachlan an und wünsche, ich könnte diese Sekunden zurückbekommen.

»Na dann ...«, sage ich hilflos.

»Na dann«, sagt er. »Wir sollten die Woche mal einen Kaffee trinken gehen. Das heißt, wenn du willst.«

»Kaffee wäre super«, antworte ich.

Er beugt sich vor und küsst mich sanft auf die Lippen. »Bis bald, Liebes.«

Mist. Ohnmacht.

Nachdem mich das Taxi endlich zu Hause abgesetzt hat, torkle ich zu meinem Bett und falle hinein. Im letzten Moment denke ich daran, den Wecker zu stellen. Morgen werde ich mich total beschissen fühlen. Und ich bin nicht mal flachgelegt worden. Aber das war es wert.

Ich weiß, dass ich mit einem Lächeln im Gesicht einschlafe, denn als der Wecker wenige Stunden später schrill und gnadenlos im Morgengrauen klingelt, lächle ich immer noch.

Kapitel 10

Lachlan

In meinem Traum bin ich wieder fünf Jahre alt. Ich gehe die Princes Street in Edinburgh entlang, allein und nackt im rieselnden Schnee. Alles ist gleich und doch anders. Die Junkies, an denen ich auf der Straße vorbeikomme, sind meine Freunde. Ich sehe Eddie mit seinen fingerlosen Handschuhen, die Fingernägel dick und gelb vom Nikotin. Ich sehe Thomas mit seinen Armbändern von den Anonymen Alkoholikern, die er nie abnimmt, obwohl er zu besoffen ist, um aufrecht zu stehen. Ich sehe Jenny mit ihrer schuppigen Haut und dem verfilzten Haar, das sie mit einem geflochtenen Stirnband zurückhält.

Und sie sehen mich. Aber sie winken mir nicht zu, lächeln nicht. Sie schreien, als ich an ihnen vorbeikomme, bis es zu laut wird, bis ihre Schreie meinen Kopf umschlingen und zusammendrücken.

»Wo ist Charlie?«, brüllt Eddie, wobei ihm Speicheltropfen aus dem verrottenden Mund fliegen. »Wo ist er? Was hast du mit ihm gemacht?«

Ich antworte nicht, renne durch den Schnee, und dann bin ich wieder in der alten Wohnung.

Ich bin nicht mehr fünf.

Ich bin dreizehn. Groß, knochig, unterentwickelt. Gerade hat der Zorn angefangen, mich innerlich zu zerfressen, und die Welt ist Gift. Mr. Arnold hat mich im alten Schlafzimmer meiner Mutter in die Ecke gedrängt. Sie liegt im Bett und starrt an die Decke, als sei ich nicht da.

Sie hatte mich nicht gerettet, als ich fünf war. Und sie wird mich auch jetzt nicht retten.

Ich starre an die Wand, zu ängstlich, zu angeekelt, um meinen Pflegevater anzusehen, der mit gierigen Händen auf mich zukommt.

»Erzählt Pamela nichts«, sagt er zu mir. Seine Stimme trieft vor Lust. »Es ist unser Geheimnis.«

Seine Hände schließen sich um meine Kehle, doch ich drehe mich nicht um.

Ich weine.

Ich habe noch nicht gelernt zurückzuschlagen.

Als ich es lerne, wird er ins Krankenhaus gebracht.

Seine Frau Pamela sagt, ich sei die Saat des Bösen. Ich habe ihren Mann dazu gebracht, das mit mir zu tun.

Und ich werde wieder weggeschickt.

Jetzt bin ich im Hillside Orphanage.

Ich bin zwanzig Jahre alt.

Meine knochigen Arme sind von Kratzern bedeckt.

Ich kratze noch mehr.

Innerlich sterbe ich.

Meine Zähne sind weggeknirscht, fallen mir wie Zuckerklumpen aus dem Mund.

Vor mir, am Schreibtisch des Direktors, sitzt Charlie.

Er hat mir den Rücken zugekehrt.

Zuckt nicht.

Ist totenstill.

Charlie ist nie, niemals still.

»Charlie«, fauche ich ihn an. »Charlie, hast du was?«

Aber Charlie rührt sich nicht.

Ich trete auf ihn zu. Meine Glieder zucken unkontrollierbar.

Charlie hat, was ich brauche, damit es aufhört.

Das Lechzen.

Der Schmerz.

Die Leere.

Alles, was tief in meinen Knochen sitzt.

Ich lege meine gespenstisch weiße und von Blutergüssen gesprenkelte Hand auf seine Schulter und drehe ihn in seinem Stuhl um.

Er starrt mich mit toten, glasigen Augen an. Blut rinnt aus seiner Nase.

Es tropft auf den Stofflöwen, den er in der Hand hält.

Blitzartig bewegt er sich, stürzt auf mich zu. Leere Augen. Gebleckte, verfaulte Zähne.

»Du lässt mich nicht einfach hier«, sagt er. Er klingt wie ein Kind. »Das kannst du nicht machen, Lachlan.«

Im nächsten Moment liege ich in einem Hinterhof.

Charlie liegt zusammengekrümmt neben mir. Einer der Hunde beschnuppert sein Gesicht. Leckt ihn vorsichtig. Charlie regt sich nicht.

Charlie ist tot.

Ich schließe die Augen.

Und ich bin auch tot.

Als ich aufwache, bin ich schweißgebadet und habe die Hände ins Laken gekrallt. Mein Atem geht flach, und ich giere verzweifelt nach Luft, als könnte die den Schmutz in mir säubern.

Ich setze mich auf und versuche, mich zu fangen. So habe

ich seit Monaten nicht geträumt, und dass es wieder losgeht, verwirrt mich.

Ich hole tief Luft, schwinge die Beine aus dem Bett und verziehe das Gesicht, als meine Füße in etwas Nassem landen. Stöhnend blicke ich nach unten und sehe eine blassgelbe Pfütze. Ich frage mich, welcher von den beiden das war.

»Hallo«, rufe ich leise, gehe zur Tür und spähe ins Wohnzimmer. Ein Hundehaufen liegt auf dem Teppich, ein weiterer in der Küche.

Beide Hunde schlafen dicht aneinandergedrängt auf der Couch. Allein der Anblick macht es wett, dass ich selbst in der Scheiße lande, wenn ich sie weiter diese Wohnung zerstören lasse.

Ich setze eine Kanne Kaffee auf und kratze gedankenverloren meinen Arm – ein böses Überbleibsel aus dem Traum. Rasch ziehe ich die Hand weg und zwinge mein Gehirn, sich auf Besseres zu konzentrieren. Letzte Nacht habe ich diese Hunde gerettet. Für sie besteht Hoffnung, die ich ihnen geschenkt habe.

Aber natürlich war es nicht das Einzige, was letzte Nacht passiert ist. Kayla. Ich habe sie geküsst.

Dabei hatte ich dagegen angekämpft und angekämpft und angekämpft.

Doch ich konnte nichts tun.

Und sie … oh, verdammt, sie ging mir schon lange vor letzter Nacht unter die Haut. Seit dem spontanen Rugbyspiel denke ich an sie, seit sie meine Wohnung in meinen Sachen verlassen hat, seit ich sie in der Bar gesehen habe. Wie sie mich ansieht … es ist nicht nur, dass sie mich will, denn das weiß ich. Es ist … Ich habe das Gefühl, dass sie mich auch richtig sehen könnte. Unter den Schutzschichten.

Es macht mir eine Scheißangst. Aber genug davon.

Dann ist da noch der Umstand, dass sie ein so umwerfend wildes kleines Ding ist. Diese Augen, die mich anflehen, ihr all meine Geheimnisse zu erzählen, die darum betteln, dass ich mit ihr tue, was ich will. Diese Augen, die versprechen, dass ich sie niemals vergessen werde, wenn ich ihr nur eine Sekunde gebe, nur eine Chance.

Letzte Nacht gab ich ihr eine Chance.

Allerdings tat ich es nicht für sie.

Sondern für mich.

Weil ich es verdammt noch mal brauchte. Ich brauchte diese Berührung, diesen Trost.

Hoffnung. Kayla fühlte sich an wie Hoffnung, obwohl ich weiß, wie idiotisch es ist, so etwas auch nur über eine Frau zu denken, die ich kaum kenne. Doch für den Moment fühlte es sich gut an, einen flüchtigen Blick darauf zu erhaschen.

Natürlich schleuderte mich dann dieser verfluchte Song zurück in die Realität von dem, wer ich war und was mich prägte. Die Ereignisse, die Kämpfe, die hässliche, beschissene Wahrheit.

Sie war hinter mir hergekommen.

Sie hatte sich um mich gesorgt.

Ich erinnere mich nicht, wann sich das letzte Mal jemand meinetwegen gesorgt hatte.

Aber dieses Mädchen, diese Frau mit den lächelnden Augen und den neckenden Lippen wusste, dass es mir nicht gut ging.

Und als sie mit mir kommen wollte, hinter den Hunden her in den dunklen Wald, o Mann! Sie hatte vor nichts Angst. Wir sind beide hartnäckig und zäh.

Sobald ich das begriff, hätte ich sie die ganze Nacht küssen können. Ihre Lippen, ihr Mund, die Wärme ihrer Zunge – wir passen zusammen wie Schloss und Schlüssel. Und ich musste zugeben, dass ich Kayla mehr als alles andere wollte.

Natürlich kam es nicht dazu. Ich kann nicht mal sagen, dass ich enttäuscht bin, denn am Ende habe ich die Hunde gerettet. Und beinahe bekam ich das Mädchen. Den Frieden. Außerdem bleibt noch Zeit.

Oder?

Bis die Hunde sich rühren, habe ich ihre Hinterlassenschaften entfernt und aufgetautes Hackfleisch für sie bereitgestellt. Ich habe einige Halsbänder in der Kommode. Ja, Kayla fand es eigenartig, dass ich so gut vorbereitet war, aber ich habe noch nie *keinen* Streuner gefunden. Ich lege den Hunden die Halsbänder an und mache zwei Behelfsleinen aus Tau.

Wir drehen eine schnelle Gassirunde. Der Pitbull ist immer noch bockig an der Leine und scheint vor lauten Geräuschen ebenso zurückzuschrecken wie vor raschen Bewegungen. Doch mit ein bisschen Liebe und Erziehung wird er ein gutes Haustier. Das erkenne ich an seinen Augen. Hundeaugen lügen nicht. Hunde lügen nicht. Sieht man das Gute in ihnen, ist es auch da. Letzte Nacht, als ich seine Pfote reinigte und den Schmutz in der Schnittwunde fand, der das Hinken verursachte, sah er mich ganz dankbar an. Das ging mir durch und durch.

Die kleinere Mischlingshündin, ein Terrier-Mix, ist schwieriger. Sie weicht dem Pitbull nicht von der Seite und traut mir immer noch nicht recht. Das wird sie gewiss mit der Zeit, doch ich habe das Gefühl, dass sie mit mir nach Edinburgh kommt.

Ich bringe die beiden Hunde in die Wohnung zurück und gehe zur nächsten Zoohandlung. Heute ist es seltsam kühl.

Das Wetter hier ist sogar noch schlimmer als in Schottland im Sommer, und ich schiebe die Hände tief in meine Jackentaschen, klappe den Kragen hoch und ziehe die Schultern gegen den Nebel zusammen, während ich durch heruntergekommene Viertel gehe.

Ich empfinde nie Furcht, Ekel oder Mitleid, wenn ich Obdachlose, Junkies, Vergessene sehe. Ich war einer von ihnen. Ich weiß, wie das ist. Allzu gut.

Als ich in die Wohnung zurückkehre, beladen mit Tüten voller Hundefutter, Leckerlis und Leinen, suche ich nach einem Tierarzt in der Nähe und vereinbare einen Termin für morgen. Bei dem Pitbull muss die Pfote richtig nachgesehen werden. Er ist auch nicht kastriert, und ich bin nicht sicher, ob die Terrierhündin es ist. Beides muss passieren, bevor sie in ein neues Zuhause ziehen.

Ich hocke mich auf den Boden und verbringe eine gute Stunde auf ihrer Höhe, beobachte sie einfach, bis mein Handy klingelt. Ich rolle ihnen das Kong-Spielzeug hin, das ich gekauft habe, und der Pit rennt begeistert hinterher, während ich aufstehe, um ans Handy zu gehen.

Es ist Bram.

»Ja?«, frage ich.

»Was war denn mit dir gestern Abend? Du bist einfach weg, und wir konnten dich nicht finden. Kayla haben wir auch nicht gefunden.«

»Ich bin spazieren gegangen.«

»Du gehst dauernd spazieren«, sagt er. Da hat er recht.

»Hat Nicola mit Kayla gesprochen?«, frage ich. Ich habe ihr noch nicht getextet, weil ich den ganzen Vormittag mit mir hadere, was ich schreiben soll.

»Ja, sie hat ihr geschrieben. Kayla sagte, dass ihr irgendwelche Hunde gefunden und zu dir nach Hause gebracht habt?«

»Ja. Ich sehe sie mir gerade an.« Ich räuspere mich. »Hör mal, tut mir leid, aber ich hatte mein Handy zu Hause gelassen, und ihres hat den Geist aufgegeben, deshalb konnten wir uns nicht melden.«

Bram seufzt. »Okay. Tja … du hast das Ende eines gigantischen Konzerts verpasst.«

Ich vermute, das ist eine Spitze wegen des VIP-Tickets. »Es war ein fantastischer Tag. Danke, Alter.«

»Fass es bitte nicht falsch auf, Lachlan, aber …«

Ich atme hörbar aus. »Was?«

»Ich mache mir Sorgen um dich. Wenn du solche Sachen abziehst, einfach verschwindest.«

Meine Gesichtsmuskeln verkrampfen sich. »Worum genau machst du dir Sorgen?«

Er stockt. »Du weißt schon«, sagt er leise. »Ich fühle mich für dich verantwortlich, solange du hier bist.«

Ich umklammere das Handy sehr fest und spüre, wie ein Wutschwall in mir hochkommt, heiß und glühend. »Ich bin verdammt noch mal zweiunddreißig Jahre alt, Bram. Ich bin hier, um dir den Arsch zu retten, nicht, um dich als Babysitter an der Backe zu haben! Man sollte meinen, dass du mich kennst, aber das tust du offenbar nicht!«

»Ja, ich weiß ja, klar«, sagt er hastig. »Entschuldige, okay? Tut mir leid.«

»Schon gut«, murmle ich. »Ich muss jetzt Schluss machen.«

»Warte«, sagte er. »Darf ich dich an heute Abend erinnern?«

Ich stutze. »Heute Abend?«

»Mit Justine.«

»Ach ja, du Scheiße.« Ich presse die Faust gegen meine Stirn. »Ist das heute Abend?«

»Es ist Montag, und es ist unsere einzige Chance, Lachlan. Bitte, mach keinen Rückzieher.«

Kayla. Ich denke an Kayla. Wird es ihr etwas ausmachen? Ist es überhaupt eine Erwähnung wert?

»Mir ist heute echt nicht nach Leuten«, sage ich, auch wenn ich weiß, dass es zwecklos ist. »Vor allem nicht solchen Leuten.«

»Lachlan«, erwidert Bram. »Du reist nächste Woche ab. Geh einfach hin, genehmige dir ein paar Drinks, lern den Vater kennen, und erzähl ihm von dem Projekt. Das ist alles, was du tun kannst, und es ist unsere letzte Chance.«

»Was ist mit …« Ich breche ab und wische mir die Nase.

»Was ist mit was?«

»Nichts. Na gut, ich mache das. Aber sobald ich denke, dass es erledigt ist, bin ich da raus.«

»Gut«, sagt er. »Wir werden alle im Lion sein, also kannst du hinterher direkt dahin kommen.«

»Mache ich natürlich.«

Ich lege auf.

Und weil ich so viel unruhige Energie in mir habe, gehe ich mit den Hunden spazieren.

Ich sitze an der Giants' Promenade und beobachte die Boote im Jachthafen, einen Hund auf der Bank neben mir, den anderen zu meinen Füßen. Und ich beschließe, ihnen Namen zu geben. Der Pitbull ist Ed. Die Terrierhündin Emily. Ich mag es, Hunden menschliche Namen zu geben. Das finde ich respektvoller. Es sagt einem Hund, dass er einer von uns ist, und erinnert uns zugleich genauso daran.

Ich nehme mein Handy sehr oft aus der Jackentasche und

starre drauf. Und ich überlege, mich bei Kayla zu melden. Sie zu fragen, wie es ihr geht. Ob alles okay ist. Ich möchte ihr sagen, dass ich zu einer Veranstaltung mit Justine gehe, es aber nichts heißt.

Doch ich tue es nicht. Weil ich Angst vor ihrer Reaktion habe. »Na und, du kannst ausgehen mit wem du willst«, oder »Schon gut, du musst mir nichts erklären«, oder sogar ein beißendes »Warum sagst du mir das?« Ich will mich richtig verhalten, ehrlich, aber für so was bin ich nicht geschaffen.

Schließlich gehen die Hunde und ich wieder zurück zur Wohnung. Ich beschäftige mich. Gehe laufen. Hebe Gewichte im Fitnessraum unten und forsche im Internet nach Tierschutzorganisationen, die vielleicht jemanden für Ed finden könnten.

Und ich überprüfe meine Pläne mit Justine. Ja, die stehen noch. Sie kommt um sieben mit einem Town Car. Also dusche ich. Ich trimme meinen Bart auf ein Minimum, gele mir das Haar nach hinten und ziehe einen schwarzen Anzug mit Krawatte an. Es fühlt sich völlig unnatürlich an, und ich brauche einen Blick auf das Tattoo an meinem Schlüsselbein – nunquam iterum –, um mich zu erinnern, dass immer noch ich das bin. Ein großer, böser Wolf im Schafspelz.

Immerhin ist der Abend nicht so furchtbar, wie ich ihn mir vorgestellt hatte. Ich bin nicht in meinem Element. Ich hasse es, mich mit diesen Leuten zu umgeben, die ganz oben sitzen und die unten mit Steinen bewerfen. Aber ich kann bisweilen ein gutes Pokerface aufsetzen. Ich gebe mich nett. Gegenüber Justine. Gegenüber ihrem Vater und dessen engen Freunden. In Anzug und Krawatte sehe ich respektabel genug aus, um sie alle zu täuschen, und als ich mit ihnen über Brams Projekt rede, über Brams Vision, ist es überzeugend. Ich greife richtig in die Vollen, und es funktioniert. Weil ich daran glaube und will, dass sie daran glauben.

Es ist kurz nach neun, als ich Justine beiseite ziehe. »Was meinst du, wie ich mich geschlagen habe? Sei ehrlich!«

Sie lächelt nur scheu, streicht mit den Fingern über meine Krawatte und zieht mich näher zu sich. »Ich glaube, du hast ihn überzeugt. Mich würde nicht wundern, wenn er investiert.«

Unweigerlich lächle ich. »Schön.«

Sie lässt meine Krawatte nicht los. »Soll ich dir ein Glas Champagner holen?«

»Nein, vielen Dank. Ich muss jetzt auch gehen.«

Sie schiebt die Unterlippe zu einem Schmollen vor. »Warum?«

»Hunde«, antworte ich und zupfe an meinem Ohr. »Ich habe Hunde, und wenn ich nicht bald mit ihnen rausgehe, machen sie alles voll.«

»Seit wann hast du Hunde?«

»Seit gestern«, antworte ich. »Ich habe zwei Streuner aufgenommen.«

Sie verzieht das Gesicht. Mit einer anderen Reaktion hatte ich nicht gerechnet. »Streuner? Du hast zwei Streuner aufgesammelt und in deine Wohnung geholt?«

Ich zucke mit den Schultern. »Es ist das Mindeste, was ich tun kann.«

»Die haben vielleicht Flöhe, Tollwut oder wer weiß was für Krankheiten!«

»Sie brauchten Hilfe.«

Sie lässt meine Krawatte los, versucht aber, freundlich auszusehen, und lächelt verhalten. »Aha. Tja, was für ein großzügiger Mann du bist.«

»Jemand muss es sein.« Meine Stimme bekommt einen schroffen Unterton.

»Ja, muss wohl«, sagt sie und geht einen Schritt zurück. »Die Welt braucht mehr Menschen wie dich.«

Ich ziehe die Brauen hoch. »Tut sie?« Mir ist klar, dass sie es nicht ernst meint. Es ist der typische Satz, den Leute sagen, ohne es wirklich zu denken. Sie sagen ihn, um den Anschein zu erwecken, sie würden sich für einen interessieren.

Dann trinkt sie einen Schluck von ihrem Champagner und beginnt, sich nach jemand anderem umzusehen, mit dem sie sich unterhalten kann. Wer hätte gedacht, dass sie die bloße Erwähnung von Streunern abschreckt? Hätte ich das gewusst, ich hätte vom ersten Tag an über Lionel und die Organisation gesprochen. Andererseits wäre ich dann heute nicht hier, und ich muss immer noch tun, was ich kann, damit es klappt.

Also schenke ich ihr mein charmantestes Lächeln, und so, wie sie blinzelt, ist sie tatsächlich geblendet. Ich nutze es selten, und wenn ich es ernst meine, gilt es nie Menschen wie ihr. »Ich möchte dir aufrichtig danken, Justine«, sage ich und umfange sanft ihr Handgelenk. »Dass du mich heute eingeladen hast. Es bedeutet Bram und mir eine Menge, dass dein Vater in einer Welt Gutes tun will, die es so dringend nötig hat. Wir sind sehr dankbar für seine Hilfe. Und selbstverständlich für deine.«

Sie wird ein wenig weicher, sieht mich jedoch nach wie vor mit einem Misstrauen an, das vorher nicht da war. Vorbei sind die Zeiten des Füßelns unterm Tisch und der forschen Hände auf Taxi-Rückbänken.

Ich hebe ihre Hand an meine Lippen und küsse sie. »Mach's gut«, sage ich. »Und wenn es dir nichts ausmacht, wird Bram sich bei deinem Vater melden.« Mit der anderen Hand zeige ich ihr die Visitenkarte, die ihr Vater mir gegeben hat.

»Sicher«, sagt sie. »Ich richte es ihm aus. Mach's gut, Lachlan.«

Rasch verlasse ich den Ballsaal des Hotels und steige in ein wartendes Taxi. Ich sollte zuerst zu den Hunden nach Hause fahren, aber wahrscheinlich haben sie so oder so schon in die Wohnung gemacht, also was soll's? Da kann ich genauso gut erst mal Bram die gute Nachricht überbringen.

Es dauert nicht lange, bis mich das Taxi vor dem Lion absetzt. Für einen Montag ist erstaunlich viel los.

Ich betrete die laute, dämmrig beleuchtete Bar und ziehe sofort einige Blick auf mich. Es braucht eine Minute, bis ich begreife, dass ich in Anzug und Krawatte bin, womit ich hier auffalle wie ein bunter Hund.

»Sieh einer dich an!«, grölt Linden aus der Nische hinten. Er sitzt mit Bram, Steph und diesem Idioten James zusammen. »Geheimagent beim M.I.Six!«

Ich gehe zu ihnen rüber und bleibe am Ende des Tisches stehen, die Hände tief in den Taschen. »Möchtet ihr die gute Nachricht hören?«, frage ich und wippe auf meinen Fersen.

Bram macht große Augen. »Wie gut?«

Ich zucke mit den Schultern. »Noch ist nichts fest, aber hier.« Ich werfe die Visitenkarte auf den Tisch. »Das sind seine Kontaktdaten. Ich hatte eine sehr lange Unterhaltung mit ihm, und er will investieren.«

»Was?«, brüllt Bram und springt fast von seinem Platz auf.

Ich hebe beide Hände. »Freu dich nicht zu sehr, Alter. Wie gesagt, noch ist nichts sicher. Aber er ist interessiert, hat mich angehört und will helfen. Jetzt liegt der Ball in deinem Feld.«

Linden sieht seinen Bruder an. »Ich finde, das ist ein Grund zum Feiern.« Fragend blickt er zu mir. »Du denkst doch, dass wir feiern können, oder?«

»Wenn ihr wollt. Falls wir uns auf Schwingungen und Gefühle allein verlassen wollen, würde ich sagen, ja.«

Bram stößt einen Freudenschrei aus, und Linden klopft ihm auf die Schulter. James steht auf und sagt, dass er Getränke holt, also rutsche ich in die Nische neben Stephanie. Sie ist eigenartig still, lächelt Bram und Linden an, meidet jedoch meinen Blick.

Natürlich will ich deshalb erst recht, dass sie mich ansieht.

»Wo ist Nicola?«, frage ich. »Und Kayla?«, ergänze ich, als würde es mir eben erst einfallen.

Stephanie sieht Bram an. »Nicola ist zu Hause, weil es Ava nicht gut geht. Und Kayla *war* hier …« Sie wechseln einen bedeutungsschwangeren Blick. Schließlich seufzt Stephanie und dreht sich zu mir. »Hör mal, Linden hat mir erzählt, dass du ein Date mit Justine hast.«

Prompt sehe ich Linden an, der schuldbewusst den Kopf einzieht.

»Und«, fährt Stephanie fort, »ich habe es Kayla erzählt.«

Nun starre ich Bram vorwurfsvoll an. »Du weißt, dass das kein Date war. Du hast mich praktisch dazu gezwungen.«

»Weiß ich!«, ruft Bram aus. »Ich weiß. Aber bis ich herkam, hatten sie es Kayla schon erzählt, und sie war weg. Sie war aufgebracht.«

Stöhnend stütze ich den Kopf in die Hände. »Es ging nur darum, uns den Investor zu sichern. Um sonst nichts.«

»Ich habe versucht, ihr zu schreiben, aber sie antwortet nicht«, sagt Steph. »Die Nachrichten kommen nicht mal an. Sie muss ihr Handy ausgeschaltet haben.« Sie legt mir kurz eine Hand auf die Schulter. »Ich habe es ihr nur gesagt, weil sie gefragt hat, wo du bist, und ich wollte nicht lügen. Ich weiß, dass sie dich mag … Ich dachte nur nicht, dass es sie so schlimm erwischt hat.« Sie stockt. »Ehrlich, sie wird mich hierfür umbringen, aber deinetwegen benimmt sie sich, als … Ich glaube, sie ist schwer verliebt.«

Bei ihren Worten wird mir gleichzeitig warm und kalt.

»Hast du mit Justine …«, beginnt sie. »Du weißt schon …«

Ich starre sie wütend an, und sie rückt ein Stück von mir weg. »Nein, habe ich nicht. Aber trotzdem.« Ich stehe gerade rechtzeitig auf, um James mit einer Flasche Sekt kommen zu sehen. »Sag mir, wo sie wohnt«, befehle ich Steph.

»Was? Willst du zu ihr?«

»Ja«, antworte ich und hole mein Handy hervor. »Wie ist die Adresse?«

Steph sagt sie mir, und ich tippe sie in mein Handy. »Danke.« Dann drehe ich mich um und gehe. Bram ruft mir nach, doch ich gehe weiter. Soll er ruhig feiern. Dies ist sein Baby, sein Projekt. Seine Leidenschaft.

Ich muss mich um meine kümmern.

Kapitel 11

Kayla

Wie auf Wattewolken schwebte ich durch den gesamten Tag. Es machte nichts, dass ich nur wenige Stunden geschlafen oder pflaumenfarbige Augenränder hatte. Mich störte nicht, dass Montag war, dass ich inzwischen meine Arbeit hasse oder nicht zu den Journalisten auf die andere Seite des Flurs kommen werde.

Aber Lachlan hat alles ausgelöscht. Er hat alles in mir übernommen und den ganzen Mist ersetzt durch … na ja, ich weiß nicht, womit. Etwas, auf das ich mich freuen kann, auf das ich zurückblicken kann.

Wie besessen sah ich immer wieder auf mein Handy, fragte mich, ob er mir schreiben würde. Aber er schrieb nicht, und ich tat es auch nicht. Später schrieb Steph, ich solle in den Lion was trinken kommen. Und ich blöde Kuh tat es, weil ich dachte, dass eventuell Lachlan da sein würde.

Steph und Linden saßen in einer Nische, doch in dem Moment, als sie mich sahen und Steph mir verhalten zuwinkte, wusste ich, dass irgendwas nicht stimmte.

Ich ging langsamer, und meine Finger zuckten nervös.

»Was ist los?«, fragte ich.

»Ähm, nichts.« Sie klopfte auf den Platz neben sich. »Setz

dich. Du siehst hübsch aus. Gibt es einen besonderen Anlass?«

Ich bedachte sie mit einem bösen Blick. »Sehe ich normalerweise nicht hübsch aus? Warum brauche ich einen Anlass?« Ich setzte mich. »Also …« Ich sah mich um. »Ist Bram hier?«

»Noch nicht«, antwortete Linden.

Ich sah zu Steph und hoffte, dass sie meine Gedanken lesen könnte. Stattdessen stierte sie auf das Glas Cider in ihren Händen.

Ich räusperte mich. »Wie hat euch der Rest des Konzerts gefallen?«, fragte ich. »Ich hatte den letzten Teil verpasst …«

»Es war gut, ja. Gut.« Linden nahm einen Schluck Bier.

Seufzend biss ich in den sauren Apfel. »Wisst ihr, ob Lachlan später noch kommt?«

»Nein, weiß ich nicht«, antwortete Linden ein bisschen zu schnell.

Wieder wandte ich mich an Stephanie und knuffte sie leicht in den Arm. »Hey, was ist los? Warum seid ihr so komisch?«

Steph wechselte einen Blick mit Linden und nagte an ihrer Unterlippe, bevor sie sich zu mir drehte.

»Du und Lachlan«, sagte sie vorsichtig. »Ihr habt euch letzte Nacht nur geküsst, oder?«

Ich neige den Kopf nach hinten. »Ja. Was … warum spielt das eine Rolle?«

Sie schluckte und sah erneut zu Linden. »Na ja, ich wollte bloß einschätzen, wie sehr du ausflippst. Wenn ihr euch nur geküsst habt, sollte es kein Problem für dich sein.«

»Was sollte kein Problem sein? Verdammt noch mal, Steph, spuck es endlich aus!«

»Er hat ein Date mit Justine«, sagte sie und kippte schnell den Rest ihres Ciders herunter.

Mein Herz machte einen Satz. Einen richtigen Satz, als wollte es sich aus meinem Brustkorb verabschieden und weiterziehen. »Was?«

Sie zuckte mit den Schultern. »Linden hat es mir erzählt.«

Ich drehte mich zu ihm, als wäre es seine Schuld. »Ich habe es von Bram«, verteidigte er sich. »Tut mir leid, Kayla. Sicher ist es nur geschäftlich. Das hat nichts zu bedeuten.«

Mir wurde schlecht. »Woher willst du das wissen?«

»Sie scheint nicht sein Typ zu sein.«

»Tja, ich auch nicht, und …« Ich verstummte und schüttelte den Kopf. »Scheiße. Was für eine Scheiße. Ich bin so eine Idiotin!«

»Bist du nicht«, widersprach Steph. »Es ist bloß ein Date.«

»Nein, weiß ich«, sagte ich ziemlich schroff. »Er reist bald ab, also was soll's? Ich bin bloß bescheuert, weil es mich *interessiert*.«

»Hey.« Steph legte eine Hand auf meine Schulter und schüttelte mich. »Es ist okay, dass es dich trifft. Ich habe noch nie erlebt, dass dir etwas nicht egal ist. Vielleicht ist das gut … um in Zukunft zu wissen, was du willst.«

Ich wich zur Seite. In diesem Moment wollte ich so einen Quatsch nicht hören. »Aber jetzt will ich nicht, dass er irgendeine reiche Schlampe datet, mit der er sich vorher schon getroffen hat. Ich bin … ach, egal. Ich verschwinde.«

Wütend rutschte ich aus der Nische und stand auf. Ich verließ die Bar unter einer dunklen Wolke der Niederlage und fuhr direkt nach Hause. Dabei beschimpfte ich mich endlos für die Gefühle, die in mir tobten wie ein Hornissenschwarm.

Dies war genau, was ich nicht wollte. Deshalb hatte ich den

Männern abgeschworen. Und nun bin ich in meiner Wohnung, lümmle auf der Couch und habe einige Gläser Wein intus. Ich bin auf »Netflix und Chillen« gepolt, ohne jemanden, mit dem ich chillen kann. Der Wein dämpft meine Wut, nicht hingegen das schräge, eklige Gefühl in meiner Brust. Beinahe eine ganze Staffel *New Girl* sehe ich in der Hoffnung, dass Schmidt und Nick mich zum Lachen bringen, stelle jedoch fest, dass ich immer trauriger werde. Immer erbärmlicher.

Ich lege mich auf die Couch und starre an die Decke. Ich möchte die letzten Wochen zurückspulen und so tun, als wäre ich an jenem Abend nie im Lion gewesen, hätte Lachlan McGregor nie gesehen, denn bis dahin ging es mir beschissen gut. Dann musste ich dieses gottverdammt blöde, wunderschöne Gesicht sehen und zu einer obsessiven, verzweifelten geilen Kuh werden. Wie konnte dieser, wie konnte irgendein Mann mir das antun, mich so schutzlos und verwundbar machen? Das gehörte nicht zum Plan. Ich wollte ihm unter die Haut gehen, nicht umgekehrt. Ich sollte unbeschadet aus diesem Spiel hervorgehen, die Herausforderung annehmen und bekommen, was ich wollte.

Ich sollte hier die Spielerin sein.

Von jetzt an bin ich in dem Moment raus, in dem ich merke, dass mich nicht nur das rein Körperliche anlockt. Ich bleibe meinem verdammten Eid treu, und sollte ich ihn eines Tages brechen, dann nur für Sex und sonst nichts. Alles, was über Sex hinausgeht, ist nicht Kayla-freundlich.

Ich fange an einzunicken, fühle mich schon besser mit meinem neuen Plan, meiner frischen Entschlossenheit. Nun wünsche ich mir Träume, die mich fortbringen, und morgen fange ich mit einem neuen Ich an. Meinem alten Ich.

Der Apartmentsummer geht los, und ich zucke zusammen. Wahrscheinlich ist es Steph, die nach mir sehen will. Ich hätte sie gebrauchen können, als ich noch gekocht habe vor Wut. Aber jetzt bin ich schläfrig, leicht angetrunken und nicht in der Stimmung, über irgendwas zu reden.

Ich gehe zur Tür und drücke den Knopf der Gegensprechanlage.

»Steph?«

»Äh, nein«, sagt die tiefe schottische Stimme. »Ist es nicht.«

Ich erstarre. Mein Herz hämmert.

O Mist. Lachlan?

»Hallo?«, fragt er. »Kayla? Kann ich bitte mit dir reden?«

Nein, nein, nein. Definitiv nein. Denk an deinen Plan, an dein neues altes Ich, ermahne ich mich.

Aber ich drücke trotzdem den Knopf.

Sekunden später klopft er an die Tür. *Sei cool, Mädchen,* sage ich mir. *Wie Eis.* Ich schiebe die Kette weg und öffne die Tür. Da steht Lachlan. In einem beknackten Anzug mit Krawatte. O Gott. Ich bin so verloren.

»Kommst du gerade von einer Hochzeit?«, versuche ich zu scherzen. In meinem Mund ist es trockener als in der Wüste.

»Darf ich reinkommen?«, fragt er mit hochgezogenen Schultern. »Bitte?«

Sei cool, sei cool.

»Klar«, antworte ich, öffne achselzuckend die Tür weiter.

Er geht an mir vorbei, und ich möchte nichts anderes, als seinen Duft zu inhalieren. Na ja, das ist nicht alles.

Ich schließe die Tür hinter ihm und raffe meinen Mut zusammen, ehe ich mich zu ihm umdrehe.

Er steht mitten im Zimmer und sieht mich an.

»Ich muss dir was erklären.«

Ich verschränke die Arme vor der Brust. »Was?«

»Ich weiß, was Stephanie dir erzählt hat«, sagt er. »Von mir und Justine.«

Ich zucke mit der Schulter, spiele es herunter. »Ach, alles cool.«

Sein Runzeln vertieft sich. »Ich habe gehört, dass du aufgebracht warst.«

Ich lächle verkniffen. »Ich werde nicht aufgebracht«, sage ich und gehe in die Küche, um mich mit irgendwas zu beschäftigen.

»Doch, wirst du«, sagt er und folgt mir mit dem Blick. »Ich habe dich schon aufgebracht gesehen. Ich kenne deine Stimme, wenn du aufgebracht bist.«

Gern würde ich ihn provozieren, ihm sagen, dass er mich überhaupt nicht kennt. Aber das möchte ich nicht.

»Also bin ich jetzt aufgebracht?«, frage ich. »Warum?«

Für einen Moment beißt er auf seine Unterlippe, dann sieht er endlich weg. »Weil du mich willst.«

Ich kann nichts gegen das erschrockene Lachen tun, das mir entfährt. Natürlich stimmt das, aber ich kann nicht glauben, dass er die Frechheit besitzt, es einfach auszusprechen.

Sein Blick richtet sich wieder auf mich, fiebrig und hart. »Tust du nicht?«

Plötzlich ist es nicht mehr so witzig. Ich lehne mich gegen den Tresen, umklammere die Kante mit den Händen und überlege, was ich entgegnen, wie ich darauf antworten soll. Schließlich sage ich die Wahrheit. »Ja«, bestätige ich leise. »Und?«

»Und«, sagt er mit ruhiger, beinahe sanfter Stimme, »die letzte Nacht war etwas, das ich gebraucht habe … schon lange. Es mag nur ein Spaziergang im Park und ein Kuss für dich gewesen sein, Liebes, aber für mich … war es viel mehr. Und ich möchte wissen, ob es für dich auch mehr war.«

Ich kann ihn nur anstarren, gefangen von der Intensität seines Blicks. Er sieht mich an, als würde er Schicht für Schicht abschälen, entschlossen, zum Kern vorzudringen.

Meine Kehle ist trocken, mein Herz wummert vor Aufregung und Nervosität. Was tut er? Was tue ich? Es ist so viel Raum zwischen uns, und ich weiß nicht, wie ich die Lücke überbrücken soll, oder ob ich will, dass er es tut, denn wenn es so kommt, wird es so viel mehr sein, als ich verkraften kann.

»Du reist am Sonntag ab«, sage ich. »In nicht mal einer Woche.«

»Und?«, fragt er. »Was hat das mit irgendwas zu tun?«

Ich neige den Kopf zur Seite. »Es heißt … nun, was kann zwischen jetzt und dann passieren?«

»Ich kann dich um Sinn und Verstand vögeln«, sagt er grimmig. »Das kann passieren.«

Ach du Scheiße.

Hat er ernsthaft eben gesagt, er könne mich um Sinn und Verstand vögeln? Ich starre ihn mit großen Augen an, schlagartig sprachlos und erregt. Mir fällt das Schlucken schwer. Das Denken auch. »Äh …«

»Doch ehe ich das tue …«, sagt er und fängt an, seine Krawatte zu lockern. Er macht einen Schritt vorwärts. O Gott. »… musst du wissen, dass ich heute Abend Bram geholfen habe. Justine war nie mehr als ein Gefallen, und nein, ich habe sie nicht gevögelt. Nicht mal annähernd. Und was es auch gewesen sein mag, es ist erledigt. Diese Woche habe ich nur eins auf dem Schirm. Dich.« Er macht noch einen Schritt auf mich zu, zieht seine Krawatte ab und wirft sie mir vor die

Füße. »Auf diesem Tresen, in deinem Bett, an der Wand. Wie auch immer ich es tun kann.«

O Gott.

Meine Beine beginnen zu zittern, und ich halte mich an der Tresenkante fest. Das hier habe ich mir mehr gewünscht als alles andere, und nun, da er langsam auf mich zukommt, als sei *ich* die Beute, verwandle ich mich in eine stumme Schisserin. Als ich hinter ihm her war, war er vollkommen anders. Jetzt, da er mich will, mich tatsächlich *will* … habe ich schreckliche Angst, dass ich es nicht überlebe.

Er ist keinen halben Meter mehr entfernt, und ich kann seine Hitze fühlen, als er beginnt, mich zu verdunkeln. Er streift sein Jackett ab und wirft es auf den Tresen. Dabei sieht er mich unentwegt an. Meine Haut kocht unter seinem Blick, während er mich langsam von oben bis unten mustert.

Er greift nach vorn, umfängt den Saum meines Shirts und reibt den Stoff zwischen den Fingern. Jetzt ist er so nah. Ich bin regungslos wie eine Statue mit pulsierendem Blut und wild pochendem Herzen, und ich kann mich nicht rühren. Ich kann gar nichts tun, außer ihn zu beobachten – jeden Moment, jeden Atemzug, jeden Blick. Er ist so körperlich, so immens – ist zu meiner Welt geworden.

Sein Blick wandert tiefer. Er neigt sich zu mir, bis sein Mund an meinem Ohr ist, die Hände bewegen sich hinab zu meinen Schenkeln. »Wieder eine No Pants Party?«, murmelt er. Ich erschauere, bekomme eine Gänsehaut von seinem Atem und dem Bass seiner Stimme. Seine großen warmen Hände streifen über meine nackte Haut nach oben, heben das Shirt an und streichen über die Spitze meines Slips.

»Kommt drauf an, was du mit *Pants* meinst«, bringe ich heraus.

Seine Lippen umfangen zärtlich mein Ohrläppchen. Zähne schaben über meine Haut, und die Hitze seines Atems löst ein Feuerwerk auf meinem Hals aus. Seine Finger biegen sich um den Saum meines Slips, ziehen ihn über meine Hüften und bewegen mich leicht nach vorn, damit er sie über meinen Hintern bekommt. Ich bin zwischen seinen heißen Händen, und mir wird bewusst, wie verdammt klein ich verglichen mit ihm bin.

Mein Slip fällt zu meinen Knien und dann runter auf den Boden, und ich bin nackt bis auf das Shirt. Lachlan leckt sich die Lippen, und ich möchte ihn runter zwischen meine Beine drücken und ihn dort festhalten, bis ich komme. Ich schwöre, dass es nicht lange dauern wird.

Sein Griff um meine Hüften wird fester. Mühelos hebt er mich hoch, setzt mich mit dem nackten Hintern auf den kalten Tresen und stellt sich zwischen meine Beine. Mein Slip baumelt an meinem einen Fuß.

Er legt seine wunderschönen Hände an meine Wangen, hält mich fest, und seine Nasenflügel blähen sich, während er schwer atmet. Es scheint, als versuchte er, sich zu bändigen, und ich will, dass er lockerlässt und alles an mir austobt, alles, was er hat. Die Falte zwischen seinen Brauen wird noch tiefer, während er mich mit seinem Blick verschlingt. Ich halte den Atem an, will ihn so sehr, und er sieht mich prüfend an, bemüht sich, meine Gedanken zu lesen.

Nimm mich verdammt noch mal, will ich sagen. *Lies das.*

Mein Mund geht auf.

Sein Blick fällt auf meine Lippen.

Er brennt.

Lüstern.

Raubtierhaft.

Unbewegt.

Es ist wie der Lichtblitz, bevor die Bombe einschlägt.

Und dann schlägt sie ein.

Er zieht meinen Kopf nach vorn, und seine Lippen knallen auf meine, fiebrig, irre und wild. Er taucht mit den Händen in mein Haar, während ich ungeschickt die Knöpfe seines Hemds öffne. Unsere Münder sind in ein Rennen, eine Schlacht vertieft, bei der wir beide gewinnen. Er ist atemlos und verzweifelt. Dieser Kuss ist kein bisschen wie der andere. Er ist pure geschmolzene Hitze, feuchte Lippen und hoher Druck, so als würden wir einen Diamanten erschaffen.

Meine Zehen krümmen sich.

Mein Herz vollführt Purzelbäume.

Ich verliere mich an ihn.

Ich ertrinke im Angriff seiner Zunge. Jeder heiße, glühende Strich in meinem Mund macht mich unfassbar feucht.

Gierig und bereit schlinge ich die Beine um seine Hüften und ziehe ihn zu mir. Wir stöhnen uns gegenseitig in den Mund. Lachlan ist steinhart und drückt sich gegen mich, an genau den richtigen Stellen. Mit kleinsten Bewegungen reibt sich der Stoff seiner Hose an meiner Klit, und ich verliere beinahe den Verstand.

Seine Hand formt eine Faust in meinem Haar, zieht daran, und ich erbebe, während sich seine Lippen auf meine pressen. Ich bin vollkommen wild nach diesem wunderschönen Mann. Da ich sein weißes Hemd aufgeknöpft habe, fahre ich mit den Fingernägeln über die festen Ebenen seiner Brust, über den Haarflaum und die tintige Kunst auf seiner Haut. Ich greife zu seinem Hosenbund und öffne den Knopf, während sein Mund wieder meinen Hals attackiert, daran saugt und knabbert. Und ich werfe den Kopf nach hinten, um ihm besseren Zugang zu verschaffen.

Rasch habe ich seine Hose geöffnet und lege meine Hand auf seine Erektion. Heiliger Scheiß! Er trägt keine Unterhose. Sein langer, heißer Schaft pulsiert in meiner Hand, und Lachlan stößt ein tiefes Knurren aus, das durch meine Wirbelsäule vibriert.

»O fuck«, stöhnt er und atmet schwer an meinem Hals. »Ich explodiere gleich.«

»Womit wir schon zwei wären«, sage ich. Er ist so riesig, und allein seinen Schwanz zu berühren, lässt mich schon fast kommen. Ich weiß nicht, wie ich es überleben soll, ihn in mir zu haben, aber ich könnte dafür sterben, es zu versuchen.

Ich schlinge meine Hände fester um ihn und befreie ihn von seiner Hose. Dann neige ich mich vor und sehe nach unten. Er wird fester und härter in meinen Händen, die Spitze dunkel, gerötet und glänzend. O Gott, ich will ihn in den Mund nehmen, komplett, an ihm saugen und jeden Millimeter schmecken.

Gleichzeitig will ich ihn tief in mir haben, so weit, wie ich ihn aufnehmen kann, selbst wenn es mich zerreißen könnte.

Was für eine beschissene Zwickmühle.

Ich streichle ihn, verreibe die Lusttropfen auf der seidigen heißen Spitze und verharre ein wenig auf der vollen Wölbung, ehe ich wieder nach unten gleite und mit der anderen Hand bis über seine Hoden wandere. Lachlan hat ziemlich viel Haar auf den Armen, der Brust und zwischen Bauchnabel und Scham, daher sei dem Himmel Dank für Intimrasur. Sanft umfange ich seine Hoden, und er erbebt an mir.

»Oh, Liebes«, raspelt er, wobei er nach Luft ringt. »Mach mich nicht jetzt gleich fertig.«

Ich beiße mir auf die Lippe und grinse, weil ich solche Wirkung auf ihn habe. Ich will ihn durchaus fertigmachen, und ich will, dass er dasselbe mit mir tut. Dieses Verlangen, diese Macht sind berauschend.

Für eine Sekunde weicht er zurück und beobachtet mit einem trunkenen Blick, was meine Hände tun. Er schabt mit den Zähnen über seine Unterlippe, sieht wieder zu mir auf. »Du musst das lassen, sonst komme ich jetzt gleich«, warnt er.

Ich halte inne und umfasse seinen prächtigen Schwanz fester. Seine Augen rollen nach hinten, und die Muskeln an seinem kräftigen Hals wölben sich angespannt vor. »Bring mich dazu«, fordere ich ihn heraus.

Knurrend kommt er erneut auf mich zu und reißt mir das Shirt über den Kopf, sodass ich loslassen muss. Meine Nippel sind steinhart, und Lachlan umfängt meine eine Brust, leckt sich bis zur Spitze vor. Dann nimmt er sie in den Mund, und ich werde von Wärme geflutet, von entflammten Nerven, deren Hitze aus mir herausströmt.

»O Gott«, rufe ich leise.

An meiner Brust gibt er einen zustimmenden Laut von sich, was noch mehr Nerven entfacht. Er wandert mit einer Hand nach unten, streicht über meine sündig feuchte Klit.

»Du bist ja klatschnass«, sagt er heiser, bevor er meinen Nippel zwischen seine Zähne nimmt und leicht zieht. »Ich wusste, dass du eine gierige kleine Muschi haben würdest.«

Ich stöhne, will ihm sagen, dass das wohl ziemlich offensichtlich war, doch als er einen langen Finger in mich taucht, werden mir die Worte aus dem Mund gerissen. Die Reibung ist wie Feuer an meiner überaus empfindlichen Haut. Die Penetration scheint durch mich hindurchzurollen, und automatisch schiebe ich die Hüften vor, um ihn tiefer in mir zu haben.

Mit einem tiefen Kehllaut zieht er den Finger heraus, bevor er mit zweien aufs Neue in mich eindringt. Ich beiße mir auf die Lippen, um nicht seinen Namen zu brüllen, als er gekonnt über das geschwollene Nervenbündel streicht, das mich von innen nach außen zu zerstören droht.

»Fuck«, stöhne ich und ringe nach Luft, während meine Sinne überwältigt werden.

»Kommt noch«, sagt er, ehe er seine Zunge über meinen Nippel flattern lässt. »Und du auch.« Jetzt schiebt er drei Finger in mich hinein. Ich bin außer Atem und zittere. Bin wie von Sinnen. Seine Finger sind so dick, dass es beinahe unerträglich ist. Sie haben den Umfang eines durchschnittlichen Schwanzes, und so, wie er sie in mir bewegt, benehmen sie sich auch wie einer.

Sein Daumen streicht über meine Klit, und mich trennen nur noch Sekunden davon, den Verstand, nein, alles zu verlieren.

»Warte!«, schreie ich verzweifelt. »Bitte. Noch nicht. Noch nicht. Ich will an deinem Schwanz kommen. Du sollst den Druck spüren, wenn ich komme.«

Er hält inne und nimmt seinen Daumen weg. Dann verschwindet sein Mund von meiner Brust. Sein Bart schimmert feucht, als er mich ansieht. »Ich habe vor, dich die ganze Nacht kommen zu lassen, Liebes.«

Ich atme schwer und strecke eine Hand nach seinem Hals aus, der bereits schweißklamm ist. »Das erste Mal möchte ich dich in mir haben. So tief, hart und schnell, wie du kannst. Fick mich ins Nirwana, und danach lass mich immer wieder kommen.«

»So verdammt gierig«, murmelt er. Er schüttelt leicht den Kopf, und die Andeutung eines Lächelns umspielt seine glänzenden Lippen. »Du willst mich in die Knie zwingen, oder, Schönheit?«

»Als Erste werde ich auf den Knien sein«, erwidere ich, beuge mich vor und fange seine Unterlippe mit meinen Zähnen ein, um sanft zu ziehen. »Ich werde deinen riesigen, geschwollenen Schwanz in den Mund nehmen und an ihm saugen, bis du deinen eigenen Namen vergisst.«

»O Jesus«, flucht er, und die Hitze in seinen grünen Augen nimmt zu. »Wie schmutzig du reden kannst.«

Ich lege die Lippen an die weiche Stelle, an der sein Kinn auf den Hals übergeht, und die Stoppeln streifen meine wunden Lippen. »Gib es mir schmutzig, und ich rede weiter.«

»Vielleicht bereust du das noch«, stöhnt er, während ich an seinem Hals sauge. »Ich habe eine Menge zu geben.«

Mir fällt auf, dass er viel mehr redet als sonst. Sollte sich mein starkes, schweigsames Tier im Schlafzimmer zu einer verdorbenen Quasselstrippe verwandeln, werde ich mich bestimmt nicht beschweren.

Er weicht ein wenig zurück und greift in die Tasche seiner Hose, die tief auf seinen Hüften hängt. Derweil pocht sein Schwanz im Takt mit seinem Herzen gegen mich. Lachlan holt ein Kondom hervor. Die Folie knistert, als er sie aufreißt, und für einen Moment frage ich mich, ob er die ganze Zeit vorgehabt hatte, mich heute Abend zu sehen.

Gespannt beobachte ich alles, halte den Atem an, während er es sich überstreift, und genieße seine Leichtigkeit dabei. Seine Hose rutscht zu seinen Knöcheln, und er positioniert seine Spitze an meiner Öffnung, zögernd, neckend. Dann grinst er mich an, mustert mich genüsslich, während er sich an meiner geschwollenen Scham reibt.

»Hör auf, mich zu ärgern, verdammt«, wimmere ich, lege

beide Hände um seine Hüften und packe seinen Hintern. Gott, er ist genauso, wie ich es mir vorgestellt hatte – fest, straff, rund und voller Kraft, die nur darauf wartet, freigesetzt zu werden. Ich presse die Handflächen gegen seine Haut und ziehe ihn zu mir. Seine Muskeln wölben sich unter meinen Händen.

Lachlan zischt leise und schiebt seinen Schwanz mit einer kräftigen, ruckartigen Bewegung in mich hinein. Wäre ich nicht so verflucht feucht, könnte ich ihn nie und nimmer aufnehmen. Sogar jetzt fühle ich mich so ausgefüllt, als müsste ich platzen.

»O Liebes«, stöhnt er raspelnd. »Fuck.«

Ich kann nur noch japsen und fühle, wie sich meine Zehen krümmen, während er tiefer eindringt.

Es ist besser, als ich es mir vorgestellt hatte.

Es ist perfekt.

Mit jedem Stoß, jedem Zurückziehen und Hineingleiten seines Schwanzes, bewege ich mich auf dem Tresen weiter nach hinten. Lachlan legt eine Hand hinter meinen Kopf, hält mich fest, sodass er immer tiefer in mich hineingelangt.

Mein Denken ist dahin. Ich bin dahin. Ihn so *vereint* mit mir zu fühlen, so mächtig und tief, übernimmt meinen gesamten Verstand. Ich bestehe nur noch aus Gefühl und rohem, verzweifeltem Verlangen. Und ich will mehr. Viel mehr.

Ja, ich bin sehr gierig.

Ich klammere mich an seine Oberarme, während er sich rein- und rausbewegt, halte ihn fest, immer noch voller Ehrfurcht. Ich muss ihn unbedingt nah bei mir haben. Dieser Mann gehört jetzt ganz mir, und ich werde mich anstrengen, damit es sich für ihn lohnt.

Sein Mund ist auf meinem, und wir sind in tiefen, brennenden Küssen vereint, die sich dem Takt seines Körpers anpassen, während er die Hüften nach vorn stößt und sich immer noch tiefer in mich treibt. Jeder Nerv meines Körpers wird nach innen gezogen, wo sie sich zu einem festen Knoten verwirbeln, wie Stromdrähten, bei denen es nur des kleinsten Auslösers bedarf, um mich zu befreien. Jeder Stoß droht, mich fertigzumachen.

Ich streiche mit den Fingern über seine Unterarme, fühle die sehnigen Muskeln, die mich halten, und lasse die Hände wieder nach oben wandern, über seine Schultern, die nackte Brust, die straffen Bauchmuskeln, und streichle das raue Haar, das zu seinem Schaft führt. Dort umfasse ich ihn. Er ist feucht von meinem Verlangen und knurrt vor Lust.

Ich möchte, dass er diese Geräusche bis ans Ende aller Zeiten macht. Ihn einmal in die Knie zu zwingen, wird mir nicht genügen.

Mit einer Hand greift er nach unten, zieht meine Hand weg und führt meine Finger über meine Klit, immer auf und ab. Ich bin so empfindlich, so bereit, dass ich wimmere. Mir ist klar, dass ich es nicht mehr lange zurückhalten kann.

»Du hast gesagt, dass du an mir kommen willst«, flüstert er kehlig in mein Ohr. »Das wirst du jetzt tun. Und ich will, dass deine Nachbarn es hören.«

Seine Hand bewegt meine Finger schneller und fester, und er hebt den Kopf, um zu beobachten, wie mich unsere Hände an den Rand bringen.

»So ist es gut«, sagt er. Seine Augen sind nun dunkel, sein Blick ist eindringlich und prüfend, will unbedingt in mich dringen, entschlossen, mich zum Orgasmus zu bringen. »Kayla.« Mein Name klingt wie pure Hitze. »Komm für mich.«

Ich kann es nicht mehr aufhalten und lasse los.

Freier Fall.

Zunächst breitet es sich langsam aus, als würde eine Lunte angezündet und der Funke von meinem Innersten durch jeden Nerv in meinem Körper wandern. Dann implodiere ich mit einem Ruck, der mich schreien lässt. Ich habe schon gerufen, gestöhnt und geflucht, aber noch nie habe ich beim Sex geschrien. Doch jetzt bin ich von einer Wucht durchdrungen, die ich sonst nirgends lassen kann.

Und es ist noch nicht vorbei. Ich bin wie eine startende Rakete, nichts als Beben und Zittern in einem rollenden Feuerball. Weder meinen Körper noch meine Gedanken kann ich kontrollieren, fliege einfach in die Luft und explodiere in einem Sternenschauer. Mein Herz füllt sich bis zum Rand und quillt über vor Empfindungen, die mir fast die Tränen in die Augen treiben.

Ich bin vernichtet. Er hat mich komplett zerstört, und ich möchte sterben dafür, dass er es wieder und wieder und wieder tut.

»Heilige Scheiße«, schreie ich, das Gesicht an seinem verschwitzten Hals vergraben, und halte mich an seinem harten Körper fest, als müsste ich sonst im Nirwana untergehen. »O Gott, Lachlan.«

Er schenkt mir ein einsilbiges Knurren, zieht meinen Kopf zurück und grinst mich an. Da funkelt nach wie vor Lust in seinen Augen, und ich erkenne, dass er noch nicht gekommen ist.

»Das war das Appetithäppchen, Liebes«, murmelt er und reibt seine Lippen an meinem keuchenden Mund. »Ich mache die ganze Nacht weiter.«

Ich kann kaum glauben, dass *ich* jetzt sage: »Ich brauche

eine Atempause.« Meine Hände krümmen sich um seinen Nacken, während ich die Stirn an sein stoppeliges Kinn lehne. »Sei gnädig mit mir.«

»Ah, verstehe«, erwidert er scherzhaft. »Du kannst große Sprüche klopfen, aber dann machst du schlapp.«

Ich hebe den Kopf, um in seine wundervollen Augen zu blicken. »Ich pulsiere immer noch an dir«, sage ich. Meine Atmung normalisiert sich langsam.

»Weiß ich. Und es macht mich nur noch härter.« Er hebt eine Hand an meinen Mund und fährt mit dem Finger über meine Unterlippe. »Ich kann es nicht erwarten, dich zu schmecken.« Dann zieht er sich aus mir zurück, streift seine Schuhe und die Hose ab und umfasst meine Hüften, um mich hochzuheben. »Komm her«, sagt er, nun splitternackt. Er trägt mich durch die Küche ins Wohnzimmer, wo er mich rücklings auf die Couch legt.

Er steigt über mich, seine riesigen Schenkel zu beiden Seiten meiner Hüften, sein Schwanz steil aufgerichtet. Ich starre ihn für einen Moment mit großen Augen an, nehme alles in mich auf. Ich möchte jedes Tattoo auf seinem Oberkörper ablecken, mit den Lippen über jede gemeißelte Wölbung gleiten. Es wirkt wie ein Bann, und das bezieht sich nicht nur auf seinen Anblick, endlich nackt und genau vor meiner Nase, sondern auf die Art, wie seine Augen mich fixieren, angefüllt von Gedanken und Begierden, die ich zu gern sehen würde.

Ich rechne damit, dass er wieder in mich eindringt, doch er beugt sich vor, die Ellbogen neben meinen Schultern aufgestützt. Er lächelt mich an, und es macht mich nervös, wie sanft es wirkt. Mit diesem Lächeln wird alles an ihm weicher. Kleine Falten kräuseln sich in seinen Augenwinkeln, seine

Stirn glättet sich. Er ist jetzt nicht mehr so sehr die rasende Bestie, doch immer noch genauso attraktiv.

Er gleitet mit den Fingern über meine Nase und Lippen, wobei er mich anschaut, als würde er mich *sehen*. Es ist befremdlich intim, bedenkt man unsere bisherige Beziehung, und ich möchte wegsehen, den Zauber brechen.

Zum Glück tut er es. Er leckt am Rand meiner Ohrmuschel entlang, bis meine Haut kribbelt. »Ich möchte jeden Winkel deines Körpers schmecken«, murmelt er. »Ist das in Ordnung?«

Ich schlucke. »Musst du wirklich fragen?«

»Normalerweise würde ich nicht«, sagt er und fährt mit der Zunge meinen Hals hinab, sodass ich unwillkürlich den Rücken durchbiege. »Aber da du gesagt hast, dass du eine Atempause brauchst …«

Ich versenke eine Hand in seinem Haar, mache eine Faust und ziehe an den weichen Strähnen. »Jetzt verschling mich endlich, verdammt.«

Er lacht leise. »Das ist mein Mädchen.«

Mein Mädchen. Seine Worte sind ein Fausthieb, der mich mitten ins Herz trifft.

Er setzt seine Erkundung mit Lippen und Zunge fort, über mein Schlüsselbein, meine Brüste, an deren Nippeln er so fest saugt, dass mir schwindlig wird und ich halb durchdrehe. Meine Finger bohren sich in die strammen Muskeln an seinem Rücken, verkrallen sich verzweifelt wird, als er tiefer wandert.

Mein Bauch erbebt unter seiner Zunge, und meine Hüften zucken unter dem Kitzeln seines Barts, dem Streicheln seiner weichen Lippen.

Schließlich ist sein Kopf zwischen meinen Beinen, und ich spreize sie noch weiter, angespannt vor Vorfreude. Natürlich lässt er sich Zeit. Er öffnet mich und gleitet mit der rauen Fingerspitze über meine empfindliche Scham.

Ich keuche bereits, kann nicht still sein, mich nicht beherrschen.

Dann ist seine Zunge da, streicht über meine Klit und entzündet ein neues Feuerwerk in mir. Mein Atem wird unregelmäßig, meine Finger krallen sich in das Sofapolster. Ich hebe ihm die Hüften entgegen, verlange mehr von ihm.

Er gehorcht, macht sich mit Mund und Lippen ans Werk. Und er beobachtet mich. Diese wilden Augen nehmen jede meiner Bewegungen wahr, während er mir immer mehr Wonne bereitet, mit den Zähnen über meine Klit schabt, mit der Zunge tief in mich eindringt.

Es ist zu viel, zu schnell.

Aber, verdammt, ich ersehne es mir in dem Augenblick zurück, in dem ich wegsehe.

Also sehe ich wieder hin. Immer noch ist sein hitziger Blick auf mich gerichtet. Jetzt ist seine Stirn extrem gerunzelt, wie bei einem Mann, der in den Krieg zieht, und es erstaunt mich, dass mich das allein nicht schon kommen lässt. In all den tiefen, hoffnungslosen, dunklen Stellen in mir kann ich ihn beinahe spüren, überall da, wo ich mich nie hinbegebe. Es ist, als wollte er alles aus mir hervorlocken.

Fuck, dieser Mann macht mich jetzt wahnsinniger als in der Zeit, als er mir die kalte Schulter gezeigt hat!

Ich kann seinen Blick nicht mehr aushalten, werfe den Kopf nach hinten. Die Welt wird wärmer, enger, als bestünde mein Universum aus winzigen glühenden Sternen. Größer und größer wird diese unglaubliche Kraft in mir, die sämtliche Nerven und Teile meines Körpers bündelt, bis alles fest ineinander verschlungen ist.

Seine Zunge ist der Auslöser.

»Heilige Scheiße!«, schreie ich. Er murmelt in mich hinein. Sein Stöhnen vibriert tief in mir und stößt mich über die Kante. Ich stürze in ein Netz aus brennenden Sternen, packe sein Haar mit den Händen und halte ihn verzweifelt fest, obwohl es zwecklos ist. Der Orgasmus scheint nicht zu enden, und ich werde zu einem bebenden, kraftlosen Körper.

Erst als ich hier liege, die Beine zu den Seiten ausgestreckt, und versuche zu atmen, wird mir klar, dass er immer noch nicht gekommen ist.

Und ich brauche schon wieder eine verdammte Atempause.

Doch ehe ich es sagen kann, ist er auf den Knien, hebt meinen einen Schenkel hoch und bringt sich in Position. Er stößt in mich hinein, nach wie vor hart, und ich bin so feucht und erschöpft, dass er leicht hineingleitet. Er ist nach wie vor so riesig und dick wie in der Küche. Jetzt stößt er voller Ungeduld in mich hinein, und ich muss ihm anrechnen, dass er sich so lange zusammengerissen hat.

»Ich brauche nicht lange, Liebes«, zischt er. Sein Akzent trieft vor Lust. Er reibt sich in mir, kreist mit den Hüften und drückt mich auf die Couch, während er fester und fester zustößt. Er ist gnadenlos, stöhnt bei jedem Stoß, und seine animalischen Laute werden vehementer, je näher er dem Orgasmus kommt. Es klingt so verflucht schön, dass sich erneut Hitze in mir aufbaut und die letzten Flammen entfacht, die noch da sind.

Ich blicke zu ihm auf, betrachte seinen Körper, dieses Prachtexemplar aus Disziplin, Schmerz und guten Genen. Er packt mein anderes Bein, drückt meine Schenkel auf meinen Bauch, um noch tiefer eindringen zu können. Es ist beinahe zu tief, doch er zieht sich rechtzeitig zurück und stöhnt heiser.

Die Couch bewegt sich, rückt laut vor und zurück, und ich bin verzaubert, als er mich vögelt wie ein Tier, wie ein primitives Wesen, das hierfür und nur hierfür geschaffen wurde. Schneller, härter, tiefer. Sein Tempo ist erbarmungslos.

Ich kann sehen, wie der die Kontrolle verliert, auf die Kante zusteuert, und helfe mit der Hand bei mir nach, um mitzuhalten. Sein Blick ist glühend, und dann ist er tief in mir, so tief, dass er zittert und kehlig meinen Namen murmelt, bevor er einen ganzen Schwall dreckiger Flüche ausstößt.

Es schafft mich zum dritten Mal heute Abend. Wieder einmal schwebe, fliege ich, doch diesmal mit ihm, diesmal erleben wir es gemeinsam, unsere Körper innerlich und äußerlich vereint. In diesem Moment sind wir eins.

Mein Herz ist riesig und voller Glück.

Ich bin befriedigt.

Ich bin so verdammt verliebt.

Lachlan sinkt auf mich herab. Sein harter Körper gleitet verschwitzt auf meinen, und ich tue etwas, das ich sonst niemals nach dem Sex mache. Ich schlinge die Arme um ihn und halte ihn dicht bei mir, versuche, ihn so lange wie möglich in mir zu behalten, weil ich nicht will, dass diese Wärme, diese Verbindung gebrochen wird.

Und er bleibt in mir, so lange er kann. Sein Atem an meinem Ohr wird ruhiger, und seine Lippen streifen kurz meinen Hals, bevor er sich zur Seite rollt. Er scheint kaum noch die Kraft zu haben, das Kondom zuzuknoten, ehe er aufsteht und mich nach oben zieht.

»Ins Bett. Jetzt«, sagt er, ganz Höhlenmensch.

Ich folge ihm artig und mit zitternden Beinen in mein Schlafzimmer. Wir sinken nackt aufs Bett, wo Lachlan mich zu sich zieht – nicht ganz in die Löffelstellung, aber eben auch nicht getrennt. Ich sage mir, dass ich mich irgendwann bewegen muss, dass ich nicht einschlafen kann, wenn jemand mich berührt.

Doch meine Welt verdunkelt sich, meine Träume locken wohltuend, und ich schlafe in Lachlans Armen ein.

Kapitel 12

Lachlan

Ich spüre sanfte Finger an meiner Wange. Sofort öffne ich die Augen und blinzle in die Dunkelheit, bis ich im fahlen Licht die Umrisse einer Frau erkenne.

Kayla. Ich schlucke, bekomme Panik.

»Alles okay?«, flüstert sie.

»Ja …« Ich schüttle den Kopf, um richtig zur Besinnung zu kommen. »Ja, warum? Wie … wie spät ist es?«

»Fast Morgen«, sagt sie leise und streicht mit den Fingern über meine Wange. »Du hast schlecht geträumt.«

Verfluchter Mist. Wie viel hat sie gehört?

»Ich, äh, erinnere mich nicht«, antworte ich. Gleichzeitig versuche ich mich zu erinnern, doch da ist nur das Gefühl von Verzweiflung.

»Ist wahrscheinlich gut so«, sagt sie.

»Was habe ich gesagt?«, frage ich zögernd.

»Du hast gerufen …« Sie verstummt und streicht mit den Händen über meine Brust. »Nach Lionel.«

Erleichtert atme ich auf. »Lionel ist mein Hund«, erkläre ich ihr.

Sie neigt den Kopf zur Seite. »Du hast noch einen Hund?«

»Zu Hause, ja.« Es ist sinnlos, ihr zu erzählen, dass ich

höchstwahrscheinlich nicht im Traum nach meinem Hund geschrien habe. Aber dieses Bett mit dieser wunderschönen Frau ist nicht der richtige Ort, um Tragödien anzusprechen.

»Dann musst du dich freuen, zu ihm nach Hause zu kommen«, sagt sie, und obwohl sie es verbirgt, kann ich die Spur von Enttäuschung in ihrer Stimme hören.

Ich lege die Hand in ihren Nacken und ziehe sie näher zu mir. »Ich will vor allem, dass diese letzten Tage etwas bedeuten«, sage ich und küsse sie sanft auf den Mundwinkel. »Ich bin noch lange nicht fertig mit dir.«

Wenn überhaupt, hat Kayla einen Teil in mir geöffnet, den ich selten, sofern überhaupt, zur Kenntnis nehme. Es ist Monate her, seit ich mit einer Frau geschlafen habe, und da war es irgendeine, die ich in einer Bar aufgegabelt hatte. Ich war betrunken und mies drauf – was irgendwie aufs Gleiche hinausläuft – und tat mir selbst leid. Ich vögelte die Frau auf der Toilette, und das war es. An alles vorher erinnere ich mich nicht mehr. Sobald ich beschloss, bedeutungslose One-Night-Stands ausfallen zu lassen, war Sex kein Thema mehr.

Jetzt brenne ich wie ein Inferno, ein längst überfälliges. Ich will mehr. Ich will sie jeden Tag, immerzu, bis ich abreise.

»Ich bin auch noch nicht fertig mit dir«, erwidert sie kehlig, und bei diesem Klang wird mein Schwanz hart, heiß, dick und drückt gegen die Decken. Ihre Lippen öffnen sich an meinen, und ich gleite mit der Zunge hinein, koste ihren süßen, verdorbenen kleinen Mund.

Ich muss sie ficken, chaotisch, heiß und wild. Ich will ihren Körper, ihre Berührung, ihr Licht, das all die Finsternis ersetzt, die sich in meine Träume schleicht.

»Ah, du fantastisches Wesen«, murmle ich und streichle mit meinem Daumen über einen harten Nippel, während sie den Rücken durchbiegt und ihr Körper um mehr bettelt. »Ich werde wahnsinnig, wenn ich nicht in dir sein kann.«

Sie blickt im Dämmerlicht zu mir auf, und ich erkenne ihr scheues Lächeln. »Ich mag es, Männer wahnsinnig zu machen.«

»Das weiß ich, Liebes. Aber hab Mitleid mit mir. Es ist eine Weile her.«

Verwundert reckt sie den Kopf. »Ehrlich?«

»Ehrlich. Also hab etwas Mitleid und spreiz *deine* verdammten Beine.«

»O nein«, antwortet sie und stemmt eine Hand gegen meine Brust, um mich zurückzudrücken. »Du legst dich hin. Und spreizt *deine* verdammten Beine.«

Ich ziehe eine Augenbraue hoch. »Was?«

»Glaub mir«, sagt sie verschmitzt und wirft mich auf den Rücken. »Du willst das.«

Sie hockt rittlings auf mir, und ich wünschte, sie wäre zum Fenster gerichtet, damit ich diese fantastischen Titten klarer sehen kann. »Hast du ein Kondom?«, frage ich, meine Stimme bricht vor Verlangen.

»Ja, für später«, antwortet sie und bewegt sich weiter rückwärts, bis sie an meinen Knien ist. »Jetzt brauchst du keins.« Sie schabt mit ihren Fingernägeln über meinen Bauch, wo sich die Muskeln anspannen, bevor sie sich zwischen meine Schenkel kniet.

Mein Schwanz richtet sich sofort auf, versperrt mir fast die Sicht auf sie. Ich stütze mich auf einen Arm, vergrabe die andere Hand in ihrem Haar und wickle die seidigen Strähnen um meine Finger.

Sie nimmt meinen Schwanz in die Hand, und mein Blut pulsiert gegen ihre Handfläche. Es ist fast mehr, als ich ertrage. Sie öffnet den Mund, ihre vollen Lippen gleiten über meine Spitze, führen mich in eine Höhle der Lust, die bewirkt, dass sich meine Augen tief in meinen Schädel verdrehen. Fuck, sie ist gut, gleitet mit der Zunge über die Adern, über jede harte Wölbung, als könne sie nicht genug bekommen.

»Fuck«, murmle ich, die Augen zusammengekniffen, und ziehe an ihrem Haar. »Hör ja nicht auf, verdammt.«

Sie zieht ihren Mund mit einem feuchten Sauggeräusch zurück, und einen schrecklichen Moment lang denke ich, dass sie aufhört, woraufhin sich alles an mir vor Frust verspannt. Dann ist ihre Hand auf meinem Schwanz, streicht über ihn wie Seide und bis nach unten, sodass ich glaube, mein Kopf explodiert. Ich hebe die Hüften an, sehne mich nach Erlösung.

Aber sie hat noch mehr vor. Sie neigt den Kopf langsam und nimmt sanft meine Hoden in den Mund, während ihre Hand mich weiter streichelt.

O Gott. Danke. *Danke*. Eine Frau, die einem die Eier leckt wie Süßigkeiten, ist eine Seltenheit. Doch ich will noch nicht kommen. Ich hebe den Kopf, versuche zu sprechen, aber meine Kehle ist ausgetrocknet, und meine Gedanken sind wirr. Alles wird auf primitiven Instinkt umgelenkt, auf den Drang, so heftig zu kommen, wie ich kann, und es hilft nicht, dass ich diesen schemenhaften Blick auf ihren Kopf zwischen meinen Beinen habe, wo ihre Zunge und ihre Lippen meine dünne Haut bearbeiten, bis ich meinen eigenen Namen vergesse.

»Ich will in dir sein«, bringe ich mühsam und mit bleierner Zunge heraus.

Sie schüttelt den Kopf, und die Vibrationen machen mich wahnsinnig. Ich packe ihr Haar fester. Ich will, dass sie aufhört und zugleich auch nicht, aber sie hat die Kontrolle.

»Kayla«, sage ich, bevor ich stöhne, weil mir eine neue Welle der Lust die Sprache verschlägt.

Sie pumpt nur fester mit der Hand, und ich bin geliefert.

Es schleicht sich an mich heran, wie jemand, der mich von hinten tackelt. Ich werde auf eine höhere Ebene geschleudert, als ich explodiere – irgendwohin. Es ist egal. Licht flackert hinter meinen Augen, und mein Stöhnen ist heiser und ohrenbetäubend.

Es dauert einige Momente, bis ich wieder bei Atem bin und mein Herz aufgehört hat, zu galoppieren wie ein fliehendes Tier. Meine Gedanken wollen sich nicht sammeln; ich kann nur hier liegen, während Kayla sich neben mich legt, den Kopf in eine Hand gestützt, und mit den Fingern die Tattoos auf meiner Brust nachzeichnet.

»Hey«, sagt sie.

Ich räuspere mich. »Hallo.« Immer noch klingt meine Stimme wie Schmirgelpapier. »Das war …«

»Ich weiß«, sagt sie, kein bisschen unsicher, weil sie mich eben mehrfach fertiggemacht hat. »Es war das Mindeste, was ich tun konnte als Dank für die drei Orgasmen letzte Nacht.«

Ich lecke mir über die ausgetrockneten Lippen und neige den Kopf, um sie im Dämmerlicht anzusehen. Ihre Augen sind so glänzend und dunkel, und ich weiß, dass es eine schlechte Angewohnheit von mir ist, sie zu lange anzustarren, nur kann ich nichts dagegen tun.

Ich greife hinüber, fange eine Haarsträhne von ihr mit den Fingern ein und streiche sie sanft aus ihrem Gesicht. Etwas an ihr lässt mich manchmal weich werden. Sie gibt sich alle Mühe, es nicht zu zeigen, doch ich erkenne, wie verletzlich sie tief im Innern ist. So sehr sie auch darum kämpft, es mit

Kürze und Zynismus zu überspielen, weiß ich doch, dass es da ist. Und es weckt den Beschützerinstinkt in mir.

»Ich schätze, du solltest bald gehen«, sagt sie leise.

Ich erschrecke, und wie bei einem Hund sträuben sich meine Nackenhaare. »Okay ...«

Sie legt eine Hand in meinen Nacken und beugt sich näher zu mir. »Ich will nicht, dass du gehst, aber in deiner Wohnung warten zwei Hunde, und ich muss bald aufstehen und zur Arbeit gehen.«

Ich nicke. Richtig. Die Hunde. Sie hat recht. Ich hatte nie vorgehabt, die ganze Nacht zu bleiben. Es ist einfach so passiert. In ihr zu kommen, hat gewirkt wie eine starke Schlaftablette, und dass ich eben noch mal gekommen bin – auf meinem Bauch – bedeutet, dass ich Gefahr laufe, erneut einzuschlafen.

»Willst du duschen?«, fragt sie. Ihre Stimme sinkt um eine Oktave, sodass sie klingt wie Scarlett Johansson. »Ich könnte eine Dusche gebrauchen.«

Es ist wie ein Energiekick für meinen Schwanz, und ich spüre ihn pulsieren, obwohl er erschöpft sein müsste. Aber ich bin nicht erschöpft. Und ich habe auch nicht vor, direkt nach Hause zu fahren, wenn ich es vermeiden kann. Es ist noch sehr früh, und die Hunde dürften schlafen. Sie sollten es aushalten, wenn ich ein wenig länger bleibe. Ich weiß schließlich nicht, wie viele Minuten mir mit Kayla Moore bleiben.

»Gern«, antworte ich.

Sie nimmt meine Hand und zieht mich aus dem Bett. Sie blickt nach unten und sieht den Beginn einer neuen Erektion.

»Ach du Schande. Wie ist das möglich?«

Ich stehe stolz vor ihr. »Bei mir ist alles möglich.«

»Du bist wirklich ein Tier«, bemerkt sie.

»Komisch, das ist mein Spitzname auf dem Spielfeld.«

»Und im Schlafzimmer, vermute ich.«

»Nein«, erwidere ich, lege die Hände an ihre schmale Taille und ziehe sie zu mir. »Nur bei dir.«

Ich fühle, dass sie grinst. Sie löst sich aus meiner Umarmung und schwingt sexy die Hüften bis zum Bad. Dort schaltet sie das Licht an und schlägt sofort eine Hand vor ihr Gesicht, bevor sie heftig blinzelt.

»Ein bisschen grell«, sagt sie.

»Umso besser sehe ich dich.« Ich folge ihr nach drinnen.

Ihr Bad ist ungefähr so groß wie eine Schuhschachtel und verfügt über ein Waschbecken, eine Toilette und eine Duschkabine aus Glas. Ein großer Spiegel erstreckt sich über eine gesamte Wand, um dem Raum Tiefe zu verleihen. Ich betrachte unser Spiegelbild. Neben Kayla nehme ich mich riesig aus, von den Narben, dem zerzausten Haar und den zahlreichen Tattoos ganz zu schweigen. Ich sehe aus wie ein Schläger, ein Kämpfer, ein Außenseiter. Im Gegensatz dazu ist sie wie eine Prinzessin, so zart, weich und blass. Hier bin ich wirklich das Tier.

Gott sei Dank gefällt es ihr. Sie sieht mich im Spiegel an, und ihr Mund öffnet sich gerade so weit, dass ich die Spitze ihrer Zunge sehen kann.

»Geh in die Dusche«, sage ich zu ihr. »Seif dich ein.«

Sie runzelt die Stirn, geht zur Duschkabine und stellt das Wasser an. »Was hast du vor?«

»Die Kabine ist nicht groß genug für uns beide«, erkläre ich. »Ich sehe zu, wie du dich wäschst, und dann beuge ich dich vor und ficke dir den Verstand weg.«

Sie neigt den Kopf zur Seite und betrachtet mich mit einem erstaunten Ausdruck. »Wer bist du noch mal? Der unersättliche Mann?«

»Die perfekte Ergänzung zur unersättlichen Frau.« Ich lächle ein wenig und nicke zur Dusche. »Los.«

»Na gut«, sagt sie langsam, wobei sie die Augenbrauen hochzieht. Sie geht unter die Dusche und lässt das Wasser über ihren Körper laufen. Ihr Kopf ist nach hinten geneigt, ihr Rücken durchgebogen, sodass das Wasser über ihre straffen Brüste, den strammen kleinen Hintern und über jede weiche und kurvige Stelle ihres Körpers rinnt. Es ist, als würde ich einen Porno sehen, nur ist der hier live, und jetzt, für diese letzten Morgenstunden, gehört sie ganz mir.

Ich lehne mich ans Waschbecken, und binnen kürzester Zeit ist mein Schwanz wieder hart und heiß in meinen Händen. Ich beobachte, wie sie Duschlotion auf einen Schwamm gibt und damit über ihren ganzen Körper fährt. Weißer Schaum tropft zwischen ihre Titten herab, über ihre Hüften und ihren Venushügel.

»Spiel mit dir«, sage ich. Meine Stimme ist heiser vor Lust.

Sie grinst mir zu. »Du kommandierst ganz schön viel.«

»Noch mal, tust du auch.«

Kayla wirft mir einen triumphierenden Blick zu, und dann hält sie meinen Blick fest, während ihre Hände und der Schwamm zwischen ihre Beine tauchen. An diesem Punkt würden die meisten Frauen wegsehen, weil sie sich ausgestellt fühlen. Doch sie hat kein Problem damit, mir alles zu entblößen. Sie starrt mir tief in die Augen, bis ihre eigene Wonne sie zwingt, den Blickkontakt abzubrechen. Jetzt lehnt sie den Kopf nach hinten, kneift die Augen zu, und ihr umwerfender, fickbarer Mund öffnet sich zu einem Stöhnen.

Viel mehr halte ich nicht aus.

Ich gehe zur Duschkabine, und sie tritt an die Wand, um mir Platz zu machen.

»Lass die Tür offen«, sage ich. »Und stütz die Hände an der Kante ab.«

»Der Fußboden wird klatschnass«, entgegnet sie, gehorcht aber.

»Du hast Handtücher.«

Sie zuckt mit den Schultern, und ich nehme einen Anflug von Anspannung wahr. Es ist keine echte Sorge – sie weiß nur einfach nicht, was als Nächstes kommt.

»Soll ich ein Kondom holen?«, fragt sie.

»Kommt drauf an.« Ich greife in ihr Haar und drücke ihren Kopf nach unten, sodass sie vorgebeugt ist und ihr seifiger Hintern gegen meinen Schwanz gepresst. Mit beiden Händen klammert sie sich an den Griff der offenen Duschtür. Der Spiegel gegenüber ist perfekt, auch wenn er langsam beschlägt.

»Worauf kommt es an?«, fragt sie, aber ich ahne, dass sie schon weiß, was ich vorhabe.

Ich tauche meine Finger zwischen ihre Pobacken, fahre auf und ab, drücke auf ihre Möse und dann weiter nach oben. »Ist das okay?«, flüstere ich und lasse meine Finger kreisen.

Sie nickt, sagt aber nichts. Langsam schiebe ich einen Finger hinein, ziehe ihn wieder raus und achte darauf, dass er extra seifig ist, ehe er wieder eindringt. Sie spannt die Muskeln um mich an, und ich muss tief Luft holen, damit ich nicht schon hinüber bin, ehe mein Schwanz eine Chance hatte, hineinzugleiten.

Ich drücke einen Klacks Duschlotion in meine Hand und sehe Kayla im Spiegel an, wo wir allmählich im Nebel verschwinden. Dann verteile ich die Seife auf meinem Schaft, bevor ich mit einer Hand Kaylas Hüften halte, mit der anderen meinen Schwanz, und in den engsten Raum eindringe, den ich mir vorstellen kann.

Sie ringt nach Luft, drängt sich aber gegen mich, um mich wissen zu lassen, dass ich weitermachen soll. Ich gehe es so behutsam an, wie ich kann, bewege mich langsam und vorsichtig.

»Immer noch okay?«, murmle ich und hoffe, dass es ihr wenigstens ein bisschen was bringt, auch wenn es weit weniger sein dürfte als mir. Bevor sie antworten kann, lasse ich ihre Hüfte los und meine Hand zwischen ihre Beine wandern. Es ist schwer zu sagen, ob sie von der Dusche feucht ist oder vor Erregung. Ich rede mir gern ein, dass es an mir liegt.

Sie öffnet sich meinen Fingern und stellt die Füße auf den Fliesen weiter auseinander. Die Muskeln an ihrem Rücken glätten sich, und sie lässt den Kopf hängen, während sie sich mir hingibt.

»Sieh dich an«, flüstere ich. Ich möchte, dass sie ihr, unser Spiegelbild ansieht, die Gegensätzlichkeit unserer Körper. Die Dunkelheit und das Licht. »Sieh mich an.«

Zögernd hebt sie den Kopf, und ich begegne dem Blick ihrer warmen Augen. Ich halte ihn, bewege mich rein und raus, und ihr Hintern ist so verdammt eng, dass mir nicht viel Zeit bleibt. Ich verliere mich an ihre feste Umklammerung, an ihre milchige Haut, an sie.

Glücklicherweise beherrsche ich Multitasking. Meine Finger arbeiten immer schneller, während ich noch fester zustoße, mit gerade so viel Beherrschung, wie ich aufbringe. Ich scheine nicht genug Luft in meine Lunge zu bekommen, und das Licht fängt an zu flackern, aber natürlich nur in meinem Kopf. Und ich versuche, Kaylas Blick im Spiegel festzuhalten.

Ich weiß, dass sie dem Orgasmus nahe ist, als sie das Gesicht verzieht, den Mund öffnet und schließt, ihre Lider flattern. Sie hat Mühe, weiter mein nebliges Spiegelbild anzusehen, weil ihr die Augen zufallen wollen. Dann kommt sie heftig, zittert so sehr, dass sie beinahe in die Knie sinkt. Mir gelingt es, sie aufrecht zu halten. Ich balanciere ihr Gewicht mit einer Hand, und meine Armmuskeln spannen sich an, während meine Finger noch den letzten Tropfen ihrer Wonne aus ihrer geschwollenen Klitoris reiben.

Ich sehe nicht weg. Kein einziges Mal. Ich werde allein nach Schottland zurückreisen, und deshalb brauche ich jede Erinnerung an sie.

Ich komme schnell. Abrupt. Es erwischt mich eiskalt, und meine Schreie hallen durchs Bad, als ich mich in sie ergieße. Es fühlt sich so verdammt gut an, dass ich kaum noch stehen kann. Als ich die Augen wieder öffne, starrt mir Kaylas verschwommene Spiegelung entgegen.

»Du bist ein verdorbener Junge«, sagt sie. »Ein glücklicher Junge. Jetzt schon anal?«

Ich kann nichts gegen das benommene Grinsen in meinem Gesicht tun. Achselzuckend ziehe ich mich langsam aus ihr zurück. »Ich werde keine Gelegenheit verpassen, solange ich dich in der Nähe habe. Es war kein Scherz, als ich sagte, dass ich bis Sonntag jede freie Minute mit dir verbringen will.«

»Zu schade, dass du nicht in ein paar Stunden in mein Büro kommen kannst«, sagt sie. »Um vielleicht unter meinem Schreibtisch zu hocken und mich zu verwöhnen.«

Ich benetze mir die Lippen. »Du brauchst es bloß zu sagen, und ich bin da.«

Sie schnappt sich ein Handtuch und wickelt es um ihre Hüften, sodass ihre wunderschönen Titten entblößt bleiben.

»Führe mich nicht in Versuchung. Ich bin schon kurz davor, meinen Job zu kündigen.« Sie nickt zur Dusche. »Lass dir Zeit«, sagt sie und verlässt das Bad.

Rasch gebe ich etwas Duschlotion in mein Haar. Ich bin nicht allzu wählerisch, was auf meinen Kopf kommt, und innerhalb von Minuten bin ich fertig und trockne mich ab.

Nackt kehre ich ins Schlafzimmer zurück. Erschlafft, ja, doch Kaylas Blick nach zu urteilen, ist sie immer noch mächtig beeindruckt. Irgendwie ist sie schon für die Arbeit angezogen, und im Osten geht gerade die Sonne auf.

»Du bist schnell«, stelle ich fest.

Sie lächelt mir zu, während sie einen Ohrring anlegt. »Ich kann mich genauso gleich ganz fertig machen.« Ihr Blick wandert über meinen Körper. »Also, wenn ich dich das nächste Mal sehe, bist du hoffentlich bereit, mir endlich von deinen Tattoos zu erzählen.«

Mein Lächeln erstirbt. Ich schlucke, weil ich nicht bereit bin, mich so zu entblößen. »Ich werde dir einige Geschichten erzählen. Der Rest würde dich zu Tode langweilen.«

»Lachlan«, sagt sie, und wie sie meinen Namen ausspricht, macht mich fast schon wieder hart. Sie schlendert auf mich zu und legt eine Hand an meine Wange. »Du bist alles andere als langweilig.«

Ich grunze achselzuckend. Solange ich sie noch habe, darf sie mich so faszinierend finden, wie sie will, aber ich bin nicht gewillt, in die Wahrheit abzutauchen. Sie ist meine letzte, dringend nötige Affäre, bevor ich zum Rugby, den Hunden und meinem normalen Leben zurückkehre. In diesem zeitlich begrenzten Arrangement ist wirklich kein Platz für die Realität.

Ich nehme ihre Hand und küsse die Innenfläche. »Wann

sehe ich dich wieder? Kannst du nach der Arbeit zu mir kommen?«

Sie scheint zu überlegen. »Wie wäre es so gegen acht?«

Ich nicke. »Klingt perfekt.«

Ihre Hände streichen über meine Brust, und wieder wandern ihre Finger meine Tattoos ab. »Kann ich dich zu Hause absetzen? Es ist nicht weit von meiner Redaktion.«

Normalerweise würde ich darauf bestehen, mir ein Taxi zu rufen, doch aus irgendeinem Grund tue ich es nicht. Ich fange schon an, alles aus jeder Minute rauszuholen. »Das wäre sehr nett«, antworte ich.

Es dauert nicht lange, bis ich wieder in dem Anzug von gestern Abend stecke und sie mich vor meiner Wohnung absetzt. Die Sonne scheint auf die Stadt, und nirgends ist ein Fetzen Nebel zu sehen. Alles funkelt in neuer Klarheit. Alles.

Ich beuge mich zu Kayla hinüber, lege die Fingerspitzen unter ihr zartes Kinn und hebe es leicht an meine Lippen. Dann küsse ich sie sanft. »Danke.«

Ihre Wangen färben sich rosig, und sie nickt. »Ich habe das Gefühl, dass ich dir danken sollte. Vielmals.«

»Wofür?«

Verlegen lächelt sie. »Dass du endlich meinem Charme erlegen bist.«

Ich grinse kopfschüttelnd. »Dem bin ich schon vor einer geraumen Weile erlegen, Liebes. Ich musste nur warten, bis mein Gehirn so weit war. Und ich bin froh, dass es das jetzt ist.« Wieder küsse ich sie und zwinkere ihr zu, bevor ich aus dem Wagen steige. Dann bücke ich mich, um sie durchs Fenster anzusehen, und winke ihr zu. »Bis dann.«

»Bis dann«, sagt sie, beißt sich auf die Unterlippe und fährt los.

Ich blicke ihr einen Moment nach, ehe ich die Morgenluft tief einatme. Dies ist die einzige Tageszeit, in der sich die Stadt nicht schmutzig anfühlt. Dann gehe ich zu meiner Wohnung, bereit, mich den Hunden und allem anderen zu widmen, was dieser Tag mir noch entgegenwerfen mag.

Ich muss zugeben, dass ich für den Rest des Tages kaum zu gebrauchen bin. Es ist ungewöhnlich für mich, so ganz und gar auf einen Menschen fixiert zu sein, statt auf Rugby oder Hunde. Tatsächlich fühlt es sich gut an, weil es unerwünschte Gedanken und Impulse im Zaum hält.

Ich bin wieder mit den Hunden unterwegs und versuche, Emily beizubringen, bei Fuß zu gehen. Es ist nicht einfach, weil sie vor jedem Menschen, jedem Auto und jedem Objekt Angst hat. Manchmal nehmen die Hunde meine Energie auf, wenn ich zu aufgedreht bin, ob gut oder schlecht. Ich beschließe, es ein anderes Mal zu probieren, und gehe zurück zur Wohnung, auch wenn ich ewig wandern könnte, ohne erschöpft zu sein.

Mein Handy bimmelt. Bram.

»Hallo?«, melde ich mich.

»Also, also, also«, sagt Bram. »Bist du nicht der Mann der Stunde?«

»Kommt auf die Stunde an.«

»Jede, wie es scheint. Soll ich dir meine gute Nachricht erzählen, oder willst du mir deine zuerst erzählen?«

Perplex räuspere ich mich. »Was, ähm, ist denn meine gute Nachricht?«

»Na gut«, sagt Bram. »Wie auch immer. Mr. Mulligan, Justines Vater, und ich hatten heute Morgen ein Meeting.« Er macht eine Pause, und ich hake nicht nach, weil ich weiß, dass er weiterreden wird. Er hat eben einen Hang zum Drama. »Und er wird investieren.«

Ich grinse und fühle mich um Brams willen erleichtert. »Das ist hervorragend, Alter.«

»Ich schulde dir echt was«, sagt er.

Ich brummle nur irgendwas, weil mir nicht wohl dabei ist. »Es war nichts.«

»Es war nicht nichts«, widerspricht er ernst. »Ohne dich wäre das nie passiert.« Sein Ton verleiht allem so etwas Schweres. Ich glaube, mir gefällt Bram besser, wenn er scherzt.

»Hör mal«, sage ich, streiche mir übers Kinn und ziehe die Hunde zurück, als wir an einer Kreuzung warten. »Ich habe getan, was ich konnte. Du weißt, dass ich gern aushelfe, wenn ich kann, und zufällig hat es geklappt.«

»Schade, dass Justine es nicht lohnenswerter für dich gemacht hat.«

»Es ist schade für Justine, dass *ich* es für sie nicht lohnenswert gemacht habe«, sage ich.

Er lacht. »Armes Mädchen. Genau wie alle anderen, vermute ich. Übrigens dachte ich, du wärst daran gewöhnt, so viele Muschis zu kriegen, wie du kannst.«

»Leute verändern sich.«

»Ja, tun sie. Oder doch nicht?«

Ich weiß, worauf er hinauswill. »Tja, danke, dass du Bescheid gesagt hast, Cousin. Es freut mich, dass alles hingehauen hat.«

»Es wird ein Jammer, dich wieder abreisen zu sehen, Lachlan.«

»Für dich? Ja, klar.«

Er lacht, allerdings nur kurz. Dann atmet er hörbar aus. »Es wäre nett gewesen, dich ein bisschen besser kennenzulernen. Ehrlich. Dazu hatten wir früher ja eigentlich nie eine Chance, du weißt schon.«

»Ja, bedauerlich«, sage ich. »Aber ich habe es euch auch nie leicht gemacht. Und dann seid ihr weggezogen.«

»Es ist nur komisch, dass sie diejenige sein wird, die dich besser kennt.«

»Sie?«

»Das wäre doch deine gute Nachricht, nicht? Kayla. Ich habe die Investition, du hast das Mädchen.«

Ich reibe die Lippen aneinander. »Ich habe das Mädchen nicht«, sage ich streng. »Und was ich habe, ist nur für kurze Zeit. Nur für wenige Tage, sonst nichts.«

Bram schnaubt. »Du wirst flachgelegt. Da könntest du erheblich glücklicher klingen.«

Mir ist wirklich nicht danach, das mit Bram zu diskutieren. Es ist sowieso schräg, dass er und Linden und Stephanie und Nicola herumsitzen und über die Privatangelegenheiten anderer reden. Meine Kumpel in Edinburgh tun das nicht.

Andererseits habe ich bemerkt, dass Kayla bei ihnen die seltsame Außenseiterin ist. Sie bewegt sich immer an Rand der Gruppe. Das war schon so, als ich sie zum ersten Mal in der Bar sah. Ich habe vorgegeben, dass sie mich nicht faszinierte, obwohl sie es tat. Aber da waren es weder ihre Persönlichkeit noch ihr Aussehen gewesen, da noch nicht. Ihr Charakter war höchstens ein kleines Blinken auf meinem Radar. Allerdings ist mir aufgefallen, dass sie nicht ganz richtig dazugehörte. Dass sie mit ihnen zusammen war und zugleich auch nicht. Es ist mir aufgefallen, weil ich es verstehe.

»Hör mal, ich muss Schluss machen, Bram«, sage ich. »Ich habe hier ein paar Hunde, um die ich mich kümmern muss.«

»Habe ich gehört«, sagt er, und ich frage mich, was er sonst noch weiß. Vielleicht redet Kayla viel. »Aber ich dachte … wenn du jetzt mit Kayla zusammen bist …«

»Ich bin nicht mit Kayla *zusammen*«, unterbreche ich ihn. Da die Zeit sehr begrenzt ist, will ich nicht, dass *wir* … zu mehr gemacht werden, als wir sollten … was auch immer wir sind.

»Nun, da du eine zeitlich begrenzte Fickbeziehung hast«, korrigiert sich Bram, obwohl das auch nicht richtig klingt, »dachte ich, wir sechs sollten am Wochenende mal aus der Stadt fahren.«

»Ich fliege am Sonntag«, erinnere ich ihn und sehe zu Ed und Emily hinunter, die mich mit großen Augen anstarren. »Und bis dahin habe ich zumindest einen Hund.«

»Ich weiß, ja, hör mir doch zu. Dein Flug geht erst nachmittags, stimmt's?«

»Ja, um drei.«

»Dann von Freitagabend bis Sonntagmorgen. Napa Valley. Warst du da schon mal?«

Ich seufze, denn eigentlich will ich keine spontanen Unternehmungen, die meine Pläne durchkreuzen, Kayla ganz für mich zu haben. »Nein, war ich nicht.«

»Es sind nur anderthalb Stunden Fahrt«, sagt er. »Da ist es traumhaft. Ich buche uns Hotelzimmer, und ich kenne ein Hotel mit einem Weingut, in das man Hunde mitbringen darf.«

»Vielleicht solltest du mal anfangen zu sparen, Bram«, empfehle ich ihm. »Schotten sollen doch geizig sein.«

Er lacht. »Ich spendiere nicht für alle. Ihr bezahlt euer Zimmer selbst, klar? Aber, hör mal, ich will hier keinem auf den Schlips treten. Rede mit Kayla und sag mir Bescheid. Ich sage den anderen bis dahin nichts.« Er stockt. »Es wäre nur schön, wenn wir uns alle noch mal sehen, bevor du abreist, und auf die Weise geht es euch nicht von der gemeinsamen Zeit ab.«

Ich blicke hinauf zu dem Dunst, der von Westen zwischen den Wolkenkratzern heranrollt, und seufze. »Na gut, ich frage sie. Aber falls wir mitkommen, erwarte nicht, uns außer vielleicht beim Mittagessen zu sehen. Und selbst das sage ich nicht fest zu.«

»Du Hengst«, sagt er, verabschiedet sich und legt auf.

Ich stecke das Handy ein und sehe die Hunde an. »Tja, so viel zu dem Versuch, mich zurückzuziehen.« Sie legen ihre Köpfe schief, als würden sie zuhören. Manchmal glaube ich, dass sie es tun.

Wenn ich Kayla heute Abend sehe, werde ich sie fragen, ob sie verreisen will. Ich hoffe nur, dass sie solch ein Trip nicht abschreckt. Unter normalen Umständen würde ich nicht im Traum daran denken, mit einer Frau zu verreisen, mit der ich gerade geschlafen habe, und ich würde annehmen, dass es Kayla genauso geht. Doch weil ich bald weg bin, ist alles ein bisschen anders. Die Regeln werden aufgeweicht.

Aber Regeln haben mich ja noch nie sonderlich interessiert.

Kapitel 13

Kayla

Mir tut alles weh. Wie nach dem Rugbyspiel, aber zugleich schlimmer und besser. Denn diese Reibung zwischen meinen Beinen und an anderen Stellen erinnert mich an das, was wir die ganze Nacht getan haben.

Es ist, als müsste ich mich den ganzen Tag kneifen, nur dass das schon mein wunder Körper für mich erledigt. Bei jeder Bewegung werde ich an Lachlan erinnert. An seinen unglaublichen Schwanz. Seine begabten, besitzergreifenden Hände. Seine sagenhaften Lippen ... *überall.*

Wie zur Hölle soll ich jemals darüber hinwegkommen?

Zum Glück will er mich wiedersehen. Sofort. Ich wäre direkt nach der Arbeit gekommen – was logisch gewesen wäre, weil er so nah beim Büro wohnt. Doch ich muss meine Gedanken sortieren und mich wieder sammeln.

Bevor der Arbeitstag vorbei ist, antworte ich endlich auf Stephs und Nicolas panische Textnachrichten und sage ihnen, sie sollen mich um sechs zum »Mädelsgespräch« im Lion treffen.

Als ich im Lion ankomme und Steph und Nicola in der Nische sehe, wie sie sich beim Bier unterhalten, mache ich natürlich dicht. Was passiert ist, erscheint mir auf einmal nicht mehr wie etwas, das ich kommunizieren kann, nicht, ohne wie eine Bekloppte zu klingen oder Lachlan unter Wert zu verkaufen.

Ich hole tief Luft, gehe auf die beiden zu und bemühe mich, eine ernste Miene aufzusetzen, obwohl ich schon merke, wie sich ein Lächeln regt.

Beide drehen sich zu mir um und verstummen.

»Mein Gott«, sagt Steph langsam und mustert mich von oben bis unten.

»Was?« Ich sehe an mir hinunter, zu meiner engen schwarzen Jeans und der Schluppenbluse. Dieses Outfit hatte ich heute Morgen in aller Eile ausgesucht, während Lachlan geduscht hat.

»Kayla?«, fragt Nicola.

Ich schüttle den Kopf und sehe die beiden an. »Ja, was?«

Steph lacht, die Augen ungläubig weit aufgerissen. »O mein Gott, du bist so was von flachgelegt worden!«

Es zu leugnen ist zwecklos. »Wie kommst du darauf?«

»Du glühst«, sagt Nicola.

»Und du hast dieses dreckige Grinsen im Gesicht«, ergänzt Steph. »Jetzt setz dich hin, verdammt, und erzähl.«

Anscheinend kann ich nicht anders, als zu lächeln. Ich setze mich neben Nicola. »Arbeitest du heute Abend?«, frage ich.

»Ja, bald. Bram ist bei Ava«, antwortet sie rasch. »Aber wechsle nicht das Thema. Du bist uns was schuldig. Erzähl uns alles.«

»Was ist passiert?«, fragt Steph, die sich aufgeregt vorlehnt und ihr Bier fest umklammert. »Er war hier und hat nach dir gefragt, übrigens, und …«

»Ja, du hast ihm meine Adresse gegeben.«

»Hätte ich das lieber nicht tun sollen?«

Ich schüttle den Kopf. Hätte sie es nicht getan, wäre die letzte Nacht wohl nicht passiert.

»Weißt du, dass er nur wegen Bram mit Justine verabredet war?«, fragt Nicola.

»Ja, weiß ich.« Und ich versuche, nicht daran zu denken. »Er hat es mir erklärt.«

»Und dann habt ihr gefickt«, sagt Steph mit einem Nicken.

Ich beäuge sie. »Das haben wir.«

»Und?«, fragt Nicola, die mich mit großen Augen ansieht. »Wie war es?«

Ich lehne mich zurück. »Schwierig zu sagen.«

»Was?«, fragt Steph verdutzt. »Heißt das, du willst uns nicht von Hulks Schwanz vorschwärmen?«

Die alte Kayla hätte von jedem Hulk-Schwanz geschwärmt, der ihr über den Weg gelaufen war, doch diese Kayla … dieser Kayla ist nicht danach, so über Lachlan zu reden.

»Ich will nicht darüber sprechen«, sage ich.

»So schlimm, hm?«, fragt Nicola mitfühlend.

»Nein«, erwidere ich hastig. »Nein, es war das Gegenteil von schlimm. Es war …« Ich wiege den Kopf vor und zurück, während ich nach dem richtigen Wort suche. »Erdbebengleich. Lebensverändernd. Sein Schwanz hat mich für alle anderen auf der Welt ruiniert.«

Nicola und Steph wechseln einen Blick.

»Ah«, sagt Steph. »Wow.«

»Ja. Ich habe solche Angst.« Und ich bin so *geliefert*.

Eine längere Pause entsteht.

»Also *war* es ein Hulk-Ding«, fährt Steph fort.

Ich sehe sie an. »Sein Schwanz hat eine lächerliche Proportion zu seinem Körper, und er ist ein riesiger Kerl. Mehr sage ich nicht.«

»Wie gut, dass du eine Menge Übung hattest, um dich zu lockern«, bemerkt Nicola spöttisch.

»Halt die Klappe.«

»Und was jetzt?«, fragt Steph.

»Was meinst du?«

Sie zuckt mit den Schultern und nimmt einen Schluck von ihrem Bier. »Na ja, er reist ab.«

»Ja, weiß ich.«

»Und … siehst du ihn vorher wieder?«

Ich angle mein Handy aus der Tasche und blicke drauf. »Ich habe noch zwei Stunden, bis ich ihn besuche. Dies ist das letzte Mal, dass ihr mich vor seiner Abreise seht. Beantwortet das deine Frage?«

»Schon verstanden«, sagt Nicola.

»Irgendwie fies, was?«, fragt Steph. »Ich meine … endlich hast du ihn … und er verschwindet.«

Ich seufze gedehnt und streiche mir das Haar aus dem Gesicht. »Klar, das ist eine echte Spaßbremse, nicht? Ich meine, Gott bewahre, dass ich eine Chance bei dem ersten Kerl seit Kyle bekomme, in den ich mich verliebe.«

Beide starren mich mit offenen Mündern an, und es dauert einen Moment, ehe ich begreife, dass ich laut ausgesprochen habe, was ich bisher nicht mal mir selbst eingestehen wollte.

»O mein Gott«, sagt Steph. »Heißt das, du bist …«

Ich bedenke sie mit einem strengen Blick. »Nein.« Ich räuspere mich. »Nein, bin ich nicht. Natürlich nicht. Ich kenne ihn gar nicht. Noch ist es nichts als eine Schwärmerei oder so.«

»Es ist viel mehr«, widerspricht Nicola. »Und es ist okay, es zuzugeben, Kayla. Es wird Zeit, dass du mal irgendwas für irgendwen empfindest.«

»Es wird Zeit?«, wiederhole ich. »Klar, nur das Timing ist beschissen. Ich will nicht mehr in ihm sehen als ein Instrument für umwerfenden Sex. Ehrlich. Also vergessen wir, was ich gesagt habe. Ich habe eine Woche, mich um den Verstand vögeln zu lassen, dann ist er weg, und ich werde wieder ich selbst. Fuck, das ist besser als nichts.«

Nicola kneift den Mund zusammen und wirkt idiotisch traurig.

»Was ist denn jetzt?«, frage ich sie und verdrehe die Augen.

»Dir wird das Herz gebrochen.«

»Was?«, rufe ich und klatsche die Hände auf den Tisch.

»Nic«, sagt Steph streng. »Wie überaus optimistisch.«

Mein Puls ist so laut in meinem Kopf, dass ich Nicola kaum hören kann. »Ich sage ja nur, wenn ich an deiner Stelle wäre und endlich anfangen würde, etwas für einen Mann zu empfinden, hätte aber nur eine Woche mit ihm, dann würde es mir das Herz brechen.«

»Weil du so ein Weichei bist«, erkläre ich bissig. »Obwohl du nicht so eine Pussy warst, bevor Bram seinen Schwanz in dir hatte.«

»Weil er der Richtige war«, kontert sie. »Und dies ist dein richtiger Schwanz.«

»Hört mal«, mischt Steph sich ein, »wir alle haben jetzt den richtigen Schwanz. Aber Kayla und Lachlan sind völlig anders als Linden und ich. Oder du und Bram.«

Irgendwie finde ich das beleidigend. »Ach ja, und wie?«

Steph zieht die Augenbrauen hoch. »Na ja, wie du schon gesagt hast, kennst du Lachlan nicht. Und er kennt dich nicht.«

»Stimmt.«

»Und er reist ab, also habt ihr nicht mal Zeit, euch kennenzulernen.«

»Stimmt«, sage ich noch mal sehr gedehnt.

»Und selbst wenn du dieser Tage ein wenig weicher wirkst, bist du immer noch du, Kayla. Ich wette, auch wenn er nicht abreisen würde, würdest du eine Ausrede finden, dich da wieder rauszuziehen. Also im Gegensatz zu dem, was Nicola denkt, glaube ich, dass diese Beziehung, dieses Arrangement oder was immer es sein mag, wie maßgeschneidert für Kayla Moore ist.« Sie hebt ihr Bierglas an und sieht mir in die Augen. »Zieh los und vögle ihm diese Woche das Hirn raus. Ein Salut an alle, die ficken werden.«

Nicola brummelt etwas, erhebt aber ihr Glas.

Ich habe keins, daher kann ich ihnen nur zunicken. »Na gut, einverstanden. Aufs Ficken.«

»Aufs Ficken«, erwidern sie im Chor.

Um acht Uhr biege ich auf seinen Parkplatz ein und bleibe einige Minuten im Wagen sitzen, wo ich nur die Hände ringe und um den Mut kämpfe, nach oben zu gehen. Nicht dass ich Angst hätte. Aber ich bin nervös. Nach einem tiefen Atemzug steige ich aus und gehe zum Eingang. Ich nehme mir einen Moment, um mein Spiegelbild in den Glastüren zu prüfen. Nach der Arbeit war ich nach Hause geeilt, um mich umzuziehen. Nun trage ich ein schwarzes Trägerkleid, ein bisschen im Nachthemdtrend der Neunziger, mit heißen pinken Plateauschuhen. Keinen BH. Keine Unterwäsche. Wozu auch?

Ich drücke den Knopf und warte einige Momente. Der Puls pocht in meinem Handgelenk. Lachlans klare Stimme erklingt, ein wenig schläfrig und butterweich. »Kayla?«

»Hi«, sage ich. Ich will mehr sagen, wahrscheinlich etwas Unbeholfenes, doch er drückt gleich den Summer. Als ich das letzte Mal hier war, hatten wir gerade die Hunde gerettet. Und Lachlans Oberkörper war nackt gewesen. Er hatte sich so nah und gleichzeitig so sehr weit weg angefühlt. Daran jetzt zu denken, *jetzt*, nachdem ich meine Hände und Lippen überall auf ihm hatte, macht mein Verlangen nach ihm stärker denn je.

Ich klopfe an seine Tür, beiße mir vor Spannung auf die Unterlippe, bis geöffnet wird und ich Lachlan sehe, der sich lässig an die Tür lehnt. Von drinnen ist der melodische Klang von Fiona Apples »Slow Like Honey« zu hören.

»Das solltest du nicht tragen«, sagt er mit einem angedeuteten Lächeln.

Gott, haben mir diese Lippen gefehlt!

»Warum nicht?«, frage ich verwundert. Innerhalb einer Sekunde ist meine Nervosität dahin, und ich stelle fest, wie leicht es ist, so mit ihm zu reden.

»So schaffen wir es unmöglich durch die Vorspeise«, antwortet er, tritt zurück und lässt mich rein. Er ist wieder leger gekleidet. So gefällt er mir genauso gut wie im Anzug.

Ich gehe hinein, wobei meine Absätze auf den Fliesen hallen. »Ich dachte, *ich* bin die Vorspeise«, sage ich und sehe mich um. Die beiden Hunde liegen auf dem Sofa, dicht aneinandergekuschelt wie schlafende Mäuse. Nun heben sie gleichzeitig die Köpfe, um mich anzustarren. Der Pitbull wedelt mit dem Schwanz, während der Mischlingshund leicht zittert und die Zähne zeigt.

»Beachte sie nicht. Sie sind noch in der Eingewöhnung«, sagt Lachlan, schließt die Tür und zeigt zu dem Tisch neben der Küche, an dem ich letzte Woche das Interview mit ihm geführt hatte. »*Das* ist die Vorspeise.«

Auf dem Tisch stehen eine Flasche Rotwein, zwei Gläser

und ein Käsebrett mit Brie, Cheddar, Camembert, Feigen, Marmelade, Honig und Crostini.

»Wow«, sage ich leise. »Hast du das alles gemacht?«

Er zuckt mit den Schultern und gibt einen abfälligen Laut von sich. »Das ist nichts.«

»Es ist romantisch«, widerspreche ich. »Ich hätte dich nicht für einen Romantiker gehalten.«

Er zieht eine perfekt geschwungene Braue hoch. »Ach nein? Und wofür hast du mich gehalten?« Langsam schenkt er ein Glas Wein ein.

Ich stehe da und beobachte, wie er deutlich weniger Wein in das zweite Glas gießt. Seine Unterarmmuskeln bewegen sich, sodass der tätowierte Löwe zu brüllen scheint. Vor Konzentration runzelt Lachlan die Stirn – oder vielleicht vor gespannter Erwartung auf meine Antwort. Er wirkt ganz entspannt in meiner Nähe, doch da ist stets dieses Wilde in seinen Augen, das offenbar nie verschwindet. Das einzige Mal, dass ich nichts als Ruhe in seinen Augen sah, war nach seinem Orgasmus letzte Nacht.

»Ich hielt dich für einen Mann, der mich keines zweiten Blickes würdigt.«

Er schenkt mir ein schiefes Lächeln, während er die Flasche wieder zukorkt. »Tja, Liebes, du weißt, dass das nicht stimmt.«

Ich gehe ruhig auf ihn zu und blicke unter meinen Wimpern zu ihm auf wie eine Art Femme fatale. »Oh, es stimmt. Du wolltest nichts mit mir zu tun haben.«

Für einen Moment wird sein Gesichtsausdruck weicher, bevor er in die Küche geht und zwei kleine Teller aus einem der Glasschränke holt. »Ich will mit den meisten Menschen nichts zu tun haben. Das solltest du nie persönlich nehmen.«

»Erzähl das der alten Kayla. Die hatte keine Ahnung, dass

sie die Chance haben würde, deinen fantastischen Schwanz in den Mund zu bekommen.«

Die Teller klappern gegen den Tresen. »Und du hast ein ganz schön freches Mundwerk.«

»Genau.«

Er kommt mit den typischen breiten Schritten ins Zimmer zurück und stellt die Teller auf den Tisch. Dann nickt er zu dem bereits vorgezogenen Stuhl. »Setz dich bitte.«

Ich hänge meine Handtasche über die Stuhllehne und setze mich hin. Beide Hunde beäugen mich von der Couch aus.

»Und wie geht es ihnen?«, frage ich.

Er sieht hinter sich, und ich nutze den Moment, um jeden harten, angespannten Muskel an seinem Hals und den Schultern zu bewundern. »Wie gesagt, sie gewöhnen sich ein.« Er setzt sich hin und faltet seine Hände vor sich. »Morgen kommt jemand, der eventuell Ed adoptieren will. Aber ich denke, dass Emily mit mir nach Hause kommt.«

»Welcher ist Ed?«

»Der Pitbull«, antwortet er.

»Komisch, ich hätte gedacht, dass es schwerer würde, für ihn ein Zuhause zu finden.«

»Wäre es normalerweise auch. Aber Ed ist ein großes Plüschtier, und die Leute in dieser Stadt sind Kampfhunderassen gegenüber toleranter als in Großbritannien. Emily hingegen, so süß sie aussieht«, er blickt sich wieder zu dem struppigen Hund um, der mir sofort die Zähne zeigt, »hat Verhaltensprobleme. Mit ihr muss man noch arbeiten.«

»Und trainierst du die Hunde?«, frage ich. »Ich meine, falls du der Hundeflüsterer bist, wie es neulich aussah, kannst du praktisch alles mit ihnen schaffen.«

Er sieht hinab auf seine Hände und zuckt träge mit einer

Schulter. »Ich habe Lionel in Edinburgh auf der Straße gefunden, und ich konnte ihm einige Dinge beibringen. Vielleicht hat er mir auch einiges beigebracht. Das weiß man bei Hunden nie. Aber für ein richtiges Hundetraining braucht man besondere Leute, vor allem bei Hunden, die ein Trauma oder Misshandlungen hinter sich haben. Und so jemand bin ich nicht. Ich tue, was ich kann, um sie zu retten, aber ich bin nicht derjenige, der sie Gehorsam lehrt.«

»Nicht?«

Ein ruhiges, beinahe unheimliches Lächeln umspielt seine Lippen. »Ein Hund mit Verhaltensproblemen sollte nicht von einem Menschen mit denselben Problemen ausgebildet werden.«

Ich erwarte, dass er lacht, was er jedoch nicht tut. »Oh.« Ich überlege, was ich sagen soll. »Du kommst mir nur wie ein Naturtalent vor. Diese beiden waren Streuner, und jetzt sieh sie dir an. Einfach so.«

»Ich kann Hunde dazu bringen, mir zu trauen«, sagt er leise. »Weil ich ihnen vertraue. Aber ich kann ihnen nicht beibringen, anderen zu trauen.«

»Weil du es nicht tust?«

Er blinzelt und greift nach dem Stiel seines Glases. »Ich glaube, dass ich dir trauen kann. Trinken wir darauf.«

»Ja, darauf trinken wir«, sage ich und stoße mit ihm an. Dabei sehe ich ihm nicht bloß in die Augen, sondern tauche in das Grün und Grau ein. Sie wirken irgendwie dunkler, wie bewegte Schatten. Unglaublich tief. Verhaltensprobleme? Was für welche? Wie viel kann ich noch über ihn erfahren, bevor er fort ist? Ich trinke einen Schluck von meinem Wein, während er kaum an seinem nippt. Dann stellt er das Glas wieder hin und schiebt es weg.

»Ich habe dich noch nie viel trinken gesehen«, sage ich und hoffe, dass es beiläufig klingt und er nicht beleidigt ist.

Er sieht mich lange ruhig an, ehe er sich die Lippen leckt und zur Seite blickt. »Nein, tue ich nicht.«

»Wegen des Trainings«, biete ich ihm als Vorwand an.

Ein zögerndes Nicken. »Ja.«

Immer noch sieht er mir nicht in die Augen. Er konzentriert sich auf das Käsebrett, und obwohl er nicht wie sonst die Stirn runzelt, scheinen seine Schultern angespannt.

»Was musst du noch für das Training machen?«, frage ich. Mir ist, als hätten wir wieder einen kleinen Rückschritt gemacht, und ich wünsche mir dieses lässige, sexy Geplänkel zurück.

Er trommelt mit den Fingern an der Tischkante, und ich neige mich vor, um mir etwas von dem Käse auf meinen Teller zu füllen. »Eine Menge Fitness, viel Spieltraining, gute Ernährung.«

»Ich vermute, die schließt Unmengen Käse nicht mit ein«, sage ich und tröpfele mir Honig auf meinen Brie.

»Nein, nur langweiliges Zeug. Hähnchenbrust, Brokkoli. Es ist nicht besonders spaßig, aber in meinem Alter muss man das machen, wenn man weiterhin spielen will. Als ich jünger war, konnte ich essen, was ich wollte.«

»Wie alt bist du?«, frage ich.

»Zweiunddreißig«, antwortet er, und ich bin ein bisschen überrascht. Ich schätze, es liegt an seinem männlichen, distinguierten Aussehen – den Stirnfalten, dem Dreitagebart. Jedenfalls hatte ich ihn auf Mitte bis Ende dreißig geschätzt. Oder liegt es an seinen Augen?

Ich starre sie an, obwohl sie nun auf die Feige gerichtet sind, die er zerhackt, als hätte ihm das Ding etwas getan. Es sind diese Augen, die mich getäuscht habe. Die Augen einer alten Seele, von jemandem, der zu viel gesehen, zu viel getan hat. Hinter ihnen herrscht immerzu Krieg, und ich möchte ihm helfen, diesen Krieg zu gewinnen.

»Wundert dich das?«, fragt er und sieht nur kurz zu mir auf.

Ich nehme einen winzigen Bissen Crostini. »Eigentlich nicht. Du wirkst bloß viel reifer.«

Er löffelt etwas Feige auf und verstreicht sie auf einem Crostini mit Ziegenkäse. »Beim Rugby kommt man mit dreißig in die Risikogruppe. All die Jahre, die man getroffen wurde, all die Verletzungen, die Anstrengung. Sie fordern ihren Preis. Ich weiß nicht, was passiert ist, doch als ich dreißig wurde, ließ alles ein klein wenig nach.« Er bietet mir den Rest der Feige an, und ich nehme sie aus seiner Hand, wobei meine Finger seine streifen. Eine simple Berührung, und ich fühle, wie sie meinen Arm hinauf und geradewegs in mein Herz wandert.

Peng! Ein Funkenregen.

Ich schlucke, bemühe mich, das Gefühl zu ignorieren. »Wie lange spielst du schon?«

Stirnrunzelnd verengt er die Augen. »Seit ich zweiundzwanzig war, ja.« Er nickt. »Zehn Jahre.«

Ich blinzle beeindruckt. »Das ist sehr lange. Ist das normal?«

»Ich glaube, ja.« Nachdenklich schürzt er die Lippen. »Ich bin gut darin. Sie brauchen jemanden Schnelles, der jeden aus dem Weg schafft. Das ist mein Job. Aber ich kann das nicht ewig machen. Nachdem ich mir meine verdammte Sehne versaut habe … Ich weiß, dass mir nicht mehr lange bleibt.«

»Bei dir klingt es fast, als würdest du sterben.«

Er saugt die Wangen ein. »Rugby hat mir das Leben gerettet. Ich bin nicht sicher, was ich tue, wenn es vorbei ist.«

»Als Coach arbeiten?«, frage ich optimistisch.

»Nein«, sagt er, kaut an seinem Crostini und lehnt sich auf dem Stuhl zurück. Nachdem er geschluckt hat, ergänzt er: »Ich bin entweder im Spiel oder gar nicht. Da gibt es keinen Mittelweg. Für so etwas bin ich nicht geschaffen. Wenn es vorbei ist, ist es vorbei.«

Und wenn das hier vorbei ist?, denke ich. *Ist es dann auch vorbei?*

Aber natürlich sind wir ... Wir sind nicht mal irgendwas.

»Vielleicht machst du dann nur noch wohltätige Arbeit ... für die Hunde.«

»Ja«, sagt er. Er greift nach seinem Wein und nimmt einen kleinen Schluck. Fast hat er das Glas wieder abgestellt, als er es wieder anhebt und leert. »Das werde ich weiterhin machen. Anderen zu helfen, läuft niemals aus, so schmalzig es sich anhört.«

»Das ist nicht schmalzig«, entgegne ich. »Es ist selbstlos und schön.«

»Ach, komm schon«, erwidert er anscheinend verlegen. Er sieht weg, verschränkt die Arme vor seiner breiten Brust, und sein unwirklicher Körper lenkt meine Aufmerksamkeit wieder auf sich und meine Gedanken zurück in einen erotischen Wirbelwind. Gut gespielt, Mr. McGregor, gut gespielt.

»Wofür steht das Löwen-Tattoo?«, frage ich. »Wie ist die Geschichte dazu?«

Es erschreckt ihn, und ich merke, dass ich einen wunden Punkt getroffen habe. »Wovon redest du?«

Ich zeige auf seinen Unterarm. »Da, der Löwe. Du hast gesagt, du würdest mir einige Geschichte erzählen. Über deine Tattoos. Warum du sie hast.«

Er schabt mit den Zähnen über seine Unterlippe und sieht mir direkt in die Augen. »Habe ich das?«

»Ja«, antworte ich ungeduldig. »Letzte Nacht … eher heute Morgen. Nach richtig gutem Sex.«

»Ah, ja, das erklärt es.«

»Na, dann gib mir etwas.«

»Wenn ich dir etwas gebe, wirst du mir dann auch was geben?«

Unwillkürlich muss ich idiotisch grinsen. »Selbstverständlich.«

»Okay.« Er schiebt seinen Stuhl ein Stück zurück, zieht sein Shirt aus und wirft es neben sich auf den Boden. Dann spreizt er die Beine und tippt sich an den Schritt. Sein Blick ist der eines Raubtiers. »Nimm Platz.«

Vom Anblick seines Oberkörpers wird mir schwindlig. Ich schaffe es aufzustehen, werde von ihm angezogen wie von einem Magneten. Vor ihm stütze ich die Hände auf seinen breiten Schultern und hocke mich rittlings auf ihn. Wir sind uns so nah. Nur Zentimeter trennen unsere Münder.

Lachlan atmet schwer, und ich bin vollkommen außer Atem.

»Dann frag los«, sagt er. Seine Stimme ist leise und rau, zugleich sanft wie Kaschmir. Diese Stimme werde ich noch in meinen Träumen hören, wenn er längst fort ist.

Seine Augen fixieren meine Lippen.

Ich lehne mich etwas zurück, um ihn besser ansehen zu können, auch wenn mir diese Distanz nicht gefällt. Ich beschließe, den Löwen vorerst nicht wieder anzusprechen, und streiche mit den Fingern über seine harten, angespannten Schultern. Ein Sturm tobt in stummer Tinte, ein meisterhaft gestochenes altes Schiff, dessen Segel sich auf Lachlans Brust blähen.

»Dieses hier«, sage ich leise. »Warum der Sturm? Warum das Schiff?«

Er nagt für einen Moment an seiner Lippe und blickt suchend in meine Augen. »Ich war vierundzwanzig, da bin ich mit allem ein bisschen zurückgerudert, verlor meinen Biss im Spiel. Aber ich habe mich durchgekämpft, und das war besser so. Ein Schiff ist am sichersten im Hafen, doch dafür werden Schiffe nicht gebaut.« Er neigt den Kopf zur Seite, als würde er mich beobachten, dabei bin ich es, die ihn fixiert. »Es hilft mir, wenn ich Angst bekomme. Hilft dabei weiterzumachen.«

»Du bekommst Angst?«, frage ich, weil ich mir nicht vorstellen kann, dass dieser starke, mächtige Mann sich vor irgendwas fürchtet.

»Immerzu«, antwortet er offen. »Wie kann das Leben manchmal anders als Furcht einflößend sein? Wir sind hier geboren. Wir haben nicht darum gebeten. Und man erwartet, dass wir es irgendwie durchstehen, jeden Tag leben, ohne zu sterben. Wir leben, und wenn wir es nicht tun, sterben wir.« Er sieht zur Seite und schüttelt den Kopf. »Nein, wir haben alle Angst, jeder von uns.«

Ich weiß, dass ich sie habe. Vor so vielen Dingen. Mein Herz schmilzt ein wenig, weil jemand wie er genauso empfinden kann wie ich.

Ich gleite mit den Fingern über sein Schlüsselbein. »Nunquam iterum«, lese ich. »Latein, vermute ich?«

»Ja«, sagt er langsam und sieht abermals weg. »Es heißt ›niemals wieder‹.«

»Niemals wieder was?«

Sein Mund formt ein bitteres Lächeln. »Niemals wieder eine Menge Sachen.«

»Ist das alles, was ich bekomme?«

»Davon ja«, sagt er und sieht mich endlich wieder an. Seine Pupillen sind so groß, dass sie mich hypnotisieren. »Eines bekommst du noch. Dann gibst du mir etwas.«

Ich atme tief ein und betrachte ihn eingehend. Der Löwe. »Hoffnung vor dem Tod«, steht auf seiner Seite. Ein Pfotenabdruck auf Lachlans Arminnenseite. Ein Schwarm Raben, die in einem Tribalmuster um seinen Bizeps kreisen. Ein Wappen mit einer Aufschrift auf seinem anderen Unterarm, die wieder nach Latein aussieht. »Corda. Serrata. Pando«, sage ich und male die Worte nach.

»Ich öffne verschlossene Herzen«, sagt er.

Immer noch beobachte ich ihn aufmerksam. »Was?«

»Ich öffne verschlossene Herzen«, wiederholt er. »Es ist das Lockhart-Wappen. Ich war ein geborener Lockhart. Das ist das Clan-Motto.«

»Das ist schon wieder schrecklich romantisch«, sage ich. »Daher musst du das haben.« Ich berühre das andere Wappen auf seinem Unterarm. »Und ich nehme an, dies ist das McGregor-Wappen?«

»Ja, obwohl es MacGregor oder Clan Gregor heißen müsste.«

»*S rioghal mo dhream.*« Ich versuche, es auszusprechen, stolpere aber über die Worte. »Was auch immer.«

»Königlich ist meine Rasse«, übersetzt er und lächelt spöttisch. »Aber ich bin kein McGregor, und es ist nicht meine Rasse. Was vieles erklärt.«

Ich streiche ihm über die Wange, und für einen Moment schließt er die Augen. »Ich glaube, mir ist ein romantischer Krieger lieber als einer, der pingelig auf seine Herkunft bedacht ist.«

Langsam neigt er sich vor, öffnet die Augen und sieht mich an. »Wer sagt, ich sei ein Krieger?«

Ich senke meine Stimme. »Ich sage, dass du ein Krieger bist.«

Du bist mein Krieger. Fürs Erste.

Er hebt sein Kinn. »Was sagst du sonst noch?«

Ich verändere meine Position auf seinen Hüften und lasse eine Hand nach unten zu seiner Hose wandern. Ich muss mich erneut auf seine Schulter stützen, um den obersten Knopf zu öffnen. »Ich sage, du musst deinen Schwanz rausholen, Krieger.«

Er streicht mit den Händen über mein Haar. »Führst du mich in die Schlacht?«

»So ungefähr.« Ich beiße mir auf die Lippe und ziehe seinen Reißverschluss runter. Dann fühle ich ihn hart, nackt und bereit unter mir. Ich bin schon wieder höllisch feucht.

Er weiß es. Während er mich mit einer Hand unten am Rücken hält, taucht die anderen zwischen meine Beine und schiebt das Kleid ganz hoch. Meine Klit schreit vor Vergnügen, sobald seine Finger ihre harte, feuchte Wölbung berühren.

»Himmel«, murmelt er und starrt mich mit glänzenden Augen an. »Du bist allzeit bereit, was?«

»Nur bei dir«, sage ich, beuge mich vor und küsse seinen Hals. Sein holzig-würziger Duft stürzt mich gleich in eine neue Lustwelle. Ich könnte den Rest meines Lebens so verbringen, mein Gesicht an seiner Halsbeuge, wo ich seinen Puls spüre und diesen Urmann einatme.

»Das ist mir sehr recht, Liebes«, sagt er, packt mein Kleid und zieht es mir über den Kopf. »Weg damit. Ich will an deinen fantastischen Titten saugen.«

O Mann. Sogar die Art, wie er »Titten« sagt, bringt mich fast zum Kommen. Andererseits könnte der Mann auch das Telefonbuch vorlesen, und dank seiner warmen Raspelstimme wäre es besser als die schmutzigsten Erotika.

Ich hebe die Arme, und das Kleid verschwindet. Nun hocke ich splitternackt auf seinem Schoß. Das scheint bei uns zum Standard zu werden.

Aber ich empfinde keine Scham, und sollte ich überhaupt verletzlich sein, wird es von seinem Blick ausgelöscht, der beinahe verblüfft wirkt, als könne er sein Glück nicht fassen. Er mustert mich mit so heißem Verlangen, dass ich es fühlen kann. Fast wütend runzelt er die Stirn und murmelt etwas so leise, dass ich es nicht verstehe.

Dann neigt er sich vor, umfängt meine Brust mit großen, warmen Händen und saugt meinen Nippel in seinen Mund. Mein Körper wird zu einem Feuerwerkskörper, der knisternd brennend darauf wartet, explodieren zu dürfen.

Ich stöhne laut, reibe mich an seinem Schwanz und will ihn verzweifelt in mir.

»Immer langsam«, raunt er, was mir erneute Schauer über den Rücken jagt, und seine Zunge bearbeitet meinen Nippel, bis es beinahe wehtut. Meine andere Brust sehnt sich nahezu schmerzlich nach seiner Berührung, und als er seinen feuchten, heißen Mund auf sie verlegt, zittere ich vor Erleichterung.

»Fuck«, sage ich stöhnend, werfe den Kopf und die Schultern nach hinten und versuche, mich auf ihn zu schieben, wild, irre und lechzend nach mehr. Ich greife nach unten, umfange seinen Schwanz und ziehe ihn aus der Hose.

»Nicht so schnell«, warnt er mich wieder und nimmt seinen Mund von mir. »Du weißt nicht, welche Macht du hast.« Er sieht zu mir auf.

»Oh, ich glaube doch«, scherze ich und packe ihn fester.

Er kneift die Augen zu, und seine vollen Lippen öffnen sich zu einem Stöhnen. Gott, bei seinen Lauten löse ich mich vollends auf. Als würde ein Faden herausgezogen, bis ich an den Rändern ausgefranst bin.

»Bitte, Liebes«, bettelt er, legt die Hände an meine Wangen und starrt fiebrig auf meine Lippen. »Noch nicht. Lass mich wenigstens ein Kondom holen, ehe ich hinüber bin.« Er streckt eine Hand nach seiner Hosentasche aus, doch ich halte ihn auf.

»Lass mich«, sage ich. Ich nehme ein Kondom aus seiner Tasche und reiße die Folienverpackung auf. Lachlan beugt sich vor und küsst mich sacht auf die Lippen, bis ich beginne, das Kondom über seine dicke, feuchte Eichel zu rollen. Nun vertieft er den Kuss zu einem langsamen, festen Ziehen, das tief in mich hineinreicht und den Hunger befeuert. Unsere Münder, Lippen und Zungen tanzen wie Wilde miteinander, brutal, gierig und ungezügelt.

Plötzlich packt er meine Hüften und hebt mich einige Zentimeter hoch, positioniert seinen Schwanz und lässt mich wieder nach unten. Mir bleibt die Luft weg. Mein Körper ist so verflucht bereit und zugleich so wenig vorbereitet, dass ich mich daran erinnern muss, weiter zu atmen.

»Fick mich«, murmelt er an meinem Hals, während er seinen Schwanz nach oben in mich hineinstößt. Meine Muskeln dehnen sich um ihn, so weit sie können. »So verdammt gut, Kayla. Du fühlst dich so verdammt gut an.«

Ich kann ihm nicht mal antworten, weil ich von einer Welle überrollt werde und nichts spüre außer seinen Stößen, die mich innerlich spreizen und jeden Gedanken, jedes Empfinden übernehmen. So voll und so rundum vollständig habe ich mich noch nie zuvor gefühlt.

Weil meine Beine nicht lang genug sind, um mit den Füßen den Boden berühren, und seine Schenkel sowieso viel zu groß sind, kann ich nicht viel tun. Ich bin Lachlans Gnade ausgeliefert, und er hält mich an der Taille, als wäre ich federleicht. Er hebt mich nur ein winziges Stück an, während er nach oben stößt, immer tiefer in mich hinein, bis ich keinerlei Kontrolle mehr über die Laute habe, die aus meinem Mund kommen.

Ich bin kurz vorm Orgasmus, und das schnell, einzig von seinem Schwanz, als mich ein komisches Geräusch dazu bringt, die Augen aufzuschlagen.

Ich starre über Lachlans Schulter und sehe den Pitbull auf der Couch, der sich auf der Suche nach einer bequemen Position im Kreis dreht. Die kleinere Hündin sieht uns an.

»Äh«, sage ich und räuspere mich.

Lachlans Atem wird mit jedem Stoß schneller. Er scheint nichts zu hören.

»Die Hunde«, bringe ich heraus und drücke auf seine Schulter.

Er wird langsamer. Als er mich ansieht, glänzen Schweißperlen auf seiner Stirn, und seine Augen sind sextrunken und halb geschlossen. »Was?«

»Die Hunde glotzen uns an«, flüstere ich.

Er runzelt die Stirn und blickt hinter sich. Gleich darauf sieht er fragend zurück zu mir. »Und?«

»Es ist irgendwie schräg, wenn sie zusehen«, sage ich.

Bei seinem Grinsen lugt seine Zungenspitze hervor. »Echt? Ich hätte gedacht, dass du der exhibitionistische Typ bist.«

»Hey, bin ich! Mich stört es nicht, wenn *Leute* zuschauen.«

Er zieht die Brauen nach oben, und seine Augen wirken erhitzt. »Ist das so?«

»Es *ist* so«, kontere ich, wobei ich seinen Akzent nachahme. »Aber mit Hunden ist es schräg.«

»Na gut«, sagt er, hebt mich von sich runter, und schlagartig fehlt er mir. Er steht auf, und seine Hose rutscht zu seinen Knöcheln. »Ins Schlafzimmer«, befiehlt er und kickt seine Hose zur Seite.

Ich tue, was er sagt, und gehe nackt auf meinen hohen Schuhen quer durch sein Wohnzimmer.

»Du bist fast zu heftig«, murmelt er, und als ich scheu über die Schulter zu ihm sehe, steht er komplett nackt da, die Beine ausgestellt, sodass jeder Muskel in seinen Schenkeln betont wird, und hält seinen Schwanz in den Händen.

Nein, du bist zu heftig, denke ich.

In dem kleinen Schlafzimmer, das ordentlich ist und nach ihm riecht, steuere ich das Bett an und streife meine Schuhe ab. Doch ehe ich das Bett erreiche, schaltet Lachlan das Licht an und packt meinen Arm. »Augenblick, Liebes«, sagt er und führt mich zu dem durchgehenden Fenster, das eine ganze Wand ausfüllt.

Dort wirft er die Vorhänge zurück, und ich trete instinktiv vom Glas zurück. Wir sind nicht bloß ungefähr zwanzig Stockwerke hoch, sondern haben einen klaren Blick auf die belebten Hochhäuser gegenüber und Ausschnitte der beleuchteten Bay Bridge zwischen ihnen. Wir stehen am Fenster, splitterfasernackt und mit erleuchtetem Zimmer. Jeder kann uns sehen.

Und dann wird mir klar, was Lachlan tut. Jeder kann uns sehen …

Ich drehe mich um und lächle verhalten. »Bist du sicher?«

Er bückt sich, hebt mich in der Taille hoch und drückt mich mit dem Rücken gegen das Glas. Ich ringe nach Atem, zittere, und mir wird umgehend schwindlig. Höhen machen mir nichts aus, aber es ist etwas gänzlich anderes, wenn man in sehr großer Höhe von einem Riesen gegen eine Fensterscheibe gepresst wird.

Mir ist, als könnte ich jeden Moment fallen.

»Ich bin mir sicher«, sagt er und stößt sich in mich hinein. Ich schlinge meine Beine extrafest um ihn, als ginge es um mein Leben. »Ich sehe all die Nachbarn ja nie wieder.«

Klar, aber ich vielleicht, denke ich. Trotzdem ist es unglaublich erotisch. Ich kann die Gesichter der Leute im Dunkeln nicht sehen, doch falls sie nach oben schauen, weiß ich, was sie zu sehen bekommen: meinen an das Glas gedrückten Arsch, umrahmt von einem Tier von Mann.

Ich bohre meine Fersen in ihn, halte mich an ihm fest, während er langsam immer tiefer in mich dringt. Mit beiden Händen klammere ich mich in seinem Nacken fest, fühle die Kraft seiner angespannten Muskeln, seine heiße, verschwitzte Haut. Er gleitet mit der Zunge meinen Hals hinunter, während er mit den Händen meine Brüste umfängt und seinen Schwanz in mich stößt.

»So warm«, flüstert er heiser. »So soll es sein.« Er zieht sich ein wenig zurück und dringt erneut ein, drückt mich fester gegen das Glas. Jede Faser von mir steht unter Strom, und mein Herz schlägt so schnell, dass ich fürchte, es könnte mich und die Fensterscheibe zerschmettern.

Er geht aufs Neue auf mich los, biegt seine Hüften höher, und sein dicker, harter Schwanz füllt mich vollständig aus. Ich fühle, wie sich seine Arschmuskeln unter meinen Beinen wölben, als er mit wuchtigen, animalischen Stößen in mich dringt. Sein Mund ist gierig, während er meinen Hals verschlingt, und ich komme mir so wunderbar begehrt vor, genommen und gebraucht.

Lachlan ist eine reine Fickmaschine, geschaffen zum Vögeln, um zu kommen und mich in astronomische Ekstase zu versetzen. In seiner Lust ist er gnadenlos, und ich gebe ihm alles von mir. Noch nie habe ich mich so sehr als Frau gefühlt, mit so viel Mann.

»Wie fühlt es sich an?«, fragt er atemlos, bevor er sich mit einem weiteren langen, harten Stoß in mir versenkt und ich nur noch stöhnen kann.

»Unglaublich«, antworte ich. »Ich brauche mehr.«

Seine Hand taucht zu meiner Klit, und er drückt seinen Daumen darauf, reibt sie bei jedem Stoß. »Und jetzt?« Er zieht den Kopf zurück, um mich anzusehen, und seine Augen blitzen im Takt seiner Stöße. »Wie fühlt sich deine süße kleine Möse jetzt?«

Guter Gott. Allein seine Worte, diese schmutzigen Worte mit dem rauen Akzent aus diesem Mund – das ist mehr, als ich ertrage. Ich packe ihn fester, als mein Rücken wieder und wieder gegen das Glas schlägt. Jeder Stoß bringt die Furcht mit sich, durch die Scheibe zu brechen, in den Tod zu stürzen. Bringt mich aber auch immer näher an die reine, verdammte Erlösung.

»Sieh mich an«, befiehlt er mit brüchiger Stimme.

Ich öffne die Augen – dass ich sie geschlossen hatte, war mir gar nicht bewusst gewesen – und begegne seinem Blick, nur Zentimeter entfernt.

»Ich könnte dir den ganzen Tag beim Kommen zusehen«, sagt er.

Ich beiße mir auf die Lippe und schlucke ein Stöhnen herunter, als sein Schwanz mich immer näher an den Rand treibt. »Und ich könnte den ganzen Tag lang kommen, wenn du jemals dazu bereit bist.«

»Du bist fantastisch«, murmelt er, küsst mich rasch, heiß, feucht und süß. Seine Zunge neckt meine Mundränder. »So verflucht fantastisch.«

Etwas in seinen Augen verändert sich, als sei ein Schalter umgelegt worden, und das Verlangen, das sich in ihnen spiegelt, wirkt beinahe bedrohlich. Er wird schneller, seine Hüften wie Kolben, die wieder und wieder abfeuern, und mein Körper knallt gegen die Fensterscheibe, bis ich nach Atem ringe, nur weiß ich nicht, ob es vor Furcht oder Wonne ist. Vielleicht sind sie in diesem Moment eins, weil mit ihm zusammen zu sein, seinen Schwanz zu spüren, beängstigend und sagenhaft zugleich ist. Weil die Gefühle, die er weckt, die Androhungen lustvollen Vergnügens, die Macht haben, mein Leben zu beherrschen.

Er macht mich wahnsinnig. Ich bin verrückt nach ihm, von seinen Stirnfalten bis hin zu seinem dicken Schaft in mir, und ich weiß nicht mal mehr, wer ich bin. Ich bin einfach nur hier, werde hart gegen eine Glasscheibe gefickt, hoch über San Francisco, und halte mich an einem Mann fest, der am Ende fortgehen muss.

Mein Orgasmus schleicht sich an mich heran. Ich fühle, wie er sich ankündigt, sich gleich einer Supernova ausbreitet, in Wellen von Sternenstaub an Tempo zulegt, bis er loslässt und donnernde Nachbeben erzeugt. Ich brülle Unsinn, klammere mich an Lachlan und breche den Blickkontakt ab, weil er zu viel für mich ist. Ich kann das nicht mal auffangen, treibe nur auf dieser Sturmwelle, während meine Muskeln zucken wie die einer irre gewordenen Stoffpuppe.

Er kommt mit einem heiseren Knurren und heftigen Stößen, als wollte er mich tatsächlich aus dem Fenster ficken, was okay ist, weil ich bereits stürze und stürze.

Ich sacke in seine Arme, kann nicht mal mehr den Kopf aufrecht halten. Alles an mir ist weich, durchsichtig und zittert vor Anspannung.

Er umfängt meine Taille, hebt mich weg vom Fenster und legt mich auf sein Bett. Dann steigt er neben mir hinein, hakt ein langes Bein um mich und zieht mich näher heran, bis mein Gesicht in seiner Armbeuge ist.

Ich kann wieder atmen, ein und aus, versuche auf die Erde zurückzukehren, während seine Finger über mein Haar gleiten, von oben bis zur Schulter, immer wieder. Dieses Sanfte, die Zärtlichkeit lullt mich beinahe in den Schlaf.

Ich öffne die Augen und sehe ihn an. Er hat den Kopf auf eine Hand gestützt und betrachtet mich mit einem trägen, zufriedenen Ausdruck. In diesem Moment ist alles an ihm sanft und verschwommen. Sogar die Falten auf seiner Stirn und die Härte in seinen Augen sind fort und geglättet.

Er räuspert sich. »Glaubst du, es hat jemand gesehen?«, fragt er sanft.

Ich schlucke. Mein Mund ist ausgetrocknet, ich bin so erschöpft. »Das hoffe ich. Wir dürften eine ziemlich gute Show geboten haben. Und die Angst. Ich dachte, dass ich runterstürze.«

»Dann wäre ich mit gefallen«, sagt er leise und fährt mit dem Daumen über meine Lippe.

Ich küsse ihn und schließe die Augen. Die Welt dreht sich noch, und es ist wundervoll.

Es dauert nicht lange, bis einer der Hunde nebenan winselt. Ich schlage die Augen auf und sehe, dass Lachlan mich glücklich anlächelt. »Tja«, sagt er, während er aufsteht. »Wenigstens lassen sie mich dich so vögeln.«

Unweigerlich muss ich grinsen und betrachte seinen Hintern, während er nackt, riesig und vollkommen entspannt ins Wohnzimmer geht. Ich widerstehe dem Drang, ihm nachzulaufen und in seinen Arsch zu beißen wie in einen Apfel. Stattdessen gehe ich ins Bad.

Drinnen sehe ich in den Spiegel und erkenne die Frau, die mir entgegenblickt, kaum wieder. Meine Lippen sind rot und geschwollen, mein Gesicht und meine Brust sind rosig vom Orgasmus. Meine Augen sind große, glänzende Seen, und mein Haar ist komplett hinüber. Ich sehe aus, als hätte ich mehrere Tage ununterbrochenes Vögeln hinter mir, und bei dem Gedanken frage ich mich, wie ich dann erst aussehen dürfte.

Als ich aus dem Bad komme, weiß ich nicht recht, was ich tun soll. Fahre ich nach Hause? Bleibe ich über Nacht? Oder zumindest noch ein wenig länger? Doch Lachlan steht an der Tür, vollständig bekleidet und mit den Hunden an ihren Leinen.

»Komm mit«, sagt er. »Gehen wir spazieren.«

Ich bin immer noch nackt und beäuge das Seidenkleid auf dem Fußboden. Meine Schuhe sind im Schlafzimmer. Es sind Sachen, in denen man fickt, keine Hunde ausführt.

Amüsiert lächelt er mich an, als ich rasch das Kleid überstreife und ins Schlafzimmer gehe, um meine Schuhe zu holen. Ich schlüpfe hinein, und als ich zurück ins Wohnzimmer komme, hält mir Lachlan eine schwarze Ledermotorradjacke hin. Sie ist riesig und sieht jahrzehntealt aus.

»Damit dir nicht kalt wird«, sagt er, als er sie mir über die Schultern hängt. Dann mustert er mich bewundernd. Nickend gibt er einen zustimmenden Laut von sich. Ich ziehe die Jacke fester um mich und atme tief ein. Das Ding ist ein Fossil, aber es riecht fantastisch, so wie er.

Obwohl mich die kleine Hündin, Emily, nach wie vor ansieht, als sei ich der Staatsfeind Nummer eins, bekommen wir die Hunde in den Fahrstuhl und gehen in Richtung Wasser. Mich erstaunt, wie gut sie sich bei ihm benehmen. Sie laufen an ihren Leinen, als wäre es vollkommen natürlich für sie. Mir kommt es unwahrscheinlich vor, dass er sie nicht trainieren kann.

Mein Verstand will sich auf das konzentrieren, was Lachlan vorhin gesagt hatte: *Verhaltensprobleme*. Aber ich verdränge den Gedanken gleich wieder. Selbst wenn es stimmt, macht mir die Tatsache, dass Lachlan Probleme hat, überhaupt keine Angst. Vielmehr ist allein bei einem Blick in seine Augen offensichtlich, dass es tief in ihm Dämonen gibt. Mein einziges Problem ist, dass ich unbedingt mehr herausfinden will. Meine verfluchte Neugier. Falls er gebrochen ist, wie und warum? Weil er in ein Waisenhaus gesteckt wurde? Ich kann mir nur ungefähr vorstellen, dass einen so eine Kindheit mit privaten Dämonen für ein ganzes Leben versorgt.

»Also«, sagt Lachlan mit seinem ausgeprägten Akzent, als wir uns auf eine Bank setzen, die Bay Bridge beinahe direkt über uns. »Ich habe mich gefragt … hättest du Lust, mit mir am Freitag übers Wochenende wegzufahren?«

Mein Herz macht einen Purzelbaum. »Aber ich dachte, du reist am Sonntag ab?«

»Ja, tue ich«, sagt er und verdreht die Leinenenden in seinen Händen. »Es ist … kurzfristig.«

»Wohin würden wir denn fahren?«

»Nach Napa Valley«, sagt er und sieht verstohlen zu mir. »Bram hat uns eingeladen.«

»Uns?«, wiederhole ich.

Er nickt. »Ja. Ein letztes Mal auf den Putz hauen oder so. Er und Nicola, Linden und Steph. Und … du und ich.« Er stockt. »Ich habe ihm noch nicht zu- oder abgesagt, weil ich dich erst fragen wollte. Ich weiß, dass wir uns nicht gut kennen und ein Kurztrip ein Minenfeld für Beziehungen sein kann. Als wären die nicht an sich schon eins.« Er sieht weg und lächelt verbittert, anscheinend quält ihn eine Erinnerung. Die Straßenlaternen werfen Schatten auf sein Gesicht. »Und ich weiß auch, dass dies hier …«, er deutet zwischen uns hin und her, »… anders ist.«

»Keine Beziehung«, helfe ich ihm aus, auch wenn sich dabei etwas in meiner Brust verschiebt.

Er blinzelt kurz. »Nein. Also, was meinst du?«

»Tja, natürlich will ich mit«, sage ich und lege meine Hand auf seine – teils, um es zu verstärken, und teils, um sein nervöses Zappeln zu stoppen. Es ist beinahe niedlich.

»Findest du es nicht komisch? Mit mir wegzufahren?«

Verdammt, ich würde dir überallhin folgen. Aber natürlich sage ich das nicht.

»Es wird witzig«, sage ich. »Solange wir mehr als genug Zeit für uns haben.«

»Meine Cousins werden mich aus unserem Zimmer schleifen müssen«, antwortet er, sieht immer noch sehr ernst aus, und ich weiß, dass er es genauso meint. Er hebt meine Hand an, dreht sie um und küsst die Innenfläche innig und feucht, ohne den Blick von meinem Gesicht abzuwenden. Ich liebe es, wenn er das tut. Nicht den Handrücken, immer die Innenfläche, die Liebeslinien, wo die Haut empfindlich ist und meine Nerven Feuer fangen.

Nachdem wir ein wenig am Wasser gesessen, die Wagen auf der Brücke und die Spiegelungen der Stadtlichter auf dem silbernen Wasser der Bucht betrachtet haben, gehen wir zum

Apartment zurück. Es ist immer noch relativ früh, und wir fallen zurück in sein Bett, wo unsere Körper einander wiederfinden. Sein Hunger nach mir scheint einfach nicht zu stillen zu sein, und ich glaube auch nicht, dass ich jemals genug habe. Wir vögeln immer wieder, auf jede erdenkliche Art, bis es nach Mitternacht ist und ich weiß, dass ich wirklich nach Hause muss.

Irgendwie zwinge ich mich, ihn zu verlassen. Ich küsse ihn zum Abschied, als er nackt an seiner Wohnungstür steht. Ihn kümmert nicht, wer vorbeikommen könnte. Seine Augen sind weich von diesem Frieden, den er beim Sex findet, und er blickt mir nach, während ich zum Fahrstuhl gehe. Lächelt nicht, beobachtet einfach nur.

Vielleicht wünscht er sich, ebenso wie ich, wir würden nicht die Uhr in unseren Köpfen ticken hören.

Wie die Zeit abläuft.

Kapitel 14

Kayla

Ich bin vollkommen besessen von Lachlan McGregor. *Ich kann nicht aufhören, ständig wie wild zu masturbieren, weil ich ihn nicht aus dem Kopf kriege.*

Bis heute konnte ich meine Obsession gut verbergen. Aber jetzt kann ich sie nicht mehr zurückdrängen. Bei der Arbeit fragen mich die Leute, ob ich irgendwelche Medikamente nehme. Darüber muss ich lächeln.

Leider heißt überschnappen nicht, dass ich einfach mein Leben vergessen kann. Ich bin drauf und dran, nach der Arbeit zu Lachlan zu fahren, um mir verflucht heißen Sex zu gönnen, als meine Mutter anruft. Es ist wie ein Hammerschlag in den Bauch. Sie klingt schwach, müde und traurig. Ihre Stimme dringt in meinen Kopf und in mein Herz und lässt die Luft heraus.

So süchtig ich nach Lachlan bin, nach einfach allem an ihm, liebe ich meine Mutter und kann, nein, will sie nicht beiseiteschieben für einen Mann. Ich sage ihr, dass ich vorbeikomme und uns Abendessen koche. Sie hört sich so erleichtert an, dass ich weiß, es ist das Richtige.

Ich schreibe Lachlan, um es ihm zu erklären, und hoffe, dass er nichts Größeres geplant hat.

Er antwortet mit: *Okay, kein Problem.*

Und aus irgendeinem Grund bricht es mir das Herz. Mir bleibt nur noch so wenig Zeit mit ihm. Nachdenklich starre ich auf mein Handy, während sich das Büro langsam leert. Ich möchte, dass er schreibt und vorschlägt, mich hinterher zu sehen. Dann wird mir klar, dass er vielleicht genau das von mir erwartet.

Mist, ich bin so was nicht gewohnt. Mir war eigentlich immer egal, wie ich auf all die Typen wirkte, mit denen ich mich früher getroffen und die ich gevögelt habe. Wenn sie nicht mehr interessiert schienen, bin ich wie der Blitz weitergezogen. Aber Lachlan verändert alles.

Ich nage an meiner Unterlippe und gehe auf Risiko.

Ich frage ihn, was ich wirklich fragen will.

Möchtest du mitkommen und meine Mom kennenlernen?

Ich schicke die Nachricht los und halte den Atem an. Warte. Er wird Nein sagen. Er wird es unheimlich finden

Sehr gern.

Der Text auf dem Display entlockt mir ein Grinsen, das mir fast das Gesicht spaltet.

Ich schreibe ihm, dass ich ihn in fünf Minuten abhole. Dann debattiere ich kurz mit mir, ob ich meiner Mutter sagen soll, dass ich einen Mann mitbringe – den ersten seit Kyle, mit dem sie mich sieht. Ich beschließe, es geheim zu halten. Es ist sinnlos, sie vorher verrückt zu machen, zumal sie sich dann nur unnötig Hoffnungen macht, er könnte mehr sein, als er ist. Ihr wisst schon, so was wie *dauerhaft.*

Auf der anderen Seite ist sie ziemlich altmodisch. Sie könnte beim Anblick seiner vielen Tattoos in Ohnmacht fallen.

Wir müssen eben improvisieren.

Bald fahre ich vor Lachlans Wohnung vor, und er kommt

von der Eingangstür auf meinen Wagen zu. Ich beobachte ihn, wobei mir der Mund vor Ehrfurcht nur ein bisschen offen steht. Lachlan musste sich in letzter Minute umgezogen haben, denn er trägt eine schwarze Stoffhose zu einem schwarzen Oberhemd und hat sich das Haar mit Gel gebändigt. So sieht er überaus vorzeigbar aus. Alle seine Tattoos sind verhüllt.

Er öffnet die Beifahrertür, steigt ein und sieht mich kurz mit leuchtenden Augen an.

»Hi«, sagt er, während er den Gurt anlegt.

»Hi«, antworte ich recht atemlos. »Du siehst nett aus.«

Er kratzt sich im Nacken und blickt wieder zu mir. »Ich wollte die Chance nicht vergeuden, Eindruck auf deine Mutter zu machen.«

Aber wird sie nicht so oder so vergeudet sein? Trotzdem bin ich total begeistert, dass er sich solche Mühe gibt. Und dabei war ich schon verzückt, weil er mitkommt, denn das an sich ist schon verdammt irre.

Für einen Moment starre ich ihn an, und er erwidert den Blick nicht nur, sondern sieht mich an. Ich meine, er *sieht* mich auf eine Art an, wie nur er es kann, und die Zeit bleibt irgendwie stehen. Es ist ein schwerer, träger Augenblick, und ich frage mich, ob er mich küssen wird. Als wäre es das, was wir jetzt tun. Als gäbe es ein *Wir*.

Lachlan neigt sich vor, ich auch, und von jetzt an läuft alles in Zeitlupe ab. Während des gesamten Kusses.

Doch es ist mehr als ein Kuss. Alles scheint mehr zu sein, wenn es mit ihm geschieht.

Seine Lippen begegnen meinen, und für einen feuchten, heißen Moment saugt er an meiner Unterlippe, bevor der Kuss tiefer wird. Ich bin so aufgeheizt und unsicher zugleich, dass mich ein Kuss schon erledigt, ehe wir überhaupt die Chance hatten, richtig anzufangen.

Irgendwie gelingt es mir, mich von ihm loszueisen und zu fahren, obwohl meine Lippen noch brennen, wo er sie berührt hat, und ich versucht bin, mit den Fingern über sie zu streichen, um das Gefühl zu bewahren.

Er setzt sich gerade hin, spreizt die Beine, um sie in meinem kleinen Wagen unterzubringen, und ich denke an das Rugbyspiel, nachdem wir beide nass und schmutzig zum ersten Mal zu ihm fuhren. Mir kommt es ewig lange her vor. Natürlich hatte er damals nicht versucht, eine offensichtliche Erektion in seiner Hose herunterzuspielen.

»Möchtest du gute Neuigkeiten hören?«, fragt er nach wenigen Minuten.

»Klar.«

»Ed ist adoptiert worden«, verkündet er stolz.

»Im Ernst?«

Er nickt. »Ja, eine hiesige Auffang- und Vermittlungsstelle hat sich bei mir gemeldet und gesagt, sie hätten eine Interessentin. Die Frau war heute Morgen mit ihrem Mann bei mir, und sie haben sich sofort verliebt. Ed ist weg.«

»Oooh.« Mein Herz flattert wie ein fliehender Vogel. Und das nicht bloß, weil er ein Zuhause für einen Hund finden konnte, der es brauchte, sondern weil ich die Wärme in seiner Stimme hören kann – wie Honig. Wie Glück. »Das freut mich sehr für ihn. Und für dich.«

Er zuckt mit den Schultern. »Ich habe getan, was ich konnte. Und ich bin nur froh, dass es sich ausgezahlt hat.«

»Und Emily?«

»Sie ist zu Hause, das traurige kleine Ding. Doch sobald ich sie nach Edinburgh gebracht habe, wird alles gut.«

»Sie kommt mit nach Napa Valley, oder?«

Er sieht mich besorgt an. »Ist das in Ordnung?«

»Hundertprozentig«, sage ich inbrünstig. »Ich hoffe nur, dass sie irgendwann lernt, mir zu vertrauen.«

»Wird sie, Liebes.« Er blickt durchs Seitenfenster, als wir über die Bay Bridge fahren. »Nach einer Weile kommen wir alle dahin.«

Es dauert nicht lange, bis wir bei meiner Mutter sind und ich am Straßenrand parke.

»Hübsches Haus«, sagt Lachlan, während er aus dem Wagen steigt.

»Früher war es richtig schön«, erzähle ich mit gedämpfter Stimme, während ich die Gartenpforte öffne. »Jedenfalls, als ich hier aufgewachsen bin.«

»Es ist immer noch hübsch«, sagt er.

Wir gehen Hand in Hand die Stufen hinauf, und noch ehe ich klopfen kann, geht die Tür auf und meine Mutter sieht heraus.

Sie schaut mich nur eine Sekunde lang an, dann wandert ihr Blick zu Lachlan, und ihre Augen werden größer. Sie mustert ihn von oben bis unten, und ich kann nicht anders, als es ihr gleichzutun. Weil es unglaublich cool sein muss, wenn man von zwei Frauen gleichzeitig angegafft wird.

Zum Glück ist Lachlan sehr charmant. Er lächelt höflich und nickt ihr zu.

»Mom«, sage ich.

Sie funkelt mich beinahe an. »Das ist der Mann? Das ist der Mann, den du nach Hause bringst?«

Ich sehe wieder Lachlan an, der verhalten lächelt und fragend die Augenbrauen hochzieht.

»Na ja …«, sage ich, doch sie bedeutet mir mit erhobenem

Finger, still zu sein. Wenigstens wirkt sie nicht so zerbrechlich, wie sie am Telefon klang.

»Das ist der Mann, den du nach Hause bringst«, sagt sie wieder, tritt aus der Tür und auf Lachlan zu. Er lässt meine Hand los, um ihr seine zu reichen. »Und wieso hast du den nicht viel früher mitgebracht?«

Ich lache erleichtert. »Entschuldige, Mom. Er ist sozusagen neu.«

»Und ich bin sozusagen entzückt von Ihnen«, sagt Lachlan und gibt ihr einen Handkuss. Seine Augen lächeln. Ach du Schande. So charismatisch habe ich ihn noch nie erlebt, und dem Gesichtsausdruck meiner Mutter nach zu urteilen, ist sie hingerissen.

»Du liebe Güte«, sagt sie und wendet sich mit einem breiten Grinsen an mich. »Kayla, das hast du sehr, sehr gut gemacht.«

»Ich weiß«, antworte ich. »Aber Mom, du machst ihn verlegen.«

»Ach was«, erwidert Lachlan und strafft die Schultern, sodass er noch größer und breiter aussieht, zumal neben meiner winzigen Mutter. »Ich habe kein Problem damit zu hören, dass ich Erwartungen übertreffe.«

Spöttisch grinsend nehme ich seine Hand. »Gehen wir rein, bevor dein Ego nicht mehr durch die Tür passt.«

Wir betreten das Haus, und meine Mutter besteht darauf, Lachlan die ganz große Führung zu bieten. Sie nimmt ihn an die Hand, und er folgt ihr. Ausnahmslos höflich klebt er an ihren Lippen und lächelt, wenn sie lächelt. Mir kommen tatsächlich die Tränen, die ich schnell wegblinzle. Nicht mal Kyle war so aufmerksam und freundlich, und er wollte mich heiraten!

Während sie den Rest des Hauses erkunden gehen, hole ich tief Luft, um das Toben in meiner Brust zu bändigen, und gehe in der Küche nachsehen, was ich uns kochen kann. Ich höre sie nach oben wandern. Ihre Schritte – Lachlans schwere, große und die kurzen, schnellen meiner Mutter – bewegen sich über den Flur zu den Zimmern meiner Brüder, dann zu meinem, wo meine Mutter garantiert jede Menge peinliche Anekdoten über mich zum Besten gibt.

Dann gehen sie ins Schlafzimmer meiner Eltern, und ich weiß nicht, was meine Mutter zu Lachlan sagt, aber es muss um meinen Dad gehen, und plötzlich schmerzt es. Es tut weh. Ich spüre scharfe Stiche in meiner Brust, so schlimm, dass ich mich an den Kühlschrank lehnen und einige Male tief durchatmen muss.

»Kayla?«, höre ich Lachlan sagen, und dann ist er neben mir, streicht mit den Fingern über meine Wange und umfängt meine Handgelenke. »Was ist?«

Ich schüttle den Kopf, lasse aber die Augen geschlossen. »Schon gut«, sage ich.

»Kayla!«, ruft meine Mutter erschrocken. Das Letzte, was ich will, ist, dass sie sich meinetwegen sorgt, obwohl gar nichts ist. Nur meine eigene verdammte Sorge; meine eigenen verfluchten Dämonen, die sich anschleichen.

»Schon gut«, wiederhole ich schärfer und atme durch zusammengebissene Zähne ein. »Ehrlich. Es ist nur ein Krampf. Seitenstiche.«

»Vielleicht lässt du mich lieber kochen«, sagt meine Mutter.

Ich öffne die Augen und stelle fest, dass beide mich ansehen, und dieser Anblick, der schon fast witzig ist, gibt mir die Kraft, mich an alldem vorbeizukämpfen.

»Nein, nein«, entgegnet Lachlan, richtet sich auf, lässt meinen Arm aber nicht los. »Mrs. Moore, setzen Sie sich hin. Kayla, geh du mit deiner Mutter. Ich koche.«

Benommen sehe ich ihn an. »Das würdest du tun?«

»Natürlich, Liebes«, sagt er und küsst mich auf die Stirn. Als er wieder etwas zurückweicht, ist sein Blick fest und übermittelt mir eine Botschaft. »Setz dich zu deiner Mutter«, raunt er leise.

Ich nicke verwirrt. »Was willst du machen?«, frage ich fahrig, als meine Mom ins Wohnzimmer geht und sich über die Schulter zu mir umblickt.

»Geh und bleib bei deiner Mutter«, wiederholt er, und ich spüre eine eigenartige Dringlichkeit, bei der mein Herz einige Purzelbäume in die falsche Richtung schlägt. »Ich habe das hier im Griff, ja?«

Ich drehe mich um und gehe ins Wohnzimmer, wo ich mich auf die Couch setze, während meine Mutter in ihren Sessel sinkt und nach ihren Stricknadeln greift. Sie hat gute Laune, sieht immer wieder verstohlen zu mir, als ich den Fernseher einschalte und die Sender nach etwas absuche, das ihr gefallen könnte. Es wird *The Big Bang Theory*.

Aber sie sieht nicht hin, sondern beobachtet mich. »Alles okay?«, fragt sie.

»Ja, sicher«, winke ich ab. »Wie geht es *dir*?«

Sie seufzt leise, sieht auf ihre Stricknadeln und scheint kurzfristig in ihre eigene kleine Welt abzutauchen. Schließlich antwortet sie: »Ich habe … mich heute nicht so gut gefühlt. Müde. Schwindlig.«

Ich schlucke den Kloß in meinem Hals herunter. »Mom, wenn du dich so fühlst, musst du den Arzt rufen.«

Sie schüttelt den Kopf. »Nein, schon gut. Man nennt es

altern, Kayla.« Sie sieht mich wissend an. »Warum hast du mir nicht erzählt, dass er mitkommt?«

Obwohl sie leise spricht, ist die Küche direkt nebenan, und ich weiß, dass Lachlan uns hören kann. Ihm scheint ohnehin nichts zu entgehen. »Es war eine spontane Entscheidung«, versuche ich, es runterzuspielen. »Ich hoffe, es ist okay.«

»Selbstverständlich ist es das, Kayla, Schätzchen«, sagt sie, grinst von einem Ohr zum anderen und wippt leicht in ihrem Sessel. »Es ist okay, weil ich dich noch nie zuvor so glücklich gesehen habe.«

Mein Blick huscht zur Küche. Lachlan starrt mich an, während er Töpfe aus den Schränken holt. Ich kann seinen Gesichtsausdruck nicht deuten, aber zumindest weiß ich, dass er es gehört hat – dass ich glücklich aussehe.

Ich bin glücklich.

Ich fühle, wie meine Wangen heiß werden, weil ich die Wahrheit nicht ignorieren kann. Ich bin glücklich. Ekstatisch glücklich.

Tragisch.

Ich sehe weg von Lachlan und versuche, mich auf Penny und Sheldon im Fernsehen zu konzentrieren. Gott, ich hasse diese Serie.

»Und wo hast du ihn gefunden?«, fragt meine Mutter.

»Er ist ein Cousin von Bram und Linden. Du weißt doch, Stephanies Mann?«

Sie nickt. »Stephanie habe ich schon immer gemocht.«

»Ja, ich weiß, Mom. Die Tochter, die du nie hattest.«

»Oh, ich sage das bloß, weil ich weiß, wie viel sie dir bedeutet. Es hat mich sehr gefreut zu sehen, wie sie endlich etwas Festes gefunden hat. Jetzt kann dir das auch passieren.«

O Gott. O Gott, nein!

Ich blicke auf und hoffe, dass Lachlan beschäftigt ist und uns nicht hört. Aber nein. Das wäre wohl zu viel verlangt. Er steht da, rührt in einer Schüssel, und diese umwerfenden, prüfenden Augen sehen direkt in meine.

Ich löse den Blick von ihm. »Dazu wird es nicht kommen«, sage ich zu meiner Mutter, womöglich schroffer als beabsichtigt. »Lachlan reist am Sonntag ab.«

Sie runzelt die Stirn, und ihre Stricknadeln verstummen mitten im *Klicke-di-klack*. »Er reist ab? Wohin?«

»Zurück nach Schottland. Falls du es noch nicht mitbekommen hast, er ist nicht von hier.«

»Oh«, sagt sie angestrengt blinzelnd. »Ach du meine Güte, das ist furchtbar. Gehst du mit ihm?«

Ich stoße ein ätzendes Lachen aus, hauptsächlich vor Schock. »Ja, klar doch!«, rufe ich aus. »Nein. Nein, er ist übrigens ein sehr erfolgreicher Rugbyspieler in Edinburgh. Dort wartet alles auf ihn, was er hat. Und ich habe, nun ja, ich habe alles hier, was ich habe.«

Was noch mal was war? Nichts?

Nein. Nicht nichts. Meine Mutter. Meine Brüder. Meine vor sich hin dümpelnde Karriere und meine glücklichen Freundinnen.

Das ist etwas.

Nur ist es nicht das *Etwas*, das ich will.

Dieses Etwas ist eine Zukunft voller Hoffnung.

Dieses Etwas ist in der Küche.

Dieses Etwas ist unerreichbar.

Dieses Etwas brennt mit seinen Augen Löcher in mich hinein. Ich muss nicht mal hinsehen, um es zu wissen, denn ich fühle es. Ich bin so gut darin, seine Augen auf meiner Haut zu spüren, die immer mehr von mir wollen als meinen Körper.

»Das ist ein Jammer«, sagt sie und strickt weiter, doch ihre Haltung hat den Schwung verloren. Kann es sein, dass es meiner Mutter lieber wäre, ich würde einem schönen Mann quer über den Atlantik nachjagen, als dass ich in San Francisco bleibe und weitermache wie bisher? Ich bemühe mich, nicht darüber nachzudenken. Am Ende haben ihre Wünsche und meine keinen verdammten Einfluss auf die Realität: Lachlan geht zurück.

Und ich kenne ihn kaum.

Zum Glück spricht sie ihn nicht wieder an, und als die Serie vorbei ist, verkündet er mit tiefer Stimme, dass das Essen fertig sei.

Meine Mom und ich wechseln verwunderte Blicke und gehen in die Küche.

Verflucht.

Ja, verflucht.

Lachlan hat nicht nur Sets hingelegt und den Tisch gedeckt, sondern es steht auch eine gute Flasche Rotwein da, und in der Tischmitte flackern Kerzen. Er bewegt sich, als wäre er in dieser Küche aufgewachsen.

»Setzt euch bitte«, sagt er und zeigt auf die Stühle. Bei meiner Mutter geht er sogar noch weiter und hält ihr den Stuhl hin. Dann eilt er zum Küchentresen, und als er wiederkommt, stellt er eine Schale mit Kartoffelbrei und eine Platte mit Hähnchen-Parmigiana auf den Tisch. Die beiden Gerichte passen nicht zwingend zusammen, aber sie sehen absolut köstlich aus und duften noch besser.

»Wo hast du das gelernt?«, frage ich ihn. Zwar finde ich durchaus, dass er imstande sein sollte, ein paar Sachen zusammenzuwerfen, doch das hier sieht wahnsinnig gut aus.

Er nickt zu der Platte. »Probier erst mal und frag mich

dann wieder. Ich kann nichts versprechen«, sagt er und setzt sich zwischen uns.

Ich nehme einen Happen von dem Kartoffelbrei. Er ist noch besser als der an Thanksgiving, nur mit einem Hauch Pfeffer und irgendeinem Gewürz. Und das Hähnchen schmilzt in meinem verdammten Mund.

Ich stiere ihn fast wütend an. »Also«, sage ich zwischen den Bissen und zeige mit der Gabel auf ihn. »Die Vorspeisen gestern Abend waren nichts, was du alle Jubeljahre mal tust.«

Er grinst, reibt es sich aber gleich wieder von den Lippen und zieht eine ernste Miene. »Ich koche gern, wenn ich die Gelegenheit habe.«

»Sie sollten immerzu kochen«, sagt meine Mutter. »Das ist sehr, sehr gut.«

»Und das solltest du als Kompliment nehmen, denn mein Essen rührt sie kaum an.« Ich stupse ihn unterm Tisch mit dem Fuß an.

»Ach, das ist nicht wahr!«, widerspricht sie, dabei ist es die volle Wahrheit. Ich gebe mein Bestes, doch Kochen war noch nie meine Stärke. Bei Lachlan scheint es eine von verdammt vielen zu sein. Ich schwöre bei Gott, es gibt nichts, was er nicht kann.

Warum zur Hölle musste ich diesem Tier, diesem Supermann begegnen, der mich im Schlafzimmer um den Verstand bringt, seinen Lebensunterhalt mit dem Niedermähen von Rugbyspielern verdient, hilflose Tiere rettet, wie ein beknackter Gott aussieht und zufällig auch noch kochen kann, und das alles, kurz bevor er wegmuss? Warum ist das Leben so irrsinnig grausam?

»Und ich dachte, ihr Schotten wisst alle nur, wie man Haggis kocht«, sage ich, verdränge das schwere Gefühl aus meiner Brust und versuche, mich auf das zu konzentrieren, was vor mir ist.

»Oh, ich kann ein ziemlich himmlisches Haggis kochen«, sagt er. »Hätte ich hier mehr Zeit, würde ich sehen, was ich tun kann.«

Ich ringe mir ein Lächeln ab. »So sehr ich mir auch wünsche, du hättest mehr Zeit, verpasse ich das doch gern.«

Nach dem Abendessen besteht meine Mutter auf Nachtisch und holt die Matcha-Grüntee-Eiskrem hervor. Das ist etwas, das Lachlan noch nie gekostet hat.

»Die ist fantastisch«, sagt er zwischen zwei Löffeln.

»Ich bin mit dem Zeug aufgewachsen«, erzähle ich. »Als Kind habe ich am allerliebsten blätterweise Nori gegessen. Du weißt schon, getrocknete Meeresalgen.«

»Das stimmt«, sagt meine Mutter mit einem sanften Lachen. »Ich habe die für Sushi gekauft, musste sie aber immer vor ihr verstecken. Wenn ich die Packungen später fand, waren sie schon angenagt, als hätte eine Maus sich daran vergriffen.«

»Seltsame kleine Wesen«, bemerkt Lachlan warmherzig, lehnt sich auf seinem Stuhl zurück und betrachtet mich. »Was hast du als Kind sonst noch so angestellt?«

»Oh, sie hat alles Mögliche gemacht«, sagt meine Mutter schnell. »Eigentlich nicht anders als heute. Aber sie hatte vier große Brüder, die sie gebändigt haben. Brian, Nikko, Paul und Toshio. Kayla war unser kleiner Engel. Sie kam eines Tages, als ihr Vater und ich gar nicht mehr damit rechneten, dass ich schwanger werden könnte. Ich hätte nie gedacht, dass ich doch noch mein kleines Mädchen bekomme. Aber hier ist sie.«

Meine Wangen glühen, und ich verrühre mein Eis zu grüner Suppe.

»Leider«, ergänzt meine Mutter, »war sie vollkommen furchtbar.«

Ich sehe sie wütend an, während Lachlan lacht. »Mom!«, warne ich sie.

»Oh, das war sie«, sagt sie und beugt sich mit glänzenden Augen zu Lachlan. »Schon als ganz kleines Mädchen ist sie einem bei jeder Gelegenheit weggelaufen. Wären ihre Brüder nicht gewesen, hätte ich sie sicher eines Tages ganz verloren. Aber sie konnten gut auf sie aufpassen.«

»Ja, nur in der Highschool wurde das ein bisschen nervig«, erinnere ich sie.

»Für dich«, scherzt sie. »Für uns war es ein Geschenk des Himmels. Sie war ein jungenverrücktes kleines Ding, müssen Sie wissen.«

»Ach ja?«, fragt Lachlan mit großen Augen. Er genießt das hier sichtlich.

»Ja, sehr sogar«, sagt meine Mutter, bevor ich zustimmen oder leugnen kann. »Jeden Tag hatte sie einen neuen Schwarm in der Schule. Billy dies, Tommy das. Einmal bekam sie Ärger, weil sie einen Jungen geküsst und zum Weinen gebracht hatte.«

Stöhnend vergrabe ich das Gesicht in den Händen.

Lachlan lacht laut, und es klingt wunderbar, auch wenn es auf meine Kosten geht. »Was hast du getan, Kayla?«

Ich halte mein Gesicht bedeckt und antworte nicht, weil meine Mutter es sowieso tun wird.

Und das tut sie. »Die Lehrerin erzählte mir, dass der Junge sie nicht küssen wollte, und da hat sie ihn zu Boden gerungen, und als er weglaufen wollte, boxte sie ihm in den Bauch.«

»Du wärst doch eine Naturbegabung fürs Rugby gewesen«, sagt Lachlan lachend.

»Also«, fährt meine Mutter fort, »haben ihre Brüder in der Highschool ihre Anstandsdamen gespielt. Das arme Mädchen konnte nirgends hin, ohne dass sie es wussten. Und alle Jungen wurden auf Abstand gehalten.«

»Tja, ich kann deinen Brüdern nicht verübeln, dass sie dich beschützen wollten«, sagt Lachlan. »Wahrscheinlich warst du in der Highschool schon so atemberaubend wie heute.«

O Gott! Ich blicke auf, und er sieht mich so ernst an, dass es wehtut. Von seinem Kompliment glüht mein Gesicht noch heftiger.

»Sehen Sie nur, Sie haben sie zum Erröten gebracht«, sagt meine Mutter, was nicht hilft. »Sie gehen ihr unter die Haut.«

»Okay.« Hastig stehe ich auf. »Ich gehe ins Bad. Wenn ich zurückkomme, können wir dann bitte aufhören, mich in Verlegenheit zu bringen?«

»Aber ich liebe es, dich verlegen zu sehen«, schnurrt Lachlan förmlich.

Ich zeige ihm den Stinkefinger, was meine Mutter entsetzt nach Luft schnappen lässt, und gehe den Flur hinunter ins Bad, wo ich mich einschließe. Dann atme ich lange und tief ein. Mein Herz rast, und ich weiß nicht, warum. Alles läuft so gut, doch mir macht es nichts als Sorge. Da ist eine Stelle hinter meinem Herzen, ein kleines Loch, und langsam wird es größer.

Ich halte einen Waschlappen unter kaltes Wasser und tupfe mir das Gesicht ab. Es ist immer noch gerötet, fast wie nach dem Sex. Vielleicht will Lachlan mich deshalb in Verlegenheit bringen.

Als ich aus dem Bad komme, sitzt Lachlan im Wohnzimmer, und meine Mutter versucht, Tee zu kochen.

»Lass mich, setz dich«, sage ich und nehme ihr den Kessel ab.

Sie legt ihre Hand auf meine. Für einen Moment sehe ich hin. Ihre Hand ist blass, faltig schön und von Altersflecken gesprenkelt. Die Hände meiner Mutter, die mich durch mein ganzes Leben begleitet haben, zittern leicht. Wann hat das angefangen? Der Tremor?

Doch ich frage sie nicht, denn sie blickt bewundernd zu mir auf.

»Du solltest ihn nicht gehen lassen«, sagt sie leise. Ihr Händedruck wird fester, und das Zittern lässt ein bisschen nach. »Er ist wirklich ein Mann für dich.«

Ich lächle ihr kurz zu und ziehe den Kessel von ihr weg. »Ehrlich gesagt kenne ich ihn nicht gut genug, um das zu glauben.« Schluckend blicke ich ins Wohnzimmer, wo Lachlan fernsieht. »Ich wünschte allerdings, ich täte es.«

»Manchmal muss man jemanden nicht kennen, um ihn zu *kennen*«, sagt sie. »Und wenn er dich ansieht, erkennt man es. Er *kennt* dich.« Dann tapst sie aus der Küche zurück zu ihm.

Plötzlich fröstle ich und mache mich daran, den Tee aufzubrühen. Wir trinken alle mehrere Tassen und sehen eine Folge von der anderen Lieblingsserie meiner Mutter, NCIS, bis es spät wird und ich weiß, dass Lachlan nach Emily sehen muss.

Aus irgendeinem Grund fällt mir heute der Abschied von meiner Mutter schwer. Vielleicht liegt es daran, dass ich den ganzen Abend besonders emotional war. Ich umarme sie länger als sonst und sage, dass ich nächste Woche wiederkomme. Vielleicht kann ich dann Toshio mitschleppen.

Lachlan bückt sich und nimmt meine winzige Mutter in die Arme. Bei dem Anblick löse ich mich vollständig auf.

Ich schmelze dahin.

»Deine Mutter ist bezaubernd«, sagt er, legt eine Hand in

meinen Nacken und reibt mit dem Daumen über meine Haut. »Was fehlt ihr?«

Ich umklammere das Lenkrad fester. »Weiß ich nicht genau«, antworte ich, benetze meine Lippen und versuche, mich zu erinnern. »Es fing nach dem Tod meines Vaters an. Da war sie lange Zeit ein Wrack. Waren wir alle. Sie war entsetzlich deprimiert, und ich schätze, all der Schmerz in ihr fing an, sich einen Weg nach draußen zu bahnen. Einige Ärzte sprechen von einem chronischen Erschöpfungssyndrom, andere immer noch von Depressionen und Angstzuständen. Sie schläft nicht gut, und ihr Blutdruck schießt dauernd durch die Decke. Ihre Muskeln schmerzen permanent. Ich weiß nicht, was ich davon halten soll. Aber es geht seit Jahren so.«

Und ihre zitternden Hände, nun, ich hoffe, dass sie nur aufgeregt war, weil ich mit Lachlan zu Besuch gekommen war.

»Habt ihr in Amerika gute Ärzte?«, fragt er.

Ich schüttle den Kopf. »Nein. Das heißt, ja, wenn man sie bezahlen kann. Sie hat nie gearbeitet, deshalb ist sie nicht so abgesichert wie andere Leute in ihrem Alter. Aber meine Brüder und ich bezahlen das. Wir versuchen, das Beste für sie zu bekommen, einen ganzen Haufen unterschiedlicher Meinungen. Ehrlich«, sage ich und sehe kurz zu ihm, »ich glaube, dass sie immer noch an gebrochenem Herzen leidet.«

Er lächelt verkniffen. »Sich zu verlieben, birgt hohe Risiken.«

Nickend sehe ich wieder zur Straße. »Hohe Risiken.«

Als wir vor seinem Haus sind, lädt Lachlan mich ein, mit nach oben zu kommen. Ich zögere. Natürlich will ich, denn ich möchte immerzu mit ihm zusammen sein. Aber mir lastet etwas schwer auf der Brust, und ich habe das Gefühl, wenn ich heute Nacht mit ihm schlafe, wird es noch schlimmer. Ich muss allein sein, um das zu verarbeiten, allein zu meiner Stärke zurückfinden. Erstaunlich, dass solch ein starker Mann mich nur schwächer macht.

In dieser Nacht, als ich allein im Bett liege, starre ich das leere Kissen neben mir an und frage mich, wie es wäre, dort immer jemanden zu haben.

Gleich darauf frage ich mich, wie es wäre, dort nie wieder jemanden zu haben.

Wie sehr muss man sich in jemanden verlieben, bis man von Liebe sprechen kann?

Ich hoffe, dass ich das nie herausfinde.

Kapitel 15

Kayla

Am Freitag vergeht die Zeit bei der Arbeit zäh wie Sirup. Ich starre auf die Zeitanzeige auf meinem Monitor, zähle die Minuten, die Sekunden, bis ich nach Hause, packen, Lachlan holen und nach Napa fahren darf.

Doch als es endlich so weit ist und ich vor Lachlans Apartmenthaus warte, ist all die gespannte Erwartung des Tages einer akuten Angst gewichen. Die ist das letzte Mal, dass ich hier bin und ihn abhole. Nach Sonntag ist er fort.

Auch wenn ich nach dem Mittwochabend bei meiner Mutter nicht mit ihm geschlafen habe, war es gestern Abend etwas völlig anderes. Ich war nach der Arbeit direkt zu ihm gefahren, hineingegangen und hatte ihm das Hirn weggevögelt. In seinem Schlafzimmer natürlich, fernab von Emilys vorwurfsvollen Blicken. Jene seltsame Melancholie, die mich bei meiner Mutter gepackt hatte, war nicht mehr da gewesen. Ich verlor mich auf jede erdenkliche Art in seinem Körper, vögelte ihn buchstäblich bis zwei Uhr nachts durch. Dann löste ich mich endlich von ihm und fuhr nach Hause, um zu schlafen.

Aber jetzt, da ich auf ihn warte, da wir zu unseren letzten gemeinsamen Tagen aufbrechen, ist die Melancholie zurück, summt wie ein Ohrwurm in meiner Seele.

Als ich Lachlan sehe, wird es ein bisschen besser, wie so oft.

Er kommt mit Riesenschritten auf meinen Wagen zu, eine kleine Reisetasche über der Schulter und eine Transportbox in der Hand. Er trägt Wanderstiefel, Jeans mit Rissen hier und da sowie ein weißes T-Shirt, das seine Muskeln, die breiten Schultern und die Tattoos auf seinen Armen perfekt betont. Mir stockt der Atem, ich klemme automatisch die Beine zusammen, und in mir brennt eine lodernde Hitze. Diese Wirkung wird nie wieder jemand auf mich haben.

Er öffnet die hintere Autotür und stellt die Transportbox auf die Rückbank. Ich sehe nach hinten zu Emily, deren struppiges Gesicht durch die Klappe vorn blickt. Während ich darauf gefasst bin, dass sie mich anknurrt, oder zumindest ihre Zähne zeigt, beäugt sie mich nur kurz, ehe sie wieder zu Lachlan sieht. Es ist offensichtlich, dass die Hündin ihn anbetet; sie kann kaum wegsehen. Ich frage mich, ob ich genauso wirke.

»Hallo Liebes«, sagt er zu mir, als er sich auf den Beifahrersitz setzt. Er beugt sich zur Seite, fängt mein Kinn mit seiner Hand ein und gibt mir einen langen Kuss, bei dem mein Herz einige Schläge auslässt.

Ich grinse ihn an, zapple auf meinem Sitz vor Aufregung und zeige mit dem Daumen zur Rückbank. »Anscheinend wird sie langsam warm mit mir.«

»Das habe ich dir doch gesagt.« Als wir losfahren, legt er seine große Hand auf meinen nackten Oberschenkel.

Die Fahrt nach Napa ist fantastisch. Ich wähle die längere Strecke, über die Golden Gate Bridge, weil sie malerischer ist und mir mehr Zeit mit ihm bietet, bevor ich ihn mit allen anderen teilen muss. Die Temperaturen steigen, je weiter wir ins

Inland kommen. Bald brät die Sonne uns. Wir haben alle Fenster geöffnet und rauschen über eine vierspurige Autobahn, wo der Geruch von Weinbergen und warmen Feldern ins Auto weht.

»Wie wäre es, wenn wir einfach immer weiterfahren?«, frage ich verträumt, als Lana Del Reys »Honeymoon« aus den Lautsprechern ertönt.

»Ja, wie wäre das?« Er spielt mit.

»Wohin würden wir fahren?«

»Spielt das eine Rolle?« Seine Stimme ist so herrlich hoffnungsvoll, dass ich ihn ansehen muss. Er lächelt mir zu und lehnt den Ellbogen ins offene Fenster, während er sich übers Kinn fährt und hinaus auf die ausgedörrten Hügel blickt.

Nein. Es würde keine Rolle spielen. Wir könnten eine Wiese finden, eine Hütte, einen Gebirgsbach. Wir könnten nach Norden, Süden oder Osten fahren. Wir könnten auf die nächste Landstraße abbiegen und am Wagen campieren, nur er, ich und Emily. Wir könnten uns Zeit nehmen, sie zwischen unseren Fingern dehnen und eine Ewigkeit damit verbringen, uns in den Armen zu liegen.

Aber so funktioniert die Realität nicht. Nicht dass die Wirklichkeit uns heute eine Menge aufgebürdet hätte. Als wir in Napa ankommen und ich auf den riesigen Parkplatz des Meritage Hotels einbiege, bin ich unglaublich dankbar, dass Bram alles organisiert hat. Auf diese Weise sieht er seinen Cousin noch, bevor er verschwindet, und ich auch.

»Tja, das ist verdammt hübsch«, sagt Lachlan ruhig, als wir aus dem Wagen steigen und unsere Sachen zusammenraffen. Die Hitze umhüllt uns, während wir über den Parkplatz zum Hoteleingang gehen. Drinnen sehen wir die anderen sofort.

»Heeeeey!«, brüllt Bram mit einem breiten Lächeln. Er

kommt mit einem Rotweinglas in der Hand auf uns zu, umarmt Lachlan, klopft ihm auf den Rücken und tut dann dasselbe mit mir.

»Mein Gott, Bram, bist du schon betrunken?«, frage ich, als er mich loslässt.

»Wir waren schon früh hier«, erklärt er und zeigt zu den anderen. Linden und Steph kommen zu uns, ebenfalls mit Weingläsern in der Hand, und im Hintergrund sehe ich Nicola, die mit jemandem an der Rezeption spricht.

»Hi, ihr zwei«, sagt Steph, die mich genauso umarmt wie Bram, auch wenn sie es nicht bei Lachlan tut. Vielmehr mustert sie ihn, als würde er sie einschüchtern. Es könnte daran liegen, dass Lachlan sie mit einem intensiven Stirnrunzeln ansieht. Ich weiß bereits, dass es ihn anstrengt, von vielen Leuten umgeben zu sein, daher ergreife ich seine Hand und drücke sie.

Er scheint sich vor meinen Augen zu entspannen, und Stephs Blick huscht zwischen uns hin und her. Dann lächelt sie scheu, und Linden kommt, um seinem Cousin einen dieser Handschläge zu geben, die den gesamten Unterarm einnehmen.

»Bin ich froh, dass du gekommen bist«, sagt Linden. Dann entdeckt er die Hundebox, hockt sich hin und fragt: »Oh, wer ist das denn?«

Emily bellt ihn sofort an, worauf Linden einen Satz zurück macht und aufspringt. »Heiliger, Lachlan, der ist genauso wie du.«

»Sie«, korrigiert Lachlan. »Das ist Miss Emily.«

Linden schnaubt. »Ein ganz schön schwuchteliger Name für einen Hund. Hast du ihr den gegeben?«

»Ja«, sagt Lachlan und starrt Linden in Grund und Boden.

»Gehen wir einchecken«, sage ich, ziehe an Lachlans Arm und führe ihn zum Empfangstresen.

»Alles okay?«, flüstere ich.

Er knurrt nur. Ich vermute, dass es bedeutet, ihm geht es gut, oder dass ich mir so oder so keine Gedanken machen soll.

Wir begrüßen Nicola, als wir einchecken, und als wir alle unsere Zimmerschlüssel haben, sagt sie, dass wir uns mit den anderen zu einer Verkostung im Weinkeller treffen sollen, obwohl es aussieht, als hätten sie bereits reichlich allein verkostet.

Unser Zimmer ist im Erdgeschoss und im mediterranen Stil gehalten. Lachlan lässt Emily aus ihrer Box, nimmt sie an die Leine und öffnet die Terrassentür, um sie zum Pinkeln nach draußen zu führen. Inzwischen mache ich mich schnell im Bad frisch und dehne meine von der Fahrt lahmen Gliedmaßen, bevor ich mich auf das große Bett werfe und die Matratze prüfe. Sie fühlt sich traumhaft an. Auf der könnte ich die ganze Nacht durchvögeln.

Als Lachlan wieder nach drinnen kommt, springt Emily zu mir aufs Bett, und mir wird klar, dass es mit dem Sex rund um die Uhr schwierig werden könnte, wenn die Hündin jede meiner Bewegungen überwacht.

Lachlan legt sich neben mich und streckt seinen Arm über meinen Bauch. Ich beobachte, wie sich sein Brustkorb beim Atmen hebt und senkt.

»Schon asozial gestimmt?«, frage ich ihn.

»Mmm«, sagt er und sieht mich an. »Ich wäre lieber mit dir hier drinnen.«

»Tja, falls du etwas Amouröses geplant hast, müssen wir das draußen machen. *Miss* Emily hier wird uns sonst keine Sekunde aus den Augen lassen.«

Er zuckt mit den Schultern. »Dann sperren wir sie ins Bad.«

»Da wird sie kläffen.«

Er seufzt. »Ja, wird sie.«

Ich drehe mich zu ihm und streiche mit dem Finger über seine gerunzelte Stirn. »Immer so grüblerisch«, sage ich und füge meinen Finger in die steile Falte zwischen seinen Brauen. »Ständig denkst du über irgendwas nach.«

»Ehrlich, ich würde dafür bezahlen, dass jemand mein Gehirn abschaltet«, antwortet er.

Ich fahre mit dem Finger über seinen Nasenrücken mit der kleinen Erhebung und über seine Lippen. Er öffnet den Mund, fängt meine Fingerspitze mit den Zähnen ein und beißt sanft drauf.

Ich beobachte ihn aufmerksam und sehe, wie die Rädchen in seinem Kopf arbeiten. Dann senke ich meine Stimme. »Ich weiß genau das Richtige, um es abzustellen.« Ich nehme meine Finger aus seinem Mund und küsse ihn sanft. Er stöhnt leise, und ich fühle es bis in mein Innerstes. Dann lege ich eine Hand auf seine Brust und stemme mich von ihm weg. »Aber zuerst gehen wir zur Weinverkostung.«

Er schließt die Augen und lässt seinen Kopf zurück auf das Kissen sinken. »Müssen wir? Warum können wir nicht hierbleiben? Du machst diesen Zaubertrick, der meine Gedanken abstellt, und ich mache den Zaubertrick, bei dem du nasser wirst als eine Wasserrutsche.«

»Komm schon«, sage ich, ziehe seine Arme von mir und stehe auf. »Wir machen das hier, weil du vor der Abreise deine Cousins sehen willst, und sie wollen dich sehen. Trinken wir ein bisschen Wein, und danach verschwinden wir.«

Er brummelt, steht aber auf. Wir lassen Emily mit ihrem Abendessen und frischem Wasser im Zimmer und begeben uns auf den Weg aus dem Hotel.

Das Gebäude selbst ist riesig, und wir wandern durch Innenhöfe und vorbei an einem weitläufigen Poolbereich. Es ist viel los, und jeder scheint ein Glas Wein in der Hand zu haben, was etwas in meinem Kopf zum Stottern und Innehalten bringt. Vielleicht ist ein Weingut nicht das ideale Ausflugsziel für Lachlan.

Ich schaue zu ihm auf, während er neben mir hergeht und sein Blick rastlos umherwandert. Mir geht durch den Kopf, was ich bisher über ihn weiß. Verhaltensprobleme. Tattoos, die eine Vergangenheit andeuten, überschattet von Abstürzen und Dämonen. Die Tatsache, dass er wenig, wenn überhaupt trinkt, könnte nicht nur mit dem Rugbytraining zusammenhängen. Es könnte um etwas ganz anderes gehen.

Aber er hat mir nichts davon erzählt, und weil es so persönlich ist, werde ich auch nicht fragen. Menschen, die eine Woche lang ficken, müssen sich gegenseitig nicht alle schmutzigen, vielleicht auch schmerzlichen Details ihres Lebens enthüllen.

Der Weinkeller befindet sich in der Estate Cave, die mitten in einen Weinberg hinter der Hoteleinlage gebaut ist. Drinnen ist es kühl und dämmrig, mit einem Spa-Eingang links von uns und der Weinbar rechts. Vor uns sind hohe dunkle Türen, die darauf lauern, geöffnet zu werden.

Dahinter spähe ich in eine große leere Höhle mit gewölbten Steinwänden und Kronleuchtern, als Lachlan mich zurückzieht und Steph mir ins Ohr kreischt.

»Yeah, ihr seid gekommen!«, ruft sie aus, und sobald ich mich zu ihr umdrehe, drückt sie mir einen feuchten Schmatzer auf die Wange. Ich wechsle einen Blick mit Lachlan. Sie ist noch betrunkener als vorhin.

»Natürlich sind wir gekommen«, sage ich, als sie uns bedeutet, ihr in die Bar zu folgen. Dort stehen einige Leute in Reihen an, studieren Weinkarten und werden von Möchtegern-Sommeliers umgarnt, doch Steph führt uns in den hinteren Bereich, wo die anderen an einem Privattisch sitzen.

Sie jubeln, als sie uns sehen, und ich winke ihnen kurz zur Begrüßung.

»Also«, sage ich mit Blick auf ihre leeren, weinfleckigen Gläser, »ihr habt schon ordentlich Vorsprung.«

»Wir haben erst ein Glas gehabt«, erwidert Nicola und weist zu den beiden freien Plätzen neben sich.

Lachlan und ich setzen uns, und sofort erscheint die Weinkellnerin.

»Hi«, sagt sie übertrieben munter. Ich schätze, man muss so auftreten, wenn man teure Weine verkaufen will. »Lassen Sie mich Ihnen einschenken. Wir haben mit einem leichten Sauvignon-Blanc-Verschnitt angefangen.« Sie streckt ihre Flasche vor, schenkt gekonnt einen Schluck ein, doch als sie Lachlan eingießen will, hält er eine Hand über das Glas.

»Lieber nicht«, sagt er, ohne jemanden anzusehen.

Ich blicke fragend zu Bram, um zu sehen, ob dieses Verhalten für seinen Cousin seltsam ist. Bram wiederum beobachtet Linden, obwohl er nicht überrascht wirkt.

»Möchten Sie einen anderen Wein?«, fragt die Kellnerin.

»Geben Sie ihm einen Roten«, antwortet Linden. »Er scheint mehr der Rotweintyp zu sein, nicht wahr? Im Rotwein ist weniger Zucker.«

Bram wirft seinem Bruder einen skeptischen Blick zu und öffnet den Mund, um etwas zu sagen, aber Lachlan nimmt achselzuckend die Hand vom Glas.

»Klar, roter ist gut«, lenkt er ein.

Ich habe das Gefühl, dass alle am Tisch plötzlich angespannt sind und Lachlan zum Mittelpunkt der Aufmerksamkeit wird, daher sage ich rasch: »Bram, vielen Dank, dass du das hier organisiert hast.«

Nun sind alle auf Bram konzentriert und bedanken sich gleichfalls bei ihm. Ich lege eine Hand auf Lachlans Bein. Seine Muskeln bewegen sich, weil er nervös mit dem Fuß auf dem Boden tippt.

Die Weinkellnerin, auf deren Namensschild »Jennifer Rodriguez« steht, kommt zurück und schenkt Lachlan einen großen Schluck vom hiesigen Grenache-Verschnitt ein. Mit ihren weißen Zähnen, der sonnengebräunten Haut, dem lockigen honigblonden Haar ist sie auf eine übertrieben widerliche Art attraktiv. Und sie will nicht aufhören, Blickkontakt zu Lachlan zu suchen.

Dabei hat er sie überhaupt nicht auf dem Schirm. Während sie ihm alles über den Wein erzählt, ununterbrochen plappert, seine Tattoos beäugt und seine Arme und Schultern mustert, sieht er sie kein einziges Mal an. Er nippt bloß an seinem Wein und nickt.

Wir anderen bekommen nicht dieselbe Aufmerksamkeit von ihr, aber der Wein ist recht gut. Bram stellt eine Million Fragen zu allem, was wir trinken, doch Jenns Augenmerk gilt allein Lachlan. Irgendwann berührt sie sogar schwärmerisch seinen Bizeps.

»Ich liebe Ihre Tattoos. Mein *Ex*-Freund hatte eine Fleur-de-lis auf dem Arm und ein Zitat auf seiner Brust. Ich finde so etwas bei Männern sehr sexy.«

Ich bin drauf und dran, ihr zu sagen, sie soll verschwinden, da faltet Lachlan die Hände vor sich und sieht ruhig zu ihr auf. »Schenken Sie einfach den Wein ein, Schätzchen.«

Wir haben schon einige Gläser getrunken, und Bram hat

angefangen, eine Bestellung für eine Kiste seiner bevorzugten Sorten auszufüllen, als Lachlan sich zu mir neigt und flüstert: »Triff mich in ein paar Minuten draußen.« Dann steht er auf und verlässt die Bar.

Ich drehe mich zu den anderen um, die mich erwartungsvoll ansehen.

»Was?« Ich trinke meinen Wein aus.

»Was ist mit ihm?«, fragt Linden.

»Er ist dein Cousin. Du weißt, wie er ist.«

»Klar«, sagt er, »aber inzwischen glaube ich, dass du ihn besser kennst.«

Ich sehe Bram an in der Hoffnung, dass er mich unterstützt, doch er widmet sich wieder seiner Bestellung. »Ich fürchte, Linden hat recht, Kayla. Du bist jetzt die Expertin.«

»Er ist so süß verliebt in dich«, ergänzt Nicola, deren Augen schon gefühlsduselig glänzen.

»Süß?«, wiederhole ich. »Also erstens sind wir hier nicht in den Südstaaten, okay? Und zweitens ist der Mann überhaupt nie *süß*, außer vielleicht zu Hunden.«

Nun, und er war ziemlich süß zu meiner Mutter.

Steph schüttelt energisch den Kopf. »Nein, nein, nein. Dann siehst du nicht, was wir sehen. Er will dich, Kayla.«

Ich verdrehe die Augen. »Tja, das dürfte ja wohl offensichtlich sein.«

»Nein«, erwidert sie noch lauter, und Linden ermahnt sie, leiser zu sein. Gott, die werden alle minütlich betrunkener. »Nein, lass mich dir Folgendes sagen.« Sie hebt eine Hand zu Lindens Gesicht und knautscht es. »Lass mich das sagen, okay? Lass mich Folgendes sagen.«

Ich sehe sie an und hebe beide Hände. »Okay, Schluckspecht, sag es.«

Sie beugt sich vor und reißt die Augen weit auf. »Er will dich. Es ist sozusagen … er ist in dich verliebt.«

Diese Äußerung entlockt sowohl Linden als auch Bram ein Stöhnen.

»Jetzt übertreib mal nicht«, ermahnt Bram sie.

»Ihr Frauen denkt, dass jeder Mann, der seinen Schwanz in euch versteckt, verliebt ist«, sagt Linden zu ihr.

»Hey!«, erwidere ich streng und zeige mit dem Finger auf ihn. »Du steckst *mich* bitte nicht in die ›Ihr Frauen‹-Schublade. Und zufällig weiß ich genau, dass keine von uns hier das denkt, vor allem nicht deine Frau, die schon in dich verliebt war, laaaange bevor du deinen blöden Schwanz in ihr verstecken durftest.«

Steph sieht Linden wütend an, und ich fahre fort: »Und verdammt noch mal, wir kennen uns kaum. Wir vögeln, also lasst uns vögeln, und haltet die Klappe.« Ich sehe Steph an. »Und bitte, das Letzte, was ich brauche, ist jemand, der verrückt wird und mir unrealistische Sachen einredet. Keiner liebt irgendwen. Ich kenne Lachlan nicht, und er kennt mich nicht, was für uns beide prima ist. Das muss es sein, weil er in achtundvierzig Stunden weit, weit wegfliegt. Also lass uns einfach unsere Zeit bis dahin. Wir brauchen keine Komplikationen. Wir brauchen keine Liebe oder überhaupt Gefühle, weil das, was wir haben, höllisch heiß und flüchtig ist, und ich werde so viel guten Sex mit ihm genießen, wie ich kann. Kapiert?«

Bram, Nicola, Steph und Linden sehen mich verdutzt an.

»O Mann«, sagt Linden schließlich. »Es war nur ein Scherz. Sind wir aber empfindlich.«

»Tja, ich scherze nicht.« Ich stehe auf. »Wenn ihr mich jetzt bitte entschuldigt, ich gehe ihn suchen. Und wenn wir zurückkommen, hoffe ich sehr, dass keiner von euch das L-Wort ausspricht oder irgendein anderes außer ›Wiedersehen‹, okay?«

Mit diesen Worten mache ich auf dem Absatz kehrt und marschiere an der Weinbar vorbei. Die Hälfte der Kunden sieht mich an, da mein Ausbruch wohl ein wenig zu laut war. Aber mich hat es höllisch wütend gemacht. Warum müssen die Leute immer jeden Scheiß verkomplizieren? Warum kann man nicht einfach ficken, und gut? Ich meine, meine Freundinnen kannten nicht mal die Namen der Männer, mit denen ich nach Kyle geschlafen habe. Warum muss es mit Lachlan so irre schwierig sein?

Weil du etwas für ihn empfindest, flüstert meine innere Stimme. *Weil du dich in ihn verliebst.*

»Grrr«, knurre ich vor mich hin, halte mir die Hände über die Ohren und drehte mich im Foyer der Höhle um die eigene Achse. »Ich will nicht, dass Steph recht hat.«

»Kayla?«, höre ich Lachlans Stimme.

Ich erstarre, blicke auf und sehe ihn auf der anderen Seite der schweren Tür, in der dämmrigen Höhle, in die ich vorhin gelinst hatte. Er betrachtet mich mit dem üblichen sorgenvollen Blick.

»Ja«, sage ich und gaukle Normalität vor. »Hi.«

Sein Stirnrunzeln wird tiefer, bevor er mir mit einem Nicken bedeutet hineinzukommen.

Ich trete durch die Türen, und er schließt sie sorgfältig hinter uns. Ich sehe mich um. Die kalten Steinwände sind gewölbt und von Säulen gestützt, was dem Raum die Form eines halben Weinfasses verleiht. Ich mache einige Schritte nach vorn und betrachte den Rest der leeren Halle. Es sieht aus, wie man sich die Szenerie für eine »Game of Thrones«

Hochzeit vorstellt, mitsamt Alkoven und kunstvollen Kronleuchtern.

»Was hast du da draußen gesagt?«, fragt er leise, kommt hinter mich und legt die Hände um meine Taille. Sein Atem riecht nach Wein. »Steph soll womit nicht recht haben?«

»Ach, nichts weiter«, antworte ich, schließe die Augen und lehne den Kopf an seine Brust. »Dummer Mädchenunsinn.«

»Mmm. Entschuldige, dass ich einfach verschwunden bin«, murmelt er in mein Haar. »Ich vertrage nur ein gewisses Maß.«

Ich bin nicht sicher, ob er den Wein oder die Situation meint, also sage ich bloß: »Ich wollte da auch raus.«

»Gut«, raunt er, und seine Hand gleitet kurz über meine Hüfte. Ich möchte, dass er tiefer wandert, zwischen meine Beine, den Saum meines Kleids hochzieht, doch stattdessen nimmt er meine Hand. »Komm her.«

Er führt mich durch das lange Gewölbe, in dem meine Sandalen beim Gehen ein Echo erzeugen. Am Ende ist ein großer, verzierter Spiegel, und ein Flur geht zu beiden Seiten ab. Links ist er von einer schweren Tür versperrt, und nach rechts ist ein hohes Gittertor vor etwas, das aussieht wie ein Servicebereich. Ein Rollwagen voller Handtücher steht vor einer offenen Tür, doch es scheint niemand in der Nähe zu sein.

»Ich glaube nicht, dass wir hier sein sollten«, sage ich und drehe mich zu ihm. Seine Augen glänzen, und ich begreife, was los ist. Meine Nackenhaare richten sich auf, mir läuft ein Schauer über den Rücken.

»Das glaube ich auch nicht, Liebes«, sagt er rauchig. Er macht einen Schritt vorwärts, sodass ich mit dem Rücken zu dem Gittertor stehe. »Aber hier sind keine Hunde.«

Ich beiße mir auf die Unterlippe und lege eine Hand in

seinen Nacken, als er sich an mich drückt, worauf seine Erektion an meine Hüfte stößt. Leise stöhnt er, die Lippen an meinem Hals, und drängt mich dichter an das Tor. Die Gitterstäbe tun weh am Rücken, doch es ist eine gute Art Schmerz. Aller Schmerz, den man beim Sex verspürt, ist in Ordnung, vor allem wenn er von Lachlan McGregor kommt.

Er legt die Hände an meine Oberschenkel, lässt sie langsam nach oben wandern und zieht mein Kleid damit nach oben. Seine Handflächen hinterlassen eine Spur aus Sternenstaub und Hitze, bis sie an meinen Hüften verharren. Lachlan atmet an meinen Hals aus.

»Kein Slip«, murmelt er. »Warum muss ich dich noch mal verlassen?«

Ich schlucke, weil mir ein Stich durchs Herz fährt. Es ist kein Platz für anderes als Sex, erst recht nicht hier und jetzt. »Weil du ein kluger Mann bist, der zu einer vielversprechenden Karriere zurückkehrt.«

»Aber wie klug kann ich sein, wenn ich eine Frau wie dich zurücklassen muss?«

Ich schließe die Augen. »Neue Regel«, sage ich, während ich zu seiner Jeans greife und sie öffne. »Wir erwähnen nie wieder, dass du abreist. Von jetzt an.«

Er hebt den Kopf und sieht mich an. Gleichzeitig taucht er eine Hand zwischen meine Beine und legt die andere an meine Wange. Seine Lippen sind feucht, leicht geöffnet, absolut verlockend, und in seinen Augen spiegelt sich ein wildes Gefühl, das ich nicht deuten kann.

»Ich bin nicht sicher, ob ich das vortäuschen kann«, sagt er heiser.

»Du musst nichts vortäuschen«, erkläre ich und stöhne leise, als seine Finger über meine Schamlippen streichen. »Wir sprechen es einfach nicht an. Leben im Jetzt. Immer im Jetzt.« Meine Hand findet seinen steifen, großen Schwanz, und ich ziehe ihn aus seiner Hose. »Übrigens trägst du auch keine Unterwäsche.«

Er macht die Augen zu und zischt leise, als ich ihn mit meiner Hand umfange. »Ich versuche bloß, mit dir mitzuhalten«, sagt er mit raspelnder Stimme.

»Ich weiß deine Bemühungen zu schätzen«, bringe ich heraus, während er einen Finger in mich hineintaucht. Mein Körper scheint bei seiner Berührung auszuatmen, als hätte er ihn gebraucht, um atmen zu können. Alles verzehrt sich nach ihm, und ich umklammere seinen Finger mit meinen Muskeln, will mehr, brauche mehr.

Doch hier geht es nicht um mich. Ich streiche mit der Hand über seinen Schwanz, verreibe den seidigen Lusttropfen auf seinem harten, heißen Schaft. Ich möchte ihn enträtseln, ihn in die Knie zwingen. Mehr als alles andere möchte ich diesen Mann auflösen und ihn so verlassen, wie er mich verlassen wird, wie ein Kreisel, der sich dreht und dreht, wartend auf den Sturz.

Er neigt den Kopf nach hinten, den Mund geöffnet, und stöhnt gedehnt, wobei sich die Muskeln an seinem Hals und seinen Schultern vorwölben. Gütiger Gott, ihn zu beobachten, wie er sich dem Vergnügen hingibt, macht mich glücklicher und wilder, als er jemals erfahren wird.

Natürlich will ich ihm mehr geben. Meine Hand bearbeitet ihn gekonnt, da ich inzwischen weiß, wo ich hinfassen, und seiner schnellen Atmung nach zu urteilen, kommt er sicher bald. Aber schließlich hebt er den Kopf und öffnet die Augen. Sein Blick sucht mein Gesicht ab, kämpft sich durch einen Nebel.

»Dreh dich um«, sagt er so heiser, dass es kaum zu hören ist. »Bitte.«

Ich tue, worum er mich bittet. Er schiebt mein Kleid nach oben, bis es sich in meiner Taille bauscht, und ich beuge mich vor, stütze mich an den Eisenstäben ab. Es fühlt sich ein bisschen an, als würde ich gleich im Gefängnis gefickt, wie ein »ehelicher Besuch«, und meine Fantasie läuft Amok. Jedenfalls fällt mir die Vorstellung, dass mich ein problembeladener, tätowierter Mann von hinten nehmen wird, nicht schwer.

Seine Hände streichen über meine Hüften und Schenkel hinunter. Ich spüre, wie er sich hinter mich hockt, meinen Hintern packt und versuche, über meine Schulter zu spähen. Er ist auf den Knien, und ich kann lediglich seinen Kopf unter mir sehen.

Ich will ihn gerade fragen, was er vorhat, als sein Gesicht von hinten zwischen meine Beine taucht, sich sein heißer Mund über mir schließt und seine Unterlippe meine Klit reibt.

O Gott. Mit der Zunge von hinten? Ja, bitte!

Sein Stöhnen vibriert bis in meine Knochen. Ich schwelle zwischen seinen Lippen an, und er saugt mich in seinen Mund ein wie eine reife Frucht. Ich ringe laut nach Luft, halte mich an den Gitterstäben fest, denn es haut mich beinahe um.

»Liebes«, flüstert er rauchig und weicht zurück. Er leckt die Wölbung meines Hinterns, und mein Körper explodiert in einem Funkenregen. »Ich glaube nicht, dass ich jemals aufhören kann, dich zu schmecken.«

Ich will antworten, doch er taucht, nein, *versenkt* sein Gesicht wieder zwischen meinen Schenkeln, und aus meinem Mund kommt nur ein tiefer Kehllaut. Ich schiebe ihm die Hüften entgegen, angetrieben von einem unkontrollierbaren, brennenden Verlangen.

»Tiefer«, flehe ich, wünsche mir verzweifelt zu kommen und presse die Wangen gegen das Gitter.

Zunächst dringt seine Zunge in mich ein, danach ein Finger, dann zwei, und ich dränge mich gegen ihn wie ein verdammtes Tier. Ich weiß, dass ich wie eine dieser irren, mit Drogen vollgepumpten Frauen wirken muss, die man in Filmen über Sexorgien sieht, doch es ist mir egal.

Ich bin dem Orgasmus so nah.

Ich stehe an der Klippe, blicke über den Rand, bereit zum freien Fall.

Dann zieht er sich zurück, und ich wimmere tatsächlich vor Enttäuschung.

»Willst du mehr?«, fragt er und packt meinen Hintern. »Sag mir, was du willst. Auf meiner Zunge kommen? Auf meinem Schwanz? Beides?«

»Gott, mach das nicht kompliziert«, jammere ich atemlos und unersättlich.

»Also alles.« Er spreizt meine Beine weiter. Meine Sandalen schaben über den Steinboden, und Lachlans Gesicht ist abermals zwischen meinen Beinen; seine Zunge, seine Finger und sein Mund sind einfach überall.

Ich komme sofort, explodiere auf Anhieb. Und ich löse mich in ein Chaos aus Zittern, Stöhnen und überreizten Nerven auf, während sich meine Gliedmaßen verflüssigen wie Zucker bei Hitze. Ich bin kaum noch bei Bewusstsein und weiß nicht, wie ich mich immer noch aufrecht halte. Dann spüre ich, wie er sich hinter mir aufrichtet, und höre das Knistern einer Kondomverpackung.

Er umfasst meine Hüften, bringt sich in Stellung und dringt mit einem langen, langsamen Stoß in mich ein. Ich bin so feucht und bereit, dass er direkt hineingleitet. Aber als er sich wieder zurückzieht und dabei genau den richtigen Punkt trifft, fange ich erneut an, stöhnend nach mehr zu verlangen.

»Nicht aufhören«, zische ich, als er wieder hineinstößt, tiefer diesmal, und mir einen weiteren, unkontrollierbaren Laut entlockt. »Hör nie auf, mich zu ficken.«

»O Gott«, flucht er rau, »ich würde mich in dir vergraben, wenn du mich lässt.« Dann bewegt er sich schneller, gelangt mit kleinen Stößen immer tiefer, während seine Haut laut gegen meine klatscht. Der Geruch von Sex, Schweiß und Moschus erfüllt den Raum.

Ich bin vollkommen überwältigt. Es ist zu perfekt. Es ist alles, *alles*. Ich schließe die Augen und male mir aus, wie wir für jemand anderen aussehen müssen. Die sehnigen Muskeln seiner Arme, während er die Finger in meine Hüften bohrt, das rohe, ungehemmte Vögeln in diesem kalten, dämmrigen Raum, der Anblick seines dicken Schwanzes, den er von hinten in mich rammt, seine schweren Hoden, die gegen meine Innenschenkel wippen.

Er beugt sich vor, lässt seine Finger nach unten gleiten und ertastet meine glatte, geschwollene Klit. Er will immer, dass ich mit ihm komme, daher weiß ich, dass er jeden Moment so weit sein muss. Doch aus irgendeinem Grund halte ich es zurück, so gut ich kann, denn ich will ihn voll und ganz mitbekommen, ohne selbst durchzudrehen.

Sein Schweiß tropft mir auf den Rücken. Er stößt weiter in mich hinein, verändert den Winkel seiner Hüften, bis ich nach Luft ringe und den Rücken durchbiege. Seine Atmung wird zittrig, und seine Muskeln vibrieren vor Anstrengung, doch er macht immer weiter, wimmert jetzt und krallt sich verzweifelt an mich.

Es entsteht eine Pause, in der er scharf einatmet. Dann wird der Raum von seinem lauten Ächzen erfüllt, dem Klang seines Kommens. Ich liebe das Geräusch so sehr, dass es mich über die Kante kippt. Es signalisiert, dass er sich auflöst, und seine Finger bohren sich so fest in meine Haut, dass ich fürchte, ich könnte durchbrechen. Nein, ich breche durch. Ich bin vollkommen gedehnt, wie eine extrem dünne Glasplatte, und ich zerbreche, zerbreche, zerbreche, während er von hinten in mich hineinstößt.

Es fällt mir schwer, mich weiter an den Gitterstäben festzuhalten. Überhaupt noch an mir festzuhalten. Welle um Welle überrollt mich, füllt die Leerstellen aus, die Risse, die Teile von mir, die er ins Nichts gesprengt hatte. Ich kann kaum noch atmen, und der Schmerz, dieser verdammte Schmerz, sitzt nicht mehr zwischen meinen Beinen, sondern in meinem gesamten Körper.

»Kayla«, flüstert Lachlan heiser und lehnt sich auf meinen verschwitzten Rücken. »Oh, Liebes.« Seine Wange ist an meinen Schulterblättern, und sein stotternder Atem streift mich.

Ich schließe die Augen und zwinge mich, nicht zu weinen. Es ist albern. Blöd. Es ist nur Sex. Nur verdammter Sex. Aber dieses Gefühl geht nicht weg. Es sitzt in meinem Herzen, und ich weiß nicht, was es von mir will. Sind das glückliche Tränen? Traurige? Warum muss ich irgendwas anderes als Befriedigung empfinden?

Meine Finger glitschen von den Stäben, deshalb packe ich fester zu, und irgendwie bricht das den Zauber. Lachlan richtet sich auf, hält mit einer Hand meine Hüfte und zieht sich aus mir heraus. Ich nehme mir einen Moment, um mir über die Augen zu wischen, bevor ich mich zu ihm umdrehe.

Er steht da, die Hose an den Knöcheln, das Shirt nach

oben gerutscht, sodass seine Tattoos und das prächtige Sixpack zu sehen sind. Er zieht das Kondom ab und verschnürt es am Ende, doch ich achte kaum darauf. Es ist der Ausdruck in seinen Augen, der mich schafft, mir den Atem raubt. Da ist nicht dieser Frieden, dieses Weiche wie sonst nach dem Sex. Stattdessen hat sein Blick etwas Gehetztes, als wäre ich ein Geist, der ihm erschienen ist.

Mein Mund ist ausgetrocknet, also schlucke ich, während ich überlege, was ich sagen soll. Mir fehlen die Worte. Ich starre ihn an, er starrt mich an, und zwischen uns vibriert die Elektrizität der ungesagten Worte und der unbekannten Gefühle. Daran ist nichts komisch oder unangenehm. Es sind nur wir, die tun, was wir tun; die versuchen, uns gegenseitig einen flüchtigen Blick auf das zu gewähren, was wir selbst nicht wissen, was für immer in unseren Augen verschlossen bleibt.

Schließlich zieht er seine Hose hoch, kommt zu mir und nimmt mich in die Arme, um mich leidenschaftlich zu küssen. Seine Lippen pressen fest auf meine, und seine Zunge schmeckt nach mir, nach Salz, nach Schweiß.

Er hält mein Gesicht mit einer Hand und fährt mit dem Daumen über meine Lippen, während er mir in die Augen blickt. »Tut mir leid, wenn es ein bisschen wild war.«

Ich grinse. »Je wilder, desto besser.« Und es stimmt, denn alles, was an den süßen, sensiblen, emotional aufgeladenen Sex grenzen könnte, der so oft als »Liebe machen« bezeichnet wird – tja, ich glaube nicht, dass ich damit gut umgehen könnte. Denn so wild dieser Fick auch war, löst er dennoch einen Wirbelsturm aus Emotionen aus, mit denen ich nicht klarkomme. Ich habe mein Leben lang ein schwarzes Herz gehabt, und es weiß nichts mit Dingen anzufangen, die es ganz und rosa machen könnten.

Plötzlich erklingen Geräusche hinter der verschlossenen Tür, und rasch wechseln wir einen verlegenen Blick, ehe wir den Korridor hinunterrennen und Lachlan das Kondom in einen Abfalleimer wirft.

Im Foyer bleiben wir stehen und sehen, dass die Gruppe noch in der Weinbar ist. Alle lachen.

Ich sehe Lachlan an. »Wir müssen nicht zu ihnen gehen.«

»Nein«, bestätigt er. »Aber wir sollten. Komm.«

»Sieht man mir an, dass ich eben durchgevögelt wurde?«, frage ich flüsternd.

Er blickt zu mir herab, und ein verwegenes Lächeln blitzt auf. »O ja.«

»Da seid ihr ja«, sagt Steph, als wir uns dem Tisch nähern, und es ist zu spät, um mir auch nur das Haar glatt zu streichen. Ich weiß, dass mein Gesicht und mein Dekolleté gerötet sind. »Ich würde ja fragen, wo ihr wart, aber ich will es gar nicht wissen.«

Ich schenke ihr ein hochnäsiges Lächeln und setze mich wie eine anständige Dame hin. »Nur etwas frische Luft schnappen.«

Nicola neben mir schnaubt spöttisch. »Vielleicht sollte ich mal genauer fragen, wo du dein frisches Aussehen herbekommst.«

»Schatz, dein Aussehen ist prima«, sagt Bram ihr gegenüber.

Da die Weinprobe vorbei ist, teilen sich alle ein paar Flaschen. Ich zögere, ob ich ein Glas trinken soll, da ich mich von vorhin noch ziemlich beschwipst fühle, aber Lachlan überrascht mich, indem er eines nimmt, also trinke ich mit.

Schließlich knurrt uns der Magen, und wir gehen zum Dinner in eines der Restaurants. Lachlan sieht kurz im Zimmer vorbei, um Emily zu holen, da uns gesagt wurde, dass man die Hunde mit auf die Terrasse nehmen darf. Und so verbringen wir einige Stunden damit, noch mehr Wein zu trinken und zu essen, während in der Ferne die Sonne untergeht und die Weinberge in rötliches Licht taucht.

Ich atme tief ein, genieße die warme Abendluft und die Grillen, deren Zirpen die Stille ausfüllt. Bram und Nicola entschuldigen sich. Nicola sagt, sie muss ihre Mutter anrufen und mit Ava sprechen, ehe es zu spät wird. Am Ende gehen auch Steph und Linden, die sich aneinanderklammern wie betrunkene Idioten.

»Endlich allein«, sage ich zu Lachlan, der mit gespreizten Beinen dasitzt und eine Zigarre pafft, wozu der Kellner nichts gesagt hat. Tatsächlich glaube ich, dass sie uns absichtlich hier draußen vergessen haben.

Lachlan stößt ein kleines Knurren aus, die Stirn gerunzelt und tief in Gedanken. Ich glaube, er ist betrunken, aber das lässt sich schwer sagen. Wenn überhaupt, ist er im Laufe des Abends noch stiller geworden.

»Geht es dir gut?«, frage ich.

Er sieht mich an. Sein Blick ist hart, gereizt. »Alles bestens«, antwortet er mit einem verkniffenen Lächeln.

Ich schlucke. »Das ist so eine Mädchenantwort.«

Er blinzelt, und die Intensität seines Blicks hat etwas von sich zusammenbrauenden Gewitterwolken. »Wie bitte?«

Sogar Emily hebt den Kopf.

Ich lehne mich etwas zurück und mustere ihn. Mir ist bewusst, dass das eben etwas provozierend war, doch seine Stimmung schlägt übertrieben um.

Dennoch weigere ich mich, mich einschüchtern zu lassen. Dafür haben wir zu viele Körperflüssigkeiten ausgetauscht. »Ich sagte, es ist eine Mädchenantwort. Du hast gesagt, alles bestens, als sei alles bestens, und wenn das stimmt, möchte ich einfach wissen, was los ist.«

Er zieht die dunklen Brauen nach unten, und es ist fast, als würde er mich wütend anstarren. Doch er sagt nichts, steckt sich die Zigarre in den Mund und sieht weg.

Seufzend lege ich eine Hand auf seine Schulter. »Hey, du kannst es mir erzählen.«

Er schließt die Augen, lehnt für einen Moment den Kopf zurück. »Liebes«, sagt er mit gereiztem Unterton. »Mir geht es gut. Ich … verarbeite bloß, was los ist.«

»Und was ist das?«

Er schüttelt den Kopf, beugt sich über den Tisch und schenkt sich noch ein Glas Wein ein. Ich beobachte, wie er es trinkt. Als er fertig ist, wischt er sich mit dem Handrücken über den Mund. »Was ist nicht los?«, fragt er. Da ist so viel Verzweiflung und Bitterkeit in seiner Stimme, dass es auf mich wie eine Ohrfeige wirkt.

Ich stehe auf, nehme seine Hand und ziehe an ihm. »Okay, der Wein ist alle. Zeit zu gehen.«

Er schüttelt meine Hand ab. »Geh allein rein. Ich rauche noch meine Zigarre.«

Er lallt ein bisschen, offensichtlich angetrunken. Und er verwandelt sich ein wenig in Mr. Hyde.

Ich verschränke die Arme. »Nein, ich gehe nicht ohne dich zurück.«

»Dein Pech«, sagt er und lacht, als wäre das sagenhaft witzig gewesen.

Ich schlucke, weil ich einen Kloß im Hals habe. »Ist es nicht«, widerspreche ich und setze mich wieder hin, um ihn forschend anzusehen. Eine halbe Ewigkeit vergeht. Schließlich macht er die Zigarre aus.

»Na gut«, sagt er alles andere als froh. »Jetzt können wir gehen.«

Er steht etwas wacklig auf und greift nach unten zu Emily. Allerdings ist die Hündin sehr wachsam, knurrt ihn an und weicht zurück.

Zunächst starrt er sie stirnrunzelnd an, als könne er es nicht glauben. Dann presst er die Lippen zusammen, bekommt einen harten Blick und bejaht stumm eine imaginäre Frage.

»Na gut«, sagt er ruhig. »Ist gut.« Er sieht mich an und scheint zu begreifen. »Willst du sie nehmen? Ich glaube nicht, dass ich es sollte.«

»Ja, klar«, antworte ich rasch und nehme Emilys Leine. Immer noch blickt sie verwirrt zu Lachlan auf, und er starrt zurück. Sie weiß, dass ihn irgendwas verändert hat, und jetzt weiß er es auch.

Hunde mit Verhaltensproblemen sollten nicht von Leuten mit Verhaltensproblemen lernen. Nun verstehe ich es. Noch ein Stück von dem Puzzle Lachlan, das sich in seine Lücke fügt. Schon seltsam, dass ihn ein Hund zur Vernunft bringen kann, ich hingegen nicht.

Ich nehme Lachlans Arm, und diesmal schüttelt er mich nicht ab. Sein Gang ist ein bisschen ungelenk, doch ich schaffe es, ihn um das Hotel herum und zu unserem Zimmer zu bringen.

Er steuert direkt das Bett an und kippt bäuchlings drauf.

Ich schließe die Tür, mache Licht an und lasse Emily von der Leine, bevor ich zu ihm gehe und ihm auf die Schulter tippe.

»Du kannst nicht in deinen Sachen schlafen«, sage ich.

Er knurrt. »Dann zieh mich aus.«

»Du wiegst buchstäblich eine Tonne«, erwidere ich und versuche, unter ihn zu greifen, um ihm das Hemd auszuziehen.

»Übertreibung«, murmelt er.

Ich gebe ihm einen Klaps auf den Arsch. »Setz dich bitte auf.«

Mit einem schweren Seufzer richtet er sich halb auf. Ich ziehe ihm rasch das Hemd über den Kopf, und das Kinn sackt ihm auf die Brust, ehe er zurück aufs Bett fällt und ein kleines Erdbeben in der Matratze auslöst. Ich rolle ihn auf die Seite und ziehe ihm die Hose aus, was ausnahmsweise kein bisschen sexy ist.

»Wie kannst du eigentlich derart betrunken sein?«, frage ich, auch wenn ich mir nicht sicher bin, ob er zuhört.

Er schluckt einige Male, die Augen immer noch geschlossen, und antwortet:

»Ich trinke nicht viel.«

»Stimmt. Das Rugby.«

»Nein«, sagt er mit einem leichten Kopfschütteln. »Ich sollte es einfach nicht. Es gefällt mir zu gut. Ich brauche es zu sehr. Wie ich eine Menge Dinge brauche. Schlechte Dinge. Und dann bin ich zu nichts zu gebrauchen. Es hat mich schon mal zerstört, musst du wissen.«

Das bringt mich ins Stocken, gerade weil er es so lässig preisgibt. Dann ziehe ich seine Hosenbeine nach unten, ehe ich seine Stiefel aufschnüre. »Verstehe«, sage ich schließlich.

Aber er reagiert nicht. Stattdessen kommt ein lautes Schnarchen aus seinem Mund. Seltsam, nach allem, was er gerade getan und gesagt hat, kann ich seine Lippen immer noch zum Küssen finden.

Ich ziehe mir mein T-Shirt an, krieche neben ihm ins Bett,

mein Rücken an seinen Rücken gedrückt. »Gute Nacht«, sage ich und decke uns beide zu.

Er schläft tief und fest.

Uns bleibt noch ein Tag.

Kapitel 16

Lachlan

Beim Aufwachen fühle ich mich wie der letzte Arsch.

Mein erstes Gefühl ist Reue. Nicht, weil ich mich furchtbar fühle, sondern wegen dem, was ich getan haben könnte. Ich wusste, dass konstante Gesellschaft und konstanter Weinnachschub für mich ein riskantes Spiel waren, aber ich wollte nicht Nein sagen. Ich wollte nicht, dass es aussieht, als käme ich damit nicht klar.

Jetzt weiß sie es. Sie hat es gesehen, und als ich es ihr erzählt habe, wirkte sie nicht besonders überrascht. Das war gut und schlecht zugleich. Schlecht, weil ich nicht sicher bin, wie offensichtlich es ist. Gut, weil sie sich benommen hat, als würde es ihr nichts ausmachen.

Es sei denn, sie ist eine gute Schauspielerin. Das lässt sich bei Kayla schwer sagen. Ein Teil von ihr möchte das Herz auf der Zunge tragen, doch der andere ist ständig bemüht, es zu verbergen.

Das Geräusch der Terrassentür, die aufgeschoben wird, ist wie eine Käsereibe in meinem Gehirn. Vorsichtig öffne ich die Augen und sehe Kayla mit Emily an der Leine hereinkommen.

Sie sieht, dass ich wach bin, und lächelt mir zu, während sie die Tür schließt.

»Guten Morgen«, sagt sie sanft und hakt Emilys Leine ab. Die Hündin springt sofort aufs Bett und leckt mir die Nase ab. Ich möchte den Kopf bewegen, aber es tut zu sehr weh. Mist, ich erinnere mich nicht, wann ich das letzte Mal verkatert war, und mein Körper sorgt für meine maximale Bestrafung.

»Hey«, krächze ich und wünschte, meine Stimme würde nicht ganz so schwach klingen.

Ich wünsche mir auch, Kayla würde nicht so verdammt schön aussehen. Das Licht, das durch die dünnen Vorhänge hereinfällt, strahlt sie von hinten an wie einen Engel. Sie kommt zu mir, wieder in einem Sommerkleid, aus dem ich sie herausvögeln will, hat ihr Haar zu einem Pferdeschwanz gebunden und keine Spur Make-up in ihrem strahlenden, frischen Gesicht.

In mir blutet etwas für sie. Es ist ein fieser Schnitt im Herzen, ein träges, tödliches Leck. Kein Wunder, dass ich gestern Abend getrunken habe. Es lag nicht nur am Gruppendruck. Es war, um den Druck in meiner Brust zu lindern, der sich die ganze Woche, Stein für Stein, aufgebaut hat.

Ich schlucke und benetze meine Lippen, als sie ihre zarten, kühlen Finger an meine Wange legt. Die Augen geschlossen, atme ich sie ein und lasse mich von ihrer Berührung trösten.

»Wie fühlst du dich?«, fragt sie.

Ich sehe sie an. Sie hat sich hingehockt, sodass sie mit mir auf Augenhöhe ist, und betrachtet mich mit ihren warmen, dunklen Augen.

Nach morgen werde ich diese Augen nicht wiedersehen.

Wie ich mich fühle?

Nicht gut.

Aber das konnte ich ihr gestern Abend schon nicht sagen,

als ich betrunken war und die Gefühle auszulöschen versuchte – Gefühle, mit denen ich nicht umzugehen weiß. Es ist Jahre her, seit ich mit einer Frau zusammen war, die mir auch nur entfernt etwas bedeutet hat, und selbst das hat mir eine höllische Angst eingejagt. Es ging für keinen von uns gut aus. Ich soff mich in die Entzugsklinik, und sie rannte schreiend in die andere Richtung.

Das hier, was es auch sein mag, sollte so nicht passieren. Ich sollte in meiner Wohnung sein, packen, Alan, unseren Coach, anrufen und organisieren, dass mich mein Bruder Brigs am Flughafen abholt. Ich sollte mich für die Rückkehr in mein altes Leben bereit machen, in das Leben, das ich für sechs Wochen in der Warteschleife gehalten habe.

Stattdessen liege ich hier hilflos im Bett, verloren in einer Frau, die ich nicht kenne, und wünsche mir, sie besser kennenzulernen.

Was für ein heilloser Mist.

»Du willst nicht wissen, wie ich mich fühle«, antworte ich.

»Dachte ich mir«, sagt sie und küsst mich auf die Stirn. Es wirkt wie eine Druckwelle, die auf mein Herz zielt.

Sie steht auf und geht ins Bad, während ich mich zum Sitzen hochkämpfe. Ich muss verdammt noch mal aufwachen und diesen Dreck überwinden, sonst ist mein letzter Tag mit ihr vergeudet. Als sie zurückkommt, reicht sie mir ein Glas Wasser und zwei Ibuprofen.

»Nimm die und trink das alles«, sagt sie, setzt sich auf die Couch gegenüber dem Bett und beobachtet mich.

Ich tue, was sie sagt, zwinge die Tabletten herunter, während sie besorgt zusieht.

»Erzähl mir«, sagt sie plötzlich und zeigt auf meinen Arm, »von dem Löwen.«

Vor Schreck ruckt mein Kopf zurück, was den Schmerz umgehend zum Rückschlag verführt. Ich kneife ein Auge zu, während ich mich hindurchatme. »Jetzt?«

Sie verschränkt die Arme. »Da ich dich letzte Nacht ins Bett bringen musste, finde ich, dass du mir eine Erklärung schuldest.«

Ich runzle die Stirn. »Ich bin nicht sicher, ob mein Tattoo deine Frage beantwortet. Was *ist* deine Frage?«

»Der Löwe«, sagt sie. »Wann hast du ihn bekommen? Was bedeutet er?«

»Warum?«, frage ich zögernd.

»Weil du ihn dauernd ansiehst.«

Meine Augen werden größer, und mich überkommt eine Welle von Unsicherheit. »Tue ich das?« Fuck, das habe ich nie bemerkt.

»Hin und wieder«, antwortet sie. »Vielleicht nimmst du es nicht wahr, aber es ist eine der *vielen* Stellen, zu denen dein Blick wandert.«

Ich atme laut aus. Sie hat sich unter meine Haut gegraben, genau wie das Tattoo. Für sie könnte ich eine neue Seite aufschlagen. Ich könnte ihr noch einen Blick nach innen gewähren. Und da ich abreise, kann sie mir die Geschichte nicht um die Ohren schlagen. Die Seiten würden einfach zu Boden schweben.

»Na schön«, sage ich und strecke den Unterarm aus, damit sie das Bild besser sehen kann und ich mich erinnere. »Das ist Lionel. Nicht mein Hund, sondern mein Löwe. Ich habe das Tattoo stechen lassen, als ich sechzehn war. Da lebte ich schon eine Weile bei den McGregors, aber …« Ich stocke und frage mich, wie ich so etwas jemandem erklären will, der es nie durchgemacht hat. »Wenn man in einem Jungenheim aufwächst, wenn man keinen hat, der einen liebt, für einen sorgt, an einen denkt, klammert man sich an irgendwas Schönes in der Welt. Lionel war mein Stofftier, das ich zum Geburtstag bekam. Am Tag, als meine Mutter mich weggegeben hat.«

Zögernd sehe ich ihr in die Augen, und mich überrascht, dass ich kein Mitleid in ihnen erkenne. Sie ist in meine Worte vertieft, als würde sie nachleben, was ich erzähle. Ich schlucke, bevor ich fortfahre: »Lionel war das, was ich wirklich liebte, und nur er hat meine Liebe erwidert. Er war weich, und das an einem sehr kalten und schwarzen Ort. Der Löwe gab mir Hoffnung, auch wenn alles hoffnungslos schien. In den vielen Pflegefamilien, die nicht … mit mir zurechtgekommen sind. Und manchmal, manchmal kam ich nicht mit ihnen zurecht. Schließlich nahmen mich die McGregors auf, aber …« Ich lecke mir die Lippen. »Manchmal ist es für Gutes höllisch schwer, das Schlechte zu überwiegen. Die Dämonen folgen einem überallhin. Die ganze Zeit.« Ich tippe mir an den Hinterkopf. »Meine sind hier, und sie sind finster und warten immerzu auf die Schwäche in mir.«

Du bist meine Schwäche. Du wirst sie wieder hervorholen.

Ich schließe die Augen vor diesen Gedanken, kneife sie fest zu.

Kayla legt eine Hand auf meinen Arm, und ich öffne die Augen wieder, während ich tief Luft hole.

»Du musst nicht mehr sagen. Ich verstehe es.«

Ich schüttle den Kopf. »Nein, das tust du nicht, und darüber bin ich froh.« Pustend atme ich aus. »Also, Lionel erinnert mich daran, dass es Gutes in der Welt gibt. Es gibt immer etwas, an dem es festzuhalten lohnt. Es ist nur ein anderer Ausdruck für Hoffnung, verstehst du?«

Sie nickt langsam. »Ich weiß.« Dann sieht sie kurz zur Seite, und ihre Augen sind voller Trauer. »Scheiße, Lachlan, du brichst mir das Herz.«

Ich setze mich gerade hin und lege eine Hand auf ihre Brust. »Nein. Dieses Ding ist nicht zu brechen.«

Sie sieht durch ihre Wimpern zu mir auf, und ehe ich begreife, was ich tue, beuge ich mich vor, presse meine Lippen auf ihre weichen, lasse alle Schmutz fortspülen, indem ich sie fühle, sie schmecke.

Wir küssen uns lange. Es ist eine langsame, träge, verzweifelte Begegnung unserer Münder, und ich merke, wie alles in meinem Körper steif und heiß wird und sich anspannt.

Doch sie weicht zurück, stemmt eine zierliche Hand gegen meine Brust und streicht mir rasch mit dem Daumen über die Stirn. »Ich haben den anderen versprochen, dass wir mit ihnen zu Mittag essen. Wir fahren zu einem Weingut.«

Ich runzle die Stirn, denn ich will von niemandem außer ihr gesehen werden, und vor allem will ich nach gestern Abend auf kein Weingut.

Sie scheint meine Gedanken zu lesen. »Keine Sorge, es ist keine Weinprobe. Na ja, ist es schon, aber sie sind schon da, glaube ich. Ich habe ihnen gesagt, dass wir sie zum Mittag im Restaurant treffen. Es ist nicht weit, und das Essen soll gut sein. Alles aus hiesiger Landwirtschaft und so.«

Stöhnend sehe ich zum Wecker. Es ist elf Uhr. Ich kann nicht fassen, dass ich so lange geschlafen habe. Gewöhnlich bin ich um sieben auf und in den Startlöchern.

Kayla nimmt meine Hand und drückt sie. »Nach dem Mittagessen gehöre ich ganz dir. Das wissen sie alle, und sie wollen dich mir nicht wegnehmen.«

Ich werde misstrauisch. »Das klingt nach guten Freunden.«

»Sie wissen, dass du mich glücklich machst.«

Ihre Worte sind ein Fausthieb in meinen Bauch und rauben mir beinahe den Atem.

Ich mache dich glücklich?, will ich sie fragen, kann es aber nicht. Ich schlucke ihre Worte herunter und gebe vor, dass sie nicht die Wirkung eines verdammten doppelten Wodkas auf mich haben.

»Okay«, sage ich. »Ich mache mich fertig.«

Es dauert nicht lange, bis ich angezogen bin, Emily gefüttert und noch mal nach draußen gelassen habe und Kayla und ich in ihrem Wagen zum Weingut fahren. Ich muss zugeben, dass es ein strahlender Tag ist. Und die Landluft sorgt auf wundersame Weise dafür, dass ich einen klaren Kopf bekomme. Ich glaube, der Smog in San Francisco hat ihn ein bisschen zu sehr vernebelt, und für einen Moment sehnt sich mein Herz nach Edinburgh mit den stillen Gassen zurück, den alten Gemäuern und dem langsameren Lebenstakt.

Ich sehe hinüber zu Kayla, als sie fährt. Meine Hand in ihrem Nacken, mein Daumen reibt ihre Haut. So könnte ich stundenlang sitzen bleiben, solange ich sie berühren darf. Würde ihr Schottland gefallen? Würde sie das Land und die Stadt sehen, die ich sehe? Würde sie verstehen, warum es mein Zuhause ist?

Doch solche Gedanken sind sinnlos. Sie werden in einer Kiste verschlossen, und ich blicke aus dem Fenster zu den Spatzen, die am blauen Himmel tanzen, zu den endlosen Weinbergen, die sich über die Hügel erstrecken.

Bald erreichen wir das Weingut, das aus Heu, rustikalen Zäunen und großen Scheunen besteht. In einer der Scheunen befindet sich das Restaurant, und dort sitzen meine Cousins und ihre Frauen bereits und stoßen mit Wein auf irgendwas an.

Prompt halte ich Kayla fester. Die vier scheinen eine so eingeschworene Gruppe zu sein, dass ich mir Kayla mit ihnen nach meiner Abreise nicht vorstellen kann. Wird sie dann dasitzen, einfach glücklich, allein zu sein, sich für ihre Freundinnen freuen, aber stets das fünfte Rad am Wagen bleiben? Wird sie jemand anderen an ihrer Seite haben, einen anderen Typen? Einen, den sie vögelt, den sie vielleicht liebt?

Bei dem Gedanken wird mir fast schlecht. Ich muss abrupt stehen bleiben, die Schultern straffen und tief Luft holen.

»Alles okay?«, fragt Kayla.

Ich nicke kurz und bin froh, dass es sonst keiner gesehen hat.

»Gerade rechtzeitig«, sagt Bram vom Tisch aus und erhebt sein Glas. »Wir trinken gerade auf Kater.«

»Scheint mir angebracht«, antworte ich betont knapp. Ich setze mich und lächle ihnen angespannt zu. Vor mir steht ein Glas Wein, aber auch eines mit Wasser, also nehme ich das. »Auf Tage, an denen man sich supertoll fühlt«, sage ich.

»Ja, auf die«, stimmen alle ein.

Wir stoßen an, und ich bemerke, dass Bram einen sentimentalen Blick bekommt, von dem ich allerdings nicht glaube, dass jemand anders ihn wahrnimmt. Ich nicke ihm streng zu, denn ich will nicht, dass er jetzt schmalzig wird, und stoße mit Kayla an, die ebenfalls Wasser trinkt.

Ich sehe ihr in die Augen, deren Mahagoni- und Teakton von der Scheunenbeleuchtung besonders hervorgehoben wird. »Auf dich«, sage ich sehr leise. »Du bist eine ziemlich gute Katerkur.«

Ihr Mundwinkel biegt sich zu einem weichen Lächeln, und spontan beuge ich mich vor und küsse ihn.

Bram räuspert sich, sodass ich zögernd wieder zu ihm blicke. Vielleicht erkennt er in meinen Augen, dass ich ihn warne, ja nichts zu sagen, denn er sieht wieder weg und greift nach einer Speisekarte. Unweigerlich muss ich schmunzeln. Bei allem Reichtum und Wohlstand lässt er sich immer noch von seinem jüngeren Cousin einschüchtern.

Am Ende verläuft das Essen reibungslos. Sogar Linden, der mir gestern Abend gepflegt auf die Nerven ging, ist heute stiller. Mag sein, dass es an seinem Kater liegt. Alle scheinen ein paar Gänge zurückgeschraubt zu haben. Trotzdem seufze ich innerlich vor Erleichterung, als die Kellnerin kommt, um unsere leeren Teller abzuräumen. So sehr ich Bram und Linden auch mag, und gegen Nicola und Steph habe ich nichts, will ich meine letzten Momente nur noch mit der Frau neben mir verbringen. Stück für Stück fühle ich die Finsternis wieder heranschleichen: sich schlängelnde schwarze Finger, die nach meinem Verstand greifen, und ich will tun, was ich kann, um sie im Zaum zu halten.

Obwohl sie stärker zu werden scheinen, wenn ich an Kayla denke, sind sie auch das Gegenmittel zu ihr.

Wir verabreden vage, uns später an der Bar der Bowlingbahn im Hotel zu treffen, wobei ich schon weiß, dass ich dort nicht erscheinen werde. Ich verabschiede mich morgen früh von ihnen. Das reicht mir.

Als sie gehen und in ihre Wagen steigen, nehme ich Kaylas Hand und führe sie an einem abblätternden Zaun entlang zu einer der Scheunen weiter hinten. Anders als die, die als Restaurant und zur Weinverkostung genutzt werden, sieht diese verlassen aus.

»Wo bringst du mich hin?«, fragt Kayla, als ich mich umsehe, ob irgendjemand in unsere Richtung guckt. Aus diesem Winkel gibt es nichts als Heufelder und Rebenreihen.

»Ich weiß, dass du nicht scharf darauf bist, wenn die Hündin uns zusieht«, sage ich und führe sie in die Scheune, vorbei an Landwirtschaftsgerät und zu einer Leiter hinauf zum Heuboden.

»Ich bin auch nicht scharf darauf, mich in Rattenkacke zu wälzen.«

Ich werfe ihr ein Lächeln zu und beginne, die Leiter hinaufzusteigen. »Warte und lass mich nachsehen.« Oben strecke ich den Kopf über die Kante. Es ist nicht alles voller Heu, doch auf einer Seite sind Ballen aufgestapelt, und ein wenig loses Heu liegt auf dem Boden verstreut. Das dürfte bequem genug sein. Und, nein, ich sehe keine Ratten.

Ich steige von der Leiter und winke Kayla zu. »Komm rauf«, sage ich ruhig. »Das Heu ist prima.«

Sie schürzt nachdenklich die Lippen. Ich stehe am Lukenrand, öffne den Reißverschluss meiner Cargohose und hole meinen Schwanz heraus, der schon bretterhart ist.

Ihre Augen werden groß, wie ich es geahnt hatte. Mein Mädchen ist ein gieriges kleines Ding.

»Bin gleich oben«, sagt sie, und ihr Mund ist leicht geöffnet, als sie die Leiter hinaufeilt. Oben angekommen, bleibt sie gleich auf den Knien. Sie packt meine Schenkel hinten, gräbt ihre Fingernägel hinein und sieht mit glühenden Augen zu mir auf.

Sie bricht den Augenkontakt nicht ab – und ich bekomme das Gefühl, dass sie es geil findet, mich geil zu machen. Ich bin schon mit einigen Frauen zusammen gewesen, aber keine war so schamlos wie sie, nicht mal ansatzweise. Und es ist keineswegs so, dass ich mich von ihr begehrt fühle wie ein Stück Fleisch. Anfangs vielleicht. Aber jetzt ist es mehr.

Zumindest hoffe ich, dass es mehr ist.

Sie nimmt mich in den Mund, bearbeitet mich sanft, süß, aber auch so verdammt wild. Ich schließe die Augen, werfe den Kopf in den Nacken und will, dass sie weitermacht, und gleichzeitig, dass sie aufhört.

Als ich kurz davor bin, ziehe ich mich atemlos zurück. Sie starrt mich an, innig, sehnsüchtig. Ihr vollkommener Mund ist offen und glänzt, bettelt förmlich um meinen Samen.

Ich benetze meine Lippen, packe ihre Arme und ziehe sie zu mir. Ich lege eine Hand in ihren Nacken, fühle, wie klein sie ist, wie perfekt ihr Kopf in meine Hand passt. Der Drang, sie zu beschützen oder zu ficken, ist wie ein Krieg, der tief in mir tobt, und das immerzu. Kein Wunder, dass sie mich in den Wahnsinn treibt.

Weil ich will, dass sie mein Feuer spürt, das, was mich antreibt, ziehe ich sie zu mir und küsse sie, wobei all mein Verlangen, meine Lust und mein Sehnen aus mir hinausströmen. Ich könnte sie verschlingen. Alles, was sie mir anbietet, ist wundervoll, aber nie genug. Ich will sie nicht nur berühren und bei ihr sein, sondern mit ihr verschmelzen. Ich möchte so tief in ihr versinken, dass sie sich beraubt fühlt, wenn ich nicht mehr dort bin. Ich möchte alles für sie sein, für dieses verwegene kleine Luder, das meine Welt auf den Kopf gestellt hat.

Sie erwidert meinen Kuss wild und ungezügelt. Inzwischen krallt sie nach mir, ich fühle ihre Fingernägel durch das Hemd auf meinem Rücken, und ich halte sie so fest, dass ich fürchte, sie zu zerbrechen.

Rasch ziehe ich ihr das Shirt über den Kopf und werfe es ins Heu. »Komm«, knurre ich an ihrem Hals. Sanft drücke ich sie runter, bis sie auf dem Boden liegt und sich die abgeschnittene Jeans abstreift. Natürlich trägt sie wieder keinen

Slip. Ich werde nie müde, sie unter mir zu sehen, so perfekt. Jede Vertiefung, jede sanfte Kurve, nach denen meine Lippen, meine Zunge und meine Hände so lachhaft süchtig sind. Ihre Möse ist ein verdammter Schatz, und in diesem Moment, in jedem Moment, den ich mit ihr verbringe, habe ich das Gefühl, es würde alles mir gehören.

Der Gedanke, dass sie es könnte, ist erschreckend. Es ist nicht nur so, dass sie sich anfühlt, als wäre sie mein. Vielmehr ist es die Vorstellung, dass sie es in einer anderen Welt, in einem anderen Leben sein könnte.

Ich kneife die Augen zu, will das Gefühl verdrängen. Doch es verschwindet nicht. Stattdessen verwandelt es sich in ein rohes Verlangen, sie auf jede denkbare Art zu nehmen, damit sie erkennt, wie es ist.

»Hast du ein Kondom dabei?«, fragt sie mich atemlos.

Frustriert schüttle ich den Kopf. Mit meinem Kater hatte ich nicht richtig nachgedacht. »Nein«, antworte ich bedauernd. »Habe ich nicht.«

»Ich nehme die Pille.« Ihre Augen sind umwölkt vor Lust, doch immer noch kann sie klar denken. »Und ich bin getestet. Alles gut.«

Ich nicke. »Gleichfalls.« Als ich jünger war, hatte ich ein paar Schreckmomente. Da gab ich mich nicht immer mit den besten Leuten ab, tat nicht die besten Dinge. Seither bin ich übervorsichtig.

»Okay«, sagt sie leise, und an ihrem Blick lese ich ab, dass es diesmal anders wird. Ich werde sie Haut an Haut spüren, vollkommen nackt mit ihr zusammen sein.

Darauf muss ich erst mal durchatmen, mich wieder fangen. Ohne Barriere zwischen uns, weiß ich nicht, wie lange ich habe, bevor ich mich in ihr verliere.

Aber wem mache ich etwas vor? Ich habe mich längst an sie verloren.

Ich bewege mich zwischen ihre gespreizten Beine. Dieses Verlangen ist beinahe schmerzlich. Meinen nackten Schwanz zu sehen, hart und bereit, ihre offene Möse, rosig und weich – mir ist, als würde ich eine Million wunderbare Tode sterben.

Ich ermahne mich, darüber wegzukommen, doch Worte zählen nichts. Vernunft und Logik genauso wenig. In diesem Moment will ich tief in sie hinein und sie niemals loslassen.

Ganz langsam dringe ich in sie ein, während sie mir ihre Hüften entgegenhebt, sich auf mich schiebt, mich tiefer in sich will. Ihr Mund öffnet sich weiter, je mehr von mir in ihr ist, und ihre Haut gleitet über meine wie endlose Seide.

Ich küsse sie, verschmelze mit ihr, möchte ihr so nah wie möglich sein.

»Das wird nicht lange dauern«, wimmere ich fast an ihren Lippen. »Tut mir leid.«

»Entschuldige dich hinterher«, entgegnet sie, und ihr vor Wonne seichter Atem wirft mich um ein Haar aus der Bahn.

Aber ich weiß, dass ich nicht versagen werde. Ich werde dafür sorgen, dass es keinen Grund zur Entschuldigung gibt.

Unsere Gesichter trennen nur Zentimeter, als ich mich langsam zurückziehe und erneut in sie dringe. Dabei sehen wir uns ununterbrochen in die Augen. Ihr Blick ist voller Lust und Staunen, als sähe sie mich zum ersten Mal. Ich kann nur hoffen, dass es ihr gefällt, dass ich genug für sie bin. Als sich unsere Hüften begegnen, muss ich innehalten und Luft holen, um die Kontrolle zu wahren. Etwas an Kayla weckt den Wunsch in mir, jede Beherrschung aufzugeben, und ich verliere bereits den Verstand, seit ich sie kennengelernt habe.

Sie schlingt die Beine um mich, wiegt ihre Hüften und

zieht mich mit jeder Bewegung weiter in sich hinein. Ihre Hände sind auf meinem Rücken, drücken sich in meine Muskeln. Wieder bewegen wir uns miteinander, als seien wir eins.

»Fuck, Liebes«, ächze ich, sauge an ihrem Hals, an ihren Brüsten. Mit der Zunge necke ich ihren harten Nippel und sauge ihn in meinen Mund ein. Ihr Stöhnen ist so laut, so ungehemmt, dass ich mir wie ein verfluchter König vorkomme. Ich nehme kaum wahr, dass wir auf einem Heuboden sind, in einer Scheune, irgendwo in Kalifornien. Für mich gibt es nur sie und die Wärme, die verdammte, berauschende Wärme, richtig in ihr zu sein und sie so intensiv zu spüren, wie ich kann.

»Fester«, sagt sie und biegt den Rücken durch. »Fuck, Lachlan.«

Mein Name von ihren Lippen ist wie ein Booster. Ich stoße die Hüften nach vorn, um noch tiefer in sie einzudringen. Meine Knie brennen von dem Heu, als ich wieder und wieder in sie ramme. Ihre perfekten Titten hüpfen bei jedem Stoß, und plötzlich sind alle Gedanken fort. Kein Schmerz. Nichts, und dennoch alles. Dieses Gefühl zu fallen, zu begreifen, wie gut Ficken sein kann, wenn einem jemand wirklich etwas bedeutet.

Und sie bedeutet mir etwas. Mehr, als sie sollte oder ich jemals zugeben könnte.

»Lachlan …«, flüstert sie, beendet den Satz jedoch nie. Sie wiederholt nur meinen Namen. Als würde ich angebetet. Als wäre ich ihre Religion.

Wieder.

Und wieder.

Und wieder.

Die Röte in ihrem Gesicht breitet sich jetzt auch bis zu ihrer Brust aus, und ihre Beine zittern an meinen Hüften. Sie hält mich fest, als könnte ich gleich abheben und sie wollte nicht zurückgelassen werden.

Ich will ihre Klit reiben, um ihr den letzten Kick zu geben, doch sie ist bereits so weit. Laut schreit sie auf, ruckt ihre Hüften nach oben, und ihr Körper zittert wie ein kleines Erdbeben. Sie ist so unglaublich, wenn sie kommt. Diese pulsierende, sich windende Wucht, und ich verursache das. Ich bin es, der dieses Wesen in die Knie zwingt, an die Kante bringt.

Und sie macht dasselbe mit mir.

Mein Orgasmus schleicht sich heran, als würde ich von hinten angefallen. Er ist vernichtend. Verblüffend. Ich weiß, dass ich laut bin, wenn ich komme. Mir ist bewusst, dass ich stöhne und knurre, aber so, wie Kayla nach Atem ringt und sich immer noch fest an mich klammert, muss sie es auch fühlen. Ich will, dass sie es, dass sie mich fühlt.

Ich sacke über ihr zusammen. Schweiß rinnt mir über Stirn und Nase. Ich kann kaum noch atmen, aber das ist mir egal. Ich erbebe innerlich, vollständig aufgelöst.

Diese Frau. Diese wundervolle Frau, in der ich eben gekommen bin. Diese Frau, deren umwerfenden, grazilen Hals ich küsse, weil es das Einzige ist, was ich tun kann.

Ich kann sie nicht verlassen. Kann es einfach nicht.

Ich bleibe so lange wie möglich in ihr, bis sie beginnt, sich unter mir zu regen. Als ich mich aus ihr herausziehe, empfinde ich den Verlust so intensiv, wie ich es nicht erwartet hätte.

Ich streiche ihr das Haar aus der klammen Stirn. »Hi«, sage ich leise, denn mir ist, als würden wir uns zum ersten Mal wiedersehen.

»Hi«, erwidert sie träge und lächelt. Ihre Hände streichen federleicht über meinen Rücken, als könne sie nicht ganz glauben, dass ich hier bin.

»Ich habe das ziemlich genossen«, sage ich.

Ihr Lächeln ist schüchtern. »Ich auch.«

»Ich könnte das wieder machen.«

Jetzt sieht sie gequält aus. Sie schluckt und gleitet mit ihren Fingerspitzen durch meinen Nacken. »Könnte ich auch.«

Ich hole tief Luft und werfe alle Vorsicht über Bord. »Ich will mich nicht verabschieden.«

Sie blinzelt, als wäre ihr dieser Gedanke vollkommen neu. Nach einer kurzen Pause sagt sie: »Ich auch nicht.«

Und was tun wir?

Die Antwort ist: nichts.

Doch das will ich nicht akzeptieren.

»Bist du bereit?«, fragt mich Kayla und sieht sich ein letztes Mal im Hotelzimmer um.

Ich nicke, obwohl ich alles andere als bereit bin. Nach dem Aufwachen haben wir so viel Zeit wie möglich im Bett verbracht, bevor wir schließlich packen mussten. Jetzt sind wir ein bisschen spät dran, was nicht gut ist, da ich einen Flieger erwischen muss.

Trotzdem kann ich mir nicht vorwerfen, dass ich trödle. Ich klammere mich an jede Sekunde, doch die Zeit rinnt uns durch die Finger.

Ich schnappe mir die Hundebox und meine Tasche, und wir gehen hinaus zum Wagen. Ich hatte vor, zurück ins Hotel zu gehen und mich von Bram und den anderen zu verabschieden, aber sie alle warten schon mit gepackten Koffern draußen.

»Entschuldigt, dass wir es nicht zum Frühstück geschafft haben«, sage ich zu Bram, als wir auf sie zugehen.

»Alles gut«, sagt er. Hinter der Ray-Ban-Sonnenbrille kann

ich seine Augen nicht sehen, doch ich behaupte einfach mal, dass er wieder denselben sentimentalen Blick hat wie gestern beim Mittagessen. Das Letzte, was ich jetzt brauche, ist, dass jemand diese ganze Abreisenummer anspricht. Ich hasse Abschiede. Mein Leben lang schon bewege ich mich wie ein Geist durch solche Situationen.

Es wäre nicht richtig gewesen, wortlos zu verschwinden, trotzdem machen wir es kurz. Ich umarme meine Cousins, sage ihnen, dass es großartig war, sie wiederzusehen, was ich ernst meine. Ich küsse Steph und Nicola die Hand; die beiden sehen mich immer noch an, wie Leute einen Pitbull betrachten, misstrauisch und angespannt. Dann steige ich in den Wagen, ehe irgendwer eine Chance hat, rührselig zu werden.

Einige Minuten später fahren wir auf die Autobahn, die uns zurück nach San Francisco führt. Die Sonne scheint, doch im Wagen hängt eine dunkle Wolke über uns. Wir reden nicht. Es läuft keine Musik. Irgendwie ist diese Stille beruhigend, etwas, das wir teilen.

Immer wieder muss ich an die Scheune denken. An ihren Blick, als sie gekommen ist, wie sie mich hielt, so fest, als ertrüge sie es nicht, mich loszulassen. Es wühlt in mir so sehr, dass ich nicht sicher bin, ob es sich rückgängig machen lässt. Ich ertappe mich dabei, wie ich die Hand in ihren Nacken lege und sie dort lasse, als könnte ich sie so bei mir behalten.

Sie sieht gleichermaßen traurig wie süß zu mir auf. »Ich glaube, Bram wird dich vermissen«, sagt sie. »Außer Linden hat er hier noch nicht viele Freunde.«

Ich nicke, will aber nicht über Bram reden. Ich möchte über uns sprechen.

»Und du?«, frage ich. »Wirst du mich vermissen?«

Ihr Ausdruck wird weicher, und mich überkommt der

Drang, ihre Stirn zu küssen, sie einzuatmen, meine Hände in ihrem seidigen Haar zu vergraben. Ich weiß, was ich von ihr hören will. Was ich von ihr hören muss. Ich will, dass sie den Wagen, nein, die Zeit anhält. Ich möchte sie nur noch ein paar Sekunden länger, als ich darf.

»Selbstverständlich werde ich dich vermissen«, sagt sie. Ihre leise, angespannte Stimme verrät mir die Wahrheit: Für sie ist es auch schwer. »Ich vermisse dich jetzt schon, und du bist noch hier.«

Ich schlucke, denn ich weiß genau, was sie meint.

Aber was zur Hölle soll ich sagen? Wir beide wussten, dass das hier kommen würde. Wir wussten es allzu gut. Ich hatte nur nicht erwartet, dass es so schlimm sein würde.

Es bringt mich verdammt noch mal um.

Ich streiche mit dem Daumen über ihren Nacken, und in mir toben idiotische Gedanken, Bedürfnisse, Verlangen. Ich wage nicht mal, sie vor mir selbst zu wiederholen. Es fällt mir schwer, mir die nächste Woche in Edinburgh vorzustellen. Natürlich wird mich das Rugbyspielen ablenken, mich einnehmen, genauso wie die Organisation. Aber jetzt, da ich von ihr eingenommen wurde, bin ich unsicher, ob es genügen wird.

Ich öffne den Mund, um etwas zu sagen, das es leichter macht, aber eigentlich gibt es da nichts. Also schweigen wir wieder.

Bis Kayla »Fuck, Stau« sagt, und ich sehe, dass sich vor uns die Autos auf der Autobahn aufreihen.

»Wir haben reichlich Zeit«, sage ich. Ich muss nur nach Hause, meine beiden gepackten Koffer greifen und zum Flughafen. Emily ist schon in ihrer Box, und ich habe ein Beruhigungsmittel, das ich ihr vor dem Flug gebe. Bram hat den

Ersatzschlüssel zu meiner Wohnung und versprochen, einen Putzdienst hinzuschicken, wenn ich weg bin.

Doch eine halbe Stunde später stecken wir immer noch im Verkehr fest.

»Fuck«, sagt Kayla wieder und ringt die Hände am Lenkrad. »Kannst du noch mal nachsehen?«

Ich rufe die Verkehrs-App auf ihrem Handy auf. Wir sind nicht weit von der Bay Bridge entfernt, aber der Highway ist immer noch als dicke rote Linie dargestellt. »Hier steht nach wie vor, dass der Verkehr durch die gesamte Innenstadt dicht ist, aber angeblich gibt das nur eine Verzögerung von zehn Minuten.«

»Das haben sie vorhin auch gesagt, aber …« Sie wirft mir einen nervösen Blick zu. »Es tut mir so leid.«

»Ich bekomme den Flieger«, versichere ich ihr. »Keine Sorge. Es heißt, dass man drei Stunden vor einem internationalen Flug da sein soll, aber eigentlich sind es neunzig Minuten. Alles gut. Ich laufe nur schnell rein, hole meinen Kram, und dann geht es weiter.«

Doch die Zeit spielt uns grausam mit. Erst habe ich sie verflucht, weil mir die Fahrt gar nicht lang genug dauern konnte und ich nicht genug Zeit mit ihr haben würde. Jetzt droht sie, nie zu enden.

»Übrigens hätte ich nicht gedacht, dass ich meine letzten Momente mit dir damit verbringe, über den beschissenen Verkehr zu schimpfen«, sagt Kayla und lehnt die Stirn ans Lenkrad. »Was würde passieren, wenn ich einfach anfange zu hupen?«

Ich blicke mich um. Es scheint keine Unfälle zu geben, doch wie es aussieht, sind alle Leute auf der Straße. Spur an Spur drängt sich auf die Brücke, wo die Mautstationen alles ausbremsen. »Du kämst nirgends schneller hin. Und dann müsste ich garantiert aussteigen und mich mit jemandem prügeln.«

»Wenigstens würdest du gewinnen«, sagt sie. »Vielleicht könntest du vorher noch dein Hemd ausziehen.«

»Du willst mich ständig halb nackt haben«, schelte ich sie.

»Wie bitte? Ganz nackt, bitte.«

Unweigerlich muss ich grinsen, weil sie es so ernst sagt. Was zur Hölle soll ich nur ohne sie tun? Niemand sonst bringt mich wie von selbst zum Grinsen.

Eine Stunde vergeht. Kayla verliert die Nerven und entschuldigt sich beschämt, und ich massiere ihre Schultern, versuche, sie zu trösten und zu beruhigen. Doch letztlich muss ich mich den Fakten stellen.

Ich werde meine Maschine nicht kriegen.

»Es tut mir so leid«, sagt sie wieder, und ich sehe sie an.

»Nochmals, es ist nicht deine Schuld. Wir wussten nicht, dass die Straßen dicht sind. Wenn überhaupt, hätte ich dafür sorgen müssen, dass wir früher losfahren, aber ... es war einfach so schwer, heute Morgen aus dem Bett zu steigen.« Wir hatten nicht mal gevögelt, sondern nur eng umschlungen dagelegen und geatmet.

»Könnte ich die Zeit zurückdrehen ...«, sagt sie, und ihre Stimme bricht. Es versetzt mir einen tiefen, schneidenden Stich, doch sie überspielt es schnell mit einem Kopfschütteln.

»Ich rufe die Linie an und nehme den nächsten Flug«, sage ich und hole mein Handy hervor. Nachdem ich die E-Mail mit der Buchungsbestätigung gefunden habe, wähle ich die Nummer.

»Wird das nicht sehr teuer?«, fragt sie.

»Ist egal.«

»Aber …«

»Vielleicht erweist es sich als Segen. Uns könnte mehr Zeit zusammen bleiben«, sage ich.

Sie blinzelt nachdenklich.

Wir bewegen uns schon im Kriechtempo über die Bay Bridge, als ich endlich zur Airline durchkomme. Ich entschuldige mich bei der Mitarbeiterin am Telefon und erkläre meine Notlage.

»Bedaure, Mr. McGregor, aber der nächste Flug nach Edinburgh geht erst morgen, selbst wenn wir Sie nach Glasgow umleiten.«

»Na gut«, sage ich. Es ist nicht allzu schlimm, weil das erste Teamtraining erst am Dienstag ist. »Bleiben wir bei einem Direktflug. Kostet es Umbuchungsgebühren, weil ich den Flug verpasst habe, oder …«

»Nein«, antwortet sie. »Da Sie Business Class gebucht haben, fallen keine Gebühren an.«

»Ist die Maschine voll?«

»Wird sie allmählich, doch in der Business Class sollte es ziemlich leer sein.«

Ich stocke plötzlich.

»Was kosten die Plätze?«, frage ich, doch bevor sie antworten kann, sage ich schon: »Nein, ist nicht wichtig.« Ich atme tief durch, weil mir eine aufregende, verrückte Idee in den Sinn kommt. »Könnten Sie bitte kurz warten?«

Ihre Antwort höre ich nicht mehr. Ich nehme mein Handy herunter und sehe Kayla an. Sie nagt an ihrer Unterlippe und runzelt die Stirn vor Sorge – oder vielleicht Kummer. Sie hat eine winzige, sichelförmige Narbe am Kinn, und mir fällt ein, dass ich nie eine Chance hatte, sie danach zu fragen. Eine Menge Dinge habe ich nicht erfahren können.

Aber Chancen ergeben sich immerzu. Man muss sie bloß ergreifen.

»Kayla«, sage ich sanft, als könne ich mir selbst nicht glauben. Was ich auch nicht tue.

Sie dreht den Kopf und sieht mich mit glänzenden Augen an. »Was?«

»Komm mit mir nach Schottland.«

Es ist eher eine Forderung als eine Frage.

Aber ich habe es gesagt.

Einen Moment lang sieht sie mich verständnislos blinzelnd an, bis ich die Handfläche aufs Armaturenbrett klatsche, weil sie beinahe in den Wagen vor uns fährt. Sie stampft auf die Bremse, wir rucken gegen die Sicherheitsgurte.

»Was?«, fragt sie leise, als hätte sie mich nicht richtig verstanden.

Ich räuspere mich und raffe meinen Mut zusammen, es noch mal zu sagen.

»Komm mit mir nach Schottland. Morgen. Ich kann dir einen Platz im Flieger buchen.«

Ihr Mund öffnet sich, aber sie sagt nichts. Verwirrt lächelt sie mich an. »Ich … meinst du das ernst?«

»Wann meine ich es nicht ernst?« Könnte sie fühlen, wie mein Herz gerade rast, würde sie nicht fragen. »Es ist mein Ernst. Ich buche dir ein Ticket. Komm mit mir.« *Bitte.*

Sie starrt mich an, versucht, in meinem Gesicht zu lesen, und ich weiß, dass es höllisch schwer ist, dort irgendwas zu erkennen. Schließlich schüttelt sie den Kopf, und ich kann nicht so tun, als würde es mich nicht verletzen.

»Das kann ich nicht«, sagt sie. »Ich wünschte, ich könnte. Ich meine … ich würde. Aber … mein Job.«

»Nimm Urlaub.«

»Ich kann nicht einfach so von einem Tag auf den anderen freinehmen. Sie würden mir keinen Urlaub geben.«

Mir ist klar, dass es sinnlos ist, doch ich muss nachhaken. »Du kannst fragen. Wie es sich anhört, verdanken sie dir eine Menge.«

Verdammt. Ich nehme das Telefon wieder ans Ohr. »Hallo, Miss? Ja, ich möchte noch einen Platz in der Business Class buchen. Es wäre super, wenn Sie einen direkt neben mir hätten.«

»Was machst du?«, fragt Kayla panisch.

Ich lege die Hand auf das Mikro. »Mach dir keine Gedanken.«

Die Airline-Mitarbeiterin fragt mich nach Kaylas Daten.

»Kayla Moore«, sage ich und gerate ins Stocken. Ich weiß nicht mal ihr Geburtsdatum. Was zur Hölle tue ich hier?

»Äh, Liebes«, sage ich zu Kayla. »Verrätst du mir dein Geburtsdatum?«

»Lachlan, nicht.«

Ich sehe sie an, versuche zu erkennen, was sie wirklich fühlt, wirklich denkt. »Was nicht?«, frage ich. »Willst du nicht mitkommen?«

Sie sieht so hilflos aus, dass ich beinahe ein schlechtes Gewissen bekomme, weil ich sie in diese Lage bringe. Aber verflucht, die Hoffnung ist es wert.

»Ich will mitkommen«, antwortet sie leise. »Ich glaube nur nicht, dass es geht. Es ist so kurzfristig. Willst du ehrlich, dass ich mit dir komme?«

Ich nicke. »Ich buche das Ticket.«

»Nein.«

»Nein, hör zu. Ich buche. Der Flug geht morgen um drei. Ich werde in der Maschine sein. Falls du es nicht möglich machen kannst, ist es eben so. Aber das Ticket wird da sein, auf deinen Namen.«

Sie schüttelt den Kopf. »Das kann ich dich nicht tun lassen. Die Kosten …«

»Die sind es wert, falls du kommst.«

»Und wenn nicht? Ich meine, wenn ich es nicht hinbekomme?«

Ich ringe mir ein kleines Lächeln ab. »Dann habe ich es zumindest versucht«, sage ich und atme laut aus. »Dein Geburtsdatum, Liebes.«

Ich sehe, wie es in ihr arbeitet. Wie sich die Rädchen in ihrem Kopf drehen, jedes Szenario durchspielen.

Endlich sagt sie: »Erster Juli neunzehnhundertfünfundachtzig. Und ich heiße Kayla Ann Moore.«

Ich grinse und spreche wieder ins Handy. »Verzeihen Sie, Miss, sind Sie noch da? Ich habe die Informationen, die Sie brauchen.«

Und auf einmal gibt es Hoffnung.

Kapitel 17

Kayla

Innerhalb weniger Sekunden hat sich alles verändert. Alles. Von einem Augenblick zum anderen wird meine tiefe, schmerzliche, irre Verzweiflung durch brandneue Möglichkeiten ersetzt.

Weil er mich gefragt hat, ob ich mit ihm komme.

Es ist alles, was ich mir gewünscht habe. Worauf ich gehofft habe. Dasselbe Szenario, das ich in den letzten Tagen immer wieder im Geiste durchgespielt habe. Der Traum, dass er mich fragen und tatsächlich wollen würde, dass ich mit ihm komme. Das Zeichen, dass dies, *wir*, etwas ist. Es hat Beine, und unter den richtigen Umständen könnte es immer weitergehen.

Er beendet das Telefonat und drückt das Handy in seiner großen Hand zusammen, als sei er nicht ganz sicher, was er getan hat. Er dreht mir den Kopf zu, und langsam erscheint ein halbes Lächeln. Diesmal haftet diesem Ausdruck so etwas wie Schüchternheit an. Es ist entwaffnend, ihn so unsicher und nervös zu sehen, obwohl ich nicht sicher bin, ob es an dem liegt, was er eben getan hat, oder weil er nicht weiß, ob ich mitkommen kann.

Die Wahrheit ist, dass ich nicht weiß, was ich sagen soll.

Doch ich weiß, was ich fühle. Ich will mich noch nicht verabschieden. Und plötzlich habe ich die Macht, etwas zu ändern, ein Risiko einzugehen und ihm in ein anderes Land zu folgen.

Es ist verrückt, keine Frage. Vollkommen verrückt.

Ich sollte nicht mal darüber nachdenken.

Tue ich aber.

Ich will nur niemandem falsche Hoffnungen machen. Vor allem nicht mir selbst.

»Also«, sagt er nach einer langen Pause. »Du hast einen Platz, wenn du willst.«

Ich lache kurz und schüttle den Kopf. »Ich denke gerade, wie verrückt das ist. Es ist doch verrückt, oder?«

»Ja«, sagt er mit einem knappen Kopfnicken. »Es ist definitiv nicht normal. Aber … warum nicht?«

»Abgesehen davon, dass sie mir bei der Arbeit nicht freigeben?«

Er lächelt verkniffen. »Könnten sie. Du musst überzeugende Argumente liefern.«

Ich murmle vor mich hin, denn ich denke daran, was Lucy sagen wird. Andererseits würde Candace mit Freude meine Stelle übernehmen. Wahrscheinlich wartet sie schon lange auf eine solche Gelegenheit. »Mist, wenn sie mich meinen gesamten Urlaub nehmen lassen, besteht die Chance, dass ich bei meiner Rückkehr keinen Job mehr habe. Ich wäre sehr leicht zu ersetzen.«

Er schürzt die Lippen und betrachtet mich stirnrunzelnd. »Du wirst nur ersetzt, wenn du es geschehen lässt.«

Und wie sehr werde ich nach meiner Rückkehr kämpfen? Ich hasse meinen Job. Es war schrecklich zu sehen, was ich wirklich mit meinem Leben anfangen könnte, nur um es mir gleich wieder wegnehmen zu lassen. Es war schrecklich, nicht ernst genommen zu werden, mir sagen zu lassen, wer ich sein kann. Und es kam meinen Vorstellungen nicht mal nahe.

Fuck. Wenn ich hierher zurückkehren würde und mein Job hinge am seidenen Faden … schwer zu sagen, wie weit ich zu gehen bereit wäre, um ihn zu behalten.

»Wir hätten nur ungefähr drei Wochen zusammen«, sage ich.

Er blinzelt langsam. »Aber es wären gute drei Wochen.«

Gut? Das wäre die Untertreibung des Jahres. Noch drei Wochen den besten Sex meines Lebens mit einem herausragenden Mann, von dem ich total, verzweifelt besessen bin? Es könnten die besten drei Wochen sein, die ich jemals erlebe.

Ich atme aus, um den Druck in meiner Brust zu lindern. »Aber was ist mit dir? Was ist mit dem Rugby? Bin ich da nicht im Weg?«

»Nein, Liebes, du könntest nie im Weg sein. Wenn überhaupt, könnte es mir im Weg sein, weil ich dich ganz für mich haben will, tagein und tagaus, und nur im Schlafzimmer sein möchte. Oder, du weißt schon, irgendwo sonst.«

»Ich will dir nur nicht dein Leben durcheinanderbringen, und sei es für wenige Wochen«, sage ich nervös.

Er dreht sich auf dem Beifahrersitz zur Seite und legt eine Hand an meine Wange, um sich meine Aufmerksamkeit zu sichern. Zum Glück ist der Verkehr gerade zum Stillstand gekommen.

»Ich will dich«, sagt er grimmig und zärtlich zugleich. »Ich will mehr von dir. Und mir ist gleich, wie ich es bekomme.«

Ich blicke ihm in die Augen, die grüner denn je sind. Sie leuchten, glühen förmlich, und ich *weiß*, dass er mich will. Ich kann es in meinen Knochen spüren, und das Kribbeln ist wie eine Million Bomben, die gleichzeitig hochgehen. Wie konnte das überhaupt passieren? Ich bin vollends verzaubert von ihm.

Ich räuspere mich, dennoch klingt meine Stimme schwach. »Du hast mich.«

Seine Mundwinkel zucken, als er zwinkert. »Noch nicht.«

Den Rest der Strecke fahren wir still, doch im Gegensatz zu dem vorherigen Schweigen, das pure Melancholie im Angesicht des Abschieds war, vibriert diese Stille vor Energie. Vor Möglichkeiten. Und vor Angst.

Als ich ihn an seinem Apartment absetze, ist die Furcht so groß, dass sie mich regelrecht im Würgegriff hält. Ich klebe an meinem Sitz. Lachlan hebt Emilys Box von der Rückbank, stellt sie auf den Gehweg und kommt auf die andere Seite, um mir die Tür zu öffnen.

»Komm«, sagt er. »Gib mir eine Umarmung.«

»Was?«

Er beugt sich vor und zieht mich aus dem Wagen, bis ich an ihn gedrückt bin, und plötzlich packt mich diese verfluchte Schockwelle, die Furcht, dass ich ihn nie wiedersehen könnte.

Er schlingt die Arme um mich, hält mich in einer Zwinge aus Muskeln, Wärme und diesem wundervollen Duft gefangen. Dann küsst er mich auf die Stirn. »Nur für den Fall, dass es das war.«

Ich schüttle den Kopf. Nein. Nein, das darf nicht sein. Nicht mehr.

»Ich muss auch mit meiner Mom reden«, murmle ich, wobei ich meine Finger in sein T-Shirt kralle. »Mir ist nicht wohl dabei, sie drei Wochen allein zu lassen.«

»Weiß ich«, sagt er.

Ich sehe zu ihm auf. »Wenn meine Brüder versprechen,

häufiger nach ihr zu sehen, ist es sicher okay. Aber ich glaube nicht, dass ich meine Chefin vor morgen erreiche. Falls sie Ja sagt, muss ich sofort reisebereit sein. Um drei Uhr geht der Flieger?«

»Richtig.«

Ich blinzle meine Tränen weg. »Ich werde mir gute Argumente ausdenken. Ich werde tun, was ich kann.«

»Das weiß ich«, sagt er. »Ich glaube an dich.«

»Tja, das ist es nicht gewesen. Das kann es nicht gewesen sein.«

Er schließt die Augen und neigt den Kopf, um mich entsetzlich sanft auf den Mund zu küssen. Es bringt mich fast zum Heulen. Ich halte ihn noch fester. Irgendwas in mir wird in den Grundfesten erschüttert.

»Fahr nach Hause«, flüstert er. »Tu, was du kannst. Und ich sehe dich morgen.«

»Und was ist, wenn nicht?«

Er lächelt traurig. »Dann habe ich wenigstens Hoffnung gehabt.«

Fuck.

Mir ist schleierhaft, wie es mir gelingt, mich von ihm zu lösen, doch es geht. Ich schaffe es kaum, zu mir zu fahren. Ich bin ein emotionales Wrack, ein Zombie, und dabei war es nie so nötig wie jetzt, dass ich klar denke.

Ich weiß nicht, was ich tun soll. Ich weiß, was ich tun will und was ich tun sollte, glaube aber nicht, dass es dasselbe ist. Eigentlich muss ich es mit meiner Mutter besprechen. Selbst wenn man mir bei der Arbeit kurzfristig für drei Wochen frei gibt, habe ich ihretwegen Bedenken mitzufliegen.

Doch ehe ich es ihr gegenüber anspreche, muss ich einen Plan haben.

Zu Hause schreibe ich als Erstes Steph und Nicola: *Wenn ihr wieder da seid, könnt ihr bitte vorbeikommen? Dies ist ein Notfall. Ich muss mit euch reden.*

Ich überlege, es dabei zu belassen, bin jedoch unsicher, ob es ausreicht, also ergänze ich: *Lachlan hat mich gebeten, mit ihm nach Schottland zu kommen. Morgen.*

Beide antworten umgehend mit einem Haufen Fragen und versprechen, sich von ihren Männern bei mir absetzen zu lassen.

Ich lasse mir an der Küchenspüle ein Glas Wasser einlaufen und trinke es in fünf großen Schlucken. Dann hole ich eine halb leere Rotweinflasche aus dem Schrank und genehmige mir ein paar Schlucke direkt aus der Flasche. Nach all dem Wein am Wochenende habe ich ihn immer noch nicht satt. Nein, ich brauche ihn, weil ich verdammt noch mal ausflippe.

Als Nicola und Steph klingeln, lasse ich sie nach oben. Ich habe noch keine richtige Entscheidung getroffen, bin nur auf und ab gelaufen. Mein Verstand ist so überwältigt, dass ich nicht klar denken kann.

»Kayla«, sagt Steph, als sie hereinkommen. »Was zum Teufel ist auf der Fahrt hierher passiert?«

Ich bleibe stehen, sehe die beiden an und fuchtle mit den Armen wie ein ängstlicher Vogel. »Okay, okay, ja, er hat seinen Flieger verpasst. Der Verkehr.«

»Ja, in dem haben wir auch festgesteckt«, sagt Nicola. »Er hat ernsthaft seine Maschine verpasst?«

»Ja. Er konnte auf die nächste umbuchen, aber die geht erst morgen. Und dann … und dann hat er mich auf einmal angesehen …«

Er sah mich an, und da war etwas, was ich nie zuvor bei

ihm gesehen hatte: Hoffnung. Ich konnte sie bis in mein Innerstes fühlen und wusste, ja, ich wusste, dass sich für uns etwas verändert hatte.

»Und?«, hakt Steph nach, setzt sich auf die Couch und winkelt die Beine unter sich an.

»Und dann hat er mich gefragt, ob ich mit ihm nach Schottland komme. Er sagte, er würde mir einen Platz im Flugzeug buchen.«

»Also hast du Ja gesagt?«, fragt Nicola.

Ich schüttle den Kopf. »Nein. Ja. Vielleicht? Ich meine ... ich weiß nicht, ob ich kann. Was ist, wenn ich nicht frei bekomme? Ich soll morgen im Büro fragen, ob ich gehen und erst in drei Wochen zurückkommen darf. Und dann ist da noch meine Mom. Ich kann sie nicht so lange alleinlassen.«

Steph betrachtet mich. »Stimmt, das sind alles Gründe. Also fliegst du nicht?«

Seufzend lasse ich mich auf die Couch fallen, die Beine ausgestreckt. All meine Kraft ist verpufft. »Ich weiß es nicht. Er hat mir jedenfalls einen Platz gebucht.«

»O mein Gott«, sagt Nicola leise. »Das hat er getan?«

Ich schlucke und nicke.

»Ich habe ja gleich gesagt, dass er in dich vernarrt ist«, konstatiert sie selbstzufrieden.

Ich bin zu verwirrt, um die Augen zu verdrehen. »Damit hatte ich nicht gerechnet.«

»Aber wolltest du es?«, fragt Steph. »Was war dein erster Gedanke, als er dich gefragt hat?«

Ich puste mir eine Haarsträhne aus dem Gesicht und wünschte, meine Nerven wären nicht dermaßen überreizt. »Ich dachte ... bitte, lass es ihn ernst meinen. Bitte, mach, dass es kein grausamer Scherz ist.«

»Tja, Kayla«, sagt sie und sieht mich mit weisen Augen an. »Du musst mitfliegen.«

»Aber ich kann nicht einfach weg. So leicht ist das nicht.«

»Okay, lassen wir mal für einen Moment die Arbeit und die Situation deiner Mutter beiseite. Und übrigens wird deine Mutter super zurechtkommen. Ich sehe nach ihr, falls deine Brüder es nicht auf die Reihe kriegen.«

Ich lächle sie dankbar an.

»Also ignorier das alles. Gibt es sonst noch irgendwas, das dich davon abhalten würde? Ich meine nichts Äußerliches wie die Furcht vorm Jetlag oder dass du das schottische Essen widerlich finden könntest oder so. Ich meine innerlich. Was sagt dein Kompass?«

Ich schabe mit den Zähnen über meine Unterlippe. »Ich kenne ihn nicht«, sage ich leise. »Ich bin ihm vor drei Wochen begegnet, bin erst seit einer Woche mit ihm intim. Man reist nicht kurz mal mit jemandem in ein anderes Land, den man nicht kennt. Aus einer Laune heraus.«

»Und wieso nicht?«, fragt Steph, die mich seltsam ansieht. »Denkst du, er bringt dich um und entsorgt deine Leiche in irgendeinem Müllcontainer?«

»Na ja, nein.«

»Vertraust du ihm?«

Mein Mund klappt auf, doch es kommt nichts heraus. Ich zucke mit den Schultern. »Ich glaube schon. Ich meine … kann man jemandem vertrauen, den man gerade erst kennengelernt hat?«

»Man kann tun, was immer man will«, antwortet sie. »Vertraust du ihm?«

Ich hole tief Luft und blicke rüber zu Nicola, die mich neugierig beobachtet. »Ob ich ihm mein Herz anvertraue?«

Steph neigt den Kopf zur Seite. »Ist es das, weshalb du dir Sorgen machst? Dass du hinreist, dich verliebst und ihn verlassen musst?«

Autsch. Eine einzige Frage, und meine Brust fühlt sich an wie ein ausgehöhlter Baum. »Tja, darum mache ich mir verdammt noch mal *jetzt* Sorgen!«, sage ich und setze mich auf. Ich atme laut aus und reibe mir mit den Händen übers Gesicht. »Ich sorge mich … ja, ich sorge mich darum. Und wie. Aber ich sorge mich auch, dass ich enttäuscht sein werde. Dass ich ihn besser kennenlernen und er nicht der ist, der ich denke.«

»Und was denkst du, wer er ist?«

Ich lächle versonnen. »Ich denke, er ist alles.«

Steph nickt, steht von der Couch auf und geht in die Küche.

Nicola beißt sich grinsend auf die Lippe. »Keiner ist jemals dein Alles gewesen, Kayla. Du weißt, dass du mitfliegen musst. Du wirst dir selbst in den Hintern treten, wenn du es nicht tust. Und du willst es nicht den Rest deines Lebens bereuen, glaub mir.«

Steph kehrt mit der Weinflasche zurück, aus der ich vorhin getrunken hatte, sowie drei Gläsern. »Wir sollten eigentlich alle vorerst genug Wein gehabt haben, aber das ist mir egal.« Sie schenkt den Rest in die Gläser, was im Grunde nicht mehr als ein Spritzer für jeden ist, und reicht mir eines.

»Noch können wir nichts feiern«, erinnere ich sie, erhebe aber trotzdem mein Glas.

»Wir feiern deine Entscheidung. Eine Chance wie diese bekommt man selten. Du nutzt sie, ganz gleich, was dabei herauskommt, und das ist doch schon etwas.« Nicola und sie stoßen mit mir an. »Letztes Mal haben wir aufs Vögeln getrunken. Diesmal trinken wir auf … nun ja, mehr als das. Aber wir trinken auf dich, Kayla. Folge deinem Herzen.«

»Schmalzig«, murmle ich, bevor ist einen Schluck nehme. Schmalzig, aber angemessen. »Würdest du wirklich nach meiner Mutter sehen?«, frage ich sie.

Für einen Moment legt sie ihre Hand auf meine Schulter und blickt mir in die Augen. »Ich verspreche es.«

»Ich weiß immer noch nicht, was sie davon hält«, gestehe ich.

»Sie wird glücklich sein, wenn du glücklich bist. Das ist alles, was unsere Mütter sich für uns wünschen. Na ja, meistens. Ich bin sicher, dass meine Mutter mich auch bald mit Baby sehen will.«

Ich sehe sie überrascht an. »Fängt sie jetzt schon damit an? Ihr habt doch eben erst geheiratet.«

Steph schaut lächelnd zur Seite und streicht sich das Haar hinters Ohr. »Tja, na ja. Ich kann nicht sagen, dass ich anderer Meinung bin. Wir haben schon angefangen, es zu versuchen.«

Ich sehe Nicola an, und sie wirkt genauso überrascht wie ich.

»Echt?«, quiekt Nicola. »Das ist fantastisch! Oh, ich freue mich so für dich.«

Ich rümpfe die Nase. »Im Ernst, Steph? Du willst zu Nicola in den Mom-Club?«

»So schlimm ist das nicht«, weist Nicola mich zurecht. »Eines Tages könntest du deine Meinung ändern.«

Ich funkle sie wütend an. »Du weißt, wie sehr ich es hasse, wenn Leute das sagen.«

Von ihr kommt ein böses Grinsen. »O ja, und deshalb sage ich es so gern!«

»Wie gesagt«, fährt Steph fort, »wir probieren es. Bisher gibt es folglich nichts zu berichten, außer jede Menge Sex, und ich weiß, dass ihr es alle beide leid seid, davon zu hören. Aber das wirklich Aufregende ist das hier. Du, Kayla. Du fängst lieber an zu packen.«

Es fühlt sich an, als würden mich abertausend Blitze gleichzeitig treffen. Packen? Um mit Lachlan nach Schottland zu fliegen? Um drei Wochen lang mit ihm zusammenzuleben? Ihn Rugby spielen zu sehen, ihn mit Lionel zu erleben, ihm mit den Hunden zu helfen, in einem anderen Land zu sein? Wochenlang endlos Sex zu haben? Die Aussicht ist wahnsinnig aufregend und wahnsinnig beängstigend. Mir ist, als würde ich gleich in meinem Wohnzimmer in lauter Fetzen zerspringen.

»Komm schon.« Steph klopft mir auf die Schulter. »Wir helfen dir, solange wir warten, dass Linden uns abholt.«

Mein Zimmer ist ein einziges Chaos, und für einen Spontantrip über den großen Teich zu packen, ist eine Herausforderung. Ist das Wetter so wie in San Francisco? Geht es in der Stadt vornehm oder lässig zu? Sollte ich ein paar von meinen Vibratoren mitnehmen (die Antwort ist Ja)?

Zum Glück sind Steph und Nicola hier, um mich in der Spur zu halten, und alle paar Minuten möchte ich vor Freude auf- und abspringen. Ich mache es. Ich mache es wirklich – das Wildeste, Verrückteste, was ich je getan habe. Und obwohl die Zukunft ungewiss ist und ich nicht weiß, was der morgige Tag bringen wird, habe ich das Gefühl, dass es passieren wird. Und dieses Gefühl ist das, was mir Angst macht. Weil … Scheiße. Ich weiß, *ich weiß*, wenn ich mit Lachlan fliege, werde ich mich gnadenlos in ihn verlieben. Das habe ich ja schon halb.

Als Linden kommt, wird es für die beiden Zeit zu gehen, und ich habe ziemlich fertig gepackt. Unser Abschied ist ein bisschen traurig, weil ich sie drei Wochen lang nicht sehen werde.

»Grüß meine Tante und meinen Onkel von mir«, sagt Linden und umarmt mich auf eine Art, die sich ausnahmsweise echt anfühlt.

»Glaubst du, er stellt mich seinen Eltern vor?«, frage ich.

Linden lächelt. »Kayla, wenn er dich nach Edinburgh einlädt, meint er es ernst. Also ja. Du wirst seine Eltern und jeden sonst kennenlernen – seinen Bruder Brigs ganz sicher auch. Verdammt, ich bin richtig neidisch!« Er sieht Steph an. »Lust auf Schottland?«

Sie schüttelt den Kopf. »Ich bin hier ziemlich glücklich. Aber du kannst dir alles haarklein von Kayla berichten lassen.«

Er verzieht das Gesicht. »Wohl kaum, wenn sie die ganze Zeit mit meinem Cousin vögelt.«

»Du kennst mich«, sage ich achselzuckend und umarme Steph und Nicola zum Abschied. Nicola kriegt ganz feuchte Augen, sodass ich ihr einen Klaps auf den Hinterkopf geben und ihr sagen muss, sie soll damit aufhören. Steph ist ein wenig gefasster und freut sich vor allem für mich.

Sobald sie weg sind, greife ich mit zitternden Händen nach meinem Telefon und rufe meine Mutter an.

»Hi, Schatz«, begrüßt sie mich. »Wie war dein Wochenende in Napa? Hast du gute Weine probiert?«

»Die Weine waren alle gut«, sage ich und lehne mich an den Küchentresen. Aus irgendeinem Grund schlottern meine Beine, und das nicht auf die Art, wie sie es beim ersten Sex mit Lachlan getan haben. Gott, war das guter Sex!

»Und das Hotel?«, fragt meine Mutter, und ich muss den

Kopf schütteln, um die Gedanken an Sex zu vertreiben. »Erzähl mir von dem Hotel. Ich erinnere mich, dass dein Vater und ich früher oft in Napa waren, als er frisch aus Island herkam. Wir haben immer in demselben Hotel gewohnt, mitten in der Stadt. Das war so hübsch.«

Ich hole tief Luft. Über meinen Vater zu reden macht es nicht leichter. »Das Hotel war sehr nett. Es hatte ein eigenes Weingut. Wir fahren da auch mal hin. Mutter-Tochter-Ausflug.«

»Das wäre reizend. Natürlich nur, wenn ich mich besser fühle.«

O nein. Es ist, als wäre ich bereits mit einem Bein in Schottland, und werde jetzt daran erinnert, warum ich mit dem anderen Bein hierbleiben muss.

»Kayla?«, fragt sie, und mir wird klar, dass ich nichts gesagt hatte.

»Ja.« Ich räuspere mich. »Hör zu, Mom. Es ist etwas passiert … und ich muss mit dir darüber reden. Ich brauche deinen Rat.«

»Oh? Was ist?«

»Ähm, na ja, du kennst ja Lachlan.«

»Ja, natürlich. Wie geht es ihm?«

»Gut … gut. Ja, ihm geht es gut. Aber er fliegt morgen nach Schottland. Na ja, eigentlich sollte er heute fliegen, aber wegen des Verkehrs hat er seinen Flug verpasst.«

»O nein.«

»Und, tja, als er bei der Airline anrief, um für morgen umzubuchen, hat er mir irgendwie auch einen Platz in seiner Maschine gebucht.«

Es tritt eine längere Pause ein. »Wie bitte?«

»Er möchte, dass ich mit ihm komme.«

»Und was hast du gesagt?«, fragt sie ängstlich.

»Na, selbstverständlich habe ich ihm gesagt, dass ich darüber nachdenken muss. Ich muss arbeiten und weiß nicht, ob sie mir so kurzfristig Urlaub geben. Und dann bist da noch du.«

»Ich?«

»Mir ist nicht wohl dabei, dich allein zu lassen, Mom.«

»Ach, um Himmels willen, Kayla. Sei mal ernst!«

»Ich bin ernst. Ich weiß, dass es dir nicht gut geht und …«

»Mir geht es bestens«, fällt sie mir ins Wort, und ihre Stimme klingt fester denn je. »Mach dir meinetwegen keine Gedanken. Du darfst so etwas Fantastisches nicht ablehnen, weil du dich um deine Mutter sorgst. Das ist doch Unsinn.«

»Ich weiß … aber …«

»Nein, kein Aber. Willst du denn nach Schottland? Willst du?«

Meine Nerven summen vor Energie. »Ja«, sage ich mit belegter Stimme.

»Dann flieg mit. Geh zur Arbeit, nimm deinen Urlaub, und wenn sie dich nicht gehen lassen wollen, finde heraus, wann es frühestens geht. Ich habe Lachlan kennengelernt. Du solltest ihn nicht einfach verschwinden lassen.«

»Okay.«

»Kayla«, sagt sie ernst. »Stell dich nicht immer infrage. Dies ist dein Gleis. Bleib auf dem und reise hin. Sei bei ihm. Du weißt nie, was dir die Liebe bringt.«

Aber ich liebe ihn nicht, will ich sagen. Aber ich lasse es. Weil ich weiß, dass ich es werde. Es ist unvermeidlich, und ich habe aufgehört, mich dagegen zu wehren.

»Okay. Bist du sicher, dass du zurechtkommst? Was ist, wenn dir etwas passiert?«

Sie lacht. »Mir passiert nichts, versprochen. Bitte, Kayla, ich möchte dich nur glücklich sehen, und er macht dich glücklich. Dein Vater würde dasselbe wollen, das weiß ich. Geh auf Risiko und sei bei ihm.«

Ich benetze mir die Lippen. Dann sage ich meiner Mutter, dass ich zu ihr komme, sobald ich zurück bin, und sie gleich anrufe, wenn ich in Edinburgh ankommen, wann immer das sein mag. Danach rufe ich Toshio und Paul an, um mir von beiden bestätigen zu lassen, dass sie nach ihr sehen, solange ich weg bin. Steph muss ich nicht erinnern, weil ich weiß, dass ich mich auf sie verlassen kann.

Dann ist es das also.

Das ist es.

In der Nacht schlafe ich kaum. Ich wälze mich hin und her, umklammere mein Kopfkissen und stelle mir vor, Lachlan im Arm zu halten. Ich bewege mich durch eine Million Gefühle, wie ich mich durch Träume bewegen würde, und als mein Wecker schrillt, fühle ich mich, als würde der wahre Traum erst anfangen.

Ich weiß nicht mal, wie ich mich bereit mache und die Fassung wahre.

Ich putze mir die Zähne und plötzlich …

SCHWUPP.

Ich könnte mir in Schottland die Zähne putzen.

Ich trinke Kaffee und …

SCHWUPP.

Ich könnte in Schottland Kaffee trinken.

Ich stelle mir Lachlans Gesicht vor, wie er mich offen fragend ansieht und wunderbare Dinge von mir hören will, und …

SCHWUPP.

Das könnte ich drei wundervolle Wochen lang haben. Die Vorstellung, dass ich noch nicht Lebwohl sagen muss, dass ich in wenigen Stunden in seinen starken, warmen Armen sein könnte, verleiht mir um acht Uhr morgens das Gefühl, betrunken zu sein.

Aber zuerst muss ich zur Arbeit. Ich scheine nicht viele Prinzipien zu haben, doch selbst ich würde nicht einfach so nicht im Büro erscheinen. Mir ist klar, dass ich jede Vorsicht in den Wind schlagen muss, aber das doch bitte vorsichtig.

Ich räume noch rasch meine Wohnung notdürftig auf und tue so, als würde ich länger nicht mehr wiederkommen, packe meinen Koffer in den Wagen und fahre zur Arbeit.

Natürlich bin ich nervös. Ich habe Angst davor, was ich tun würde, falls Lucy Nein sagt. Ich habe Angst, dass ich all meine Grundsätze zum Fenster hinauswerfen könnte, und was bliebe mir dann?

Tja, zumindest bin ich auf einen Flug nach Schottland gebucht.

Ich komme eine Viertelstunde zu früh bei der Arbeit an, weil ich hoffe, Lucy zu erwischen, bevor sie abgelenkt wird. Als sie mich sieht, meine superlässige Yogahose, die Turnschuhe und das T-Shirt (für einen Langstreckenflug soll man sich bequem kleiden), wirkt sie überrascht. Eventuell erst recht, weil ich sonst nie zu früh komme.

»Kayla«, sagt sie, als ich ihr Büro betrete. »Was, äh, ist los?«

Ich lächle verkniffen. »Kann ich dich kurz sprechen?«

Sie nimmt die Hand von der Maus und widmet mir ihre ganze Aufmerksamkeit. »Ja, sicher.«

»Ich mache es auch kurz, aber sei bitte versichert, dass es

mir wirklich wichtig ist und eine großartige Gelegenheit, wie ich sie nicht oft bekomme. Und ich arbeite schon lange hier und bin ziemlich gut. Richtig gut manchmal. Jedenfalls würde ich normalerweise nie um so etwas bitten, also schließen wir bitte mal kurz die Augen und würdigen das.«

Sie zieht eine Augenbraue hoch. »Okay, aber ich weiß noch nicht, worum du mich bitten willst.«

Ich hole tief Luft und straffe die Schultern. »Ich weiß, dass es kurzfristig ist, aber … darf ich Urlaub nehmen?«

»Klar«, sagt sie, sieht zu ihrem Computer und ruft wahrscheinlich meine Akte auf. »Wann?«

»Heute.«

Sie unterbricht ihr Tippen. »Wie bitte?«

»Ja, ich habe einen Flug um drei nach Edinburgh, Schottland.«

»Heute?«, wiederholt sie, als Candace ins Büro kommt und uns beide neugierig beäugt.

»Ja.«

»Das ist mehr als kurzfristig.«

»Ich weiß, ja«, sage ich und sehe sie flehentlich an. »Bitte.«

Sie reibt sich die Nasenbrücke. »Willst du die gesamten drei Wochen?«

»Ja, wenn es geht.«

»Dir ist klar, dass wir auf den Herbst zugehen und mehr zu tun sein wird.«

»Ja, weiß ich, aber Candace kann das übernehmen«, sage ich. Ich kann es selbst kaum glauben, aber ich sehe hinaus ins Büro und rufe: »Candace, wenn ich die nächsten drei Wochen weg wäre, meinst du, du könntest meinen Kundenstamm übernehmen?«

Sie springt überglücklich auf und rennt praktisch zu uns. In diesem Moment wird mir bewusst, dass ich meinen Job, für den ich jahrelang gearbeitet habe, an sie weiterreiche. Aber es geht nicht anders. Egal, was geschieht, das hier ist es wert.

Und Candace überredet in ihrem Eifer Lucy am Ende, mir meinen Urlaub zu geben.

»Gut«, sagt Lucy.

»Was?«, frage ich, während mein Atem in meiner Brust festhängt.

»Na los, flieg nach Schottland. Aber mach dich darauf gefasst, dass du bei deiner Rückkehr sehr viel arbeiten musst. Und sichere dir da drüben irgendeinen Datentarif, denn wir müssen dich garantiert wegen dem einen oder anderen erreichen können.«

Sie sagt noch irgendwas anderes, aber ich höre sie nicht mal mehr. Ich lächle idiotisch vor mich hin, und mein Herz ist diese Seifenblase, die partout nicht platzen will. Sie lässt mich aus dem Büro schweben, high vor Freude, und bis zum Auto. Ich schwebe auch während der Fahrt und den ganzen Weg zum Flughafen. Im Wagen läuft wieder Nick Caves »Supernaturally«, was ich schon höre, seit Lachlan gesagt hat, dass er ihn bewundert. Noch etwas, das ich wegen Lachlan tue, denke, fühle.

Und jetzt, jetzt fliege ich mit ihm weg.

Also ist er mein.

Mein Lachlan.

Mein Tier.

Mein großer, gebrochener Mann.

Ich hole ihn mir. Ich werde mich ihm auf jede mögliche Weise hingeben.

Meinen Körper.

Mein Herz.

Meine Seele.

Ich werde in dieses Flugzeug steigen und zum ersten Mal im Leben aufhören, Angst zu haben. Ich werde mich ihm öffnen und beten, dass er sich auch mir öffnet.

Ich bin so glücklich, dass ich fast heulen könnte. Stattdessen fange ich an zu lachen, als mir bewusst wird, was für ein Gefühl sich an mich heranschleicht.

Ich kann nicht fassen, dass ich das wirklich tue.

Es passt so gar nicht zu mir.

Doch vielleicht bin ich jetzt die, die ich immer sein wollte.

Und als ich am Flughafen ankomme und Lachlan am Ticketschalter von Virgin Atlantic stehen sehe, wo ich ihn laut seiner Textnachricht von heute Morgen treffen soll, fühlt es sich an, als käme eben die Sonne heraus. Sie strahlt alles an und sagt mir, dass dies hier richtig ist.

Dass es nie einen anderen Weg für uns gab.

Mir ist bestimmt, mit ihm zusammen zu sein.

Ich bleibe stehen und betrachte ihn. Er hat mir den breiten Rücken zugewandt, und so beobachte ich ihn, ohne dass er mich bemerkt. Wie ein Geist. Ich muss mich kneifen, denn selbst in seiner Cargohose, den Wanderstiefeln und dem ausgeblichenen schwarzen T-Shirt ist er zu schön, zu wunderbar, zu viel Mann, um überhaupt auf dieser Erde zu existieren.

Ich habe ein so unglaubliches Glück, dass er mich gefragt hat.

Mich.

Als könne er mich spüren, blickt er sich um.

Sieht mich an.

Seine leuchtenden, gefühlvollen Augen kräuseln sich in den Winkel, und er grinst mir zu.

Es ist so wunderschön.

Er grinst, weil er jetzt weiß, genau *weiß*, dass ich ihm gehöre.

»Hier bin ich«, sage ich leise, während ich langsam auf ihn zugehe.

Er nickt. »Du bist hier.«

Kapitel 18

Lachlan

»Lachlan?«

Wie ein Lichtstrahl in einem dunklen Raum dringt Kaylas süße, heisere Stimme in meine Träume. Langsam öffne ich die Augen und frage mich für einen Moment, wo ich bin. Man sollte es für ausgeschlossen halten, wenn man in einem Flugzeug sitzt, doch das Schwarze, Klebrige meiner Träume verblasst so schnell aus meinem Bewusstsein, dass ich benommen bin.

Als ich einnickte, war das Kabinenlicht gedimmt gewesen. Nun ist es hell, und Tageslicht dringt noch dazu unten durch die Fensterabdeckung. Tageslicht.

Ich hebe den Kopf und gebe ein leises Knurren von mir, weil ich mir den Nacken verlegen habe. Dann sehe ich Kayla an, die neben mir ist und mich sanft anlächelt.

Sie ist gekommen. Ich kann nicht glauben, dass sie gekommen ist.

»Guten Morgen«, sagt sie und reibt sich die Augen. »Ich hätte dich weiterschlafen lassen, aber die Flugbegleiterin wollte dich wecken. Wir landen in zwanzig Minuten.«

Ich versuche zu schlucken, denn meine Kehle ist unerträglich trocken, und drehe mich auf meinem Sitz zu ihr. »Du bist immer noch hier«, sage ich heiser, strecke eine Hand aus und berühre ihr Gesicht. Ihre Haut fühlt sich himmlisch an.

Sie bewegt den Kopf, um meine Hand zu küssen, ohne ihren scheuen Blick von mir abzuwenden. »Natürlich bin ich noch hier. Wo sollte ich hin? Auf einen anderen Platz?«

»Ich dachte, es wäre alles ein Traum gewesen«, erkläre ich ihr leise. »Und dass ich allein wäre, wenn ich aufwache.«

»Nein«, sagt sie.

Ich streiche ihr das Haar aus dem Gesicht und reibe die seidigen Strähnen zwischen meinen Finger, als bräuchte ich noch einen Beweis, dass sie echt ist. »Es ist kein Traum. Doch es fühlt sich wie einer an, nicht? Ich meine … Ich kann nicht glauben, dass es wirklich passiert.«

Ich nicke bedächtig. »Hast du überhaupt geschlafen?«

Sie schüttelt den Kopf. »Dafür war ich viel zu aufgeregt. Ich habe mir einen Haufen Filme angesehen. Und dann habe ich dich ein bisschen beim Schlafen beobachtet, wie ein unheimlicher Voyeur.«

Ich grinse, weil ich es seltsam rührend finde. »Tja, ich mag es, wenn du ein unheimlicher Voyeur bist, Liebes. Und du bekommst noch viel mehr Gelegenheit dazu, wenn wir gelandet sind. Ich fürchte, dass ich dich in Edinburgh selten aus den Augen lassen werde.«

»Was mein Stalking viel leichter machen dürfte.«

Die Flugbegleiterin kommt und bittet mich in diesem scheltenden Ton, den sie alle haben, den Sitz aufrecht zu stellen und das Rollo hochzuziehen. Das Flugzeug würde gleich in den Landeanflug gehen. Kayla lehnt sich über mich, um aus dem Fenster zu blicken, dabei gibt es dort nichts außer grünen Flecken zwischen grauen Wolken. Unwillkürlich schließe ich die Augen und atme sie ein. Sogar nach dreizehn Stunden im Flugzeug duftet sie unglaublich. Das ist keine Seife, kein Parfüm, nur sie. Etwas, das man nicht in Flaschen abfüllen kann und das mein Blut an die richtigen Stellen strömen lässt.

Ich verlagere meine Position und versuche, die Anfänge einer Erektion zu ignorieren. Kayla ist so sehr damit beschäftigt, nach draußen zu sehen, dass sie es nicht zu bemerken scheint. Was gut ist, denn ich weiß, dass sie alles tun würde, um mich noch härter zu machen. Sobald ich sie in meiner Wohnung habe, werde ich mich nicht mehr zurückhalten.

Meine Wohnung. Es fühlt sich wahnsinnig an, dass ich wieder hier bin und sie bei mir ist. Ich weiß nicht mal, wie ich sie anständig mit Edinburgh bekannt mache, wenn ich sie eigentlich nur tagelang in mein Schlafzimmer einsperren möchte.

Aber ich kehre in ein Leben zurück, das ich auf Pause gestellt hatte. Es gibt eine Menge Sachen aufzuholen. Ich hoffe nur, dass ich Kayla so nahtlos wie möglich in den Prozess einbinden kann. Wenn ich sie erst Amara und Thierry vorgestellt habe, dürfte es einfacher werden. Und, sofern ich mutig genug bin, meinen Eltern und meinem Bruder Brigs. Rugby und das Tierheim werden mich viel in Anspruch nehmen, und ich möchte Kayla gerne überall dabeihaben – so viel, wie sie will, jedenfalls.

Das Flugzeug ruckelt, sinkt ein wenig und neigt sich nach links. Einige Leute in der Kabine ringen nach Luft, während Kayla nach meiner Hand greift und sie festhält. Ich drücke ihre.

»Es sind bloß Turbulenzen«, sage ich mit einem hoffentlich beruhigenden Lächeln.

Sie nickt, obwohl ihre Miene gequält bleibt. »Ich fliege nicht so gern«, gesteht sie und umklammert meine Hand fester, als das Flugzeug erneut ruckelt. Mein Magen revoltiert.

»Alles okay«, sage ich und erwidere ihren Händedruck. Ich blicke aus dem Fenster und sehe den Boden näher kommen. Wir nähern uns den Ausläufern des Flughafens. »Wir sind fast da.«

Da ich den Puls unter ihrer Haut rasen fühle, ist mir klar, dass sie meinen ebenfalls spüren kann. Allerdings ist es nicht das Fliegen, was mir Angst macht. Es ist das, was nach der Landung geschieht. Es ist mehr als kompliziert, so glücklich zu sein, weil sie hier ist, und gleichzeitig so nervös wegen dem, was als Nächstes passiert. Es ist sehr lange her, seit ich jemanden in mein Leben ließ, und ich bin im Begriff, es bei ihr zu tun. Ich habe keine Ahnung, was ist, wenn sie wieder weg muss. Schlimmer noch, ich habe keine Ahnung, was passieren wird, wenn und falls sie mein wahres Ich entdeckt. Denn ich bin versucht, die Türen weit aufzustoßen und sie hereinzulassen, ihr all das Dunkle und Hässliche in mir zu zeigen.

Falls sie wegrennt und nie wiederkommt, habe ich das allein mir vorzuwerfen. Und ich fürchte, dass mich die Schuldgefühle, meine Neigung zur Selbstverachtung, aufs Neue zerstören könnten.

Die Räder setzen kreischend auf dem Rollfeld auf, und das Flugzeug rauscht für einen Moment über den Asphalt, bevor die Bremsen richtig greifen. Sobald die Maschine langsamer wird, lockert Kayla ihren Griff. Doch wie sich herausstellt, ist meiner fester.

»Ich wusste gar nicht, dass du auch Angst hat«, sagt sie, als ich sie loslasse.

Ich lächle nur. Gern würde ich die eine Angst gegen eine andere tauschen.

Es dauert nicht lange, bis wir ausgestiegen sind und am

Gepäckband warten. Als ich Kaylas Gepäck herbeirollen sehe, schreiend pink, muss ich lachen.

»Was?«, fragt sie trotzig. »So weiß ich wenigstens, dass es meins ist.«

»Es verfehlt den Zweck ein bisschen, wenn es jeden blendet, Liebes«, erinnere ich sie und hebe den Koffer vom Band. Dann gehen wir zum Frachtschalter, um Emily in ihrer Transportbox abzuholen.

Sie sieht verängstigt aus, und aus der Box stinkt es furchtbar, aber sie scheint noch genug von dem Beruhigungsmittel im Blut zu haben, denn sie verhält sich nicht panisch. Ich flüstere beruhigend auf sie ein, und sie begreift anscheinend, dass es jetzt nur besser wird.

Ursprünglich wollte ich mich von meinem Bruder abholen lassen, doch mit Kayla und dem anderen Flug ist ein Taxi besser.

Als wir in den Wagen steigen, staunt Kayla bereits, wie anders hier alles ist.

»Ich hatte vergessen, dass ihr auf der anderen Straßenseite fahrt«, sagt sie. »Und dieses Taxi mit den Klappsitzen und so ist verrückt.« Zur Illustration kickt sie gegen den Sitz ihr gegenüber, worauf Emily den Kopf hebt.

»Ich glaube, du brauchst etwas Schlaf«, sage ich sanft, lege einen Arm um Kayla und ziehe sie an mich.

»Schlaf ist das Letzte, was ich brauche«, erwidert sie und streicht mit der Hand über meinen Bauch. Doch wir fahren noch keine fünf Minuten, da schläft sie schon.

Meine Wohnung ist in Stockbridge, also dauert die Fahrt durch den morgendlichen Berufsverkehr eine Weile. Bis wir North East Circus Place erreichen, schläft Kayla so tief, dass ich sie fast nicht wecken möchte.

»Hey«, flüstere ich, während der Taxifahrer die Tür öffnet und unser Gepäck heraushebt. »Wir sind da.« Ich ziehe meinen Arm zurück und schüttle sie leicht. Es vergeht eine halbe Ewigkeit, ehe sie die Augen öffnet, und als sie es tut, runzelt sie verwirrt die Stirn. Sobald sie mich erkennt, lächelt sie.

»Wow«, sagt sie heiser. »Ich war vollkommen weg.«

»Drinnen stecke ich dich sofort ins Bett«, sage ich, löse unsere Gurte und helfe ihr aus dem Taxi. Sie lehnt sich wacklig an mich, während ich den Fahrer bezahle, und starrt an dem Gebäude hinauf.

»Ist das alles deins?«, fragt sie.

Ich nehme ihren Arm und ziehe sie von dem Taxi weg, bevor es losfährt.

»Nur der erste Stock«, antworte ich. »Das ist übrigens der, den ihr in Amerika als zweiten Stock bezeichnen würdet.« Sie scheint mich nicht zu hören, blinzelt bloß ehrfürchtig.

Ich schätze, es sieht völlig anders aus als das, was sie kennt. Die Häuserreihe nimmt den gesamten Straßenzug ein und wirkt wie ein durchgehender Bau. Obwohl die falschen Balkone und die gusseisernen Akzente denen in San Francisco ähneln, unterscheiden sie sich durch das Mauerwerk. Und durch die Tatsache, dass diese Häuser vor zweihundert Jahren gebaut wurden.

»Früher war es mal eines der großen Stadthäuser«, erkläre ich ihr, als ich unser Gepäck und Emilys Hundebox zur weiß gestrichenen Haustür bringe. Ich nicke zum Garten und den Wohnungen zu beiden Seiten der brückengleichen Treppe. »Ein nettes Paar mit Baby hat die Wohnungen im Souterrain und Erdgeschoss gemietet. Ich wohne im ersten Stock, und die Wohnung ganz oben gehört einem alten Ehepaar, doch die sind selten in der Stadt.«

»Man kann einfach einzelne Stockwerke in einem Haus besitzen?«, fragt sie.

Ich nicke. »Das ist hier üblich.«

Sie blickt sich zu den Bäumen im Park gegenüber um, deren Laub von Morgentau glänzt.

»Das ist der Circus Place«, sage ich. »Einer der Orte, an denen ich mit Lionel oder sonstigen Pflegehunden spazieren gehe. Ein paar Straßen weiter sind die Queen Street Gardens. Die Gegend ist sehr hundefreundlich und nah der Princes Street, der Burg und allem anderen, was man in der Stadt ansehen will.«

»Ist Lionel oben?«, fragt sie, als ich den Schlüssel ins Schloss stecke.

Ich schüttle den Kopf. »Amara hat ihn. Sie bringt ihn später vorbei. Aber zuerst kümmern wir uns um dich.«

»Oh, mir geht es gut«, sagt sie und unterdrückt ein Gähnen.

Ich lasse das Gepäck unten an der Treppe und bringe Emilys Box und Kayla nach oben.

»Ich kann nicht glauben, dass das mal ein einziges großes Haus war«, sagt sie und bewundert den königsblauen Teppich auf der Treppe und die Teakvertäfelung an den Wänden.

»Damals hatten die Leute einen Haufen Geld«, erkläre ich und führe sie zur Wohnungstür oben. »Und Leute mit Geld hatten Bedienstete im Haus. Wahrscheinlich auch eine Geliebte und ein uneheliches Kind.«

Sie zieht die Augenbrauen hoch. »Und wo bringst du deine Geliebte unter?«

»Du bist die Geliebte, die Dame des Hauses, die Freundin, alles.« Es dauert einen Augenblick, ehe mir bewusst wird, dass es vielleicht ein bisschen zu viel war, doch ihre Wangen nehmen einen bezaubernden rosa Ton an. Ich kann die Tür gar nicht schnell genug öffnen.

Drinnen stelle ich Emily im Flur ab, schließe die Tür hinter uns und nehme Kaylas Hand. »Eine kurze Führung, während ich Wasser und Futter für Emily hole.«

Vom Flur aus führen Türen zum vorderen und hinteren Teil der Wohnung. Hinten sind die Küche und das Esszimmer mit durchgehenden Fenster, durch die man bei offenen Läden in den ummauerten Garten unten blickt, den ich mir mit den anderen Bewohnern teile.

»Ach du Schande.« Kayla wirbelt herum, nimmt alles in sich auf. »Dieser Raum ist riesig. Das sind die höchsten Decken, die ich je gesehen habe.«

Ich husche in die Küche, um eine Hundeschale mit Wasser zu füllen und eine andere Schale mit etwas Trockenfutter. Lionel isst normalerweise rohes Futter, doch bei Emily fange ich lieber vorsichtig an.

Als ich zurückkomme, wandert Kayla durchs Zimmer, gleitet mit der Hand über den dunklen Eichentisch in der Mitte und bestaunt alles. Weil der Raum so groß ist, steht mein Computertisch in einer Ecke und ein breites weißes Ledersofa an der einen Wand.

»Hier ist auf jeden Fall mehr als genug Platz für mich«, sage ich, und sie folgt mir zurück in den Flur, wo ich die Schalen abstelle und Emilys Transportbox öffne. Ich hocke mich hin und versuche, sie rauszulocken, aber sie weicht zurück.

»Wir lassen ihr ein wenig Zeit«, sage ich zu Kayla und trete zurück. »Komm, ich zeige dir den Rest der Wohnung.« Ich nicke zur Tür uns gegenüber. »Dort ist das Bad. Direkt am Schlafzimmer wäre es mir lieber, aber was soll man machen?«

Ich öffne die Tür zum Wohnzimmer, das vom natürlichen

Morgenlicht geflutet wird. »Dies ist der Salon, also im Grunde nur ein Wohnzimmer, wie ihr in Amerika sagt.«

»Nur dass es nicht *irgendein* Zimmer ist«, sagt Kayla, die wieder beeindruckt wirkt, als sie die Sofas, die Reihen von Bücherregalen und den Kronleuchter beäugt. Komisch, wie man Dinge manchmal mit den Augen anderer betrachten muss, um sie richtig zu sehen. Ich wusste, dass ich ein Riesenglück hatte, als ich die Wohnung vor fünf Jahren kaufen konnte. Ich hatte endlich genug Geld, um in etwas Lohnenswertes zu investieren (wenige Jahre danach hab ich noch eine winzige Wohnung in London gekauft, aber die vermiete ich). Von den Parkettböden über den dekorativen Stuck bis hin zu dem weißen Marmorkamin war dies hier immer ein bisschen zu gut für einen Kerl wie mich. Doch mein Adoptivvater, Donald, hat mir stets geraten zu investieren, und diese Wohnung zu kaufen, war das Klügste, was ich je getan habe.

Rasch zeige ich Kayla das Schlafzimmer hinter den Flügeltüren. Der Raum ist lang und schmal, aber er geht zur Straße und dem Park hinaus. Sonst steht Lionels Hundebett in der Ecke, aber das ist jetzt bei Amara, und er benutzt es sowieso selten, weil er sich lieber mitten in der Nacht zu mir ins Bett schleicht.

»Also«, sage ich, umfange Kaylas Schultern und setze sie aufs Bett, »du ruhst dich aus. Ich hole das Gepäck und gewöhne Emily ein.«

»Nein«, widerspricht sie und will aufstehen, doch ich lasse sie nicht.

»Ich werde dich nicht den ganzen Tag verschlafen lassen«, versichere ich ihr. »Dein Jetlag soll ja nicht schlimmer werden. Aber ein Zwei-Stunden-Nickerchen bringt dich nicht um, in Ordnung, Liebes?«

Sie legt die Hände an meine Wangen, und ihre sanfte Berührung bewirkt, dass mir die Augen zufallen. »Komm mit mir ins Bett«, sagt sie leise, lehnt sich vor und streift meine Lippen mit ihren.

Mein ganzer Körper entspannt sich – ich hatte nicht bemerkt, wie angespannt ich seit der Landung gewesen bin – und plötzlich ist alles, was ich will, was ich *brauche*, zu ihr ins Bett zu steigen. Mich von ihr ins Hier und Jetzt bringen zu lassen.

Irgendwie aktiviere ich die Willenskraft zurückzuweichen. »Werde ich«, sage ich ihr. Allein von dem Gedanken an Sex ist meine Stimme tief und rau. »Lass mich nur vorher alles regeln.«

Sie nickt und legt sich langsam zurück. Ihr schwarzes Haar fächert sich auf dem weißen Kissen aus wie ein hypnotisierender Tintenklecks. Ich werde dieses Zimmer und ihren Anblick meiden müssen, wenn ich irgendwas geschafft bekommen will.

Ich schließe die Türen und lege los. Es dauert nicht allzu lange, alles in Ordnung zu bringen, obwohl ich annehme, dass es daran liegt, wie sehr ich mich abhetze. Mein Puls will einfach nicht ruhiger werden, und ich fühle mich regelrecht aufgeladen vor Aufregung und Angst. Ich hole das Gepäck nach oben und staple es im Flur, sortiere alles weg, was ich kann, und versuche, die Wohnung heimeliger zu machen. Dann schreibe ich an Amara, dass ich da bin und sie Lionel vorbeibringen kann, wann immer es ihr passt. Wahrscheinlich kommt sie erst nachmittags, da sie bis dann im Tierheim sein wird. Danach putze ich Emilys Transportbox und gehe mit ihr raus. Ich drehe eine Runde um den Circus Place, bis sie sich wieder etwas wohler mit mir zu fühlen scheint.

Zwar ist es noch recht früh, aber einige Nachbarn sind schon unterwegs. Sie winken mir zum Gruß, als sie mich sehen, kommen jedoch nicht auf mich zu, um zu fragen, wo ich war, oder warum ich fort war. Sie wissen inzwischen, dass ich kein gesprächiger Typ bin, und auch wenn ich immer höflich bin, liegt mir nichts daran, sie näher kennenzulernen. Trotzdem braucht man die Nachbarn auf seiner Seite, wenn man in Großbritannien einen Pitbull oder irgendeine andere Kampfhundart hält. Verärgert man die falschen Leute, könnten sie sonst versuchen, einem den Hund wegnehmen zu lassen. Das ist schon mal geschehen, und beim nächsten Mal würde Lionel eingeschläfert werden.

Emily sieht mit weisen Augen zu mir auf, als könne sie spüren, was ich denke. Ich lächle ihr zu. »Alles gut«, sage ich. »Du bist sicher. Und wir finden hier jemanden, der Miss Emilys würdig ist, ja?«

Ich gehe um das Gebäude herum und nach links in die Circus Lane, um nach meinem Range Rover zu sehen. Der Freelander steht noch da, und bis auf einige Regenflecken auf dem schwarzen Lack sieht er unversehrt aus. Wäre das Rugbytraining morgen nicht, würde ich Kayla und die Hunde in den Wagen packen und uns weit weg aus der Stadt fahren, raus nach Dunnottar Castle, vielleicht sogar ein Stück in die Highlands. Aber ich verpasse schon das heutige Training, das erste der Saison.

Bei dem Gedanken habe ich einen Knoten im Bauch. Mir ist klar, dass ich dort sein sollte, zumal nachdem ich am Ende der letzten Saison so viel versäumt habe, doch ich werde Kayla an ihrem ersten Tag hier nicht sich selbst überlassen. Die Arme hat einen Jetlag und ist in einer Stadt, in der sie niemanden kennt. Außerdem bin ich egoistisch. Obwohl wir gerade erst gelandet sind, fühle ich, wie die Zeit verstreicht, und früher oder später wird Kayla wieder fort sein. Bis dahin muss ich so viel Zeit wie möglich mit ihr verbringen. Es ist, als würde man nach einem endlosen Winter Sonne tanken.

Mit diesem Gedanken gehe ich zur Wohnung zurück. Ich lasse Emily von der Leine und alle Türen offen, damit sie die Zimmer erkunden kann. Sie scheint sich an jedem Flecken Zeit zu nehmen, und ich weiß, dass sie Lionel riechen kann. Ich habe schon einige Hunde gehabt, die sich nicht mit ihm vertrugen, doch solange ich sie in unterschiedlichen Zimmern ließ, funktionierte es.

Während Emily die Couch beschnuppert, gehe ich ins Schlafzimmer und schließe die Tür hinter mir.

Der Anblick von Kayla in meinem Bett ist wie ein Schlag unter die Gürtellinie. Ich muss einfach dastehen und sie ansehen. Sie hat ihre Schuhe, Socken und die Hose ausgezogen, sodass sie nur ihr weißes T-Shirt und einen Slip trägt. Spitze. Pink.

Verdammter Mist.

Die Sonne scheint durchs Fenster herein, verleiht ihrer Haut einen diffusen Schimmer, und ihr Gesicht ist einfach atemberaubend. Friedlich und lebendig zugleich. Sie ist irgendwie unwirklich, und allein sie in meinem Bett anzusehen, macht mich wahnsinnig. Sie bewegt etwas tief in mir, etwas, von dem ich nicht glaube, dass ich es je wieder zurückdrängen kann.

»Kayla«, flüstere ich, und sie regt sich ein wenig. Ihr sanftes Stöhnen macht mich unglaublich hart. Ich will ihr tiefere, gierigere Laute entlocken. Ich will, dass sie in meinem Zuhause kommt. Noch nie habe ich eine Frau mit hergebracht; früher war ich immer bei ihnen.

Normalerweise neige ich nicht zu Wunschdenken, dennoch ziehe ich mich aus, lasse meine Sachen auf den Boden fallen und hoffe, dass Kayla bereit für ein wenig Jetlag-Sex ist.

Vorsichtig steige ich ins Bett, dessen Matratze sich unter meinem Gewicht durchbiegt. Wieder regt sich Kayla, als ich mich rittlings über sie hocke, meine Schenkel zu beiden Seiten von ihr. Dick und hart wippt meine Erektion über ihrem Bauch. Ich lehne mich vor, sodass ihre Schultern zwischen meinen Armen gefangen sind, und streife ihre Stirn, ihre Nase und schließlich ihren Mund mit meinen Lippen.

»Mmm«, sagt sie leise. »Wo bin ich?«

»Bei mir«, murmle ich und knabbere an ihrer Unterlippe, bevor ich mich küssend von ihrem Mundwinkel zu ihrer Wange bewege.

Sie hebt die Arme und verschränkt ihre Finger in meinem Nacken. »In Schottland?«, fragt sie schläfrig.

»O ja, mittendrin«, sage ich und lege mich auf sie.

Sie ringt nach Luft. »Bist du nackt?«

»Ja.« Ich sauge an der zarten Haut ihres Halses, und mir schwirrt der Kopf von ihrem Geschmack. »Und sehr, sehr hart.«

»Dann bin ich froh, dass du mich geweckt hast«, schnurrt sie, greift zwischen uns und streichelt die Spitze meines Schwanzes. Ich muss nicht mal aufsehen, um zu wissen, dass sie teuflisch grinst.

Ein Stöhnen entfährt mir, als ihre Finger fester zupacken und mein Gewicht auf ihr für zusätzlichen Druck sorgt. Ich schließe die Augen, gebe dem Gefühl nach, während ich mich ihren milchig weißen Hals hinunterküsse und beginne, mich sanft auf ihr zu wiegen. Die Reibung auf ihrem Bauch ist unglaublich, und mein Lusttropfen sorgt für gerade genug Gleitmittel.

Bevor ich so hinüber bin wie ein Teenager, ziehe ich mich zurück und küsse und sauge mich an ihrem Körper hinab. Von den Schultern, über die weiche Vertiefung an ihrem Hals, zwischen ihre Brüste, die ich eine nach der anderen mit meiner Hand umfange. Ich liebe es, ihre Nippel zu necken, liebe es, wie sie dabei immer den Rücken durchbiegt, ihre Brüste nach oben drückt, gierig nach meinen Lippen, meiner Berührung. Ich ziehe es gern so weit wie möglich in die Länge, lasse meine Zunge um sie kreisen und puste leicht auf sie. Ich beobachte, wie sie erschauert, ihr Nippel härter, rosiger wird, und es ist Folter, ihn nicht zwischen die Zähne zu nehmen und zu ziehen.

»O Gott«, wimmert Kayla, fährt mit den Händen durch mein Haar und zieht an den Spitzen.

»Sag mir, was du willst, Liebes«, fordere ich sie heiser vor Lust auf. »Sag mir, was du willst, und ich gebe dir, was ich habe.«

Sie packt meinen Kopf und drückt meine Lippen auf ihren Nippel. »Da. Gib mir Schmerz.«

Ich grinse, weil sie immer so bestimmend ist, und tue, was sie wünscht, sauge die harte Spitze in meinen Mund und ziehe kräftig daran. Sie quiekt, was rasch in ein kehliges Stöhnen übergeht, dessen Vibrationen mir bis ins Innerste fahren. Inzwischen ist der Schmerz in meinem Schwanz fast unerträglich, und sämtliches Denken wird von dem Verlangen verdrängt, in ihr zu sein.

Ich bin der Verzweiflung nahe, als ich rasch ihren Slip zur Seite schiebe. Sie ist so heiß und feucht unter der Seide. Ich packe das untere Ende meines Schafts, richte mich auf und umfange ihre Hüften. Dann hocke ich mich auf die Knie und stoße in sie, kann mich kaum noch kontrollieren.

Sie fühlt sich so gut an. Immer so gut. Eine seidige, stramme Faust, die nicht loslassen will.

Sie schreit auf, reißt die Augen weit auf, doch ich kann nicht anders. Es bleibt keine Zeit, das hier sanft zu machen. In mir wütet ein Feuer, und sie ist mein einziger Weg aus den Flammen.

Ich umfasse ihre Schenkel, grabe meine Hände in die weiche, glatte Haut und halte sie fest, während ich mich zurückziehe und erneut in sie dringe. Sie beobachtet, wie mein Schwanz rein und raus gleitet, und ich sehe ebenfalls hin, aufgegeilt von dem rohen, primitiven Anblick unserer Körper, die sich gegenseitig Freude bereiten und so perfekt zusammenpassen. Der riesige, stille Mann und das wilde, winzige Mädchen. Wer hätte gedacht, dass dieser Moment, dieses Wir jemals geschehen könnte?

»Hör bitte nicht auf«, sagt sie. Ihre Stimme ist rau, leise und so entwaffnend schön, wenn ich sie scharf mache. Ich könnte das hier bis ans Ende meines Lebens tun, immer nur dies endlose Geben und Nehmen, dieses tiefe Vergnügen in mir empfinden, wenn ich sehe, wie ihre Züge weicher werden, wie ihr Körper auf mich reagiert, als wäre sie in einem Klartraum. Sie will mich, alles von mir, immer, und wenn ich ihr gebe, was ich habe, was ich bin, will sie nur noch mehr.

Ich höre nicht auf, aber ich brauche eine Veränderung, wenn ich weiter durchhalten will.

»Hoch mit dir, Liebes«, flüstere ich, ziehe mich kurz aus ihr und lege eine Hand unter ihre linke Pobacke, um sie zur Seite zu rollen. Dann nehme ich ihr Bein, bewundere die sich vorwölbenden Oberschenkelmuskeln und die Beweglichkeit ihrer Gelenke, als sie geschmeidig ihr Bein an meinem Körper ausstreckt. Während ich ihren Schenkel halte, dringe ich langsam in sie ein und wieder heraus, noch tiefer als zuvor. So erreiche ich einen besonders empfindlichen Punkt. Ihr Mund steht offen, und sie hat ihre Augen fest zugekniffen. Sie ist weich und nachgiebig, als meine Stöße schneller werden, und ich genieße es, sie unter mir zu betrachten.

Ich lasse eine Hand zu ihrer Klit wandern, die geschwollen, rosig und feucht um meine Berührung bettelt. Ihr Körper spannt sich an, und sie atmet zittrig aus, als ich sie mit federleichtem Kreisen streichle.

Dann beginnt sie, sich gegen mich zu heben, will mehr Druck, will an meinem Schwanz und meiner Hand kommen. Ich gebe nach, denn ich bin süchtig nach ihrer Wonne, und da meine eigenen Stöße schneller und härter werden, meine Hüften gegen sie rammen, werde ich sowieso nicht mehr lange durchhalten.

Ich erkenne, dass sie kurz vorm Kommen ist. Ihr Leib bebt vor Anspannung, ihr Atem geht schnell und flach. Ich habe schon mehrmals beobachtet, dass ihre Unterlippe anfängt zu zittern und sie darauf beißen muss, bis sie fast blutet. Ich bilde mir gern ein, dass sie es tut, weil sie so überwältigt ist und versucht, nicht lockerzulassen.

»Umdrehen«, sage ich, ziehe mich abermals aus ihr heraus und drehe sie auf den Bauch. »Die Hüften nach oben.« Ich schiebe ihre Arme unter ihren Bauch und ziehe ihre Hüften nach oben, bis ihr strammer kleiner Hintern direkt vor mir ist. Dann lege ich meine Hand um ihre Taille. Ich liebe es, wie klein sie an mir aussieht, und bringe mich in Position.

»Was für eine höllische Art, einen Jetlag durchzustehen«, sagt sie leise. Ihr Kopf ist nach unten geneigt, und das Haar fällt ihr ins Gesicht. Ich will nicht zulassen, dass sie sich versteckt, deshalb raffe ich ihr Haar in meiner Faust zusammen und ziehe, bis ihr Kopf nach hinten geneigt und ihr Gesicht frei ist.

»Es ist das einzige Gegenmittel«, sage ich und ziehe fest.

Sie schreit auf vor Schmerz, dann stöhnt sie. »Dein Schwanz ist das richtige Mittel für alles.«

Mit einer Hand in ihrem Haar lehne ich mich vor, sodass meine schweißklamme Brust auf ihren Rücken ist und mein Schwanz so tief in ihr, dass wir beide nach Atem ringen. Ich streiche mit einer Hand über ihren Hals und drückte leicht zu, während ich mich zu ihrem Ohr neige. »Wie fühle ich mich an?«, flüstere ich und lecke ihre Ohrmuschel.

Sie erschauert unter mir, und ich fühle, wich sich ihre Halsmuskeln unter meiner Hand bewegen. »Wie ein Geschenk des Himmels«, bringt sie mühsam heraus. »Du fühlst dich wie ein Geschenk des Himmels an.« Sie schluckt, und ich lockere den Druck. »Jetzt fick mich. Fick mich und lass mich kommen.«

Ich stöhne. Ich werde es nie leid, wie sie mir Befehle erteilt, süchtig nach ihrem eigenen fiebrigen Hunger. Ich lasse die Hüften kreisen, spanne meine Finger an ihrem Hals und in ihrem Haar an, während meine Brust auf ihrer Haut vor- und zurückgleitet. Gleichzeitig stößt sie mir ihren Arsch entgegen, und jedes Denken, jede Vernunft, jedes Ich-Gefühl werden verdunkelt von ihrer seidigen, engen Umklammerung meines Schwanzes, die mich in eine andere Welt zu entführen droht.

Ich bin nur noch ein Tier, ramme mich in sie, wieder und wieder, sodass das Kopfteil des Betts gegen die Wand knallt. Fast kann ich uns von oben sehen, wie ich sie grob ficke, tief von hinten, wie meine Muskeln arbeiten, als ich fest und schnell zustoße, wie unsere Haut glüht von diesem wilden Verlangen. Sie kommt, und ihr Puls rast unter meiner Hand, wild und zart. Die aufgekratzten, hohen Schreie, als würde sie auf die perverseste Art ausgelöscht, schaffen mich endgültig.

Ich umklammere ihren Hals, ihr Haar, und komme. Es ist wie ein Sonnenaufgang tief im Innern. Er scheint durch den ganzen Körper, macht einen heiß, schwindlig und erschöpft.

O Gott, ich weiß nicht mal, wo ich bin.

Ich sinke auf sie, japse nach Luft und vergrabe das Gesicht in ihrem Haar, das schon all meine geflüsterten Wörter zu enthalten schien.

Fuck. Sie hält jeden verfluchten Teil von mir in diesem kleinen Körper und ihrem großen Herzen gefangen.

Ich kann nicht richtig schlucken und komme nur schleppend wieder zu Atem. Nachdem man gekommen ist, tritt immer dieser Moment vollkommener Klarheit ein, und der eröffnet mir eine alles erschütternde Wahrheit.

Diese Frau wird mich am Ende besitzen.

Und ich bin nicht sicher, ob ich sie genug besitzen werde, damit sie bleibt.

»Fuck«, sagt sie atemlos, nachdem unsere Körper noch eine oder zwei Minuten miteinander verschmolzen sind und kühlender Schweiß zwischen uns herabrinnt.

»Was?«, frage ich, wie immer hoffnungsvoll, dass sie mir einen Tipp gibt, wie sie für mich empfindet.

Sag mir, dass du nie gehen willst.

Sag mir, dass du lange genug bleibst, damit ich alles über dich erfahre, was es zu erfahren gibt.

Sag mir, dass du mein bist.

Mir wird beinahe schlecht davon, wie bedürftig ich in meinem Kopf klinge, und ich muss sehr tief graben, um es zu verdrängen. Warum kann ich mich nicht damit zufriedengeben, dass sie überhaupt hier ist? Hätte ich nicht die Eier gehabt, sie zu fragen, ob sie mitkommt, wären wir jetzt schon getrennt und würden jeder unserer eigenen Wege gehen. So hätte es sein sollen.

So ist es aber nicht gekommen. Und wenn sie gierig ist, bin ich noch gieriger. Ich werde nie genug von ihr haben.

»Du weißt wirklich, wie du jemanden bei dir willkommen heißt«, sagt sie und sieht mich an. Ihr Blick ist träge vor Befriedigung.

»Das ist doch das Mindeste, was ich tun kann«, entgegne ich. Ich küsse sie in den Nacken, schmecke ihre Haut. Obwohl ich im Flugzeug eingeschlafen bin, war es kein erholsamer Schlaf. Darum bin ich sehr versucht, einfach mit ihr hier liegen zu bleiben, auch wenn ich weiß, dass wir dann beide umgehend einschlafen würden, was den Tag ruinieren würde, den ich für morgen geplant habe.

Irgendwie bekomme ich uns beide aus dem Bett und in die Dusche. Ich habe noch ein Handtuch um meine Hüften geschlungen, als die Türklingel ertönt. Es ist Amara.

»Komm rauf«, sage ich.

Kayla sieht mich nervös an. Sie trägt eine Sporthose und ein Trägertop, ist ungeschminkt und hat nasses Haar.

»Sie ist schon hier?«, quietscht sie. »Ich bin nicht mal richtig angezogen!«

Ich werfe ihr einen beruhigenden Blick zu. »Ich auch nicht. Sie bringt Lionel, und sie ist eine alte Freundin. Glaub mir, du siehst prima aus.«

»Klar, aber du siehst in einem Handtuch verflucht heiß aus.«

»Hör zu«, sage ich und bin nicht stolz darauf. »Ich hatte auch schon vor ihr kein Hemd an.« Ihre Augen werden groß, und ich ergänze rasch: »Nicht so. Aber das kommt beim Rugby vor, in Ordnung?«

Sie nickt, als schon an die Tür geklopft wird.

Ich öffne und nehme Amara auf der anderen Seite kaum wahr. Alles, was ich sehe, ist Lionel, der an mir hochspringt und völlig außer sich ist vor Freude.

»Hey, Kumpel!«, rufe ich, packe ihn und hebe ihn hoch. Er ist so zappelig, dass ich ihn fast nicht halten kann. Wie ein nasser Seehund.

Noch nie war ich so lange von Lionel getrennt, und ein erbärmlicher Teil von mir hatte befürchtet, er würde sich nicht an mich erinnern, wenn ich wiederkomme. Zumindest weiß ich, dass das nicht stimmt. Er hat mich bereits mit literweise Sabber überzogen, so wild, wie er mich ableckt und küsst.

Kayla räuspert sich neben mir, und ich werde in die Realität zurückgeholt.

»Kayla, das ist Lionel«, sage ich und versuche, sein Gesicht von meinem wegzuschieben.

»Ja, das habe ich schon gemerkt. Wie wäre es, wenn du mich der menschlichen Begleitung vorstellst?«, fragt sie spitz.

Stimmt.

Ich lächle sie beide zerknirscht an und setze Lionel auf dem Boden ab. Er will mich erneut anspringen, als er Emily entdeckt, die um die Ecke linst, und ihr sofort nachhechtet.

»Entschuldigt, wo bleiben meine Manieren?«, sage ich, auch wenn ich weiß, dass Amara es vollkommen versteht. Sie ist daran gewöhnt. »Kayla, das ist meine Freundin Amara. Sie arbeitet für mich in der Auffangstation. Ohne sie wäre ich nichts. Amara, das ist Kayla. Sie ist …« Und plötzlich greife ich ins Leere, weil ich nicht weiß, was ich sagen soll. Eigentlich haben wir noch gar nicht besprochen, was wir sind.

»Ich bin bei Lachlan zu Besuch«, beendet Kayla den Satz elegant und schüttelt Amara die Hand.

Ich sehe Kayla aufmerksam an und frage mich, ob sie misstrauisch wird. Es würde mich nicht überraschen, und ich wäre auch nicht sauer, sollte sie eifersüchtig werden. Doch trotz Amaras auffälliger römischer Nase, ihres feuerroten Haars und der Sommersprossen, gibt sich Kayla ganz warmherzig und offen.

»Freut mich«, sagt Amara, die kurz zu mir sieht. Sie verzieht keine Miene, doch ich fühle, dass sie verwirrt und geschockt ist. Ich hatte Kayla nicht direkt erwähnt oder Amara gesagt, dass ich eine Frau mit nach Hause bringe. Zum Glück nimmt sie es gefasst.

»Und, hat er irgendwelche Schwierigkeiten gemacht?«, frage ich, um das Gespräch auf Lionel zu lenken.

»Er hasst den Maulkorb«, sagt sie achselzuckend. »Zumindest, wenn ich ihn ihm anlege.«

Kayla macht einen kleinen Satz zurück und blickt sich nach Lionel um, der im Wohnzimmer auf und abgeht und alles nach Emily abschnüffelt. »Er braucht einen Maulkorb?«, fragt sie.

Ich schüttle den Kopf und merke, wie Wut in mir hochkocht. »Nein, er braucht keinen. Er hat noch nie jemanden gebissen und würde es auch ohne Maulkorb nicht. Aber hier gelten Pitbulls als gefährliche Rasse, und sie werden mit einem Bann belegt. Es ist heikel, einen zu halten. Man muss erst beweisen, dass er nicht gefährlich ist, und selbst dann müssen sie Maulkorb tragen. Sogar wenn sie alt sind und noch keiner

Seele etwas getan haben. Manchmal führe ich Lionel hier ohne aus, denn die Nachbarn kennen mich. Woanders aber kann man nie sicher sein, wer einen sieht.«

»Das ist doch völlig bescheuert«, sagt Kayla und ergreift meine Hand, die ich zur Faust geballt habe. Sie löst sie und verschränkt ihre Finger mit meinen. Mein Herzschlag wird etwas langsamer.

»Und wie es das ist«, sagt Amara und streicht sich wütend das Haar hinters Ohr. »Das Gesetz wurde in den Siebzigern erlassen, als Hundekämpfe zu einem Problem wurden. Es sollte dringend mal überarbeitet werden, aber in der Regierung sitzt nur ein Haufen ahnungsloser Kackärsche. Aber wir arbeiten daran und versuchen, denen beizubringen, dass es die Menschen sind, die solchen Scheiß machen, nicht die Rasse.«

Ich atme laut durch die Nase aus. »Vielleicht diskutieren wir das heute nicht allzu lang. Ich muss bei Laune bleiben«, sage ich ehrlich.

Kayla drückt meine Hand und nickt. Dann sieht sie Amara an. »Was hast du jetzt vor? Hast du Lust, mit uns zu einem späten Mittagessen oder frühen Abendessen zu gehen?«

Wir hatten noch nicht mal über Essengehen geredet, und dass Kayla sich schon öffnet und Amara einlädt, mit uns zu kommen, wärmt mir das Herz.

»Danke«, sagt Amara, »aber ich habe schon gegessen. Und ich muss zurück zur Arbeit. Bis morgen dann vielleicht, Lachlan. Du kannst sie mitbringen und ihr zeigen, was wir machen.«

»Ja«, stimme ich zu. »Vor dem Training. Das wäre perfekt.«

Sie winkt uns zum Abschied zu und geht. Ich weiß, dass sie erst später wieder zur Arbeit zurückmuss, daher schätze ich, dass sie versucht, uns Zeit allein zu geben. Und ich trage nur ein Handtuch.

Ich sehe Kayla an. »Also, wegen dieses Mittagessens …«, sage ich. »Was hast du sonst noch für Pläne für uns?«

Sie grinst und neigt den Kopf zur Seite. »Verrate ich nicht. Ich mag es, wenn du gespannt bist.«

Damit schlendert sie ins Wohnzimmer, und ich sehe ihr nach.

Obwohl sie versucht, verführerisch auszusehen und mit ihrem pfirsichförmigen Hintern zu wackeln, hält es nur ungefähr zwei Sekunden, denn Lionel kommt aus dem Nichts angeschossen, springt an ihr hoch und bedeckt sie mit unzähligen Zungenküssen.

Sie quiekt, und falls sie jemals Angst hatte, löst die sich in Lachen auf. Lionel ist gnadenlos in seiner Liebe und seinem Bedürfnis nach Zuneigung, und Kayla kreischt spielerisch, als er sie mit hängender Zunge durch das Zimmer jagt. Er will nichts von ihr außer Aufmerksamkeit.

Ich weiß, wie du dich fühlst, alter Freund, denke ich, bevor ich ihnen folge und mich der Jagd anschließe.

Kapitel 19

Kayla

Ich träume. Ich ertrinke. Alles ist nass.

Mein Gesicht ist nass.

Und stinkt.

Hundeatem.

Ich zucke zusammen und werde rechtzeitig wach, um die lange rosa Zunge zu sehen, die über mein Gesicht schlürft und eine Menge Speichel darauf hinterlässt.

»Oh, Lionel«, murmelt Lachlan, wirft einen Arm nach vorn und zieht den Hund von meinem Gesicht und zurück zwischen uns. »Benimm dich.«

Langsam setze ich mich auf und wische mir mit der Hand Hundesabber von der Wange. Dann sehe ich zu Lachlan hinüber, der Lionel im Arm hält und mich verlegen und lauernd angrinst.

»Tut mir leid«, sagt er. »Er weckt einen gern mit Küssen.«

Ich ziehe die Augenbrauen hoch, völlig entzückt von dem Anblick: Lachlan mit seinen Muskeln und seinen Tattoos, der den süßesten sabbernden Hund in seinen Armen hält. »Ich beschwere mich nicht, nur würde ich lieber von deinen Küssen geweckt werden.«

Er grinst mich an, sieht vollkommen bezaubernd aus, und

eine Locke seines schlafzerzausten Haars hängt ihm in die Stirn. »Das ließe sich arrangieren.«

Ich hatte es schon letzte Nacht arrangiert. Obwohl ich es irgendwie durch den Tag und den Großteil des Abends geschafft hatte, war ich völlig erledigt, als wir um elf nach der letzten Runde mit Emily und Lionel durch die malerische Gegend zurückkehrten. Trotzdem wachte ich um drei Uhr nachts auf, ausgeschlafen und bereit für den Tag. Wahrscheinlich war das Nickerchen gestern keine so gute Idee, auch wenn ich den Sex danach nicht bereue. Und wenn man mitten in der Nacht neben einem schottischen Sexgott wach wird, dann weckt man ihn natürlich mit einem Blowjob.

Zum Glück war Lionel gerade nicht bei uns im Bett. Er muss sich weggeschlichen haben, als wir beide befriedigt eingeschlafen waren.

Emily bellt im anderen Zimmer, was Lionels voller Aufmerksamkeit fesselt. Er stellt die Ohren auf, und seine Stirn runzelt sich genauso oft wie die seines Herrchens. Er springt vom Bett und flitzt ins Wohnzimmer.

»Mit Hunden kann man nie ausschlafen«, sagt Lachlan, dessen Stimme noch auf diese sexy Art verschlafen klingt. »Was in Ordnung war, bevor du auf der Bildfläche erschienen bist. Jetzt finde ich, dass morgens mit dir im Bett zu liegen, das Beste am Tag ist.«

»Dem kann ich nicht widersprechen«, bestätige ich leise. Ich nutze die Gelegenheit, um mich wieder hinzulegen, die weichen Decken über mich zu ziehen und mich an meinen Lieblingsplatz zu schmiegen: in seine Schulterbeuge. Mit den Fingern male ich die Tattoos auf seiner Brust nach. Mir ist, als würde ich für immer staunen, was für ein vollkommenes Exemplar von Mann er ist. Mit jeder Sekunde, die vergeht, betrachte ich ihn anders. Tiefer. Und jetzt, da ich hier bin, bei ihm zu Hause, glaube ich nicht, dass es noch Hoffnung für mich gibt.

Gestern, als ich aus meinem Jetlag-Schlaf erwachte und ihn über mir fand mit diesem Blick, der nicht bloß Lust, sondern etwas viel Intensiveres, Realeres spiegelte, ging das, was folgte, über jeden Sex hinaus, den ich je gehabt hatte. Es war roh und verheerend. Bei jeder seiner Berührungen konnte ich seinen Drang spüren, sein Herz schlagen fühlen wie eine wilde Bestie. Es war eine atemberaubende Aufrichtigkeit in der Art, wie er mich ansah, als wäre ich kostbarer Goldstaub, der jeden Moment verfliegen könnte.

Wir haben Liebe gemacht. Eine andere Bezeichnung dafür gibt es nicht. Und auch wenn ich früher gelacht habe, wenn jemand den Ausdruck gedankenlos und schmalzig benutzte, begriff ich es jetzt endlich. Es war Lust, Leidenschaft und brennendes Verlangen nach dem anderen Körper, aber es war auch ein fiebriges Sehnen nach dem Menschen darin.

Ich wollte nicht bloß Lachlans Muskeln, seine Lippen, seine unendliche Kunstfertigkeit zwischen den Laken. Ich wollte ihn, alles von ihm. Die dunklen Dinge, die verborgen waren und von seinen Tattoos lediglich angedeutet wurden. Ich wünschte ihn mir ganz, so wie sich ein Sterbender noch einen Atemzug wünscht.

Ich hatte vorgehabt, Lachlan in die Knie zu zwingen, und obwohl ich spürte, wie er sich nach mir sehnte und verzehrte, ging ich als Erste in die Knie. Ich habe keine Ahnung, wie ich mich in drei Wochen wieder aufrappeln will. Nicht die geringste.

»Woran denkst du?«, flüstert er in mein Haar, mit dem seine Finger spielen.

Dass du ein erstes Mal für alles bist, denke ich. »Nichts«, sage ich.

»Ah, verstehe.«

»Ich schätze, ich versuche nur, einen klaren Kopf zu bekommen.«

Er drückt mich fester an sich. Ich liebe es, wenn er das tut. Dann fühle ich mich vollkommen beschützt.

»Wenn es dir ähnlich geht wie mir, brauchst du einige Tage, um dich an die neue Zeitzone zu gewöhnen. Ich erinnere mich, wie ich das erste Mal zum Rugby World Cup nach Australien geflogen bin. Da war ich ein totales Wrack. Ich konnte nicht mal meine Schuhe binden. Kein Wunder, dass wir verloren haben.«

Ich lächle, drehe den Kopf leicht und küsse ihn seitlich auf die Brust. »Mir fällt es schwer zu glauben, dass du irgendwas verlierst.«

Er knurrt. »Dann will ich lieber nicht das Podest zerstören, auf das du mich stellst, Liebes.«

Ich schließe die Augen, lausche seinem Herzschlag und seinem rhythmischen Streicheln meines Haars. Fast schlafe ich wieder ein. In dunklen Blitzen kommen mir Träume entgegen, wollen mich in die Tiefe ziehen, als sein Wecker losgeht.

»Können wir den nicht ignorieren?«, murmle ich.

»Den Wecker schon«, sagt er und legt sich anders hin, als Lionel aufs Bett springt und sich zwischen uns drängt. »Aber ihn nicht.«

»Ich will einfach nur schlafen«, sage ich, Sekunden bevor ich eine Pfote ins Gesicht bekomme.

»Ja, aber wir haben einen großen Tag vor uns.«

Mein müdes Gehirn geht die Pläne durch, die wir gemacht

haben. Oder vielmehr, die er für mich gemacht hat. Er hat um zwei Rugbytraining, und vorher will er mit mir zum Tierheim fahren und mich den Mitarbeitern dort vorstellen. Ich vermute, er fühlt sich mies dabei, mich den ganzen Tag mit den Hunden in der Wohnung allein zu lassen, obwohl es mir wirklich nichts ausmachen würde. Lionel ist bloß ein großer Schmuser, und Emily erwärmt sich mehr und mehr für mich.

Außerdem ist Lachlans Wohnung verblüffend. Ich hätte nie gedacht, dass er in solch einem umwerfenden, luftigen Altbau lebt, selbst wenn ich nach einem Blick aus dem Fenster auf die anderen Häuser in der Straße festgestellt habe, dass hier irgendwie jeder so wohnt. Es ist, als würde man in einer erotischeren Folge von *Downton Abbey* leben.

Doch Amara, die ich gestern kurz kennengelernt habe, scheint ganz nett zu sein, wenn auch ein bisschen ruhig, und ich weiß, dass Lachlan mir das Gefühl geben möchte, wichtig und eingebunden zu sein. Und das Letzte, was ich will, ist, dass er sich Sorgen macht.

Irgendwie schaffen wir es, aus dem Bett zu kommen. Lionel flitzt noch wie ein Irrer durchs Wohnzimmer, das Maul zu einem lefzenbetonten Dauergrinsen geöffnet. Während Lachlan sich eine weite schwarze Sporthose, ein weißes T-Shirt, eine Baseballkappe und Laufschuhe anzieht, um einen kurzen Spaziergang mit Lionel und Emily zu machen, versuche ich, in seiner kargen, eleganten Küche herauszufinden, wie ich hier eine Kanne Kaffee koche. Ich finde einen Schrank, der überquillt vor Tee, eine kleine Packung Kaffeepulver und, endlich, eine Cafetière.

Vor Erleichterung seufze ich laut, stelle den Wasserkocher an und gönne mir einen Moment, um alles in mich aufzunehmen. Gewöhnlich erfährt man so viel über einen Menschen, wenn man sieht, wie er lebt, doch Lachlans Wohnung verrät mir nicht viel. Er sagte mir, dass er seit ungefähr fünf Jahren hier wohnt, doch um ehrlich zu sein, gibt es hier kaum mehr Persönliches als in der Mietwohnung in San Francisco. Es hängt einige Kunst an den Wänden, alte, aufwendig gerahmte Konzertposter im Wohnzimmer und unaufdringliche moderne Kunst im Esszimmer, aber nichts scheint seine Persönlichkeit zu spiegeln. Dasselbe gilt für das Mobiliar. Alles ist sehr hübsch, doch das Einzige, was wirklich zu ihm passt, ist der Esstisch mit den Maserungen, den kleinen Kratzern und den sonstigen Unvollkommenheiten.

In den Bücherregalen stehen hauptsächlich Hardcover-Sachbücher, von Memoiren bis hin zu Reisebüchern, und auf den Regalen wie auf dem Kaminsims stehen nur wenige Deko-Gegenstände und Fotos. Letztere sind von ihm und Edinburgh Rugby, eines von ihm und Lionel und ein anderes von ihm mit, wie ich annehme, seinen Adoptiveltern nach einem Spiel. Da ist sein Haar matt, und er lächelt sehr verhalten in seiner Kluft. Wäre dies mein Zuhause, hätte ich meinen Krempel überall verteilt. Man müsste nur reingehen, sich einmal umblicken, und wüsste sofort, dass Kayla Moore hier lebt.

Wäre ich Lachlan auf der Straße begegnet und wie durch einen glücklichen Zufall mit zu ihm gekommen, ich denke nicht, dass ich hier mehr erkannt hätte, als ich bereits vorher wusste. Dennoch ist seine Wohnung nett, genau wie er. Ich bin sicher, dass sie mit der Zeit immer gemütlicher wird. Ich werde mich ihr anpassen und sie sich mir.

Als er von seinem Spaziergang zurückkehrt, höre ich ihn im Flur munter mit den Hunden reden. Der Kaffee ist fertig, also lehne ich mich an den Tresen und nippe an einem Becher, während er in die Küche kommt.

»Wow«, sagt er, als er mich sieht, bleibt an der Tür stehen und mustert mich von oben bis unten, wobei er leicht den Kopf schüttelt.

»Was?«, frage ich, weil ich wissen möchte, warum er mich so ehrfürchtig betrachtet.

Er streicht sich mit der Hand übers Kinn. »Du. Hier. In meiner Küche. In nichts als einem Slip.«

Ich hebe den Becher an. »Und mit Kaffee.«

»Du bist eine Traumfrau«, sagt er und kommt mit diesem typischen selbstbewussten Schlendern auf mich zu. Ihm mag bei meinem Anblick ein »Wow« über die Lippen kommen, doch mir geht es umgekehrt nicht anders, vor allem dank der Hose, die so tief auf seinen Hüften sitzt, dass sie das perfekte V seines Oberkörpers betont und mir einen höllisch verlockenden Abdruck seines Schwanzes bietet. Ich bin froh, dass ich auch weiterhin »Wows« jedweder Art erleben darf.

Als er vor mir steht, stützt er die großen Hände zu beiden Seiten von mir auf, sodass ich zwischen seinen Armen gefangen bin, und drückt sich an mich. Er blickt hinunter zu mir, sieht mich forschend an, und ein kleines Lächeln umspielt seine Lippen. »Ich glaube, daran könnte ich mich gewöhnen«, sagt er. Seine tiefe, rauchige Stimme geht mir durch und durch. Mein Rückgrat verflüssigt sich bei ihrem Klang, und meine Haut kribbelt vor Vorfreude, weil ich weiß, genau *weiß*, dass er mich berühren wird. Und mein Körper braucht ihn immerzu.

»Wann müssen wir los?«, frage ich und schließe die Augen, als er sich zu mir beugt und meinen Hals küsst.

Sein Stöhnen jagt mir Schauer durch den Leib. »Wo muss ich noch mal hin?«

»Zum Training«, erinnere ich ihn. »Und du willst vorher

noch mit mir zu deiner Arbeit fahren. Obwohl ich schätze, dass wir das auch an einem anderen Tag machen könnten«, ergänze ich hoffnungsfroh.

Er seufzt. »Nein.« Dann weicht er zurück und sieht mich an. »Würde ich gern, aber wenn ich nicht hingehe, bekomme ich große Schwierigkeiten.«

Das braucht er mir nicht zu erklären. Ich weiß, dass Rugby sein Beruf ist und wie viel es ihm bedeutet. Ganz sicher will ich nicht, dass er sich deshalb mies fühlt.

Ich beschließe, die Stimmung aufzulockern. Also streiche ich mit den Händen über seine schmalen Hüften und sehe süßlich zu ihm auf. »Was passiert, wenn du großen Ärger bekommst? Ziehen die anderen dir dann die Shorts runter und versohlen dir den Hintern?«

Er zieht eine Augenbraue hoch. »Du verdorbenes Wesen«, murmelt er.

Ich fahre mit dem Daumen unter dem Bund seiner Hose entlang und fühle seine warme, weiche Haut. »Tja, jetzt versau mir nicht meine Fantasie.«

»In Ordnung. Also, ja, natürlich ziehen wir uns gegenseitig die Shorts runter und versprügeln und abwechselnd mit Stöcken. Manchmal reiben wir uns auch überall mit Butter ein und veranstalten ein riesiges Tackling.« Er stockt. »Genau genommen ist das einmal vorgekommen, aber ich glaube, da hatten wir alle ein bisschen zu viel getrunken. Es ist nicht leicht, einen nackten, öligen Mann zu tacklen. War aber ein gutes Training.«

Ich betrachte ihn und kann nicht erkennen, ob er es ernst meint oder nicht. »Rugby ist ein sehr schräger Sport.«

Er greift hinter mich nach dem Becher, den ich ihm hingestellt habe. »Früher oder später kommst du zum Training und kannst es dir selbst ansehen.«

»Das darf ich?«, frage ich. Prompt kommt mir die Aussicht, ihn in Aktion zu sehen, sehr aufregend vor. Ich trete zur Seite, damit er sich Kaffee einschenken kann.

»Wenn du möchtest«, sagt er. »Ich kann nicht sagen, ob ich spiele oder wie viel, aber ich arrangiere es. Hoffentlich an einem guten Tag. Du sollst ja nicht anfangen zu denken, dass ich nicht der Spieler bin, für den du mich gehalten hast.«

»Oh, ich hielt dich nie für einen Spieler«, scherze ich. »Eher für schwul vielleicht.«

Damit ernte ich nur ein kleines Augenverdrehen. »Stimmt, na ja, dieses Butter auf unsere nackten Körper schmieren hat nicht so richtig geholfen, oder?« Er trinkt einen Schluck Kaffee und schließt die Augen. »Übrigens, Liebes, der ist verflucht gut. Wenn du mir für den Rest meines Lebens jeden Morgen Kaffee kochen könntest, werde ich als glücklicher Mann sterben.«

Sein Blick ist unbekümmert, dennoch treffen mich seine Worte mitten ins Herz. O Gott, wäre das überhaupt möglich? Meine Gedanken geraten ins Stolpern, und plötzlich stelle ich mir mich hier vor, in Wochen, Monaten, Jahren in dieser Küche. Wie wäre das? Mit jemandem wie ihm so lange zusammen zu sein? Im Gegensatz zu meiner früheren Einstellung, zumindest bei Kyle, macht es mir keine Angst mehr. Stattdessen wärmt es mir das Herz.

»Die Sache ist nur«, fährt er fort, als hätte er mir nicht soeben die wunderbarsten Bilder in den Kopf gepflanzt, »dass ich es schön fände, wenn du mich hier richtig in Aktion sehen könntest. Aber unser erstes Spiel ist in deiner letzten Woche hier, und ich bezweifle sehr, dass ich da schon voll im Einsatz sein werde.«

Hatte mein Herz gerade noch einen Schlag ausgelassen, sackt es nun tief in meinen Bauch.

Ich schlucke und umklammere den Saum seines Shirts. »Neue Regel. Keiner von uns erwähnt die Tatsache, dass ich in drei Wochen abreise.«

Er verengt die Augen und nickt. »Na gut, das ist nur fair. Und was ist, wenn du deinen Flug buchst?«

»Überlass das mir«, antworte ich, denn er hat bereits angeboten, meinen Rückflug zu bezahlen. »Ich kümmere mich darum.«

»Oder vielleicht tust du es nicht und bleibst einfach hier«, sagt er, wobei er zunächst zu seinem Kaffeebecher sieht, erst dann zu mir. Er zuckt mit den Schultern. »Es könnte eine Option sein.«

Dieser Mann führt mich permanent in Versuchung. Erst war es die Idee, mit herzukommen, jetzt die, nie wieder abzureisen.

»Wir beide wissen, dass ich das nicht kann.« Dann boxe ich ihm spielerisch gegen die steinharte Schulter. »Und, hey, was hatte ich eben gesagt? Wir erwähnen es nicht, okay? Lass uns einfach … das hier genießen.«

»Solange wir können?«, fragt er, und ich möchte verdammt sein, wenn dieses Stirnrunzeln nicht nach Kummer aussieht.

»Solange wir können.«

Ein paar Stunden später, nach einem schnellen Frühstück, bestehend aus Würstchen und Eiern, dank Lachlan (und, nein, das ist keine Anspielung), lassen wir die Hunde in der Wohnung und steigen in seinen Wagen. Ich habe noch nie zuvor in einem Range Rover gesessen, doch es ist der ideale Wagen für Lachlan – groß, massiv und robust. Doch anstatt damit in die Wildnis zu fahren, bewegen wir uns durch die Innenstadtstraßen zu seiner Organisation.

Ich kann nicht anders, als staunend aus dem Fenster auf alles zu starren, woran wir vorbeikommen. Die Gebäude sind so anders, so alt, so charmant und voller Charakter. Das lässt sich unmöglich nachbauen. Sie triefen vor Geschichte, und ich stelle fest, dass ich es nicht erwarten kann, die Stadt zu erkunden. Schon jetzt ist es, als bliebe nicht genug Zeit für alles, und obwohl ich so viel Lachlan will, wie ich kriegen kann, möchte ich auch möglichst viel von Edinburgh sehen. Wahrscheinlich liegt es an meiner gegenwärtigen Begleitung, doch mir kommt es vor, als würde die Stadt bereits mein Herz erobern.

Wir halten vor einem Gebäude, in einer Gegend, die nach Stadtrand aussieht. Ich steige aus und denke gerade noch daran, nach rechts zu sehen, bevor mich ein Wagen überfährt. Dann blicke ich hinauf zu dem Schild über der dunklen Holztür.

»Ruff Love Animal Shelter?«, lese ich und sehe bewundernd zu ihm auf. »Das ist total rührend.«

»Ja, ist es. Die Leute waren überrascht, wie kitschig es klingt, wenn man bedenkt, dass es von mir kam. Aber die meisten dieser Tiere können ein bisschen schmalzige PR gut gebrauchen. Menschen dazu zu bringen, dass sie diese Hunde als niedlich und anbetungswürdig ansehen, hilft uns, neue Familien für sie zu finden.«

Ach, schon wieder ist es ihm gelungen, mich aus den Socken zu hauen! Ich sehe zu dem Gebäude, wieder zum Schild, dann zu Lachlan, der in schwarzen Stiefeln, schwarzer Jeans und grauem T-Shirt auf der Straße steht und ungefähr so rau und schlägermäßig wirkt, wie es nur geht, und dennoch hat er all dies hier aus lauter Herzensgüte geschaffen.

»Wollen wir?«, fragt er und hält mir seinen Arm hin.

Ich hake mich bereitwillig bei ihm ein und lasse mich nach drinnen führen.

Es ist nicht so chaotisch, wie ich gedacht hätte. Vorn gibt es einen Empfangsbereich, wo ich Amara am Telefon entdecke, die uns kurz zuwinkt, und dann kommt eine Reihe kleiner, gefängnisartiger Zellen. Ich weiß, dass Lachlan hier etwas Wunderbares macht, trotzdem finde ich es bitter, dass so viele Tiere ihr ganzes Leben hier verbringen.

»Ist schon gut«, flüstert er mir zu, nimmt meine Hand und drückt sie. »Die Hunde hier sind die, die noch eine reelle Chance haben. Die meisten von ihnen werden adoptiert und bekommen ein schönes, glückliches Leben.«

Er führt mich den Gang hinunter, und auch wenn es mir ein bisschen das Herz bricht, zeigt er mir die guten Dinge. Alle Hunde haben Hundebetten und Spielzeug in ihren Zwingern, sodass sie nicht auf dem Estrichboden schlafen müssen. Sie haben mehr Platz als in den meisten Tierheimen, und die sozialfähigen unter ihnen leben in Gruppen zusammen. Lachlan erzählt, dass dank der freiwilligen Helfer und Amara alle Hunde dreimal täglich ausgeführt werden, die unruhigeren sogar viermal, und eine der Runden ist ein einstündiger Spaziergang durch einen Park in der Nähe. Manchmal ziehen sie in Rudeln los, manchmal allein, wenn sie noch trainiert werden.

Wir bleiben vor dem Zwinger einer älteren Pitbull-Hündin namens Jo stehen, die gern nasse Küsse durch die Gitterstäbe verteilt. Sie ist am längsten hier, weil viele Leute ungern alte Hunde aufnehmen, obwohl sie gesund und pflegeleicht ist. Lachlan hofft, dass sie bald adoptiert wird.

»Manchmal schmuggle ich sie mit nach Hause«, gesteht er,

als Jo ihn bewundernd ansieht und mit dem Schwanz den Boden hinter sich fegt. »Sie hat schon viele Wochenenden mit Lionel und mir vor dem Fernseher verbracht.«

»Und warum adoptierst du sie nicht?«, frage ich.

»Wenn sie nicht bald jemand nimmt, werde ich es tun«, antwortet er. »Aber es geht darum, die Liebe zu teilen. Sollte jemand sie adoptieren und merken, wie viel Freude sie einem bereitet, obwohl sie eine gebrandmarkte Rasse und schon älter ist, stehen die Chancen gut, dass derjenige es wieder tut oder zumindest andere ermuntert, einen dieser Hunde aufzunehmen. Wir haben hier schon Stammkunden, die einen Hund übernehmen und erkennen, wie leicht es ist, Gutes zu tun. Also nehmen sie noch einen Hund, oder sie spenden.« Er holt ein Hundeleckerli aus der Tasche, gibt es Jo und lächelt ihr zu, als sie es glücklich auffrisst. »Haben die Leute erst begriffen, wie einfach es ist, verändert es sie für immer.«

Er zeigt mir die übrigen Hunde, und ich habe Mühe, mir all die Namen zu merken, aber keine, mich in ihre wunderschönen Gesichter zu verlieben. Ein Hund, stahlgrau mit breiter weißer Brust, kauert in der Ecke, bis Lachlan sich vor die Gitter hockt und ihm hin und wieder einen Blick zuwirft. Dabei spricht er leise und ruhig mit ihm, bis er schließlich nach vorn kommt. Der Hund schreckt zurück, als Lachlan ein Hundeleckerli durch die Gitter steckt, doch sein Hunger überwiegt, und hastig verschlingt er den Happen.

»Das ist Bubsy«, erklärt Lachlan. »Ich fand ihn misshandelt und halbtot geprügelt in einem Londoner Hinterhof. Jemand hatte ihm den Schädel eingeschlagen, und er war fast komplett kahl von was auch immer. Ich dachte nicht, dass er es schafft, doch er hat überlebt. Natürlich hat er panische Angst vor Menschen. Die Arschlöcher, die ihm das antaten, haben sein Vertrauen zu Menschen zerstört. Und dann heißt es, er ist ein gefährlicher Hund, nur wegen seiner Rasse. Es sind solche Leute, die auf den Index gehören, nicht die Rasse. Menschen sind grausam, so krank, viel schlimmer als jedes Tier.« Er seufzt wütend und fährt sich mit einer Hand übers Gesicht. »Ehrlich gesagt dachten wir nicht, dass Bubsy jemals integriert oder adoptiert würde. Wir haben einige Hunde gehabt, in die wir unser Herzblut gesteckt haben, nur um …« Er bricht kopfschüttelnd ab und kneift die Lippen zusammen. »Es ist eine verdammte Schande. Aber mit Bubsy wird nach und nach besser. Mit dem richtigen Besitzer, jemandem, der geduldig, freundlich und stark ist, wird er eine Chance haben.«

Mir brennen Tränen in den Augen, doch ich blinzle sie fort. »Ich weiß nicht, wie du das machst«, sage ich. »Wie kannst du all das hier die ganze Zeit sehen und nicht wahnsinnig verbittert sein?«

Nachdenklich neigt er den Kopf zur Seite. »Um ehrlich zu sein, bin ich meistens wahnsinnig verbittert. Aber ich verstehe diese Hunde. Ich weiß, wie es ist, weggestoßen zu werden, sich unerwünscht zu fühlen, zu glauben, dass niemand für einen kämpft. Das habe ich wieder und wieder erlebt. Es tut höllisch weh, doch wenn ich nicht für sie kämpfe, wer dann?«

Ich blicke in seine Augen, vollständig eingenommen von allem, was er ist, und … *Scheiße.*

Dieser Mann.

Ich bin so verflucht verliebt in diesen Mann.

Dann erwischt mich eine Schockwelle, denn … ach du Schande!

Habe ich mir das eben eingestanden? Habe ich das eben gedacht?

Habe ich.

Glücklicherweise sieht Lachlan wieder zu Bubsy. Er hat

diesen wundervollen Ausdruck trotziger Hoffnung in den Augen, noch so etwas, das mich schafft, während mir schwindlig wird und der Atem stockt, weil mir meine Gefühle bewusst werden.

Vielleicht liegt es bloß daran, dass dieser maskuline Mann vor dir steht und darüber redet, wie sehr er es liebt, Hunde zu retten, denke ich.

Aber natürlich ist es das. Es ist vieles. Es ist alles.

Und ich bin bis über beide Ohren in ihn verliebt.

Er sieht mich an und runzelt die Stirn ein wenig. »Es gibt fast immer ein Happy End«, sagt er, und ich muss blinzeln, um noch mitzukommen. »Und solange wir das Risiko auf uns nehmen, sie herzubringen, selbst wenn uns jedes Versagen das verdammte Herz bricht, ist es das wert.«

O Gott, bitte lass ihn nicht in Metaphern von unseren Herzen reden!

Er lächelt mich an, und ich muss wegsehen, weil ich es nicht ausstehen kann, den Halt zu verlieren.

»Möchtest du mit ein paar von ihnen rausgehen? Ich könnte Amara bitten, mit uns zu kommen.«

Ich bejahe stumm, denn meine Zunge fühlt sich zu dick an, und mein Verstand versagt. Derweil führt mein Herz einen Breakdance in meiner Brust auf, weil es endlich entdeckt hat, was Liebe ist.

Das wundervollste, Furcht einflößendste Gefühl, das mir das Leben je geboten hat.

Als wir Amara holen, bewege ich mich in einer Art Nebel. Hoffentlich rede ich mit ihr keinen völligen Quatsch, denn im Moment kann ich eigentlich nur an Lachlan und Liebe und die düstere Hoffnung denken, dass die Liebe vielleicht irgendwie etwas ist, das man abstellen kann wie einen Schalter. Vielleicht dreht sich hier alles nur um Lust, verpackt mit einer sehr sexy, gefühlvollen, tätowierten Schleife. Vielleicht ist es bloß Adrenalin, dieser Kitzel, zum ersten Mal in Übersee zu sein, die Aufregung, Risiken einzugehen. Vielleicht sind es eine Menge Dinge.

Aber das Gefühl hört nicht auf.

Und nicht mal ich kann es infrage stellen.

Weil es echt ist; es pocht in einem Rhythmus, von dem ich nie wusste, dass ich nach ihm tanzen kann, und es ist da. Es ist so verflucht da und präsent und nimmt jede Zelle meines Körpers ein.

Ich muss mit Steph und Nicola sprechen, brauche ihren Rat. Nach Schottland mitzureisen, um heißen, leidenschaftlichen Sex zu haben, ist eine Sache. Aber herzukommen und festzustellen, dass man verliebt ist, direkt am ersten Tag, ist etwas ganz anderes. Es ist gefährlich, aussichtslos und noch ein Risiko mehr, das ich eingehen muss.

Ich komme da nicht wieder raus, bin tief in Gedanken, bis Lachlan bemerkt, dass er zum Training aufbrechen muss. Er sagt mir, dass sich Amara um mich kümmert und später bei seiner Wohnung absetzt. Den Zweitschlüssel habe ich in der Tasche, für den Fall, dass ich vor ihm zu Hause bin.

»Bis später, Liebes«, sagt er und nimmt mich unfassbar zärtlich in den Arm, bevor er mich sanft auf den Mund küsst.

Ich seufze an seinen Lippen, und in meiner Brust flattert es. »Okay«, sage ich atemlos. »Viel Glück.«

Er nickt, verlässt die Einrichtung, und ich stehe da wie eine beknackte Pfütze geschmolzener Kayla.

»Na, wen willst du?«, fragt mich Amara und reicht mir eine Leine.

Vorsichtig nehme ich sie, muss jedoch den Kopf schütteln, um ihn freizubekommen. »Ähm, wie bitte?«

Sie lächelt mich an. Zwischen ihren Schneidezähnen klafft eine Madonna-mäßige Lücke, die ihr diese seltsame sexy Note verleiht. »Die Hunde«, sagt sie. »Mit welchem möchtest du spazieren gehen?«

»Oh«, antworte ich. »Mit dem, der es am nötigsten hat.«

»Wie wäre es mit dem, der am einfachsten zu führen ist? Das wäre Jo«, sagt sie, geht hinüber zu Jos Zwinger und öffnet ihn.

Die Hündin kommt auf mich zugetapst, wobei ihr dicker Bauch von einer Seite zur anderen schlackert, und blickt gleich zu mir auf, als würde ich sie nach Hause bringen und nie wieder weggeben. Hier haben nicht mal die schwärzesten Herzen eine Chance.

»Sie ist Lachlans Liebling«, sagt Amara, klickt die Leine an Jos Halsband und sieht mich an. »Obwohl ich denke, du könntest auch sein Liebling sein.«

Ich wende den Blick ab und hoffe, die Hitze in meinen Wangen verwandelt sich nicht in Röte.

»Hey«, sagt Amara, während sie zu einem anderen Zwinger geht. »Es ist in Ordnung, klar? Alles gut. Ich habe ihn nur noch nie mit jemandem zusammen gesehen. Nicht dass es irgendwelche Jemandes gab, falls du verstehst, was ich meine.«

Als sie beide Hunde aus dem Zwinger holt, sehe ich sie an. »Lass mich raten. Du willst mich warnen, dass er grüblerisch, schwierig und still ist. Glaub mir, das weiß ich. Ich habe denselben Quark von seinen Cousins gehört.«

»Ach, na, das steht fest«, sagt sie unbekümmert. »Aber ich würde ihn nicht unbedingt als grüblerisch bezeichnen. Er denkt eben viel nach. Und schwierig ist er auch nicht, sondern einfach ehrlich. Er weiß, was er will und was nicht. Ich persönlich finde immer, dass Lachlan etwas Nobles an sich hat, als würde er einem Menschenschlag entspringen, den es gar nicht mehr gibt. Und ich bin wirklich froh, ihn mit jemandem zu sehen, der ihn zum Strahlen bringt. Wird auch Zeit. Hast du seine Eltern schon kennengelernt?«

Ich schüttle den Kopf.

»Wirst du sicher noch«, sagt sie, während wir nach draußen gehen. Vor der Tür bleibt sie stehen. »Sie sind reizend. Und sie werden dich und die Tatsache, dass du hier bist, lieben.«

Ich sehe sie skeptisch an. »Wie viel genau weißt du über den Grund, weshalb ich hier bin?«

Sie zieht ihren Pferdeschwanz straff. »Ich weiß, dass er nicht der Typ ist, der eine Frau kennenlernt und sie herfliegt. Das sagt eine Menge über ihn. Und dass du mit ihm gekommen bist, sagt eine Menge über dich.«

Auf jeden Fall nimmt sie kein Blatt vor den Mund.

»Was soll ich sagen? Ich, ähm, mag ihn wirklich.«

Sie muss nicht erfahren, was für eine Untertreibung das ist.

Ihre Augenwinkel kräuseln sich bei ihrem Grinsen. »Weiß ich. Ach, ehe wir es vergessen.« Sie nimmt drei Maulkörbe von der Hakenleiste mit einer Leinenauswahl an der Wand. »Wenn sie keine Maulkörbe tragen, können wir einen Scheißärger kriegen.«

Sie reicht mir einen Maulkorb, und ich blicke hinunter in Jos hübsches, offenes Gesicht mit den hoffnungsvollen Augen und dem breiten Lächeln. »Ich finde es falsch, das zu machen«, sage ich und lege ihr den Maulkorb an, was Jo sich problemlos gefallen lässt. »So bekommen die Leute erst recht Angst vor ihnen, und ich bin ziemlich sicher, dass Jo keiner Fliege etwas tun würde.«

Amara seufzt, während sie den anderen ihre Maulkörbe anlegt. »Ja, aber erzähl das der Regierung. Entweder wir führen sie mit Maulkorb, oder man nimmt sie uns weg. Die meisten Leute in Großbritannien haben schon eine vorgefertigte Meinung zu diesen Hunden, und die Maulkörbe machen es noch schlimmer. Könnten sie nur sehen, wie sie richtig lächeln können, hätten sie nicht solche Angst. Es ist dieses Stigma, das wir zu überwinden versuchen. Die Leute wollen den Müll glauben, den sie über die Hunde hören, und es ist richtig schwer, sie zu etwas anderem zu bringen, als mit uns zu streiten.«

»In den Staaten ist es dasselbe«, sage ich. »Seit ich mehr mit Lachlan zusammen bin, achte ich auf die Vorurteile, die von den Medien verbreitet werden. Wenn ein Labrador ein Kind anfällt – was sehr viel häufiger passiert, als man denkt –, kommt das selten in die Nachrichten, und falls doch, wird es als ›Hundebiss‹ unter den Teppich gekehrt. Aber wenn es ein Pitbull ist, schreien einem von überall die Schlagzeilen entgegen.«

Ich lächle Amara verlegen zu. »Ich gestehe, dass ich mich davon auch total blenden ließ, bis ich Lachlan kennengelernt habe.«

Sie nickt und stemmt die Hände in die Hüften. »Er mag nicht allzu viel reden, es sei denn, man kennt ihn richtig, aber bringt man ihn dazu, über die Hunde zu sprechen, hört er gar nicht wieder auf. Er tut hier so viel Gutes. Und er ist außerordentlich überzeugend.«

Sie nickt zur Tür, und ich folge ihr nach draußen. Die Hunde sehen mit ihren Maulkörben furchtbar aus, aber zumindest wedeln sie mit den Schwänzen und bekommen alle ihre Nasen voll mit frischen Gerüchen.

»Und wie geht es der Einrichtung?«, frage ich neugierig. »Ich meine, was die Finanzierung und so betrifft.«

Nachdenklich wiegt sie den Kopf vor und zurück, als wir stehen bleiben, damit die Hunde an einem Flecken Gras schnüffeln können. »Ganz okay. Ich werde immer bezahlt, und das dank Lachlans eigenem Geld. Hätte er im Laufe der Jahre nicht sehr klug Geld angelegt, müsste man meine Stelle sicher auch mit einer Ehrenamtlichen besetzen.«

»Und die freiwilligen Helfer?«

»Die kommen und gehen, aber vier sind richtig engagiert dabei. Einer von ihnen hat vor Jahren mit Lachlan zusammen Rugby gespielt. Rennie.« Ihre Augen leuchten. »Er ist gerade nicht da, aber sonst immer eine große Hilfe.«

»Hat Lachlan in letzter Zeit Spenden eingeworben?«, frage ich.

»Na ja, er war ja weg, aber zu Beginn der Rugbysaison gibt es eine Gala … bist du dann noch hier? Sie ist in wenigen Wochen.«

Mein Kiefer verspannt sich unangenehm. »Ich weiß nicht …«

»In diesem Jahr war ich für sie zuständig, also bin ich nicht sicher, ob sie so klasse wird wie sonst. Es ist ein Segen, dass Lachlans Mutter, Jessica, mir geholfen hat. Normalerweise plant sie solche Veranstaltungen immer mit. Lachlan wäre verloren ohne sie, wenn es um Partys oder um den Umgang mit den Reichen und Berühmten geht.«

»Was ist zum Beispiel mit einem Rugbykalender?« Ich erinnere mich, was Neil mir über die französischen erzählt hat.

Sie grinst spöttisch. »Du meinst, er soll nackt posieren, um Tiere zu retten?«

Der Gedanke bringt mich zum Schmunzeln. »Daran hatte

ich eigentlich nicht gedacht, aber, hey, wenn ich einen Kalender sähe, in dem *er* nackt ist, würde ich ihn kaufen. Mir wäre egal, für welchen Zweck er ist. Frauen sind im Grunde verdammt schlicht gestrickt.«

»Fändest du es nicht schräg, wenn die ganze Welt die Ausstattung deines Freunds betrachtet?«

Ein Kribbeln durchfährt mich, weil sie ihn meinen Freund nennt. Ist er das? Ich habe keine Ahnung. Aber ich werde sie gewiss nicht korrigieren, denn mir gefällt der Klang.

»Damit hätte ich kein Problem. Mehr Grund zum Angeben«, ergänze ich lachend.

Wir verbringen zwei Stunden damit, diverse Hunde um den Block zu führen, bis es Zeit zum Aufräumen ist. Amara sagt, dass sie gegen acht mit Charlotte, einer der Freiwilligen, wieder herkommt, um die letzten Hunderunden des Tages zu machen. Ich muss sagen, auch wenn es für diese Hunde in vielerlei Hinsicht hoffnungslos aussehen mag, wird hier offensichtlich gut für sie gesorgt. Mich schüttelt es bei dem Gedanken an die Tiere in anderen Tierheimen, besonders in den überfüllten bei uns mit ihren hohen Tötungsraten.

Als Amara mich bei Lachlan absetzt, schließe ich selbst auf und rechne damit, drinnen ein riesiges Chaos vorzufinden. Aber beide Hunde waren brav, und Lionel springt von der Couch, auf der er mit Emily gelegen hatte, und kommt mit großen Augen und schwanzwedelnd auf mich zu.

Ich hocke mich hin, kraule ihn hinter den Ohren und entkomme natürlich nicht seiner Zunge, die mir das gesamte Gesicht abschleckt.

»Ein paar Minuten noch«, sage ich. Ich achte darauf, nicht »raus« oder »gehen« zu benutzen. Er sieht mich nur mit seinen großen Augen an, und ich muss den Blick abwenden.

Wäre er mein Hund, würde er so unglaublich verwöhnt werden. Jetzt verstehe ich, warum Paris Hilton diesen hässlichen Chihuahua überall mit sich rumschleppte.

Ich gehe ins Schlafzimmer, ziehe mein Shirt aus und ein neues, frisches an. Ich wähle ein schwarzes Trägertop, das weit genug ausgeschnitten ist, um die Ränder meines Spitzen-Push-Ups zu zeigen. Meine Möpse müssen für Lachlan so gut aussehen, wie es nur geht. Die Tatsache, dass er jetzt gerade beim Training ist, ganz heiß, verschwitzt und männlich mit den anderen großen Männern rennt, der Gedanke an seine schiere Entschlossenheit und brutale Kraft … tja, ich bin halbwegs versucht, meinen Vibrator aus dem halb ausgepackten Koffer zu holen.

Stattdessen beschließe ich, alles für ihn aufzusparen und mich langsam einzurichten. Ich öffne seinen Schrank, um nachzusehen, wie viel Platz er hat, doch schnell läuft es darauf hinaus, dass ich seine Sachen inspiziere.

Seine Garderobe entspricht ungefähr dem, was ich bisher gesehen habe, nur mehr davon. Er mag viel Geld haben, aber man sieht es im Grunde nicht. Vielleicht ist ein Range Rover teuer, und diese Wohnung war sicher auch nicht billig, nicht bei der umwerfenden Ausstattung. Doch Lachlan lebt eigentlich genauso wie jeder andere. Er besitzt wenige Anzüge, alle offensichtlich maßgeschneidert, um seine extrabreiten Schultern unterzubringen, aber keine Designermarken. Seine Hemden und Jeans sind größtenteils von H&M oder einem Laden, den ich nicht kenne. Mir gefällt an ihm, dass er so unprätentiös ist.

Da ich schon mal in Schnüffellaune bin und es mir kein bisschen peinlich ist, sehe ich mich im Rest des Zimmers um. Auf den ersten Blick wirkt es, als würde er alles sehr sauber und ordentlich halten, bis man begreift, dass er einfach nur wenige Sachen hat.

Ich gehe durch den Flur ins Bad, das in einem lebendigen Blau gestrichen ist. Ich weiß, dass es falsch ist, andere auszuspionieren und, ganz besonders, in ihre Medizinschränke zu sehen. Aber einige Dinge machen mich einfach neugierig. Manchmal sind es seine Ticks, die er wahrscheinlich nicht mal bemerkt – wie er die Zähne zusammenbeißt, sich an den Armen kratzt, wild die Augen aufreißt, als würde er gleich jemanden zusammenschlagen, oder die kleinen Frustlaute, die er hin und wieder von sich gibt. Wir alle haben solche Macken, doch bei ihm … Ich will nur mehr wissen.

Und um ehrlich zu sein, möchte ich genauer wissen, worauf ich mich einlasse. Ich bin nur drei Wochen hier und möchte Lachlan so gut wie möglich kennenlernen. Er scheint so vieles durchgemacht zu haben … doch wie viel mehr ist da noch? Und wie sehr beherrschen ihn seine Dämonen? Wird sich jetzt etwas ändern, weil er auf heimischem Boden ist, oder war der Lachlan, den ich in San Francisco gesehen hatte, der, den ich bekomme?

Ich hole tief Luft und blicke mich nervös um, als würde Lionel mich beobachten und verpetzen. Dann öffne ich den Schrank.

Da ist ein Riegel Glycerin-Seife, noch in der Verpackung. Ein Rasierer, ein Barttrimmer, einer von diesen altmodischen Rasierpinseln. Zahnbürste, Mundwasser, Zahnpasta. Hydrokortisonsalbe, antibakterielle Salbe, Arnikasalbe. Eine Schachtel Allergietabletten, eine mit Tabletten zum Muskelentspannen. Ibuprofen. Aspirin.

Und dann drei Sorten verschreibungspflichtige Tabletten.

Eine ist noch zu einem Viertel voll: Ativan.

Das Mittel kenne ich gut. Es ist gegen Angstzustände. Eine Menge Leute, die ich kenne, nehmen es, und Lachlan ist nicht direkt der ruhigste Typ, den ich kenne. Ich meine, wenn er angespannt ist, dann aber richtig. Es raubt einem beinahe den Atem.

In dem zweiten Fläschchen ist Percocet. Schmerzmittel. Das muss für seine Sehnenverletzung gewesen sein, denn es ist fast nichts mehr drin.

Als Letztes ist da Fluoxetin, das ich als Prozac kenne. Meine Mutter hat die Pillen lange genommen, doch diese Packung hier ist kaum angerührt worden. Das ist entweder gut oder schlecht. Ich habe gesehen, wie meine Mutter mit und ohne das Mittel war, und sie beschwerte sich oft, dass es sie abstumpfen lässt, und das nicht bloß gegen den Schmerz, sondern eben auch gegen alles Erfreuliche. Andererseits gab es Zeiten, zu denen sie einfach nur durch den Tag kommen musste.

Vorsichtig schließe ich den Schrank, wobei ich die Luft anhalte, weil ich auf einmal fürchte, ihn gleich im Spiegel hinter mir zu sehen. Wie in einem Thriller. Tue ich nicht. Ich bin allein im Bad, und Lionel winselt immer noch vor der Tür.

Es geht mich nichts an, warum er ein Antidepressivum braucht, und bei Gott, nach dem wenigen, was ich über seine Vorgeschichte weiß, hat er wahrlich genug Grund, sich eins verschreiben zu lassen. Dennoch bin ich schrecklich neugierig. Ich will es wissen, aber zu seinen Bedingungen. Er soll mir genügend vertrauen, um sich mir zu öffnen und mir alles zu erzählen. Mir seine Ängste zu zeigen und die Dämonen, die ihm im Nacken sitzen. Und ich möchte mich in seiner wunderschönen Finsternis verlieren.

Ich möchte, dass es meine Liebe ist, die ihm Licht bringt.

Nur bin ich nicht sicher, dass es in dieser kurzen Zeit und in unserer Situation möglich ist. Ich bin mir nicht mal sicher, ob ich ihm jemals erzähle, wie ich wirklich empfinde, denn wer traut diesen Worten von jemandem, den er kaum kennt? Es spielt keine Rolle, wie gut ich es weiß. Es ist unerheblich, dass Menschen sich dauernd, täglich hoffnungslos verlieben. Ich weiß nicht, ob er jemals erkennen wird, wirklich erkennen, wie ich empfinde. Und das Schwierige ist, dass es mit jedem Tag nur schlimmer wird und ich seinem Zauber immer mehr erliege.

An diesem Abend mache ich mir einen Tee und es mit den gemütlichsten, größten Kissen aller Zeiten auf dem Sofa bequem, Lionel und Emily neben mir. Ich zappe ziellos durch die Kanäle und versuche, so viel Schottisches in mich aufzusaugen, wie ich kann.

Als Lachlan nach Hause kommt, wird mir klar, dass ich lieber doch meinen Vibrator benutzt hätte. Der arme Mann ist völlig erledigt, und auch wenn er nicht humpelt, geht er doch sehr vorsichtig, wie jemand, der von einem Lastwagen angefahren wurde.

Er sagt, dass ich mir keine Sorgen machen soll, dass er wahrscheinlich zu viel gegeben hätte, um sich zu beweisen, und alles gut würde. Aber ich genieße es trotzdem, die Krankenschwester zu mimen. Ich lasse ihm ein Bad ein, gebe ein bisschen von meiner Duschlotion hinein, damit es schäumt, und verdonnere ihn, sich hineinzulegen, bis die Schmerzen gelindert sind.

»Ruf mich, wenn du irgendwas brauchst«, sage ich auf dem Weg zur Badezimmertür, während ich den Anblick seines riesigen Körpers in dem Schaumbad auskoste.

Doch sein Blick lässt mir das Blut in den Adern stocken.

Er bannt mich, sodass ich mich nicht mehr rühren kann. Es ist ein Blick, der sagt, dass er mich und nur mich braucht. Oder vielleicht ist es auch bloß Wunschdenken.

Kapitel 20

Lachlan

Drei Nächte hintereinander habe ich denselben Traum.

Während der ersten Nächte mit Kayla in Edinburgh habe ich mich an meine Träume nicht mehr erinnert. Ich habe tief und fest geschlafen, und die Nächte, im Gegensatz zu all den Nächten vorher in meinem Leben, sind wie in einem Fingerschnippen vergangen. Ich schließe die Augen, Kayla neben mir, und dann öffne ich sie, und sie ist immer noch da.

Doch in der vierten Nacht treibt es mich in eine Angstwelle, aus der ich immer wieder auftauche, um aufs Neue von ihr überrollt zu werden, sodass ich zwischen Schlaf und Wirklichkeit herumschwappe.

Manchmal wache ich nach Luft ringend auf, was wiederum Kayla Sorge macht. Sie sieht mich fragend an, bittet mich, mit ihr zu reden, es zu erklären. Aber das kann ich nicht. Noch nicht. Nicht, ehe ich muss. Nicht, ehe ich weiß, dass sie sich nicht sofort abwenden wird. Die Vorstellung, vor ihr das Gesicht und ihre Zuneigung zu verlieren, diesen süßen, hoffnungsvollen, hungrigen Blick in ihren Augen, schmerzt.

Es ist ein Traum, den ich schon früher hatte, und von ihm zu erzählen, würde bedeuten, dass sie alles Dunkle in mir sähe, was für ein entsetzlicher, erbärmlicher Mensch ich einst war.

Es ist der Tag, an dem Charlie starb.

Natürlich ist es im Traum alles verzerrt und ein bisschen komisch. Gerade genug, um einen zu verwirren. Aber es ist dieselbe Seitengasse, ironischerweise nicht weit von der Sozialsiedlung, in der ich aufwuchs. Es ist derselbe Charlie. Es ist derselbe Rascal, der Streuner, den ich meinen Hund nannte, bis zu dem Tag, an dem ich ihn nie wiedersah. Es ist, als hätte Charlies Tod uns beide so erschreckt, dass wir zur Vernunft kamen.

Im Traum schneit es allerdings. Und anders als in der Wirklichkeit, waren wir nie allein. Da sind Leute in der Gasse entlang der Mauer aufgereiht, alle in dem Rugby-Schwarz und -Rot. Einige schwenken Fahnen mit der Nummer elf »McGregor«. Sie sind vollkommen still, und das ist das Unheimlichste. Sie spornen uns an, während sie unseren Tod bejubeln, die Münder aufgerissen, die Blicke vorwurfsvoll, und das Einzige, was ich höre, sind der rieselnde Schnee und Charlies raspelnder Atem.

Es war erst sein zweites Mal, dass er Heroin nahm. Bei seinem ersten Mal war ich dabei und hatte ihm wieder gesagt, dass es nicht gut sei. In meinem Gehirn war kein logischer, kohärenter Teil mehr übrig, und trotzdem wusste ich irgendwie, dass Heroin ein Schritt zu viel war. Als wäre es so viel schlimmer als Meth.

Doch das zweite Mal, tja, da hatte ich ihm die Drogen besorgt. Das erste Mal war so gut gegangen, und er war für eine Weile ein anderer gewesen. Lief es nicht jedes verdammte Mal so? Einmal schadet dir nicht. Das macht alles besser. Und zweimal wird schon gut gehen.

Aber es geht nicht gut. Ich stehe auf, und selbst in meinem Traum kann ich meine gefrorenen Beine fühlen. Ich humple zu der Reihe der Rugbyfans und frage jeden, ob er mir etwas Heroin geben kann. Keiner antwortet. Sie schreien mich nur lautlos an. Männer, Frauen, Junge und Alte, deren Gesichter für immer in stummer Qual eingefangen sind. Ich bettle, flehe, nur ein bisschen, aber nichts passiert. Keiner hört mich, keinen schert es. Ich könnte ebenso gut unsichtbar sein.

Charlie hingegen ist alles andere als unsichtbar. Er war schon immer überlebensgroß. Er brüllt mich an, dass ich mich beeilen soll, ihm helfen – sagt mir, dass ich ein schrecklicher Freund bin, und hätte er nicht schon so viel für mich getan?

Charlie ist wahrscheinlich der einzige Freund, den ich je hatte, also tue natürlich alles, um ihn froh zu machen. Ich versuche es ohne Ende, obwohl sich die Mienen der Leute verändern, verzerrter, dämonischer werden. Das pure Böse ist überall, dieser ölig schwarze Schatten, der einem am Rücken klebt, die Gedanken und die Seele beherrscht. Selbst nach all den Jahren ist er noch da, wartet darauf, dass ich es verkacke. Erst als ich die letzte Gestalt in der Gasse erreiche und sehe, dass ich es bin, fünf Jahre alt, dürr, zerschunden und gar nicht so anders, als ich in meinem Traum bin, habe ich eine Chance.

Der fünfjährige Lachlan gibt mir Lionel den Löwen. Er nickt dem Stofftier zu, deutet mehr an. Ich reiße den Löwen auf, zerrupfe die Naht an seinem Bauch, und das Heroin schneit heraus wie weißer Sand. Es hört nicht auf, den Raum um meine Füße zu füllen, steigt höher und höher. Hände packen meine Knöchel, zerren mich nach unten. Mein Mund, meine Nase und meine Ohren füllen sich mit Körnchen, bis mir der Kopf in einem Feuerwerk explodiert.

Charlie steht über mir, winkt zum Abschied, und Blut rinnt ihm aus Augen und Nase.

»Bis bald, Alter«, sagt er blutig lächelnd. »Einfache Fahrt in die Hölle.«

Die Drogen ertränken mich, und alles wird schwarz.

Kein Wunder, dass ich mit rasendem Herzen aufwache und das Gefühl habe, meine Lunge sei seit Minuten nicht versorgt worden.

»Wieder ein Traum?«, fragt Kayla leise, und im schwachen Licht kann ich den Schimmer in ihren Augen sehen. Sie ist auf beide Ellbogen aufgestützt, beobachtet mich und versucht, alles herunterzuspielen, doch ich erkenne, wie besorgt sie ist.

Mein Mund ist ausgetrocknet. »Ja«, sage ich heiser und hole tief Luft.

»Hast du die schon vorher gehabt?«

Das bestätige ich mit einem kurzen Nicken. »Ich brauche Wasser.«

Ich steige aus dem Bett, an dessen Fußende Lionel so tief schläft, dass er sich nicht mal rührt, als ich über ihn hinwegsteige.

Im Bad spritze ich mir kaltes Wasser ins Gesicht und betrachte mein Spiegelbild. Dunkle Ringe ziehen sich unter meinen Augenwinkeln entlang. Wie kann es sein, dass ich mich so verdammt glücklich fühle und gleichzeitig so beschissen aussehe? Das Percocet hatte ich absichtlich zu Hause gelassen, als ich in die Staaten flog. Der Schmerz war abgeklungen, und ich brauchte die Versuchung nicht. Das Antidepressivum hat mich völlig verwandelt, und das nicht zum Guten. Das Ativan aber half die meiste Zeit.

Ich fülle mir am Wasserhahn ein Glas und schlucke das Percocet und eine Ativan gleichzeitig. Wenn mir das nicht hilft, wieder zu schlafen, wird es mich zumindest durch den nächsten Vormittag bringen. Vielleicht sogar durch den Abend, und ich schätze, das brauche ich am meisten.

Dann werde ich mit Kayla zu meinen Eltern fahren, Jessica und Donald, den echten McGregors. Ich würde gern behaupten, ich hätte mich deswegen nicht schon von Minute eins an gesorgt, aber das wäre gelogen.

Die Sache ist, dass ich nicht genau weiß, warum es mich nervös macht. Ist es, weil ich befürchte, dass meine Vergangenheit angesprochen wird? Unwahrscheinlich. Meine Eltern respektieren mich genug, um nie darüber zu reden. Ist es, weil ich fürchte, dass Kayla nicht ihren Erwartungen entspricht? Auch das ist unwahrscheinlich. Sie sind die unvoreingenommensten Menschen, die man sich vorstellen kann, ungeachtet ihrer gesellschaftlichen Stellung. Kayla würde sie nur bezaubern.

Oder ist es, weil sie meinen Eltern vorzustellen – denen ich noch nie irgendjemanden vorgestellt habe – viel mehr darüber aussagt, wie ich empfinde, als ich je könnte?

Ich habe das Gefühl, dass Letzteres die Antwort ist.

Als ich den Medizinschrank schließe, lehne ich die Stirn dagegen und schließe die Augen.

»Lachlan?«, höre ich Kaylas sanfte Stimme vor der Tür. »Alles okay?«

Ich knurre, räuspere mich und antworte: »Eine Minute.«

Rasch gehe ich pinkeln, und als ich wieder ins Bett komme, liegt sie unter den Decken und beobachtet mich.

»Mir geht es gut«, sage ich, während ich mich neben sie lege. »Komm her.« Ich schlinge meinen Arm um ihre Schultern und ziehe sie an mich. Mit den Fingern streiche ich an ihrem Haaransatz entlang, und ihr seidiges Haar sowie die samtige Haut zu fühlen, lullt mich in einen von Medikamenten beförderten Schlaf.

Jessica und Donald wohnen etwa eine Stunde Fahrt von Edinburgh entfernt. Von ihrem Haus sind es nur wenige heckengesäumte Blocks zum Firth of Moray und einem sagenhaften Fish-and-Chips-Laden, in dem ich früher einen Großteil meines Taschengelds ließ.

Ungefähr zwanzig Minuten vor dem Ziel biege ich mit dem Range Rover neben Robbie's Bar ein und stelle den Schalthebel auf »Parken«.

»Sind wir da?«, fragt Kayla. »Wohnen sie in einem Pub?«

»Nein, aber hier war ich als Jugendlicher oft. Ich hatte meinen Wachstumsschub mit fünfzehn und brauchte nicht mal einen gefälschten Ausweis. Es ist nicht so schmuddelig, wie es aussieht. Komm, trinken wir ein Bier.«

Auf ihr Stirnrunzeln hin lächle ich. »Sag mir nicht, dass es nicht Schickimicki genug für dich ist«, ergänze ich in dem Wissen, dass es sie auf die Palme bringt.

»Hey!« Sie hebt eine Hand. »Rede nicht mit mir über Schickimicki. Die spannendsten Leute trifft man in Kellerbars.«

»Tja, die hier ist nicht im Keller, also ein bisschen besser. Du solltest nur kein Essen bestellen.«

»Ich will mir ja nicht den Appetit verderben.«

»Du willst vor allem nicht, dass dir schlecht wird.« Ich steige aus dem Wagen und nehme ihre Hand.

Um ehrlich zu sein, war ich seit der Highschool nicht mehr hier, aber es riecht noch genauso. Der Geruch von Fett und Salz aus der Fritteuse, Panade und abgestandenem Bier steigt aus dem rot-grünen Teppich auf. Schlagartig kehren die Erinnerungen zurück, und sie sind nicht alle schrecklich.

Es ist kurz nach fünf, und im Pub sind die üblichen Stammkunden, die nach Feierabend kommen. Wir sichern uns einen hohen Bartisch, und ich frage Kayla, was sie trinken möchte.

»Überrasch mich«, antwortet sie, auch wenn es ein klein wenig ängstlich klingt, so als könnte ich ihr ein Bier namens »Haggis Surprise« bringen.

»Mach ich.« Ich schlendere zum überarbeiteten Barkeeper, dessen graues Hemd seitlich riesige Schweißflecken aufweist. Ich bin ziemlich sicher, dass es derselbe Typ ist, der vor fünfzehn Jahren hier gearbeitet hat.

Ich lehne mich an den Tresen und warte, bis er mich bemerkt. Sobald er es tut, macht er große Augen, dabei ist ausgeschlossen, dass ich noch genauso aussehe wie damals, Wachstumsschub hin oder her.

»Na, ich glaub's ja nicht«, sagt er und wischt sich mit dem Unterarm über die Stirn. »Lachlan McGregor!« Blinzelnd versuche ich zu begreifen, warum er mich erkennt, als er schon fortfährt: »Du bist das Beste beim Edinburgh Rugby. Sag mal, bist du wieder ganz gesund? Ohne dich hat das Team beschissen gespielt.«

Was nicht ganz stimmt. Das Ende der letzten Saison war nicht besonders gut, aber das hätte auch unabhängig davon passieren können, ob ich dabei war oder nicht.

»Ich bin zurück«, sage ich.

»Genial. Läuft das Training gut? Seid ihr bereit für das große Spiel?«

»Ja«, antworte ich knapp, weil ich nicht näher darauf eingehen möchte. »Könnte ich ein Pint Ale und ein Pint Cider für die Dame da drüben haben?« Ich zeige zu Kayla, die am Tisch sitzt und sich umschaut.

»Klar doch. Geht aufs Haus, Kumpel«, sagt er und nimmt sich direkt zwei Gläser.

»Na, dann zum Wohl«, sage ich, als er mir die Getränke reicht. Ich nehme mir einen Moment, um die bernsteinfarbene Flüssigkeit zu betrachten. Auf einmal habe ich einen rasenden Durst. Ich könnte das Glas innerhalb von Sekunden leeren, mit nur zwei Schlucken, und die Entspannung würde sofort einsetzen. Stattdessen bringe ich die Gläser zu Kayla. Meine Hände zittern leicht.

»Hier«, sage ich.

»Kannte der Typ dich?«

Ich zucke mit den Schultern. »Nicht richtig. Er wusste nur, wer ich bin.«

Sie strahlt mich an, als ich ihr das Cider-Glas hinschiebe. »Das ist ja irre. Du bist berühmt!«

Knurrend hebe ich das Bier an die Lippen. »Es kommt selten vor.«

»Nein! Neulich, als wir unterwegs waren – wo war das noch? – in der Princes Street, da haben dich eine Menge Leute angestarrt.«

»Sie haben dich angesehen«, widerspreche ich lächelnd. »Meine wunderschöne Freundin.« Ich tippe mit meinem Bierglas an ihres. »Auf…«

»Das Kennenlernen deiner Familie«, beendet sie den Satz für mich.

Ich nicke. »Ja, darauf.« Ich trinke, und schon ist das Glas halb leer.

Sie braucht ewig für ihren Cider, und als mein Glas leer ist, schiebt sie mir ihres hin. »Hier, ich schaffe das nicht.«

Ich zögere nur einen Moment lang. Nur lange genug, um mich vielleicht zu zügeln. Das Glas ist ungefähr halb voll, und mir ist bereits schummrig. Wenn ich es austrinke, führt es mich an jenen Ort, an dem jede Schuld, die ich je empfunden habe, wie von Zauberhand verschwindet.

Ich möchte dort sein, ganz besonders jetzt, ganz besonders mit dieser umwerfenden, wundervollen Frau, derer ich so entsetzlich unwürdig bin.

Aber ich werde nicht. Mit einiger Anstrengung verneine ich stumm. Ich treibe uns zum Wagen hinaus, und wir fahren weiter. Der Wind frischt auf und bläst graue Wolken von der Küste heran, die alles mit einem feinen Nebel benetzen. Daher wirkt die Landschaft blendend grün.

Jessicas und Donalds Haus ist an die dreihundert Jahre alt, was man ihm ansieht. Die niedrige Gartenmauer bröckelt, und einige größere Steine sind schon runtergefallen, nicht zuletzt dank meiner früheren Neigung, auf ihr zu balancieren. Am Haus selbst rankt sich Efeu hinauf, und obwohl Jessicas Garten gepflegt ist wie immer, sind die Sonnenblumen an der Südseiten bereits hüfthoch.

»O mein Gott«, sagt Kayla und legt eine Hand an ihre Brust, als wir an der Eisenpforte stehen bleiben. »Das ist ja wie aus einem Film. Hier bist du aufgewachsen?«

»Ja«, antworte ich. »Es hat sich nicht sehr verändert.«

»Es ist wie ein Märchen.«

Etwas in meiner Brust verkrampft sich. Während der Pub größtenteils angenehme Erinnerungen barg, weil ich dort immer mit meinen Freunden zusammen war, lauern in diesem Haus Unmengen anderer. Es war sowohl mein erstes echtes Zuhause, seit ich zur Adoption freigegeben wurde, als auch der letzte Ort, dessen ich mich am allerwenigsten würdig fühlte. Hier habe ich die Zeit verlebt, in der es mit mir rapide bergab ging, und das ausschließlich aus eigenem Verschulden.

O Mann, ich hätte doch den Cider trinken sollen!

Bevor ich länger darüber nachdenken kann, geht die stets leuchtend rot gestrichene Haustür auf, und Jessica und Donald treten einen Schritt heraus, um uns zuzuwinken.

»Lachlan«, ruft Jessica in ihrem typischen Singsang. Sie ist ganz in Schwarz, weil sie glaubt, dass es sie schlanker macht, dabei war sie immer schon ziemlich dünn. Ihr graues Haar ist glatt und schimmernd, sie hat nur wenig glitzernden Schmuck angelegt und sich dezent geschminkt. Donald in seiner üblichen Weste sieht schneidig aus wie eh und je. Er hat die Hände in den Taschen vergraben, und seine Brille betont die wachen Augen. Meine Adoptiveltern zählen zu den elegantesten, klügsten Menschen, die man sich vorstellen kann. Ich frage mich oft, was sie bewegt hat, mich überhaupt aufzunehmen.

Rasch stelle ich alle vor. Nachdem ich die beiden umarmt habe, mache ich sie stolz mit Kayla bekannt. »Jessica, Donald, das ist Kayla«, sage ich. Obwohl ich vor einigen Tagen am Telefon erwähnt hatte, dass ich eine Frau mitbringe, glaube ich nicht, dass sie den Schreck schon verarbeitet haben, denn beide sehen erschrocken aus.

Schließlich schüttelt Jessica den Kopf. »Oh, wie entzückend«, sagt sie und umarmt Kayla leicht. Als sie wieder zurückweicht, hält sie Kayla auf Armeslänge bei den Schultern und sieht sie an. »Wo hast du nur solch eine reizende junge Frau gefunden? Und noch dazu eine, die bereit ist, mit jemandem wie dir den weiten Weg herzukommen?«, ergänzt sie. Wie so oft, nimmt sie mich auf den Arm.

Kayla wird rot. Ich liebe es, dass sie manchmal so selbstbewusst sein kann und doch auf jedes Kompliment ungläubig reagiert, als würde sie zum ersten Mal hören, wie schön sie ist. Es bewirkt, dass ich es wieder und wieder sagen will, bis sie es glaubt. Würde sie nur nicht so verdammt traumhaft aussehen, wenn sie rot wird!

»Freut mich sehr, Sie kennenzulernen«, sagt Kayla. »Ich habe schon so viel von Ihnen gehört.«

Ich bin verwundert. Tatsächlich spreche ich selten über die beiden; aber es scheint genau das Richtige zu sein, denn Jessica sieht äußerst zufrieden aus.

»Stimmt das?«, fragt sie und sieht mich verwundert an. »Nur Gutes, hoffe ich.«

»Immer doch«, sage ich, als Donald vortritt und Kayla die Hand reicht.

»Freut mich, dass Sie hier sind«, sagt er. »Wie gefällt Ihnen Schottland bisher?«

»Ich liebe alles hier«, antwortet sie. »Es wird schwer, wieder nach Hause zu müssen.«

Wäre ich benommen, würden diese Worte nicht so sehr schmerzen. Kayla scheint danach ein wenig zu erstarren; das Lächeln gefriert auf ihren Lippen. Vor ein paar Tagen hatte sie mir gesagt, wir sollten nicht erwähnen, dass sie wieder abreist, und wir hatten uns daran gehalten, in einem Traum voller Sex und Nähe gelebt und getan, als seien die Tage endlos und die Zeit nur etwas, das für andere gilt, aber nicht für uns.

»Tja, bleiben Sie einfach, so lange Sie wollen«, sagt Donald höflich, legt einen Arm um ihre Schultern und führt sie ins Haus. »Wir haben schon eine schöne Tasse Tee für Sie fertig.«

Während er sie nach drinnen bringt, packt Jessica meinen Arm und zieht mich zurück.

»Ich wollte nur sagen«, flüstert sie mit strahlenden Augen, »dass ich nicht wusste, was mich erwartet, als du erzählt hast, du bringst eine junge Frau mit. Ich will nicht mehr daraus machen, als es ist, aber ich kenne dich sehr gut, Lachlan.« Ich runzle die Stirn, und sie redet weiter: »Du hast noch nie viel von Gefühlen gehalten, aber ich möchte dir sagen, dass ich mich sehr für dich freue. Sie wirkt entzückend, und sie ist wunderschön.«

Ich schlucke verlegen. »Danke«, sage ich, sonst nichts.

»Behandelt sie dich gut?«

Ich lächle kurz. »Ja, tut sie.«

Zufrieden klopft sie mir auf den Rücken, und wir gehen ins Wohnzimmer hinein, wo Donald bereits Tee für Kayla einschenkt. Ich setze mich auf meinen üblichen Platz, einen alten Sessel, den Jessica schon ewig wegwerfen will, weil das Polster stellenweise fadenscheinig ist, doch ich hatte sie überredet, ihn zu behalten. Die beiden waren schon immer sehr vermögend und zeigen es gern auf subtile Weise. Jessica legt Wert darauf, dass das Haus gemütlich ist, hält jedoch nicht viel von verwohnten Möbelstücken. Andererseits war der Sessel das einzige Stück, mit dem ich mich anfreunden konnte, so albern es sich anhört. Als Waisenkind sucht man sich seinen Trost eben dort, wo man ihn findet.

Während Jessica umherwuselt, Shortbread und Scones holt und alles auf ihrem besten weiß-rosa Porzellan auf den Tisch stellt, fragt Donald Kayla, ob sie schon immer in San Francisco gelebt hat. Dann unterhalten sie sich über die Stadt. Donald hat viele Jahre im Finanzwesen gearbeitet und ist reichlich durch die Weltgeschichte gereist. Er stammt aus einer armen Familie, hat sich alles selbst erarbeitet, was einer der Gründe ist, weshalb ich ihn so sehr bewundere – abgesehen von der Tatsache, dass er mich damals aufnahm und mich notfalls auch mit eiserner Faust in die Spur brachte.

»Und was ist Ihr Job?«, fragt Donald und beißt in ein Shortbread, worauf ein Krümelregen auf den Teppich niedergeht. Jessica schnalzt schmunzelnd mit der Zunge, setzt sich und schiebt ihm den Teller hin, damit es nicht noch mal vorkommt.

Nun bemerke ich, dass Kayla ins Stocken gerät. Sie presst die Lippen zusammen, und schließlich sagt sie: »Ich arbeite bei einer Wochenzeitung, *The Bay Area Weekly*. Ich bin in der Werbeabteilung.«

»Aha.« Donald rückt seine Brille zurecht. »Das muss sehr interessant sein.«

Kayla sieht zu mir und sagt: »Nein, ist es eigentlich nicht.« Sie stößt ein bitteres Lachen aus und zuckt mit den Schultern. »Ich wollte immer Journalistin werden, Artikel schreiben, doch anscheinend kann ich versuchen, was ich will, ich komme da einfach nicht hin.«

Ich räuspere mich. »Na ja, Kayla hat einen hervorragenden Artikel über Bram und mich geschrieben, wegen seines Wohnprojekts drüben.«

»Stimmt«, sagt Kayla mit einem zögernden Nicken. »Leider glaube ich nicht, dass ich jemals wieder so eine Chance bekomme. Ich wurde nicht mal als Autorin genannt. Das war jemand anders.«

»Was für ein Mist«, sagt Donald, schlägt sich leicht aufs Knie und bemüht sich, beim Sprechen keine Krümel überallhin zu versprühen. Jessica ist in dieser Beziehung die Elegante. »Was haben Sie dagegen gemacht?«

»Nichts. Ich meine, ich habe mich beschwert, aber der Herausgeber hört nicht auf mich. Oder sonst jemand.«

»Haben Sie schon mal überlegt, hier drüben zu schreiben? Eventuell erst mal eine Weile unentgeltlich?«, fragt er und sieht sie über den Brillenrand hinweg an. »Ein Portfolio aufbauen, sich einen Namen machen, das Handwerk lernen. Und sich danach einen Job suchen, in dem Sie fürs Schreiben bezahlt werden?«

Oft wünsche ich mir, ich wäre Donalds richtiger Sohn, und

das nicht zuletzt, weil ich dann eventuell seinen Verstand geerbt hätte. Von einer Cracksüchtigen geboren zu werden ist nie von Vorteil.

»Ja, Donald«, sagt Jessica. »Das ist eine großartige Idee. Warum fangen Sie nicht mit Reiseberichten an? Sie sind hier, und Lachlan könnte Ihnen einige versteckten Winkel des Landes zeigen, die Orte, über die keiner schreibt.« Sie zeigt mit ihrer Teetasse zu mir. »Oder einen Artikel über die Organisation. Sogar über die Spendengala nächste Woche. Sie könnten sich gegenseitig unterstützen.«

Kayla und ich wechseln einen Blick. Daran hatte ich nicht gedacht, und sie offenbar auch nicht.

»Ich wüsste nicht, für wen ich schreiben soll«, sagt sie.

Jessica winkt sofort ab. »Oh, machen Sie sich deshalb keine Gedanken. Ich kenne eine Menge Leute, genauso wie Donald. Es würde nicht bezahlt, aber, wie Donald schon sagte, Sie würden einen Fuß in die Tür bekommen. Und gleichzeitig könnten Lachlan und die Hunde davon profitieren. Was meinen Sie? Wenn ich das möglich machen könnte, wären Sie interessiert?«

Kayla blinzelt kurz, bevor sie sich gerade hinsetzt. »Ja. Ja, natürlich! Das wäre super. Wann ist die Gala noch mal?«

»Am Freitag«, antwortet Jessica und sieht mich streng an. »Wie ich Lachlan kenne, vergisst er es mal wieder. Wäre nicht das erste Mal. In einem Jahr erschien er in seinen Rugbysachen, weil er direkt vom Training kam.«

Wieder räuspere ich mich. Die dämliche Gala soll Spenden für die Hunde bringen. Jessica ist grundsätzlich die Gastgeberin, und ich tauche nur kurz auf, gebe Autogramme, schüttle ein paar Hände und sorge für einige gute PR. Gewöhnlich bringe ich Lionel mit, und er erobert die Herzen weit besser, als ich es kann.

»Ja, ich hatte es vergessen«, sage ich. »Ich war … beschäftigt.«

Kayla lächelt. »Schon okay. Amara hat es mir erzählt. Ich war nur nicht sicher, wann genau die Veranstaltung ist.«

»Immer zu Beginn der Saison. Dann begeistern sich die Leute wieder für Rugby, und normalerweise kann ich einige aus dem Team überreden, sich dort zu zeigen.« Ich stocke, weil mir bewusst ist, dass Donald und Jessica mich anstarren. »Es wäre sehr schön, wenn du mich begleitest, wenn es dir nichts ausmacht, dass Lionel dabei ist.«

»Das weißt du doch.«

»Er ist ein Süßer, nicht wahr?«, fragt Jessica warmherzig.

»Wer, Lachlan oder der Hund?«

Ich lache. »Oh, Liebes, bitte wähle nicht!«

Jetzt wechseln Donald und Jessica einen Blick, den ich zu ignorieren versuche.

Es klingelt, und Jessica steht auf. »Das wird Brigs sein.«

Brigs ist mein Bruder, und ich bekomme prompt ein schlechtes Gewissen, weil ich mich seit meiner Rückkehr noch nicht bei ihm gemeldet habe. Wir haben ein ziemlich gutes Verhältnis, obwohl ich ihn – und Jessica und Donald – durch die Hölle geschickt habe, als ich jünger war. Erst in letzter Zeit zieht er sich mehr zurück als ich. Seine Frau und sein Kind sind vor drei Jahren bei einem entsetzlichen Autounfall ums Leben gekommen, und seitdem ist er nicht mehr derselbe. Ich verstehe ihn, auch wenn ich nicht behaupten kann, seinen Kummer nachempfinden zu können – und will es auch nicht. Doch ich verstehe, warum er sich von allen distanziert. Es ist nicht nur der Verlustschmerz. Er gibt sich die Schuld an dem Unfall, weil sie sich vorher gestritten hatten. Ich habe nie erfahren, worum es bei dem Streit ging, doch es reichte ihm, um sich einzureden, alles wäre seine Schuld. Manchmal möchte ich auf ihn zugehen, ihm sagen, dass ich weiß, was Schuldgefühle sind, doch mir fehlt schon der Mut, mir selbst diesen Mist klarzumachen.

»Hi, Mum«, sagt Brigs und küsst Jessica auf beide Wangen. Obwohl ich sie meine Eltern nenne, konnte ich sie noch nie mit Mum und Dad ansprechen. Ich bin nicht sicher, ob das ein Schutzmechanismus ist oder was auch immer.

Brigs kommt ins Haus und beäugt uns andere überrascht. Die Ähnlichkeit zwischen meinen Cousins und ihm ist nicht zu leugnen. Er ist groß und sportlich, auch wenn er neuerdings recht dünn wirkt, und hat strahlend blaue Augen, deren Ausdruck ich nur als leidend beschreiben kann. Dank Jessica hat er hohe, klar definierte Wangenknochen. Wenn er besonders wütend ist, will man definitiv nicht mit ihm in einem Zimmer sein. Ich kann jemanden mit meinen Fäusten zum Schweigen bringen, er einen ganzen Raum mit einem einzigen Blick verstummen lassen.

»Lachlan«, sagt er, und da ist eine Leichtigkeit in seiner Stimme, die ich bisher nicht kannte.

Ich stehe auf, umarme ihn und klopfe ihm auf den Rücken.

»Schön, dich zu sehen, Bruderherz«, sagt er und sieht mir in die Augen.

»Gleichfalls.«

Er blickt über meine Schulter und zieht eine Augenbraue hoch, als er Kayla erblickt. »Und wer ist das?«

»Das ist Kayla. Sie ist aus San Francisco.«

»Ach, ist sie das?«, fragt er und nickt ihr zu. »Zum ersten Mal in Schottland?«

»Ja, richtig«, antwortet Kayla.

»Und du hast diesen Affen als deinen Fremdenführer? Ich

sollte dich mal rumführen, was? Dir das echte Schottland zeigen, nicht betrachtet mit den Augen eines hitzköpfigen Rugbyspielers«, sagt er mit einem breiten Grinsen. Von einem Augenblick zum anderen wird er zum Scherzbold, und ich sehe, wie sich Kayla entspannt.

»Brigs«, warnt Jessica ihn. »Sei nett.«

»Nett ist ein Wort mit vier Buchstaben«, sagt Brigs, und zum Glück lachen alle. Es tut gut, ihn munter zu sehen, und für einen Moment wird mir klar, dass es wahrscheinlich für sie alle nett ist, mich glücklich zu sehen.

Bald sind wir am Esstisch versammelt, während Jessica das Abendessen in der Küche bereitmacht. Es gibt Ente, und Donald erzählt, dass er sie bei einem Jagdausflug in die Highlands letztes Wochenende geschossen hat. Der Wein wird geholt. Es kostet mich einiges, doch ich lehne ab und trinke stattdessen ein Glas Mineralwasser.

Dann wechselt die Unterhaltung zu normalen Themen. Donald spricht über seine Arbeit für den Lions Club, Kayla spricht über die Wohnsituation in San Francisco, und ich erzähle einiges über das Rugbytraining. Brigs ist sehr still, schweigsamer als ich, bis Jessica die Beilagen bringt und erzählt, dass er einen neuen Job hat.

Ich mache da kein allzu großes Ding draus, weil Brigs nun mal so ist. Nach dem Unfall hatte er seine Stelle als Lehrer verloren, und seitdem sucht er nach Arbeit. Ich hatte mir deshalb nie Sorgen gemacht – er ist ein kluger Kopf und sehr fleißig, hat nur eben eine Menge durchgemacht. Aber Jessica platzt vor Stolz, und ich merke, dass ihm nicht wohl dabei ist.

»Gratuliere«, sage ich. »Wurde ja auch Zeit. Darauf trinken wir.«

Vielleicht habe ich das Falsche gesagt, denn er verengt die

Augen und erhebt sein Glas. »Auf mich? O nein. Wir trinken auf dich, Lachlan.«

Ich runzle die Stirn, und er fährt vollkommen ernst fort: »Nein, ehrlich. Wirklich. Ich glaube nicht, dass wir jemals auf Lachlan angestoßen haben und den Menschen, zu dem er geworden ist.«

Ein mulmiges Gefühl regt sich in meiner Brust.

Brigs sieht seine Eltern an. »Echt, ich glaube, das haben wir nie. Ich glaube, wir haben ihn einfach mit offenen Armen wieder aufgenommen, ihm aber nie richtig gesagt, wie stolz wir waren, dass er seine Sucht besiegen konnte.«

Die Erde steht still, gerade lange genug, dass mir schlecht wird.

»Brigs«, warnt Jessica sehr leise.

Doch Brigs scheint nicht zu merken, dass ich ganz still geworden bin, dass sich meine Hände zu Fäusten ballen und Donald und Jessica ihm mahnende Blicke zuwerfen, während Kayla mich verwirrt ansieht. Nichts davon bekommt er mit, denn er schaut in sein Bierglas, als könnte es ihm soufflieren.

»Wir dachten ehrlich, dass wir dich verloren haben, Bruderherz. Meth, Heroin. Nicht viele schaffen es weg von der Straße, weg von den Drogen, und fangen tatsächlich etwas mit ihrem Leben an. Aber du, du hast alles geschafft, was du dir vorgenommen hattest.« Schließlich hebt er den Kopf und sieht mich ernst an, nimmt aber meine großen, wilden Augen nicht wahr. »Auf dich, Bruder. Ich bin froh, dass du zurück bist. Ich freue mich, dass du hier bist. Und ich freue mich, dass sie auch hier ist.«

Ein extrem betretenes Schweigen legt sich über den Raum. Alle sehen sich an und greifen langsam zu ihren Gläsern. Ich kann nicht mal das, bin vollkommen gelähmt. Nicht mal vor

Scham, denn wenn man jahrelang auf der Straße gelebt hat, verliert man das Schamgefühl. Es ist blanke Furcht, die mich packt wie eine Schraubzwinge an meinem Herzen. Kayla hat nichts davon gewusst, und ich war nicht sicher, ob ich es ihr gegenüber jemals ansprechen könnte.

Doch jetzt ist es heraus, und sie kann darüber nachdenken, urteilen und sich ängstigen.

Ich kann sie nicht ansehen. Hastig entschuldige ich mich und eile durch die Küche ins Bad. Auf dem Weg hole ich mir eine Flasche Bier aus dem Kühlschrank, bevor ich mich im Bad einschließe. Ich lehne mich ans Waschbecken, atme ein und aus, konzentriere mich darauf, den Schmerz und die Reue zu verdrängen, doch sie bleiben. Also schlage ich den Flaschenkopf an den Beckenrand, sodass der Kappe abfliegt. Den Inhalt leere ich innerhalb von fünf Sekunden.

Dann rülpse ich und warte. Ich will, dass alles verschwindet, dass mein Puls aufhört, in meinen Adern zu wüten.

Doch je länger ich im Bad bleibe, desto schlimmer wird es. Ich stopfe die Bierflasche in den Abfalleimer und gehe zurück ins Esszimmer. Ich schwöre, der Moment ist unheimlicher als irgendeiner, den ich jemals auf dem Spielfeld erlebt habe.

Zum Glück reden alle über Obama, ausgerechnet, daher wird meine Rückkehr nicht sonderlich beachtet.

Mit Ausnahme von Kayla natürlich, denn sie bekommt alles mit. Und es ist vollkommen ausgeschlossen, dass ich diesen schlafenden Hund nicht wecke.

Ich beschließe, frühzeitig zum Aufbruch zu blasen, gleich nach dem Dessert, wobei ich jedem sage, dass ich zurück zu den Hunden muss, weil Emily noch nicht daran gewöhnt ist, allein zu sein. Wir verabschieden uns. Als Brigs mich umarmt, zieht er mich dicht an sich und flüstert mir ins Ohr.

»Falls sie dich immer noch liebt, halte sie fest.«

Dafür möchte ich ihm die Visage einschlagen, daher kann ich nur mit einem wütenden Murmeln antworten.

Die Rückfahrt nach Edinburgh verläuft natürlich in angespannter Stille. Ich versuche, mich auf die Straße zu konzentrieren, auf die weißen Linien, die unter dem Wagen hindurchgleiten, die schwarze Autobahn, die den Scheinwerfern entgegenrollt. Der Moment hat etwas Verträumtes, dieses Fahren durch die Dunkelheit nach dem Essen, doch das Gewicht der Situation holt mich ein.

Schließlich ertrage ich es nicht mehr. Ich räuspere mich, blicke weiter geradeaus, die Hände fest um das Lenkrad geklammert. »Willst du darüber reden?«, frage ich leise, und meine Stimme trieft vor Unbehagen.

Es dauert einen Moment. »Über was genau?«

Ich will es ihr wahrlich nicht vorbuchstabieren, aber wenn es sein muss, tue ich es. »Über das, was Brigs gesagt hat. Seinen Toast auf mich. Über den Menschen, der ich früher war.«

Sie seufzt laut. »Stimmt. Der Mensch, der du früher warst. Dann erzähl mir von ihm.«

»Willst du das wirklich wissen?«. Ich sehe sie an, und sie nickt, den Blick auf das Fenster und die Dunkelheit dahinter gerichtet.

»Ja«, sagt sie. »Ich möchte alles über dich wissen. Vor allem über die Ereignisse, die dich zu dem gemacht haben, der du bist.«

»Und wer bin ich?«, frage ich leise. Mein Herz fleht regelrecht. »Wer bin ich für dich?«

Sie dreht das Gesicht zu mir, sodass es von der Armaturenbeleuchtung leicht erhellt wird. »Du bist Lachlan McGregor. Und du bist mein.«

Noch ein Hieb unter die Gürtellinie, diesmal jedoch süßer, in Honig getaucht.

»Halte bitte nichts vor mir zurück«, sagt sie. »Du schuldest mir nichts, aber ich … ich möchte es verstehen. Ich möchte für dich da sein, jeden Millimeter von dir kennen, nicht nur von deinem Körper, sondern von deinem Geist, deinem Herzen und deiner Seele. Du kannst mir vertrauen, weißt du? Ich gehe nicht weg.«

Aber das ist gelogen. In wenigen Wochen wirst du nicht mehr hier sein. Und dann wirst du mein Herz und all meine Geheimnisse auch noch haben.

Das schlucke ich herunter und nicke.

»Ich halte es kurz und nicht schmerzlos, weil …« Ich atme pustend aus. Meine Hände schwitzen am Lenkrad. »Du musst wissen, dass es mir nicht leichtfällt, darüber zu reden. Es gibt eine Menge Dinge, die in der Vergangenheit bleiben müssen, und der Mensch, der ich war, gehört dazu. Aber du musst auch wissen, dass all das vorbei und erledigt ist. Was auch geschehen ist, es ist vorbei. In dem Punkt musst du mir vertrauen. Vertraust du mir?«

»Ich vertraue dir«, flüstert sie.

»Okay.« Ich nicke langsam. »Okay. Also, äh … als ich neu bei Jessica und Donald war, tja, da fühlte sich alles zu gut an, um wahr zu sein. Du hast sie jetzt gesehen, weißt, wie sie sind. Es sind nette Leute. Anständige Leute. Sie nahmen mich, den abgerissenen, beschädigten Jungen mit null Potenzial für irgendwas auf, und sie haben rund um die Uhr daran gearbeitet, mir zu beweisen, dass die Welt nicht darauf aus war, mir eins auszuwischen, dass nicht alle Menschen schlecht sind. Aber … da ich es nur so erlebt hatte, wieder und wieder, fiel es mir nicht leicht, ihnen zu glauben.«

Blinzelnd suche ich nach den richtigen Worten. »Sie haben mir alles gegeben, was ich mir je hätte wünschen können, einschließlich ehrlicher, echter Liebe. Aber ich hatte ständig das Gefühl, ihrer nicht wert zu sein. Das Problem war … Leute kannten sie, wussten, dass ich nicht ihr Sohn war, und obwohl das selten zum Problem wurde, es sei denn, irgendein Wichser machte es dazu, lastete es doch die ganze Zeit auf mir. Ich schätze, ich habe ihren guten Absichten nie richtig vertraut. Ich habe nicht mal meine Tasche richtig ausgepackt, hatte sie immer neben der Tür, für alle Fälle, weil ich schon zu oft aus Pflegefamilien geworfen wurde oder vor ihnen fliehen musste. Und diese furchtbaren, diese entsetzlichen, kranken Sachen, die in den Köpfen der Leute da draußen lauern, nur darauf warten, einen anzufallen, die sind immer da. Ich wollte Donald und Jessica, ja, sogar Brigs vertrauen, aber ich konnte nicht. In meinem letzten Schuljahr fing der Rückfall an. Es ist jedes Mal dieselbe Geschichte. Ich hing mit den falschen Leuten rum, klaute Autos, trank Selbstgebranntes und ballerte in die Luft. Dann kamen die Drogen ins Spiel, und ich verbrachte meine Wochenenden in Glasgow mit massenweise Mädchen, massenweise Drogen, und damit, der Mensch zu sein, auf den zu sein ich mich verstand. Unwürdig. Ich verdiente einen Dreck.«

Ich sehe nach, ob sie zuhört, und sie blickt mich mit solcher Wissbegier und mit solcher Sorge an, dass ich das Gefühl habe, sie würde mit mir diesen Ausflug in meine Vergangenheit machen und meine Hand halten.

Meine Kehle ist jetzt noch trockener. »Es war die Droge mit dem wenigsten Sexappeal, die mich umgehauen hat. Man sollte meinen, es wäre Koks gewesen, doch so viel Klasse besitze ich nicht. Hatte ich nie. Es war Crystal Meth. Und

Alkohol. Koks gelegentlich, vielleicht auch Schmerzmittel, wenn jemand die in die Finger kriegte. Das war es jedenfalls anfangs. Zuerst war ich wählerisch. Dann kam ich an den Punkt, an dem man Muskatnuss aus der Küche seiner Adoptivmutter klaut, weil man denkt, dass man davon high wird. Vielleicht ihren Schmuck und ihre Pelze verpfändet. Ihnen vielleicht sogar jedes bisschen von ihrem Leben klaut, das sie einem gegeben haben, um einen zu retten – vielleicht alles zum Fenster rausschmeißt. Weil man ein verdammter egoistischer Feigling ist. Ohne Eier. Weil alles, was einen interessiert, ist, dass diese verdammte Welt und jede Zelle der eigenen beschissenen Existenz verschwindet. Das ist alles, was da ist. Das Leben dreht sich nur noch darum, es auszulöschen, wie eine Speicherkarte, die gelöscht wird. Ich war auf Drogen, habe geklaut, gelogen und gelitten, bis die Karte leer war und es nichts mehr gab, das mir noch wehtun konnte.«

Von all dem bin ich fast außer Atem. Das einzige Geräusch im Wagen ist das meines Luftholens, während ich versuche, mit dem klarzukommen, was ich eben aus der Versenkung gehoben habe. Ich habe Kayla gerade das Schlimmste erzählt, was irgendwer zugeben könnte. Ihr, der einzigen Frau, an der mir je etwas lag, in die ich mich jemals verliebt habe, noch dazu völlig wahnsinnig, habe ich erzählt, dass ich früher ein Junkie war. Das muss ihre Meinung über mich für immer verändern. Und ehrlich gesagt fühle ich mich gar nicht gut, weil es die Sorte Wahrheit ist, die nie ans Licht kommen sollte.

Minuten vergehen. Drückende Minuten. In meinem Kopf rauscht laut das Blut, und ich muss das Lenkrad fester umgreifen. Dabei sehe ich starr auf die Straße, weil ich zu viel Angst habe, sie anzusehen, aber auch vor der Stille.

»Brigs hat gesagt, dass du auf der Straße gelebt hast«, sagt sie leise, und ich kann nicht erkennen, ob sie angeekelt oder schockiert ist.

»Ja«, bestätige ich. »Wenn man den Kram seiner Adoptiveltern für Drogen verpfändet, ist ihre Geduld echt gefordert. Sie hatten getan, was sie konnten. Ich habe sie buchstäblich durch die Hölle getrieben, bevor ich das dann mit mir selbst tat. Immerzu gab es Streit. Ich habe geschrien und geflennt. Ich war so ein verfluchter Wichser, das war unglaublich. Nur ein erbärmliches Stück Scheiße. Ich kann … ich kann dir nicht mal sagen, wie sehr ich mich hasste, der Mensch, der ich war, und alles, was ich getan habe. Sie hatten sich richtig verhalten, im Ernst. Sie stellten mir ein Ultimatum. So dankst du uns, dass wir dich aufgenommen haben? Werde clean oder verschwinde. Und ich wählte das Verschwinden. Das war es ja, was ich immer verdient hatte. Die fiese Straße. Und da habe ich dann einige Jahre gelebt.«

»Einige Jahre?«, fragt sie mit einem stummen Aufschrei.

Ich kann die Scham nicht mal schlucken. »Ja. Manchmal in Asylen, manchmal auf der Straße. Ich und die Streuner, wir sind uns gleich. Aber ein Hund versucht bloß zu leben, zu überleben. Ich nicht. Ich habe versucht zu sterben.«

Und fast wäre ich es. Dann kam Charlie. Charlie starb. Ich hätte es sein können. Sein sollen. Ich ertrage es nicht mal, seinen Namen zu nennen.

»Fuck«, flucht sie und überrascht mich, indem sie eine Hand auf meinen Arm legt und ihn drückt. »Ich hatte keine Ahnung. Ich wusste, dass du Probleme hast, ich meine, angefangen damit, dass du zur Adoption freigegeben wurdest. Aber das? Das … ich kann gar nicht …« Sie verstummt kopfschüttelnd. »Du bist so verdammt stark.«

Ich sehe verwundert zu ihr. »Stark?«

»Ja!«, sagt sie völlig überzeugt. »Du bist stark. Du bist mutig. Und vielleicht auch magisch. Wie zur Hölle bist du von da aus dahin gekommen, wo du jetzt stehst? Mit deiner Karriere und deinem Range Rover. Wie ist das passiert?«

Ich neige den Kopf zur Seite. »Es ist passiert. Und das nicht über Nacht.« Eigentlich war es über Nacht. Eine entsetzliche Nacht. »Eines Tages tauchte ich bei Jessica und Donald auf und erzählte ihnen, dass ich Hilfe brauchte. Ich habe gebettelt. Auf Knien habe ich sie angefleht, mir das Leben zu retten, mich zurückzunehmen. Damals hatte ich endlich begriffen, dass ich nicht sterben wollte. Ich wollte leben. Und wären sie nicht die gewesen, die sie sind, hätten sich mich abgewiesen. Ich war nie ihr Sohn, und sie schuldeten mir nichts. Aber das taten sie nicht. Sie nahmen mich auf. Ich ging in den Entzug, um vom Meth und den anderen Drogen runterzukommen. Ich konzentrierte mich komplett auf das Körperliche. Das passiert übrigens häufig, wenn man seinen Körper so missbraucht hat, dass man es wiedergutmachen will. Ich wurde zum Fitness- und Gesundheitsfanatiker, und schließlich ging ich ins hiesige Rugbyteam. Rugby ist zu meiner neuen Obsession geworden. Ich bin schnell, stark und habe diesen Zorn in mir, von dem ich weiß, dass er nie verschwinden wird. All das zusammen war wie eine Superantriebskraft. Ich wurde richtig gut, richtig schnell. Der Rest ist Geschichte.«

»Und was für eine Geschichte«, sagt sie. »Ich hatte keine Ahnung. Und es tut mir leid, dass ich nichts wusste.«

»Offensichtlich wollte ich es dir nie erzählen. Ich hätte Brigs umbringen können, weil er es so angesprochen hat, auch wenn er es ehrlich gut meinte.«

»Ich verstehe, warum du das in dir verschließt, aber … ist das nicht anstrengend? Es muss dich doch schmerzen, so vieles vor der Welt zu verbergen.«

Ich zucke mit den Schultern. »Kann sein.«

»Ich bin froh, dass du es mir erzählt hast«, sagt sie und dreht sich auf ihrem Sitz zu mir, um mir durchs Haar zu streichen. »Ich möchte, dass du nie wieder Angst hast, ehrlich zu mir zu sein.«

»Selbst wenn es heißt, dass du vor mir wegläufst?«

»Ich werde nie, niemals vor dir weglaufen, Lachlan. Wenn überhaupt, renne ich auf dich zu. Immer.«

O Gott, was würde ich darum geben, wäre es wahr!

Als wir endlich wieder in der Stadt sind, bin ich erschöpft und emotional ausgelaugt. Kayla schickt mich ins Bett und sagt, sie würde mit den Hunden gehen. Ich will widersprechen, aber ich sehe ihr an, dass sie es für mich tun will. Eine so einfache Sache, die so viel bedeutet. Ihr liegt wirklich an mir. Sie läuft nicht weg. Ich weiß nicht mal, wie ich das verarbeiten will.

Ich gehe zu Bett und zwinge mich, so lange wach zu bleiben, bis sie zurück ist. Ich höre, wie sie nebenan mit den Hunden redet, als die es sich auf der Couch bequem machen, um ein bisschen zu schlafen, bevor sie ins Hundebett oder in unseres umziehen. Es hat etwas so Tröstliches, so Friedliches, sie dort zu hören, wie sie alles für die Nacht bereit macht. In einer anderen, einer gnädigen Welt, wäre es nicht das erste und nicht das letzte Mal. All diese Nächte würden sich ausdehnen, und sie würde in meinen Armen einschlafen, ungeachtet all meiner Finsternis, all meiner Dämonen und all des Hässlichen, das sicher in meinem Herzen verwahrt ist. In einer perfekten Welt würde sie alles dort halten, weg von mir, damit sie mich besser versteht, damit ich nie wieder verletzt werde.

Sie würde bereitwillig die Wahrheit in sich auffangen.

Ich würde es sie bereitwillig versuchen lassen.

Aber die Welt ist nicht perfekt.

Und ich weiß einfach nicht, was für eine Welt wir gerade haben.

Kapitel 21

Kayla

»Und du bist sicher, dass dir keiner die Shorts runterreißt?«, frage ich Lachlan, als wir aus dem Range Rover steigen. Ich muss zugeben, dass ich sagenhaft nervös bin, weil ich ihn spielen sehe, obwohl er das nicht weiß. Genau genommen machen mich eine Menge Dinge sehr nervös, doch das weiß er ebenfalls nicht.

»Ich kann nichts versprechen«, antwortet er und nickt zu dem großen Stadion vor uns. »Hier ist es. Das Zuhause des Edinburgh Rugby.«

Ich muss zugeben, dass ich heute Morgen überrascht war, als Lachlan mich fragte, ob ich beim Training zusehen will. Nach dem gestrigen Abend, dem Essen bei seinen Eltern und seiner Beichte im Wagen, hatte ich damit gerechnet, dass er auf Abstand zu mir geht, die Schutzschilde hochfährt und die Distanz vergrößert.

Doch das geschah überhaupt nicht. Morgens war er hungrig nach mir und extrem liebevoll, und obwohl die Morgenlatte in den letzten sieben Tagen in Edinburgh nichts Ungewöhnliches war, war es dieses Mal vollkommen anders. Ich hatte das Gefühl, dass er nicht nur meinen Körper besitzen wollte, sondern alles, was dazugehört. Die Art, wie sich sein

Blick in mich hereinbrannte, ähnelte dem größtmöglichen Durst.

Selbstverständlich habe ich mich nicht beschwert. Nach dem gestrigen Abend brauchte ich es, mich ihm näher zu fühlen.

Ich kann nicht lügen. Was er erzählte, hat mir Angst gemacht, und während ich dachte, dass ich ihn zumindest ein wenig kannte, kam diese Sache mit der Meth-Sucht und dem Junkieleben auf der Straße aus dem Nichts. Es war so viel schlimmer, als ich es mir je hätte vorstellen können, und mit jedem offenen, schonungslosen Wort aus seinem Mund brach mir das Herz ein bisschen mehr. Kein Wunder, dass er so hart, so gebrochen war, sich so missverstanden fühlte. Der Mann war durch die Hölle gegangen, und auch wenn er wie ein Phönix aus der Asche aufgestiegen war, um der zu werden, der er ist, haftet der Rauch noch an ihm. Ich kann ihn riechen.

Das ist es, was mir Angst macht. Die Furcht, dass noch nicht alles vorbei sein könnte. Denn wie könnte es? Wie kann ein Mensch das alles durchmachen und es einfach abklopfen? Das geht nicht. Nicht mal mit der besten Therapie und den besten Ärzten kommt man jemals darüber hinweg, verlassen, adoptiert, auf Drogen und obdachlos gewesen zu sein. Eine schreckliche Sache nach der anderen, und allein die Tatsache, dass er noch lebt und gesund ist, verblüfft mich.

Doch ich will keine Angst vor ihm haben, nicht glauben, dass er jederzeit wieder abstürzen könnte, auch wenn ich nicht so naiv bin, gewisse Dinge, wie sein Verhältnis zum Alkohol, zu ignorieren. Ich will, dass er stark, mächtig und nobel bleibt. Ein stolzes Wildtier. Ich möchte, dass er sich nicht dafür schämt, wer er war, weil es ihn zu dem erstaunlichen Menschen gemacht hat, der er ist. Auch wenn ich weiß, dass er das Gegenteil denkt, achte ich Lachlan ohne Ende, seit ich die Wahrheit erfahren habe.

Und nun verstehe ich erst recht, warum er sich mit solcher Leidenschaft dem Retten der »bösen Hunde« verschrieben hat, die verstoßen und vergessen wurden. Er war genau wie sie auf die Freundlichkeit von Fremden angewiesen.

Dennoch ist er hier, und ich bin hier, im Begriff, ins Stadion zu gehen und zu bezeugen, wie gut er sich aus den Trümmern herausgeholt hat.

»Ich muss dich warnen«, sagt er, als er seine Schlüsselkarte durch den Leseschlitz an einem der hinteren Eingänge zieht. »Du könntest einschlafen. Wir geben noch nicht ganz Vollgas. Heute arbeite ich hauptsächlich am Ausweichen, weil ich die Neigung habe, durch Leute hindurchzupflügen.«

»Oh, das weiß ich«, erwidere ich strahlend. »Es steht auf deiner Wikipedia-Seite.«

Er stöhnt. »So was habe ich?«

»Es heißt bloß, dass du es geschafft hast.«

»Von wegen! Jedenfalls darf ich eigentlich nicht mehr einfach Leute umrennen, ohne selbst eine Verletzung zu riskieren, und deshalb wäre Ausweichen ganz praktisch.«

»Werde ich dich wenigstens in einem Scrum sehen?«, frage ich, als wir durch einen muffigen Tunnel zum beleuchteten Spielfeld gehen.

»Nein, als Flügelstürmer beobachtet man das Scrum nur und wartet ab, was passiert.« Er sieht mich an und schürzt seine vollen Lippen. »Erinnerst du dich nicht mehr, was ich dir über Rugby beigebracht habe?«

Ich grinse. »Seien wir ehrlich. Ich habe nur versucht, mit dir zu flirten und vielleicht mal deinen Arsch anfassen zu können.«

»Wenn ich mich richtig erinnere, hast du eindeutig mit mir geflirtet.«

Ich verdrehe die Augen. »Tja, das schienst du zu dem Zeitpunkt nicht zu wissen.«

Er bleibt stehen und zieht mich zu sich. »Ich wusste es, Liebes. Ich musste nur den Mut aufbringen, etwas daran zu tun.« Er küsst mich auf die Stirn, und wir gehen weiter.

Wir sind ein bisschen früh dran, daher führt er mich zu den Tribünen, wo er mir einen guten Platz aussucht. »Hier bist du nah genug, um Alan, den Coach, zu hören, wenn er uns anbrüllt, ganz besonders mich, und du kannst jeden sehen. Ich gehe lieber mal in die Kabine.«

Nervös greife ich nach seinem Arm. »Was, du gehst schon?«

»Ich bin gleich wieder zurück. Da unten.« Er zeigt aufs Feld. »Versuch, wach zu bleiben.«

Er trottet die Stufen hinunter, und ich beobachte, wie die Muskeln in seinem Hintern wippen. Nach einigen Minuten, als mir klar wird, dass es eine Weile dauern kann, bis es losgeht, hole ich mein Handy hervor und beginne, E-Mails zu schreiben. Zunächst schreibe ich an Steph und Nicola. Ich möchte ihnen dringend berichten, was Lachlan mir erzählt hat, doch es steht ihnen nicht zu, das zu wissen, und ich bin nicht sicher, ob sie es verstehen würden. Es ist Lachlans Vergangenheit, die er mir anvertraut hat, also behalte ich sie voller Ehrfurcht für mich.

Auch meiner Mutter maile ich. Die letzte E-Mail hatte ich vor einigen Tagen von ihr bekommen. Sie schrieb, dass sie mich vermisst, was höllisch wehtat, doch es ginge ihr gut, und Toshio und Sean seien bei ihr gewesen. Meine anderen Brüder, Nikko, Paul oder Brian, erwähnte sie mit keinem Wort, also schicke ich Toshio eine E-Mail, damit er die anderen erinnert. Nach dem, was Lachlan mir erzählt hat, fühle ich mich innerlich seltsam schwach und zittrig, daher muss ich dringender denn je wissen, dass mit den anderen alles okay ist. Gäbe es doch eine Teleportiermaschine, damit ich einfach kurz zurückkönnte und meine Mutter umarmen. Ihre Umarmungen machen alles besser.

Aber so etwas existiert nicht, und stattdessen sitze ich auf der Tribüne eines leeren Stadions und warte auf einen Mann, in den ich mich hoffnungslos und hilflos verliebt habe. Ich hasse es, dass ich nicht alles haben kann, und dass es in der menschlichen Natur liegt, sich noch mehr zu wünschen, wenn man es endlich hat.

Schließlich höre ich Rufen von unten und recke den Hals, um einen Haufen großer, bulliger Männer in engen Shirts und Shorts zu sehen, die aufs Spielfeld kommen. Lachlan ist hinten in der Gruppe und redet mit einem Mann in einer Windjacke, der fast so breit ist wie er. Ich vermute, das ist Alan, der Coach.

Ich kann nicht leugnen, dass mein Herz beim Anblick Lachlans auf dem Feld einen doppelten Purzelbaum macht. Diese Kleidung betont jeden Millimeter seiner kräftigen, sehnigen Muskeln. Er ist ein verdammter Gott, und ein Gott, den ich vögle. Ich muss mich kneifen, obwohl mein Puls vollständig auszuflippen droht.

Zwar geht Lachlan mit dem vertrauten Hüftschwung, hält sich hier jedoch anders. Stolz. Er ist mehr als selbstbewusst, benimmt sich, als würde ihm das Feld, das Spiel gehören. Wäre ich ein Mädchen, das hier lebt, ich wäre bei jedem Spiel dabei, um ihm zuzusehen. Mich würde nicht mal wundern, wenn das halbe Stadion aus Mädchen bestünde, die ihren Lachlan MacGregor sehen wollen.

Das Training selbst ist nicht sonderlich interessant. Es sind ungefähr ein Dutzend Leute auf dem Feld, und der Coach lässt sie abwechselnd einige Minuten zusammenspielen oder in Paaren Übungen machen. Wie Lachlan gesagt hatte, verbringt er viel Zeit damit, mit dem Ball zu laufen und anderen Spielern auszuweichen, die auf ihn zukommen. Er duckt sich weg, was manchmal bewirkt, dass der andere der Länge nach hinschlägt, oder dreht sich aus einem Tackle. Manchmal weicht er auch gar nicht aus, sondern zielt auf die Schulter des Gegners. Ich erkenne, dass er sich in letzter Sekunde bremst, sodass er nicht mit voller Kraft trifft. Wäre es ein richtiges Spiel und das nicht sein Teamkollege, möchte ich wetten, dass er sich kein bisschen zurückhielte. Er ist wirklich ein Tier.

Und er ist verdammt schnell. Auch wenn er nicht die ganze Zeit eingesetzt wird und oft am Rande des Spiels bleibt, rennt er, sowie er den Ball bekommt, so schnell los, als könnte er gleich abheben. Es ist erstaunlich, dass jemand von dieser Statur so irre schnell laufen kann, aber seine muskulösen Beine sind wie Maschinen.

Ich könnte buchstäblich stundenlang hier sitzen und ihm zuschauen. Unmöglich kann ich den Blick abwenden. Er ist so in das Spiel vertieft, dass er nur wenige Male zur Tribüne aufblickt. Doch wenn er mich sieht, nickt er mir zu, und ich ertappe mich dabei, wie ich ihm schulmädchenhaft zuwinke.

Es ist schwer, ihn sich hager und ausgemergelt auf der Straße vorzustellen, drogenabhängig und unendlich hoffnungslos. Was für ein anderer Mensch er auf dem Spielfeld ist.

Letztlich endet das Training, und als alle zurück unter die Tribüne und zu den Umkleiden gehen, läuft er die Treppe hinauf zu mir, unermüdlich zwei Stufen auf einmal nehmend.

»Wie geht es dir?«, fragt er. Schweißperlen glänzen auf seiner gerunzelten Stirn, als er vor mir steht.

»Gut«, antworte ich. »Du bist wie … eine Rugbymaschine.«

Er blickt übers Feld und verzieht das Gesicht, während er sich mit dem Arm über die Stirn wischt. »Ehrlich? So hat es sich nicht angefühlt.«

»Tja, aber so sieht es aus. Ich habe … Glück. Ja, das habe ich. Du bist fantastisch und hast mich wahnsinnig beeindruckt.«

Er sieht mich an, und sein einer Mundwinkel biegt sich nach oben. »Ach ja?«

»Noch nie wollte ich dich dringender vögeln«, sage ich wahrheitsgemäß.

Er lacht. »Na gut, das lässt sich einrichten. Macht es dir etwas aus, wenn ich vorher dusche?«

Ich stutze. »Meinst du das ernst, dass du Sex mit mir willst?«

»Liebes, ich meine es immer ernst, wenn es um Sex mit dir geht. Und, ja, vielleicht war eine Nummer in der Umkleide schon immer eine Fantasie von mir.«

Fuck. Trag mich ein. Als wäre ich nicht schon scharf genug davon, ihn auf dem Feld zu sehen, wo er seine Dominanz bewies, sieht er mich noch mit einem Blick an, der zum Dahinschmelzen ist.

»Was ist mit den anderen? Ganz so exhibitionistisch bin ich auch nicht.«

»Freut mich zu hören«, sagt er. »Es gibt noch einen Raum für das gegnerische Team. Wahrscheinlich ist der offen.« Er packt meinen Arm und zieht mich hoch. »Übrigens hat uns Thierry, ein guter Freund aus dem Team, heute Abend in den Pub eingeladen. Er möchte dich kennenlernen. Ist das in Ordnung?«

Ich bin total geschmeichelt, dass seine Teamkollegen überhaupt von mir wissen. »Klar.«

»Schön«, sagt er, küsst mich sanft auf den Mund und stößt einen zustimmenden Laut aus.

»Ich möchte mit dir vor jedem angeben, den ich kenne«, flüstert er an meinem Mund.

Ich löse mich praktisch auf, erwidere seinen Kuss eifrig. Unsere Lippen und unsere Zungen sind heiß, und ich möchte, dass er fühlt, was er in mir auslöst. Ich bin allerdings nicht mal sicher, wie ich es beschreiben sollte.

Er führt mich die Stufen hinunter und über das Feld zum Tunnel auf der gegenüberliegenden Seite. Mitten auf dem Spielfeld bleibe ich stehen, blicke mich um und stelle mir vor, wie es für Lachlan sein muss, hier rauszukommen, umgeben von Tausenden von Fans, die ihn anstarren, ihn anfeuern. Ich weiß nicht, wie er das macht. Irgendwie muss er in dem Moment alles andere ausblenden.

Ich glaube, das tut er manchmal auch bei mir. Dann ist es, als würde er mich sehen und sonst gar nichts, als wäre ich seine ganze Welt, das Einzige in seinem Sein.

Sogar jetzt, auf dem Weg in den dunklen Tunnel, sieht er mich auf eine Weise an, dass ich von dieser Intensität gefangen bin. Fuck. Ich bin von allem an ihm gefangen. Seiner Schönheit, seiner Dunkelheit. Seinem Schwanz. Definitiv von seinem Schwanz.

Und definitiv jetzt.

Er führt mich zu einer Tür, dreht den Knauf, doch es rührt sich nichts. Dann schiebt er mich ein Stück zurück, blickt sich im Tunnel um und tritt die Tür ein.

»Wow, bist du sicher, dass …«, beginne ich, doch sein Blick lässt mich verstummen, und er schleudert mich regelrecht in den Raum. Sofort schließt er die Tür hinter uns und schaltet das Licht an.

Es sieht im Grunde wie in jeder beliebigen Umkleide aus. Spinde, Bänke, am einen Ende Duschen. Und, zum Glück, leer. Ich sehe wieder Lachlan an, der sich bereits das verschwitzte Shirt auszieht und es auf den Estrichboden wirft. Seine Schuhe, die Socken und die Shorts verschwinden als Nächstes. Er ist vollkommen nackt.

»Ich, äh, dachte, dass du immer Unterwäsche trägst, wenn du spielst«, sage ich. Meinen Blick zieht es zu seiner riesigen Erektion, die er in seiner Faust hält, langsam auf und ab reibt und mich mit einem brennend gefährlichen Ausdruck ansieht. »Du weißt schon, wegen dieser Sache mit den Shorts runterziehen ...«

Doch meine Worte verlieren sich, weil mich der Anblick von ihm in der Umkleide, seinen Rugby-Sachen auf dem Boden neben ihm, all den prächtigen Tattoos und gestählten Muskeln völlig blöd macht. Gott, dass ich eben gesehen habe, was sein Körper auf dem Spielfeld tun kann, und er mir jetzt zeigen wird, was er mit *mir* hier drinnen tun kann ... Ich lechze förmlich danach und weiß, dass ich bereits sündhaft feucht bin.

»Ich mische das gern«, sagt er entschuldigend.

Ich knöpfe meine Jeans auf, schiebe sie nach unten und will hinaussteigen.

»Nein«, sagt er heiser. Seine Augen blitzen. »Lass sie unten an deinen Knöcheln.«

Ich hebe den Kopf und blinzle. Was genau hat er vor?

Er geht mit seinem Schwanz in der Hand an mir vorbei bis zu den Duschen. Dort stellt er eine an und tritt unter den Strahl, sodass ihm das Wasser über den massiven Körper rinnt. Sein Streicheln wird schneller, und ich beobachte gebannt, wie seine Faust von dem dicken Schaftende bis zur geschwollenen lila Spitze gleitet.

»Sieh nur zu«, sagt er stöhnend, den Kopf nach hinten geneigt. Wasser rinnt seinen Hals hinab, zwischen den Brustmuskeln entlang und über seinen Bauch. »Ich möchte, dass du darum bettelst.«

»Ich *bettle* schon«, entgegne ich und komme mir ein wenig lächerlich vor, weil ich hier mit meiner Jeans und dem Slip um die Knöchel stehe und ihm zuschaue, wie er sich unter der Dusche einen runterholt. Mehr als alles andere möchte ich auf die Knie gehen, diesen köstlichen Schwanz in den Mund nehmen und das Wasser auf mich herabprasseln lassen. Mich kümmert nicht, dass ich nass werden würde. Ich will ihn kommen lassen, vorzugsweise in meinem Mund, aber ich nehme, was ich kriegen kann.

»Steig auf die Bank da«, befiehlt er, öffnet die Augen, als ihm das Wasser auf den Kopf sprüht, sein Haar glättet. Sein halb offener Mund mit dieser vollen Unterlippe fleht förmlich um Ärger, und sein Gesichtsausdruck ist durch und durch lüstern.

Ich tue, was er sagt, knie mich auf die Bank. Es ist so verdammt scharf, wenn er herrisch wird. Dieses ganze Szenario ist wie der Auftakt zu einem Porno.

»Dreh dich um«, sagt er und stellt die Dusche aus. »Mit dem Gesicht zur anderen Seite.«

»Ich möchte dich lieber ansehen. Hast du dich mal gesehen?«

Ein spöttisches Lächeln umspielt seine Lippen. »Tu, was ich sage.«

Ich sehe ihn wütend an. »Können wir nicht beide gewinnen?«

»Ja, du wirst gewinnen. Jetzt dreh dich um.« Er stürmt auf mich zu. Sein Schwanz wippt bei jedem Schritt, und sein Blick ist bedrohlich.

Ich gehorche, aber nur, weil ich weiß, dass es sich auszahlen wird.

Mit dem Arsch in die Höhe gereckt, warte ich. Oben bin ich vollständig bekleidet und balanciere ein wenig heikel auf der schmalen Bank.

Ich höre ihn hinter mich treten, fühle seine Präsenz. Sein Schatten schwebt über mir, und instinktiv umklammere ich die Kanten der Bank.

Sekunden vergehen, und ich sterbe vor Anspannung. Es ist, als wären meine Augen verbunden, als würde jeder Teil von mir in Habachtstellung sein und auf das Sündige warten, das kommt.

Ich öffne den Mund, um zu betteln, als plötzlich ...

KLATSCH

... seine große, starke, nasse Hand mit solcher Wucht auf meinen Hintern knallt, dass ich beinahe von der Bank falle.

Ich jaule laut auf.

Es *brennt.*

O Gott, es brennt, und meine Augen werden feucht.

Aber dann vergeht der Schmerz genauso schnell wieder, wie er gekommen ist, und ich atme schwer, warte auf mehr.

»Hat dir das gefallen?«, fragt er mit rauer und tiefer Stimme, die jeden schmutzigen Gedanken in seinem Kopf preisgibt.

Ich ringe nach Luft. »Ja.«

KLATSCH.

Er schlägt mich wieder, auf die andere Backe.

Ich biege den Rücken durch und schreie auf. »Fuck!« Mein Kopf fühlt sich heiß an, als würde er platzen, und mein Hintern kribbelt von den Schlägen, doch ich habe mich in meinem ganzen Leben noch nie dreckiger, noch nie aufgegeilter gefühlt. Das fühlt sich nicht nach einem Spiel an, sondern aufregend echt.

Er legt eine Hand an meine Hüfte, und ich zucke unter der Berührung, rechne mit mehr. Er hält mich fest, und dann spüre ich die Spitze seines Schwanzes, die über meine empfindliche, heiße Haut gleitet, wo er mich geschlagen hat, noch nass von der Dusche.

Falls er allerdings versucht, mich mit seinem Schwanz zu beruhigen, funktioniert es nicht. Es macht mich erst recht an. Ich will ihn tief in mir, bis ich nicht mehr klar sehen kann.

Das sage ich und entlocke ihm damit ein tiefes Knurren.

Er tritt von mir zurück und schlägt mir wieder auf den Arsch, fester als zuvor.

»Du Scheiße!«, schreie ich, doch ehe ich den Schmerz auch nur richtig wahrnehme, ist seine Zunge auf meinem Hintern, leckt mit sanften Strichen über jeden Striemen. Er stöhnt, und ich bin so verdammt hinüber. Dieses Auf und Ab von Schmerz und Wonne macht es mir schwer, mich zu beherrschen, und ich hebe ihm meine Hüften entgegen, will ihn in mir spüren.

Er versteht es offenbar.

Er packt meine Taille mit beiden Händen, umgreift sie fast vollständig, weil er im Vergleich zu mir so groß ist.

Ich bin so gnadenlos feucht, dass er sich lediglich nach vorn bewegen muss und schon in mich hineingleitet.

Es fühlt sich.

Zu.

Verflucht.

Gut an.

Der Winkel ist alles. Er dringt bis zum Anschlag in mich ein, und ich spüre, wie ich mich um ihn dehne, wie sein Schwanz über jeden Nerv in mir reibt.

Ein langes, schmerzliches Stöhnen kommt aus meinem Mund.

»Das magst du auch, ja?«, knurrt er. »Du mit deinen gierigen kleinen Lauten und deiner gierigen kleinen Möse.«

Ich schnappe nach Luft, klammere mich an die Bank, doch meine Hände sind so verschwitzt, dass ich mich kaum halten kann. Sollte er meine Taille loslassen, werde ich hinfliegen, denn meine Gliedmaßen sind wie aufgelöst, und ich bin so voll von ihm, dass nichts mehr eine Rolle spielt, außer heftig und schnell zu kommen.

Er rammt ihn in mich hinein, lässt seine Hüften schnell kreisen, trifft jedes Mal den richtigen Punkt, und das Gefühl in meinem Innern wächst, steigert sich und wird angespannter, bis ich fürchte, demnächst ohnmächtig zu werden. Unsere Haut klatscht laut gegeneinander, was einen irren Soundtrack zu unserem animalischen Vögeln liefert.

Mit einer geschmeidigen Bewegung zieht er meine Hüften höher, beugt sich leicht vor und erreicht mit einem langen, kräftigen Stoß meinen G-Punkt, den er perfekt reibt.

Alle Spannung überlädt wie ein Draht, der zu fest gespannt ist.

Ich schreie, löse mich auf, bis ich befürchte, von mir wird nichts übrig bleiben außer heißem Blut und Instinkt.

Er stöhnt, als ich um ihn herum pulsiere, und beschleunigt das Tempo. Er treibt sich so tief in mich hinein, so fest und vollständig, als wollte er mich wieder und wieder bestrafen. Und ich komme immer noch, während mich jeder brutale Stoß länger auf der Welle hält. Ich bin völlig high, so high, dass ich gar nicht runterkommen könnte, selbst wenn ich wollte.

Es ist reine, primitive Lust.

»Verdammt, du machst mich fertig, Liebes«, knurrt er, rasend wild in seinem Rhythmus, und dann wird er mit einem mächtigen Stoß langsamer. Seine Finger bohren sich fest genug in meine Haut, um blaue Flecken zu hinterlassen, und sein lautes, ungezügeltes Stöhnen erfüllt den Raum, vermengt sich mit meinem.

»Fuck«, keucht er heiser. »Du ruinierst mich.«

Er ist noch in mir. Schweiß tropft mir auf den Rücken, und wir atmen schwer. Es fühlt sich an, als müsse er seine Finger einzeln von meinen Hüften lösen, so fest, wie er sie packt.

Am Ende zieht er sich aus mir zurück, und ich fühle, wie sein Sperma an meinem Bein hinabrinnt. Er wischt es mit der Hand weg, beugt sich vor und küsst mich sanft auf den Rücken.

»Danke«, sagt er leise. Seine Stimme klingt, als hätte er einen Kanister Benzin getrunken. »Das werde ich nicht vergessen.«

In einer Umkleide von einem Rugbystar vertrimmt und gefickt zu werden? O nein, das werde ich auch nicht vergessen.

Ich freue mich auf den ersten richtigen Abend im Pub mit Lachlan und seinen Freunden, auch wenn ich nach dem, was Lachlan mir gestern Abend erzählt hat, ein bisschen nervös bin. Ich werde es nicht ansprechen, denn er soll nicht denken, dass ich ihn beobachte. Und ich weiß außerdem, was er mir in Napa über sein Verhältnis zum Alkohol erzählt hat. Ich muss einfach darauf vertrauen, dass er weiß, was er tut. Er sagte mir, das alles sei vorbei und erledigt, dass er keinen

Rückfall haben würde, und ich muss darauf vertrauen, dass er recht hat.

Ich verbringe einige Zeit mit der Kleiderauswahl. Was ist das Richtige für die Freundin eines Rugbystars? Nicht dass ich seine Freundin wäre, aber … Mist. Ich bin nicht sicher, was ich sonst sein soll.

»Bist du so weit?«, fragt Lachlan, als ich zum millionsten Mal ein weißes Spitzenträgertop anprobiere. Ich entscheide mich für eine enge Jeans und hohe Schuhe, doch irgendwie scheint es mir noch nicht genug.

»Ach«, sage ich und verziehe das Gesicht vor dem Spiegel. »Ich weiß nicht.« Ich drehe mich zu ihm, als er im Rahmen der Badezimmertür lehnt. »Sehe ich okay aus?«

Er zieht eine Augenbraue hoch. »Willst du mich verkackeiern?«

»Nein, ich will dich nicht *verkackeiern*, auch wenn ich nach wie vor nicht sicher bin, was das heißt.«

Kopfschüttelnd kommt er zu mir. Er betrachtet mein Gesicht, blinzelt beinahe ungläubig, bevor er mir das Haar von den Schultern streicht. Meine Augen fallen zu, ergeben sich kurz seiner Berührung.

»Es heißt, dass du verrückt bist, wenn du denkst, du würdest nicht okay aussehen«, antwortet er raspelnd. »Und dass ich niemals etwas anderes denken würde, als dass du wunderschön bist.«

»Du verstehst es, immer das Richtige zu sagen«, erwidere ich, und er küsst meinen Hals so, dass ich erschauere.

»Weil ich mit dem richtigen Mädchen zusammen bin«, erklärt er.

Ich muss schlucken, versuche den Mut aufzubringen. »Was das angeht«, sage ich leise. »Bin ich dein Mädchen?«

Er stockt und sieht mich stirnrunzelnd an. »Wovon redest du?«

»Bin ich dein Mädchen? Ich meine, wir haben eigentlich nie über unsere Beziehung gesprochen, was wir füreinander sind, und … Ich möchte nicht anmaßend sein und unterstellen, dass ich mehr für dich bin, als ich bin. Deshalb will ich nur wissen, damit es klar ist, du weißt schon … wie du empfindest.«

O Gott, ich stammle mich um Kopf und Kragen!

Einen Moment lang sieht er mich an, und ich verkrampfe mich unwillkürlich. »Ich habe dich eingeladen, mit mir nach Schottland zu kommen. Ich habe dir ein Ticket gekauft, einzig in der *Hoffnung*, dass du mitkommst. Kayla … du bist mein Mädchen. Du bist meine wunderschöne Welt. Und ich bin, was immer ich für dich sein soll, solange du nur weißt, dass ich noch nie, niemals in meinem ganzen Leben so für jemanden empfunden habe.« Er neigt den Kopf und fixiert meine Lippen. »Ich verliere mich in dir. Jeden Tag. Und es ist das schönste, beängstigendste Gefühl der Welt. Wenn ich ehrlich sein soll, fängst du an, mich in meiner Zuneigung zu dir ein bisschen wahnsinnig zu machen. Ich weiß nicht, ob ich je wieder richtig bei Verstand sein werde.«

Mein Gott. Mein Herz platzt gleich. Seine Worte sind wie Sonnenschein, vertreiben alles, was unheimlich und finster ist. Sie sind alles, was ich hören möchte.

Ich räuspere mich und bemühe mich, cool zu sein. »Also, bin ich jetzt deine feste Freundin oder was?«

Er grinst mich an. »Du bist meine feste Freundin, mein Mädchen, meine Frau. Und ich gehöre ganz dir.«

»Mein Mann«, sage ich und küsse die Stoppeln an seinem Kinn. »Mein Tier.« Ich mache eine Pause. »Mein Sexsklave.«

Beruhigt, dass ich okay aussehe, zumindest für ihn, schnappe ich mir meine Handtasche, und wir gehen. Lachlan ruft ein Taxi, und es dauert nur circa zehn Minuten, bis wir am Grassmarket sind und zum Pub gehen. Er ist in einem Souterrain, eingerichtet mit reichlich Teakholz und orange-grünkarierten Sitzpolstern.

Lachlan nickt zu einem Tisch nah der Mitte, an dem seine Teamkollegen sitzen. Ich erkenne beide von vorhin wieder, auch wenn ich von weit weg zugesehen hatte.

»Hallo, hallo«, sagt einer mit einer Hakennase und rotbraunem Haar. Der andere hat einen südländischen Teint, ist auf dunkle Art gut aussehend und nickt nur schüchtern.

»John«, sagt Lachlan zu dem Rothaarigen, bevor er dem anderen zunickt. »Thierry.« Wie er den Namen ausspricht, klingt er schrecklich französisch für mich. »Das ist Kayla.«

»Ah«, sagt Thierry, »schön, dich endlich kennenzulernen. Du musst der Grund sein, weshalb Lachlan beim Training so gepatzt hat.« Wer hätte das gedacht? Er hat auch einen schrecklich französischen Akzent.

Lachlan bedenkt ihn mit einem Blick, bei dem jeder andere Mann auf seinem Stuhl zusammengeschrumpft wäre, doch Thierry grinst nur sehr selbstzufrieden.

»Oy«, sagt John und knufft Thierry mit dem Ellbogen in die Seite. »Pass lieber auf, was du sagst, Alter, oder ich erzähle Lachlan von deinen jüngsten Eskapaden im Sommer.«

»Jüngste Eskapaden?«, wiederholt Lachlan interessiert. Er setzt sich ihnen gegenüber hin und bedeutet mir, es ihm gleichzutun. »Was habe ich verpasst?«

Thierry verdreht die Augen, sagt aber nichts. Er verschränkt die Arme vor der breiten Brust und blickt zur Seite.

»Also«, sagt John und beugt sich grinsend über den Tisch.

»Ich habe es selbst erst vor Minuten erfahren, da ist es mir natürlich noch frisch im Gedächtnis, nicht? Wie sich herausstellt, hat Thierry im Sommer in Paris ein Mädchen kennengelernt. Sie hat ihm sein verdammtes Herz gebrochen, obwohl, wie wir unseren Thierry kennen, hat er wahrscheinlich ihres gebrochen. Immer das Opfer spielen, was, Thierry? Auf dem Feld und sonst wo.«

Lachlan grinst und wirft mir einen verschwörerischen Blick zu. »Thierry ist das, was wir eine männliche Schlampe nennen. Daher ist schon die Vorstellung, dass jemand ihm das Herz brechen konnte, fast eine freudige Nachricht.«

Ich sehe Thierry an und kann mir gut vorstellen, wie er Herzen bricht. Er ist nicht so groß wie Lachlan oder so gebaut wie er, und er hat nur wenige Tattoos auf einem Bizeps, aber mit den warmen dunklen Augen, der honigbraunen Haut, den weichen Lippen und dem dichten schwarzen Haar ist er ziemlich eindrucksvoll. Wäre ich nicht mit dem umwerfendsten, großherzigsten Mann des Planeten zusammen, würde ich eventuell mit ihm flirten. Er sieht definitiv aus, als wäre er für Tempo und Beweglichkeit geschaffen.

»Also«, sagt Lachlan mit einem Nicken zu ihm. »Willst du darüber reden?«

Thierry sieht ihn zynisch an. »Klar doch. Ausgerechnet mit dir.«

Lachlan zuckt mit den Schultern. »Wie du meinst.«

»Obwohl mich ehrlich überrascht, dass du es wagst, uns diese wunderschöne Frau vorzustellen«, sagt Thierry mit einem entschuldigenden Lächeln zu mir. »Rugbyspieler sind für ihre Eleganz bekannt.«

»Nur französische«, scherzt John. »Du solltest ihn mal sehen, wenn er einen Torwurf versucht. Dann tanzt er quasi über die Linie, als würde er einen beknackten Walzer hinlegen.«

»Tja, ich bin auch nicht besonders elegant«, sage ich. »Wahrscheinlich komme ich deshalb so gut mit Lachlan aus.«

»Auskommen?«, wiederholt John. »Du klingst sogar wie er.«

»Ich hole was zu trinken«, sagt Lachlan und verlässt den Tisch. Mir entgeht nicht, dass er seinen Teamkollegen einen warnenden Blick zuwirft.

Die ignorieren ihn natürlich.

»Also, wo hast du Lachlan kennengelernt?«, fragt John. »Erzähl mir nicht, dass sie in Amerika Rugby spielen.«

»Tatsächlich tun sie das. Er hat ein bisschen in einem Team von Freizeitspielern mitgemacht.«

Thierry lacht. »Das hätte ich zu gern gesehen! Muss ein sehr einseitiges Spiel gewesen sein.«

»Er hat sich bemüht, nicht allzu sehr aufzutrumpfen, aber ich glaube nicht, dass es geklappt hat.« Ich wende mich zu John. »Ich habe ihn über Freunde kennengelernt. Meine besten Freundinnen sind mit seinen Cousins zusammen.«

»Ha«, sagt John. »Anscheinend muss ich nach Amerika, um eine anständige Frau zu finden.«

»Nein.« Thierry zeigt mit seinem Bierglas auf ihn. »Du musst nach Frankreich.«

John schüttelt den Kopf. »Die klingen da drüben nach Herzensbrecherinnen, nein danke. Wie du siehst, Kayla, sind wir im Grunde unseres Herzens ein Haufen Softies, die an all den falschen Stellen nach der Liebe suchen.«

Ich zucke mit den Schultern. »Tun wir das nicht alle?«

Beide wechseln einen fragenden Blick. Dann sieht Thierry mich an. »Glaubst du, dass du am falschen Ort suchst?«

Ich bin nicht sicher, was ich mit der Frage anfangen soll, weil sie seltsam ernst klingt, bedenkt man, worüber wir eben gesprochen haben.

»Ich hoffe nicht«, antworte ich, als Lachlan zurückkommt und zwei Pints Starkbier auf den Tisch stellt, bei denen der Schaum überquillt.

»Entschuldige, Liebes«, sagt er zu mir. »Der Cider ist aus, und der Hauswein taugt nichts.«

»Schon okay.« Eigentlich mag ich das dunkle schottische Bier lieber als das Zeug bei mir zu Hause.

»Hoffentlich haben sie dir nicht allzu sehr zugesetzt«, sagt er und beäugt die beiden skeptisch.

»Die zwei?«, frage ich. »Das sind doch nur niedliche Miezekätzchen.« Ich erhebe mein Glas. »Auf euch, Softies.«

Wir stoßen an, und wie auf Stichwort wird die Musik im Pub lauter.

Mehr Leute kommen.

Hinter den Fenstern verdunkelt sich der Himmel.

Bis ich mein riesiges Bier ausgetrunken habe, ist Lachlan bei seinem dritten, genauso wie Thierry und John.

Sie sind alle betrunken, und ich habe Mühe mitzukommen. Allerdings ist es hier drinnen laut, und da ist eine Horde Mädchen, die immer wieder zu Lachlan und Thierry hinsehen. Die Musik ist dröhnend, und ich fühle mich aus dem Gespräch ausgeschlossen. Sie versuchen, mich einzubeziehen, aber ihre Akzente werden immer ausgeprägter, bis ich so gut wie nichts mehr verstehe. Ich will einfach nur mehr trinken, damit das alles aufhört, mir auf die Nerven zu gehen. Leider ist das Bier so stark, dass es ewig dauert, mich durch ein zweites Glas zu arbeiten.

Die Atmosphäre im Pub hat sich völlig verändert. Leute

rempeln gegen unseren Tisch und verschütten unsere Drinks. Ich bemerke, wie Lachlan einige Male die Fäuste ballt und lockert, wie sich sein Gesicht rötet und dieser wilde, stechende Ausdruck in seine Augen tritt.

Doch Thierry und John sind zu betrunken, um es mitbekommen oder sich darum zu scheren. Sie singen irgendeinen schrillen Song mit.

Ich lehne mich zu Lachlan, muss aber immer noch brüllen, um gehört zu werden. »Wollen wir uns woanders hinsetzen? Hier ist es so laut, und wir werden dauernd angerempelt.«

Ich kann nicht hören, was er antwortet, doch es klingt eher wie ein Knurren.

Ich weiß nicht, aber ich habe ein komisches Gefühl. Zu Beginn des Abends war er entspannt, jetzt ist er angespannt und reizbar. Ich will nicht den vier Scotch Ales die Schuld geben, weiß aber auch nicht, was es sonst sein könnte. Ich weiß, dass er grundsätzlich nicht gern unter Leuten ist, vor allem nicht, wenn sich ein Haufen von denen wie Idioten aufführt. Dann noch Alkohol dazuzumischen, ist wohl nicht die beste Idee. Könnten wir doch zu Hause sein, auf der Couch liegen und fernsehen oder im Bett liegen!

Schließlich kommt ein Mädchen mit struppigem blondem Haar, oranger Haut und die Titten bis unters Kinn geschoben auf hohen Absätzen angetorkelt und wirft sich auf Lachlan.

»Du bist Lachlan McGregor!«, brüllt sie mit einem näselnden englischen Akzent, und ihre dicken falschen Wimpern machen es ihr offenbar schwer, die Augen offen zu halten. »Ich habe Bilder von deinem Schwanz gesehen!«

Ich reiße die Augen auf, und mir wird schlagartig heiß. Hast sie das gerade wirklich gesagt?

Sie sieht lange genug zu mir, um mich abfällig von oben bis unten zu mustern. Dann blickt sie zu Thierry. »Deinen Schwanz habe ich auch gesehen. Beide sehr eindrucksvoll. Ich bin übrigens Polly. Wollt ihr mir was zu trinken ausgeben?«

Ich warte darauf, dass mich jemand aufklärt. Mit offenem Mund starre ich Lachlan an, doch er sieht mich nicht an. Zugegebenermaßen hat er auch sie kein einziges Mal angesehen. Er stiert in sein halb volles Bier, als wolle er jemandem das Glas über den Schädel ziehen.

Es ist John, der mir die Sache erklärt: »Die beiden waren vor einigen Jahren in einem Aktkalender fürs Rugby«, sagt er laut. »Ich wurde natürlich nicht gefragt. Ich glaube, rotes Schamhaar ist nicht so fotogen, nicht mal in Schwarz-Weiß.«

Also sind Rugby-Kalender tatsächlich ein Renner. Tja, Neil und auch Amara sprachen es an, aber ich hielt es für einen Scherz. War es anscheinend nicht.

Und nun bin ich ein wenig beruhigt. Wenn sie seinen Schwanz im Kalender gesehen hat, hat ihn wahrscheinlich jeder gesehen, und ich kann nicht viel anderes tun, außer stolz zu sein, dass sein Schwanz mir gehört.

Obwohl mir nicht gefällt, dass diese Schlampe meinen Mann betatscht, werde ich nichts sagen oder tun. Man verstehe mich nicht falsch: In San Francisco hätte ich kein Problem damit, auf jemanden loszugehen. Ich erinnere mich, wie ich einmal einschreiten musste, als irgendeine Kuh drohte, Stephanie wegen eines Typen, ich weiß nicht mehr, wen, zusammenzuschlagen. Da musste ich richtig auf irre Asiatin machen, und zum Glück genügte das. Aber ich habe das Gefühl, dass mit schottischen oder englischen Puten wie dieser hier nicht zu spaßen ist. Ich halte den Mund und beachte sie nicht.

Bis es unmöglich wird.

Denn auf einmal steht die billige Schlampe hinter Lachlan, streicht mit beiden Händen über seine Arme und flüstert ihm etwas ins Ohr.

»Ähm, entschuldige, *Polly*, richtig?«, frage ich und recke einen Finger in die Höhe. »Ich glaube nicht, dass du das machen willst.«

Wütend blickt sie mit einem Auge zu mir, das andere geschlossen. Sie sieht aus wie eine besoffene Piratennutte.

»Kümmer' dich um deinen eigenen Kram«, lallt sie.

Nun starre ich Lachlan an und frage mich, warum er sich nicht rührt, nicht reagiert. Ich weiß nicht mal, ob ihm bewusst ist, was hier abgeht – er ist wie in einer Art Trance, was mir kein bisschen hilft.

Na schön. Ich kann für mich selbst sorgen. Ich beuge mich näher und lege eine Hand auf ihren Arm. Er ist klebrig und kalt. »Polly, ich weiß nicht, ob dir das klar ist, aber dieser Mann ist mein Freund, was bedeutet, er *ist* mein Kram. Wenn du jetzt bitte deine Arme von ihm nimmst. Es sind reichlich Männer in der Bar, die sicher gern eine Nacht mit einer wie dir verbringen würden.«

Sie rümpft die Nase. »Ach, verpiss dich, du Flitscherl.«

Ich zucke zurück. Ich weiß nicht mal, was »Flitscherl« bedeutet, aber ich schätze, es ist nichts Gutes. Ich will zu John und Thierry sehen, damit sie mich unterstützen, da Lachlan vollkommen regungslos bleibt, als plötzlich ein Schatten auf unseren Tisch fällt.

»Was zum Geier ist hier los, hä?«, dröhnt eine Stimme. Ich blicke auf und sehe einen großen Schlägertyp mit Glatzkopf und Knopfaugen hinter der Flitscherl-Pute. Er starrt das Mädchen an, das immer noch halb auf Lachlan hängt, als wollte er ihr mit seinem Blick Löcher in den Kopf bohren.

»Hey!«, brüllt er, packt das Mädchen am Arm und schleudert es von Lachlan weg. »Was zum Geier machst du mit meinem Mädchen, du Fotze?«

Ich zucke zusammen. O nein. O nein.

Ganz falsch, Kumpel.

Ich sitze wie festgefroren auf meinem Platz, beobachte Lachlan und halte den Atem an. Ich fühle, wie Thierry und John dasselbe tun. In der gesamten Bar scheint es still geworden zu sein, auch wenn ich mir das vielleicht nur einbilde. Es ist, als sei alles erstarrt und hielte den Atem an.

Lachlan dreht sich nicht um, neigt bloß den Kopf zur Seite, als würde er endlich hinhören. Er hat diesen Ausdruck eines tollwütigen Hunds, eines Vulkans unmittelbar vor der Eruption. Schultern und Nacken sind angespannt, als hätte ihn jemand so weit aufgedreht, wie es geht, und jetzt ist er im Begriff, entzwei zu springen.

»Was?«, fragt Lachlan so steif und leise, dass ich ihn kaum höre.

»Bist du scheißtaub?«, fragt der Typ und bückt sich vor, sodass er Lachlan praktisch ins Ohr schreit. »Ich habe gesagt, dass du dich verdammt noch mal von meinem Mädchen fernhalten sollst, Schwuchtel.«

Lachlan schluckt langsam. Ich beobachte, wie sich seine Fäuste so fest ballen, dass die Knöchel weiß werden. Sein Blick wird schärfer, die Pupillen verkleinern sich, und er wirkt fies und höllisch hart. Ich möchte nichts lieber, als ihn packen und hier rausschaffen. Das hätte ich längst tun sollen.

Der Kerl weicht nicht zurück. Er mag Muskeln haben, aber er ist ein beknackter Idiot. Stattdessen lächelt er Lachlan mit schiefen Zähnen an. »Ihr Rugbyspieler haltet euch alle für die schärfsten Säcke, oder? Als würde eure Scheiße nicht stinken.

Als könntet ihr alles machen, was ihr verdammt noch mal wollt. Tja, könnt ihr nicht. Ich weiß Bescheid über dich, du erbärmlicher kleiner Scheißer. Du willst alles, und du verdienst nichts davon, nicht so wie der Rest von uns.« Er sieht über Lachlans Kopf hinweg zu mir, und in seinen Augen spiegelt sich ein solcher Ekel, dass mir beinahe schlecht wird. »Wieso kümmerst du dich nicht um deine *Schlitzaugen*-Freundin und lässt meine in Ruhe?«

Mir ist, als wäre ich geohrfeigt worden. Ich brauche eine Minute, um zu begreifen, dass er mich eben ein Schlitzauge genannt hat, eines der ältesten, überholtesten rassistischen Schimpfwörter. Ich kann weder denken noch atmen oder reagieren, starre ihn nur fassungslos an, als wäre ich für einen Augenblick selbst unsicher, wer ich bin. Aber, verdammter Mist, es gibt mir das Gefühl, Abfall zu sein.

Lachlans Reaktion erfolgt, im Gegensatz zu meiner, prompt.

Mit einem entsetzlichen Brüllen springt er auf. Nun verstummt tatsächlich die ganze Bar, als er herumwirbelt und dem Kerl die Faust ins Gesicht schmettert. Der Schlag ist hart genug, dass Blut aus dem Mund des anderen sprüht und Knochen knirschen, was mir durch und durch geht.

Der Mann fliegt zurück, fällt aber nicht. Er fasst sich ins Gesicht, immer noch lächelnd, obwohl ich schwöre, dass ihm ein Zahn aus dem Mund fällt. Doch sein Blick verrät, dass er Lachlan weiter verhöhnen will.

Wofür keine Zeit mehr bleibt. Lachlan stürmt auf ihn zu, Schultern und Fäuste erhoben und mit einem solch irren Ausdruck in den Augen, wie ich ihn noch nie gesehen habe. Er ist wie ein vollkommen anderer Mensch, und wenn dieser Typ auch nur einen Funken Grips hat, verschwindet er auf der Stelle, denn ich glaube nicht, dass Lachlan aufzuhalten ist.

Er verschwindet nicht. Der Kerl versucht, einen Schlag zu landen, und erwischt Lachlan am Kinn, aber er duckt sich nicht, weicht nicht aus. Lachlan steckt den Schlag einfach ein und macht weiter, als sei nichts gewesen. Und nun, da er mit beiden Fäusten auf den anderen losgeht, fliegt der Kerl rückwärts durch einige Stühle und gegen einen Tisch.

Lachlan bringt ihn zu Boden und knallt ihm die Faust auf die Nase.

Auf die Wange.

Das Kinn.

Wieder.

Und wieder.

Noch mal und noch mal, wie ein wildes, rasendes Tier.

Ich sehe Blut und höre Knochen knacken, als würden zwei rohe Fleischstücke zusammengeschlagen. Es hallt durch die Bar.

Das hier ist ein Albtraum.

»Aufhören! Aufhören!«, kreischt das Mädchen und versucht, Lachlan zurückzuziehen.

Er unterbricht lange genug, um sie mit einem Arm von sich zu stoßen und zu brüllen: »Halt die Fresse, du Fotze!« Endlich kommen Thierry und John zu sich, springen auf und rennen hinüber, um Lachlan zurückzuziehen.

»Verpisst euch!«, brüllt Lachlan und schlägt abermals zu. Inzwischen ist der Kerl unterm Tisch, stöhnt hilflos und bewegt sich kaum noch. Sein Gesicht ist nur noch Blut. Lachlan greift eine Flasche Bier von dem Tisch, zerschlägt sie an der Kante und hält sie an die Kehle des Typs.

»Du entschuldigst dich verdammt noch mal bei ihr«, raunt er. Sein Gesicht ist vom Blut des anderen bespritzt.

Doch der Kerl kann nicht mal reden. Endlich arbeiten John

und Thierry zusammen und reißen Lachlan mit einem kräftigen Ruck von dem Mann weg.

Lachlan steht nur da, starrt den Typen an, während es im Pub totenstill ist. Sogar die Musik ist abgestellt. Das einzige Geräusch ist das Spucken des Kerls, der versucht, seinen blutigen Mund zu bewegen, und Lachlans schwerer, rasselnder Atem.

Plötzlich gibt Thierry mir meine Handtasche und flüstert: »Ihr zwei müsst jetzt gehen, *sofort!*« Er nickt unauffällig zu dem Barkeeper, der telefoniert. »Die Polizei wird gerufen. Du musst ihn hier rausschaffen.«

Ich nicke benommen, während langsam das Gefühl in meinen Körper zurückkehrt.

So ungern ich es zugebe, habe ich Angst, als ich nach Lachlans Hand greife. Nicht dass ich denke, er würde mich verletzen, aber ich bin nicht sicher, ob er überhaupt weiß, wo er ist oder wer ich bin.

Er zuckt bei der Berührung zusammen, dreht aber langsam den Kopf zu mir. Ich ziehe meine Hand zurück, die nun rot und klebrig ist.

»Wir müssen gehen«, sage ich mit kippelnder Stimme. »Bitte?«

Für einen Moment starrt er mich an, dann ist es, als würde er mich erkennen. Er nickt, drehte sich um und stürmt aus der Bar, wobei er mehrere Stühle aus dem Weg stößt.

»Ich kümmere mich um alles«, sagt Thierry zu mir, legt eine Hand auf meinen Rücken und dirigiert mich in Richtung Tür. »Bring du ihn nach Hause.«

Ich benetze mir die Lippen und renne hinter Lachlan her. Auf der Straße hole ich ihn ein. Er geht so schnell, dass ich laufen muss, um mitzuhalten.

»Lachlan! Lachlan, rede mit mir«, flehe ich.

Er sagt nichts. Als ich ein Taxi sehe, winke ich es heran. Der Wagen wird langsamer, und ich hole rasch meine Strickjacke aus der Tasche, um Lachlan das Blut aus dem Gesicht zu wischen. Wenn er zu schlimm aussieht, nimmt uns das Taxi womöglich nicht mit.

Er lässt es geschehen, vollkommen zahm, auch wenn er mich nicht ansieht. Ungläubig blickt er in die Ferne. Ich weiß, dass meine Jacke nun voll mit dem Blut eines Fremden ist, aber wenigstens sieht Lachlan wieder menschlich aus. In dem Pub war er alles andere als das. Ich habe schon einige Kneipenschlägereien gesehen, aber nie so etwas.

Das war rau, barbarisch. Und extrem gefährlich.

Das Taxi hält neben uns. Ich öffne die Tür und schiebe Lachlan hinein. Zu meiner Erleichterung sträubt er sich nicht. Der Fahrer sieht im Rückspiegel zu uns, doch ich spiele den Umstand hoch, dass ich Amerikanerin und nüchtern bin.

»Nummer vier, North East Circus Place«, sage ich prompt.

Er sieht mich und Lachlan an und nickt.

»Klar. Heftiger Abend?«

»Könnte man so sagen«, antworte ich murmelnd.

»Willkommen in Schottland, Deern«, sagt er mit einem angespannten Lächeln und fährt los.

Lachlan sackt mit seinem ganzen Gewicht an meine Schulter, und ich lege einen Arm um ihn, halte ihn fest. Ich bin nicht sicher, ob ich damit ihn oder mich beruhigen will. Wir stehen beide unter Schock.

»Es tut mir so leid«, murmelt er in einem hohen Ton, fast wimmernd, an meiner Schulter. »Es tut mir so leid, Liebes.«

»Schhh«, sage ich leise und drücke seine Schulter. »Ist okay.«

Er schüttelt den Kopf. »Nein«, sagt er. »Ich bin nie okay.« Danach sagt er nichts mehr.

Als wir bei seiner Wohnung sind, gebe ich dem Taxifahrer ein Bündel amerikanische Dollar, die ich unten in meiner Handtasche habe, und helfe Lachlan aus dem Taxi. Er kann stehen, wenn auch nur gerade so. Ich führe ihn zur Tür und wühle in seinen Jeanstaschen nach dem Schlüssel. In jeder anderen Situation hätte ich darüber gescherzt, nicht jedoch heute Abend. Ich bezweifle, dass wir so bald wieder über irgendwas Witze machen werden.

Ich bekomme die Tür auf und bringe Lachlan nach oben. In der Wohnung begrüßen uns Lionel und Emily, die dringend rauswollen. Doch kaum sehen sie Lachlan, weichen sie ein bisschen zurück. Es ist, als seien sie unsicher, wer dieser Mann ist.

Ich bringe Lachlan direkt ins Schlafzimmer, wo er aufs Bett fällt. Nachdem ich ihn auf die Seite gerollt habe, lege ich Emily und Lionel ihre Leinen an. Weil es so spät ist, verzichte ich auf den Maulkorb für Lionel und führe beide zu einer kurzen Pinkelrunde in den Park.

Bei mir scheinen die Hunde etwas lockerzulassen, obwohl ich merke, wie angespannt ich bin. Ich habe keine Ahnung, ob ich heute Nacht schlafen kann. Gern würde ich mit jemandem über das reden, was geschehen war, traue mich aber nicht. Lachlan ist ein so verschlossener Mensch, dass es mir unfair vorkommt, jemandem zu erzählen, wie er war. Nicht mal Stephanie, der ich eine Menge erzähle und die weder über mich noch ihn urteilen würde.

Ich beschließe, es vorerst für mich zu behalten, und überlege, eines Tages vielleicht mit Thierry darüber zu sprechen. Er und John schienen kein bisschen überrascht. Vielleicht ist es in Schottland normal, jemanden zu Brei zu schlagen. Möglich wäre es, auch wenn die Tatsache, dass wir beide aus dem Pub fliehen mussten, ehe die Polizei kam, eher nicht dafür spricht.

Andererseits bleibt mir nicht mehr viel Zeit. Ja, wir hatten heute beide festgestellt, dass wir ein Paar sind, und ich verliebe mich mit jedem Tag mehr in ihn, trotzdem bin ich unsicher, wie es weitergehen soll. Was passiert, wenn ich wieder abreise? Verlegen wir uns auf eine Fernbeziehung? Geht das überhaupt?

Und falls ich bleibe, wovon ich nicht mal weiß, ob diese Möglichkeit besteht, kann ich dann mit ihm und all seinen Dämonen umgehen? War das heute Abend ein einmaliger Vorfall oder der Auftakt zu sehr viel mehr? Er sagte, dass seine Vergangenheit hinter ihm liegt, und ich muss ihm glauben. Aber ich kann auch nicht so tun, als wäre es ausgeschlossen, dass er seiner Dunkelheit erliegt. Wenn das heute nur eine Andeutung dessen war, was kommt, bin ich stark genug, ihm da durch zu helfen? Das zu überleben? Es ist so viel, was eine neue Beziehung überwinden muss.

Ich muss mich ermahnen, keine voreiligen Schlüsse zu ziehen. Das von heute Abend, so beängstigend und entsetzlich es war, könnte alles gewesen sein. Uns könnte immer noch eine wunderschöne Liebesgeschichte bleiben.

Es ist ein einziger Mist. Das gellende Chaos. Ich bin komplett durcheinander. Warum kann es nicht einfacher sein? Warum kann ich ihn nicht einfach lieben und er mich, und das sollte das Einzige sein, was wir hinbekommen müssen? Stattdessen hält ihn die Vergangenheit gefangen, und unsere Beziehung hat ein Verfallsdatum.

Ich liebe einen gebrochenen, beschädigten Mann, der uns beide in den Abgrund reißen könnte.

Und ich habe keine Ahnung, wie das gut ausgehen soll.

Später krieche ich ins Bett. Ich bemühe mich, mein hartes Herz davon abzuhalten, sich wieder zu öffnen. Ich möchte mich zurückziehen, ihn aussperren, habe mir alles ausgeredet, was offen und schön ist.

Doch dann rollt er sich zu mir, nimmt meine Hand und hält sie fest.

So fest.

Er hat die Augen zugekniffen, und als er spricht, ist er kaum zu hören.

»Kayla«, sagt er heiser. »Ich liebe dich.«

Ich breche in Tränen aus, während er wieder einschläft.

Kapitel 22

Lachlan

Ich schlafe traumlos. Keine Albträume, nichts. In gewisser Weise ist das noch schlimmer, denn als ich aufwache und mir langsam klar wird, wo ich bin und was gestern Abend passiert ist – zu was ich wurde. Tja, da denke ich, ein Albtraum wäre besser gewesen. Bei dem weiß ich wenigstens, dass er nicht echt ist.

Dies hier aber *ist* echt.

Ein fieser Schmerz pocht in meinem Schädel, und ich habe einen abscheulich sauren Geschmack im Mund, als könnte ich mein eigenes verdammtes Herz schmecken. Meine Fingerknöchel tun weh, wo sie den anderen wieder und wieder und wieder getroffen haben.

Ich bin mehr als angeekelt von mir selbst.

Dieses Gefühl schmerzt am meisten.

Und ich habe Angst, die Augen zu öffnen.

Wenn ich sie geschlossen halte, werde ich mich nichts stellen müssen.

Doch die Bilder prasseln auf mich ein, erinnern mich, dass diese Seite von mir nie verschwinden wird. Was geschehen ist, ist geschehen, und ich tat es vor der Frau, die ich liebe.

»Hey.« Ihre Stimme klingt wie die eines Engels: klar, hell

und das Gegenteil von mir. »Hey«, sagt sie wieder, legt sanft eine Hand auf meinen Arm und schüttelt mich leicht. »Ich würde dich ja schlafen lassen, aber in einer Stunde hast du Training.«

Fuck.

Fuck!

Training.

Gott, ich bin solch ein beknackter Idiot.

Langsam öffne ich die Augen, und das Licht verursacht Miniexplosionen in meinem Kopf. Ich sehe Kayla vor mir. Ihre Augen sind geschwollen, und sie wirkt müde. Immer noch wunderschön, dennoch tut es weh zu wissen, dass ich der Grund für eine schlaflose Nacht, Schrecken und Kummer bin.

Ich lecke mir die Lippen und versuche, etwas zu sagen, kann es aber nicht. Es kommt nichts heraus.

»Hey«, sagt sie wieder und berührt zart meine Wange. Irgendwie sieht sie mich an, als würde sie mich immer noch mögen. Mir ist schleierhaft, wie das sein kann. Sie hat gesehen, wie ich bin. Mich wundert, dass sie überhaupt noch hier ist.

Ich versuche, mich zu räuspern. »Tut mir leid«, krächze ich, sehe sie flehend an und wünsche mir, ich könnte meine Brust aufklappen, damit sie sieht, wie sehr es mir leidtut. Mein Herz fühlt sich an wie eine Wasserlache.

»Schon gut. Ich verstehe das«, sagt sie.

Ich schüttle den Kopf, auch wenn es sich anfühlt, als würde mein Gehirn einklappen. »Das solltest du nicht. Es gibt keine Entschuldigung. Es ist nur … es tut mir leid. Ich weiß nicht, was passiert war.«

»Na ja, du warst betrunken«, sagt sie.

Ich schließe die Augen und reibe meine Stirn. Die gottverdammte Scham liegt auf meiner Brust wie ein Amboss, und ich kann sie nicht abschütteln. Was ich auch nicht sollte. »Ich war betrunken, ich weiß, und das hätte ich nicht sein dürfen.«

»Aber der Typ war ein Arschloch. Er hatte es darauf angelegt, wollte sich mit dir prügeln.«

»Weiß ich. Ich weiß es, und ich hatte versucht, es zu vermeiden.« Ich sehe sie beschämt an. »Aber dann hat er dich so genannt, und ich konnte ... ich konnte es einfach nicht hinnehmen. Tut mir leid, aber meine Toleranz gegenüber rassistischen Hackfressen ist noch niedriger als die gegenüber Männern, die meine Frau nicht respektieren. Ich bin ausgetickt.« Ich ringe nach Luft. »Ich bin schlicht *ausgetickt*.«

»Weiß ich«, sagt sie tröstend, aber ich will nicht, dass sie mich tröstet. Denn es ist nicht okay. Es ist nie okay. Ich verdiene es nicht, jetzt getröstet zu werden.

Für einen Moment schließe ich die Augen wieder. »Und ich hätte nicht austicken dürfen. Ich hätte weggehen sollen. Nein, ich hätte gar nicht erst dort sein dürfen. Ich weiß nicht, was passiert ist. Alles war bestens, und im nächsten Moment ... prügelte ich ihn blutig.«

Sie verzieht das Gesicht, und ich bereue meine Worte.

»Entschuldige«, sage ich rasch. »Ich meine nur ... es kommt nicht wieder vor.«

»Ist so etwas schon früher passiert?«, fragt sie vorsichtig. »Nur weil Thierry sich so anhörte, als hättest du schon mal Ärger mit der Polizei gehabt.«

»Ja, hatte ich«, gestehe ich. »Aber nicht deshalb. Ich meine, ich habe mich schon oft geprügelt. Wir sind in Edinburgh, da kommt es vor. Und ich bin Rugbyspieler. Jeder will beweisen, dass er stärker ist als jemand wie ich. Und ich hatte früher

Schwierigkeiten. Als ich auf der Straße gelebt habe, du weißt schon, damals. Aber ich bin noch nie verhaftet worden, das kann ich dir schwören.«

Seufzend stütze ich mich auf die Ellbogen auf, sodass die Decke bis zu meinen Hüften rutscht, und sehe ihr in die Augen. »Als ich Lionel neu hatte, beschwerte sich irgendein Spinner über ihn. Völlig grundlos. Lionel ist nie etwas anderes als süß gewesen. Doch jemand hatte es auf mich abgesehen, und Hass ist wie Gift. Lionel wurde mir weggenommen, und als Grund gaben sie das Kampfhundegesetz an. Ich habe ihn wochenlang nicht gesehen, während sie sein Verhalten prüften. Zum Glück bestand er all ihre sogenannten Tests mit Bravour. Aber bei mir waren sie sich nicht sicher. Trotzdem gab der Richter ihn mir zurück, und das war's. Solange er einen Maulkorb trug, durfte ich ihn behalten.« Ich stocke. »Aber sollte ich jemals Ärger mit der Polizei bekommen, habe ich schreckliche Angst, dass sie beides miteinander verbinden und mir Lionel für immer wegnehmen. Und sie würden ihn einschläfern. Deshalb muss ich mich vorbildlich benehmen.«

»So ungern ich es sage, aber das gestern Abend war nicht vorbildlich.« Sie blickt auf ihre Hände, wobei ihr eine Haarsträhne ins Gesicht fällt. »Ich hasse es, dir das zu sagen, aber … du hast mir Angst gemacht. Furchtbare Angst.«

Fuck. Es trifft mich wie eine Kugel in die Brust, das von ihr zu hören.

Sie fährt fort: »Nicht nur, weil ich das Gefühl hatte, in Gefahr zu sein. Ich wusste einfach nicht, wer du warst oder was du tun würdest. Du bist … bitte geh es von jetzt an gelassener an. Ich möchte nicht erleben, wie du verletzt wirst.« Endlich sieht sie mich an. Tränen glänzen in ihren Augen, was die Kugel noch tiefer in meine Brust treibt, mir mein beknacktes

Herz bricht. »Ich mag dich so sehr. Du ahnst es nicht, Lachlan. Du ahnst es nicht mal.«

Ich strecke die Hand nach ihr aus, lege sie an ihre Wange, vollkommen überwältigt von allen erdenklichen Gefühlen. Doch ganz vorne an, an der Spitze, ist Hoffnung.

Eine vage Erinnerung taucht in meinem Kopf auf. Das Bild ist neblig, aber das Gefühl ist sonnenklar.

»Letzte Nacht«, sage ich heiser und blicke in ihre warmherzigen Augen, »habe ich dir gesagt, dass ich dich liebe. Ist das geschehen, oder war es ein Traum?«

Sie lächelt unsicher. »Nein, du hast es gesagt.«

Ich knurre, blicke zur Seite und nicke. »Okay. Was hast du gesagt?«

»Du warst wieder eingeschlafen, bevor ich etwas sagen konnte«, antwortet sie.

Auf einmal habe ich Angst vor dem, was sie sagen könnte, und sehe sie an. »Was hättest du gesagt?«, frage ich. Würde meine Stimme doch nicht so dünn und ängstlich klingen!

Lange Zeit blickt sie mich an, und ich gehe beinahe unter in der Angst, der Zurückweisung, der Tatsache, dass ich nichts als ein trauriger, erbärmlicher Idiot bin.

»Weißt du was?«, frage ich hastig, und beim Atmen tut mir die Brust weh. »Ich will es gar nicht wissen. Vergiss es. Ist nicht wichtig.«

Sie beugt sich vor und küsst mich voll auf den Mund. Sanft, nachgiebig, immer wunderschön. Dann lehnt sie ihre Stirn an meine, sodass unsere Münder nur Zentimeter trennen. »Ich hätte dir gesagt, dass ich dich auch liebe. Dass ich verzweifelt, bescheuert verliebt in dich bin.«

Ich schließe die Augen und bemühe mich, nicht laut zu schluchzen. »Und jetzt?«, flüstere ich. »Bei Tageslicht?«

»Bei Tageslicht liebe ich dich sogar noch mehr.«

Damit kann ich nicht umgehen. Mein ganzes System will zusammenbrechen.

»Bei Tageslicht«, sagt sie zu mir, »kann ich all deine Risse, deine Dunkelheit und deine Fehler sehen, und ich verliebe mich in sie alle. Und ich hoffe, dass du dich in alles verlieben kannst, was ich bin, in all das, was in meiner Dunkelheit lauert, was in meinem Licht scheint. Ich wünsche mir, dass du jedes kleine Stück von mir liebst, weil alles dir gehört.«

Zuerst tun ihre Worte weh – sie *tun weh*, weil ich sie so tief empfinde, als würde mir ein Messer in die Brust gerammt. Aber es ist kein fieser Schmerz. Es ist eine so akute Freude, dass ich sie nicht einmal verarbeiten kann. Und dieses Messer ist anfangs glühend heiß, bevor es eine Wärme in mir ausströmen lässt, die besser ist als die süßeste, gnadenloseste Droge.

Ich möchte weinen. Brüllen. Schreien. Für das hier bin ich nicht geschaffen, und ich werde zu einer Rakete, voller Energie, mit der ich nicht weiß, wohin.

Ich kann nur flüstern: »Ich liebe dich«, wobei meine Stimme bricht und ich mich zugleich auf schmerzliche Art vollständig fühle. »Ich liebe dich«, wiederhole ich und küsse sie.

»Ich liebe dich«, sage ich wieder.

Ich küsse ihre Wange.

»Ich liebe dich.«

Ich küsse die Wölbung ihrer Brüste.

Und dann wandern meine Hände an ihrem Körper nach unten, und ich bewege mich auf sie zu, gierig und ausgehungert nach jedem bisschen Liebe, das ich bekommen kann.

Wir bewegen uns in Zeitlupe, wie durch Honig, langsam und süß. Ich ziehe ihre Unterwäsche aus, dringe in sie ein, und sie öffnet sich mir, als würde sie mich zum ersten Mal in sich lassen. Ihre Beine schlingt sie um meine Hüften, scheint mich nie wieder freigeben zu wollen.

Und ich möchte glauben, dass sie nicht loslässt.

Dass sie nicht in zwei Wochen fort ist.

Ich bin nicht sicher, ob das menschliche Herz dafür gemacht ist, das zu ertragen. Wie kann es die Freude aushalten, endlich jemanden zu lieben, die Ekstase, endlich geliebt zu werden, während es sich zugleich so sehr vor dem Schmerz fürchtet, der kommen wird?

Denn er kommt.

Wie lange können wir ihn noch ignorieren?

»Bleib bei mir«, flüstere ich, als ich tief in sie eindringe.

»Ich gehe nirgends hin«, antwortet sie atemlos, den Hals gebogen und den Kopf nach hinten geneigt. Was für eine verdammte Göttin.

Aber das meinte ich nicht.

Es dauert nicht lange, bis ich komme, und als es so weit ist, blicken wir uns in die Augen. Ich merke, wie ich immer mehr entgleite. In die Vergangenheit. In die Zukunft. Ich verliere mich vollständig, und ich weiß nicht, wie es ausgehen wird, ob ich am Ende noch ganz sein werde.

Ich stütze mein Gewicht mit dem Ellbogen, den Kopf auf dem Kissen, während sie sanft meinen Rücken berührt.

»Bleib bei mir«, sage ich wieder, heiser vor Erschöpfung. »Fahr nicht nach Hause.«

Sie verspannt sich, und ihre Hand hält an meiner Schulter inne. »Nicht nach Hause?«

»Kündige deinen Job. Zieh hierher. Sei bei mir.«

Ich kann nicht glauben, dass ich das sage, doch jetzt ist es zu spät. Sie will alles von mir, also bekommt sie alles.

»Lachlan«, sagt sie behutsam. »Das kann ich nicht tun.«

Ich hebe den Kopf, um sie anzusehen. »Warum nicht?«

Sie runzelt die Stirn. »Warum nicht? Ich … ich habe hart für meinen Job gearbeitet.«

»Du hasst deinen Job.«

»Aber er ist immer noch mein Job. Was soll ich denn hier machen? Hier finde ich nichts.«

»Du kannst alles tun, was du willst.«

»Ja, du hast gut reden. Ich habe mein ganzes Leben für das gearbeitet, was ich habe, da gebe ich es doch nicht einfach auf. Das ist verrückt.«

»Nein, nicht das ist verrückt. Verrückt ist, nicht weiterkommen zu wollen, nie sein Potenzial auszuleben, nie zu entdecken, was im Leben dein Herz schneller schlagen lässt. Kayla, wer du bist und was du denkst, wer du sein solltest, sind zwei verschiedene Sachen.«

Sie sieht mich flehend an. »Und wer bin ich?«

»Du bist du, Liebes. Und du weißt, was du machen möchtest. Jessica hat gesagt, sie würde dich unterstützen, wenn du schreiben willst.«

»Ja, umsonst. Wenn ich umsonst schreiben will. Wovon soll ich leben, bis mein Portfolio oder was auch immer ausreicht, um mir einen Job zu suchen?«

»Ich könnte …«

Sie hält mir den Mund zu. »Und erzähl mir nicht, dass du mich ernährst. Ich weiß, dass du es kannst, und du würdest es tun, aber ich würde es nicht akzeptieren. So bin ich einfach nicht. Ich tue Dinge auf meine Art.«

Ihre Sturheit entlockt mir ein Kopfschütteln. »Ich könnte dir helfen, Arbeit zu finden. Du kannst im Tierheim arbeiten, wie Amara.«

»Amara sagt, du kannst kaum sie bezahlen«, sagt sie, und ich verziehe das Gesicht, weil es stimmt. »Du kannst dir nicht auch noch mich leisten.«

»Könnte ich«, widerspreche ich. »Notfalls verkaufe ich meine Wohnung in London.«

»Nein, kommt nicht infrage. Ich würde nie zulassen, dass du das für mich tust.«

»Warum nicht?«

»Weil ich … du kennst mich kaum. Ich bin es nicht wert.«

Seufzend kneife ich die Augen zu. »Bitte, sag das nicht. Sag nicht, dass ich dich nicht kenne, wenn ich das Gefühl habe, ich kenne dich schon mein ganzes Leben. Und erzähl mir nicht, du seist es nicht wert. Das entscheide ja wohl ich, oder?«

Blinzelnd sieht sie weg. »Ich möchte nicht, dass du irgendwas für mich tust.«

»Tja, Pech gehabt, Liebes, denn wenn du mit mir zusammenbleiben willst, werde ich alles tun, was ich verdammt noch mal kann, damit du hierbleiben kannst. Also sag es. Sag das verfluchte Wort, und du kannst hierbleiben, solange du willst.«

»Es wäre verrückt«, sagt sie leise.

»Und die Liebe bringt einen dazu, verrückte Dinge zu tun. So heißt es zumindest, und allmählich glaube ich, dass sämtliche bescheuerten Klischees zutreffen. Also gesteh es dir einfach ein. Nimm es an. Sei verrückt und tu Dinge, die bloß ein kleines bisschen irre sind.«

»Ich … ich kann nicht, Lachlan.«

Stöhnend kralle ich die Hände ins Kissen. Ich weiß, dass es total egoistisch ist, von ihr zu verlangen, dass sie alles aufgibt und bei mir bleibt. »Wenn ich nach San Francisco ziehen könnte«, beginne ich langsam.

»Ausgeschlossen«, sagt sie sofort.

»Du willst mich wirklich nicht mehr in der Nähe haben, oder?«

Sie packt mein Kinn und zwingt mich, sie anzusehen. »Hör mir zu.« Ihre Augen blitzen. »Du hast recht, dass ich zu Hause nicht viel aufgeben müsste.«

»Das habe ich nie behauptet.«

»Es stimmt. Ich habe einen Job, den ich nicht mag, und träume davon, ihn an den Nagel zu hängen. Und auch wenn ich Freundinnen habe, die ich sehr vermissen würde, und meine Familie, die ich mehr als alles liebe ... bin ich nicht sicher, ob die Furcht, weit weg von ihnen allen zu sein, ausreicht, um mich vom Fortgehen abzuhalten. Aber auf keinen Fall, unter gar keinen Umständen, denkst du auch nur daran, nach Kalifornien zu ziehen. Du hast hier eine Karriere, sogar eine verflucht gute, und du hast deine Hunde und die Organisation, so vieles. Wenn überhaupt wäre ich es, die einen Weg findet hierzubleiben.«

Allein bei der Möglichkeit schmerzt es in meiner Brust. »Sag es nur, bitte. Sag mir, dass du bleiben möchtest, dass du es versuchst, und ich verspreche, ja, ich schwöre dir, ich werde alles tun, damit es gut wird.«

Für einen Moment blickt sie mir nachdenklich in die Augen. Ich kann beinahe sehen, wie es in ihr arbeitet, sie alle Möglichkeiten abwägt, so wie sie es im Auto getan hat, als ich sie hierhin einlud. Es kommt mir vor, als wäre es eine Ewigkeit her.

»Ich muss darüber nachdenken«, sagt sie. »Gib mir noch eine Woche, dann weiß ich es.«

Ich kneife die Lippen zusammen und nicke. »Ist gut«, sage ich und küsse sie auf die Stirn. »Danke.«

»Und jetzt.« Sie gibt mir einen Klaps auf den Hintern. »Aus dem Bett mit dir und ab zum Training. Es wird sowieso schon übel, dass du verkatert bist. Ich will nicht, dass der Coach mich anruft und sich beschwert.«

Ich nicke, und die Scham wegen gestern Abend steigt wie Galle in meiner Kehle auf. Schnell mache ich mich fertig und breche gerade noch rechtzeitig auf. Unterwegs muss ich an einem Eckladen halten, mir eine Flasche Gatorade und einige Ibuprofen kaufen. Ich nehme mir wenige Minuten, um mich zu fangen, bevor ich zum Training erscheine.

Ich gehe davon aus, dass alle wissen, was los war. Nicht dass es das Team sonderlich interessieren würde, aber Alan macht uns gewöhnlich die Hölle heiß, wenn wir uns privat danebenbenehmen. Doch alle verhalten sich normal, mit Ausnahme von Thierry und John natürlich, die mich besorgt ansehen. Keiner scheint meine aufgeschürften Fingerknöchel oder den leichten Bluterguss an meinem Kinn zu bemerken, wo mich der erste – und einzige – Treffer des anderen erwischt hatte.

Was bedeuten muss, dass der Kerl lebt und wohlauf ist. Dennoch ziehe ich Thierry in der Pause beiseite.

»Hey, danke für gestern Abend«, sage ich rasch, blicke mich um und spreche leise.

Er sieht mich an und schüttelt missmutig den Kopf. »Du schuldest mir was«, sagt er mit seinem französischen Akzent. »Die Polizei ist aufgekreuzt, und John und ich mussten uns eine wilde Geschichte ausdenken, wie irgendein Typ an unseren Tisch kam und eine Prügelei anzetteln wollte.«

»Habt ihr gesagt, dass ich es war?«

»Nein, habe ich nicht«, sagt er empört. »John hat alles auf sich genommen. Er ist ganz wild darauf, als der harte Kerl gesehen zu werden. Du hast Glück, dass du hier der Held bist, weißt du das? Sämtliche Zeugen haben mitgespielt und ihm zugestimmt. Der hässliche Arsch wollte Ärger machen, John hat ihn windelweich geprügelt, Ende.«

Ich schlucke, weil mir schlecht wird. »Wie geht es dem Typen?«

Achselzuckend trinkt er einen Schluck Wasser. »Weiß ich doch nicht! Ich habe ihm nicht die Hand gehalten. Aber er ist von selbst verschwunden, ehe die Polizei da war, falls du dich damit besser fühlst. Ich glaube, diesmal bist du mit versuchtem Totschlag davongekommen. Was zur Hölle hast du dir dabei gedacht?«

»Offensichtlich gar nichts«, antworte ich und sehe ihn streng an.

»Ich weiß, klar, nur … geh es ruhig an, Mann. Es war blöd von mir, dich in den Pub zu bitten. Ich dachte, du hast das besser im Griff. Hattest du jedenfalls letztes Mal.«

»Das ist zwei Monate her«, erinnere ich ihn. »Und es geht mir gut«, ergänze ich hastig. »Es ist nur gerade eine Menge los. Das bringt mich aus dem Gleichgewicht.«

»Das Mädchen«, mutmaßt er.

»Es ist nicht ihre Schuld«, erwidere ich schroff. »Sie hat nichts damit zu tun.«

»Aber sie schwirrt dir durch den Kopf, bringt dich aus dem Gleichgewicht. Nein?«

Ich bewege meinen Unterkiefer hin und her, um die Anspannung zu lockern. »Ich habe zurzeit eine Menge zu verarbeiten. Es kommt nicht wieder vor.«

»Hoffentlich nicht, Lachlan«, sagt er und legt eine Hand auf meine Schulter. »Denn diese Frau ist in dich verliebt. Glaub mir, das willst du nicht verkacken.«

Ich blinzle. »Also, was ist wirklich in Paris passiert?«

Doch er lächelt mir nur zu und geht weg.

Ich seufze und kehre zum Spiel zurück.

Das Spielfeld war immer der eine Ort, an dem ich alles hinter mir lassen kann – meine Vergangenheit, meine Zukunft. Hier kann ich ganz in der Gegenwart leben.

Trotzdem bin ich für den Rest des Trainings so nutzlos wie ein zweites Loch im Hintern. Es mag an dem Kater liegen, aber wahrscheinlicher ist etwas anderes. Das High heute Morgen im Bett mit Kayla, sie sagen zu hören, dass sie mich liebt, dass sie vielleicht bei mir bleibt, kombiniert mit dem Tiefpunkt gestern Abend wegen meines Verhaltens und meiner Scham, weil ich bestenfalls erahnen kann, wie sie sich dabei gefühlt haben muss, setzen mir zu. Wie schnell war ich von »ein Drink macht mich ruhiger« dazu übergegangen, gar kein Limit mehr zu kennen.

»McGregor«, brüllt Alan mir nach, als ich das Spielfeld verlassen. »Nächstes Mal will ich mehr von dir sehen. Wir brauchen dich in Topform.«

Ich nicke knurrend und gehe in die Umkleide, um zu duschen.

Ich muss mich in den Griff bekommen, und das schnell. Es geht um alles.

Kapitel 23

Kayla

»Bleib bei mir.«

Seine Worte hallen immer wieder durch meinen Kopf, und jedes Mal, wenn ich die Szene im Geiste durchspiele, seinen verzweifelten, flehenden Gesichtsausdruck vor mir sehe, bin ich hin- und hergerissen. Wie kann ich mich so lebendig fühlen, so erfüllt von dem Wissen, dass er mich hierbehalten will, und es sogar in Erwägung ziehen, während ich gleichzeitig zusammenbrechen und heulen möchte, weil es so unmöglich scheint?

Ich meine, wie könnte ich bleiben? Und will ich das wirklich?

Ich kenne die Antwort auf die zweite Frage. An der auf die erste muss ich noch arbeiten.

»Kommst du klar?«, fragt Lachlan. Seine Stimme ist tief und so ruhig, dass ich mich vom Wohnzimmerfenster abwende und zu ihm drehe.

Er hat die Tasche mit seinen Rugbysachen über die Schulter gehängt und zieht besorgt die Brauen zusammen. Seit er mich gebeten hat, bei ihm zu bleiben, verhält er sich mir gegenüber anders. Als hätte er Angst, mehr zu sagen, falls es mich schreiend davonlaufen lässt.

Ich hebe meinen Kaffeebecher. »Ich habe den hier. Alles ist gut.«

»Das Wetter ist nicht so toll«, sagt er, und ich blicke wieder in den strömenden Regen draußen.

Dann zucke ich mit den Schultern. »Ein idealer Tag, um drinnen zu bleiben. Es ist allerdings schade, dass ich nicht sehen werde, wie du auf dem Spielfeld ganz matschig wirst.«

»Heute ist Konditionstraining auf der Laufbahn«, sagt er. »Du darfst gern mitkommen.«

Ich bin nicht sicher, ob das stimmt, nicht nach neulich Abend. Manchmal fürchte ich, dass es meine Anwesenheit beim Training, bei dem Team war, die alles ausgelöst hat. Ich schüttle den Kopf und lächle verhalten. »Ist schon okay. Ich habe einen ganzen Tag, um hier mit den Hunde abzuhängen und *The Vicar of Dibley* zu gucken. Außerdem muss ich mich für dein Gala-Tamtam bereitmachen, und ich brauche viel Zeit, damit ich umwerfend aussehe.«

Er mustert meine Shorts mit den Spitzenrändern und das dünne Trägertop. »Du kannst einfach das tragen. Mich würde es nicht stören.«

»Ich bin nicht sicher, ob dieser Aufzug dem Ruf von Ruff Love förderlich wäre. Wann kommst du zurück?«

»Spätestens um halb vier.« Er benetzt sich die Lippen und scheint mehr sagen zu wollen. Doch dann nickt er bloß. »Bis später, Liebes.«

»Bye«, sage ich leise und blicke ihm hinterher.

Sobald die Tür ins Schloss gefallen ist, setze ich mich auf die Couch und ziehe die Wolldecke über mich, obwohl es nicht kalt ist. Ich brauche es bloß kuschelig.

Nach einigen Folgen mit Dawn French beschließe ich, meinen Laptop hervorzuholen. Ich logge mich in meine Arbeits-

E-Mails ein, die ich seit meiner Ankunft hier nicht gecheckt habe, und scrolle durch den Eingangsordner.

Zu meiner Überraschung hat Candace alles erledigt. Lucy muss ihr meine Login-Daten gegeben haben. Nichts ist privat, wenn man für jemand anderen arbeitet, und Candace scheint alles locker übernommen zu haben.

Ich sehe mir einige ihrer Antworten an. Es ist offensichtlich, dass sie meinen Job weit besser macht, als ich es je könnte. Wahrscheinlich besser, als ich es jemals können werde.

Und das stimmt mich traurig. Richtig traurig. Und reumütig. Nicht dass sie per se besser ist als ich. Es liegt daran, dass ich die Arbeit so uninteressant finde, dass ich niemals genug Leidenschaft, genug Gefühl aufbringen würde, um mich wirklich zu engagieren. Und sollte ich in diesem Job bleiben, wie ich es immer gedacht hatte, würde ich nie den Punkt erreichen, an dem ich alles gebe. Denn letztlich bedeutet er mir nichts. Ich suche mir meinen Spaß und meinen Lebenssinn schon längst woanders.

Nun habe ich Lachlan gefunden. Und auch wenn er nicht mein Lebenssinn ist, schenkt er mir so viel Freude, Liebe, jede denkbare Emotion, dass ich das Gefühl habe, in Farbe statt in Schwarz-Weiß zu leben. Was ist, wenn ich einen Job finde, der mich täglich mit einer vergleichbaren Freude erfüllt? Was ist, wenn ich einen Sinn in den Dingen sehen könnte, die ich tue, eine ähnliche Leidenschaft? Wer sagt, dass nur ein Aspekt des Lebens verdammt fantastisch sein kann?

Je länger ich auf meine E-Mails starre, desto klarer erkenne ich, dass Candace, aus welchen Gründen auch immer, ihren Job liebt und, mehr noch, *meinen* Job. Und ich mag überhaupt nichts an meinem Job. Nun, da ich weiß, was Liebe ist, will ich nicht mehr irgendwo feststecken, wo keine ist.

Als mir das bewusst wird, hole ich zittrig Luft. Ich muss meinen Lebenssinn und meine Leidenschaft suchen, sprich: meinen Job aufgeben und ein Risiko eingehen.

Ich muss hierbleiben, bei Lachlan, und neu anfangen.

Allerdings heißt es, es zu erkennen, nicht dass es geschieht oder gar leichter wird.

Meine Angst wird mich immer im Zaum halten.

Ich sehe auf mein Handy und rechne nach, wie spät es in San Francisco ist. Dort schlafen noch alle. Ich kann nicht mit meiner Mutter reden und sie fragen, was sie davon hält, wenn ich herziehe. Allein der Gedanke, es anzusprechen, tut schon weh. Ich kann auch nicht Stephanie und Nicola erzählen, dass ich in Lachlan verliebt bin, dass er in mich verliebt ist und dass ich, obwohl er ganz schön verkorkst ist, die Chance will, fest mit ihm zusammen zu sein.

Also mache ich mir einen Tee, knuddle die Hunde und sehe aus dem regenfleckigen Fenster, wie man es eben tut, wenn man bedrückt und nachdenklich ist.

Ich schätze, irgendwann bin ich eingenickt, denn ich wache davon auf, dass Lachlan ins Zimmer kommt und mich auf die Stirn küsst.

»Harter Tag?«, fragt er munter.

Ich sehe zu ihm auf. Sein Gesicht ist gerötet vom Laufen, und er sieht aus wie der Inbegriff von Gesundheit. Schwer vorzustellen, dass er noch vor wenigen Tagen verkatert und zutiefst beschämt war.

»Ja, anstrengend«, antworte ich und unterdrücke ein Gähnen. »Ist es schon halb vier?«

Er nickt. »Ja, aber wir müssen nicht vor sieben auf der Gala sein. Du kannst noch ein bisschen schlafen, wenn du willst.«

Mein Körper möchte für immer schlafen, aber ich werde

nicht die Gelegenheit verpassen, mich für Lachlans große Veranstaltung aufzuhübschen. Ich war sogar neulich mit Amara in der Princes Street einkaufen, um das perfekte Kleid zu finden. Ich meine, wann sonst sollte ich so etwas je anziehen können? Jede Frau bekommt einmal im Leben ihren Aschenputtelmoment, und dies ist meiner. Ich werde ihn nutzen, so gut ich kann.

Langsam mache ich mich bereit, genieße jeden Augenblick. Das Kleid, das ich ausgesucht hatte, war nicht teuer, auch wenn es so aussieht. Es ist bodenlang, schwarz mit hohem Ausschnitt vorn und hinten fast bis zu meinem Arsch. An beiden Seiten sind Schlitze, um meine Schuhe zur Geltung zu bringen, und ich entscheide mich für meine grellpinken Plateauschuhe, damit es nicht *allzu* ernst gemeint wirkt.

Sobald ich angezogen bin, gehe ich vom Schlafzimmer ins Wohnzimmer, wo Lachlan bereits umgezogen auf mich wartet. Er steht auf, und wir beide nehmen uns einen Moment, um uns gegenseitig zu mustern. Ich dachte, er würde einen Smoking wählen, doch er trägt ein dunkelblaues Jackett mit passender Weste.

Zu einem Kilt.

Heiliger im Himmel!

»O mein Gott«, entfährt es mir. Er sieht wie ein verdammter Highlander aus, bereit für einen Tanz vor der Schlacht.

»Du siehst atemberaubend aus«, sagt er, kommt auf mich zu, ergreift meine Hände und dreht mich herum. »O Mann, verflucht. Ich glaube nicht, dass ich dich aus dem Haus lassen kann.«

»Du siehst auch nicht übel aus«, entgegne ich und bedeute ihm, sich zu drehen. »Lass mich alles sehen.«

Er tut es brav. »Hast du noch nie einen Mann in einem Kilt gesehen?«

»Nur die Dudelsackspieler auf der Straße, und ich würde nicht im Traum daran denken, das hier mit ihnen zu tun.« Ich greife nach unten und streiche über seine warmen, starken Beinmuskeln, wobei ich seinen Kilt immer weiter nach oben schiebe.

Ich grinse. »Keine Unterwäsche, was?«, frage ich leise. Er wird hart von meiner Berührung. »Es ist riskant, in dem Ding eine Erektion zu bekommen. Dann machst du es zum Zelt.«

»Wem sagst du das?«, antwortet er. »Und wenn du nicht aufhörst, kommen wir viel zu spät. Dafür würde ich sorgen.«

Es ist immer verlockend, vor allem wenn er sich so heiß, lang und dick anfühlt.

»Ich mache ganz schnell«, sage ich, sinke auf die Knie und hebe seinen Kilt über meinen Kopf.

»Verdammt«, stöhnt er kehlig und taucht die Finger in mein Haar, als ich so viel von ihm in den Mund nehme, wie ich kann. Sein salziger Geschmack auf meiner Zunge spornt mich an, und mein Ehrgeiz ist, dass ihm die Augen nach hinten rollen. Er ist so ein großer, maskuliner Mann mit so vielen dunklen, angeschlagenen Bereichen, doch dass ich ihn mit meiner Zunge, meinem Mund und meinen Händen um den Verstand bringen kann, macht mich süchtig.

Es dauert nicht lange, bis er kommt und mir beinahe direkt in die Kehle spritzt.

»Fuck«, murmelt er angestrengt. »Liebes, du machst mich fertig.«

»Schön«, sage ich, wische mir mit dem Handrücken über den Mund und spähe unter seinem Kilt hervor. Er sieht mich mit diesen trägen, halb geschlossenen Augen an, und ich weiß, dass ich gut war. Seine Stimmung, eben noch etwas angespannt, ist merklich aufgehellt. Vielleicht könnte ich ihn einfach die gesamte Veranstaltung über vögeln, und alles verläuft reibungslos.

»Ich bin bereit«, verkünde ich, während ich aufstehe. »Ich habe dir ja gesagt, dass ich schnell mache.«

Er schüttelt den Kopf, bevor er mich impulsiv küsst. Ich liebe es, dass ihn nicht stört, ob ich ihm gerade einen geblasen habe oder nicht.

Ich frage ihn, ob er uns ein Taxi ruft, aber da wir Lionel mitnehmen, holt Amara uns mit ihrem Wagen ab. Auch sie sieht hübsch aus in ihrem grünen Cocktailkleid, das rote Haar hoch aufgesteckt.

»Na, wenn ihr drei nicht die Ballkönige seid«, sagt sie, als wir einsteigen. Sogar Lionel hat eine dunkle Lederleine und ein Halstuch im selben Karo wie Lachlans Kilt um.

»Du siehst auch nicht schlecht aus«, entgegne ich und bin stolz, dass ich es war, die ihr das Kleid vorschlug, als wir einkaufen waren.

Die Gala findet in einem Hotel nahe der Royal Mile statt, daher ist die Fahrt nicht lang. Zudem sagt Amara, sie setzt uns erst ab und parkt danach den Wagen. Als ich all die eleganten Leute sehe, die vor dem Einlass anstehen, werde ich nervös. Im Ernst, hier ist sogar jemand mit einer Kamera und fotografiert jeden, der das Hotel betritt.

»Ist das ein Paparazzo?«, frage ich Lachlan.

Er sieht aus dem Fenster und knurrt achselzuckend. Ich schätze, er weiß es nicht, doch es erinnert mich daran, dass ich Jessica erzählt hatte, ich würde versuchen, einen Artikel über die Gala zu schreiben. Ich hole mein Handy aus der

Clutch und sehe nach dem Akkustand, weil ich mir einige Notizen machen müsste. Allein das macht die Situation ein wenig einfacher.

Ich blicke zu Lachlan, betrachte sein schönes Gesicht. Er wirkt nicht direkt nervös, doch alles Weiche aus seinen Augen ist fort, und er betrachtet die Welt mit einer gewissen Unerbittlichkeit.

»Hey«, sage ich leise. Ich empfinde nichts als Liebe für ihn, als ich seine Hand nehme. »Danke, dass du mich eingeladen hast.«

Er sieht mich an, als wäre mir ein zweiter Kopf gewachsen. »Natürlich habe ich dich eingeladen. Das steht inzwischen ja wohl fest, oder? Wo du hingehst, gehe ich auch hin.«

Doch seine Worte hängen noch in der Luft, weil wir beide wissen, dass es nicht ganz stimmt. Ich frage mich, ob er zu mir nach San Francisco kommen würde, wenn ich ihn darum bäte. Würde er alles für mich aufgeben? Warum können wir nicht eine Beziehung haben, in der keiner von uns irgendwas aufgeben muss?

Ich schätze, so funktioniert die Welt eben nicht. Auch wenn ich keine Expertin in Sachen Liebe bin, habe ich doch um mich herum schon oft gesehen, dass es nicht immer einfach ist. Nicola hatte höllische Probleme, den Richtigen zu finden, bevor sie Bram begegnete, und selbst dann gab es noch einige unschöne Dinge, mit denen sie fertigwerden musste. Stephanie und Linden waren ewig befreundet, ehe sie ihren dämlichen Pakt schlossen; dann vermasselte Linden es im ganz großen Stil, woraufhin sich die beiden für längere Zeit trennten, bis sie einsahen, dass sie einander brauchten. Und dann waren da meine Eltern. Sie schienen eine epische Märchenliebe zu leben, doch am Ende riss sie der Tod auseinander. Das größte Hindernis von allen, das keine Beziehung jemals überwinden kann.

Es gibt keinen Grund, warum unser Weg weniger steinig sein sollte. Ich verstehe nur nicht, warum er derart schlimm sein muss. Ich habe immer geglaubt, sollte ich jemals jemanden kennenlernen, den ich mit Leib und Seele liebe, würde es zumindest anfangs wunderbar laufen, bevor uns die ganz fiesen Steine in den Weg gelegt werden.

Doch es ist keine Zeit für Selbstmitleid oder Zweifel. Nicht jetzt. Ich war jahrelang mit Kyle zusammen, und nie habe ich für ihn empfunden, was ich für Lachlan empfinde. Allein deshalb ist dies hier alles wert.

»Komm, Liebes«, sagt Lachlan, als Amara anhält. Der Fotograf richtet sein Blitzlicht bereits auf uns.

Ich erstarre, aber Lachlan legt seine Hand unten an meinen Rücken, beugt sich zu mir und flüstert: »Es ist alles gut. Lächle nur. Ich mag es auch nicht, doch es ist nur heute Abend und für einen guten Zweck. Denk an die Hunde.«

Ich denke an Lionel, als ich auf den Gehweg steige, wo Lachlan mich an seine Seite zieht, den Arm um mich legt und stoisch in die Kamera blickt. Lionel drängt sich zwischen uns, und auf ein leises Kommando von Lachlan hin macht er Sitz und grinst den Fotografen an.

Ich muss zugeben, dass es schwerfällt, nicht zu lächeln, wenn man am Arm eines Mannes ist, dessen Name von allen Seiten gerufen wird. Ich weiß, dass im Mittelpunkt zu stehen das Letzte ist, was Lachlan will. Dennoch meistert er es mit erstaunlicher Gelassenheit.

Er vergeudet nicht allzu viel Zeit, bevor er mich ins Hotel führt. Lionel trottet stolz neben ihm her.

Drinnen ist es irrsinnig. Überall sind elegant gekleidete

Menschen, und obwohl ich weiß, dass ich angemessen aussehe, fühle ich mich kein bisschen so. In solchen Kreisen habe ich mich nie bewegt, und allein Lachlans schraubzwingengleicher Griff an meiner Hand hält mich aufrecht. Er lässt mich nur los, wenn er jemandem die Hand schütteln muss; ansonsten hält er mich durchgehend fest.

Ich kann mir keinen Namen merken. Schließlich entdecke ich Thierry, John und einige andere Rugbyspieler, und später sehe ich Amara, Jessica und Donald. Alle anderen verschwimmen zu einem einzigen Bilderbrei. Es wird bald recht offensichtlich, dass sich viele von ihnen weder für die Tiere noch besonders für Lachlan interessieren. Sie wollen bloß von den richtigen Leuten *gesehen* werden, wie sie das Richtige tun. Aber Wohltätigkeit aus den falschen Gründen ist immer noch Wohltätigkeit, und was auch immer den Hunden hilft, ist gut.

Ich muss sagen, dass ich völlig hingerissen davon bin, wie Lachlan mich behandelt. Offen gesagt hatte ich mir Sorgen wegen der Veranstaltung gemacht, größere, als ich mir selbst eingestand. Aber er trinkt nichts, und während ich Champagner schlürfe und ein schlechtes Gewissen dabei habe, trinkt er Mineralwasser mit Zitrone. Immer wieder sprechen Leute ihn an, und jedes Mal stellt er mich als Erstes als seine Freundin vor. Er bezieht mich in die Unterhaltungen mit ein und hält ständig meine Hand oder legt seine an meine Taille. Er macht mich so deutlich zu einem Teil seiner Welt, wie er kann, als sei ich eine feste Größe, als wäre ich schon immer da gewesen.

Und ich kann nicht umhin, ihn mit riesigen Augen anzusehen. Als Comic-Figur hätte ich Herzen in beiden Augen, und ich würde permanent seufzen. Sicher dürfte ich mich für jeden, der mich aus der Ferne beobachtet, ganz genau so darstellen. Ich bin verzückt, klebe förmlich an seinen Lippen, wenn er seine knappen Worte in diesem eleganten Akzent spricht, an der Art, wie er jeden mit diesen magischen Augen fixiert, ihn mit seinem Blick bannt. Mir ist klar, dass er es tut, weil er muss, dass er eigentlich nicht so freundlich ist, doch er macht es so gut, dass er sogar mich täuscht.

Im Laufe des Abends verliebe ich mich noch mehr in ihn. Ich schwöre, sähe man näher hin, würde man erkennen, dass mein Herz unter den Rippen aus allen Nähten platzt. Ich kann nicht aufhören, nein, will niemals aufhören zu lächeln.

Irgendwann beginnt die Band zu spielen, und Lachlan übergibt Lionel an Amara, um mich auf die Tanzfläche zu ziehen.

»Du tanzt?«, frage ich, als er zu Lana Del Reys »Young and Beautiful« die Arme um mich legt.

»Kein Stück«, gesteht er mit einem Lächeln, das ich bis in die Zehenspitze spüre. »Aber ich kann einige Schritte lang so tun als ob.«

Okay, Tanzen ist vielleicht keines von Lachlans verborgenen Talenten. Der Mann kann ja nicht in allem gut sein. Aber er täuscht es recht anständig vor, und zumindest tritt er mir nicht auf die Zehen.

Wir bleiben noch für einige weitere Songs auf der Tanzfläche. Ich habe keine Eile, das höfliche Geschwätz wieder aufzunehmen, und anscheinend Lachlan auch nicht.

»Ich wollte dich nur für mich«, sagt er und vergräbt das Gesicht in meinem Haar. Es ist, als hätte er meine Gedanken gelesen.

»Wie lange geht diese Gala noch? Ich meine, wann gehst du normalerweise?«, frage ich ihn und sehe zu den anderen eleganten Gästen, die an uns vorbeischweben.

»Gewöhnlich bin ich der Letzte«, sagt er. »Ich möchte

nicht der Kerl sein, der eine Party schmeißt, um Geld bittet und dann verschwindet.«

»Nein, das passt nicht zu dir. Also bleiben wir bis zum Schluss.«

»Bis zum bitteren Ende«, bestätigt er.

»All My Loving« von den Beatles erklingt, und Lachlan drückt mich fester an sich. Seine Hände streichen über meinen nackten Rücken und verharren unten an meiner Taille. Ganz leise singt er den Text mit, und ich schließe die Augen, um die Worte tief in mich einsinken zu lassen, den Moment so gut auszukosten, wie ich kann. Alle anderen treiben davon, bis es nur noch ihn, mich und eine Welt, geschaffen für zwei, gibt.

»Ich bin so verliebt in dich«, flüstert er und presst seine raue Wange an meine. »So verliebt. Das ist bodenlos. Ich stürze immer weiter.«

Mir geht es nicht anders, nur dass meinem Herzen Flügel gewachsen sind. Es droht, mich für immer fortzutragen, und jedes Mal, wenn ich absinke, auf den Abgrund zustürze, holt es mich wieder nach oben.

Nie hätte ich gedacht, dass es so sein könnte.

Und ich wünsche mir, dass es nie anders wird.

»Ich liebe *dich*«, sage ich leise, und meine Stimme stockt vor lauter Gefühlen, die in mir aufsteigen und mich beinahe überwältigen. »Ich kann dich, werde dich nicht verlassen. Ich möchte bleiben.«

Die Worte waren nicht geplant und überraschen mich selbst, aber das heißt nicht, dass sie nicht wahr sind.

Sein Oberkörper versteift sich, seine Schritte werden langsamer. Er hebt den Kopf und sieht mich aufmerksam an. »Ist das dein Ernst?«

Ich schlucke und nicke. »Ja«, sage ich und blicke ihm direkt in die Augen. »Ja. Ja, ich möchte bleiben. Ich ertrage den Gedanken nicht, dich zu verlieren, dich zu verlassen. Ich kann nicht in das Leben zurück, das ich hatte. Nicht nach diesem Leben hier, so kurz es auch war. Ich weiß, was ich will, und das bist du.«

Er bleibt stehen und umfängt mein Gesicht mit beiden Händen. Ich fühle seine Kraft in meine Haut sickern. »Du ahnst nicht, wie glücklich du mich eben gemacht hast«, sagt er kopfschüttelnd. »Du hast keine Ahnung. Keine Ahnung.« Er küsst mich leidenschaftlich, vergräbt die Hände in meinem Haar und lehnt seine Stirn an meine. »Ich werde dir alles geben, was du brauchst, mich bemühen, der zu sein, den du brauchst. Ich werde für dich sorgen.«

Ich will widersprechen, dass ich keinen Mann brauche, der für mich sorgt, halte aber den Mund. Denn ich brauche Lachlan, zumindest für mein Herz, und ich weiß, wie viel es bisweilen bedeutet, sich gebraucht zu fühlen. Ich möchte, dass er das fühlt. Er soll wissen, dass ich ihn genauso sehr brauche wie er mich.

»Das weiß ich«, sage ich schließlich. »Du bist mein Mann.«

Er atmet schwer an meinem Hals, keucht beinahe. »Ich werde dich so glücklich machen.«

»Du machst mich glücklich«, sage ich wahrheitsgemäß. »Manchmal denke ich, es kann unmöglich noch besser werden, und dann stellt sich heraus, dass in meinem Herzen mehr Platz ist, als ich dachte.«

Er seufzt selig und drückt mich für einige Momente fester an sich. Dann flüstert er: »Wir brauchen ein Zimmer.« Seine Stimme hat wieder diesen warmen, raspelnden Ton angenommen, bei dem ich sofort ein feuchtes Höschen bekomme. Oh, verdammt, ja, wir brauchen ein Zimmer. All diese Liebesbezeugungen wollen irgendwohin.

Er nimmt meinen Arm und schreitet von der Tanzfläche, die Schultern gestrafft. Er macht lange, große Schritte, als wäre er der König hier. Ich halte nach einer Garderobe Ausschau, als wir hier und da Leuten ausweichen und vor allem Jessica meiden, denn sie muss nicht wissen, was wir vorhaben. Wir verschwinden um eine Ecke, vorbei an der Hotelrezeption, und finden einen Waschraum. Etwas Besseres bietet sich nicht.

Lachlan zieht mich an sich, blickt sich auf dem Korridor um, ob uns auch niemand sieht, und schließt uns drinnen ein.

Ich stehe mit dem Rücken zum Waschtisch, die Hände aufgestützt, und warte auf seine Attacke.

Aber die kommt nicht, zumindest nicht gleich. Er sieht mich nur an, hält meinen Blick fest. »Was?«, flüstere ich. Ich habe Angst, den Zauber zu brechen.

Er neigt den Kopf zur Seite, betrachtet mich nachdenklich, als wäre ich ein Rätsel, dass er lösen muss.

»Hast du es ernst gemeint?«, fragt er. »Als du gesagt hast, dass du bleibst?«

Es schmerzt fast, dass er so zweifelnd klingt. »Natürlich habe ich das. Jedes Wort.«

»Versprichst du es?« Er tritt auf mich zu und stützt seine Hände zu beiden Seiten von mir auf.

Ich hebe meine Hand. »Ich schwöre es.«

Er tut es mit einem Blick ab. »Nein, das ist Quatsch. Dein Wort ist mehr als genug«, sagt er und streicht mir das Haar hinters Ohr. »Ich möchte dafür sorgen, dass du dich so unglaublich fühlst wie ich.«

Er packt meine Hüften und hebt mich hoch, sodass ich auf

dem Waschtischrand hocke. Ich halte mich mit beiden Händen an der Kante fest, um das Gleichgewicht zu halten. Lachlan zieht mein Kleid bis zur Taille hoch, hockt sich hin und taucht den Kopf zwischen meine Beine.

Mir bleibt kaum Zeit, mich darauf vorzubereiten. Er geht auf mich los wie ein Verhungernder, spreizt mich mit den Fingern, um mich mit seinem unendlich warmen Mund und seiner Zunge zu nehmen. Jede Empfindung ist wie ein Hammer, jedes Streicheln ein Volltreffer, der sich von innen nach außen ausbreitet.

Ich will so viel von ihm. Ich möchte ihn tief in mir, alles von ihm. Doch sein zufriedenes Stöhnen und seine gierigen Laute verraten mir, dass er mich nur verschlingen will. Er möchte mir so viel Wonne bereiten, wie er kann, weil er nicht sicher ist, ob er genug tut, mich genug fühlen lässt.

Das tut er. Und wie.

Sein Mund ist wild. Er ist unermüdlich, dringt mit der Zunge tief in mich, bevor er sie hinauf zu meiner Klit wandern lässt und sie in seinen Mund einsaugt. Ich schreie beinahe, weil mein Körper hyperempfindlich ist, kurz vor der Überlastung. Mit einer Hand greift Lachlan nach unten, taucht mit zwei Fingern in mich hinein und krümmt sie. Hitze baut sich auf, und meine Nerven sind wie abertausend Champagnerflaschen unmittelbar vorm Platzen. Es ist die langsame, irrsinnige Vorfreude, die meinen Mund austrocknet und mich dazu bringt, den Kopf zurückzulehnen, bis er gegen den Spiegel stößt.

Ich bin gleichzeitig überempfindlich und kaum noch bei Bewusstsein. Meine Beine umklammern Lachlans Gesicht, treiben seine Lippen, seine Zunge und seine Finger dichter zu mir, in mich hinein, fester, tiefer. Und er reagiert, indem er sich gibt, als sei ich alles, was er zum Leben braucht, als würde er ohne mich sterben.

Ungeduldig zieht er mich zu sich. Seine Zunge ist hart und dringlich, und die Welt beginnt auf ihrer Achse zu kippen. Diese Welt, die nur für uns zwei geschaffen ist.

Ich möchte ihn fühlen, fühlen, *fühlen*. Energisch biege ich ihm meine Hüften entgegen. Er streicht mit seiner Zunge über meine Klit, lässt sie so schnell auf ihr flattern, dass ich keine Luft mehr bekomme.

Als er an mir stöhnt, lasse ich los.

Ich lasse einfach verdammt noch mal los.

Im freien Fall komme ich an seinem Mund, kippe um ein Haar ins Waschbecken. Mit einer Hand hält er mich in der Taille aufrecht, während er mich mit einem festen Saugen über die Kante kippt und mir einen kehligen Schrei entlockt.

Ich bin laut. Das weiß ich, weil ich es immer bin. Und mir ist es egal, ob jemand draußen vor dem Waschraum ist und meine Schreie hört, denn jeder auf der ganzen verfluchten Welt soll wissen, was für ein Liebhaber er ist. Er liebt mit allem, was er hat, gibt mit allem, was er ist.

Als mein Orgasmus an seinen Lippen verebbt, richtet er sich auf und sieht mich mit fiebrigen Augen an. Mit Augen, die sagen, dass er mich kennt, dass er weiß, was ich mag, und nie aufhören wird, es mir zu geben.

Doch ich bin total egoistisch. Ich lege eine Hand in seinen Nacken, ziehe ihn zu mir und küsse ihn lange und sanft, wobei mich der Geschmack von mir auf seiner Zunge erneut belebt.

Er stöhnt in meinen Mund, und es kommt direkt aus seinem Bauch. Mir wird noch heißer. »Siehst du, wie gut du schmeckst?«, flüstert er. Seine Lippen sind an meinem Hals. »Ich werde nie genug bekommen.«

Ich greife unter seinem Kilt nach seinem Schwanz, packe den steifen Schaft, der heiß in meiner Hand pulsiert. Er bewegt sich vor, und ich führe ihn in mich. Ich bin so feucht und bereit, dass er wie Seide hineingleitet. Unsere Körper sind aufeinander abgestimmt und vereinen sich mit wundervoller Leichtigkeit.

Ich wickle meine Beine um seine Hüften, stemme die Fersen in seinen strammen Hintern, als er beginnt, sich an mir zu wiegen und mit jedem Gleiten all meine Nerven aufs Neue entfacht.

Ich wimmere, als wir unseren Rhythmus finden, wie wir ihn immer finden, und diesmal, diesmal weiß ich, dass es nicht enden muss. Mein Körper schmerzt so intensiv vor Sehnsucht nach ihm, und ohne dass ein Wort fällt, reagiert seiner, gibt mir wie immer mehr, als ich brauche.

»Oh, Kayla«, stöhnt er atemlos, während ein Schweißtropfen von seiner Stirn auf mein Schlüsselbein fällt. Ich rechne schon damit, dass Dampf aufsteigt. Lachlan stößt härter zu, tiefer in mich hinein, und es fühlt sich an, als würde sämtliche Luft aus meiner Lunge getrieben. Ich klammere mich an ihn, als er schneller wird.

Ich bohre meine Fingernägel in seinen Rücken, reite mit ihm. Das Klatschen von Haut auf Haut hallt von den Wänden. Jeder Stoß ist lang und hart, und Lachlan ächzt vor Anstrengung, bis sein Schwanz die perfekte Stelle erreicht.

Ich gehe hoch wie eine Bombe.

Seine Hüften rammen gegen mich, brutal, bestrafend, und er kommt mit einem Schwall aus Stöhnen und Knurren, flüstert immer wieder meinen Namen, während er meine Hüften hält und alles von sich in mich ergießt, so weit und tief, wie er kann.

Es ist so verflucht wunderbar.

Als wir beide wieder bei Atem sind, unsere Herzen keinen irrsinnigen Puls mehr vorgeben, zieht er sich aus mir heraus, und ich hüpfe vom Waschtisch. Mein Hintern ist komplett taub.

Wir wissen nicht, was wir sagen sollen, und ich denke auch nicht, dass wir irgendwas sagen müssen. Stattdessen lächeln wir einander erschöpft an. Er nimmt einige Papiertücher, wischt die Innenseiten meiner Schenkel ab und vergewissert sich, dass ich trocken bin. Dann hält er mir seinen gebeugten Arm hin wie ein Gentleman.

Und wie eine Lady hake ich mich ein, bevor wir uns hinaus zum Rest des Abends begeben.

Kapitel 24

Kayla

Die nächsten Tage vergehen in einer Art Wonnenebel. Seit ich Lachlan erzählt habe, dass ich in Schottland bleiben würde, habe ich einfach nur diese Vorstellung genossen. Und das heißt für uns beide, dass wir jede Menge heißen, glücklichen Sex haben. Wir feiern die Tatsache, dass unsere Beziehung eine Verlängerung bekommen hat, dass die endliche Zahl an Tagen, die uns anfangs gewährt war, in die Unendlichkeit erweitert wurde.

Was ich unterdessen eigentlich tue, ist, alle schwierigen Entscheidungen aufschieben. Alle Anrufe. Ich rufe meine Mutter nicht an und erzähle ihr nicht, dass ich nicht zurückkomme. Ich maile Stephanie und Nicola nicht, dass ich alles für Lachlan riskiere. Ich nehme keinen Kontakt zum Büro auf, um ihnen zu sagen, dass ich mit sofortiger Wirkung kündige – aus der Ferne.

Lachlan bringt das Thema auf, dass ich nach Hause fliegen, meine Sachen regeln und danach zurückkommen könnte. Aber irgendwas daran macht mich nervös. Ich weiß, dass es wahrscheinlich das Richtige wäre, aber ich habe auch das Gefühl, dass es alles nur schwerer machen könnte. Wenn ich meine Mutter wiedersehe, wenn sie noch gebrechlicher wirkt als vorher und schrecklich traurig klingt, glaube ich nicht, dass ich sie verlassen kann. Und was wäre dann? Das Letzte, was meine Mutter sich wünschen würde, wäre, dass ich ihr irgendetwas übel nehme, und dennoch würde ich eher den Rest meines Lebens mit einem gebrochenen Herzen aushalten und mich fragen, was hätte sein können, als sie im Stich zu lassen.

Deshalb scheue ich davor zurück, die verantwortungsbewusste und vernünftige Erwachsene zu sein. Ich schiebe es auf meinen von zu viel Liebe und zu vielen Hormonen benebelten Kopf. Nur noch wenige Tage, die ich den heftigen Teil aufschieben kann, Lebwohl zu sagen und meine Entscheidung zu rechtfertigen. Und parallel planen Lachlan und ich meine Zukunft hier mit allem, was dazugehört.

Den ganzen heißen Sex hatte ich erwähnt, oder? Und da Jessica versprochen hat, mir mit dem Artikel zu helfen, kann ich mich ganz darauf konzentrieren, mir ein Portfolio aufzubauen. Am Tag nach der Gala schrieb ich, auch wenn ich ein wenig verkatert war, einige Absätze in dem Stil zusammen, wie man ihn in den Klatschblättern liest. Das schickte ich Jessica, und sie sagte, sie würde es an jemanden weiterleiten, den sie kennt.

Noch habe ich nichts gehört, aber ich bin schon froh, dass sie mir helfen will und denkt, sie kann es. Lachlan scheint das auch zu glauben und beteuert immer wieder, dass ich mit Amara in der Einrichtung arbeiten kann.

Ich möchte versuchen, mir selbst einen Job zu suchen, zu meinen Bedingungen, aber mir ist auch bewusst, dass es nicht einfach ist, wenn man in Schottland lebt und sich hier im Grunde illegal aufhält. Dem Gesetz nach darf ich eine gewisse Zeit lang hier sein, aber ohne Visum nicht arbeiten. Lachlan sagt, es wäre ein Leichtes für ihn, mich zu fördern, und die einzige andere Möglichkeit wäre, schwarz in einer Bar zu kellnern, aber das klingt gar nicht mal so schlimm.

Irgendwie hat es sogar etwas Romantisches. Zu Hause wäre es mir ein Graus, in einer Bar zu arbeiten. Ich meine, Nicola arbeitet im Lion, aber nur Teilzeit, und sie kann unglaublich gut mit Leuten umgehen. Ich hingegen hasse jeden. Die Vorstellung, tagein, tagaus Leute zu bedienen, ihnen auch noch Alkohol zu servieren, macht mich fertig.

Aber hier, in Schottland, könnte ich auf jeden Fall eine Barbedienung sein. Hier kann ich alles sein, was ich will. Das ist das Schöne am Reisen: Man wirft alles weg, was man kennt, und fängt neu an.

Dennoch will ich nicht ernsthaft zu suchen anfangen, ehe alles offiziell ist. Das heißt, sobald ich offiziell meinen Job gekündigt, meine Freunde und meine Familie informiert habe, beginnt die Arbeit.

Ich wünschte nur, da wäre nicht dieses winzige, nagende Gefühl in meiner Brust, das mir sagt, die Dinge würden sich nicht so entwickeln, wie ich es möchte. Dass es nicht so leicht wird. Dass mich noch eine Menge Herzschmerz erwartet.

Am Montagmorgen stehe ich mit der festen Absicht auf, die Anrufe zu machen, wenn auch nach Pazifikzeit Montag ist. Vielleicht bin ich deswegen schon ein bisschen reizbar. Ich weiß es nicht. Doch Lachlan steht ebenfalls mit dem falschen Fuß auf, und sogar Emily ist ein wenig schnippisch. Lionel hingegen ist so entspannt, wie man nur sein kann, und beobachtet uns alle aufmerksam.

Ich schätze, ich schiebe alles bis zur letzten Minute auf. Theoretisch bleiben mir nur noch wenige Tage hier, und hätte ich vorausschauend schon meinen Flug gebucht, würde ich Ende der Woche abreisen. Vielleicht bin ich auch deshalb angespannt, weil alles so unklar ist.

Doch wenn ich eins weiß, ist es, dass Kaffee *alles* löst. Ich gehe in die Küche, um eine große Kanne aufzusetzen, während der muffelige Lachlan mit seinem einsilbigen Höhlenmenschenjargon im Bad verschwindet.

Nach einem Becher fühle ich mich schon besser. Die Spinnweben in meinem Kopf klären sich, und Lachlan kommt mit einem Handtuch um die Hüften und vom Duschen nassem Haar in die Küche. Ich nehme mir immer die Zeit, ihn zu bestaunen – ich kann nicht anders. Mit ihm zusammenzuleben ist, wie im Tumblr-Account eines jungen Mädchens zu wohnen, angefüllt mit großen, tätowierten Muskelprotzen. Und mit »einem jungen Mädchen« meine ich mich vor wenigen Jahren.

»Es ist Kaffee da«, sage ich ziemlich blöd. Mein neues Gehirn stellt sich erst bei dem zweiten Becher ein.

Er öffnet den Kühlschrank und holt einen Eierkarton heraus. »Danke«, sagt er, sieht mich aber nicht an.

»Schlimme Nacht?«, frage ich. Wir waren zeitig zu Bett gegangen, doch ich brauchte Stunden, um einzuschlafen, weil ich in Gedanken all die großen Dinge durchging, die ich tun muss.

Er zuckt mit den Schultern und sieht mich endlich an. Seine Augen sehen müde und blutunterlaufen aus. Vermutlich hat er auch nicht gut geschlafen.

»Mir geht es gut«, sagt er und nimmt eine Pfanne aus dem Schrank, um Eier zu braten. »Redest du heute mit deinem Büro?«

Richtig, das belastet ihn also.

Ich nicke und hoffe, dass mein Lächeln verbirgt, wie unsicher ich bin. Nicht weil ich herziehe, sondern nur ... nun ja, nichts ist sicher, und all meine Ängste regen sich. »Sobald es drüben neun ist, rufe ich an.«

Er betrachtet mich prüfend. »Du willst wirklich deinen Job kündigen?«

O Mann, muss er es so brutal aussprechen? Meine Angst vervielfacht sich.

»Wie wir es gesagt haben.«

»Gut«, sagt er und widmet sich wieder dem Frühstück.

»Ist alles in Ordnung?«, frage ich, gehe zu ihm und lege eine Hand auf seine harten, sehnigen Rückenmuskeln.

Er hält inne und senkt für einen Moment den Kopf. »Ja. Nein. Entschuldige. Tut mir leid, Liebes.« Er lächelt angespannt. »Es ist einer dieser Tage, an denen man morgens schon grundlos angefressen ist, verstehst du?«

»Natürlich«, antworte ich, greife nach einem Becher und schenke ihm ein. »Aber Kaffee ist ein Allheilmittel. Das wissen wir doch.«

»Danke«, sagt er sanft und nimmt den Becher. »Ich ... Ich schätze, ich bin nur unter Strom.« Er trinkt einen Schluck, bevor er den Becher abstellt und sich wieder den Eiern zuwendet. »Und das erste Spiel steht bevor, gegen Glasgow. Ich will spielen und auch wieder nicht. Ich will allen zeigen, dass ich wieder voll da bin, aber auch nicht riskieren, da rauszugehen und alles zu versauen. Oder mir meinen Körper endgültig zu versauen.«

»Ich denke, du kennst deinen Körper besser als alles andere«, sage ich und hoffe, dass meine Worte Sinn ergeben. Das Letzte, was ich will, ist, ihm noch mehr Stress zu machen. »Und dein Körper weiß genau, was er tun muss, um ein Spiel zu gewinnen. Sicher, ich habe dich nicht oft trainieren sehen, aber ich würde lügen, wenn ich sage, dass ich mir nicht ein Youtube-Video nach dem anderen von dir beim Spiel angeguckt habe, wie du Leute umrennst, Punkte sammelst und einfach das verdammte Spiel beherrschst. Es wird schon gutgehen.«

»Und wir?«, fragt er und sieht mich an. »Was ist mit uns?«

»Um uns solltest du dir nie Sorgen machen«, antworte ich und glaube in diesem Moment fest daran.

Während Lachlan zum Training fährt, bleibe ich in der Wohnung und denke an die Anrufe, die ich machen muss. Zwar weiß ich, dass ich das Richtige tue und es wirklich will, nur bin ich nicht sicher, wie verantwortungsbewusst es ist. Okay, ich weiß, wie sehr es das *nicht* ist. Deshalb zögere ich ja, als ich das Telefon anstarre, es in meinen Händen hin und her drehe und im Geiste einen Countdown aufsage.

Was ist, wenn es mit uns nichts wird? Was ist, wenn ich alles aufgebe, um hier zu bleiben, bei ihm, und unsere Beziehung nicht stark genug ist zu überstehen, was immer uns das Schicksal beschert? Für uns ist das noch so neu, und das nicht bloß im Bezug darauf, wie lange wir uns kennen, sondern auch, was die Liebe an sich betrifft. Wir beide haben keine große Erfahrung; zumindest habe ich keine. Nicht so. Und was ist, wenn der Umzug hierher schwieriger wird, als es scheint? Wenn ich Lachlan nach der Flitterwochenphase übelnehme, dass er keine Opfer gebracht hat?

Ich will nicht, dass das passiert. Aber wenn ich das Risiko nicht eingehe, werde ich es nie wissen. Das ist die volle Wahrheit. Ich liebe ihn so sehr, dass es mich auffrisst. Meine erste Begegnung mit ihm hat einen Samen gepflanzt, und ich hatte keine Ahnung, wie schnell und üppig der in mir aufgehen würde. Nun bin ich hoffnungslos in einer Liebe verfangen, die mich vollständig überwuchert wie ein schönes Unkraut.

Ein Teil von mir möchte nach dem Unkrautvernichter greifen und den Mist aus mir heraussprühen, weil ich noch nie der Typ war, der so empfand oder solche irrsinnigen Sachen machte, wie ich sie vorhabe. Ein anderer Teil will sich in der Wildnis rekeln, sie begeistert annehmen, auf dass sie wie verrückt weiterwuchert.

Gegen vier Uhr nachmittags ist Lachlan noch nicht vom Training zurück, und ich beschließe anzurufen. Als Erste wähle ich meine Mutter, weil sie immer zuerst kommt.

Das Telefon klingelt und klingelt. Zu Hause ist es früh, aber sie steht immer im Morgengrauen auf. Seufzend lege ich auf und empfinde eine seltsame Erleichterung, dass ich ihr die Nachricht noch nicht mitteilen muss.

Ich will gerade Stephanie anrufen, damit ich mir einreden kann, dass ich irgendwas getan habe, als ich Lachlans Schlüssel in der Tür höre. Und Stimmen.

Vom Sofa aus recke ich den Hals und sehe Lachlan mit Brigs in die Diele kommen. Lionel und Emily springen von der Couch auf. Lionel begrüßt Lachlans Bruder schwanzwedelnd; Emily kläfft ihn an.

»Oy, ruhig«, herrscht Lachlan sie, und es ist das erste Mal, dass ich ihn die Hündin anbrüllen höre. Mir wird mulmig.

Vorsichtig stehe ich von der Couch auf und gehe zu den beiden.

Lachlan ist anders. Das spüre ich sofort. Er hat den Kopf gesenkt, die Schultern vorgebeugt, und sein Blick wirkt angespannt. Er hat kein Trikot an, sondern Jeans und ein T-Shirt mit V-Ausschnitt, allerdings glaube ich nicht, dass er nach dem Training geduscht hat. An seinem Arm ist noch etwas Schmutz.

»Hi«, sage ich zu Brigs. »Schön, dich wiederzusehen. Hätte ich gewusst, dass du kommst, hätte ich mich vorzeigbarer gemacht.«

»O bitte«, erwidert Brigs und präsentiert charmant lächelnd sehr weiße gerade Zähne, die sich zweifellos einem Kieferorthopäden verdanken. »Du siehst reizend aus.«

Lachlan geht direkt durch Esszimmer in die Küche. Ich blicke ihm nach und dann fragend zu Brigs.

»Ist irgendwas passiert?«, frage ich leise.

Er schürzt die Lippen und sieht zum Esszimmer. »Ich hatte heute Zeit, also bin ich hin, um beim Training zuzusehen. Ich hatte ihm schon vor Tagen gesagt, dass ich vielleicht komme, daher wusste er Bescheid. Ich versuche eigentlich immer, einige Spiele zu sehen. Ist Tradition, verstehst du? Tja, ich war ein bisschen spät dran und habe nur die zweite Hälfte gesehen. Aber ich kam rechtzeitig, um mitzuerleben, wie er Denny komplett umpflügte. Denny ist aus seinem Team. Lachlan hat sich überhaupt nicht zurückgehalten, und ich weiß, dass er es normalerweise tut. Jetzt ist Denny verletzt, wer weiß, wie schlimm. Er könnte sich die Schulter ausgekugelt haben.«

Mir steht der Mund offen. »Mist. Steckt Lachlan in Schwierigkeiten?«

Brigs runzelt die Stirn, und seine sehr blauen Augen werden richtig eisig. »Schwer zu sagen. Ich glaube nicht. Lachlan ist ein heftiger Stürmer, und manchmal unterschätzt er seine Kraft. Der Coach weiß das. Er will es sogar von ihm sehen. Aber auch wenn das Team nicht in Sorge ist, wird man Lachlan die Schuld geben, sollte Denny beim ersten Spiel nicht wieder fit sein.«

Ich bin nicht mal sicher, wie ich das verarbeiten soll. Das Letzte, was Lachlan braucht, sind noch mehr Schuldgefühle.

Ich ringe nach Worten, möchte von Brigs hören, dass alles gut wird, doch Lachlan kommt mit gesenktem Kopf aus der Küche und rauscht an uns vorbei zur Tür.

»Wo willst du hin?«, fragt Brigs ihn.

»Spazieren«, murmelt Lachlan und schließt die Tür hinter sich.

»Ich sollte ihm nachgehen«, sage ich, doch Brigs legt eine Hand auf meine Schulter.

»Gib ihm Raum.« Er sieht mich flehend an. »Glaub mir.«

»Er muss sich furchtbar fühlen.« Ich verschränke die Arme vor der Brust, weil mir plötzlich kalt ist. Ich will nicht, dass Lachlan allein herumläuft, vertieft in seine innere Qual. Er braucht mich dort, damit ich ihn aus der Dunkelheit hole.

»Ich vermute, dass er sich schon vorher furchtbar gefühlt hat«, sagt Brigs. »Sonst hätte er nicht so hart getroffen.« Er sieht mich an und schiebt die Hände in die Taschen. »Hör mal, ich behaupte nicht, dass ich über deine Beziehung zu Lachlan Bescheid weiß. Manchmal weiß ich kaum, wie meine zu ihm ist. Ich ging gerade von der Schule, als er in die Familie kam. Ich war mit einer Menge Pflegegeschwistern aufgewachsen, die kamen und gingen. Doch irgendwie blieb Lachlan, obwohl es beinahe unmöglich war, ihn kennenzulernen. Meine Mutter hat etwas in ihm gesehen und wollte ihn nicht aufgeben. Ich schätze, ihm ging es mit uns genauso. Aber es war eine anstrengende Zeit. Und ich war so wütend auf ihn, diesen verkorksten Jungen, der sich benahm, als hätten wir nichts für ihn getan. Ich verstand seine Dämonen einfach nicht.« Er stockt und bekommt einen gequälten Gesichtsausdruck. »Aber ich weiß, was es heißt, mit

Schuld zu leben, zu glauben, dass man nichts wert ist. Das tue ich.«

Er räuspert sich und sieht zu Boden. »Ich habe einiges durchgemacht, um es milde auszudrücken. Und mir tut leid, dass ich vor langer Zeit nicht für Lachlan da war, als er es brauchte. Aber ich werde jetzt für ihn da sein. Darauf kannst du wetten. Die Sache ist die …« Er blickt wieder zu mir. »Er gleitet zurück. Langsam, aber sicher. Ich weiß nicht, warum. Das kann ich höchstens raten. Es wird allerdings nie kein Problem sein. Er wird seine Vergangenheit nie abschütteln, weil sie ihn zu dem gemacht hat, der er ist. Leute mit Suchtgeschichte … es ist naiv zu denken, dass sie eines Tages geheilt sein werden. So funktioniert das nicht. Es ist eine dauerhafte Krankheit, verstehst du? Eine Krankheit, für die es keine Heilung gibt, nur eine Art, mit ihr umzugehen. Und er kann das nicht allein. Er braucht Menschen um sich, die ihn unterstützen. Begreifst du das?«

Sein Ton macht mich ein bisschen trotzig. »Ja, ich begreife es. Ich *bin* für ihn da.«

»Ich weiß. Dir liegt sehr viel an ihm.«

Ich stelle mich aufrechter hin. »Ich liebe ihn«, sage ich. Meine Stimme ist leise, aber meine Worte sind stark.

»Das ist noch besser. Nur reicht Liebe manchmal nicht. Du musst wissen, dass er dich immer wieder verletzen wird, und du wirst lernen müssen, ihn selbst dann zu lieben, wenn du ihn hasst. Das ist die Realität. Das sind die Fakten. Du musst wissen, dass du, wenn du Lachlan wirklich liebst und für ihn da sein willst, ihn aus dieser Hölle holen willst, durch den Wolf gedreht wirst. Und das immer wieder. Es ist die hässliche Wahrheit, und nicht viele Leute sind solch einer Verantwortung gewachsen.«

Er beobachtet mich, wartet meine Reaktion ab, doch ich bin nach wie vor so defensiv, dass ich seine Worte kaum aufnehme. Er weiß nicht, was für ein Mensch ich bin und was ich in meinem Leben durchgemacht habe.

Außerdem weigere ich mich zu glauben, dass Liebe nicht ausreicht. Wie kann sie nicht genug sein, wenn sie sich anfühlt, als könne sie die ganze Welt verändern oder zumindest jede Faser meines Seins? Sie *muss* mehr als genug sein.

»Ich halte mehr aus, als du vielleicht denkst«, sage ich schließlich.

»Das freut mich zu hören. Er ist ein guter Kerl, ehrlich. Richtig gut. Er hat das Herz eines Engels oder eines Kriegers, wie immer man es nennen will. Diese ganze Sache ist so eine verdammte Schande. So stark nach außen, und innen drin ist er ein verängstigter, verlassener kleiner Junge.«

»Er ist kein hoffnungsloser Fall«, sage ich. Mir ist klar, dass diese Worte von jemandem wie mir, der neu in seinem Leben ist, wenig bedeuten.

»Nein, vermutlich nicht«, sagt er seufzend. »Aber es fühlt sich eindeutig manchmal so an.« Er holt sein Handy hervor und sieht auf die Uhrzeit. »Soll ich bei dir bleiben, bis er zurückkommt? Er, ähm, ist dann vielleicht nicht mehr nüchtern.«

Ich blinzle. »Vielleicht nicht mehr nüchtern?«

»Höchstwahrscheinlich ist er im Pub am Ende der Straße.«

Mir ist, als wäre mir der Teppich unter den Füßen weggezogen worden. »Er trinkt? Na, warum zur Hölle hast du mich dann nicht ihm nachgehen lassen? Ich hätte das verhindert!«

Er schüttelt bedächtig den Kopf. »Nein, das hättest du nicht gekonnt. Du kannst es nicht. Glaubst du, du kannst ihn überreden, nicht zu trinken, indem du ihm sagst, er soll es nicht? Indem du Regeln aufstellst? So läuft das nicht.«

»Er hört auf mich!«

»Was habe ich dir eben darüber gesagt, dass Liebe nicht genug ist? Er wird nicht auf dich hören, Kayla. Es liegt ganz bei ihm, und wenn er in einer bestimmten Verfassung ist, ist es, als würdest du gar nicht existieren.«

Meine Kehle ist wie zugeschnürt, sodass ich nicht schlucken kann. »Bitte, können wir ihn aus dem Pub holen? Du weißt nicht, ob er nicht auf dich oder mich hört. Ich kann nicht einfach zulassen, dass er sich um Sinn und Verstand trinkt. Er könnte sich verletzen, in eine Prügelei geraten, jemanden verletzen. Was ist, wenn er die ganze Nacht wegbleibt? Mist, du hast gerade gesagt, dass er sich wegen der Sache beim Training furchtbar fühlt. Ich kann nicht ...«

Ich kann nicht hierbleiben und nichts tun.

Rasch drehe ich mich um und greife nach meiner Handtasche und den Schlüsseln auf dem Regal. »Ich gehe ihn suchen. Welcher Pub ist das?«

»Kayla«, warnt er mich und stellt sich vor die Tür.

Obwohl Brigs ein großer, starker Mann ist, bewegt er sich zur Seite, als ich ihn wegschiebe. »Dann sagst du es mir eben nicht. Ich werde in jeden Pub in der Gegend sehen.« Ich starre ihn streng an. »Ich liebe deinen Bruder, okay? Ich lasse nicht zu, dass er sich das antut.«

Er blickt nachdenklich nach oben. »Na gut. Ich komme mit dir.«

Brigs und ich gehen nach draußen. Die Sonne steht hinter den Häusern und färbt den Himmel neblig golden. Leute führen ihre Hunde spazieren, lachen, und es ist schwer zu glauben, dass wir nach dem in Dunkelheit gefangenen Lachlan suchen, der die Sonne gar nicht sieht. Mein Herz tut weh, schlägt panisch, während ich mir die schlimmsten Szenarien vorstelle. Ich weiß, dass er noch nicht lange weg ist, und vielleicht, ganz vielleicht, hört er noch zu.

Falls wir ihn finden.

Denn in dem ersten Pub, zu dem Brigs mich führt, ist er nicht.

Auch nicht im zweiten oder dritten.

Er antwortet nicht auf unsere Textnachrichten oder Anrufe.

Und nun sehe ich, dass Brigs ernstlich besorgt ist. Die Falten in seinen Augenwinkeln vertiefen sich. Edinburgh ist eine große Stadt mit vielen Pubs und Leuten, die auf Ärger aus sind. Stundenlang suchen wir in diversen Vierteln, ehe wir beschließen umzukehren. Wir gehen von der Altstadt aus die Dundas Street hinauf. Die Sonne ist längst untergegangen und alles dunkel.

Die ganze Zeit fühle ich kaum etwas außer dem mulmigen Gefühl in der Brust. Meine Lippen sind trocken und rissig, weil sie nervös an ihnen genagt habe. Ich sage mir immer wieder, dass Lachlan auf sich selbst aufpassen kann, dass er weiß, was er tut. Wahrscheinlich geht es ihm gut, bete ich mir ein ums andere Mal vor. Schließlich kann ich gar nichts mehr denken. Ich treibe nur noch leer auf meiner Panik.

»Vielleicht ist er wieder in der Wohnung«, sage ich zu Brigs, als wir in unsere Straße biegen.

Er antwortet nicht.

Doch als wir nach oben kommen, ist die Tür schon aufgeschlossen.

»Hallo?«, sage ich und schiebe sie ein Stück auf. Ich rechne damit, dass die Hunde angelaufen kommen, was sie jedoch nicht tun. Brigs tritt vor mich für den Fall, dass uns ein Einbrecher oder so auflauert.

»Lachlan?«, fragt er, und wir hören ein Geräusch aus der Küche.

Wir gehen durch das Esszimmer und spähen um die Ecke. Lachlan sitzt mit gesenktem Kopf am Küchentisch, die Augen geschlossen und die Hand um eine Flasche Scotch gelegt. Zu seinen Füßen unterm Tisch sind Lionel und Emily, die uns mit großen Augen ansehen. Lionel wedelt mit dem Schwanz.

»Hey«, sagt Brigs ruhig, geht zum Tisch und zieht sich einen Stuhl vor. Er beugt sich nach unten, um Lachlan ins Gesicht zu sehen, sich bemerkbar zu machen. »Wir haben dich gesucht.«

Lachlan knurrt etwas, und seine Faust legt sich fester um die Flasche. Er öffnet die Augen nicht.

Brigs sieht mich fragend an. Anscheinend weiß er nicht, was er tun soll. Ich bin mir auch nicht sicher, doch während er mich noch ansieht, hebt Lachlan den Kopf ein klein wenig und blickt mich direkt an.

Seine Augen sind Furcht einflößend, blutunterlaufen und so hart, dass sie ebenso gut aus Eisen sein könnten.

Ich versuche, meine Züge weicher zu machen, um ihn wissen zu lassen, dass ich mir Sorgen gemacht habe. Ich will ihm signalisieren, alles sei okay, obwohl es das nicht ist.

Es scheint nicht zu funktionieren. Er fixiert Brigs für einen Moment mit seinem harten Blick, und ich möchte schwören, dass er die Flasche gleich zerbricht. Dann sieht er wieder nach unten. Seine Nasenflügel blähen sich, und er schließt die Augen.

Schließlich steht Brigs auf, kommt zu mir und beugt sich zu meinem Ohr. Lachlan starrt erneut zu uns auf. Ich erkenne ihn gar nicht wieder. Er ist das Tier von neulich Abend, nur viel, viel schlimmer.

»Möchtest du, dass ich bleibe?«, flüstert Brigs mir zu.

Ich habe keine Angst vor Lachlan. Ich weigere mich, Angst vor ihm zu haben. Mit ihm komme ich zurecht, wenn wir unter uns sind. Ich habe das Gefühl, dass es Brigs Anwesenheit sein könnte, die ihn angespannt macht und auf die dunkle Seite treibt.

»Alles gut«, sage ich und ergänze schnell, »danke.«

Er nickt und klopft mir auf die Schulter, ehe er den Raum verlässt.

»Pass auf sie auf, Lachlan«, sagt er, und es vergeht ein ewig langer, bleierner Moment, bis ich die Wohnungstür zugehen höre.

Ich atme aus, als hätte ich die ganze Zeit die Luft angehalten. Nun sind nur noch er und ich hier. Ich stehe an der Küchentür, und er sitzt am Tisch. Seine Fingerknöchel sind noch weiß, weil er die Flasche so fest umklammert. Ich kann nicht sagen, ob er sehr oder nur ein bisschen betrunken ist. Er scheint vollkommen klar, und wäre die halb leere Flasche nicht, würde ich denken, dass er gar nicht getrunken hat. Seine Augen, so hart wie sie sind, scheinen alles mit unheimlicher Klarheit wahrzunehmen.

Ich gehe zum Tisch, setze mich ihm gegenüber und strecke meine offene Hand zu ihm aus. Ich wünsche mir dringend seine Berührung, einen freundlichen Kuss von seinen Lippen.

»Rede mit mir«, sage ich.

Er hält meinen Blick fest, doch ich kann nicht in seinen Augen lesen.

»Bitte«, flehe ich. »Lachlan. Brigs hat mir erzählt, was beim Training passiert ist. Es tut mir so leid. Es war nicht deine …

»Brigs hat es dir erzählt«, unterbricht er mich, und jetzt höre ich den Alkohol in seiner Stimme.

»Ja. Er hat es mir erklärt. Er macht sich Sorgen.«

Er nickt und verzieht hämisch den Mund. »Verstehe.«

»Und wir haben uns Sorgen um dich gemacht, als du einfach weg bist.«

Er zieht die Brauen hoch, das eine Auge halb zugekniffen. »Ach ja? Warum?«

O Gott, wie sage ich das? »Erinnerst du dich an neulich Abend in der Bar? Ich wollte nicht, dass *das* wieder passiert.«

Er funkelt mich so wütend an, dass ich zurückweiche. »Du verstehst einen Scheiß, oder?«

Eine Faust schlingt sich um mein Herz. »Ich versuche es«, antworte ich leise.

»Ah, du versuchst es«, sagt er, steht auf, dreht sich um und legt die Hände an seinen Kopf. Er neigt sich leicht nach links, kippt beinahe um, kann sich aber abfangen. O Mann, er ist betrunken. »Du versuchst es. Ist es das hier, wie du es versuchst?«

Es ist, als wäre die Küche voller Treibsand, und auf einmal scheint alles in die Mitte gezogen zu werden und unterzugehen. Ich habe mich schon vorhin hilflos und hoffnungslos gefühlt, als ich die Straßen ablief und vergeblich nach ihm suchte. Aber jetzt, da ich ihn sicher hierhabe, ist das Gefühl immer noch genauso da.

Ich weiß nicht, was ich sagen oder tun soll. Es ist, als würde er über etwas sprechen, das jemand anderem passiert ist, nicht mir.

»Habe ich etwas falsch gemacht?«, frage ich ihn.

Plötzlich dreht er sich um, packt die Flasche und schleudert sie an die Wand. Dabei brüllt er: »Fuck! Würdest du dir verdammt noch mal zuhören?«

Die Hunde rennen unter dem Tisch vor, und Scherben schlittern über den Boden. Ich höre irgendwo einen Presslufthammer losgehen, erkenne jedoch, dass es mein Puls ist. Ich beobachte, wie der Scotch die Wand hinabrinnt, und bei allem Schock bin ich beinahe froh, dass er den Rest nicht mehr trinken kann.

Ich bin sprachlos. Wie gelähmt. Ich kann ihn nur anstarren und mir wünschen, dies hier wäre ein böser Traum, er wäre jemand anders. Ich will den Mann zurück, den ich liebe.

»Jetzt hast du nichts mehr zu sagen, was?«, brüllt er mich an. Speicheltropfen fliegen aus seinem Mund, und sein Gesicht ist gerötet. »Ich wette, ihm hattest du reichlich zu sagen.«

Ich schüttle den Kopf. »Ihm?«

»Meinem Bruder«, höhnt er.

Mein Verstand kommt nicht mehr mit. »Brigs? Was ist mit ihm?«

»Klar doch, klar«, sagt er, geht zum Kühlschrank und reißt die Tür auf. Bierflaschen, die vorher nicht da waren, klirren. Er nimmt eine und öffnet sie wütend. »Das sagen sie immer. Immer diese Lügen, die beschissenen Lügen«, lallt er. »Ich dachte, du bist besser.«

»Lachlan.« Ich erhebe die Stimme. »Ich habe keine Ahnung, wovon du redest.«

»Denkst du, ich weiß nichts von den Lügen, die er über mich verbreitet hat?« Er lallt so sehr, dass ich ihn kaum verstehe. Dann setzt er sich wieder hin und kippt die halbe Flasche in einem Zug hinunter.

»Bitte«, sage ich ratlos. »Beruhige dich, dann können wir wie vernünftige Erwachsene darüber reden. Erklär mir, was du meinst.«

Erbost schüttelt er den Kopf und grinst mich spöttisch an. »Du bist genau wie alle anderen. Wartest darauf, jemanden fertigzumachen, damit du ihn wegwerfen kannst und losziehen und jemand anderen fertigmachen. Ich weiß es. Ich kenne dich, und ich kenne ihn, und eure beschissene Liebe habe ich sowieso nie bekommen, von keinem von euch.«

Unterstellt er das, was ich denke?

Es ist verrückt, wenn er das tut. *Er* ist verrückt.

»Du denkst, dass irgendwas war mit … mir und deinem Bruder?«, frage ich und lache fast, weil es ein schlechter Scherz sein muss. »Jetzt eben?«

»Ich warte hier seit Stunden auf dich!«, sagt er und knallt die Faust auf den Tisch, dass Schaum oben aus der Bierflasche aufsteigt.

»Was?«, schreie ich. Jetzt koche ich. »Wir haben dich gesucht! Du warst einfach abgehauen!«

»Ich habe doch gesagt, dass ich spazieren gehe.« Er schüttelt den Kopf und wiederholt sich. »Ich habe euch gesagt, dass ich spazieren gehe.«

»Du bist zum verdammten Pub gegangen, sonst nichts, um deinen Kummer zu ertränken und dich in deinem Zorn zu suhlen!«

»Du«, erwidert er scharf. Seine Augen sind wie Dolche, und er zeigt mit dem Finger auf mich. »Du weißt einen Scheiß über mich, okay? Klar? Hast du das verstanden? Du weißt nichts, also sitz gefälligst nicht da auf dem beknackten hohen Ross und richte über mich.«

»Ich richte nicht über dich!«, brülle ich ihn an. »Ich stelle die Wahrheit klar. Du bist losgezogen, um dich zu besaufen. Brigs und ich …«

»Sag seinen Namen nicht«, befiehlt er mit zusammengebissenen Zähnen.

»*Brigs*«, sage ich laut, »und ich haben nach dir gesucht. Um dich aufzuhalten.«

Er reißt den Kopf zurück, als sei er geohrfeigt worden. »Um mich aufzuhalten? Um mich davon abzuhalten, in einen Pub zu gehen, ein paar bescheuerte Biere zu trinken? Wer zur Hölle bist du?«

»Lachlan«, flehe ich, weil ich das Gefühl habe, dies hier gerät außer Kontrolle.

»Nein!«, schreit er und springt auf. Sein Stuhl schabt laut über das Parkett. »Nein! Wer. Zur Hölle. Bist. Du?«

»Ich bin jemand, der dich liebt!«

Er lacht. Tatsächlich – er lacht, wirft den Kopf nach hinten. Es ist das Traurigste, Bitterste, was ich je gehört habe. »Liebe? Du liebst mich nicht.«

Tränen steigen mir in die Augen. Ich schüttle langsam den Kopf, während mich der Treibsand nach unten zieht. »Bitte, hör doch einmal zu. Ich liebe dich.«

»Würdest du mich lieben, hätte ich nichts als Mitleid mit dir.«

»Tu das bitte nicht. Lass uns nicht so anfangen.«

»Ich würde dich bemitleiden, weil du ein erbärmliches Stück Scheiße wie mich liebst. Schaff dir mal ein bisschen Selbstachtung an, hä?«

»Ich verstehe dich nicht.«

»Ich drücke mich doch vollkommen klar aus. Du bist bloß eine dumme Kuh, die den weiten Weg hergekommen ist, weil sie gedacht hat, dass sie verliebt ist. Ich wette, es tut weh, dass es vorbei ist.«

Ich kann nicht mehr atmen. Es geht nicht. Ich fühle mich, als hätte mich jemand mit Wasser gefüllt, und es gefriert so schnell, dass alle inneren Organe in diesem entsetzlichen Moment gefangen sind.

»Du brauchst Hilfe«, bringe ich heraus, und die Worte

schweben zwischen uns in der Luft. »Du brauchst Hilfe, Lachlan. Das hier bist du nicht.«

Noch ein fieses Lachen. »Das bin ich. Wach verdammt noch mal auf. Ich hatte dich gewarnt. Ich hatte dich gewarnt, wie ich bin. Es ist nicht meine Schuld, dass du eine beschissene Idiotin bist.«

Mein Magen verkrampft sich so schmerzhaft, dass ich die Augen schließen muss. Gleichzeitig balle ich die Fäuste. Ich versuche, ruhig zu atmen, den Schmerz zu lindern, doch ich kann nicht.

»Ich wusste, dass ich nicht hätte herkommen sollen«, flüstere ich.

»Daran bist ganz allein du schuld, Liebling.«

Ich reiße die Augen auf, mir wird übel. »Wie kannst du es wagen, so mit mir zu reden?«

Ich bettle, flehe, bete, dass sich der Ausdruck in seinen Augen verändert, dass er begreift, was er sagt, dass er kapiert, wen er anbrüllt. Was ich für ihn bin. In Filmen ist das so. Wenn der betrunkene Held seinen Fehler einsieht, wird er nüchtern, kommt zu sich und empfindet nichts als Reue gegenüber der Frau, der er unrecht getan hat. Ich wäre damit zufrieden, wenn er nur erkennt, was er mir antut.

Aber dies hier ist kein Film. Im wahren Leben, in diesem wahren Leben, wird er nicht weicher. Seine Augen sind immer noch gemein, dunkel und von solchem Hass erfüllt, dass ich ihn mit meiner ganzen Seele spüre.

Ich hätte Brigs bitten sollen zu bleiben. Ich hätte vorbereitet sein müssen. Ich hätte wissen sollen, dass das hier so schlimm sein könnte, dass er so übel sein könnte.

Aber das habe ich nicht. Ich bin schließlich eine verdammte Idiotin.

»Nun?«, fragt Lachlan. »Endlich sprachlos? Nichts Wichtiges mehr hinzuzufügen?« Er blinzelt mich an, während er das Bier austrinkt. »Kein Protest gegen das Bier, hä?«

Ich unternehme einen letzten Versuch. Habe noch einen Rest Hoffnung. »Lachlan«, sage ich mit zitternder Stimme. »Ich liebe dich. Egal, was du sagst oder glaubst, das tue ich. Und ich schwöre, dass du es mir noch vor Stunden geglaubt hast, es gefühlt hast. Bitte, vergiss das nicht. Ich bereue nicht, hergekommen zu sein, ganz gleich, was mit dir los ist. Aber du musst mit mir zusammenarbeiten. Du musst begreifen, dass du betrunken bist.«

»Ach, verpiss dich.«

»Du bist *betrunken*«, wiederhole ich laut, versuche, nicht zu schreien, bis er es kapiert, bis er es einsieht. »Du hast ein Problem, und das ist nichts, wofür man sich schämen muss, aber es wird dich und uns umbringen, wenn du nicht aufhörst. Bitte. Wenn du dir nicht selbst helfen kannst, lass mich dir helfen.«

Er beobachtet mich einen Moment, dann zieht er eine Augenbraue hoch. »Ist das alles?«

»Nein«, antworte ich, und mein Frust erstickt mich. »Nein, das ist nicht alles.« Ich unterbreche mich und schließe die Augen, weil ich mich vor der Wahrheit fürchte. »Liebst du mich nicht?«

Die Zeit dehnt sich. Zu viele Momente vergehen, und mein Herz pocht so laut, dass ich fürchte, ich könnte seine Antwort so oder so nicht hören.

Schließlich sagt er leise und mürrisch: »Wie könnte ich jemanden lieben, der mich lieben kann?«

Scheiße.

Das war es.

Ich reiße die Augen auf, und mein Zorn überkommt mich aus dem Nichts. »Weißt du was? Ich bin deinen Ich-Armer-Scheiß gründlich leid!«

Doch er zuckt bloß mit den Schultern und sieht weg. »Du weißt, wo die Tür ist.«

»Unglaublich. Hörst du dir eigentlich zu?«

»Möchtest du, dass ich dir die Tür zeige?«, fragt er und sieht mich an, als wäre es ihm vollkommen ernst.

»Drohst du allen Ernstes, mich rauszuwerfen?«

»Muss ich drohen?«

Schlagartig entweicht alle Luft aus meiner Lunge.

»Nein«, sage ich. Jetzt laufen mir die Tränen über die Wangen. »Nein, du musst mir nicht drohen, Arschloch. Ich finde allein raus.« Ich gehe an ihm vorbei, bleibe kurz neben ihm stehen und sehe ihn mit einem Zorn an, der es mit seinem aufnehmen könnte. »Ich weiß nicht, wer du bist oder was du mit Lachlan gemacht hast. Aber ich weiß, dass ich *diesen* Mann nicht liebe. Für dich empfinde ich nichts als *Hass*.«

Er sagt nichts, und es spielt auch keine Rolle mehr.

Ich stürme an ihm vorbei in die Diele. Vor lauter Tränen kann ich kaum etwas sehen. Ich weiß nicht mal, wohin ich gehen will, aber ich habe meine Handtasche, und aus irgendeinem Grund denke ich, dass ich nicht mehr brauche. Alles wäre okay so.

Lionel sitzt an der Tür, winselt, weil er rauswill, und sieht bemitleidenswert verängstigt aus. Wenn ich nicht mit ihnen rausgehe, wird es niemand tun. Lachlan ist ein hoffnungsloser Fall.

So unendlich hoffnungslos.

Ich schnappe mir die Leinen, klicke Lionels ein und mache mich auf die Suche nach Emily, die zitternd unterm Couchtisch liegt. Dann verlasse ich rasch die Wohnung, renne beinahe die Treppe hinunter und hinaus in die Nacht. Ich laufe die Straße entlang, die Hunde neben mir, nervös, verängstigt und unsicher, was los ist.

Ich weiß es leider genauso wenig.

Ich gehe einfach immer weiter.

Weil ich nirgends hinkann.

Irgendwann sacke ich auf eine Parkbank am Leith Waterway. Es ist dunkel und wahrscheinlich sehr gefährlich, vielleicht sogar mit zwei Hunden. Doch im Augenblick fürchte ich mich vor nichts außer den Dämonen, die den Mann beherrschen, den ich liebe.

Ich lasse den Kopf in die Hände sinken und breche erneut in Tränen aus. Wildes Schluchzen dringt aus meiner Kehle. Ich weine, weil ich nichts als Hoffnungslosigkeit empfinde, weil ich Lachlan so sehr liebe, dass ich nicht weiß, wo er endet und ich anfange. Ich weine, weil er nichts von dem hier verdient, weil er nie um das Leben gebeten hatte, das ihm serviert wurde.

Mein zerstörtes Tier.

Dass man jemanden gleichzeitig lieben und hassen kann, ist ein gnadenloser Streich des Herzens.

Ich weiß nicht, wie lange ich auf der Bank sitze, doch am Ende werden die Hunde unruhig und wollen zurück. Mir bleibt auch keine andere Wahl. Die Hunde gehören zu ihrem Besitzer, und ich gehöre ihm ebenfalls, und sei es nur noch für eine Nacht. Ich habe ehrlich keine Ahnung, was der morgige Tag bringen wird.

Ich mache mich auf den Rückweg. Ich habe Angst, dass er noch auf ist, immer noch wütend, immer noch der entsetzliche Mensch, den ich hasse. Die Dinge, die er gesagt hat, hallen mir durch den Kopf, und ich sehe seine fremden, herzlosen Augen vor mir. Jede Erinnerung trifft mich wie ein Eispickel: kalt, scharf und tief.

Doch als ich in die Wohnung komme, ist er glücklicherweise nirgends zu sehen, bis ich ins Schlafzimmer komme. Dort liegt er ausgestreckt auf dem Bett und schnarcht laut. Normalerweise würde ich ihm Wasser und Ibuprofen gegen seinen Kater bringen, aber heute, nein, heute Nacht kann er das vergessen. Falls er aufwacht und sich beschissen fühlt, dann ist es gut so. Das und noch viel mehr hat er verdient.

Ich kann mir nicht vorstellen, das Bett mit diesem Ding zu teilen, das er geworden ist, also ziehe ich mein Schlafshirt an und lege mich auf die Couch. Lionel rollt sich zu meinen Füßen zusammen, Emily auf dem Läufer neben mir. Ihre Nähe ist tröstlich, aber nicht genug.

Ich versuche, nicht wieder zu weinen, doch es ist so gut wie unmöglich, meine Gefühle abzustellen. Mein schwarzes Herz ist längst verschwunden, und dieses neue schlägt voller Pein. Das einzig Gute daran, sich die Augen aus dem Kopf zu heulen, ist, dass es wie eine Schlaftablette wirkt, und es dauert nicht lange, bis ich einschlafe.

Im Dunkeln, vielleicht mitten in der Nacht, wache ich kurz auf und sehe Lachlans Schatten unten an der Couch.

Abwartend halte ich den Atem an.

Er legt eine dicke Decke über mich.

Dann dreht er sich um und stolpert zurück ins Schlafzimmer.

Ich ziehe die Decke über meine Schultern und schließe die Augen.

Kapitel 25

Lachlan

Schuld ist kein Gefühl.

Sie ist ein lebender, atmender Organismus. Sie ist ein anderer Mensch, der tief in einem lebt und manchmal so laut schreit, dass man sich die Haut herunterreißen will, damit er fliehen kann.

Aber das kann man nicht.

Und man kann nichts tun, um sie zum Schweigen zu bringen.

Gar nichts.

Es gibt Dinge, von denen man glaubt, sie würden helfen.

Verdorbene, schöne Dinge.

Sex.

Drogen.

Alkohol.

Sie alle locken mit ihrem süßen Sirenengesang, hoffen, dass man das Böse darunter nicht erkennt. Sie verführen, versprechen, den Schmerz zu nehmen, verheißen eine sanfte, warme Umarmung. Sie versprechen einem die Welt.

Und sie halten Wort. Immer. Mal für einen Moment, mal für wenige Stunden, lassen sie einen mit der Strömung treiben.

Deshalb kehrt man zurück. Weil sie nicht lügen.

Und weil sich die Schuld am nächsten Tag vervielfacht hat. Man ist ein noch schlechterer Mensch als zuvor, als ob das überhaupt ginge. Als könnte der Selbsthass jemals schlimmer sein.

Doch das ist er.

Wieder und wieder.

Tagein, tagaus.

Und es gibt nur einen Weg, das durchzustehen.

Den Schmerz zu betäuben.

Den Kummer zu übertönen.

Den Hass zu dämpfen.

Man tut es sich wieder an.

Bis es zum Rest des Lebens wird.

Aber ich will nicht, dass es der Rest meines Lebens ist.

Denn es gibt jemanden in meinem Leben, der es lebenswert macht. Deshalb möchte ich ein besserer Mensch sein. Deshalb möchte ich gegen all die Dinge kämpfen, denen ich ein ums andere Mal nachgegeben habe.

Die Ironie ist, dass ich glaube, ich habe sie bereits verloren.

Ich muss nicht mal die Augen öffnen, um zu wissen, dass sie nicht bei mir ist.

Ihr Fehlen trifft mich härter als der Schmerz in meinem Kopf oder die Säurewelle in meinem Bauch. Wenn Kayla nicht neben mir im Bett liegt, fühle ich mich haltlos.

Allein.

Irgendwie verdränge ich mein Selbstmitleid, meinen Ekel und meinen Hass und versuche, einen Plan zu fassen. Mein Gehirn ist träge und verfällt immer wieder in alte Muster. Die Neuprogrammierung ist schmerzlich, und es fällt mir schwer, mich zu konzentrieren und zu überlegen, wie ich das hier wieder hinbekomme, bevor es zu spät ist.

Falls es das nicht bereits ist.

Ich öffne die Augen, und das Sonnenlicht, das durchs Fenster hereinströmt, macht mich fast blind. Ich blinzle, raffe meinen Mut zusammen und arbeite mich aus der kranken Agonie heraus, die in mir wütet.

Von gestern weiß ich nicht mehr viel, und das ist das Problem.

Früher waren die Blackouts kein Problem. Sie hatten etwas Sauberes und Klares. Was immer in den Phasen geschehen sein mochte, an die ich mich nicht erinnerte, war für mich nie passiert. Selbst wenn mir jemand erzählte, dass ich mich geprügelt hätte, etwas Entsetzliches gesagt, einen Pub vollgekotzt oder was auch immer getan hatte, konnte ich mich beim besten Willen an nichts erinnern. Also wurde es zu Fantasiegespinsten, und ich tat einfach so, als hätte das alles ein anderer Kerl getan, denn ich, also *ich* würde ja genau wissen, was *ich* getan hatte.

Jetzt jedoch, da ich wieder keine Ahnung habe, was passiert ist, kann ich nicht mehr vorgeben, es wäre jemand anderem widerfahren. Jetzt steckte Kayla da mit drin, und sie bedeutete mir mehr als alles.

Ich erinnere mich an das Training. Ich erinnere mich … nun ja, an vor dem Training. Wie ich in den Pub ein Stück weiter ging und zwei Pints Ale trank. Ich hatte den Vormittag über nur ein paar Eier gegessen, und in meiner verdrehten Logik dachte ich, zwei Biere wären besser als nichts.

Aber das war nur eine Ausrede, die ich mir ausdachte. Was ich sehr wohl wusste. Ich war krank vor Sorge aufgewacht, wie Kaylas Entscheidung ausfallen würde. Obwohl sie mir gesagt hatte, dass sie bleiben würde, war es so lange nicht real, bis sie es jemandem außer *mir* erzählte. Ich war so sehr daran gewöhnt, dass Leute mir sagten, was sie glaubten, dass ich hören wollte.

Ich wollte die Anspannung lindern, damit alles egal wird.

Aber so arbeitet die Verlockung nicht immer.

Stattdessen heizte sie mich auf.

Sie goss Benzin in ein Lagerfeuer.

Denny hatte mich schon vorher im Training genervt, und aus irgendeinem Grund wollte ich ihm wehtun. Richtig wehtun. Als würde es meiner Wut ein Ventil geben und alles besser machen. Also tat ich ihm weh. Ich rammte in ihn hinein, wollte den Ball und dachte in dem Moment nur: *Kommt nicht infrage, Alter. Du hältst mich nicht auf.*

Und so stoppte ich ihn. Den Aufprall merkte ich selbst kaum.

Alan war angefressen. Das waren alle. Und Brigs beobachtete mich von der Tribüne aus, und ich konnte seine Enttäuschung selbst aus der Ferne spüren.

Ich hatte Mist gebaut.

Und das auf die schlimmstmögliche Art.

Ich hatte einen aus meinem Team verwundet, was hieß, dass ich mich selbst verwundet hatte.

Aber darum ging es nicht, oder?

Danach war alles verschwommen.

Ich verließ das Stadion und ging die Straße hinauf in denselben Pub, in dem ich vorher gewesen war. Trank ein Pint. Brigs kam vorbei und versuchte, mit mir zu reden, aber er ist manchmal der letzte Mensch, von dem ich irgendwas hören will. Manchmal ist er mein Bruder. Dann wieder ist er bloß eine Erinnerung daran, dass ich eigentlich nicht dazugehöre. Dass meine Familie nicht meine ist. Und dass meine dachte, ich wäre es nicht wert, dort zu bleiben.

Ich erinnere mich, dass ich in die Wohnung zurückkam, mich aber so schämte und so wütend war, dass ich es nicht aushielt. Ich wollte nicht, dass Kayla mich sieht, konnte weder mit ihr reden, noch in ihre Augen sehen.

Danach ist alles weg.

Was ich sehr wohl noch weiß, ist das Gefühl. Dieser eitrige, schwarze Teer meines Herzens und meiner Seele, wo die Dunkelheit eingedrungen war und sich ausgebreitet hatte wie ein Krebsgeschwür. Ich erinnere mich an Zorn, Paranoia, Eifersucht und alles andere, was wehtut, schneidet und einem im Innersten tritt.

Ich weiß, dass all das gegen sie gerichtet gewesen sein musste.

Und ich bin darüber hinaus, um Wunder zu beten. Ich weiß, dass sie die volle Wucht abbekommen hat.

Angestrengt schlucke ich. Mein Mund ist voller Sägespäne, und langsam kämpfe ich mich aus dem Bett.

Wacklig gehe ich zur Tür, während das Zimmer um mich herum kippt. Ich öffne die Doppeltür und sehe ins Wohnzimmer. Dort ist niemand außer Lionel und Emily, die auf der zusätzlichen Decke liegen, die ich gewöhnlich am Fußende des Betts habe.

Ein Bild huscht durch meinen Kopf. Ein Erinnerungsfetzen.

Ich erinnere mich, dass ich mitten in der Nacht aufgestanden war und Kayla die Decke brachte, mit der ich sie auf der Couch zudeckte.

Daran erinnere ich mich.

Und zerbreche daran.

Ich muss tief durchatmen, um nicht zu schluchzen.

Letzte Nacht wollte sie nicht mal bei mir schlafen.

Und jetzt ist sie nirgends zu finden.

Ich gehe durch den Flur, das Bad und die Küche.

Hier sind nur die Hunde und ich.

So, wie es normalerweise ist.

Wie es wahrscheinlich immer sein wird.

Lionel folgt mir auf Schritt und Tritt, als ich nach ihr suche, demonstriert mir seine Loyalität. Er liebt mich bloß, weil ich ihn liebe, aber das ist alles, was ich kriegen und aushalten kann. Er ist eine Konstante. Er wird mich nie verlassen, auch wenn er mich viel zu oft im schlimmsten Zustand gesehen hat.

Emily ist zu neu. Sie bleibt auf der Couch und beäugt mich misstrauisch. Sie kennt mich noch nicht in- und auswendig. In vielerlei Hinsicht ist sie wie Kayla. Sie denkt, dass sie mir vertrauen kann, hofft auf das Beste. Aber jetzt bin ich nicht in bester Form, sondern in der schlechtesten. Und was auch immer sie an Vertrauen zu mir gefasst haben mag, ist vernichtet. Ich schätze, Emily wird sich wieder einkriegen, weil ich sie gerettet habe, und weil sie letztlich nur ein Hund ist.

Bei Kayla ist es unendlich viel komplizierter. Sie ist wunderschön, fürsorglich, höllisch sexy, vielschichtig, und ich weiß, dass ich sie auf eine Art verletzt habe, die sich wahrscheinlich nie wiedergutmachen lässt. Sie kann ich nichts über Konditionierung oder Belohnung lehren. Ihre Treue ist nicht unendlich. Ihre Liebe ist nicht bedingungslos, weil ich sie aufgenommen und ihr ein paar nette Worte gesagt habe. Um sie zu gewinnen, muss ich mein ganzes Leben geben, um mich ihr zu beweisen, immerzu mein Herz und meine Seele investieren. Es gibt keine Garantien für lebenslange Liebe, und ihre Liebe ist etwas, das ich nie als selbstverständlich nehmen darf. Auch dann nicht, wenn ich das Glück habe, sie noch zu besitzen.

Ich suche nach Spuren von ihr in der Wohnung. Ihre Handtasche ist weg, aber ihr Koffer und alles andere ist noch da.

Ich habe keine Ahnung, wo sie sein könnte. Für einen Moment überlege ich, Brigs oder sogar Amara anzurufen, aber ich weiß nicht, wie ich erklären soll, was mit mir war. Natürlich rufe ich sie einige Male an, lande aber sofort auf der Mailbox. Sogar ihre hämische Ansage sticht mir wie ein Dolch ins Herz, und ich blute gleich wieder.

Was ist, wenn ich es gründlich versaut habe?

Was ist, wenn ich sie endgültig verloren habe?

Verdammter Mist!

Was habe ich gestern Abend getan?

Also warte ich. Ich setze mich auf die Couch und warte. Warte, bis es weniger ums Warten geht, als darum, zu kämpfen. Denn jetzt stellt sich die Schuld wieder ein, und ihr Hass, ihre Scham und alles, was dazugehört, kommen mit, versuchen, mich nach unten zu ziehen, mich zuzuschütten, bis ich nicht mehr atmen kann.

Und draußen auf der Straße, im nächsten Laden oder Pub, gibt es etwas, das mich weit weg führen kann von diesem Schmerz. Es singt mir sogar aus dem Medizinschränkchen im Bad entgegen. Ich kann nicht so tun, als hätte ich nicht schon mehr als genug von ihnen genommen.

Aber ich kämpfe. Ich halte durch, obwohl ich weiß, dass all das mir den Schmerz nehmen würde. Ich kann gar nicht mehr nachzählen, wie oft ich heute Morgen schon gekotzt habe.

Doch auch als es Mittag wird, ist sie nicht zurück, und mir bleibt keine Wahl, als zum Training zu fahren. Es ist das Letzte, was ich will oder brauche. Ich muss die vorwurfsvollen Gesichter nicht sehen, will mich nicht wieder schuldig fühlen, will keinen verdammten Muskel bewegen, weil mir schlecht ist.

Aber ich kann nicht alles in meinem Leben vergurken.

Langsam mache ich mich fertig und schreibe Kayla in Krakelschrift eine Nachricht, die ich auf dem Tisch in der Diele lassen.

Bin beim Training. Komme danach gleich nach Hause. Bitte, geh nicht. Ich liebe dich. Wir können das durchstehen. Bitte, bleib und warte auf mich.

Ich sehe einen Moment auf die Nachricht. Die Worte klingen so herzlos und nichtig. Nie könnten sie eine Frau wie Kayla überzeugen, wenn sie erst einen Entschluss gefasst hat. Trotzdem lasse ich sie da, weil ich nicht mehr tun kann.

Das Training ist unerträglich. Wären da nicht Thierry, John und mein Coach, die anscheinend immer an mich glauben, ganz gleich, was für ein Scheiß ich baue, wäre ich in dem Moment umgekehrt, in dem ich aufs Spielfeld trat. Einfach weggegangen. Ich habe so viel durchgemacht, und jeder hat einen Punkt, an dem er bricht, und meiner wäre heute erreicht, wären da nicht die Gesichter, die mich anspornen.

Die gute Nachricht ist, dass Denny wieder wird. Ich schätze, dass ich vor dem Spiel schon angetrunken war, hat sich zu meinen Gunsten ausgewirkt, als ich in ihn reinrammte. Ich hatte nicht direkt auf seine Gelenke gezielt. Allerdings war er heute nicht beim Training, was gut war, denn ich bin nicht sicher, wie ich damit klargekommen wäre. Alan sagt, dass er in einigen Tagen wiederkommt, rechtzeitig zum großen Spiel. Ich weiß nicht, was ich getan hätte, hätte sich herausgestellt, dass einer unserer Topspieler nicht spielen konnte. Wie es momentan aussieht, bin ich im ersten Spiel nicht auf dem Feld, und dann hätten wir keine Chance gegen Glasgow gehabt.

Die Fahrt vom Stadion zu meiner Wohnung dauert ewig. Die ganze Zeit knete ich das Lenkrad, bis meine Fingerknöchel weiß werden, und fürchte, Kayla könnte bei meiner Rückkehr nicht da sein. Hat sie womöglich gepackt und den nächsten Flieger genommen? Oder beschlossen, dass es sich nicht lohnte, zum Packen zurückzukommen? Vielleicht war die Flucht vor mir, vor dem Schauplatz unserer gescheiterten Beziehung, der einzige Ausweg für sie. Wenn sie ihren Pass in der Handtasche hatte, bräuchte sie nicht mehr, um zu verschwinden.

Ich kann es ihr nicht übel nehmen. Es ist gut möglich, dass meine Hoffnung, ihr wunderschönes Gesicht zu sehen, wenn ich in meine Wohnung komme, vergebens ist. Sie könnte jetzt schon irgendwo über dem Atlantik sein. Eventuell ist sie in diesem Augenblick unterwegs in ihr neues Leben, ohne einen Blick zurückzuwerfen. Es könnte sein, dass deshalb weder meine Anrufe noch meine Textnachrichten ankommen. Sie hat auf Flugmodus gestellt, auf dem Weg weit weg von mir.

Das letzte Mal, dass ich mit ihr zusammen gewesen war, habe ich nicht einmal in ihre Richtung gesehen. Was ist, wenn es das allerletzte Mal war und ich sie nie wiedersehe? Was ist, wenn meine letzte Erinnerung an sie ist, dass ich mich zu sehr schämte, um sie auch nur anzusehen? Hätte ich geahnt, dass es das Ende sein würde, ich hätte sie gepackt und mit aller Kraft festgehalten. Ich hätte sie so intensiv angestarrt, dass ich nicht mehr gewusst hätte, wo ich aufhöre und sie anfängt.

Ich hätte alles anders gemacht.

Ich hätte ihr nie einen Grund gegeben, mich zu verlassen.

Ich muss an den Straßenrand fahren, und andere Fahrer weichen mir hupend aus. Es ist mir egal. Im Moment kann ich nicht mal *sein*. Der Gedanke, sie so früh zu verlieren, ohne Abschied, lähmt mich.

Ich bleibe im Halteverbot stehen, versuche zu atmen und lehne den Kopf auf das Lenkrad. So bleibe ich, bis ich den Mut aufbringe, weiterzufahren und mich der Wahrheit zu stellen, welche es auch sein mag.

Ich finde einen Parkplatz um die Ecke von meiner Wohnung und gehe nach oben. Vor der Wohnungstür warte ich horchend, hoffe, irgendeine Bewegung drinnen zu hören, die meinem Elend ein Ende macht, zumindest in gewisser Weise. Falls sie noch da ist, habe ich eine Chance, alles wiedergutzumachen.

Rasch schließe ich die Tür auf und gehe hinein. Lionel kommt angelaufen und will hinter den Ohren gekrault werden. Ich hocke mich hin, streichle ihn gedankenverloren und lausche wieder.

Da. Aus der Küche. Die Kühlschranktür, die geschlossen wird.

Hoffnung regt sich tief in mir.

Ich gehe direkt hinüber und sehe Kayla mit einem Glas Saft in der Hand dastehen. Sie starrt mich an, als hätte sie gewartet. Ihr Haar hängt ihr strähnig ins Gesicht. Ihre Augen sind rot und geschwollen, und ich fühle jeden Funken Schmerz, der wie giftige Sonnenstrahlen von ihr abstrahlt.

»Ich dachte, du wärst weg«, bringe ich mühsam heraus und lasse meine Tasche auf den Boden fallen.

Einen Moment lang beobachtet sie mich und verzieht kurz das Gesicht. »Ich habe es versucht.«

Ich benetze meine Lippen, unfähig, das Richtige zu sagen. Das Einzige, was mir einfallen will, ist: »Kayla, es tut mir leid.« Und es kommt als schroffes Flüstern heraus.

Sie reckt ihr Kinn, muss offenbar verhindern, dass es zu beben beginnt, und ich will nichts lieber, als zu ihr gehen, sie in die Arme nehmen und ihr sagen, dass alles gut wird.

Doch ich bleibe, wo ich bin. Denn ich weiß, sie jetzt zu umarmen, wäre aussichtslos.

»Was tut dir leid?«, fragt sie matt.

»Was passiert ist?«

»Und was ist passiert? Erinnerst du dich?«

Die Schuld hat einen Fuß auf meiner Brust und tritt langsam zu. Ich schüttle den Kopf. »Nein.«

Sie kneift den Mund zusammen. »Und warum tut es dir dann leid?«

»Weil«, rufe ich heiser, »weil ich weiß, dass ich betrunken war, und ich weiß, dass ich mies drauf war und etwas sehr, sehr Falsches getan habe. Ich weiß nicht, was, aber … ich kann es fühlen. Ich fühle, was du durchgemacht haben musst. Es steckt in mir, wie Messer, und ich kann die nicht abschütteln.« Ich stocke, versuche zu atmen. »Ich weiß, dass ich dich verletzt habe. Und du ahnst nicht, wie leid mir das tut. Alles, was ich getan habe.«

»Aber du weißt es nicht mal«, sagt sie atemlos, beinahe ungläubig. Der Ausdruck in ihren Augen ist wie ein Tritt in den Bauch. »Du weißt nicht mal, was du getan, was du gesagt hast. Du weißt nicht, zu was für einem Menschen du geworden bist.«

»Ich habe eine ungefähre Vorstellung.«

Sie lächelt verbittert. »O nein, ich glaube nicht, dass du den blassesten Schimmer hast. Du hattest nichts mit diesem

Mann hier gemein. Du warst nicht du. Du warst jemand anders, den ich hasse.«

Hasse.

»Du warst der verdammte Teufel, das ist alles, was ich weiß. Gemein. Furchtbar. Du hast mich angesehen, als würdest du mich nicht erkennen, hast mit mir gesprochen, als wäre ich jemand anders. Und egal, was ich sagte, wie sehr ich dich zur Vernunft bringen wollte, nichts hat funktioniert. Es war, als hätte ich für dich aufgehört zu existieren. Wie kann ich mit dem Mann umgehen? Wie kannst du versprechen, dass ich diese Seite von dir nie wiedersehe?«

Ich möchte es versprechen. Ich will ihr verzweifelt alles versprechen. Aber mir ist klar, dass ich das nicht kann. Denn wenn ich es verspreche und es wieder geschieht, bekomme ich keine weitere Chance.

»Hör zu, Liebes, bitte. Ich werde alles tun, was ich kann, damit es nicht wieder passiert.«

»Du hattest gesagt, die Tage deiner Sucht liegen hinter dir. Tun sie nicht, und das weißt du.«

Aber die Sache ist, dass ich es nicht wusste, bis jetzt. Ich habe mir jahrelang zu viele Vorwände eingeredet, zu viele Rechtfertigungen. Solange ich bei meinem Sport blieb, solange ich nicht auf der Straße lebte, solange ich für jeden anderen okay schien, war es kein Rückfall. Ich war nicht mehr wie der Junkie. Ich war nicht machtlos und Sklave von etwas, das ich nicht kontrollieren konnte. Ich war nicht Lachlan Lockhart.

Manchmal braucht man Jahre, um die Wahrheit zu erkennen. Manchmal nur einen Moment.

Meine Wahrheit ist, und sie stellt sich sofort ein: Ich werde immer Lachlan Lockhart sein.

Und ich werde immer einen sehr blutigen Krieg führen.

»Du wirst mir das Herz brechen«, wimmert sie. Tränen strömen ihr über die Wangen, die sie wütend wegwischt.

»Nein«, antworte ich kopfschüttelnd. Ich gehe zu ihr und packe verzweifelt ihre Schultern. »Nein, nein, nein.«

»Doch!«, schreit sie und meidet meinen Blick. Aus der Nähe ist ihr Herzschmerz beängstigend. »Doch. Wenn das weitergeht, ja. Du wirst mich zerstören. Oder ich zerstöre mich selbst zuerst.«

»Bitte«, flehe ich. Die Enge in meiner Brust erstickt mich. »Wir können das überwinden. Ich verspreche dir, dass wir es können.«

»Nein«, sagt sie, schüttelt den Kopf und kneift die Lippen zusammen. »Können wir nicht. Wir sind nicht stark genug. Ich bin nicht stark genug.«

»Doch, bist du«, widerspreche ich. »Du bist der stärkste Mensch, den ich kenne, Kayla, und ich weiß, dass ich dir eine Menge Druck mache, indem ich nur bitte, dich mit mir abzugeben, von Herziehen ganz zu schweigen, aber … bitte. Ich liebe dich. Ich liebe dich so sehr, dass ich nicht klar sehen kann, und das vernichtet mich. Deinetwegen bin ich am Boden, siehst du das nicht? Und es gibt nichts, was ich lieber will, als dir zu Füßen zu liegen.«

Ich sinke auf die Knie, umklammere ihre Beine. »Ich darf dich nicht verlieren. Geh nicht weg von mir. Verlass mich nicht. Endlich habe ich dich gefunden. *Dich.* Ich will den Rest meines Lebens nicht ohne dich an meiner Seite durchstehen müssen. Ich glaube nicht mal, dass ich es kann.«

Sie ist steif in meinen Armen, und ich schluchze gegen ihre Oberschenkel, halte sie so fest, weil ich denke, wenn ich nicht loslasse, kann sie nie fortgehen. Ich bin bloß ein kaputter

Haufen Mann zu Füßen der Frau, die ich liebe, und flehe sie an zu bleiben.

Als ihre Hände mein Haar berühren, ihre Finger sanft über meinen Kopf streicheln, weine ich beinahe vor Erleichterung. Ihre Berührung, ihre Zuneigung ist eine Wohltat, wie ein Verband auf einer Wunde, und ich schmelze dahin.

»Bitte«, murmle ich an ihren Beinen. »Es war mir noch nie ernster. Ich tue alles, was nötig ist.«

»Entzug«, flüstert sie. »Oder Therapie. Irgendwas, Lachlan. Du brauchst etwas, und es muss mehr sein, als ich dir geben kann.«

»Ja«, sage ich, obwohl die Vorstellung, in einen Alkoholentzug zu gehen, über zehn Jahre nach dem Meth-Entzug, beschämend ist. Obwohl es kein Geheimnis sein wird, die Welt es erfahren und wissen wird, was für ein Mensch ich bin. Aber für sie werde ich es tun. »Ich mache es.«

»Du musst es wollen.«

Ich blicke zu ihr auf, mein Kinn an ihren Oberschenkel gelehnt. »Ich will es.«

»Aber du kannst es nicht meinetwegen tun«, sagt sie.

Doch ich würde es für sie tun. Ich würde alles für sie tun, alles.

»Ich möchte nicht mehr so sein«, gestehe ich mit belegter Stimme. »Ich will nicht der Mann sein, den du hasst, nur der, den du liebst.«

Sie seufzt, und ich fühle, wie schwer es sie belastet. Es ist schrecklich, dass ich ihr das angetan habe, meinem wunderschönen, glücklichen Mädchen. »Ich weiß nur nicht …«, beginnt sie und bricht wieder ab. »Diese Beziehung ist noch so neu … Sollte es nicht einfacher sein?«

Ich schlucke. Darauf habe ich keine Antwort. Denn selbst

wenn mir Angst macht, sie zu lieben, ängstigt mich die Aussicht, es nicht zu tun, noch mehr. Wie kann Liebe einfach sein? Wie kann sie etwas anderes sein als entsetzlich furchteinflößend?

»Dich zu lieben ist einfach«, sage ich ihr nach einer kurzen Pause. »Es ist das Einzige, was ich kann.«

Sie sieht zu mir herab, und ihre Züge werden weicher, obwohl ich sehe, wie sie innerlich kämpft. Ich habe sie noch nicht zurückgewonnen, nicht ganz.

»Ich muss ins Bad«, flüstert sie.

Ich lasse sie los und richte mich auf. Sie schenkt mir ein kleines Lächeln, als ich sie wieder überrage. Ich ziehe mir einen Stuhl heran, setze mich hin, stütze den Kopf in die Hände und warte auf irgendein Zeichen, dass alles wieder gut wird. Aber so ein Zeichen kommt nie, oder?

Alles, was ich weiß, ist, dass sich die Dinge ändern müssen. Und so schmerzlich und beängstigend es sein mag, werde ich sie ändern. Ich werde mich dem stellen, mich durch alles durcharbeiten, solange sie bei mir bleibt. Der Gedanke, dass sie fortgeht, ist ein großes schwarzes Loch in meiner Brust, das mir nichts als Leere verspricht.

Ihr Handy auf dem Tisch klingelt. Erschrocken sehe ich es an. Sie bekommt nicht viele Anrufe, und auf dem Display steht Toshio, ihr Bruder. Normalerweise würde ich es klingeln lassen, aber in ihrer Verfassung muss sie vielleicht mit ihm reden. Wer weiß, vielleicht hatte sie ihn schon angerufen, weil sie nach Hause wollte.

Ich gehe ran. »Hallo, hier ist Lachlan.«

Zunächst herrscht Stille. Dann: »Lachlan? Ist Kayla da?«

Etwas an seiner Stimme beunruhigt mich. »Sie ist im Bad und müsste jeden Moment zurück sein. Kannst du warten?«

»Klar«, sagt er so leise, als wäre er in Gedanken schon woanders.

Ich stehe auf und gehe mit dem Telefon in der Hand zur Badezimmertür, wo ich anklopfe.

»Kayla?«, frage ich.

Sie öffnet und kommt aus dem Bad.

Ich halte ihr das Handy hin. »Es ist dein Bruder, Toshio.«

Sie runzelt die Stirn. »Okay, danke.« Dann hält sie sich das Handy ans Ohr und wendet sich halb von mir ab. »Hi, Toshio.« Eine längere Pause. »Ähm, nein«, antwortet sie auf irgendwas, und ihre Stimme zittert ein wenig. Sie sieht mich an, ohne mich richtig zu sehen. Ihre Augen nehmen einen unruhigen Ausdruck an.

Sie ringt laut nach Luft, öffnet den Mund. »Was?! Wann ist das …« Ihre Hand fliegt an ihre Brust, und ich bin direkt neben ihr, sehe sie an und versuche zu erraten, was passiert. Ihre Lippen beben, und sie beginnt zu zittern. »Nein. O nein. O mein Gott«, wimmert sie. Sie kneift die Augen zu, und ich lege eine Hand an ihre Taille, um sie zu stützen. Etwas Furchtbares muss passiert sein, weit schrecklicher als das, was letzte Nacht war.

Jetzt nickt sie, blickt mit glasigen Augen ins Nichts und atmet angestrengt.

»Okay«, sagt sie hastig. »Okay, ich werde da sein. Ich komme. Ich muss nur …« Sie drückt ihre Faust an die Stirn und brüllt: »O Gott. O Gott!«

Das Handy rutscht ihr aus den Fingern und schlittert über den Boden.

Schnell bücke ich mich, um es aufzuheben, und will es ihr zurückgeben, doch das Gespräch ist schon weg. Sie dreht sich von mir weg, die Finger auf ihre Augen gepresst und den

Mund offen. Ich muss sie am Arm zurückziehen, ehe sie in die Wand läuft.

»Was ist passiert?«, frage ich und ziehe die Hände von ihren Augen. »Kayla?«

Sie starrt mich vollkommen entsetzt an. Ihr Mund öffnet und schließt sich. Irgendwann sagt sie: »Meine Mutter. Sie hatte einen Schlaganfall, glauben sie. Genau wissen sie es noch nicht. O Gott. Sie ... sie haben sie gefunden. Toshio hat sie vor wenigen Stunden im Haus gefunden, und ... und ...« Sie schluckt laut, benetzt sich die Lippen. »Sie liegt im Koma. Die Ärzte haben sie ins Koma versetzt, um ihr Gehirn zu schützen. O Gott«, keucht sie und kippt beinahe um.

Rasch nehme ich sie in die Arme. Sie zittert heftig. »Ich muss nach Hause. Ich muss sofort nach Hause. Ich hätte sie nie allein lassen dürfen. Hätte ich sie doch nur nicht allein gelassen.«

»Es ist nicht deine Schuld«, versuche ich, sie zu beruhigen, aber ich weiß, dass ich auf taube Ohren stoße. Meine gute Freundin, die Schuld, beherrscht es, alles andere zu blockieren.

»Ich muss nach Hause«, wiederholt sie. Ihre Züge sind starr vor Angst. »Ich muss den nächsten Flieger nehmen.«

Ich vergrabe meine erdrückende Furcht tief in mir. »Natürlich«, sage ich. »Ich kümmere mich darum, okay? Geh du packen. Wir schaffen dich zurück zu deiner Mutter. Alles wird gut, okay, Liebes? Alles wird gut.«

Sie nickt, dreht sich benommen um und geht zum Schlafzimmer.

Ich fühle mich, als hätte mich ein Laster überrollt. Sollte ihre Mutter das nicht überstehen, wird Kayla am Boden zerstört sein. Mehr noch, sie wäre eine Waise, genau wie ich.

Und obwohl sie mit zwei liebenden Eltern aufgewachsen ist, während mir nur eine kurze Zeit geblieben war, weiß ich, wie es ist, sich ganz allein auf dieser Welt zu fühlen.

Es wird sie zerstören.

Ich lehne mich an die Wand, atme tief durch. Unsere Beziehung hängt an einem seidenen Faden. Wahrscheinlich traut sie mir momentan am wenigsten, und nun muss sie zurückfliegen. Wegen des Rugbys kann ich nicht mal mit ihr kommen, selbst wenn sie mich dort wollte.

Dennoch muss ich mich vergewissern. Ich könnte es versuchen.

Ich gehe ins Schlafzimmer und sehe, wie sie alles mit einem leeren Gesichtsausdruck in ihren Koffer stopft.

»Möchtest du, dass ich mit dir komme?«, frage ich sie.

Sie sieht mich kaum an. »Du kannst nicht. Du hast dein Rugby.«

»Ich weiß, aber dies hier ist wichtig.«

Sie schüttelt den Kopf, während sie eine Jeans aus dem Wäschekorb angelt. Alles geschieht so schnell. Sie geht fort.

Es wäre total egoistisch zu fürchten, dass sie nie mehr wiederkommt.

»Bleib du hier«, sagt sie. »Das ist … Ich muss bei meinen Brüdern sein. Wir müssen überlegen, was zu tun ist.«

»Weiß ich«, sage ich leise. »Aber ich könnte es irgendwie hinbekommen. Falls du mich brauchst. Zur Unterstützung.« Tatsache ist, dass ich wahrscheinlich gar nichts hinbekommen würde. Nicht jetzt, vor unserem ersten Spiel. Doch wenn sie mich dort brauchte, falls sie mich dahaben wollte, würde ich alles tun, was ich kann.

»Bleib du hier«, wiederholt sie.

Ich nicke. »Okay. Ich wollte nur gefragt haben.«

Ich gehe an den Computer und buche ihr ein Ticket auf dem nächsten Flug von Edinburgh. Eine Maschine geht heute Abend, mit Zwischenstopp in Newark und L.A., aber zumindest wäre sie so schnell wie möglich dort.

Und einfach so verändern sich unsere beiden Welten zum zweiten Mal heute vollkommen. Wir sind beide stumm und nervös auf der Fahrt zum Flughafen, mit Lionel und Emily auf der hinteren Sitzbank, damit sie mir auf der zweifellos sehr einsamen Rückfahrt Gesellschaft leisten.

Alles geht so schnell, dass mein Herz und mein Verstand kaum mitkommen. Eben noch bat ich sie zu bleiben, mir eine zweite Chance zu geben. Im nächsten Augenblick reist sie ab, und uns ist aus der Hand genommen, wie es weitergeht. Sie fliegt weg, und was wir als Paar sind, wer wir füreinander sind, ist komplett offen. Aber das ist jetzt das kleinste Problem, und ich finde nicht, dass ich es verdiene, über mein Elend nachzudenken.

Es geht um Kayla. Und mir bricht aufs Neue das Herz. Ich weiß ja, wie sehr sie ihre Mutter liebt, wie verantwortlich sie sich für sie fühlt. Ich will nur bei ihr sein, an ihrer Seite all das durchstehen. Ich möchte der Fels in der Brandung sein, den sie so dringend braucht. Ich möchte die Hand sein, nach der sie nachts greift, die Schulter, an der sie sich ausweint.

Und tick, tick, tick verstreicht die Zeit.

Von meinen wirren Gedanken bekomme ich noch ein Schleudertrauma.

Wir sind an der Sicherheitsschleuse, und Kayla hat sich bereits im Wagen tränenreich von Lionel und Emily verabschiedet. Sie hat eingecheckt, und nun stehen wir wenige Schritte entfernt voneinander, die sich bereits wie eine riesige Kluft anfühlen.

»Ich werde diesen Moment bereuen«, sagt sie leise, nach wie vor matt und tonlos vor Entsetzen.

»Was meinst du?«, frage ich und greife nach ihrer Hand. Sie liegt schlaff und kalt in meiner.

Sie blinzelt mehrmals, ehe sie mich ansieht und ihr Blick auf meiner Nase und meinen Lippen verharrt. »Ich weiß, dass ich in Zukunft, wenn sich die Dinge beruhigt haben, auf welche Weise auch immer, an diesen Moment zurückdenken werde und bedauern, dass ich ihn nicht richtig wahrgenommen habe. Dass ich nicht sah, wer vor mir stand. Dass ich mir wünschen werde, ich könnte mich an dein Gesicht erinnern.« Sie schüttelt den Kopf, und eine einzelne Träne rinnt über ihre Wange. »Nichts hiervon dringt richtig zu mir durch. Dass ich abreise. Ich weiß nicht, was geschehen wird. Mit ihr. Mit uns.«

Ich hebe ihre Hand an, drehe sie und küsse die Innenfläche. »Deine Mutter wird wieder gesund. Du wirst hinkommen, und ihr wird es wieder gut gehen. Sie wird wissen, dass du da bist. Sie kommt da durch, okay? Und wir. Uns wird es auch gut gehen. Du kommst zurück nach Schottland, wenn es ihr besser geht, Liebes.«

Doch sobald ich die Worte ausspreche, sehe ich ihren Blick. Ein Blick, der sagt, dass sie es nicht weiß. Der sagt, dass sie eventuell so oder so fortgegangen wäre.

Kummer gräbt sich einen Pfad durch meine Brust.

Sie hatte nie vor zu bleiben.

Es bedarf meiner gesamten Kraft, nicht hier auf dem Flughafen zusammenzubrechen.

»Es tut mir leid«, sagt sie.

Ich versuche zu lächeln. Es gelingt mir nicht. »Muss es nicht.«

»Ich liebe dich, das weißt du.«

Meine Sicht verschwimmt. »Und ich liebe dich.« Doch meine Stimme bricht, und es ist allzu offensichtlich, dass ich mich auflöse.

Dies ist wahrscheinlich das letzte Mal, dass ich sie sehe.

Und ich weiß, dass ich diesen Moment ebenfalls bereuen werde.

Weil ich nicht mit in die Maschine steige.

Weil ich alles versaut und uns so die Chance geraubt habe.

Weil ich sie gehen lasse.

Ich kann sie nicht gehen lassen.

Mit Tränen in den Augen lege ich die Hände an ihre Wangen und küsse sie. All meine Liebe, meine Sorgen, meinen Schmerz lasse ich in diesen Kuss fließen, als könnte sie mich auf die Weise mit sich nehmen.

Ich schluchze einmal an ihrem Mund, und meine Hände beginnen zu zittern.

Dies ist das Ende.

Wir sind beide überrumpelt worden.

Kayla löst sich zuerst von mir, schniefend und mit verlaufener Wimperntusche unter den Augen. »Ich muss los«, flüstert sie.

Dann dreht sie sich um.

Geht weg.

Verschwindet hinter der Sicherheitsabsperrung.

Und ich verliere mich in der Distanz zwischen uns.

Kapitel 26

Kayla

Die Flugbegleiterin bittet mich, den Gurt anzulegen, doch ich höre sie kaum. Meine Finger sind steif vor Kälte. Ich fühle mich wie ein Eisklotz, taub bis ins Mark, doch ich schätze, das hält mich am Leben. Es hält mich davon ab, vor lauter Sorge und Kummer durchzudrehen. Deshalb begrüße ich dieses Gefühl, ich würde mich in Zeitlupe, wie unter Wasser bewegen. Und ich hoffe, dass es während allem, was noch kommt, anhält.

Wenn ich über irgendwas nachzudenken versuche, tun sich Risse in meinem Innern auf, und ich strenge mich so sehr an, alles zusammenzuhalten. Auf der einen Seite ist meine Mutter, die im Koma, auf der Schwelle zwischen Leben und Tod liegt, und nichts davon wäre geschehen, wäre ich dort gewesen. Es ist ganz allein meine Schuld, dass es dazu kam, und ich kann niemandem außer mir selbst Vorwürfe machen.

Auf der anderen Seite ist Lachlan, der Mann, den ich liebe und den Dämonen quälen, gegen die ich machtlos bin, die mich abwehren. Und ihn habe ich verlassen. Ich habe ihn in Schottland zurückgelassen, zusammen mit unserer kaputten, irreparablen Beziehung. Es kann sein, dass ich ihn nie wiedersehe, und auch das, trotz all seiner Fehler, seiner Selbstzerstörung und seiner fürchterlichen Abhängigkeiten, fühlt sich an wie ein Tod.

Sperr es weg, befehle ich mir. *Hol dein großes schwarzes Herz hervor und sperr alles andere weg.*

Es ist ein Jammer. Doch es ist auch die einzige Art, wie ich das hier in einem Stück überstehen kann, obwohl ich weiß, dass ich einen wesentlichen Teil von mir in Schottland zurücklasse.

Als meine Maschine endlich in San Francisco landet, bin ich eine wandelnde Statue. Was mich in Bewegung hält, sind einzig mein Bruder Nikko und Stephanie, die in der Ankunftshalle auf mich warten.

»Oh, Süße«, sagt Stephanie leise, als sie mich sieht, und kommt mit ausgebreiteten Armen auf mich zugelaufen. Sie drückt mich fest, schnieft, und es kostet mich viel, nicht endgültig zusammenzubrechen. Ich muss stark bleiben, denn wenn mich schon ihr Anblick zum Heulen bringt, stehe ich die nächsten Tage nicht durch.

»Es tut mir so leid«, sagt sie und tritt ein Stück zurück. Ihre Augen sind geschwollen vom Weinen. »Toshio hat angerufen und erzählt, was passiert ist und dass Nikko dich abholt. Ich musste mitkommen.« Sie blickt sich um. »Konnte Lachlan nicht mit?«

Ich schüttle nur den Kopf, denn ich kann es nicht mal erklären.

Sie verzieht das Gesicht. »Ist schon okay. Wir sind alle für dich da, Nicola, Bram, Linden. Wir helfen dir da durch.«

Ich nicke. Es bedeutet mir unendlich viel. Dann sehe ich zu Nikko und lächle.

Nikko ist der Zweitälteste, ein richtig guter Software-Entwickler mit Frau und Kleinkind. Er war immer der Ruhige, der

Stille, die alte Seele, und ich bin froh, dass er mich abholen gekommen ist. Bei Nikko fand ich von je her das richtige Maß an Trost.

»Kayla«, sagt er und umarmt mich. »Ich hätte dort sein müssen. Wir hätten mehr tun sollen.«

Ich schüttle den Kopf. »Nein. Es war falsch von mir, wegzufliegen.«

»Nein«, sagt er energisch und hält mich bei den Schultern, um mich anzusehen. »Kayla, du hast so viel für sie getan. So viel. Ihre Söhne waren nur nicht da, und das hätten wir sein müssen. Wir hätten nie zulassen dürfen, dass du so viel auf dich nimmst.«

O Gott, jetzt fangen seine Augen an zu glänzen! Ich kann das hier nicht.

Ich wende mich ab. »Gehen wir. Bitte. Ich muss sie sehen.«

Die Fahrt zum Krankenhaus fühlt sich surreal an. Mir kommt es vor wie ein böser Traum, darf nichts anderes sein. Andererseits waren die letzten vierundzwanzig Stunden ein Albtraum, der mit Lachlan begann. Ich schließe die Augen, um das Bild von ihm auf den Knien zu verscheuchen, wie er sich verzweifelt an mich klammerte und seine Entschuldigung schluchzte. Ich weiß, dass er alles ernst meinte. Keine Frage. Nur war der Schaden bereits angerichtet.

Mein wunderschönes Tier. Ich glaube nicht, dass ich ihn je wiedersehen werde.

Ich beuge mich vor, krümme mich vor Schmerz, und Stephanie greift von der Rückbank nach vorn, um meinen Arm zu reiben und mir zu sagen, dass alles gut wird. Sie hat ja keine Ahnung.

Im Krankenhaus gehen wir nach oben, und mich erschlagen die schrecklichen Schmerzensschreie, die sterilen Gerüche und die schwere Luft. Mit jedem Schritt scheint der Korridor länger zu werden, und ein Teil von mir gerät in Panik, fragt sich, ob nicht alles zu spät sein wird, bis ich da bin.

Schließlich erreichen wir die Intensivstation und sehen Paul und Brian in dem kleinen Warteraum, wo sie mit einer Ärztin sprechen. Ich umarme sie rasch, und sie sagen mir, dass Toshio auf dem Weg ist. Er musste Sean irgendwo absetzen.

Die Ärztin, eine große blonde Frau mit ernstem Gesicht, erzählt mir alles, während Stephanie meine Hand hält.

Anscheinend hatte meine Mutter einen schweren Schlaganfall, verursacht durch ein Blutgerinnsel im Gehirn.

Toshio fand sie bewusstlos auf ihrem Küchenboden vor und rief den Notarztwagen.

Es heißt, angesichts der starken Hirnschädigung müsste sie schon längere Zeit bewusstlos auf dem Boden gelegen haben.

Mir fällt ein, dass ich versucht hatte, sie anzurufen.

Und sie nicht ranging.

Könnte es da schon gewesen sein? Könnte ich mit meinem egoistischen Wunsch, bei Lachlan zu bleiben, in dem Moment angerufen haben, als sie einen verfluchten Schlaganfall erlitt?

Mein Selbstekel erreicht ein ungekanntes Ausmaß.

Die Ärztin erzählt uns, dass sie meine Mutter in das künstliche Koma versetzt haben, weil sie hoffen, dass die Schwellung zurückgeht. Das Koma schaltet alles andere im Gehirn aus, damit es in extremen Fällen wie diesem noch eine Chance hat, sich zu erholen.

»Und wie stehen die Chancen?«, frage ich leise. Ich sehe zu meinen Brüdern und erschrecke, weil sie so niedergeschlagen wirken. Sie wissen es schon. Natürlich wissen sie es schon. Die Chancen stehen nicht gut.

Die Ärztin lächelt angespannt. »Wir können noch nichts mit Sicherheit sagen. Es kommt drauf an. Falls die Schwellung zurückgeht, können wir versuchen, sie langsam wieder aus dem Koma zu holen, und müssen abwarten, ob sie zu sich kommt und wie die Hirnfunktionen aussehen.«

»*Ob* sie wieder zu sich kommt?«, frage ich ungläubig.

»Unser Ziel ist, sie so früh wie möglich aus dem Koma zu holen. Wir wollen sie nicht länger darin halten, als unbedingt nötig ist. Doch es bleibt immer ein Risiko, Patienten ins Koma zu versetzen. Wir wissen nie, ob sie wieder zu sich kommen, selbst wenn wir die Medikamente einstellen. Nur ist es manchmal die einzige Chance, die wir haben.« Mitfühlend neigt sie den Kopf zur Seite. »Wenn wir entscheiden, einen Patienten ins Koma zu versetzen, reden wir schon von extremen Gegebenheiten. Ihre Mutter hat eine sehr schwere Zeit vor sich. Sie alle müssen sehr stark sein.«

Ich werde fast ohnmächtig. Steph packt meine Arme, hält mich aufrecht. »Darf ich sie sehen?«, flüstere ich.

Die Ärztin nickt. »Selbstverständlich. Kommen Sie mit mir.«

Wir gehen in den nächsten Raum, und sie zieht einen Vorhang zurück.

Da liegt meine Mutter.

Doch es ist nicht meine Mutter.

Meine Mutter war winzig, jedoch nie so winzig. Nicht so alt.

Dies ist eine kleine, sterbende Frau mit grauer, beinahe durchsichtiger Haut, entsetzlich dünn und an eine Million Maschinen angeschlossen. Sie überwachen sie piepend, was das einzige Zeichen ist, dass sie nicht tot ist. Für einen Moment sehe ich zu dem Monitor mit ihrem Herzschlag, dann wieder zu ihr, und versuche, die beiden Bilder zusammenzubringen, den Beweis, dass sie lebt.

»Das ist sie nicht«, flüstere ich, lege beide Hände vor den Mund und warte darauf, dass mir jemand zustimmt, mir sagt, dass alles ein Scherz war. Aber niemand sagt etwas. Unser aller Schmerz ist erdrückend. Ich kann es nicht mal verstehen, und mein Verstand macht erneut dicht. Schalter für Schalter.

Trotzdem nehme ich ihre Hand. Ihre papierne Haut ist so schwach und dünn. Ich halte sie, will ihr von meiner Kraft abgeben, schreie im Geiste, dass sie bitte, *bitte* durchhalten möge.

Es kommt keine Reaktion. Ich weiß nicht, warum ich dachte, es würde eine kommen. Sie müssen ohnehin noch warten, ehe sie unsere Mutter aus dem Koma holen können. Dennoch dachte ich, dass vielleicht die Tatsache, dass alle ihre Kinder hier sind, ihr vermittelt, dass sie eine Menge hat, für das es sich zu kämpfen lohnt.

Ich habe Angst, dass sie dort, wo immer sie sein mag, meinen Vater sieht, der sie zu sich winkt, dass sie seine Hand nehmen wird. Sie wird sich von ihm fortziehen lassen, weil es genau das ist, was sie sich seit seinem Tod wünscht.

Ich kann nichts gegen die Tränen tun, die mir über die Wangen laufen. Nicht mal ich kann vollständig abschalten.

Steph hält mich, und ich bin so froh, dass sie hier ist, dass meine Brüder hier sind. Doch ich weiß auch, wen ich wirklich brauche, in wessen Arme ich mich heute Abend verkriechen will.

Bei allem, was geschehen ist, allem, was ich verliere, erstaunt mich, dass ich mein Herz überhaupt noch fühlen kann. Ich hätte gedacht, da wäre nichts mehr.

Die nächsten Tage treiben an mir vorbei. Irgendwie schaffe ich es, wieder zur Arbeit zu gehen, obwohl mir Lucy, nachdem ich einen Tag lang herumgelaufen bin wie ein Roboter, sagt, dass ich mir mehr Urlaub nehmen soll. Ich weiß, dass sie es auch deshalb vorschlägt, weil Candace praktisch meinen Job übernommen hat, doch das interessiert mich nicht die Spur. Mich interessiert gar nichts mehr.

Also bin ich die meiste Zeit im Krankenhaus. Ich sitze bei meiner Mutter, halte ihre Hand und rede. Ich rede einfach. Über alles. Über schöne Dinge und alte Erinnerungen an die guten Zeiten. Damals war alles so schön, so leicht. Alles, was es vor dem hier gab, strahlt in meiner Erinnerung. Nichts wird je wieder so sein. Das weiß ich.

Steph kommt vorbei, wenn sie kann. Manchmal mit Linden. Manchmal sind es Nicola und Bram. Gewöhnlich ist einer meiner Brüder hier. Sie alle haben dieselbe Entschuldigung für mich, dass sie es nie mir allein hätten überlassen dürfen, für meine Mutter zu sorgen, dass ich ihre Unterstützung gebraucht hätte, dass sie hätten weniger egoistisch sein müssen, dass sie so nicht erzogen wurden.

Doch es spielt eigentlich keine Rolle, was sie sagen. Ich werfe keinem von ihnen irgendwas vor. Nur mir selbst, weil ich nicht hier war. Wäre ich nicht nach Schottland gereist, wäre dies hier vielleicht nie geschehen. Ich weiß nicht, was die ersten Anzeichen gewesen wären, aber ich bin sicher, hätte ich sie rechtzeitig ins Krankenhaus gebracht, wäre alles anders gekommen.

Das Komische ist, dass ich Lachlan zunehmend besser verstehe. Der Kummer und die Schuld sind von einer anderen Art, doch das Gefühl frisst einen immer gleich auf. Wenn ich zu Hause bin, ertappe ich mich dabei, wie ich einige Gläser

Wein trinke, um nicht mehr denken zu müssen, oder schlicht, um schlafen zu können.

Ich habe nicht viel mit ihm gesprochen. Er schreibt mir laufend Textnachrichten, fragt, wie es mir und meiner Mutter geht. Ich antworte ihm höchstens mit wenigen Sätzen. So scheint es leichter, obwohl er mir wichtig ist. Obwohl ich wissen will, dass er okay ist, dass er sich Hilfe holt. Ich möchte wissen, wie sein Rugbyspiel war. Aber das sehe ich im Internet nach, statt ihn zu fragen. Beim ersten Spiel gegen Glasgow hat er nicht gespielt, aber sie haben gewonnen, und das zaubert mir ein kleines, trauriges Lächeln ins Gesicht.

Da seit dem Schlaganfall über eine Woche vergangen ist, erzählen uns die Ärzte, dass die Schwellung ein bisschen zurückgegangen ist und sie optimistisch sind, sie aus dem Koma zu holen.

Wir alle versammeln uns im Krankenhaus, meine Brüder und ich, und warten nervös ab, was hinter der verschlossenen Tür passiert. Dies könnte es sein. Wir könnten da reingehen, und sie lächelt uns entgegen, erschöpft, aber wieder unsere Mutter. Sie könnte uns von den Träumen erzählen, die sie von unserem Vater hatte, und wir würden lachen, weinen und ihr danken, dass sie zu uns zurückgekehrt ist, denn wir Kinder brauchen sie mehr, als wir ihr jemals sagen konnten.

Doch als die Ärztin herauskommt, erkennen wir sofort, dass sie schlechte Neuigkeiten hat.

Sie atmet schwer aus und sieht uns allen in die Augen. »Wir hatten keinen Erfolg.«

Der Boden sackt unter meinen Füßen ein.

»Sie lebt, aber … wir können sie nicht von den lebenserhaltenden Maschinen nehmen. Sie konnte nicht zurückkommen.«

»Dann ist sie noch im Koma?«, fragt Paul wütend. Es war schon immer die Rolle meines ältesten Bruders, wütend zu werden.

Die Ärztin nickt. »Wie gesagt, sie in ein künstliches Koma zu versetzen, war das letzte Mittel, vor allem bei jemandem in ihrem Alter. Es war stets und ist noch ein Wagnis.«

»Und was machen wir jetzt?«, fragt Toshio panisch. »Was … was können wir für sie tun?«

»Wir haben die Barbiturate abgesetzt, die ihr Gehirn ausgeschaltet haben. Aber manchmal springt es nicht wieder an. Zum jetzigen Zeitpunkt kann man unmöglich einschätzen, wie stark das Gehirn durch den Schlaganfall geschädigt und wie viel durch das Koma ausgelöst wurde. Falls sie eine Chance hatte, sollte sie aufwachen. Aber das ist sie nicht. Wir geben ihr noch einige Tage, aber so leid es mir tut, glaube ich nicht, dass sie wieder zu sich kommt. Das Einzige, was Sie tun können, ist abwarten. Beten Sie, wenn es Ihnen hilft.«

»Beten?«, fragt Paul hämisch.

Nikko rammt ihm den Ellbogen in die Seite und sagt zur Ärztin: »Wie lange kann sie in dem Koma bleiben? Sie ist doch jetzt in einem nicht künstlichen, oder? Dauernd wachen Leute aus dem Koma auf. Ich finde, wir sollten überhaupt keine Alternativen besprechen, solange wir ihr nicht die Zeit gegeben haben, die sie braucht.«

Toshio nickt und wischt sich eine Träne ab. »Ja, manchmal kommen Leute nach Jahren zu sich, und es geht ihnen gut.«

Klar, denke ich traurig. *Aber diese Leute sind jung. Das ist unsere Mutter nicht.*

Ich sehe der Ärztin an, dass sie dasselbe denkt. Es ist die Wahrheit, mit der ich mich schon mein Leben lang vergeblich abzufinden versuche: dass ich meine Mutter sterben sehen werde, und das vermutlich, wenn ich noch eine junge Frau bin.

Doch die Ärztin sagt es nicht. »Wir behalten sie so lange an den lebenserhaltenden Geräten, bis Sie als Familie uns sagen, dass wir es nicht mehr sollen.«

Ich schließe die Augen und fühle Nikkos Arme, die sich um mich legen.

Ich möchte glauben, dass wir niemals solch eine furchtbare Entscheidung treffen müssen.

Ich möchte glauben, dass meine Mutter wieder aus dem Koma erwacht.

Ich möchte eine Menge Dinge glauben.

Aber ich bin nicht sicher, wie viel Zuversicht ich noch besitze.

Kapitel 27

Lachlan

Über Tage nach Kaylas Abreise sind die einzigen Menschen, die ich sehe, meine Teamkollegen und Amara. Dazu ist meine Welt geschrumpft. Alles scheint ohne Kayla zu schrumpfen. Solange sie hier war, war die Welt weit und unendlich. Nun heißt es wieder schlafwandeln, wie all die Jahre, bevor sie in mein Leben trat.

Während ich also die Anrufe meiner Familie ignoriere, sogar von Bram aus den Staaten, wundert mich nicht allzu sehr, dass Brigs eines späten Nachmittags bei mir klingelt und, als ich nicht aufmache, kleine Kieselsteine gegen mein Fenster wirft. Ich öffne das Fenster und sehe zu ihm hinunter.

»Ich habe eine Klingel«, brülle ich.

»Würdest du denn aufmachen?«, fragt er.

»Nein, genauso wenig wie für einen Idioten, der mir Steine ans Fenster schmeißt.« Seufzend ziehe ich den Schlüssel aus meiner Tasche und werfe ihn ihm runter.

Ehrlich gesagt macht es mich nervös, ihn zu sehen. Das letzte Mal sind wir uns an dem Tag begegnet, an dem alles zwischen Kayla und mir endete, und ich erinnere mich nach wie vor nicht genau an alles, was passiert ist. Er war jedenfalls dabei, zumindest teilweise.

Er kommt durch die Tür und schließt sie hinter sich. »Hi.« Er schiebt die Hände in die Taschen seines schicken Anzugs und kommt auf mich zu, wobei er zunächst seine Schuhe auf dem Parkett ansieht, ehe er zu mir aufblickt. »Ich habe das Spiel gesehen. Gratuliere.«

»Danke, aber du weißt, dass ich damit nichts zu tun hatte«, antworte ich. Ich sitze auf der Couch. Lionel liegt auf meinem Schoß und möchte, dass ich ihm den Bauch kraule. Er merkt es, wenn ich nervös bin, und dies hier gilt eher mir als ihm.

»Ach, ich bin sicher, dass alle besser spielen, weil sie wissen, dass du bald wieder dabei bist.« Er stockt und sieht mich blinzelnd an. »Wie geht es Denny? Er schien gut in Form.«

Ich nicke und bemühe mich, meine Scham zu unterdrücken. »Ja, ihm geht es gut. Ich schätze, es hat geholfen, dass ich während des Trainings ein bisschen angetrunken war. So konnte ich keinen allzu großen Schaden anrichten.«

Gespannt warte ich seine Reaktion ab.

Doch er zieht nur eine Braue hoch. »Verstehe. Das dachte ich mir schon. Ehrlich gesagt, Lachlan, ist dies hier kein reiner Freundschaftsbesuch.«

Ich lehne mich zurück, blicke zu Lionel hinab und streiche mit der Hand über seinen Bauch. »Das wäre wohl auch ein wenig zu viel verlangt von meinem Bruder.«

»Ah, jetzt bin ich dein Bruder«, sagt er. »Verstehe. Also nur, wenn du nüchtern bist.«

»Tut mir leid«, sage ich und ärgere mich, wie schwach meine Stimme klingt. Erbärmlich.

»Ich weiß, dass es dir leidtut. Aber ich glaube, das reicht nicht, Lachlan. Ich bilde mir ein, dich ziemlich gut zu kennen. Zwar behaupte ich nicht, alles über dich zu wissen, aber nur, weil du sehr verschlossen bist. Und aus gutem Grund. Aber ich denke, auch wenn wir rein technisch nicht verwandt sind, gehen wir ähnlich mit Dingen um. Wir ertrinken in unserem Untergang, weil der Schmerz, wenn er zu groß ist, zu einem Trost wird. Man kann sich in seine Trauer und seine Scham verlieben. Ich weiß, dass ich es getan habe.« Er nagt an seiner Lippe und sieht hinauf zur Zimmerdecke, als würde er mit Gott reden. »Mir ging es so. Und erst jetzt fühle ich mich stark genug, von alldem wegzukriechen. Aber an den Punkt muss man erst kommen. Du hattest ihn vor zehn Jahren erreicht, als dein Freund starb und du zu vollgedröhnt warst, um ihn zu retten. Aber du und ich, jeder gelangt im Leben an viele solche Punkte. Es gibt immer mehr als einen Tiefpunkt. Dies ist ein weiterer von deinen. Du musst dich da rausziehen. Das sage ich dir als dein Bruder, dein Freund, der dich liebt und kennt. Zieh dich da jetzt raus.«

Ich starre geradeaus, lasse das Gewicht auf mich herabsacken. »So einfach ist das nicht«, sage ich und bereue es sofort. Vorsichtig sehe ich zu ihm und erkenne eine solche Empörung und solchen Schmerz, dass ich mich schäme.

»Erzähl mir nicht, es sei nicht einfach«, erwidert er leise. Seine Stimme zittert. »Ich habe meine Frau und meinen Sohn verloren. Beide auf einmal. Sie wurden mir genommen, und das kann ich niemandem anlasten als mir selbst. Weißt du, was meine letzten Worte zu ihr waren?«

Ich verneine stumm, denn ich will es nicht wissen.

»Sie waren, ›Bitte vergib mir‹. Ich bat um ihre Vergebung, weil ich einen Riesenmist gebaut hatte. Und sie bekam nie die Chance, mir zu verzeihen. Sie nahm Hamish und floh vor mir. Die Straßen waren nass, sie fuhr schnell, und dann hatte ich keine Familie mehr. Das Groteske ist, dass ich kurz davor war, sie sowieso zu verlieren. Also erzähl du mir nicht, es sei nicht einfach. Es ist das verdammt Härteste, aus dem schwarzen Loch zurück ins Licht zu kriechen, in dem man klar erkennt, was für ein Stück Scheiße man ist. Und ich bin immer noch dabei. Aber zumindest weiß ich, dass ich es schaffen werde.« Er schließt die Augen und schüttelt kurz den Kopf. »Ich muss. Ich kann mich nicht für den Rest meines Lebens hassen. Das ist kein Leben.«

Darauf habe ich keine Erwiderung.

Brigs setzt sich mir gegenüber hin, beugt sich vor und stützt die Ellbogen auf die Knie. »Ich erzähle dir das nicht, um kleinzumachen, was du hinter dir hast. Dies ist kein Wettbewerb, wessen Leben das beschissenere ist, klar? Ich versuche, dir zu helfen. Lässt du mich dir helfen? Ich weiß, dass Kayla es wollte, aber sie ist nicht mehr hier, und ich gehe nirgends hin.«

Ich will ihm sagen, es wäre nicht Kaylas Schuld, dass sie fort ist. Doch wir beide wissen, dass es sowieso meine ist.

»Wie willst du mir helfen?«, frage ich leise.

Er greift in seine Brusttasche und zieht ein zusammengefaltetes Blatt heraus, das er zwischen zwei Fingern hält. »Dies ist die Nummer meines Psychologen.« Ich starre das Papier an, bis er damit wedelt. »Nimm sie. Ruf ihn an. Mach einen Termin. Bitte.«

Ich zögere. Mein Stolz fleht mich an, es abzuweisen. »Brigs …«

»Nein«, sagt er. »Willst du, dass dich die Schwerkraft wieder bis an den Grund zieht? Willst du, dass das, was mit Kayla war, mit jemand anderem passiert? Willst du deine Organisation verlieren, deine Karriere? Denn ich garantiere dir, all das wird geschehen, wenn du nicht *sofort* etwas unternimmst.«

»Dies hier ist so was wie eine Intervention«, murmle ich, nehme aber den Zettel.

»Ja, ist es«, bestätigt er. »Unsere Eltern müssen nichts hiervon wissen. Es bleibt unter uns. Aber ich muss sicher sein, dass du ihn anrufst. Ich würde dir ja jetzt zugucken, wie du es machst, aber ich bin nicht dein bescheuerter Babysitter. Ich vertraue dir, klar?« Er steht auf. »Und ich hoffe, dass du auch einen Entzug machst. Es gibt eine sehr gute Einrichtung, die auf Sportler spezialisiert ist. Dort sind sie sehr diskret. Und du weißt, dass es nichts ist, für das man sich heute noch schämen muss. Zwing mich nicht, dir einen Amy-Winehouse-Song vorzusingen.« Er nickt mir zu. »Ich melde mich. Sorg dafür, dass der Coach dich wieder aufs Feld schickt. Du brauchst es.«

Und dann geht er, während ich auf der Couch vor mich hin koche.

»Was meinst du dazu, Lionel?«, frage ich und halte ihm den Zettel hin. Er schnuppert daran, befindet ihn für uninteressant und schläft weiter.

Im Entzug war ich schon, aber ein Psychologe ist etwas völlig anderes. Ich glaube nicht, dass ich stark genug bin, alles noch mal zu durchleben. Es reicht schon, wenn ich es in meinen Albträumen tue.

Dennoch schließe ich es nicht blankweg aus. Dafür respektiere ich Brigs zu sehr. Ich stehe auf und hefte den Zettel mit einem Magneten an die Kühlschranktür, damit ich ihn täglich vor Augen habe, bis ich endlich den Mut aufbringe, etwas zu tun.

Das zweite Spiel steht morgen an, und ich weiß, dass Alan mich reinschickt. Ich bin nervös und erleichtert zugleich. Ich will es nicht versauen, aber ich bin so froh, dass die Warterei vorbei ist. Seit Kayla fort ist, sehe ich überall ihren Geist. Er verfolgt mich, und ich brauche etwas anderes, das mich in der Spur hält.

Trotzdem muss ich ihre Stimme hören. Nur für einen Moment. Alle meine Textnachrichten und Anrufe werden nur knapp oder gar nicht beantwortet, und ich brauche, möchte so viel mehr von ihr. Ich muss für sie da sein. Unvorstellbar, was sie gerade durchmacht.

Ich rufe sie an. Es ist gegen Abend, also muss es bei ihr morgens sein.

Wie üblich klingelt und klingelt und klingelt es.

Ich will schon auflegen, als sie abnimmt.

»Hallo?«

Der Klang ihrer Stimme zerbricht mich fast.

»Kayla?«, sage ich. »Ich bin es, Lachlan.«

»Weiß ich«, sagt sie matt. Sie schnieft, und ich frage mich, ob sie weint.

»Bist du okay? Wie geht es deiner Mutter?«

»Sie … sie ist noch im Koma.«

»Mist, Liebes. Das tut mir leid. Ich habe versucht, dich zu erreichen …«

»Ich weiß. Ich bin viel im Krankenhaus. Dort sehen sie es nicht gern, wenn man die Handys benutzt.«

»Ist schon gut, das verstehe ich.« Ich stocke, presse die Faust an meine Stirn und schließe die Augen. »Es ist nur … du glaubst nicht, wie gut es sich anfühlt, deine Stimme zu hören. Ich vermisse dich. So sehr.«

So sehr, dass meine Brust brennt von den Worten.

Ich höre sie schlucken. »Ja, ich vermisse dich auch.« Sie klingt so zerbrechlich, so gläsern, als würde sie eigentlich nicht glauben, was sie sagt. Dennoch klammere ich mich daran. Sie vermisst mich.

»Ich … ich denke die ganze Zeit an dich. Du weißt, dass ich dich liebe«, flüstere ich.

Es ist nichts als Stille, die sich über dem Ozean zwischen uns erstreckt.

Ich rede weiter, weil ich damit nicht umgehen kann. »Ich weiß, dass ich es richtig versaut habe, Liebes, aber …«

»Lachlan«, unterbricht sie mich müde, »es ist nicht wichtig.«

»Doch, ist es. Es ist wichtig. Du bist wichtig. Ich ändere mich, das schwöre ich. Mir ist bewusst, dass ich ein Problem habe.«

Sie schnaubt verärgert. »Ja, du hast Probleme. Aber ich habe auch welche. Meine Mutter liegt in einem beschissenen Koma. Verzeih mir, wenn ich jetzt gerade nicht deine zu Tränen rührende Geschichte anhören will.«

Autsch.

Kein Treffer beim Rugby hat mir je so wehgetan.

»Okay. Tut mir leid.«

»Weiß ich«, sagt sie. »Hör mal, ich muss Schluss machen. Ich bin auf dem Weg ins Krankenhaus. Es ist nur … das hier ist jetzt mein Leben, verstehst du? Ich warte nur auf die nächste Hiobsbotschaft.«

»Ich könnte kommen«, schlage ich vor. »Ich kann helfen.«

»Nein, kannst du nicht«, erwidert sie prompt. »Du kannst nicht mal dir selbst helfen. Bleib, wo du hingehörst. Okay, pass auf, ich kann jetzt gerade nicht mit dir umgehen oder dem, was wir mal waren. Bitte … ruf nicht wieder an. Und schreib mir auch nicht. Ich ertrage nur einen Herzschmerz zurzeit.«

Ich fühle, wie sich der letzte Fetzen Hoffnung in mir zusammenknüllt und von einem kalten Wind auf Nimmerwiedersehen fortgetragen wird.

»Bye, Lachlan«, sagt sie.

Ich kann nicht mal die Lippen bewegen, um zu antworten. Sie legt auf, und alles, was ich mit ihr hatte, ist umgehend gekappt. Der Schnitt geht tief durch mich hindurch.

Ich habe sie wahrlich verloren.

Meine Liebe.

Ich stehe auf, schnappe mir meine Brieftasche und die Schlüssel und gehe hinaus.

Ich laufe zum nächsten Laden, kaufe eine Flasche Scotch und setze mich damit auf eine Bank im Park gegenüber meiner Wohnung.

Dort trinke ich fast die ganze Flasche.

Als ich aufwache, bin ich immer noch auf der Bank, und ein Typ versucht, mir die Schuhe zu klauen. Ich trete nach ihm, erwische ihn im Gesicht, und er rennt über das Gras davon, springt mit einem Satz über den Zaun.

Schwankend stehe ich auf, lasse die Flasche zurück und schaffe es irgendwie in meine Wohnung.

Als ich das nächste Mal aufwache, liege ich bäuchlings im Flur.

Neben mir eine Lache Erbrochenes.

Mein Erbrochenes.

Und einige Haufen und Pfützen sind ebenfalls um mich herum.

Zum Glück sind die nicht von mir. Nur von den armen Hunden, die ich gestern Abend nicht mehr rausgelassen hatte.

Nein, stattdessen hatte ich mich hochanständig allein besoffen, den Kummer, den Kayla mir hinterlassen hatte, auf einer endlosen Scotch-Welle davongejagt.

Das kann ich nicht mehr machen.

Brigs hat recht. Auf diese Art werde ich Kayla nicht zurückbekommen. Wahrscheinlich bekomme ich sie ohnehin nicht wieder, aber sollte ich eines Tages noch eine Chance haben, darf ich es nicht vermasseln.

Ich darf mein Leben nicht weiter zerstören.

Ich habe die Hunde. Ich habe meine Freunde, meinen Bruder, meine Familie. Ich habe all diese schönen Dinge in meinem Leben. Als ich als kleiner Junge anfing, hatte ich nichts außer einem Stofflöwen.

Ich fing mit nichts an und bekam alles.

Und sieh sich einer an, wo ich jetzt bin. Ich saufe, bemitleide mich selbst und bin im Begriff, alles zu verlieren.

Langsam rapple ich mich auf.

Ich mache den Flur sauber.

Dann unternehme ich einen langen Spaziergang mit den Hunden, praktisch bis zum Wasser und zurück.

Ich quatsche ihnen die Ohren voll, entschuldige mich wortreich bei ihnen, was mir einige komische Blicke von Passanten einträgt. Tut es immer, wenn ich mit meinen Hunden rede, und es stört mich nicht. Sie müssen das alles hören, weil ich es mir von der Seele reden muss.

Als ich zurück bin, gehe ich geradewegs zum Medizinschrank, und für einen kurzen Moment holen mich die Schuldgefühle ein, drohen, mich nach unten zu ziehen. Das Percocet ruft nach mir, bietet mir eine Rettungsleine an, genau wie gestern Abend der Scotch.

Doch wie sich herausstellt, ist die Leine nichts anderes als ein Galgen.

Ich nehme die Pillen, und obwohl nicht mehr viele übrig sind, spüle ich sie im Klo herunter.

Dann gehe ich in die Küche, rupfe die Telefonnummer vom Kühlschrank und mache einen Termin, ehe ich es mir anders überlegen kann. Die Frau am Empfang ist auch so nett, mir eine Entzugsklinik vorzuschlagen, in die ich übers Wochenende gehen kann, sodass es nicht mit den Spielen kollidiert.

Es gibt einige Leute, mit denen ich reden muss: Jessica und Donald, Alan, Amara und Thierry. Ich muss so ehrlich zu ihnen sein, wie Brigs es zu mir war. Sie müssen wissen, was in meinem Leben los ist. Sie müssen erfahren, dass ich nicht gesund bin, dass es mir nicht okay geht und dass ich so viel Liebe und Unterstützung von ihnen brauche, wie ich irgend bekommen kann. Ich möchte das für mich tun, aber ich kann es nicht allein. Das habe ich zu lange schon, und es reicht nicht.

Ich weiß jetzt, wer ich sein will.

Immer noch ich.

Nur besser.

Kapitel 28

Kayla

Drei Wochen sind es mittlerweile.

Seit drei verfluchten Wochen ist sie unerreichbar in einem Koma.

Mein Leben ist die Hölle, doch ich kann mir nicht einmal vorstellen, was sie durchmacht, wo sie in diesem hoffnungslosen, wie toten Zustand sein mag. Ich hoffe nur, dass es irgendwo, irgendwie in einer Schwebe ist, dass mein Vater ihre Hand hält. Ich weiß, je stärker er sie hält, desto unwahrscheinlicher wird, dass sie zu uns zurückkehrt. Doch zugleich ertrage ich den Gedanken nicht, dass sie allein ist, verloren in sich.

Denn ich bin auch verloren.

So verloren.

Und bei all dem Schmerz denke ich immer wieder an Lachlan und wie ich ihn am Telefon behandelt habe. Ich sagte ihm, dass er mich in Ruhe lassen und nie wieder anrufen soll. Das war gelogen. Nur wusste ich es in dem Moment nicht. Ich stieß ihn weg, bestrafte ihn dafür, dass er mich mag, und sorgte so dafür, dass er sich noch mieser fühlte, als er es sicher ohnedies schon tat.

Ich möchte es zurücknehmen. Ich möchte seine Stimme hören, dass er mich in seinen starken Armen hält und mir sagt, dass alles gut wird, obwohl wir beide wissen, dass es nicht stimmt. Aber es nur von ihm zu hören … Früher gab er mir das Gefühl, als stünden wir beide gegen den Rest der Welt und er könne mich vor allem beschützen.

Er konnte mich nur nicht vor sich selbst schützen.

Andererseits konnte er sich selbst auch nicht davor schützen.

Ich hatte nicht gelogen, als ich sagte, dass ich ihn vermisse. Denn das tue ich. Die ganze Zeit. Dauernd. Dieser dumpfe, pochende Schmerz in meinem Herzen will nicht weggehen. Es ist ein anderer Schmerz als der, den ich für meine Mutter empfinde, doch sie sind beide furchtbar schwer zu ertragen.

Und als er mir sagte, dass er mich liebt, erinnerte ich mich für eine herrliche Sekunde daran, wie es war, seine unverhohlene Liebe zu besitzen und ihm meine freiwillig zu schenken. Es kommt mir vor wie eine andere Zeit, als wären wir jung und die Welt noch sonnig und grenzenlos gewesen. Ich sehne mich so sehr nach jenen Tagen zurück, dass sich mein Bauch verkrampft, vor Hunger nach etwas, das ich wohl nie wieder haben werde.

Es ist Freitag, als Paul mich bei der Arbeit anruft und bittet, sie alle gegen Mittag im Krankenhaus zu treffen. Ich frage Lucy nicht mal, ob ich gehen darf, sondern verschwinde einfach. Ich habe so eine Ahnung, dass sie nur auf den richtigen Zeitpunkt warten, um mich zu feuern, aber keine Arschlöcher sein wollen, die eine langjährige Mitarbeiterin rauswerfen, während deren Mutter im Sterben liegt. Aber im Grunde tue ich den ganzen Tag nichts, denn Candace hat sämtliche Aufgaben übernommen. Und selbst wenn ich versuche, mich zu konzentrieren, geschieht es sehr halbherzig. Ich habe schlicht zu viel anderes um die Ohren und werde nicht um einen Job kämpfen, den ich so oder so hinschmeißen wollte.

Ich beschließe, Toshio auf dem Weg ins Krankenhaus abzuholen, weil ich schon auf der Fahrt Unterstützung brauche. Wir alle wissen, worum es geht, was uns erwartet.

In den drei Wochen hat es keinerlei Veränderung gegeben.

Es wird Zeit zu entscheiden, wie lange wir das noch mit ihr machen können.

Ihr Schlaganfall hat uns näher zusammengebracht, näher denn je. Wir fünf sind eingefallen und blass, nur noch Schatten unserer selbst. Das hätte unsere Mutter nicht für uns gewollt.

»Also denkst du, das ist es?«, fragt Toshio. In seiner Miene spiegelt sich frischer Schmerz.

Ich schlucke und bejahe. »Ich glaube, wir müssen eine Entscheidung treffen. Gemeinsam.«

Für einen Moment betrachtet er seine Fingernägel, dann sagt er: »Sean hat mit mir Schluss gemacht.«

Ich bin sprachlos, denn damit hatte ich nicht gerechnet. »Er hat was?«

»Ja, was für ein Arsch, nicht?« Er versucht zu lächeln, doch ihm kullert eine Träne über die Wange. »Entschuldige. Ich bin nur … ich bin so verflucht wütend. Irre wütend. Ich meine, ich habe so vieles mit ihm durchgestanden. Seine letzte Trennung, seine sterbende Katze, seine Angst vor einer Geschlechtskrankheit. Dann verlor er seinen Job, und ich habe ihn unterstützt, weißt du noch? Und dann … und dann sagt er, er hält es nicht mehr mit mir aus, weil ich mich zu sehr verändert habe. Weil ich zu traurig bin. Traurig! Natürlich bin ich verdammt traurig!« Er knallt die Faust aufs Armaturenbrett. »Ich bin traurig und verflucht angefressen. Warum konnte er mich nicht durch die Geschichte weiterlieben?«

Ich gebe ein leises Knurren von mir. »Ich fasse es nicht. Wer serviert denn jemanden ab, wenn derjenige gerade eine schlimme Zeit durchmacht? Ich meine, ich weiß, dass sie mich bei der Arbeit los sein wollen, aber das schieben sie aus lauter Rücksicht auf.«

»Tja, Rücksicht konnte er nicht aufbringen. Normalerweise würde ich das nicht mal wollen, aber, fuck, er hätte es doch wenigstens vortäuschen können, bis es mir besser geht.«

Ich bin rasend wütend auf Sean. Toshio war mindestens ein Jahr mit ihm zusammen. »Ich bringe ihn um.«

»Nein, das erledige ich zuerst«, sagt er und verengt die Augen, als er aus dem Fenster sieht. »Du kannst mir helfen, seine Leiche verschwinden zu lassen.«

Wir schweigen. Ich kann nicht glauben, dass der Arsch meinem Bruder das Herz bricht, wo es sowieso schon leidet. Ich kann mir nicht einmal vorstellen, wie es für ihn sein muss.

Oder, doch, kann ich. Ich lebe das selbst gerade. Nur dass es meine eigene Schuld ist, nicht Lachlans. Lachlan, der täglich versuchte, mich zu erreichen, die ganze Zeit. Lachlan, der mich von ganzem Herzen geliebt hat, sogar als er unfähig war, sich selbst zu lieben. Lachlan, der mich niemals verlassen würde, weil ich trauere. Er würde mir nur seine Arme anbieten und mich küssen, bis der Schmerz zu einer Erinnerung schrumpft.

Er gab mir alles, was er konnte, jeden Teil, selbst die schmutzigen, kalten, schrecklichen Teile von sich. Er war total verkorkst, ein Sklave von Dämonen, um die er nie gebeten hatte. Und dennoch war ich es am Ende, die nicht mit ihm umgehen konnte. Ich bin diejenige, die ihn emotional verließ. Ich hatte das Beste und habe es verloren – und mich selbst gleich mit. Obwohl es nie einfach gewesen wäre, es ein andauernder

Kampf wäre, ihm zu helfen, sich von seinen Fesseln zu befreien und seine Drachen im Zaum zu halten, heißt das nicht, dass es nichts Gutes war. Liebe ist immer gut, egal, wer sie einem schenkt.

Im Krankenhaus müssen wir auf Brian warten, da sie bei seiner Arbeit nicht immer so verständnisvoll sind. Also stehen wir mit verschränkten Armen herum, sehen uns an und treten von einem Fuß auf den anderen. Keiner sagt etwas, ehe wir vollständig sind.

Dann kommt Brian, und Paul beginnt.

»Ich habe mit der Ärztin und dem Neurologen gesprochen, und ...« Kopfschüttelnd schließt er die Augen. »Wir dürfen das nicht länger weitergehen lassen. Es besteht keinerlei Hoffnung für sie. Ich wünschte, es wäre anders, das tun wir alle, aber ... Ich finde, wir müssen überlegen, was sie wollen würde.«

»Sie würde nicht wollen, dass wir aufgeben«, sagt Toshio, dessen Herz nun besonders weich ist. »Ich will nicht, dass dies das Ende ist. Noch nicht. Ich bin noch nicht bereit dafür.«

»Keiner von uns wird je bereit sein«, entgegnet Nikko. »Ich war auch nicht bereit, von Dad Abschied zu nehmen. Bin ich übrigens immer noch nicht. Manchmal sehe ich ihn im Traum. Dann bin ich so froh, dass er nicht tot ist, als wäre alles ein schlechter Scherz gewesen. Aber ... wir können sie nicht so lassen. Paul, die Ärzte haben recht. Sie hängt in der Schwebe zwischen uns und Dad. Es ist selbstsüchtig, sie für uns hierbehalten zu wollen.«

»Wir tun es für *sie*«, kontert Toshio wütend und ballt die Fäuste. »Was ist, wenn sie zu uns zurückkommen könnte? Was ist, wenn sie eine Chance hat? Wenn wir ihr Leben beenden, töten wir sie.«

»Sie ist schon fort«, sagt Brian leise. »Sie war es an dem Tag, als es passierte. Wir haben uns bloß etwas vorgemacht.«

»Ah, sicher doch«, erwidert Toshio. »Streu ruhig Salz in die Wunde, damit wir alle wie Idioten dastehen, weil wir wollen, dass sie lebt! Wenn wir ihr nie eine Chance geben, werden wir es bereuen. Wir werden uns dafür hassen.«

»Nach einer Weile gibt es keine Aussichten mehr«, sagt Paul scharf. »Begreifst du denn nicht? Dies ist das Ende für sie. Für uns. Wir müssen sie gehen lassen. Es ist das Richtige, so sehr es uns auch schmerzt.«

Toshio läuft durch den Warteraum und tritt gegen die Stühle. »Ich kann nicht … Ich kann das nicht hinnehmen.«

»Tja, du musst, denn wir müssen diese Entscheidung gemeinsam treffen. Wir brauchen deine Zustimmung, Toshio. Sonst wirst du es uns für immer übel nehmen, und wir sind schon so eine gebrochene Familie. Das würden wir nicht überstehen.«

»Und was denkt Kayla?«, fragt Toshio, bleibt stehen und sieht kurz mich an. »Sie ist Mom am nächsten. Sie sollte entscheiden.«

Meine anderen Brüder blicken fragend zu mir.

Ich schüttle den Kopf. »Nein, bitte, bürdet mir das nicht auf.«

»Sie hat recht. Sie hat genug getan«, sagt Nikko. »Sie war da, als es keiner sonst war. Aber trotzdem, Kayla, wir müssen wissen, wie du empfindest.«

»Wie ich empfinde?«, wiederhole ich. »Was denkt ihr denn, wie ich empfinde?« Ich presse mir die Hand auf die Brust. »Manchmal erstaunt mich, dass ich lebe, dass ich überhaupt noch ein Herz habe. Die letzten drei Wochen habe ich wie in einem Nebel gelebt. Ich kann nicht klar sehen, ganz gleich, wie sehr ich es versuche. Ich denke daran, wie ich Mom allein ließ, und … ich hätte wissen müssen, dass etwas nicht stimmte. Ihre Hände zitterten, und ich hätte etwas sagen, etwas tun sollen. Ich hätte nie nach Schottland fliegen dürfen, sie nie im Stich lassen.«

»Ihr Arme und Beine haben früher schon gezittert, wenn sie sich bewegte«, sagt Toshio schnell. »Das ging schon eine ganze Zeit so, Kayla. Ich dachte, du weißt das.«

Ich schließe die Augen, versuche zu denken, doch alle meine Erinnerungen sind verschwommen. Nun sehe ich sie nur in dem Krankenhausbett liegen, kaum noch am Leben. »Mir ist es nicht aufgefallen«, gestehe ich leise und schäme mich unendlich. Dabei dachte ich, wir wären uns so nah gewesen.

»Manchmal bemerkt man solche Sachen nicht, wenn man jemanden immerzu sieht«, sagt Paul. »Keinen trifft die Schuld. Manchmal ist es einfach das Leben, das mit uns tut, was es will.« Seufzend fährt er sich mit den Fingern durchs schüttere Haar. »Aber wir fünf hier bestimmen, was als Nächstes passiert. Kayla, bitte. Wir glauben, dass es Zeit ist, sie von den Maschinen zu nehmen. Wir denken, der Moment ist gekommen, Abschied zu nehmen, loszulassen. Was meinst du?«

Mein Kinn bebt, und ich muss meine Tränen wegblinzeln. Was für eine entsetzliche Last für die Seele. Ich bin nicht Gott, und ich würde ihn nur spielen wollen, wenn ich sie zurückbringen könnte.

Aber im tiefsten Innern weiß ich, dass sie nie wieder zurückkommt.

Dass sie sich entschieden hat, uns zu verlassen. Und dass sie irgendwo wartet. Auf einem Boot mitten auf dem Fluss. Auf der einen Seite sind wir, auf der anderen ist die Liebe ihres Lebens.

Leise beginne ich zu weinen und wische die Tränen nicht fort. »Okay«, bringe ich mühsam heraus. »Verabschieden wir uns. Aber … in vierundzwanzig Stunden, damit jeder von uns noch Zeit mit ihr allein hat. Und für Toshio, nur für den Fall, dass sie zurückkommt.« Er lächelt mir dankbar zu, doch ich kann es nicht erwidern.

Ich gehe aus dem Warteraum und den Korridor hinunter nach draußen. Über dem Parkplatz hängt ein feiner Dunst, und obwohl er kalt ist, fühlt er sich besser an, als noch eine Minute länger drinnen zu sein.

Ich hocke mich auf den Bordstein, stütze den Kopf in beide Hände und versuche zu atmen. Ich kann nicht glauben, was ich eben gesagt habe. Was geschieht. Falls sie nicht zu sich kommt, werde ich in vierundzwanzig Stunden keine Mutter mehr haben. Nie wieder werde ich ihr lächelndes Gesicht sehen, genauso wie ich das meines Vaters nie wiedersehe.

Ich werde eine Waise sein.

Eine *Waise*.

Ein leises Schluchzen durchfährt mich, und ich fange an zu zittern. Es gibt zu viel Verlust in meinem Leben, als dass ich mich noch länger beherrschen könnte.

Meine Hände zittern so wie die meiner Mutter einst, und ich hole mein Handy hervor, um Stephanie anzurufen und ihr zu erzählen, was los ist.

Allerdings ist es gar nicht sie, mit der ich jetzt gerade reden möchte.

Ich wähle Lachlans Nummer, und während es klingelt, versuche ich auszurechnen, wie spät es dort ist. Es muss Abend sein. Gott, ich hoffe, er ist da, interessiert sich noch für mich und hat keine andere gefunden. Dabei weiß ich, dass seine Liebe viel zu intensiv war, um das wahrscheinlich zu machen.

Als er sich mit »Kayla?« meldet, atme ich so scharf ein, dass ich husten muss. »Kayla, bist du das?«

»Ja«, sage ich mühsam. »Ich … ich wollte nur mit dir reden.«

»Ist gut«, sagt er seiner wunderschönen tiefen, seidig warmen Stimme. Ich schließe die Augen und lasse mich von ihr umfangen. »Ich bin so froh, dass du mich anrufst.«

»Ich auch«, flüstere ich. »Tut mir leid, dass ich letztes Mal so gemein war.«

»Nein, hör zu, ich hatte das mehr als verdient, so schrecklich, wie ich bin.«

»Du bist nicht schrecklich.«

»Oh, Liebes, du weißt, dass ich es sein kann.«

»Aber das bist nicht du. Das ist nicht der Lachlan, den ich kenne, und ich hätte mehr Verständnis haben müssen. Ich wollte nicht, dass es so endet, wie es geendet hat.«

»Ich weiß, aber du hattest keine Wahl. Du musstest weg.« Er stockt. »Wie … wie geht es ihr?«

Ich wimmere leise. »Wir lassen morgen die lebenserhaltenden Maßnahmen abbrechen. Ich muss überlegen, wie ich mich in den nächsten vierundzwanzig Stunden verabschiede.«

Er stöhnt. »Es tut mir so leid, Liebes. Ich kann nicht … wenn es irgendwas gibt, was ich für dich tun kann, bitte, sag es mir. Ich wünschte, ich könnte dir all deinen Schmerz abnehmen und ihn für dich tragen. Ich würde alles tun, um dir da durch zu helfen.«

»Das weiß ich. Ich schätze, deshalb tut es noch mehr weh. Weil ich dich hier haben könnte. Ich meine, wäre das Rugby nicht. Wie … wie laufen deine Spiele?«, frage ich, um das Thema zu wechseln.

»Gut«, sagt er langsam. »Einige verloren, mehr gewonnen. Kayla … sag mir, was ich tun kann.«

Ich brauche ihn hier. Doch ich weiß, das geht nicht.

»Denkst du … denkst du, dass du mich noch liebst?«, frage ich ziemlich mutig.

Er klingt atemlos. »Ich habe nie aufgehört, dich zu lieben. Bitte glaub mir das. Nur dank dir kann ich die Sonne sehen.«

Mein Herz schwillt an. Ein seltsames, ungewohntes Gefühl in letzter Zeit.

»Dann liebe mich bitte weiter. Ich brauche das. Wenn ich dich nicht hier haben kann, dann brauche ich deine Liebe. So kitschig sich das anhört, ich brauche sie. Ich brauche die Kraft, die sie mir gibt.«

»Du hast sie. Ganz und gar. Mich.« Er unterbricht kurz. »In welchem Krankenhaus bist du? Sind die Ärzte nett? Wird sich gut um sie gekümmert?«

»Es ist das UCSF«, antworte ich. »Und ja. Sie gehören zu den Besten. Sie tun, was sie können, und sie sind sehr geduldig. Sie möchten genauso wie wir das Beste für sie.«

»Das ist gut. Gut«, sagt er ruhig. »Das bedeutet, dass sie von den besten Menschen versorgt wird. Mehr kannst du nicht tun, Kayla. Du hast alles gemacht, was du kannst.«

»Und jetzt muss ich mich verabschieden.«

»Es tut mir so leid.«

Ich kann kaum ausatmen. Ich stehe auf und blicke an dem Gebäude hinauf. Hier werde ich das Wochenende verbringen, denn ich werde bis zum Ende bleiben.

»Danke«, sage ich zu Lachlan.

»Wofür?«

»Dass du ans Handy gegangen bist.«

»Ich werde immer rangehen, wenn du anrufst. Das weißt du.«

Wie wundervoll, dass es die Wahrheit ist.

»Ich mache lieber Schluss«, sage ich leise.

»Ich liebe dich.«

»Ich liebe dich auch.« Ich beende das Gespräch. Es fühlt sich an, als wäre damit auch meine Tapferkeit vorbei.

Trotzdem haben mir seine Worte ein klein wenig Kraft gegeben.

Ich stecke mein Handy wieder ein und gehe zurück ins Krankenhaus.

Ich weiß nicht, wie ich es durch die Nacht schaffe. Zwischendurch schlafe ich mal eine Stunde auf den Stühlen im Warteraum. Wir alle verbringen abwechselnd die Nacht mit ihr, auch wenn Nikko der Erste ist, der sich richtig verabschiedet und zu seiner Familie zurückkehrt. Wir umarmen uns weinend. Es ist unfassbar entsetzlich, dass wir alle dasselbe durchmachen müssen.

Wenn ich bei ihr bin, rede ich nur. Das Beste spare ich mir für den Schluss auf, lasse sie wissen, wie ich mich fühle. Ich will nicht vorgeben, dass sie tot ist, ehe sie es wirklich ist. Also rede ich mit ihr, wie ich es schon die letzten drei Wochen tue. Über alles Mögliche.

Schließlich, als irgendwo am Himmel Vögel zwitschern und ich spüre, dass es Tag wird, weiß ich, dass das Ende nah ist. Für uns. Für eine Mutter und ihre Tochter.

Ich nehme ihre Hand, drücke sie, reibe mit dem Daumen ihre Haut und denke, dass sie nur eine Hülle ihrer selbst ist. Dass ihr wahres Ich, das immer einen kleinen Tanz aufführte, wenn sie richtig gute Schokolade aß, oder fast aus ihrem Sessel purzelte, wenn mein Vater sie zum Lachen brachte, woanders ist. Ich erinnere mich, wie konzentriert sie war, wenn sie ihre Rosen schnitt. Die haben ihr so viel Freude gebracht.

Wie sie allem viel Freude abgewinnen konnte. Sie liebte das Leben so sehr. Ich glaube, dass sie nur meinen Vater ebenso sehr liebte.

Ich weine, lehne den Kopf auf ihren Arm und halte mich an ihr fest wie ein Baby. Ich bin immer noch ihr Baby. Und ich weiß nicht, wie ich den Rest meines Lebens ohne sie durchstehen soll. Sie war einfach immer da, hat immer auf mich aufgepasst, mich geliebt. Selbst wenn ich etwas tat, das sie ärgerte oder traurig machte, konnte sie nie länger böse sein. Ihr Herz und ihre Arme waren stets weit offen.

»Ich hoffe, dass ich viel von dir gelernt habe«, schluchze ich. »Ich hoffe, du wirst stolz auf mich sein. Ich liebe dich so sehr, Mom. Ich glaube, das habe ich dir nicht oft genug gesagt, aber ich hoffe, du weißt es jetzt. Du bist meine beste Freundin. Ich weiß nicht, wie ich ohne dich den Rest meines Lebens schaffen soll.«

Ich weine so sehr, dass das Bett wackelt und ihr Arm durchnässt ist. Ich wünsche mir so sehr, dass sie aufwacht, auf irgendwas anderes als das Piepen der Maschinen. Aber sie wacht nicht auf. Sie ist fort, und ich bin ganz allein, ohne den einen Menschen in meinem Leben, der mich bedingungslos liebte.

Ich weiß nicht, wie lange ich weine. Irgendwann öffnet jemand die Tür und sieht hinein, einer meiner Brüder oder ein Arzt vielleicht. Wer es auch ist, lässt mich in meiner tiefen Trauer in Ruhe. Es ist purer Schmerz. Er verschlingt mich. Die Tränen scheinen nicht zu versiegen, und mein Gesicht tut weh von dem Druck hinter meiner Nase und meinen Augen. Meine Lunge brennt wie wund.

Und immer noch wacht sie nicht auf.

Jetzt weiß ich, dass sie es niemals tun wird.

Letztlich bin ich vollkommen ausgelaugt. Ich fühle mich geschwächt, und mein Herz ist zu schwer, um sich auszuklinken. Ich weine nicht mehr, sondern bin nur noch ein dumpfes, schmerzendes Wrack.

Ich hole tief Luft, sehe meine Mutter an, hoffe und bete. Doch es ist vergebens.

»Weißt du, Mom«, sage ich leise. Mein Mund ist so ausgetrocknet, dass es wehtut. Wieder nehme ich ihre Hand und halte sie mit beiden. »Ich habe mich verliebt. Genau wie du gesagt hattest. In Lachlan.« Allein seinen Namen auszusprechen, bringt mich beinahe zum Lächeln. »Es war unmöglich, mich nicht zu verlieben. Ich schätze, dass ich es von Anfang an wusste, aber du kennst mich ja. Ich weigerte mich, an so etwas zu glauben … Liebe auf den ersten Blick, wahre Liebe, wahnsinnige Liebe, die einen so einnimmt, dass nichts übrig bleibt *als* Liebe. Die Art, wie du und Dad sie hattet. Ich fand immer, dass es sich furchtbar anhörte.« Ich lache verbittert. »Und in gewisser Weise ist es das auch, weil es eine Krankheit ist, die das gesamte Leben und jede Körperzelle beherrscht. Es war, als hinge alles, was ich tat, irgendwie mit Lachlan zusammen. Er wurde zu meinem Ein und Alles. Aber … ich schätze, sogar Märchenliebe hat eine dunkle Seite. Es gibt nicht immer ein Happy End. Der Prinz kann bisweilen mehr wie ein Bösewicht sein, aber … andererseits kann es die Prinzessin auch. Vielleicht macht sie das wieder richtig füreinander. Ich weiß es nicht. Aber ich habe ihn geliebt, Mom. Tue ich noch. Ich habe erlebt, wie es ist. Und dann verlor ich es, was immer meine größte Angst gewesen war. Diese wilde, wunderschöne Liebe zu verlieren, die gleiche, die du für Dad empfunden hast. Aber jetzt … jetzt wirst du wieder mit ihm vereint sein. Und ich weiß, wie glücklich ihr sein werdet.«

Ich hebe ihre Hand an meinen Mund und küsse sie sanft. »Eines Tages sehe ich dich wieder. Und dann werde ich dir alle diese Sachen noch einmal erzählen. Aber bis dahin sorge ich dafür, dass ich etwas Gutes zu ergänzen habe.« Eine einzelne Träne läuft mir über das Gesicht, und ich wische sie weg, bevor ich aufstehe und ihre andere Hand drücke. »Ich liebe dich.«

Ich drehe mich um und verlasse das Zimmer. Paul, Brian und Toshio sehen mich an. Toshio springt sofort auf und nimmt mich in die Arme. Ich dachte, meine Tränen wären aufgebraucht, aber seine Umarmung genügt, um neue auszulösen.

»Du bist dran«, flüstere ich ihm zu und schaue hinüber zu Paul, dessen Augen und Nase rot sind. »Und dann verabschieden wir uns zusammen. Ganz zum Schluss.«

Paul nickt, und Toshio weicht zurück. Sein Kopf ist gesenkt. Er sieht so verloren aus.

»Sie wartet auf dich«, sage ich und lege eine Hand auf seine Schulter. »Versuch nur, nicht allzu sehr über Sean zu fluchen, okay? Sie hat schon genug zu verarbeiten von uns fünf Kindern.«

»Daran ist sie gewöhnt.« Er lächelt traurig, dann geht er ins Zimmer.

Ich setze mich neben Brian und Paul und warte.

Zusammengekrümmt schlafe ich in einem Sessel.

Es wird zwei Uhr mittags. Die vierundzwanzig Stunden sind abgelaufen. Natürlich muss dies hier nicht nach einem festen Zeitplan ablaufen. Würden wir den Schwestern sagen, dass wir mehr Zeit brauchen, sie gäben sie uns.

Aber wir haben uns alle verabschiedet.

Die Zeit ist um.

»Ist das okay für dich?«, frage ich Toshio leise, als wir mit der Ärztin ins Zimmer gehen.

Er nickt. »Sie kommt nicht zurück. Das weiß ich jetzt.«

Ich lege einen Arm um ihn und lehne meinen Kopf an seine Schulter, während wir unten an ihrem Bett stehen und sie ansehen.

Jeder von uns sagt noch ein letztes Wort zum Abschied.

Ich hebe meine Hand und sage ihr, dass ich sie jeden Tag für den Rest meines Lebens vermissen werde.

Das ist kein kleiner Abschied. Es ist der größte, den man überhaupt nehmen kann.

Die Schwestern entfernen ruhig und behutsam alles, was sie am Leben hielt. Uns wurde gesagt, dass es einige Stunden oder sogar Tage dauern kann, bis sie wirklich stirbt. Die Ärztin sagte, unsere Mutter würde gehen, wenn sie so weit ist, und es sei schwer zu sagen, wie lange sich der Körper noch an das Leben klammert. Doch der Herzmonitor zeigt, dass ihr Blutdruck rapide sinkt. Ihr Herzschlag wird immer langsamer.

Sie stirbt.

Sie hat schon gewartet.

Und wir sehen, wie sie vor unseren Augen verschwindet.

Dann ist sie, einfach so, tot.

Sie ist wirklich fort.

Die Stille des Todes hängt im Zimmer.

»Es tut mir sehr leid«, sagt die Ärztin, und ich weiß, dass sie es ernst meint.

Ich schluchze an Toshios Schulter. Paul und Brian kommen herüber, und wir halten einander vor dem Bett.

»Ich liebe euch Jungs«, wimmere ich ausgebrannt. Vollkommen ausgebrannt. Vollkommen am Boden. »Ihr seid meine Brüder, meine Familie.«

»Wir lieben dich auch«, sagt Paul leise. »Von jetzt an sind es nur noch wir. Und ich werde euch alle dringender brauchen, als ich euch manchmal sagen kann.«

»Glaubt ihr, dass sie stolz auf uns sein wird?«, fragt Toshio und schnieft in seinen Ärmel.

»Immer«, antwortet Brian. »Solange wir nicht vergessen, was wir füreinander sind.«

»Andernfalls geben sie und Dad uns von oben was hinter die Löffel«, versuche ich zu scherzen. Wir lösen uns voneinander, und obwohl unser Lächeln traurig ist, lächeln wir immerhin.

Ich habe das Gefühl, ein echtes Lächeln könnte ich nie mehr zustande bringen.

Wir verlassen das Zimmer, und ich sehe mich ein letztes Mal zu meiner Mutter um.

Die uns für immer verlassen hat.

Und so, *so* geliebt wurde.

Ich trete hinaus auf den Korridor.

Wo Lachlan steht.

Ich erstarre, versuche, durch meinen Tränenschleier zu erkennen, ob er es wirklich ist oder eine Art Erscheinung.

Doch meine Brüder bleiben alle stehen, beäugen ihn müde und misstrauisch, und daher weiß ich, dass er real ist. Wie kann man dieses große, tätowierte Tier von einem Mann in dem winzigen Wartebereich auch nicht sehen?

»Lachlan«, sage ich heiser. Ich kann es nicht glauben. Sein Bart ist dichter geworden, und er sieht so müde aus, wie ich mich fühle, aber er ist *hier*. Er ist tatsächlich hier. Wie ist das überhaupt möglich?

»Ich wollte nicht, dass du das allein durchstehst«, erklärt er ruhig. Er breitet die Arme aus, und ich laufe sofort hinein, falle in seine Umarmung. Meine Beine geben nach. Er hält mich mit dieser Kraft, die ich dringend brauche, und ich weine an seiner Brust, vollkommen überwältigt.

»Ich bin hier«, sagt er sanft. Seine raue Stimme dringt direkt in meine gequälte Seele. »Ich bin hier.« Er holt tief Luft, sodass sich sein Brustkorb mir entgegenhebt. »Dein Verlust tut mir sehr leid, Kayla.« Er drückt mich, und ich klammere mich an ihn, kralle meine Finger in sein Shirt.

»Wie bist du so schnell hergekommen? Was ist mit dem Rugby?«, murmle ich und bin sofort verwirrt, wie ich das jetzt in seinen Armen fragen kann.

Er ist hier.

Gott, ich hatte keine Ahnung, wie sehr ich ihn und das hier gebraucht habe!

»Ich habe den ersten Flug heute Morgen genommen und bin direkt hergekommen«, antwortet er leise. »Wir haben einige Tage kein Spiel. Alan sagte, es ist in Ordnung. Aber ich wäre auch so gekommen. Ich will nie, dass du denkst, du musst mit allem allein fertigwerden. Ich bin für dich da. Und das werde ich immer sein.«

»Danke.« Ich empfinde solchen Kummer und solche Dankbarkeit, dass in meiner Brust alles durcheinanderwirbelt. Meine Haut erwärmt sich wunderbar unter seiner Berührung. Wie sehr ich ihn vermisst habe. Langsam weiche ich ein Stück zurück und sehe ihn an. Da ist er.

Ich bin nicht sicher, ob er noch mein Lachlan ist.

Aber er ist hier.

Also ist er jetzt, für kurze Zeit, wieder mein.

Kapitel 29

Lachlan

In meinen zweiunddreißig Jahren habe ich mir schon vieles gewünscht, jedoch noch nie irgendwas so sehr, wie der zu sein, der ihr den Schmerz nehmen kann.

In dem Moment, in dem sie mich anrief, wusste ich, dass mich nichts davon abhalten könnte, zu ihr zu fliegen. Ich buchte gleich den ersten Flug am nächsten Morgen, dann rief ich Alan an und sagte ihm, dass ich ein Training verpassen würde. Er war nicht froh, aber ich bedeutete ihm, dass ich so oder so nicht da wäre.

Dann packte ich mir eine Tasche, brachte die Hunde zu Amara und schwang meinen Arsch in Richtung San Francisco. Ich hatte gehofft, dass ich rechtzeitig da wäre, bevor Kayla sich verabschieden musste, traf jedoch erst direkt danach ein.

Sie zu sehen, wie sie aus dem Zimmer kam, eine ganze Welt aus Schmerz auf ihren schmalen Schultern und voller Qual, die ihre Züge verzerrte, war entsetzlich. Ich hielt den Anblick ihres Schmerzes und ihrer Trauer kaum aus, musste für sie aber so stark sein, wie ich konnte.

Sie sank in meine Arme – und in mein Herz.

Ich hielt sie in beiden fest und sagte ihr, dass ich da bin.

Da war kein Widerspruch, keine Wut. Sie nahm mich an, und für einen Sekundenbruchteil hatte ich sie, und alles in der Welt war richtig.

Meiner wunderschönen Welt.

Aber natürlich ist immer noch alles schrecklich falsch.

An diesem Abend fahre ich mit Kayla zu ihrer Wohnung zurück. Ich hatte ihr gesagt, dass ich auch in einem Hotel wohnen kann, dass sie mich nicht um sich haben müsse, wenn sie es nicht wolle. Aber davon wollte sie nicht hören.

Es ist eigenartig, wieder in ihrer Wohnung sein. Jahrzehnte scheinen vergangen zu sein, seit ich blind vor Lust herkam, ohne den geringsten Schimmer, was passieren würde. Ich muss tief im Innern gewusst haben, dass sie die Liebe meines Lebens würde. Mir war nur nicht bewusst gewesen, wie vielen Herausforderungen sich unsere Liebe stellen müsste.

Oder vielleicht doch. Ich sagte trotzdem »Scheiß drauf« und wollte sie.

Und ich kann nicht mal sagen, dass ich es jemals anders gemacht hätte.

»Ich gehe duschen«, sagt sie und lässt ihre Handtasche auf den Tisch fallen. »Ich habe mich schon lange nicht mehr gewaschen.«

Für einen Moment denke ich, dass sie mich vielleicht einlädt, wie sie es früher getan hat. Aber sie wirft mir nur ein trauriges Lächeln zu und schließt die Tür hinter sich.

Ich setze mich auf die Couch und lasse alles erst mal sacken.

Wenn ich nur wüsste, was wir füreinander sind.

Am Telefon hat sie gesagt, dass sie mich liebt.

Könnte das jetzt, bei alledem, eine Rolle spielen?

Und, falls ja, was heißt das für uns?

Sie bleibt lange unter der Dusche, und als sie rauskommt und ihr das Haar nass über die Schultern hängt, das Badelaken um sie geschlungen, raubt sie mir den Atem. Sie ist so wunderschön, dass es sich wie ein Messerstich anfühlt.

»Kommst du mit mir ins Bett?«, fragt sie. Ihre Stimme ist leise, und sie sieht mich scheu an, als wäre sie unsicher, ob ich Ja sagen würde, ob sie mich überhaupt fragen sollte.

Ich stehe auf und nickte. »Selbstverständlich.«

Ich folge ihr ins Schlafzimmer, das selbst im Dunkeln ein Katastrophengebiet ist. Es ist das Produkt von jemandem, der durch die Hölle gegangen ist und sich um sonst nichts gekümmert hat. Ich kann mir vorstellen, wie sie hier Nacht für Nacht geschlafen hat, so allein und voller Schmerz.

Sie kriecht unter die Decken. Ich starre wie blind auf ihre nackten Umrisse, gruselig angetörnt und hoffnungslos verliebt zugleich.

Aber ich will nichts überstürzen. Deshalb ziehe ich meine Stiefel, die Socken und die Hose aus, behalte aber Unterhose und T-Shirt an. Mir ist klar, dass sich bei mir eine Erektion regt – dagegen kann ich nichts tun, wenn sie nackt in meiner Nähe ist. Vor allem nicht, nachdem ich sie einen Monat nicht gesehen habe. Aber das ignoriere ich. Ich will nicht aufdringlich sein, nicht jetzt, da sie so kurz vor dem Zusammenbruch steht.

Ich krieche unter die Decke, sehe sie fragend an, weil ich unsicher bin, wie ich mich verhalten soll. Sie dreht sich zu mir, schmiegt sich in meine Arme, das Gesicht an meiner Brust und eine Hand auf meinem Herzen.

Ich möchte in diesem Moment leben, in diesem stillen Trost von ihrer Haut an meiner.

»Danke, dass du gekommen bist«, sagt sie nach einer Weile.

Ich streiche mit einer Hand über ihren Rücken und verziehe das Gesicht, als ich ihre Rippen fühle. Sie ist so dünn geworden.

»Jederzeit«, sage ich. »Danke, dass du mir gesagt hast, du liebst mich.«

Sie stockt, und ich habe Angst, dass ich das Falsche gesagt habe. »Am Telefon«, ergänze ich. »Ob es wahr ist oder nicht, danke dafür. Du ahnst nicht, was es mir bedeutet.«

Einige schwere Sekunden vergehen, die in der Dunkelheit so viel länger erscheinen.

»Ich liebe dich immer noch«, sagt sie und presst ihre Hand auf meine Brust. »Hier. Ich liebe dich hier, dein großes, wunderschönes Herz.«

Diese Worte. Diese Worte!

In mir regt sich Hoffnung.

»Aber das reicht nicht«, sagt sie, und so schnell, wie sie aufgetaucht ist, verschwindet die Hoffnung wieder, fällt mit gestutzten Flügeln aus dem Himmel.

»Ich verstehe das«, sage ich. Meine Stimme ist selbst in meinen Ohren schmerzverzerrt, weil ich es nicht verstehe. Ich kann es gar nicht, denn meine Liebe zu ihr würde alles besiegen.

Andererseits können nur wenige Dinge den Tod besiegen.

»Es ist nur … es war so schwer, verstehst du? Zeitweise. Und ich weiß, wir hätten uns da durcharbeiten können, aber du hast Hilfe gebraucht, die ich dir nicht geben konnte.«

»Weiß ich. Aber jetzt ist es anders. Ich gehe zu einem Psychologen. Ich bin nüchtern, und ich habe einige Wochenenden im Entzug verbracht. Ich ändere etwas, wirklich. Ich möchte ein besserer Mensch sein, nicht nur für dich, auch für meine Familie, für mich selbst. Für das Leben.«

Ich kann fühlen, dass sie lächelt. »Gut. Das … du kannst dir nicht vorstellen, wie mich das erleichtert.« Sie seufzt. »Aber es ist vorbei. Das ist dir klar, oder? Wir können nicht wieder zurück. Ich kann es jedenfalls nicht. Nicht jetzt. Nicht mit meiner Mom … es ist zu schlimm. Ich weiß nicht, wie ich diese Nacht überstehen will, von morgen ganz zu schweigen. Und übermorgen. Und danach. Wie will ich überhaupt einen Fuß vor den anderen setzen? Ich werde stürzen. Und am Boden bleiben. Davon kann ich mich nicht wieder aufraffen.«

»Kayla«, flüstere ich. »Lass dir Zeit. Es besteht kein Grund zur Eile. Ich werde immer für dich da sein, immer dasselbe empfinden. Ich werde warten.«

»Aber ich will nicht, dass du auf mich wartest«, sagt sie beinahe streng.

Ich schließe die Augen, absorbiere den Schmerz.

Sie zerbricht.

Ich zerbreche.

»Okay«, sage ich heiser.

»Es ist dir gegenüber nicht fair. Ich muss hier mit meinem eigenen Scheiß fertigwerden, und ich halte nicht noch mehr Schuld aus, als ich schon habe. Ich kann nicht mit dem Wissen umgehen, dass du in Schottland auf mich wartest, mich liebst, wenn ich weiß, dass ich dir nichts gebe. Und ich habe nichts mehr zu geben. Verstehst du das nicht?«

Ich nicke, denn ich verstehe vollkommen, was sie meint, und hasse es. *Hasse* es. »Ja, ich verstehe es. Übrigens gibt es etwas, das ich dir nie erzählt habe.«

Sie liegt ganz still an mir, wartet auf mein Geständnis. Und ich beiße in den sauren Apfel. »Als ich beschloss, clean zu werden, zu Jessica und Donald zurückzukehren und sie anzuflehen, mich wiederaufzunehmen, war das keine langsam gewachsene Entscheidung. Ich traf sie spontan. Damals hatte ich einen Freund, Charlie. Er war ein Junkie wie ich. Alle seine schlimmen Fehler verdankten sich der Sucht. Zog man die ab, war er ein freundlicher, charmanter junger Mann. Unglaublich witzig. Und er war treu, auch wenn seine Treue immer zuerst den Drogen, dem Rausch galt.« Ich benetze meine Lippen und stelle fest, dass mich die Geschichte nicht mehr so zerreißt, wie ich gedacht hätte. Der Schmerz, die Scham und die Schuld sind verdrängt. »Charlie wollte richtig auf Heroin einsteigen. Ich habe das Zeug nie gespritzt, auch wenn Brigs und einige andere es denken. Was mich keineswegs zu etwas Besonderem macht, denn Meth ist genauso widerlich, wenn nicht schlimmer. Aber ich wollte kein Heroin, und als Charlie unbedingt auf die Art high werden wollte, weigerte ich mich, ihm zu helfen. Ich wollte nichts damit zu tun haben.« Ich stocke und sehe nach unten. Sie hat die Augen weit aufgerissen und hört mir zu. »Aber dann sah ich, wie er sich den Schuss setzte und wie glücklich er war. Und als er runterkam, schien es nicht wie bei Meth zu sein. Es wirkte harmlos. Zumindest redete ich mir das ein. So, wie ich mir eine Menge Lügen einredete. Und als er wenige Tage später mehr wollte, sagte ich ihm, ich würde es besorgen. Wir halfen uns immer gegenseitig, und, nun ja, ich dachte wirklich, ich würde Charlie helfen. Also ging ich zu einigen Leuten, die ich kannte, die falschen Leute, aber sie hatten das Zeug, und ich kaufte es für Charlie … von dem Geld, das ich mir auf der Straße erbettelt hatte. Es fühlte sich besser an, als davon Essen zu kaufen. Wir aßen sowieso so gut wie nichts. Wir hätten gekonnt, aber es war uns einfach nicht wichtig. Das war nur eines, das verdammte High-Sein. Danach ging ich zurück zu Charlie und gab ihm den Stoff. Er spritzte ihn sich vor mir. Aber … ich weiß nicht, was schiefging. Vielleicht nahm er zu viel, vielleicht war der Stoff schlecht, oder sein Körper konnte nicht mehr. Das Problem war, dass ich selbst von Meth high war und keinen Schimmer hatte, was los war. Er starb vor meinen Augen.«

»O nein«, flüstert sie atemlos. »Lachlan …«

»Ja«, sage ich und genieße, wie viel stärker ich mich fühle, weil ich es erzähle. »Er starb, und ich sah ihm dabei zu. Ich und mein Streuner. Wir beobachteten, wie er starb, und konnten nichts tun, um ihm zu helfen. Ich konnte ja nicht mal mir selbst helfen. Ich saß neben ihm, wiegte mich vor und zurück, bis mein Rausch abklang. Dann stand ich auf und rannte. Ich lief einfach weg. An die nächsten Tage erinnere ich mich nicht, aber daran arbeite ich jetzt mit meinem Psychologen. Allerdings weiß ich, dass ich die Wahl traf, mein eigenes Leben zu retten. Ich erinnere mich, wie ich an Jessicas und Donalds Tür klopfte, und an alles danach. Es war der Tag, an dem mir klar wurde, dass ich nur ein Leben habe, und da wurde ich noch mal neu geboren.«

Sie atmet schwer, und die Dunkelheit kriecht näher. Aber mir macht keine Angst, was ich ihr erzählt habe. Die Wahrheit hat mich befreit.

»Warum erzählst du mir das?«, fragt sie schließlich so leise, dass ich sie kaum verstehe.

»Weil ich weiß, was Schuld ist. Und ich weiß, was Tod ist. Und ich habe endlich gelernt, dass man sich niemals an das eine oder oder klammern darf. Sonst vernichtet es einen.« Ich küsse sie aufs Haar. »Ich weiß, dass es dir noch lange wehtun wird und du dich selbst hassen wirst. Aber nichts von dem ist deine Schuld. Lass dir von deinen Gefühlen nichts anderes einreden. Trauere von ganzem Herzen um deine Mutter, doch lass dir dein Herz nicht von Schuld vergiften. Die hat dort nichts zu suchen. Lass sie los.«

Sie streicht mit den Fingern über meine Brust, sagt jedoch nichts.

Für keinen von uns gibt es mehr zu sagen.

Wir atmen einfach nur. Unsere Herzen schlagen.

Wir halten uns an diesem Moment fest, bis sie in meinen Armen einschläft.

Ich halte sie. Die Wahrheit macht mich frei.

Ich hoffe nur, dass dieselbe Wahrheit ihr Herz retten kann.

So wie es mich gerettet hat.

Ich beschließe, zur Beerdigung zu bleiben.

Alan ist nicht entzückt.

Thierry ist nicht begeistert.

Edinburgh ist nicht froh.

Keinem gefällt diese Entscheidung, weil sie bedeutet, dass ich ein Spiel versäume. Es heißt, dass ich Riesenärger habe und eventuell wieder dem Team schade, zumal wir gegen Leeds antreten.

Aber ich bin noch nicht bereit, Kayla zu verlassen. Nicht, solange sie mich braucht. Und sie braucht mich mehr denn je. Ich bin an ihrer Seite, als sie die Beerdigung arrangiert und alles mit ihren Brüdern, Anwälten und dem Nachlass regelt. Ich bin da, um sie zu halten, wenn sie in Tränen ausbricht, was immer wieder vorkommt. Manchmal ist der Druck sehr hoch, doch ich verkrafte alles, weil sie es nicht *kann*.

Nach meiner Beichte von Charlies Tod sprechen wir nicht mehr über unsere Beziehung. Sie hat gesagt, was sie sagen musste. Sie glaubt nicht, dass sie mit mir zusammen sein kann, obwohl sie mich liebt, und so gern ich sie schütteln und ihr erklären möchte, dass ich sowieso warte, weiß ich, dass ich nicht zu ihr durchdringe. Gegenwärtig gibt es kein Wir. Und sie denkt, dass es auch nie eins geben wird. Momentan bin ich nur ein Arm, der sich um ihre Schultern legt und sie festhält. Sie watet durch ein Meer von Tod, und die Strömung wird sie so bald nicht freigeben.

Auf der Beerdigung sehe ich Bram, Nicola, Linden und Steph. Es ist der einzige Lichtblick, auch wenn keinem von uns danach ist, das Wiedersehen zu feiern. Ich spreche kurz mit Bram über sein Projekt, das sehr gut läuft, seit Justines Vater noch mehr Investoren auftreiben konnte. Bram ist mir ewig dankbar, aber ich kann ihm nur sagen, dass er mir vielleicht ein bisschen von dem Geld rüberschieben kann. Ich könnte es gut für die Hunde gebrauchen.

Der Abschied von ihnen ist schwer, besonders von Bram. Und der Abschied von Kaylas Mutter, als der Sarg in die Erde gelassen wird, ist es nicht minder.

Abschied von Kayla zu nehmen, wahrscheinlich zum letzten Mal, ist das Härteste, was ich jemals tun muss.

Sie fährt mich zum Flughafen, und meinen Kopf fluten Erinnerungen an das letzte Mal, als wir hier waren. Ich wollte gerade einchecken, höllisch nervös und in Sorge, dass sie nicht kommen würde und ich mit einem leeren Platz neben mir nach Hause fliegen müsste.

Und dann spürte ich sie hinter mir, als wäre die Sonne aufgegangen, drehte mich um und sah ihr atemberaubendes Gesicht, voller Hoffnung, Nervosität und Staunen. Sie zog einen lächerlich schrillen Koffer hinter sich her.

In dem Moment verliebte ich mich in sie.

Und in jedem danach.

Nun hat sich alles verändert. Sogar meine Gefühle für sie.

Denn das war nur ein Vorgeschmack auf die Liebe. Was ich jetzt empfinde, umfasst das gesamte Spektrum.

»Lachlan«, sagt Kayla, als wir vor der Sicherheitsschleuse stehen. Sie ergreift meine Hand, hält sie fest und sieht zum Boden. »Ich kann dir gar nicht genug danken. Für alles.«

»Du musst mir nicht danken«, erwidere ich und drücke ihre Hand. »Ich werde immer für dich da sein. Und ich hoffe, das weißt du jetzt.«

Sie nickt und schnieft. »Ich weiß.« Als sie zu mir aufblickt, glänzen Tränen in ihren Augen. »Ich möchte bereit sein, wieder mit dir zusammen sein. Ich weiß nur nicht, wie.«

Ich lächle verhalten. »Ach, Liebes, du weißt, wo du mich findest. Wenn du mich jemals brauchst oder willst, weißt du, wo ich bin.«

»Würdest du mich dann überhaupt zurücknehmen?«

Ich schüttle den Kopf und kämpfe selbst mit den Tränen. »Wie kannst du das fragen?« Ich ziehe sie in meine Arme und halte sie mit aller Kraft. »Wie kannst du daran zweifeln?«, flüstere ich. »Ich liebe dich. Mein Herz gehört dir.« Dann weiche ich zurück. Mir ist bewusst, dass mir Tränen über die Wangen laufen. Ich umfange Kaylas Gesicht mit beiden Händen, reibe mit den Daumen über ihre Haut, während sie mich mit jener Liebe ansieht, von der ich weiß, dass sie hinter ihrer Trauer verborgen ist.

Ich küsse sie sanft, nachgiebig, endlos. Dieser Kuss sagt so vieles. Er ist schöner als jeder zuvor. Anschließend flüstere an ihren Lippen: »Bitte, komm zurück zu mir. Wenn du es kannst, wenn du so weit bist, falls du so weit bist. Komm bitte zu mir zurück.«

Nun trete ich zurück, kann keine Minute länger hier stehen. Sie hat mich einmal ruiniert gesehen. Das muss sie nicht wieder. Ich greife nach meiner Tasche, drehe mich um und gehe.

Ich frage mich, ob sie bleibt, bis ich fort bin.

Oder ob sie schon gegangen ist.

Meine Angst ist zu groß, ich kann mich nicht umdrehen. Als könnte das Bild ein Hinweis auf unsere gemeinsame Zukunft sein.

Ich zeige meinen Boarding Pass vor und blicke kurz über die Schulter, ehe ich hinter der Wand verschwinde.

Sie steht noch dort.

Hat eine Hand erhoben.

Ich winke zurück.

Und lächle.

Kapitel 30

Lachlan

Drei Monate später

Mein Handy klingelt, als ich die Queen Street entlanggehe, und ist vor lauter Weihnachtsgedudel aus den Geschäften kaum zu hören. Ich wühle es aus meine Lederjacke, während ich mit einer Einkaufstasche sowie den Leinen von Lionel, Emily und Jo jongliere, die allesamt kräftig ziehen. Sogar mit Maulkörben überwältigen Lionel und Jo jeden, an dem wir vorbeikommen, mit ihrem Charme. Emily ist immer noch eine knurrende kleine Chaotin. Mal gewinnt man, mal verliert man.

»Hallo?«, melde ich mich, weil ich nicht sehen konnte, wer anruft. Ich hoffe auf einen von zwei Anrufen: entweder von einem der größten englischen Fußballer, der für die Organisation spenden will, oder Kayla.

»Hi«, sagt Kayla, und ihre Stimme klingt zuckersüß. »Ist es gerade ungünstig?«

»Überhaupt nicht. Ich bin bloß gerade ein Superheld, sonst nichts«, antworte ich. »Wie geht es dir? Wir haben uns nicht mehr gesprochen, seit … dem Anbeginn der Zeit, schätze ich.«

»Es ist vier Tage her«, erwidert sie trocken. »Und du weißt, dass bei meinem Gehalt kein großes Budget für Ferngespräche übrig ist.«

»Ich kann dich jederzeit zurückrufen«, sage ich zum millionsten Mal. Aber sie ist stur, was natürlich nicht verwundert.

»Weiß ich, aber mir gefällt das Spontane«, sagt sie. »Wie läuft es?«

»Gut«, sage ich. In den drei Monaten, seit ich Kayla zuletzt gesehen habe, war es ein bisschen herausfordernd, ein wenig aufwühlend, aber ansonsten großartig. Auf jeden Fall verändert sich alles zum Guten, und, wie jede Veränderung braucht man eine gewisse Anpassungsphase.

Inzwischen bin ich seit fast vier Monaten nüchtern. Vier lange, schwierige, anstrengende Monate, doch ich fechte tagein, tagaus einen guten Kampf aus. Das Einzige, was ich nehme, ist ein niedrig dosiertes, nicht abhängig machendes Mittel gegen meine Angstzustände. Einmal die Woche bin ich bei meinem Therapeuten, und deshalb brauche ich kein Antidepressivum. Es ist allerdings hart, tief in meiner Vergangenheit zu graben und eine Million Erinnerungen zutage zu fördern, die ich lieber vergraben ließe. Zugleich aber werde ich mir meiner selbst bewusster. Auf diese Weise kann ich die Schuld da akzeptieren, wo sie sein soll, und sie abschütteln, wo sie nicht hingehört. Es hilft mir, mit dem zurechtzukommen, was mir das Leben serviert hat, und warum genau ich mich so verhalte, wie ich es tue. Es ist schmerzlich, aber auch faszinierend, und es lohnt sich schon, weil ich lerne, meine Depression und meine Wut ohne Medikamente unter Kontrolle zu behalten. Sucht fängt irgendwo an, und sie wird nie besser, solange man die Ursache nicht angeht.

Außerdem habe ich angefangen zu boxen. Es ist zwar nicht direkt ein Sport, der sich gut mit Rugby verträgt, und ich weiß, dass mein Körper nicht unter zusätzlichem Druck stehen möchte, aber ich scheine eine natürliche Begabung fürs Boxen zu haben, und es ist eine Möglichkeit, meine Aggressionen abzubauen. Und meinem Physiotherapeuten zufolge bin ich in exzellenter Verfassung, eventuell sogar besser als mit Ende zwanzig, da der Körper besser reagiert, wenn der Kopf und das Herz zufriedener sind. Bei Letzterem bin ich mir nicht so sicher.

Mein Herz ist nämlich ... nun, es ist relativ zufrieden. Es schlägt. Aber es läuft nicht auf voller Leistung, um es vorsichtig auszudrücken. Kayla und ich reden mindestens einmal die Woche miteinader, und wir schreiben und mailen uns noch häufiger. Doch die Distanz zwischen uns ist immer da. Es ist nicht mal eine Fernbeziehung, weil wir schon längst aufgehört haben, von einem *Wir* zu reden. Und nach allem, was geschehen war, hätten wir den Tod ihrer Mutter schlicht nicht überlebt. Dass ich ihr das letzte Mal gesagt habe, dass ich sie liebe, liegt über einen Monat zurück. Und ich bekam keine Antwort. Wenige Wochen danach erwähnte sie beiläufig, dass sie einen Typen in einer Bar kennengelernt hätte und mit ihm verabredet war. Ich schätze, sie wollte meine Erlaubnis oder so.

Natürlich fand ich den Gedanken zum Kotzen. Es dauerte lange, ehe ich den Mut fand, wieder mit ihr zu reden. Ich schätze, mit dem Typen ist nie was gelaufen, denn sie erwähnte ihn nicht wieder, und ich habe auch nichts in den sozialen Medien gesehen. Ich habe sogar einige Male mit Bram gesprochen und ihn gefragt. Er sagte, dass sie Single ist, aber versucht, die Dinge hinter sich zu lassen. Ich weiß nicht, ob damit der Tod ihrer Mutter gemeint ist oder ich oder beides.

Aber meine Liebe zu ihr ist unverändert. Sie ebbt nie ab.

Ich sage es vielleicht nicht mehr, aber nur, weil ich nicht will, dass sie sich unwohl fühlt, wenn sie eindeutig nach Neuem sucht. Und das Letzte, was ich will, ist, sie zu bedrängen, nachdem sie so viel durchgemacht hat.

Also behalte ich es für mich. Doch ich hoffe, dass sie es weiß. Ich hoffe, sie hört es in meiner Stimme, wenn ich über ihre albernen Witze lache, weil, verdammt, sie kann mich immer noch zum Lachen bringen.

Und ich weiß, dass es leichter sein könnte, wenn ich gar nicht mehr mit ihr reden würde, doch das will ich nicht. Es ist immer noch besser, sie heimlich aus der Ferne zu lieben, auch wenn es unerwidert bleibt, und sie noch irgendwie in meinem Leben zu halten, als nie wieder mit ihr zu sprechen. Das wäre kein Leben für mich. Leben ist etwas, in dem sie vorkommt, in irgendeiner Form.

Kayla zu lieben, hat mich am Ende gerettet. Ich verdanke ihr alles.

»Nur gut?«, fragt sie und holt mich ins Gespräch zurück.

»Na ja, die Hunde sind brav, und das Boxen läuft gut«, sage ich. »Mein alter Rugbykumpel Rennie arbeitet wieder ehrenamtlich mit, was fantastisch ist. Ansonsten … ist in den vier Tagen eigentlich nichts passiert.«

»Ich habe meinen Job gekündigt«, sagt sie.

Ich bin platt. »Im Ernst? Ich dachte, du magst ihn.«

Kayla hatte ihren vorherigen Job bei der *Bay Area Weekly* eine Woche nach dem Tod ihrer Mutter gekündigt. Die hätten sie ohnehin gefeuert, davon war sie überzeugt, und es wurde Zeit. Das war selbst mir klar. Dann bewarb sie sich als Journalistin für ein Lokalblatt. Zu ihrer Überraschung haben die sie genommen und ihr das Handwerk beigebracht. Es handelt sich um eine Online-Zeitung über Nordkalifornien, und ich lese jeden Artikel von ihr. Sie hat wirklich Talent, auch wenn ich weiß, dass es dauert, bevor es sich bezahlt macht. Der einzige Nachteil ist, dass sie eine massive Gehaltseinbuße hinnehmen musste, doch Kayla nahm es mit Fassung. Sie gab ihre Wohnung auf und zog zu ihrem Bruder Toshio.

»Mochte ich auch«, sagt sie. »Aber es ist Zeit, voranzukommen. Ich habe die Erfahrung, die ich brauche. Jetzt möchte ich andere Erfahrungen sammeln. Ich habe mich in den letzten zwei Tagen überall beworben.«

»Und gibt es Rückmeldungen?«

»Morgen habe ich ein Vorstellungsgespräch.«

»Wo? Wie heißen die? Dann forsche ich mal nach.«

»Twenty-Four Hours«, antwortet sie. »Es ist eine Gratis-Tageszeitung.«

»Kommt mir bekannt vor.«

»Es gibt sie in jeder größeren Stadt. Die Zeitungen werden an den Bahnhöfen verteilt.«

Ich nicke. »Ah ja, die habe ich gesehen. Schön für dich. Und mehr Gehalt, hoffe ich?«

»Mal sehen. Ich hoffe, dass es genug ist, um mir weiter mit jemandem eine Wohnung zu teilen. Aber manchmal geht es um mehr als Geld.« Sie stockt. »Wo bist du?«

»Äh, ich bin gerade mit den Hunden draußen und habe ein bisschen eingekauft. Im Moment gehe ich die Frederick Street hoch. Es ist verflucht kalt draußen.«

»Weiß ich«, sagt sie, und fast kann ich sie frösteln hören. »Hast du heute Abend etwas vor?«

»Eigentlich nicht. Ich bleibe zu Hause, sehe mir vielleicht einen blöden Weihnachtsfilm an, weil ja gerade nichts anderes läuft.«

»Du bist ein echter Grinch. Siehst du den Film allein?«

»Na ja, mit den Hunden.«

»Keine Frau, die dir Gesellschaft leistet?«

Ich schlucke. »Nein«, antworte ich leise.

»Bist du sicher?«, fragt sie.

Ich runzle die Stirn. »Ich bin ziemlich sicher, dass ich es noch wüsste, wenn ich eine Frau zu mir eingeladen hätte. Du bist immer noch die, äh … Wie dem auch sei, mein Gedächtnis ist im Moment gut. Ich bin allein.«

Sie scheint nachzudenken, und ich möchte schwören, dass sie erleichtert klingt. »Was hast du an?«, fragt sie.

»Was ich anhabe?« Unwillkürlich muss ich grinsen. »Na, das ist eine Frage, die ich schon verflucht lange nicht mehr gehört habe.«

»Lass mich raten. Deine alte Lederjacke. Dunkelgraue Jeans. Olivgrüner Pullover. Sieht ein bisschen norwegisch aus, als würde er kratzen. Camel-Timberland-Stiefel. Oh, und fingerlose schwarze Handschuhe.«

Ich blicke an mir hinab, als hätte ich vergessen, dass ich mich angezogen habe. »Genau das habe ich an«, sage ich verwirrt. »Woher hast du …«

Dann blicke ich zu meiner Wohnung auf der anderen Straßenseite auf.

Und sehe Kayla draußen stehen.

Die Einkaufstasche rutscht mir aus der Hand.

Irgendwie schaffe ich es, das Handy und die Leinen festzuhalten.

Das kann sie nicht sein.

Doch Emily fängt aufgeregt an zu wedeln, und Kayla hebt eine Hand, um zu winken. Sie hat eine grellviolette Caban-Jacke an, Stiefel und eine Beanie auf dem Kopf. Lächelnd nimmt sie ihr Handy vom Ohr.

Benommen gehe ich auf sie zu.

»Deine Einkäufe!«, ruft sie mir vergnügt zu.

Wie ferngesteuert drehe ich mich um, hebe sie auf und gehe hinüber zu ihr. Sie ist nicht echt, ehe ich sie nicht fühlen kann. Und je näher ich komme, desto realer wird sie, bis ich am Gehwegrand stehe und sie vollkommen sprachlos anstarre.

»Was machst du hier?«, frage ich, und meine Worte schweben weg wie in einem Traum.

»Ich hatte mich gefragt, ob du vielleicht eine Mitbewohnerin suchst«, sagt sie, schiebt beide Hände in die Tasche und sieht mit einem verstohlenen Lächeln zur Seite.

»Eine Mitbewohnerin?« Ich runzle die Stirn.

»Ja. Mein Vorstellungsgespräch. Wenn ich den Job bekomme, tja, dann brauche ich einen Platz zum Wohnen.«

Ich kann sie nur blinzelnd anstarren und denken, dass es irgendein Streich ist.

Sie nagt unsicher an ihrer Unterlippe. »Natürlich nur, wenn du mich nimmst. Ich würde dir nicht übel nehmen, sollte ich der letzte Mensch sein, den du sehen willst.«

»Kayla«, sage ich sanft und gehe auf sie zu. Einen Schritt entfernt bleibe ich stehen. Die Hunde beschnüffeln ihre Beine. Sie lächelt die drei an und streichelt sie geistesabwesend, während sie wieder zu mir sieht. »Wie kommt es, dass du hier bist?«, frage ich.

»Habe ich dir doch erzählt. Ich habe meinen Job gekündigt«, sagt sie mit einem hoffnungsvollen Blick. »Ich war bereit, nach vorn zu sehen und das Leben, das ich die letzten drei Monate geführt habe, hinter mir zu lassen. Das war überhaupt kein richtiges Leben. Es ist nur … Ich weiß, ich hätte dir am Telefon etwas sagen sollen oder so, aber ich hatte solche Angst. Ich hatte furchtbare Angst, dass du mir nicht glaubst oder mir sagst, ich soll nicht kommen. Ich hatte solche Angst, dass es nicht passiert. Also habe ich gekündigt und ein Flugticket gekauft und … auf das Beste gehofft. Ich musste es dir einfach persönlich sagen.«

Ich kann kaum schlucken, weil mein Mund ausgetrocknet ist. »Mir was sagen?«

Sie sieht mich mit großen Augen an, als hätte ich ihr irgendwie Angst gemacht.

»Mir was sagen?«, wiederhole ich verzweifelt.

Sie lächelt unsicher. »Dass ich dich immer noch liebe.«

Ich neige den Kopf zur Seite. Nein, ich muss mich verhört haben.

Kayla benetzt sich die Lippen. »Und ich weiß, dass ich vielleicht zu lange gewartet habe, aber … ich konnte es nicht ignorieren. Versucht habe ich es. Ich war sogar bei einem Date mit jemand anderen, weil ich dachte, dass es vielleicht hilft. Es dauerte eine Minute, dann bin ich aufgestanden und gegangen. Ich konnte ihn nicht mal *ansehen*. Lachlan, du hast mir buchstäblich alle anderen Männer verdorben. Keiner von denen hält dem Vergleich mit dir stand. Und keiner wird es künftig. Es gibt nur dich, dich allein.«

Mein Herz flattert wie ein verängstigter Vogel, aber ich tue, was ich kann, um die Beherrschung zu wahren. »Ich verstehe das nicht«, sage ich. »Du hast die ganze Zeit gewusst, wie ich empfand. Ich habe dir immer wieder gesagt, dass ich dich liebe … bis du aufgehört hast, es zu erwidern.« Ich blinzle, weil ich mich an den Schmerz erinnere. »Warum? Weißt du nicht, wie das war, es nicht von dir zu hören?«

Sichtlich verletzt wendet sie den Blick ab. »Ich wusste es. Ich weiß nicht. Ich war so fertig, Lachlan, und das bin ich noch. Es vergeht kein Tag, an dem ich nicht an meine Mutter denke und wie sehr sie mir fehlt, wie viel ich geben würde, um sie zurückzubekommen, und sei es nur für eine Sekunde, nur um ihr Lächeln zu sehen.« Sie sieht mit glänzenden Augen zu mir auf. »Ich habe versucht, die Trauer zu überwinden, aber ich konnte nicht. Das hieß nicht, dass ich aufgehört habe, dich zu lieben. Ich *wollte* es bloß nicht mehr. Ich wollte nicht, dass mein Herz bei dir hier drüben ist. Wie sollte ich es je zurückbekommen? Und es war schon so zerbrechlich. Da fiel es leichter, alles ... in mir zu verschließen. Aber das war falsch. Denn es schmerzte mehr, so zu tun, als würde es mich nicht interessieren. Und du hast dasselbe getan.«

»Aber ich habe nur so getan«, sage ich und räuspere mich. »Ich habe nie aufgehört, dich zu lieben.«

Sie sieht mich unglücklich an. »Und warum stehen wir dann so hier rum?«

»Weil ...«, beginne ich, komme aber nicht weiter.

Sie ist schon bei mir, legt die Hände an meine Wangen, zieht meinen Kopf nach unten und presst ihren Mund auf meinen.

Wieder lasse ich die Einkäufe fallen.

Und die Leinen.

Es ist mir egal. Sicher sind die Hunde schon mit den Köpfen in der Tasche und fressen alles auf. Und es schert mich nicht.

Ich gebe mich ganz ihr hin, der Wärme und Wildheit ihres Kusses. Er entführt mich zurück in eine wundervolle Welt, von der ich glaubte, nie wieder in ihr zu leben. Ich vergrabe die Hände in ihrem Haar, halte ihren Kopf, fühle sie, während unsere Münder sich herrlich träge und berauschend hungrig aneinander bewegen. Ich kann nicht glauben, dass ich sie wieder küsse, wieder berühre, wieder fühle.

Ich kann nicht glauben, dass sie mich noch liebt.

Deshalb löse ich den Kuss, muss atmen und mich vergewissern.

Ich hebe den Kopf und sehe in ihre braunen Augen.

»Du liebst mich?«, flüstere ich.

»Ich liebe dich«, antwortet sie flüsternd und streicht mit den Händen über meine Arme. »Mein wunderschönes Tier.«

Ich grinse so breit, dass ich fürchte, mein Gesicht könnte für immer so bleiben. »Du liebst mich.«

Sie lacht glücklich. »Ja. Ja, ich liebe dich. Ich will nirgend woanders sein als hier. Nur hier gehöre ich hin.«

Ich lege meine Arme um sie, drückte sie fest an mich, und sie schlingt ihre Arme um meine Taille. Ich presse meine Lippen oben auf ihren Kopf und schließe die Augen. Mir ist, als würde ein vollkommen neuer Morgen in meiner Brust anbrechen.

Ein weiterer Neuanfang.

Ein weiterer Weg, der sich auftut.

»Gehen wir rein«, sage ich nach einem Moment, da die Dezemberkälte durchdringend ist. »Uns aufwärmen.«

Jetzt funkeln ihre Augen schelmisch. Es ist so lange her, seit ich diesen Blick gesehen habe. Er löst eine chemische Reaktion in meinem Blut aus. Ich packe ihre Hand, schließe die Tür auf und bugsiere sie und die Hunde nach drinnen.

Es ist, als würde keine Zeit mehr bleiben.

Als hätte es die ganze Zeit, die vorher vergangen ist, nie gegeben.

Der Drang, wieder in ihr zu sein, innerlich wie äußerlich vereint, ist so süchtig machend, so berauschend stark, dass ich sie in dem Augenblick, in dem wir in meiner – in *unserer* – Wohnung sind und die Tür hinter uns geschlossen ist, ins Schlafzimmer trage.

Ich trete die Tür hinter uns zu, werfe meine Jacke, den Pullover und die Hosen ab. Ich ziehe mich mit einer Geschwindigkeit aus, als stünden meine Sachen in Flammen. Innerhalb von Sekunden bin ich bei ihr, ertaste ungeduldig jeden Millimeter von ihr, versuche hektisch, ihr so nah wie möglich zu sein. Ich will die Hitze ihrer Hüften, die an meine gepresst sind, das seidige Gefühl ihrer Haut, die Art, wie sie mich perfekt hält, wenn ich tief in ihr bin, als wären wir einzig dafür geschaffen, uns zu vögeln, uns zu lieben.

Auch sie streift ihre Sachen ab und greift mit rastlosen Händen nach mir. Unsere Münder begegnen sich heiß, feucht und so verdammt verzweifelt. Ihre Berührungen machen mich verrückt. Sie brennt unter meinen Händen, und ich entzünde ihr Feuer gleich einem Brandstifter.

»Kayla, Kayla, Kayla«, stöhne ich an ihrem Hals, während ich sie schmecke. Ich klinge so verflucht gierig, dass es mir zugleich Angst macht und mich wahnsinnig erregt.

Wir fallen aufs Bett, und ich steige auf sie, dränge mich zwischen ihre Schenkeln und wünschte, ich könnte es langsam angehen, jede lustvolle Sekunde auskosten, doch dafür ist keine Zeit. Die werden wir haben – morgen. Vielleicht sogar schon in wenigen Stunden. Jetzt jedoch, in diesem Moment, in dem ich meine Liebe zurückhabe, ist Zeit kostbar, und wenn ich Kayla nicht jetzt haben kann, fürchte ich, dass ich es niemals können werde.

Ihre eine Hand streicht über meinen Nacken und taucht in mein Haar; die andere gleitet meinen Rücken hinunter, und wir küssen uns wieder, wild und tief. Unsere Zungen fechten einen Kampf miteinander aus.

»Ich kann nicht warten«, flüstert sie, und ich hebe den Kopf, um sie anzusehen. Ich verliere mich in ihren Augen, weiß, dass sie genauso außer sich ist wie ich. »Bitte, komm in mir.«

Ich schließe die Augen, lehne meine Stirn auf ihre und bringe mich in Position. Mein Schwanz ist dick, pulsierend und steinhart. Ich dringe in sie ein, tief und grob, bis ich keine Luft mehr bekomme und es fast zu viel ist.

In ihr bin ich gereinigt, geläutert.

»Fuck«, knurre ich und knabbere an ihrem Hals, als ich abermals in sie hineinstoße. Diesmal beginnen meine Arme zu zittern. Ich bin der Gierige, der sich nach jedem Teil von ihr verzehrt, und meine Seele ist genauso hungrig wie der Rest von mir.

»Fester«, bettelt sie, bohrt die Finger in meinen Kopf, als ich meine Zähne über ihre Brüste schaben lasse, ihre Nippel mit meiner gnadenlosen Zunge traktiere. Rau packe ich ihre Hüften und hebe sie an, sodass ich mich tiefer in ihr versenken kann, und ich ächze vor Anstrengung, während ich mich wieder und wieder in sie treibe.

»Fester!«, schreit sie erneut, sieht mir in die Augen und sagt mir mit ihrem Blick, dass sie alles fühlen muss.

Und ich gebe ihr alles von mir.

Ein primitives Grollen entfährt meiner Kehle, und ich ficke sie, als müsste ich sonst sterben. Ich bin eine erbarmungslose Maschine, pumpe immer wieder in sie hinein. Dann lehne ich mich nach unten, sodass meine Brust auf ihre gedrückt ist, glitschig vom Schweiß, und unsere Herzen gegeneinanderschlagen. Ich will so viel, dass ich nicht weiß, wohin mit mir.

Ich beiße in ihr Schlüsselbein, ihre Schultern, ihre Brust, ihre Nippel, und sie schreit leise auf, will mehr, will alles von mir. Meine Finger halten sie umklammert wie Schraubzwingen, und ich habe Angst, dass ich sie entzweibrechen könnte.

Dann verwirbelt alles. Ich tauche eine Hand zwischen ihre Beine, reibe ihre Klitoris kreisend, bis sie die Augen verdreht, und diese Laute aus ihrer zarten Kehle sind das Erotischste, Ursprünglichste, was ich jemals gehört habe.

Sie macht mich fertig.

Wird sie immer.

Verdammt.

Also mache ich immer weiter, bis ich nicht mehr kann, bis meine primitiven Instinkte überschnappen und ich mich mit einem letzten, groben Stoß in sie ergieße. Meine heiseren Schreie hallen durchs Zimmer. Gleichzeitig ergeben wir uns der Wonne, reiten zusammen auf der Welle unserer Orgasmen, unsere Körper und Herzen hoffnungslos verschlungen. Ich leere mich in sie aus und habe mich doch noch nie so vollständig gefühlt.

Ich sinke beinahe mit meinem ganzen Gewicht auf sie, atme so schwer, dass das Bett davon wackelt, und sie umklammert meinen Rücken mit aller Kraft, als wäre ich ein Floß, und sie würde ertrinken, wenn sie es nicht täte.

Aber ich habe sie.

So halten wir einander sekunden-, minutenlang. Wir halten uns gegenseitig fest, weil wir es vorher nicht genug getan hatten. Dieses Mal weiß ich, dass keiner von uns loslassen wird.

»Übrigens ist es zwar noch nicht bewiesen«, sage ich mit schwerer, träger Stimme, während ich ihr das Haar aus dem Gesicht streiche, »aber ich glaube, ich kann nur von dir allein leben. Kein Essen, kein Trinken, nur Kayla. Hast du Lust, diese Theorie über die nächsten Tage zu prüfen?«

Sie grinst mich an, mein Herz schlägt wie wild für sie. »Ich würde dir gern bei dem Experiment helfen«, sagt sie, und ihre

Augen leuchten wunderschön. Sie sind wieder voller Leben. »Gib mir ein paar Minuten, dann können wir es wieder versuchen.«

»Ich habe das Gefühl, diese Versuchsreihe könnte sehr lange gehen«, warne ich sie lächelnd.

»Schön«, sagt sie und streicht mit dem Daumen über meine Lippen. »Denn ich gehe nicht weg.«

Und diesmal weiß ich, dass es stimmt.

Diesmal ist sie hier, um zu bleiben.

Epilog

Neun Monate später

Kayla

Lachlan ist eine schwitzende, ächzende, unermüdliche Maschine. Wie sich sein Körper immerzu auf die richtige Art bewegt, sich seine Muskeln anspannen, wenn er ausweicht, stürmt und sich seinen Weg freipflügt. Er ist ein wundervoll anzusehendes Tier, besitzt diese unangestrengte Fertigkeit, die einem den Atem raubt. Und, verdammt, er macht mich heiß.

Ich kann nicht die Einzige sein, die so denkt. Ich schaue mich in dem Stadion voller johlender Zuschauer um, die ihre rot-schwarzen Schals schwenken, und weiß, dass zumindest die meisten Frauen dasselbe denken wie ich, und vielleicht auch einige Männer.

Fest steht, dass man Lachlan McGregor nicht unterschätzen darf. Und wenn es einer weiß, dann ich. Heute besser denn je. Das meine ich im bestmöglichen Sinne.

Nach Schottland zu ziehen, war die beste Entscheidung, die ich je getroffen habe. Vor neun Monaten hatte ich keine Ahnung, was aus meinem Leben werden sollte. Ich wusste lediglich, dass es einen Mann gab, den ich liebte und der mich liebte. Und ich musste bei ihm sein. Es spielte keine Rolle, dass er mit Dämonen kämpfte und ich mich durch meine Trauer arbeitete, ziellos, abgesehen von ihm. Es kümmerte mich nicht, dass ich alles für etwas riskierte, das nicht funktionieren konnte. Das hatte ich schon vorher, und es war auf die einzige mögliche Art ausgegangen.

Meine Mutter hatte mir mal gesagt, dass mein Leben auf dem Gleis ist, das ihm bestimmt wurde. Ich glaube, sie hatte vollkommen recht. Mein altes Gleis führte mich mit Lachlan nach Edinburgh, wo ich mich wahnsinnig verliebte. Aber das Leben hatte andere Pläne, die wir vielleicht nie verstehen, und das Gleis wechselte. Ich brauchte ein bisschen, um die Weichen neu zu stellen. Es dauerte, bis ich herausfand, was genau ich brauchte.

Es war die ganze Zeit Lachlan gewesen.

In den neun Monaten hat sich eine Menge verändert. Lachlan blieb die gesamte Zeit nüchtern, auch wenn es keiner von uns als selbstverständlich nimmt. Ich weiß, dass es ihn nie ganz verlassen wird. Er hat gute und schlechte Tage, und an den schlechten machen wir lange Spaziergänge, auf denen ich ihn zum Reden bringe, bis wir einen Ausweg gefunden haben. Wir machen das jetzt gemeinsam, und ich sorge dafür, dass er weiß, er muss sich dem nicht allein stellen.

Sein Psychologe hilft sehr. Genauso wie sein gesunder Lebensstil. Beim Boxen macht er sich extrem gut, auch wenn er es nach wie vor nur zum Spaß tut. Es ist ein Sport, der nichts mit seiner Karriere zu tun hat, und dort findet er ein besseres Ventil für seine Wut als in irgendwelchen Pillen oder Alkohol.

Ich bilde mir gern ein, dass es auch damit zusammenhängt,

wie viel besser er im Rugby geworden ist. Als ich ihn kennenlernte, sorgte er sich wegen seines Alters und dachte, er könnte nicht mehr lange weitermachen. Das scheint nicht zu stimmen. Nicht nur zeigt er auf dem Spielfeld Höchstleistungen, sondern er ist inzwischen der Älteste im Team und seit dieser Saison der Captain.

Er geht wunderbar mit der neuen Verantwortung um.

Was mich betrifft, nun, ich kämpfe noch, aber das macht Spaß.

Den Job bei Twenty-Four Hours hatte ich nicht bekommen, aber ich schreibe für eine schottische Online-Zeitschrift mit Schwerpunkt Mode und Lifestyle. Ich werde pro Artikel bezahlt und stocke damit mein Einkommen als Teilzeitkraft bei Ruff Love auf, wo ich mit Amara zusammenarbeite. Wir sind gegenwärtig dabei, uns ein PR-Konzept für die Organisation zu überlegen. Ob Amara letztlich die PR übernimmt oder ich, steht noch nicht fest, aber wenn wir erst durchstarten, wird es Lachlan enorm helfen, die Liebe, Unterstützung und Aufmerksamkeit zu bekommen, die er für die Hunde braucht.

Apropos Hunde: Lionel und Emily sind noch bei uns, schlabbern uns zu Tode und beschnüffeln alles, was in Sicht ist. Jo ist leider vor wenigen Monaten gestorben. Krebs. Wir konnten nichts tun, und als Lachlan sah, wie sie litt, ließ er sie einschläfern. Um ehrlich zu sein, tat es höllisch weh, diese schöne, liebenswerte Hündin so ängstlich auf dem Tisch in der Tierarztpraxis zu sehen. Doch in der letzten Minute blickte sie zu Lachlan auf. Er lächelte sie unter Tränen an, und sie schien es zu erwidern. Sie beruhigte sich. Der Tierarzt gab ihr die Spritze, und Jo starb friedlich.

Natürlich wühlte es alle schmerzlichen Erinnerungen an den Tod meiner Mutter auf. Dieser Schmerz wird nie weggehen. Niemals. Ich wünschte, er könnte. Ich wünschte, er würde. Doch in gewisser Weise fühlt es sich falsch an, weil jemand wie meine Mutter immer in meinen Gedanken sein sollte. Diesen Verlust, diesen Schmerz zu fühlen, ist nur ein Beleg dafür, was für ein Mensch sie war.

Dennoch ist es hin und wieder echt schwer, auch nur aus dem Bett zu kommen. Manchmal träume ich von ihr, und da ist dieser glorreiche Moment zwischen Schlafen und Wachen, in dem man denkt, alles wäre so wie immer. Und dann wird einem bewusst, wie sehr sich alles verändert hat. Ich begreife, dass sie fort ist, und meine Brust ist so schwer, als lägen Steine darin.

An solchen Morgen strecke ich die Hand nach Lachlan aus, und er ist immer da. Weil er mein Fels ist. Er ist meine Liebe und meine Welt. Es gibt nichts, was ich nicht für ihn tun würde, nichts, was er nicht für mich tun würde, und, bei Gott, es ist beängstigend, diese Art Liebe zu leben, wirklich. Trotzdem würde ich sie gegen nichts eintauschen.

Ich weiß, dass ich früher dachte, eine Liebe, wie sie meine Eltern verband, könnte einen ruinieren. So groß und mächtig, dass sie das ganze Leben übernimmt. Und es stimmt. Denn meine Liebe zu Lachlan ist so. Sie ist größer als wir beide. Sie besitzt die Macht, uns zu vernichten, wie der dunkelste Stern, der in sich implodiert. Größer, als gut für sie ist. Aber was für ein wunderbares Geschenk, eine Liebe zu haben, die Menschen in die Knie zwingt. Eine Liebe, die aus der Asche aufsteigen kann, größer und stärker denn je.

Amara knufft mich mit dem Ellbogen in die Seite, damit ich mich wieder auf das Spiel konzentriere. Wir sitzen im unteren Tribünenbereich, und ich weiß, dass Jessica, Donald und Brigs oben in der Loge sind.

»Noch ein Versuch, und sie haben es«, quiekt Amara und umklammert ihr Bier, obwohl nichts mehr drin ist, weil sie es wie eine Irre heruntergestürzt hat, genau wie der Rest der Zuschauer.

Ich habe weitgehend aufgehört zu trinken, um Lachlan zu unterstützen. Vielleicht trinke ich mal Wein, wenn wir bei Amara einen Mädelsabend veranstalten, aber wenn ich mit Lachlan zusammen bin, bleibe ich stocknüchtern. Es hat keinerlei Auswirkung auf mein Leben, ist nur etwas, das ich für ihn tun möchte, und ich tue es ungefragt. Weil ich es will. Weil ich alles für ihn tun würde.

Amara ist eine gute Freundin geworden. Tatsächlich ist sie mir sehr ähnlich, eigenwillig und direkt. Allerdings schleppt es bei ihr ein wenig in Sachen Liebesleben. Lachlan und ich versuchen dauernd, sie mit irgendeinem Rugbyspieler zu verkuppeln, und ich finde nicht, dass sie sich allzu sehr beschweren sollte. Natürlich tut sie es trotzdem.

Ich rede nach wie vor sehr viel mit Nicola und Steph, daher habe ich nicht das Gefühl, ich hätte sie verloren. Sie beide wollen mal mit Linden und Bram zu Besuch kommen, aber … tja, da gibt es jetzt eine Komplikation.

Stephanie ist schwanger.

Mir ist klar, dass ich aus rein egoistischen Gründen traurig darüber bin, denn es bedeutet, dass sie in eine Lebensphase eintritt, zu der ich keinen Bezug habe, und ich fürchte, dass sich unser Verhältnis ändern wird. Andererseits sprechen wir hier über Steph. Sie wird mir stets Rückendeckung geben, egal, was wird, und ich weiß, dass ich immer offen mit ihr reden kann. Außerdem ist sie so glücklich, dass Linden und sie Eltern werden, und ihre Begeisterung ist ansteckend. Sie genügt, dass ich alle schottischen Babysachen kaufe, die ich finden kann, einschließlich eines winzigen Kilts in den MacGregor-Farben. Ich schätze, den können Mädchen und Jungen tragen.

So oder so wird Steph eine hervorragende Mutter sein, und ich kann es nicht erwarten zu sehen, was für ein ungeheuer attraktives Wesen aus ihr herausflutschen wird. Ich denke, dafür werde ich nach San Francisco fliegen müssen.

Zu meinen Brüdern habe ich regelmäßig Kontakt. Im Grunde bin ich ihnen heute näher als je zuvor, und ich denke, wo immer unsere Eltern sein mögen, sie werden wahrscheinlich glücklich sein, dass wir endlich zueinandergefunden haben.

Die Leute um uns herum fangen an, für das Edinburgh-Team zu singen, als die Mannschaften aufs Feld kommen. Wir beobachten das Scrum, wie Edinburgh Munster zurückdrängt, bis Thierry den Ball bekommt und ihn schnell an einen anderen Spieler weitergibt, der ihn zu Lachlan wirft.

Lachlan rennt mit dem Ball unterm Arm los. Allerdings sind schon Spieler des anderen Teams auf ihn angesetzt, beobachten jede seiner Bewegung. Sie belauern ihn immer wie die Geier.

Doch sie können nie mit seinem Tempo mithalten.

Ihn laufen zu sehen, ist für mich heute noch so eindrucksvoll wie beim ersten Mal, als ich ihn auf dem Spielfeld sah. Er bewegt sich mit solcher Leidenschaft, dass man unweigerlich an einen wilden Hengst oder einen gefährlichen Stier denkt, der gen Freiheit galoppiert und sich dabei bewegt, als sei er geschaffen, um zu laufen.

Ich halte den Atem an – wie alle im Stadion.

Ein Spieler versucht, ihn zu tackeln, aber Lachlan schert zur Seite aus, bevor er es sich anders überlegt und den Gegner niederpflügt. Der Typ geht zu Boden, und Lachlan rennt weiter, so schnell, dass ich denke, er könnte die Schallmauer durchbrechen. Er ist wie ein heißer Schleier aus Muskeln.

Jemand anders stellt sich ihm in den Weg, blockiert ihn, doch Lachlan prallt nur ab und läuft weiter. Er wirft den Ball nach vorn, weicht noch jemandem aus und rennt weiter, bis er wieder beim Ball ist.

Inzwischen schreien wir alle, sind aufgesprungen und schwenken alles, was wir können, denn er ist nur noch Meter vom nächsten Versuch entfernt, mit dem das Spiel gewonnen wäre.

Und Lachlan nimmt einfach den Ball auf, als hätte er die ganze Zeit auf ihn gewartet, rennt über die Linie und wirft sich ins Gras, sodass er ein Stück bäuchlings über das Gras schlittert. Ich weiß, dass das nur Show ist, aber die Menge liebt es.

Ich liebe es, verdammt.

Es kommt selten vor, dass er eine Show abzieht, daher weiß ich, dass er sich gerade sehr gut fühlt.

Genau wie ich. Ich schreie mir die Seele aus dem Leib, hüpfe mit Amara auf und ab.

Lachlan rappelt sich auf, wirft den Ball auf den Boden, und ich strahle so sehr, dass mir Glückstränen übers Gesicht strömen. Der Rest des Teams läuft zu ihm, springt um ihn herum und feiert den Sieg im ersten Spiel der Saison.

Heute Abend wird er so was von flachgelegt.

Dann tut er etwas Seltsames. Er läuft von seinen Teamkameraden weg, weg von dem gegnerischen Team, das ihnen die Hände schütteln will, und auf die Kameraleute an der Seitenlinie zu. Sein Coach Alan folgt ihm und gibt Lachlan hastig etwas in die Hand, ehe er zum Team zurückkehrt. Nun spricht Lachlan mit einem der Kameramänner, bis eine Reporterin zu ihm kommt, die ihre Chance für ein Interview wittert.

Lächelnd flüstert Lachlan ihr etwas ins Ohr.

Er nimmt das Mikrofon.

Plötzlich füllt sein schönes Gesicht die riesigen Leinwände im Stadion. Er lächelt strahlend in die Kamera, was ihn so viel jünger, weicher und, ja, ein bisschen albern wirken lässt. Dann hebt er das Mikro an die Lippen und spricht, doch es kommt kein Ton heraus.

Er versucht es erneut. Nichts. Seine Lippen bewegen sich, er lächelt, und seine Augenwinkel kräuseln sich. Aber mehr erfahren wir auf den Tribünen nicht.

»Was macht er?«, frage ich Amara.

Sie schüttelt den Kopf. »Ich habe keinen Schimmer.«

Schließlich winkt er jemandem, der mit einem Klemmbrett und einem Stift zu ihm kommt. Lachlan nimmt den Stift, schreibt etwas auf, stockt und sieht zu mir. Direkt zu mir.

Ich fühle, dass Amara mich auch ansieht, ebenso wie die Leute unter uns, die ihre Hälse recken, um nachzuschauen, was zum Teufel Lachlan McGregor, der Retter des Spiels, so ansieht.

Ich bin es.

Für ihn bin es immer ich.

Für mich ist es immer er.

Unsere Blicke begegnen sich.

Dann schreibt er etwas auf.

Wieder sieht er zu mir, wobei er das Klemmbrett in die Kamera hält. Mir ist klar, dass auf den Bildschirmen eine Nachricht auftaucht, denn die Leute schnappen hörbar nach Luft. Doch ich kann nicht aufhören, Lachlan anzusehen. Sein Blick bannt mich stets mit derselben Kraft wie seine Hände.

»Kayla«, flüstert Amara und packt meinen Arm. »O mein Gott!«

Schließlich blicke ich zu den Leinwänden. Zu dem Papier, das Lachlan immer noch lächelnd, allerdings auch ein wenig nervös, in die Kamera hält.

Dort steht: *Kayla Moore, erweist du mir die Ehre, meine Frau zu werden?*

Gezeichnet: *Lachlan McGregor.*

Dann fällt das Klemmbrett, und die Kameras richten sich auf den Rasen.

Ich sehe wieder Lachlan an, doch er ist weg, rennt vorwärts über das Feld.

Die Treppe hinauf.

Die Reihe entlang.

Bis er vor mir steht.

Ich sitze noch, habe mich nicht gerührt. Eigentlich kann ich überhaupt nicht denken.

Ich begreife tatsächlich nicht, was vor sich geht. Ist dies wirklich mein Lachlan, mein reservierter, verschlossener Lachlan? Stecke ich mitten in einem Theaterstück fest oder so?

Er kniet sich halb hin, sodass er mit mir auf Augenhöhe ist. Sein klammes Haar klebt ihm an der Stirn, und seine klaren grünen Augen durchbohren mich.

»Was machst du denn?«, frage ich verblüfft.

Er streckt mir eine Hand hin, und sie hält einen Ring. Einen umwerfenden, wunderschönen Silberring mit Smaragd.

»O mein Gott«, sage ich, oder vielleicht hauche ich es auch nur.

»Ich dachte, es wäre eine romantische Geste«, sagt er. »Aber es hat nicht ganz geklappt. Technische Schwierigkeiten.« Er hat eine Art, mich anzusehen, dass der Rest der Welt verschwindet. Als würde ich Scheuklappen tragen. Ich hänge an jedem seiner Worte, habe einen Tunnelblick, der sich auf sein Gesicht richtet. »Es heißt, man sollte immer etwas tun, das einem Angst macht, einen aus der Wohlfühlzone holt. Du hast das schon oft mit mir gemacht. Jedes Mal, wenn du nach Schottland kamst, hast du das Leben hinter dir gelassen, das du kanntest. Du warst mutig. Du bist ein Risiko eingegangen. Viele Risiken. Nun, für mich ist das Sicherste, was ich jemals tun kann, dich zu bitten, mich zu heiraten. Denn ich weiß, dass mir bestimmt ist, mit dir zusammen zu sein, und du weißt, dass es dir bestimmt ist, mit mir zusammen zu sein. Ich wusste es von dem Moment an, als ich dich bat herzukommen, nur konnte ich nicht damit umgehen. Aber jetzt kann ich es. Jetzt weiß ich es. Also mache ich jetzt das hier, weil es verdammt Angst einflößend ist.«

Sein Blick wandert von einer Seite zur anderen, zu all den Leuten, *seinen* Fans, die jedes Wort hören und uns anstarren, als seien wir ein Fernsehprogramm. »Ich meine, ich kenne keinen von diesen Leuten. Doch sie sollen alle wissen, wie sehr ich dich liebe. Dass ich, wenn du nicht wärst, wenn es Kayla Moore nicht gäbe, heute nicht hier sein würde. Ich wäre nicht der Mann, der ich heute bin. Ein besserer Mann. Und, ja, einer, der schreckliche Angst hat, du könntest vor aller Welt Nein sagen. Aber das Risiko nehme ich auf mich, für die Chance, dass du Ja sagen könntest.« Er schluckt und betrachtet mich. »Willst du mich heiraten?«

»Ist das dein Ernst?«, flüstere ich. Immer noch kommt es mir vor wie ein Traum, als würde mir jemand den Teppich unter den Füßen wegreißen, sodass ich beschämt der Länge nach hinschlage. Doch ich schätze, ihm geht es genauso. Mit jedem Moment, den er mir den wunderschön funkelnden Ring hinhält, auf meinen Finger wartet, stirbt er einen kleinen Tod.

Worauf zum Teufel warte ich denn?

Als gäbe es da irgendwas zu überlegen.

»Ja«, sage ich lächelnd.

Es geht mir auf. Zweimal hintereinander.

O mein Gott, er will mich heiraten!

O mein Gott, ich werde meinen Liebhaber, meinen besten Freund, den Mann meiner Träume heiraten!

»Ja«, wiederhole ich lauter und strahle so sehr, dass es wehtut. »Ja, ich will dich heiraten, Lachlan. Ich liebe dich. Ich liebe dich!«

Sein glückliches Grinsen raubt mir den Atem. »Bist du sicher?«

»Ja, ja, ja«, antworte ich und halte ihm meinen Ringfinger hin. »Jetzt steck mir schon den verdammten Ring an.«

Er lacht. Seine Augen glänzen, als er mir den fantastischen Ring ansteckt. Dabei zittern seine Hände. Es könnte der innigste, der rührendste Moment sein, und wir teilen ihn mit so vielen Menschen.

Aber das macht nichts, denn es ist unser Moment.

Ich betrachte meine Hand. Der Ring ist so schön. Und das nicht wegen seines Aussehens, obwohl er traumhaft ist, sondern weil er von Lachlan kommt. Weil er ihn für mich ausgesucht hatte, als er wusste, dass er mich zur Frau haben will.

Ich blicke zu meinem künftigen Ehemann auf und kann es nicht fassen.

»Ich habe solch ein Glück«, sage ich strahlend. Meine Wangen sind heiß und überdehnt vom Lächeln.

»Ja«, antwortet er schmunzelnd. »Andererseits habe ich das auch.«

Die nächsten Stunden vergehen wie in einem Rausch. Ich kann nicht richtig glauben, was geschehen ist. Es werden Fotos gemacht, denn natürlich flippen die Paparazzi ein bisschen aus. Lachlans Familie kommt, um uns zu gratulieren, und ich merke, dass sie wussten, was er vorhatte. Ich war die Einzige, die überrumpelt wurde, und wie!

Schließlich können wir uns aus dem Trubel loseisen und fahren allein mit einem Taxi zurück zur Wohnung. Wir sprechen nicht. Ich starre bloß meinen Ring an, während Lachlan meine Hand hält und aus dem Fenster blickt. Ich verarbeite diesen surrealen Tag immer noch. Erst gewinnt er ein wichtiges Spiel für sein Team, dann macht er mir vor Tausenden einen Antrag. Er hat mir einen verfluchten Antrag gemacht! Auf einem Knie und alles.

Ich werde verdammt noch mal heiraten!

Sobald wir in der Wohnung sind und mir klar wird, dass dies nun wirklich, richtig mein Zuhause ist, trifft es mich mit voller Wucht. All der schöne Stuck und die wunderbare Gestaltung sind von jetzt an mein Zuhause.

Mehr als das, Lachlan ist mein Zuhause.

Das wird er immer sein, egal wo wir sind.

Emily und Lionel begrüßen uns wie üblich an der Tür, möchten Zuwendung, vielleicht auch an unserem Glück teilhaben, doch Lachlan entführt mich rasch ins Schlafzimmer. Er schließt die Tür hinter uns, zieht sein Shirt aus und enthüllt Tattoos und Muskeln, die ich immer noch tagelang studieren könnte. Eines seiner neuesten Tattoos ist das Wort »Liebe« auf seiner Brust.

Das ist für mich.

Er kommt auf mich zu, zieht mich in seine Arme und sieht mich so intensiv an, dass ich fürchte, ich könnte explodieren. »Ich liebe dich«, sagt er, und sein Blick wandert heiß über meine Haut. »Und dieses Wir wird für immer sein.«

»Versprichst du es?«, flüstere ich.

»Immer«, sagt er.

Er küsst mich lange und leidenschaftlich. Wundervoll. Unsere Lippen sind süß vor Liebe.

Wir fallen aufs Bett.

Und finden einander wieder und wieder.

Danksagung

Es ist kein Geheimnis, dass meine Muse für die Figur des Lachlan kein anderer als der herausragende Schauspieler Tom Hardy ist. Doch es ist auch Mr. Hardy höchstpersönlich, der mich inspirierte, mehr zu tun, als nur ein Buch zu schreiben. Er setzt sich für Hunde aus Tierheimen ein und kämpft gegen die unfaire Behandlung und Stigmatisierung von Pitbulls, wobei er seine Berühmtheit nutzt, um die Leute aufzuklären. Und während meine eigene Berühmtheit ganz winzig ist, vor allem im Vergleich zu einem irren Genie wie ihm, bewegte es mich, den Mund aufzumachen und mehr für eine Sache zu tun, an die ich glaube.

Ich habe einen Pitbull-Mischling aus einem Tierheim in San Bernardino, Kalifornien, adoptiert, in dem sie eine hohe Einschläferungsrate vorweisen. Oder besser gesagt, die liebenswerten Damen von der gemeinnützigen Organisation »Vancouver Island Flirting with Fido« organisierten eine Rettungsaktion, bei der sie Hunde aus diversen Tierheimen holten und nach Kanada brachten, um geeignete Familien für sie zu finden. Die meisten sind Pitbulls oder Pitbull-Mischlinge, eine missverstandene und gewöhnlich abgeschobene Rasse, und sie werden, neben den kranken und alten Tieren, als Erste eingeschläfert. Weil diese Hunde einen schrecklichen Ruf haben, achtet die Organisation besonders darauf, die Hunde erst mal nur in Pflege abzugeben, damit die Leute herausfinden, ob der jeweilige Hund für sie bestimmt ist. Nicht jeder Hund eignet sich für jeden – vor allem nicht jeder gerettete Hund, der womöglich schon misshandelt wurde und Verhaltensprobleme hat. Und einen Hund aufzunehmen bedeutet, eine lebenslange Verpflichtung einzugehen. Und zwar nicht nur, bis ein Baby kommt und man beschließt, seinen Hund nicht mehr zu wollen. Nicht nur, bis man umziehen muss und keine Lust hat, gezielt nach einer Wohnung zu suchen, in der Hunde erlaubt sind. Nicht nur, bis der Hund alt ist, nicht mehr spielen mag und einfach nicht mehr niedlich ist. Ein Zuhause für immer ist für immer.

Also nahmen mein Mann und ich diesen kleinen, verängstigten Pitbull-Mix Bruce bei uns auf. Und es war nicht leicht. Anfangs gab es Zeiten, in denen ich dachte, ich könnte es nicht schaffen. Bruce war nicht wie die Hunde, mit denen ich aufgewachsen bin. Er fürchtete sich vor allem und jedem. Immerzu hatte er den Schwanz eingeklemmt und zitterte wie Espenlaub. Er bellte nicht, machte überhaupt keinen Mucks. Er wollte nur weglaufen und für sich sein, weg von menschlichen Händen, von denen er glaubte, sie würden ihm nur wehtun.

Aber wir hielten durch. Ich wollte Bruce ein Zuhause geben. Ich hatte Angst, dass er in anderen Händen nie glücklich würde, nie Vertrauen fassen könnte, nie aus seinem Schneckenhaus käme.

Langsam, aber sicher kam er heraus. Mit viel Geduld, viel Liebe und, ja, einer Menge Frust, lernte Bruce, uns zu vertrauen. Er lernte seine Kommandos. Er lernte, auf eine Weise ein großer Welpe zu sein, die mir nahezulegen schien, dass er als junger Hund auf der Straße gelebt hatte, wo er nie die Chance dazu bekam.

Heute ist Bruce ein vollkommen anderer Hund. Er bellt, wenn Fremde ans Haus kommen, was schlecht ist, weil es nervt, und gut, weil es bedeutet, dass er endlich Selbstvertrauen hat. Er beschützt uns, und wir beschützen ihn. Und er kommt generell besser mit Menschen klar, hat er erst mal begriffen, dass sie keine Bedrohung darstellen. Und natürlich liebt er es, mit anderen Hunden zusammen zu sein. Bald werden wir noch einen Hund in Not aufnehmen, damit er einen kleinen Kumpel hat, den er lieben und mit dem er spielen kann.

Natürlich kann ich nicht einfach meinen großzügigen Lesern, Bruce und Tom Hardy für dieses Buch danken, daher ohne große Umschweife: Scott Mackenzie, ich bedauere, dass ich unsere gesamte Reise nach Hong Kong, Australien und Neuseeland mit Schreiben verbracht habe. Wer hätte geahnt, dass dieses Buch so dick werden würde? Wer hätte gedacht, dass ich tatsächlich 150 000 Wörter zusammenschreiben würde, während ich CAMPE? Ja, ich bin nicht sicher, ob das gut oder schlecht ist. Sind Ferien nicht mehr sicher? Zuerst schrieb ich »The Pact« auf Hawaii, jetzt beende ich eine Hälfte von »The Play«, während ich in einem Campingbus durch Neuseeland tingle. Was kommt als Nächstes? Nein, das weißt du, also antworte nicht. Aber ich verspreche, dass ich es wiedergutmache. *Zwinker*

Vielen Dank an meine Eltern, an Kara Malinczak, Laura Helseth, Stephanie Sandra Brown, Sandra Cortez, Kelly St-Laurent, Dani Sanchez, Taylor Haggerty, K.A. Tucker (die Inhaltsangabe ist ganz ihre, denn sie kann schreiben UND formatieren, wer hätte das gedacht?), Mark Coker, allen bei Hallewood für ihren Enthusiasmus, ihr Feedback und ihr Talent, Instagram (wo es steckt) und natürlich meiner treuen

Truppe von Antihelden. Ihr seid die besten Leser, die ein Autor haben kann. Ich bin ehrlich, wirklich glücklich und extrem dankbar, euch zu haben. Lasst uns für alle Zeiten Tom-Hardy-Partys feiern!